ハヤカワ文庫JA

〈JA1297〉

日本ＳＦ傑作選２　小松左京

神への長い道／継ぐのは誰か？

日下三蔵編

目次

日本ＳＦ傑作選２　小松左京

神への長い道／継ぐのは誰か？

地には平和を

　人影が動いた。彼は反射的に身をひそめて安全装置をはずした。息を殺して見つめる照星の先に、芒の穂がそよいでいる。黄ばんだ草ががさがさと動いて汚い手拭で包まれた頭があらわれた。薪を背負った、こすからそうな百姓爺だ。彼は隠れ場所から立ち上ってゆっくり出て行った。用心して、まだ銃をかまえたままだった。

　百姓はびくっとして身を引いた。恐怖の色が消えないうちに、軽蔑と憎悪がその渋紙色の顔の上を複雑に走った。しかし彼が正面切って向きあった時は、もう無表情にかえっていた。

「食物をくれよ」と彼は言った。「ひもじいんだ」

　百姓は、河原で陽にさらされたざらざらの小石みたいな眼で、彼の姿を上から下へ、下から上へと見た。軽蔑と憎悪が、その腐れた眼蓋の下から再びちらとのぞいた。——服はぼろぼろで、骨の露わな手首や頸筋の皮膚が、鳥の脚みたいに鱗状の垢で蔽われている。痩せっぽっちの餓鬼。

「何で鉄砲向けるのだ」百姓は吼えるように言った。

「同じ日本人でねえか」

彼は銃先を下に向けた。安全装置はかけなかった。

「家は遠いか？」彼はきいた。

「この下の谷間だ」と百姓は言った。

「何か食わしてくれよ。弁当もほしい」

再びこすっからい憎悪の表情が親爺の顔をかすめた。

こんなちびに鉄砲でおさえられて腹を立てているのだ。

大人に向ってまるで命令するようにえらそうに喋る。当り前のような顔をして食物を持って行く。そして英雄気取りなのだ。兵隊なら我慢するが、こんなガキまで……。

「あんた等の仲間、まだこの辺に残ってるだか？」

彼は首をふり、ちょっとあたりを見まわす。

「俺、斥候に出てたんだ。帰って見たら本隊は殆んどやられて、あとの奴はどこか行っちまった」

「つかまっただよ」と百姓は意地悪そうに口を曲げて言う。

「そこの道をな、みんな手をあげてぞろぞろ降りて行った。台尻で殴られ殴られ……負傷してた奴もあっただ」

「逃げた奴だっているだろうさ」

「あんた、これからどうするだ？　いずれつかまっちまうによ」

彼は不気嫌さを現すために、遊底桿をがちゃりと言わせて見せた。百姓は口をつぐんで彼の方を牛のように血走った眼で見つめる。

「信州へ行くんだ」と彼は顎をしゃくって言う。「あそこには、まだ大勢頑張ってるからな」

「信州だと？」百姓はいやな笑いを浮べた。「どれだけあるか知ってるかよ？　街道筋はみんな押えられてるだ」

「山づたいに行くさ」

「行くまでにつかまっちまうにきまってるだ」そう言って彼の表情をうかがいながらぼそりと言う。「降参しちまった方が楽出来るに」

彼は銃を持ちなおす。ほらこれだ。こう言うとすぐカッとする。追いつめられているから、悪くすると殺されるかも知れない。こいつ等は鉄砲をもった気違いだ。

「非国民め！」と彼は歯の間から押し出すように呟く。「お前みたいな奴がいるから負けるんだ」

「おら達に責任はねえだ」そう言って百姓はあわててつけ足す。「お前さん達にだって責任はねえだ。向うが強すぎるだよ。物がうんとある。こっちには飛行機だって一台もねえしよ」

「負けやしない」と彼は固い表情で言う。「降参するくらいなら、戦って死ぬ。あっちの連中だって、その気で頑張ってるんだ」

「そんな事したら日本人は根絶やしになっちまうに」

「お前、奴等の奴隷になってまで生きたいか」彼は声を荒げて言う。下級生への説教口調がつい出て来る。「俺達みたいな若い連中だって、戦って死んで行くのに、お前は何だ？　大人のくせに……」

「中風の婆さまと娘がいるだ」と親爺はぶつぶつ言う。「それに百姓が働かねえで誰がお前さん等におまんま食わせるだね？」

彼が答えにつまって逆上しかけるのを見てとると、親爺はすかさず歩き出しながら言った。

「来なせえ」

谷間の一軒屋だ。やせこけて肋の見える牛が、諦め切った表情で草をかんでいる。谷ぞいの田は刈り入れがすみ、藁塚が大男のようにあちこちに立っていた。

「奴等はちかくにいるか？」と彼はきいた。親爺は首をふった。

「ひきあげただ。この先の村に少しばかりいるらしい」

その言い方をきいて、彼の中で疑念が少し動いた。この親爺、油断出来ないかも知れない。

「お婆、帰っただ」と親爺は大声でどなる。そばで見ると大きな家だった。中は暗く、すえた臭い、新藁、が強くした。鶏がいる。卵が食えると思うと唾が湧いた。

殆んど真暗に近い奥の間で、ごそごそ動くものがあった。親爺はそばへ行って、何か低い声で話している。老いさらばえた、白い眼が彼の方をのぞく。「心配ねえ」と親爺は言っていた。婆様は早く追い出せと言っているらしい。彼は上り框に腰かけて、汗をぬぐった。腰をおろすと、ふらっとしそうだ。待ちかまえたように睡気がおそって来る。

「すぐ、まんま食わすで」と、親爺は土間をわたって来ながら、急に愛想のいい声で言った。

「娘がいねえでな。冷やこいまんまだ。ええか？」

「何でもいい」もう喉がぐびぐび鳴っている。口糧が切れてからまる一昼夜、腹がへって気が変になりそうだ。

「あり合せで、虫をおさえてもらうべ。晩げには鶏をつぶすで。今夜は泊って、明日の朝立ちなせえ」

「そんなにしてもらわなくっていい」彼は掌をかえしたような親爺のそぶりを警戒しながら言った。「飯と弁当だけでいい。鶏なんかつぶしたら勿体ない」

「老いぼれが一羽いるんだ。おいとけばどうせ奴等が持ってくだよ」

しかし「奴等」は彼みたいに只では持って行かない。何かおいて行く。親爺は土間を行ったり来たりしながら、大声で喋り続けた。

「しっかり食べてもらわにゃ、信州まで行けねえだよ」

白い飯、野菜の煮つけ、卵、魚の乾物。食いすぎたら立ち所に腹をこわすし、場合によっては死ぬという事がわかっていながら、がつがつつめこまずにはいられない。渋茶をのみながら、もし胃袋が許すならば、もっと食いたいと言う衝動をおさえるのに苦労した。飢餓はまるで悪鬼のように彼にとりついていた。それは消化器だけでなく、全身をくまなく手足の先までうずかせる浅ましい虫だ。——外に誰か来た足音がした。彼は銃を引き寄せた。それをちらと見て、「娘だ」と声をかけながら親爺は足早に出て行った。彼はそれでも銃をひきつけて窓際ににじりよった。若い女の話し声がした。親爺の声は急に低く、せきこんだようになり、それから二人は何か言い争うように早口の方言で喋り合った。ふと窓の端をかすめるように、丸く平べったい女の顔がのぞいてすぐ消えた。軽い足音が裏手の方へ走り去った。親爺はのっそり土間にはいりこんだ。不機嫌な顔をしていたが、彼の刺すような視線にあうと作り笑いをした。

「親にたてつく娘だ」と百姓は言った。「一眠りしなさるか？」

意地でも眼蓋をあいていられなかった。腹がくちくなり、けだるい疲労に四肢は痺れ出した。

「眠るがええだ。風呂をたてるで」

「風呂はいらない」と彼は言った。

「汗を流すとええに。ひでえ垢だ」

「いらないと言ったらいらない」

ここは味方の陣地内ではない。風呂は禁物だ。たとえ、親爺が本当の親切から言ったにしても。

「今、時間は？」

「三時一寸すぎだよ」

「日が暮れたら起してくれ」
眼がとろけそうになるのを、やっとの事で銃に油をさし、拳銃と銃をしっかり抱いて彼はその場で鉛のように眠りこんだ。

腹痛のために眼がさめた。あんな食べ方をすれば当然の報いだ。日は今沈んだ所らしかったが、部屋の中は空の照りかえしでやっと物の輪郭が見える位だった。明りはなく、親爺はいないらしい。便所のありかをきこうと思って大声で呼んだが、返事はなかった。奥で寝たきりの老婆がごそごそうごいた。仕方なしに彼は銃を持って外へ出て裏手へ走った。いい按配に便所は裏手に見つかった。ひどい下痢だった。しかし、晩飯に鶏をつぶしてくれるなら、俺は食うぞ、と彼は自分に言ってきかせた。下痢位平気だ。歩くのが困難だが、死ぬほどの事はない。それにしても親爺の奴、どこへ行ったのか？――便所を出た時、彼は遠くで何か唸るような音をきいたが、気にもしなかった。出て来た時と反対側からまわって行くと、家の裏手に母屋にくっついて、離屋のような一棟が建っていて、中に明りがともっていた。通りしなに、何げなしに窓からのぞくと、赤とピンクの色彩が眼についた。彼は思わず立ちどまってのぞいた。壁に真赤な服と桃色の服がかかっていた。鏡の前にいた娘は、はっとしたようにこちらをふり向いた。平べったい丸い顔、それが白粉で濃くぬりたくられ、眉を引き、唇を毒々しくぬっている。娘は彼を見てうろたえたように眼をそらした。彼は固い表情をしていた。娘はにっこり笑おうとし、それから困ったように立ち上った。彼は物も言わず娘の顔をじっと見ていた。部屋の隅に美しい箱があり、蓋が開かれて、きちんと綺麗につめこまれたこまごましたものが見えていた。彼にはそれが何であるかすぐわかった。煙草、レモンパウダー、ビスケット……敵軍のCレイションだ。

「あんた……」と娘はしわがれ声で言って、ためらった。

「奴等、ここへ来るんだな」と彼は声を押し殺して言った。

娘は決心したように早口で言った。

「あんた……。お逃げよ。すぐ出て行った方がいいよ。今夜は来ないと思うけど、ひょっとしたらお父っつぁん……」

そう言うと娘は、急に耳をすました。

「お前、敵兵の妾（めかけ）だな」と彼は喉の奥で言った。彼は若すぎたので、女の事だけは許す気にならなかった。彼の母は喉を突いて死んだ。姉も恐らく空襲で死んだろう。男の捕虜はまだ許せるような気がする。彼だって負傷をすればつかまるかも知れないからだ。しかし奴等の手に落ちて、辱めを受けないうちに舌を嚙み切らないような女は……彼は拳銃をぬき出した。自分が何をしようとしているか分らなかった。彼が安全装置を無意識にまさぐっているのを見ると、女は青ざめたが、同時にその鈍重な顔に怒りが浮んだ。「馬鹿たれ！」と女は言った。その怒りの激しさは、彼の方がたじろぐ程だった。彼自身も怒りに身をふるわせていた。しかしその怒りは、彼に理解出来ない壁にぶつかってためらっていた。彼の中に、女の唯一の表象としてあった母の鮮烈なイメージと、今眼前に、全身で怒りを押しつけて来る雌牛のような女の姿の間に引きさかれ、彼は一瞬戸惑っていた。その時、車の音が聞えた。彼ははっとして表の方をうかがった。車はすごくふかしながら、ブレーキを軋ませて表にとまった。重い何人もの足音と、聞き慣れぬ話し声がした。娘は一足飛びに部屋の奥へとびこむと、C口糧（レイション）の箱をかかえて、彼にほうった。

「逃げな！」と娘は言った。「藪伝いに裏山にぬけられる」

走り出した途端に、後で叫び声がした。親爺が離屋の窓の所で大声でわめきながらこちらを指さしていた。片手で娘の襟首をつかんでこづきまわしている。兵隊のサーチライトが彼の姿をとらえる前に、彼は後をふり向きざま、拳銃を一発打った。親父の横で娘がくずれ折れるのが見えた。忽ち自動小銃の掃射がおそって来た。彼は窪地にとびこんで横へ横へと這った。拳銃をサックにもどし、帯皮で肩にかけた銃をす早くつかむ。右手で肩に吊った手榴弾をもぎとり、歯にくわえて安全栓をぬく。

「出て来い（カム・アウト）！」

掃射の合間に奴等のバタ臭い声がわめく。

「逃げられんぞ（ユー・キャント・エスケイプ）。抵抗をやめて出て来い（ギヴ・アップ・ファイティング・アンド・カム・アウト）」

そのくらいの英語は彼にもわかる。中学校の教師の発音はずいぶん出鱈目だったが。彼はにじりながら横手にまわりこみ、サーチライトを持った兵隊との距離をはかった。下痢腹で力がはいらない。ぐるぐるまわる眩光が向うを向いた時を狙って彼は手榴弾を投げた。爆発と同時に、低い崖をとび下り、見当をつけた山際の森まで一気にかける。自動小銃の掃射は、見当ちがいの方角で気ちがいのように鳴りつづけている。森にとびこんだ彼は、藪の中にわけ入ってぜいぜい息をついた。腹がまたぐるぐる鳴り始める。Cレイションの箱は落してしまった。銃声も人声も遠ざかり、外は一面の虫の声だ。

……報告は悪いものばかりだった。どの区域からも、発見のしらせはない。

「一八〇五区──」局長は呼んだ。通話器から歪んだ声がかえってくる。

「まだ見つかりません……」

「急いでくれ！」局長は歯を食いしばっていった。「急ぐんだ。ばかな事にならないうちにな──。悲惨の上ぬりにならないうちに……」

「急いでいます」

「もっと人数をまわそうか？」

「大丈夫です」

声が切れる。局長はいらいらと指をもんだ。こうしている間にも、あの狂人は、次々と犯罪を重ねているのだ。そしてその狂人は、今どこにいるのか、それさえわかっていない。──突然呼び出し信号がついた。局長はとび上った。

「局長。特別通信です」と声が叫んだ……。

爆音が突然裂くように近づいて来た。彼は急いで草むらに身をかくした。山頂の草は浅いから上から見られたらわかってしまう。思い切って岩蔭まで駈けて身を投げた。じめじめした岩の下から大きな百足がはい出して来る。彼は躊躇せず二本の指で首根っ子を押えた。石で頭をつぶす。油があればいい薬になるのだが……。青黒くぬられた飛行機が物凄い音を立てて頭上を飛びこえて行く。山頂の上空を高度五〇くらいの超低空で。なめてやがる！　白くぬかれた星のマーク、脂ぎった鼻のようにつき出しているプロペラ・スピンナー。そいつは一たん山頂を通りすぎ、反転してまた引き返して来る。見つかった？

翼をかしげて山頂をかすめた時、眼も鮮やかな黄色の飛行服を着た操縦士が、そのピンク色に輝く顔をつき出して、のんびりとあたりを眺めまわしているのが、手がとどきそうな所に見えた。彼は思わず銃をにぎりしめた。畜生、ぶちこんでやりたい。しかし仕損じたらそれまでだ。山頂では逃場はない。昔、教練でならった対空射撃の事を思って、彼は吹き出しそうになった。逆射ちのかまえ、雀でも射つ気だったのだろう。艦載機は性こりもなく、もう一度旋回の姿勢をしめした。細い胴、逆ガルタイプ——コルセアだな。翼の折れ曲った所から、二〇ミリ機関砲が無気味につき出している。腹の下には二百五十キロ爆弾が一つ。畜生、畜生、畜生！　味方の戦闘機が一機もいないなんて……艦載機はぐいと頭を起した。下腹がえいのそれのように青白く光った。急上昇するとそいつは鰯雲の浮いている空の方へとび去ってしまった。ひよどりの鳴声が急にはっきり聞えて来る。彼は起きあがると一丁ばかり先の尾根のようになった山頂へ向けて歩き出した。喉がからからで眼まいがした。腹の立つような秋日和だった。

山頂へ来ると、彼は坐りこんで汗をふき、残りすくない水筒の水をのんだ。腹は依然として下りっ放し。信州まであとどのくらいあるだろう。ふと頭をめぐらして見て、彼は眉をひそめた。眼前の尾根の切れ目に海が見えた。こいつはおかしい。ひょっとすると湖かな？　しかしそうではなかった。水平線の少し下を、黒く細長い文鎮のようなものがゆっくり動いている。空母だ！

無論、味方のであるはずはない。赤城も加賀も、瑞鶴、翔鶴、信濃もみんな沈んでしまった。日本列島周辺に、かつて世界を圧した帝国海軍の艨艟（もうどう）の影はない。噂では日本海の方に、傷だらけの軽巡が二、三隻かくれていると言うが、撃沈されるのは時間の問題だろう。――それにしても海とは……恐らく方角をまちがえたのだ。あの百姓家でつかまりかけて以来、彼は夜ばかりえらんで歩いて来た。月がないので星を見て歩いたが、夜の山道はすぐ方角を見失う。尾根は東南に走っているが、向うの海はいったいどこの海か見当もつかない。どこかで民家を見つけて聞かなくては。今度は銃をかくして戦争孤児みたいな哀れっぽい恰好で行ったほうがいいだろうか？　だがそれも癪だった。ここは自分の国だと言うのに逃げかくれしなければならないとは。彼はすり切れた服の襟にさわってみた。黒い桜のマークがまだついている。本土防衛特別隊の襟章だ。それをなでながら彼はふと空を見上げた。秋津州（あきつしま）――祖国の空、今は秋あかねもとばず、十月もすでに終りだった。来月になったら霜がおりる。それまでに信州に行きつけるだろうか？　中部山岳地帯にはまだ十個師団がたてこもっている。大本営は長野のどこかにうつされ、陛下はそこにおられる筈だ。

「行きつけるだろうか？」

　彼は声に出して言ってみる。自分の声が瞬時にあたりの風物に吸いとられ、かわってきびしい寂寥がおそって来た。麦藁色の陽の光、紅葉につづられた山塊のたたなわり。その向うにはてしなく続く山脈、鈍く光る海。天地の間にはさまれて、名も知らぬ山頂に只一人、飢え疲れ、陽にさらされ、道に迷ってぼんやりたたずんでいる彼……。


「見つかったぞ！」

　局長はカフを一ぱいにあげて、四方に散っている全調査員に叫んだ。

「DZ班からMY班まで、LSTU三五〇六へ！　他の班はそのまま探査を続けろ。DZ班からMY班まで、LSTU三五〇六にはいったら横の連絡をとって、包囲体形」

「QV班……」かすかな声が叫ぶ。「XT六五一七区内に、反応あり」

「RW！　おいRW！　手伝え。QVと協同」

「RW了解……」

　見つかり出した。これで二つ見つかった。まだほかにもあるのだろうか？　LSTUの発見は、域外協力者の通報だ。とんでもない所で見つかったものだ。——とすれば、域内にはまだあるにちがいない。いや、それだけでなく、狂人とその装置がまだ働いているとすれば、彼は今なお続々と……

「奴はまだ見つからんか？」——局長はどなった。

八月十日頃から、戦争に負けたと言う噂がとんだ。工場では中学生達は七対三の割合で二つに別れた。そして二、三日たって、敗戦論者達は残りの連中にぶん殴られた。長崎が恐ろしい新兵器におそわれたと言う事はみんな知っていた。新聞が強力爆弾の事をまわりくどい表現で書いていたからだ。その前に広島にも同型の爆弾が落ちたが、不発に終り、陸軍は捕獲せる爆弾を目下研究中とも書いてあった。

八月十四日は空襲がなかった。しかし彼等はいつものように寄宿舎からカンカン照りの道を歩いて空襲で半分ぶっこわれた工場へ、特殊兵器を作りに出かけた。彼等の作っているのが特殊兵器だと言う事が、彼等にほこりを持たせた。それが人間魚雷らしいということ以外はわからなかったが――その日、翌日正午に陛下の重大放送があると言う噂が流れた。新聞とラジオがその事を裏づけ、教師が勿体ぶった口調で訓話した。ラジオは戦況ニュースを流さなかった。八月十五日は、相変らず空襲はなく、暑い日だった。正午前に彼等は工場の中の大型定盤――下が防空濠になっていた。命のほどは保証されないが――の前に集まった。

ラジオはぶつぶつと調子の悪い音をたてた。正午二分過ぎ、突然アナウンスが言った。

「正午より放送予定の陛下（この言葉が出るとみんなカチンと踵を合せた）の玉音放送は都合により、十四時にのびました。なお重大ニュースがはいりますから、このままラジオを切らずにお待ち下さい」

彼等は待った。ラジオは三分近く沈黙し、又ぶつぶつ言った。三分後、レコードで『切りこみ隊の歌』が流れ出した。命一つと引きかえに、千人万人斬ってやる……。続いて学徒出陣の歌、必勝歌。

「お待たせいたしました。陛下の玉音、重大発表ともに十四時まで延期されました。十四時にもう一度ラジオの前にお集り下さい」

久方ぶりに緊張がたかまり、午後は仕事が手につかなかった。みんな重大放送の内容について勝手な予想を喋り合った。教師は殴り歩いたが効果はなかった。第一仕事をしたって無駄なようなものだ。組立て工場がやられてしまい、第二旋盤工場は瓦礫の山だ。鋳物工場からはどんどん鋳物が出てくるが、第一旋盤工場には十二尺旋盤や、正面盤、ミーリングがないから、小物しか処理出来ない。又処理した所で持って行く組立て工場がなくて、外に積み上げておくだけである。

午後二時の放送は更に三時にのびた。そして三時に、突如「海行かば」が始まった。みんなすぐその妙な所に気がついた。玉音放送なら当然君が代をやる筈だ。

「お待たせいたしました。陛下の放送は都合により取りやめになりました。かわって臨時ニュースを申し上げます。本日未明、重大会議開催中の閣僚及び重臣の多数は、不測の事故により死亡及び重傷をおいました。死亡者の氏名を申し上げます。内閣総理大臣鈴木貫太郎大将……」

「しまった」と小さく呟く声があった。ふりかえると青白い徴用工の四十男だった。米内(よない)海相、木戸内府、下村情報局総裁、その他大臣多数死亡、又は重傷。

「なおこの会議には陛下も御臨席あらせられましたが、神助により、玉体には何のおさしさわりもございませんでした」

みんながちょっとどよめいた。おっちょこちょいが万歳を叫ぶ。十数名がそれに続いたが、妙に元気なく立ち消えになった。

「なお死亡された鈴木首相にかわり、本日正午、阿南陸相に内閣総理大臣の大命が降下いたしました。新内閣成立は本日夜半の予定でございます。只今より阿南新総理のお話、続いて豊田軍令部長のお話がございます」

阿南首相の声は、奇妙に沈痛だった。神州不滅、本土決戦をもって悠久の大義を全うする。国民はいっそう団結し皇室に殉ぜよ。つづいて豊田軍令部長は本土決戦に総力をあげる事、本土決戦においては当方に充分の勝算ある事を力強く述べた。

何が起ったかという事はほぼ推察出来た。なぜ阿南陸相が無事だったか？　なぜ陛下が無事だったか？　国民の殆んどはその理由を理解できた。従って、放送されるはずだった陛下の玉音が、どんな内容だったかも朧ろげにわかった。彼等はいつものように黙って決戦内閣を支持することにきめた。しかし彼等は何が起ったかわかったという事を歌であらわした。十何年前の「昭和維新の歌」が、突然あちらこちらではやり出したのである。それは決戦内閣を支持するようにもとれ、逆にあてつけるようにもとれた。どこからとも知れぬ上の方からその歌を歌ってはならんと言う命令が下りて来た。しかし彼等は、仕事の合間にふとそれを口ずさんだ。

八月十六日から、再び底抜けの大空襲が始まった。臨海工業地帯は壊滅し、六大都市は京都をのぞいて殆んど灰燼に帰した。彼等はもう働こうにも工場がなかった。

そこで海岸の陣地作りにかりだされた。一方ソ連軍は怒濤のように満州を南下しつづけ、関東軍は鮮満国境で退路を絶たれた。彼等の中から本土防衛特別隊が編成され、訓練が始まった。白虎隊——誰もがそう呼びたかったが、賊軍の名だと言うので敬遠され、かわりに黒桜隊という名前がつけられた。隊員は十五歳から十八歳までで、一応志願制度だったが、殆んどの連中が志願した。若い連中ほど多かった。今度は本当の武器が持てる本当の戦争だ。「お行きなさい」と母は言下に言った。「あなたも軍人の子です。お父様の名をはずかしめない働きをなさい」

電灯のつかない疎開先の二階で、仏壇を背にして端然と坐っていた母。父は戦死して少佐にしかなれなかったが、母は少将の娘だった。

「私はあなたに心配をかけないつもりです」

そう言って、母は、父の形見の軍刀を出した。相州物だった。

「いざと言う時は……知っていますね」

八十名が出かけて十七名しか生還しなかった最初の斬込みの夜、軍刀はぬかれる機会もなしに、鈞革が切れておち、榴弾に砕かれた。既にその時彼は、父の形見と言う意識を失っており、厄介払いをしたような気になっていた。彼の心の中で、軍刀より以前に失われているものがあったのだ。ただ一つ頑強に残り続けているのは、負けたくない、負けるのは癪だと言う意識だけだった。

九月の上旬すぎに、薩摩半島と四国南岸の沖合に、米機動部隊の影が現われた。予期されたよりはるかに早かった。二百十日に神風は吹かず、かわりに特攻機が嵐のように殺到した。機動部隊は圧倒的な護衛戦闘機にかこまれつつ、ゆっくり西方へ移動し、またもとの地点へ帰った。九月の半ばに、ハワイ経由の新たな機動部隊は銚子沖にあらわれ、一部は東京湾、一部は伊豆沖にむかった。彼等は水道の奥の海岸陣地に配属され、背後の基地からとび立った一式陸攻が、腹に『桜花』をかかえて南方へとびさるのを、黙りこくって見ていた。彼等の上級生があの自殺兵器の中にとじこめられ、うつろな表情で時の来るのを待っているかも知れないのだ。しかし、大抵と言っていい位、特攻機の飛び立つのと同時に、敵の艦載機の編隊が現われた。見ている前で、陸攻の葉巻型の胴体が紅蓮の炎をあげて横辷(すべ)りして行き、水面へつっこむ寸前に大爆発を起して、長い水しぶきをあげる事もあった。水道の先、ずっと沖合から、遠雷のような轟きが聞えて来る事もあった。

「艦砲射撃かな?」と壕の中で一人が呟いた。みんなは黙って、体一面に塩をふかせたままうずくまっていた。おんぼろの三八銃、実砲二十発。土嚢は築いてあるが、十門の十五サンチ榴弾砲と五門の二十サンチ加農(カノン)、それに重機と対戦車砲の寄せ集めにすぎないこの陣地に、ミズーリ、アイオワの十六吋(インチ)艦砲射撃がふりそそいだらどうなる事か?

しかし彼等は危惧を語りもせず、黙ってうずくまっていた。文句を言ってもどうなる事でもない。死についても戦闘についても、何ら具体的なイメージがあるわけでなく、それを思い描こうとする気力はとうの昔に消えうせた。今日も昼は豆粕入りの握り飯一個とひね沢庵二切れだ。彼等は青ガラスをとかしたような空に、都市爆撃に向うB29の編隊が、キラリと輝きながらすべって行くのを、放心したようにながめていた。暑さも疲労も空腹も忘れ、彼等はただその厳然たる美しさに見とれた。――突然白煙が中空へかけ上った。びっくりするような速さだった。それは空の青に見るみるとけこみ、やがて深い空の奥でかすかな物音がすると、B29の一機がくるりくるりと舞いながら落ちて行った。みんな低い歓声をあげた。誰かがあれこそ、ロケット機『秋水』にちがいないと言った。みんなその話をききたがったが、くわしいことは誰も知らなかった。また或る日、艦載機の跳梁にみんなが掩蔽壕のなかで小さくなっている時、誰かが頓狂な声で叫んだ。

「後むきにとんどる飛行機がおるぞ！」

みんなは首をのばして空を見た。鮮やかな日の丸のマークを胴に描いた先尾翼型の飛行機が、地を這うように飛んで行き、海面で急上昇した。それは大変な速度と行動性を持ち単機がグラマンの編隊の中へとびこんで行った。あっと言う間に二機を撃墜した。みんなは今度こそ大きな歓声をあげた。震電だと言う呟きがあちこちから伝わって来た。二機を撃墜しながら、その奇妙な飛行機は、あざ笑うように残りの敵機の追跡をふり切って遁走してしまった。彼等はしばらくその新型機の話で持ち切り、再びその軽快な姿の現われる日を心まちにまった。しかしそれよりも早く彼等のもとにとどいたのは、水道を北上中の敵艦隊の知らせだった。

艦載機の上空護衛は相変らずだったが、水道で敵艦隊をおそった特攻機はたった二機だった。おそらく基地は壊滅状態にあるのだろう。彼等は海岸ぞいの丘の防禦陣地で、凍りついたように唇の色を失っていた。しかし敵艦は彼等の前を素通りして行った。アイオワ級の戦艦二隻、ペンコラサ級の重巡一隻、護衛駆逐艦がいそがしく走りまわっているのを、彼等は固唾をのんで見ていた。艦隊をおそうのは桜花か、橘花か、回天か……しかし何事も起らず艦隊は通過した。間もなく鈍い轟音がおこり、煙がいくつも上るのが見えた。O市が砲撃されているのだった。

敵艦隊の帰途、山腹の砲台が突然うち出した。「馬鹿！　何をしやがる」と誰かが叫んだ。敵艦隊は単縦陣を作って回転した。戦艦二隻の最初の斉射で砲台は沈黙した。しかし艦隊はまるで遊戯のように旋回しながら、次々に横腹を見せ、海岸をなめるように右から左から、左から右へと砲撃した。彼等の背後にもどかどか砲弾が落ちだした。爆風に吹きとばされ、土砂をかぶり、眼はくらみ、耳は完全に聾になってしまった。土気色になった彼等が頭をあげたとき、もう眼前には敵艦の影も見えず、誰かが――負傷したのではあるまい、ショックで気がふれたのであろう――甲高い、子供らしい声で、だらだらと尾を引くように泣き続けている声だけがはっきりと聞えて来た。一息つく間もなく、彼等には移動命令が下った。敵の大部隊が、五十キロ南方の無人の浜に上陸し、先頭は既にこの陣地から三十五キロの地点に達していると言う情報だった。

彼は起き上って尾根伝いに下り始めた。どこかに道があるだろう。又民家を見つけなければ腹がもたない。大分傾いてはいたが日ざしはじりじりと暑かった。岩角をふみこえながら、彼はふと胸うちの凍る思いをさせられた。靴底が破れかけている。いつまで持つか？

「第二、第三、第四分隊前へ！」
「第三小隊散開！」

白い街道の両側の岡に、重機と対戦車砲を運び上げる。擬装する手もあせりにふるえている。前線部隊の抵抗は排除され、敵歩兵の大部隊は二十キロの所まで進んで来た。味方の戦車隊ははるか後方だ。何故こんな所で抵抗するのか、何故砲兵隊の掩護火力の後方に撤退しないのか、彼等にはわからない。彼等はたまたまここに配属されていたから、ここで抵抗する。彼等は小さな捨て石だ。みんなの唇は色を失い、眼はひきつっている。もっとひどいのは第二、第三、第四分隊の連中だ。彼等は道路わきの急造の蛸壺のなかにひそみ、円盤型の戦車地雷を投げつけるのだ。いや――ちっちゃなやせこけた中学生たちは、地雷を抱いて、キャタピラーの下へとびこめと命令されていた、土気色の顔に汗の雫をたらしながら、彼等は足をひきずって斜面をおりて行く。どさっと音がして一人が気を失ってたおれた。小隊長――四年生の一人が駈けよってなぐりつける。彼は、二人ちがいで第二分隊からはずれた事をひそかに感謝した。道のはずれに人影が現われた。

「うつな!」と前方から、命令が伝わってくる。「味方だ」

土まみれでまっ黒にみえる一隊が、とぼとぼと近づいて来た。遠くからでも疲れ切っているのがわかる。二人の負傷者が背負われていた。一人の頭に巻いた汚れた白布に、血の色が鮮やかだ。近くまで来ると、突然その中の一人がかけ出した。

「戦車だ!」とその兵士は絶叫する。二、三人がかけ寄って抱きとめた。兵士は岡へひっぱり上げられながら、恐怖に満ちて叫び続ける。

「戦車だ! 戦車だ! 戦車だ!」

遠くでごろごろというひびきがした。近づいて来る。きりぎりすが突然一声、高く鋭くなく。彼は軽機の銃把をにぎりしめながら、ズボンが生あたたかく、ぐっしょりとぬれているのを感じた。

「FT班、目標物捕捉!」

ついに待ちに待った報告がはいったのだ。

「FT、ハロー、FT、本部及び各班に、目標物の位置を知らせろ」

「FT了解。目標物の位置、おくります」

コンピューターのピュッとなり出す音が、一瞬通信の中にはいってくる。本部の全機構が一せいに動き出した。

「本部よりDZ〜MYの各班へ。FT、目標へ近づけ。Dコンバーターは二台、すでに輸送中。FT四十分後の予定位置知らせ。E系統G系統のうち、FTに一番近いものは、FTに協力して、コンバーターすえつけ。他の班は、散開して他区域捜査開始」

「DZ～MY了解」

「FT了解。先遣隊を調査に派遣しますか？」

「ぜひ、そうしてくれ」局長はあつくなって叫んだ。「状況を知らせるんだ。直報しろ」


彼は急斜面の杉林を、木につかまりながらおりて行った。すぐ下に猫の額ほどの盆地が見えた。民家の屋根も見える。途中まで滑りおりてはっと足をとめ、あたりを見まわして横へ横へとたどった。杉林の切れた所に岩場がある。断崖のとっぱなまで行って、彼は腹ばいになった。真下に四、五軒の民家があり、道路が白くうねっている。その民家の前にテントがはられ、トラックが二台ばかりとまっていた。道のずっと向うに埃の列が上り、歩兵や物資をつんだトラックの列が近づいて来て、やがてテントの前を通りすぎて行く。彼は雑嚢から双眼鏡をとり出した。この双眼鏡は彼の上官だった専門学校の学生が持主だった。顔が機関砲でふっとばされた次の瞬間に、眼をつけていた彼はとびついてふんだくった。後からそれをよこせ、よこさないで、他中学の、体のごつい兇暴な少年と大立廻りをやり、ごぼう剣で半殺しのめにあわせるような事までやってのけた。もしその直後に戦闘がなかったら、彼はきっとあの少年に殺されていたろう。それでなくても、陣中の武器をもっての喧嘩で、かつて二人の少年が銃殺されている。その命令を出したのは、彼等の中学の教官だったおいぼれの准尉だった。彼等は昔その准尉をいじめたものだった……。

ピントがあうと、いきなり年輩の米将校の赤ら顔がとびこんで来た。葉巻をくわえて何かまくしたてている。視野をずらすと、司厨車が眼についた。横手の大きな牛小屋の前に、歩哨が立っているのは、何か物資でも入っているのだろう。そうだ、一人が丸腰のままはいって行って食糧らしいものをかつぎ出した。あの小屋の警備は手薄だ。裏手からまわれば忍びこめるかも知れない。彼は夜を待つ事にして、岩場の後に再び横になった。

地雷投てきと対戦車砲で最初の一台の戦車は見事に擱座させる事が出来た。しかしそのため、第二、第三、四分隊は榴弾と火焔放射器で殆んど全滅した。彼は歯をくいしばってむせび泣きながら、軽機をぶっ放した。砲塔をぐるぐるまわして四台の戦車は斜面に向けて弾丸を打ちこんだ。——しかし中学生達は奇妙な声をあげなかった。片腕をもぎとられてびっくりしたように立ち上りながら、小さく息を洩らしてこと切れる者もいた。彼等は叫ぼうにも声が出ない状態だった。戦車は一たん後退して行った。射ち方やめの号令がひびくと、負傷者のかぼそい呻き声以外は何も聞えなくなった。

「後退しましょう」

野戦帰りの兵長が言った。正規の兵は砲手をふくめて三十名しかいなかった。

中尉は判断に迷っているようすだった。

「地雷をばらまいて、大急ぎで後退するんです。敵の砲兵が射って来ますぜ」

と兵長はどなった。その言葉の下から、最初の一発が道路に炸裂した。彼等は負傷者を背負って後退を始めた。だが、時既におそかった。弾幕は彼等の前後に、恐るべき密度で立ち上り始めた。小高い所に立って手をふっていた中尉の姿は一瞬にけしとんだ。土砂と爆風で息もつけない程だった。彼はわけもわからず、丘をこえて谷へと転がり落ちた。

これが最初の戦闘だった。その後、事態は急速に悪化しはじめた。彼等は、いとも簡単に指揮系統から切り離され、無やみに歩いては、時たま友軍の宿営地に出くわした。しかし大抵腰をおろす間もなく、そこを撤退しなければならなかった。この地方最大の都市O市からは、避難者の長い列が街道を北に向っていた。道具を背負い、子供をおい、老婆や幼児の手をひいて、女や老人の列はのろのろと動いて行った。中には壮年の姿もまじっており、銃をもった彼等の姿を見ると、慌てて顔をかくすのだった。

九月の末までに、連合軍は四国と九州の南部、九十九里浜、紀伊半島西部に橋頭堡をきずいた。十月にはいるやいなや、最大の上陸作戦が四日市に敢行され、それと殆んど前後して、敦賀湾にソ連陸軍二個師団が上陸した。十月七日、米空挺部隊は関ヶ原西方に降下した。伊勢湾に現われた機動部隊は名古屋地区に猛烈な攻撃を加えた。敵の目的が、本州最狭部附近で本州を両断するにある事は明らかであった。中部西部両軍管区では総力をあげてこの楔形作戦を阻止しようとした。敵軍の勢力は一旦つながり、続いて分断され、再びつながった。一方近畿・関東両地方に上陸した敵部隊は、じりじりと前進を続けていた。淡路の由良砲台は艦砲射撃のために沈黙させられ、紀伊水道の掃海を終った敵艦隊は遂に大阪湾へ侵入し、大阪湾沿岸は敵の制圧下にはいった。近畿部隊は連日敗走を続け、今は吉野川上流紀伊山塊中に二個師団がたてこもる状態にあった。十月下旬、空挺隊による大規模な第二次滲透作戦が始まり、彼は一個小隊の黒桜隊とともに山中に孤立した。

ついに……最後の知らせがはいった。狂った男は、VOOR六八七七で逮捕された。そこでは、狂人は第三の犯罪にとりかかる以前に、つかまってしまったのだ。彼は、えらんだ対象が三つあった事を、あっさり自供した。してみると、彼の犯罪は、二つにとどまったのだ。造物主よ、感謝します。――局長は思わず、あの理不尽な祈りを呟いた。――あの狂った男の罪が、これ以上拡大しなかった事を、感謝いたします……。

狂気――だが、彼は本当に狂っていたのだろうか？　あのすぐれた知能、すさまじい実行力。そしてまた、彼の狂気に実現のきっかけをあたえたのは、その手段をうみ出して彼に与えた文明ではなかったか？　とすれば、許しを乞うべきものは誰か？　人類はまたしても、その精神の成熟度を上まわるような手段をうみ出してしまったのか？　それとも、手段の方が常に先行し、人はそれを使って一度は危険をおかさないと、精神自体が成長しえないのだろうか？――人間は永遠に試行錯誤によってのみしか成熟しえないのだろうか？……

夜がふけた。彼は星明りを頼りに岩棚を滑りおりた。昼間見ておいたのだが、小屋の背後は崖にくっついており、後にまわれば何とか破れない事もない。見つかったら右手の道ぞいに林の中にとびこみ、向う側の崖をとび降りて逃げる。彼は息を殺して地面に這った。テントからは明りが洩れ、時折りジープのヘッドライトがぎらりと光る。広場は暗く、歩哨が銃剣をかまえて行き来している。向うをむいた時を利用して少しずつ接近する。やがて小屋の裏手へ達したが、板はひどく頑丈そうだった。やっと音をたてないように一枚はずしたが、とてももぐりこめそうにない。歩哨はのんびり煙草をふかしている――トラックの通過を利用して思い切って大きくはがす。歩哨はちょっとふり返ったが、気がつかない。ようやく腕が一本だけはいった。中をさぐる。木箱があり、冷たく重い鉄塊の手ざわりがする。砲弾らしい。又別の方をさぐる。指がやっととどく所に手榴弾がある。二つとったがそれ以上は駄目だ。食糧はない。彼は真黒な憤怒にかられ、やけっぱちな気分になる。手榴弾は雑嚢に入れて後ずさりし、崖へはい上ろうとした時、石の一つがくずれ落ちた。

「誰(フーズ・ゼア)だ！」

歩哨が叫んだ。黒い空を背景に真黒な顔、真白な歯、ニグロだ。相手が銃をかまえるひまもあたえず彼はめくらめっぽうにぶっ放した。まぐれ当りに相手の胸板をうちぬいた。黒人兵は笛のような声で叫び、両手を祈るように高く上げた。とり落された自動小銃が空中に向けて火を吐いた。テントから、物蔭から黒い影がとび出して来る。彼は丸くなって道を横切りながら手榴弾を一発は背後の小屋へ、もう一発はテントへ向けて投げた。鈍い爆音が二つ上がった。弾薬置場が誘発を起すまでに、道路を横切らなければならない。しかし広場はあっと言う間に強い光芒が交錯した。

「止れ（ホールド）！」
自動小銃の一連射が、彼のかぼそい肩の骨を砕いた。次の瞬間、背後で大爆発が起り、彼の体は宙に浮いた。黄と白の閃光が天から逆さまに生えたように見えた。彼は頭の方から真暗な奈落へ落ちこんで行った。がさがさという音がし、体があっちこっちにぶつかった。

眼蓋が鉛のように重い。開いたつもりだが何も見えなかった。チラチラとかすりのように白い光点がとぶ。――意識がもどって来た。一面の星空だ。両側から黒いぎざぎざの稜線が空を切りとっている。全身がいたみ、肩の疼痛は焼けるようだ。喉がからからにかわき、額から左顔面が血にぬれたのかこわばっていた。

しんしんと虫の声があたりを満たしている。彼は自分の体が崖下のごくゆるやかな斜面ななめにひっかかっているのに気がついた。心臓がごとんごとんと鳴っている。そのうち右足の鈍痛が感じられて来た。動かそうとするとどうすることも出来ない。叫び声が喉を破る。折れている。きっとそうだ。

後頭部に冷たく重い塊があり、そいつが彼を背後へひきずりこもうとする。彼は息をついて、もう一度空を見上げた。もうだめだと言う事がはっきりわかった。河野康夫、十五歳と六カ月、祖国防衛戦中に逝く。だが弾薬庫と高級将校はやっつけてやった、と思って、無理に歯をむき出して笑う。十五歳にしてはよくやった方だろう。父も死に、母も兄も姉も死んだ。彼も又この山中で、ただ一人闘い、ただ一人で死ぬ。日本人は最後の一人になるまで闘うだろう。祖国の山河は血と屍に埋まる事だろう。

彼は動く左手で肩のあたりをまさぐった。右肩はずたずたにさけてぬれている。しかしもはや苦痛はない。全身を押えつける、この熱いけだるさも後わずかの事だ……まさぐり続けた指先に、最後の手榴弾がふれた。彼は眼をつぶり、汗をしたたらせながら息をついた。雑嚢の中には拳銃があるが、体の下になっている。彼は眼をつぶったまま安全栓を口で啣えた。何か感慨がある筈だと思うのに、何も思い浮ばなかった。安全栓を啣えたまま、もう一度眼をひらき、星空をながめた。その時、突然何かの気配がした。彼は辛うじて首を曲げ、そちらの方をふり向いた。二十メートル程向うに、黒い影がぼんやり立って、こちらをうかがっている。星空にういた背の高い、ほっそりしたシルエットから、彼は敵だと判断した。銃は持っていない。

「待て！」とその影が叫んだ。「投げるな」

その言葉のアクセントのおかしさが、彼の反射的な動作をさそった。二十メートルもとばない事はわかっていたのに、彼は左手をふって、手榴弾を投げた。それはほんの五、六メートルしかとばなかった。彼はぎゅっと眼をつぶり、閃光と熱が、彼の体を粉々に打ち砕くのを待った。しかし爆発は起らず彼はそのまま気を失った。

「FT班先遣隊十五号……」通信機がピイピイなる。受像は、界域の猛烈な歪みで、ほとんど不可能だ。「十五号……ハロー、本部、通話状態どうですか？」

「良好」局長はカフをあげる。「そっちの状況はどうだ？」

「想像以上にひどいです……」十五号の声はくぐもってきこえる。「上陸作戦による双方の死者約十五万……きこえますか？」

「きこえる。続けろ」

「上陸軍の被害も大きいです。日本側には年少者の死者が増大しつつあります。ハロー本部、急いでください。日本側残存兵力は、本州中央部に集結中……きこえますか？　女子供はどんどん自決しつつあります。——動かないで！　いたむか？——ハロー本部、こちら先遣隊十五号。それから各地のゲリラが、西部及び中央部で抗戦中、むろん彼らに勝ち目はありません」

「十五号！」局長はふと気になって声をかけた。「誰かそばにいるのか？」

「ええ、まあ……」

「規定第一項違反だぞ！」

「でも、けが人です……」

「先遣隊十六号……」別の声がわりこんでくる。「阪神工業地区で労働者の一部暴動発生……きこえますか？　阪神工業地区では、ソ連軍内部の日本人工作員の呼びかけに応じて暴動が発生中、労働者間の同志うちと、労働者対日本軍、労働者対米軍の間で小ぜりあいが始まっています。Ｄコンバーター、急いでください」

「先遣隊十五号……」今度はききとりにくい声だ。「軍の一部の寝がえりがありました。Ｄ

コンバーター」

たしかに予想以上にひどい。あの小さな国は、世界を相手に自殺する気だろうか？　勇ましいギャングの頭目のように……。

「輸送班！」局長はどなった。「おい、輸送班、現在位置知らせ！　コンバーター急げ！早くしないとあの連中、ほんとに自滅してしまうぞ！」

「輸送班より本部……」たのもしげな声がかえってくる。

「ただ今Dコンバーター二基とも両極部へ到着、ただちに据えつけにかかります」

「E系統、G系統！　全班ひきかえせ！　FTに協力、コンバーター据えつけ急げ！」

XT六五一七区は、千八百年代だ。規模も知れているし、QV班にまかせておけばいい。ありがたい事に、三つ目は未遂だ。したがって、LSTUとXTの二つの地区、なかんずくLSTUに力を集注できる……。

「QV、RW……」局長は叫ぶ。「状況は？」

「こちらQV、Dコンバーターうけとりました。状況はまだ今の所大した事ありません」

「よろしい、まかせる」局長は全班に呼びかけた。「特別調査隊全隊に通告、散開中の各班はLSTU三五〇六に急行。FT班の据えつけ作業に協力しろ……」

「痛むか？」と若い男がきいた。彼は眼をあけた。星明りの中で、男の美しい白い顔がほのかに見えた。痛む右肩に繃帯（ほうたい）があてられているような感じがしたが、左手でさわって見ると、布ではなくてゴムのような手ざわりのものが肩をぴっちりと包んでいた。

「鎮痛剤があればいいんだが、治療は役目じゃないんでね。ほんの応急薬しかもっていないんだ」

彼はその男の妙なアクセントをかみしめるように聞いた。男は妙な具合だった。喋りながら、間隔をおいてぱっと見えなくなり、又現われる。先刻手榴弾を投げた時も、この男が一瞬消えた事が思い出された。男は彼のすぐそばに現われてヘルメットをぬいだ。丁度おそい月が崖の端にのぞき、その男が美しい金髪である事がわかった。男は彼の眼を見てにっこりほほえんだ。

「殺せ」と彼は言った。男はびっくりしたように顔をこわばらせた。

「殺してくれ」と彼はもう一度言った。疼痛はよほど楽になっていたが、今更生き続ける気はなかった。青年は彼の上にかがみこんで、やさしく言った。

「僕は君を助けたんだぜ」

彼はその男を見つめた。突然彼にはわかったような気がした。

「あんた、ドイツ人だな。そうだろ。だから助けてくれたんだね」

青年はゆっくり首をふった。

「残念ながら僕はヒットラーの秘密諜報員じゃない」

「そんなら誰だ?」

「Tマンだよ」と青年は言った。「と言ったってわかるまいが……」

その時、上の方で人声がした。サーチライトの光芒が崖の上から下へ向けて走った。

「まずいな」と青年は呟いた。「たちのこうか。位置の移動ぐらいは規則違反にならんだろう」

「大目に見よう」とどこかでくぐもった声がした。彼は首をまわして見たが、その青年以外は誰もいなかった。青年は彼の手を握った。水栓のぬけるような音がして、灰色の幕が視界にかぶさった。


「どこから来たって？」と青年は言った。そこは先刻の広場を下に見おろす崖の上だった。一瞬にしてここまで運ばれて来た彼は、夢を見ているようで胸がむかついた。

「さあ……君に言っても信用するかな」

暫らくの沈黙の後、彼はその答をのみこむかどうかを後まわしにして、次の質問を発した。

「あんたは敵か、味方か？」

青年は困ったように頭をごしごしかいた。その恰好には親しみをわかせるような無邪気さがあった。

「そう言われるとよけいに困るんだ。――僕は、この世界とは、関係ないんだ」

彼には青年が頭がおかしいとしか思えなかった。

「なぜ俺の死ぬのを邪魔するんだ」と彼は言った。

「しようがなかったんだ」と青年は言った。「二時間前やっとこの世界を見つけた所だからな。もっと早く来てれば、君の怪我も防げたかも知れん。もっとも君にあえればだがね」

「俺をどうする気だ」と彼はなおもたずねた。「足が折れてるから、結局捕虜になる。だから殺してくれとたのんでるんだ」

「そんなに死に急ぐ事はないだろう」と青年は困り切ったように手をひろげた。「君達の考える事はわからんね。それにどっちみちこの世界は、あと五時間一寸で消滅するんだ」

彼は頭をふった。まるきりチンプンカンプンだった。——世界が消滅するのはいっこう平気だった。どっちみち彼は死ぬのだ。

「いや……消滅と言うより、基元的世界へ収斂されるんだがね」

「どっちでもいい」と彼は頑固に言った。「俺をどこかの部隊へ送りとどけるか、殺すかしてくれ。でなきゃほっといてくれ！」

「よし、ほっとくとも」と青年はとうとういら立ったように叫んだ。「わからん子供だな。この時代の日本の中学生は相当な高等教育をうけてると聞いたんだが……。もともとわれわれが君たちと個人的交渉を持つ事は規則違反なんだ。僕は行くぜ」

「待ってくれ」と彼は言った。左手で襟をさぐり黒い桜のマークをはずすと、それをさし出した。

「どこか友軍に出あったら、報告しといてくれ。黒桜隊第一〇七七部隊、河野康夫。負傷のため自決しそこないましたが、捕虜にはならんつもりです、とね」

青年は刺すような眼付きで彼を見つめていたが、不意にその姿は消えうせた。黒桜のマークはうけとらなかった。一人になると不覚の涙が流れた。死にそこなうなんて、恥だ！　彼は息をつめ、苦痛をこらえてはらばいになると、右手と左足だけで崖っぷちまではって行き、身を投げた。高さは十メートルたらずだが、岩にぶつかれば死ねるだろう。……しかしその体は再び宙空でうけとめられた。

「やめてくれ！」と青年は哀願するように叫んだ。「やはり見殺しには出来ない。説明してやるからそんなに死にたがるな。――いいか、君、この世界はまちがってるんだぜ……」


「何がまちがっているんだ？」

　ふたたび岩の上に横たえられた康夫は、ともすればもうろうとなりかかる意識をふりしぼって、その青年にくってかかった。「この歴史のどこがまちがっているんだ？　鬼畜米英と闘って、一億玉砕する。陛下もともに……日本帝国の臣民は、すべて悠久の大義に生きるんだ。どこがまちがっている？」

「そうじゃないんだ……」青年は困ったように首をふった。

「そういう意味でまちがっているんじゃないんだ。正しい歴史では、日本は八月十五日、天皇の詔勅によって、無条件降伏しているんだ」

「何だと？」康夫はカッと眼を見開いた。「日本が無条件降伏なんかする事があってたまるもんか！」

「それが本当の歴史なんだよ」青年はヘルメットをぬぐと、金髪をなであげた。――北斗はめぐり、夜はふけていた。星明りで見ると、そのととのった白い顔は、どこか現実ばなれした優しさにあふれていた。

「それじゃ、これはうその歴史だっていうのか？」康夫は嘲笑った。「俺のおふくろは、のどをついたぜ。俺の友人はみんな死んだ。日本人は、女も子供も、みんな死ぬまで闘う。俺は米国兵を沢山殺したし、今は死にかけてる。……これがみんなうそだっていうのか？」

「うそとはいわない」青年は悩ましげな表情でいった。「だが、基元的なものじゃないんだ。これはそうあってはならない世界なんだ」

「これがいけなくて、なぜ無条件降伏の方がいいんだ！」康夫は叫んだ。――突然崖の上から探照灯がきらめき、頭上を機銃の斉射が走った。青年は康夫の口をおさえた。しかし康夫はもがきながらなおもいった。

「畜生！　スパイ！　毛唐！――お前らに、俺たちの事がわかるもんか！」

「静かに！」青年はいった。「君はわからん子供だなあ……八月十五日の無条件降伏が唯一の正しい歴史だという事が、わからんのか？」

「なぜそれが正しいんだ？」康夫は歯がみしながらくりかえした。「お前らに、そんな事をいう権利はないぞ」

「正しいというのは、もともと、それしかなかったからだ」青年はかんでふくめるようにいった。

「そうなんだ。本土抗戦なんて行き方は、あとからつくり出されたものだ。これはいけない事だ。歴史は一つでなければいけない。だからこの本来の軌道からそれた歴史は、基元世界に収斂されなければならないんだ」

「お前らに、そんな事をする権利があるのか？」康夫は頑固にくりかえした。「俺が、何のために闘い、何のために死ぬと思うんだ。俺は国のために死ぬ事を、ほこりに思ってるんだ。……要するにお前は、この世界を破壊しようっていうんだな？」

「破壊じゃないよ。消滅——いや収斂されるんだ」と青年は熱くなって言った。「消滅と言ったって、ありとあらゆる意識も消えるんだから、つまり、そのう、破壊とはちがうんだよ。わかるだろ。この世界の人類は消滅に立ち会わない。予期しない。だから恐れようがない」

「もう一つの世界では、日本が無条件降伏して……」と彼は嘲笑うように言った。「それで俺はどうしてるんだ？　やっぱり自決してるんだろ」

青年はきっと唇を結んだ彼の顔を見つめた。何か決意したようだった。

「君がこの世界で自殺しようと、それはかまわないはずなんだ」と青年は言った。「そうだ、それは確かにそうだ。もう一つの世界では、君は又別のあり方をしているだろうし、君が十五歳で死ぬべきこの世界は、あと四時間で消滅するんだからね。——よし、君の意識はもうじき消えるんだから、最後の規則違反をやろう。君に本当の君の姿を見せてやる」

青年は彼の手をとった。それが氷のように冷たいのにふと眉をひそめながら、青年は言った。

「うまく見つかるかどうかわからないが、やってみよう。君のもとの住所は？　学校は？」

　彼がそれを告げると再び灰色の幕がおりた。その幕が薄れて行くと、眼前に汚ならしい風景がうつった。茶色や灰色のごちゃごちゃ重なったのは見憶えのある焼跡だった。そこが母校の近所だと言う事は間もなくわかった。遠くに半焼けの校舎も見える。しかし見憶えのないのは駅前の汚ならしい雑踏だった。路上にござをひろげたり屋台を出したりしていろいろなものを売っている。芋、飴、コッペパン、鍋釜類。汚ならしい土気色の顔をした男達が、ずだ袋をさげてうろついている。突然彼の学校の制帽をかぶった連中が現われた。何やら談笑しつつ、露店の食物を物ほしそうに見ている。その中に彼がいた！　ゲートルも巻かずに、何とだらしのない恰好だ！　ジープが走る。子供達がヘーイと手をふる。米兵がチューインガムを投げてやると、争って拾う。

「畜生！」と彼は叫んだ。「こんなの、我慢できるか！」

「まあ待て」と青年が言う。

　米兵の腕にぶら下るように、でくでくと汚ならしい女どもが、赤いベンベラ物を着て歩いている。……向うから赤旗の群れがやって来る。とげとげしい顔付きの男達がわめいている。立て万国の労働者……

「ソ連軍に占領されたのか？」彼は聞く。

　青年は首をふった。場面はかわってプラカードとデモの波だ。ワッショイ、ワッショイの声がして、列は蛇行をはじめる。と、その中に又彼がいた。もう大学生になっていた。彼は我慢できずにまた叫んだ。

何事だ、あれは！　しかし今度は彼はどこかの娘と肩を並べて夜の公園を歩いている。こちらの彼は眼をこらした。すると突然傍の青年が叫んだ。

「大変だ。こうしちゃいられない」

眼の前の風景がぱっと消えた。青年は興奮した顔で喋り続けた。

「米国へ行った連中からの報告だ。米国は三発目の原爆を完成した。もうそいつをつんだB29がマリアナをとび立ったそうだ。間もなく信州上空へ達する。局長は変換装置作動を三十分後にくり上げた。原爆が落ちるまえに消さないと、悲惨の上ぬりだ。僕は失敬する。僕まで消されちゃかなわんからね」

「待ってくれ！」と彼は叫んだ。「俺を信州へつれてってくれ。どうせ消えるなら、陛下のおそばで……」

青年はけげんな顔をしたが、それでももう一度彼の手をつかんだ。灰色の幕……今度は手荒くほうり出された。異様に寒く、一面霜のおりた高原の、草むらの中だった。彼はかすむ眼に、黒く鋭い稜線を描き出す山脈を見た。――しかし、もう意識が朦朧としていた。

今度こそ本当に死にかけていることがわかった。四肢の感覚は全くなくなり、負傷した箇所だけが、かすかに、遠く、銀の毛でこすられるような痒みを感じさせ、その痒みは数キロも離れた所にあるように思われた。冷たく重い死が、暗い水のように下半身からはいのぼって来て、腹から胸、そしてかすかに動く心臓にのしかかろうとしているのがわかった。人間って、下から死んで行くのか、と彼はふと思った。二度三度、暗黒の波が脳の中をおそい、その合間にふと意識をとりもどすと、高原の夜は、湖のように静かであり、草むらの底から見上げると、暗黒の空に凍りついたようなすさまじい星々が、またたきもせず輝いているのだった。

最後の喘鳴に喉がなるのがわかった。ふいに彼は、やり忘れた事を思い出して、最後の力をふりしぼった。天皇陛下万歳と叫ぼうとした時、突然彼はあの光景を思い出した。――日本が負けたなんて、そんなバカな！　日本にかぎってそんな事はあり得ない。……だがあり得ない事ではない、という恐ろしい想像が、意識のカーテンの影から、静かに姿をあらわそうとしていた。――馬鹿野郎！　彼は必死の力をふりしぼってその想像と闘った。お前は、死におよんで日本人としての信念をなくしたのか！　そんな事はあり得ないんだ。それでは、すべての日本人の死、俺の死がむだになってしまう……この内心の闘いのため、ついに彼は万歳を叫ぶ力を使いはたしてしまった。果しない闇におちこんで行く時、彼は心の中でそう叫んだつもりだった。だが最後に暗黒の中をかすめたのは、無意味な、とりとめのない思いだった。

――あの、手ににぎっていた黒桜隊のマーク、どこへ落したのかな……

＊

時間管理庁特別捜査局の、F・ヤマモト局長は、厖大な時空間をこえて連行されて来た〝狂人〟とむかいあっていた。黄ばんだ皮膚、鷲鼻、黒い髪……知能特Aランクとひと目でわかるその秀でた額の下に輝く眼は、情熱以上の、何か憑かれたようなはげしい光をたたえ、それをこの男の知性がぞっとするほど危険なものに見せている。天才にして狂人、かつ帝王なるもの――それ鬼神ならん、という所か……。

「なぜ、こんな大それた事をしたんです……」

博士号を持つ相手なので、局長はていねいな口調できいた。

「あなたは、この特捜局にとって、史上最初の本当の歴史犯罪者だ。そして、そういう犯罪者は、あなたをもって最後にしたい……だが、なぜやったのです？」

特捜局あつかいの、時間犯罪の記録は、すでに厖大なものになっている。その中で歴史にちょっかいをかけて、それを変えてやろうと企てた連中もすくなくない。しかしそういった連中は、大抵はおめでたい妄想狂だった。時間機で過去にさかのぼって、歴史上の重要人物を殺す……彼等の考えつくのは、大方そういった事だ。パスカルを読んで、わざわざクレオパトラの鼻をつぶしに行ったものもいた。だが、その男は、クレオパトラが何人もいた事を知らなかった。ナポレオンを幼時において殺したものもいた。だが、すでに十九世紀においてジャン・バチスト・ペレスはナポレオンの存在を否定していたし、そのナポレオンがいなくても、また別のナポレオンがやっぱり皇帝になった。個々の事実の不確定性――あのシムスの事実不確定率と、歴史の不変性によって、歴史犯罪は成立し得なかったのだ。

だが宇宙開発の発達にともなう亜空間航行の発明は、ついにそれを可能にした。跳躍航行機関の原動力となる次元転換装置と、時間機をむすびつける事により、任意の数の異なった歴史をつくりうるという事を最初に指摘したのが、ほかならぬこのアドルフ・フォン・キタ博士――歴史研究所の若き逸材だった。だがその意見は、専門外からの発言だったので、物理学者によって無視され、同時にその理論の危険性も看過されてしまったのだ。

特捜局の敏腕な、アンリ・ヴォワザン警部だけが、それに注意をはらった。警部からは、もうだいぶ前に意見書が出ていた。キタ博士が、先祖返り型の衝動的傾向を持つ事、ある種の秘密結社にはいっている事、そして歴史論の分野で、きわめて特異な、歴史可変論の創始者である事……すでに度々の次元嵐を経験し、異次元空間の観測を定例化しているポルックス系宇宙から、異次元空間に出現した別個の太陽系について報告をうけた時、特捜局がただちにそれに対応できたのも、ヴォワザン警部の慧眼があればこそだった。

「お答えねがえませんか？」局長はかさねていった。「われわれがあまりに早くあなたをつかまえたのを意外に思っておられるでしょうな」

「君は、私をほうっておくべきだった」狂人は静かな声でいった。

「それはできない」局長はいった。「歴史は単一であるべきです」

「なぜだ？」狂人は突然叫んだ。「君にそんな事をいう権利はない！」

局長の傍に立つ十五号は、ふと動揺した。それはあの子もいった事だ。

「なぜなら……」局長はちょっと瞑目した。「それは反道徳的だからです」

狂人はカラカラと笑った。

「わかっているよ」と狂人は言った。「君の手もとにある僕の書類――それにはこう書いてあるんだろう。狂人。歴史上の暴君、革命家、破壊的英雄の崇拝者。十世紀代日本のサムライ道徳の心酔者。研究題目、カリギュラ、アヘノバルブ（ネロ）、呂氏の子（始皇帝）、チェザーレ・ボルジア、ロベスピエール、ナポレオン、レーニン、ヒットラー……、最終専攻は日本史……」

「あなたは、とくに日本をえらばれましたね」局長はいった。「明治維新における幕軍の勝利、それと一九四〇年戦役日本の焦土作戦……この二つの選択には、特別な理由があったんですか？」

「単に手始めというだけだ」狂人は答えた。「たまたま一番くわしくしらべていた所だったから……それに私は日独混血だ。そのなりゆきを見て、あらゆる時代に手をそめるつもりだった」

局長は顔がこわばるのを憶えた。もし無数の歴史が製造されてしまっていたら……あるいはその事は、現在の世界を律している道徳を根本から変えてしまうかも知れない。

「ヨーロッパ戦線で、ナチに、原爆とV兵器による勝利をもたらすつもりだった。レーニン死後のソビエトで、スターリンにかわってトロツキーに政権をにぎらすつもりだった。F・ルーズベルト時代のアメリカで、進歩党のウォーレスに花を持たせるつもりだった。四〇年戦役後のヨーロッパで、フランス、イタリアの共産党に政権をとらせるつもりだった……」

キタ博士は指をおって数えた。つまりそれだけの数の「世界＝歴史」をつくるつもりだったのだ。

「なぜそんな事をするのです？」今度叫んだのは十五号だった。「二十世紀において、そんなに沢山の歴史を作り出す事は、それだけの数の悲惨さをつくり出す事だ。僕がむこうで出あった、十五歳の少年の話をしましょうか？」

「悲惨だと？」博士はもえるような眼をあげた。「悲惨でない歴史があるか？　問題はその悲惨さを通じて、人類が何をかち得るかという事だ。第二次世界戦争では、千数百万の人間が死に、それとほぼ同数のユダヤ人が虐殺された。地球全人口の一割に達するこの殺りくを通じてもたらされた戦後の世界が一体どんなものだったか、君たちは知っているか？　そしてその時の中途半端さが、実に千年後の現在にまで、人間の心の根を蝕む日和見主義になって尾をひいていることを、君たちは考えた事があるか？」

テーブルをたたいて立ち上った博士の姿はまさに狂人のものだった。眼は熱をふくんでギラギラ輝き、口角には泡がういた。

「犠牲をはらったなら、それだけのものをつかみとらねばならん。それでなければ、歴史は無意味なものになる。二十世紀が後代の歴史に及ぼした最も大きな影響は、その中途半端さだった。世界史的規模における日和見主義だった。だからはっきりいって、第二次大戦の犠牲は無駄になったのだ。全人類が、自己のうち出した悲惨さの前に、恐れをなして中途で眼をつぶってしまったのだ。もうたえられないと思って、中途で妥協したのだ――日本の場合、終戦の詔勅一本で、突然お手あげした。その結果、戦後かれらが手に入れたものは何だったか？　二十年をまたずして空文化してしまった平和憲法だ！」

ヴォワザン警部は局長にちょっと眼配せした。局長はうなずいた。

「そんなことなら、日本はもっと大きな犠牲を払っても、歴史の固い底から、もっと確実なものをつかみあげるべきだった。どうせそれまでさんざん悲惨さを味わって来たのだ。焦土作戦の犠牲をはらうくらい、五十歩百歩だったじゃないか。日本という国は、完全にほろんでしまってもよかった。国家がほろびたら、その向うから、全地上的連帯性をになうべき、新しい〝人間〟がうまれて来ただろう。——帝国主義戦争を内乱へ、という有名なテーゼがある。現に、君たちの発見した時は、日本で労働者の内乱が起りかけていたじゃないか！」

「博士……」ヴォワザン警部は静かにいった。「あなたは歴史研究の名目で、たびたび、当時の日本に行かれましたね？」

「それがどうした？」狂人はどなった。

「時間旅行の安全規定のうち、一定期間内に一定回数以上は同時代へ行けないという規定があるのを御存知でしょう？　その限度をこえると、時界転移の際のゆがみが脳に蓄積されて、記憶障害や精神疾患が起るのですよ」

「僕が日本史に身を入れすぎるというんだな？」狂人は歯をむき出した。

「むしろ、当時の日本人みたいに話しておられますよ」

「何も当時の日本だけじゃない。僕はあらゆる時代にわたって、それをためすのだ」博士はますます興奮しながらいった。「なぜ、歴史がいくつもあってはいけないのだ？　それが可能なら、平行する無数の歴史があってもかまわないじゃないか？　無数の可能性を追求する、無数の歴史的実験があっていいのに、なぜ、やりなおしのきかないこの歴史だけに、人類が甘んじなきゃいけないのだ？　最も理想的な歴史的宇宙をえらぶ権利がなぜないのだ？　権利は常に可能性によって押しすすめられる。それが可能になったならば、その時は我々もまた、理想とする歴史をえらぶ権利がある」

　狂人はパッと両手をあげた。

「僕はついに、人類を歴史から解放した！」

「それはまちがっている」局長は静かにいった。「あなたのその妄想自体が、すでに歴史的制約の産物です」

「妄想だと？」狂人は嘲った。「君たちにはわからんさ」

「我々の時代は、すでにそういった考え方をのりこえているのですよ」局長はテーブルをとんとんとたたきながらつぶやいた。「そういった考え方を必要とせず、この単一の、やりなおしのきかない歴史を生きてこそ、我々は人間なのです。人間は、自己を保つために、いくつもの可能性を破棄して来た。人間が人間を食べる事……こんな合理的な事もね。それから永生手術も破棄しました。機械に人間の脳を移植する事も……」

「君たち保守主義者の方が、よっぽどすさまじい歴史犯罪者じゃないか！」狂人は怒りにみちて叫んだ。「人間の無限の可能性をつみとったんだ！」

「それというのも、〝人間〟という種の維持のためでした」局長は答えた。「歴史には拡大ばかりでなく、縮少も必要です。種とその文明が、具体的な形をとるためには、それが全宇宙の可能性の中に、拡散し稀薄化してしまうのを防ぎ、つなぎとめなければなりません。無限に、演繹的に可能性を追求して行けば、ついには人間は、自分自身がわからなくなってしまうのです」

局長はふと、タイムスコープの方をふりかえった。

「はっきりいって、われわれの時代の道徳は、保守主義です。ですからわれわれの時代は、数十世紀前のモラルにとても似ている。……道徳の復古現象は、必要によって起るのです」

「さあ、行きましょう」ヴォワザン警部は博士の腕をとった。

「すぐに時間裁判所へ行くのか？」

「いいえ、病院です」警部は冷静にいった。「精神鑑定をうけて——きっと実刑はまぬがれるでしょう」

「あくまできちがいあつかいするんだな！」

「申しあげにくいが、過度の時間旅行による歴史意識の後退現象が起っています」

「歴史学者が、対象年代に夢中になるのは当り前だぜ」

「いいえ、博士」警部はおだやかに笑った。「あなたが、まるで二十世紀の人間のような感情をもったというだけじゃありません。それなら単なる想像力過剰現象でしょう。——しかし、あなたは、自分が正常だと思っていられるでしょう」

「あたり前だ」

「それがおかしいのですよ。あなたはさっき、二十世紀の歴史的な傷が、千年後の今日まであとをひいていると言っておられましたね。あなたは三十世紀の意識でしゃべっておられる。けれど現在は、あの第二次大戦から五千年たっているんですよ……」

＊

「やっちゃん……康彦ちゃん！」

妻が子供をよぶ声に、康夫は本をとじた。プルーストの「失われし時を求めて」の最終冊「見出された時」を、たった今読み終えた所だった。——学生時代からの念願が、いま果されたのだ。彼は草原にねたまま、伸びをした。

ぬけるような青い空、初秋の志賀高原の空気は、早やひえびえと肌にしみる。二歳半になる長男がキャッキャッとはしゃぐ声と、妻の少女のようなアルトが、野面をわたってくる。彼は疲れた眼をとじて、母と子の声にききいった。

地には平和、天には光を……

「さあ、かえりましょ。お父ちゃま呼んでらっしゃい」

まもなく小さな足音が近づいてきて、乳くさいほっぺたを押しつけられるだろう。彼は眠ったふりをしながら、微笑をうかべて待った。——商社につとめて六年、はじめてのゆっくりした休暇だった。だが明日はもうかえらなければならない。夏も終りだ。

予期した足音は、途中でとまどっている。母子でいいあらそう声がきこえる。

「だめよ、康彦ちゃん。そんなものばっちいわよ。パイしなさい」

「いやン！」

断乎として子供はいう。強情は父親ゆずりだろう。彼は思わず失笑する。パタパタとおぼつかない足音がして、草の中から小さな顔がのぞき、にぎりこぶしをつき出す。

「おとうちゃま、はい、これ」

彼は笑いながら手でうけた。泥にまみれた、小さな、黒いエボナイトの円板だ。

「だめねえ、康彦ちゃん。そんなものひろって……」妻が白いブラウス姿であらわれた。

「あなた、なあに、それ？」

彼は指で泥をこすってみる。下からすりへった模様があらわれる。

「何かのマークだよ」彼はいう。「桜のマークだ」

「まあ、黒い桜？　おかしなマーク……」妻は無邪気な笑い声をたてる。「黒いブームね」

彼は突然ぼんやりして、それを手ににぎりしめた。一瞬――ほんの一瞬、奇妙な冷たい感情が意識の暗い片隅を吹きぬけた。陽がかげったように、周囲が暗くなったように見え、この美しい光景が、家族の行楽が、ここにいる彼自身、いや、彼をふくめて社会や、歴史や、その他一切合財が、この時代全体が、突如として色あせ、腐敗臭をはなち、おぞましく見えた。――しかしそれはまばたきする間の事だった。彼はそのマークを、子供の手にかえすと、小さな体を勢いよく抱きあげた。

「さあ、帰ろうね。ホテルで御飯だよ」

「ぼくね、おなかすいた」子供はいばっていう。

「明日はおうちよ。うれしいでしょ」と妻。

「おとうちゃま、赤い赤い」

ほんとにすばらしい夕焼だ。

夕焼け小焼けで日がくれて……夫婦と子供、三人の合唱。地には平和を……。

「康彦ちゃん。これもうパイしようね」

「うん、ばっちい、パイ」

黒い小さなものは、真紅の落日の中を、子供の手をはなれて草むらへとぶ。

「バイバーイ！」子供は叫ぶ。

山のお寺の鐘がなる……

――地には平和を。

時の顔

　小会議室の中には、沈痛な顔がずらりならんでいた。だれ一人として、僕たち二人の方を正視できないでいた。

「タナカさん」院長のチャン・タオルン博士が口を切った。「ここには東部アジア総合病院の全医局員がおります。そして中央病理学研究所のデュクロ博士、トロントハイム医大のヨハンセン総長、特殊臨床医学の泰斗ブキャナン博士の諸先生もおられます」

　チャン博士はちょっと顔ぶれを見わたした。

「みなさん、あなたの息子さんの治療のことで、当病院においでねがったのです」

「斯界の泰斗を網羅していただいたわけですな」おやじ——時間管理局最古参のヨシロ・タナカ調査部長の口ぶりには、かすかに皮肉と怒りがまじっていた。

「で、みなさんの結論はどうなんです？　カズミはなおるんですか？」

　えらい先生がたが、一せいに眼をふせた。

僕はふと特別病棟の麻酔ケースの中に横たわる、カズミの姿を思いうかべた。色の白い、端麗な顔は、二十四時間毎におそうはげしい発作にやみおとろえ、死人のようになっている。

——チャン博士は金属的なせきばらいを二、三度した。

「われわれはできうるかぎりの——さよう、現在の臨床医学のあらゆる知識をもって、この一年間手段をつくしてみたのです」

水をうったような沈黙が部屋をみたした。

「で、その——もはや治療ではなく、別の処置をとらねばならぬという結論に達しました」

「あなたの御子息は奇病なのです」悔恨やるかたないといった調子でブキャナン博士が口をはさんだ。「われわれには、どうしてもその病因がつかめない。したがって手のつくしようもないのです」赤ら顔の博士はどんと机をたたいた。「こんな病気はあり得ない。わしは医者をやめたいですよ」

照明が部屋の一部で暗くなり、映画がうつりはじめた。

「病状については、すでにご存知だと思います」チャン博士がひきついだ。「発作は一年二カ月前に突然起りはじめ、それ以後、ほとんど正確に二十四時間間隔でおそってきます。これが二週間つづいては、二週間やむのです。——患者の言によりますと皮膚表面に突然おそってくる刺すような痛み、つづいて筋肉、内臓組織まで貫通するはげしい痛み……」

僕は思わず舌うちした。患者の父親に、患者の苦痛を語ってきかせてどうする気だ？

「疼痛感覚が起ったあとは、青い、小さな斑点が、皮膚上に残る。——われわれにとって不可解なことは、患者がこのようにはげしい苦痛を訴えるのに、組織そのものには、一連の収縮以外何の変化も起らないということです」

フィルムは筋組織の顕微鏡映像をうつし出した。毛細血管の中を血球がせわしなく動き、半透明の横紋筋細胞がうごめいていた。と、突然表皮細胞の一部が、はげしく収縮した。その収縮は組織表皮部から深部へかけて、一直線にひろがって行った。

「今あそこにひろがって行く原因不明の収縮が、発作です」チャン博士はいった。「発作の後、組織には何の損傷も起らないのに、患者は依然として疼痛感がその点に残っていると訴えている。――当然考えられるのは、発作が心因性のものであるということです。しかし……」

静まりかえった席上で、おやじの荒い息と、チャン博士が唇をしめす、かすかなピチャピチャという音が、いやにはっきりきこえた。

「サイコメトリ方法による精密検査によっても何一つ原因らしいものはみとめられません、しかも――これこそ現代医学にとって不可能であり、奇病たるゆえんなのですが――この発作と残留疼痛感は、いかなる強力な麻酔をもってしても、防ぎ得ないのです」

――僕は発作の起った時のカズミのおそろしい叫びが耳にきこえるような気がした。ケースの中で……手足をしばりつけられて。

画面に人体の略図がうつった。その上に胴体を中心に、無数の青い点がちらばっていた。

――おやじが音をたてて息をすいこんだ。

「発作点は身体前面にのみあらわれ、一ヵ所に二度起ることは決してありません。現在ではすでに身体上数ヵ所に……」

「もうけっこうです！」おやじが叫んだ。「あんたらはいったい何をいいたいんです？　あきらめろというんだったら、はっきりそういってください。カズミはなおらないんですか？」

この絶望的な問いが、時間局員の場合、何と皮肉にひびくことだろう？　禁止時域（プロヒビション・エリヤ）——現在から前後五十年の間、一般局員が決してはいれない時域がある。数千年をとびこえることは許されたものたちが、自分に直接関係のある未来については、知ることを禁じられているのだ。

「そのことについて……」チャン博士は苦しそうにいった。「われわれは、今日ここであなたの裁断をあおぎたかったのです。結論として——われわれには、この病気はなおせません。このままでは、御子息は苦しみつづけて一年かそこらのうちに死ぬでしょう」

「で、何の裁断をするのです？」おやじはうちのめされた声でいった。「安楽死ですか？」

「いいや、病気はなおせなくとも、生命をひきのばす手段はあります——脳髄移植です」チャン博士はいきおいこんでいった。「御子息そっくりのアンドロイドを準備して……」

「アンドロイドか！」突然おやじは軽い声をたてて笑った。「永遠に年をとらぬ、アンドロイド！——あなたがたは自分で子供を育てた経験が、あまりないようですな、人格とは、脳につまっているものがすべてだと概念的に思っている。だが、父親にとっては、息子の髪の毛一本皮膚一片——いや、病気そのものが息子の全人格なのです」

「脳髄移植も、確実に問題の解決になるとはかぎらない」突然特殊病理学の権威、デュクロ博士がいった。「そのことはあらかじめ知っておいていただいた方がいいでしょう」

医者たちの間に動揺が起った。デュクロ博士を非難するようなささやきがかわされた。

「どういうことです？」おやじはけげんそうにきいた。「アンドロイドにも病気がおこるんですか？」

「心因性の場合、おこることがあります。——今度の場合も……」博士はちょっとためらった。

「私は症状から見て、T・Dだと思うんですがね。——少数意見ですが……」

「T・Dって何です？」

「精神感応性疾患（テレパシック・デイジーズ）——思念力の作用によって起る病気です」

「じゃ超能力（エスパー）の連中の誰かが起したというんですか？」僕はおどろいて叫んだ。

「デュクロ博士の説は、少数意見です」ヨハンセン博士が、強い北方訛（なま）りで重々しくいった。

「T・Dなら簡単に原因が——この際は犯人というべきでしょうが——見つかるはずですからね。完備した超能力警察（エス・ピイ）、登録されて、厳重にとりしまられている超能力者（エスパー）たち……」

「むろん、われわれは超能力警察（エス・ピイ）に依頼して、充分に調査しました」ブキャナン博士もいった。

「結果は、その兆候はまったくないということです。——報告書をごらんになりますか？」

おやじは、宙を見つめて考えこんでいた。チャン博士が、この問題をうちきって、裁断をもとめようとした時、おやじは突然たち上った。

「みなさん」おやじはいった。「移植手術は待ってください。そしてせがれの命を、何とかできるだけ長く、もたせてやってください。今おねがいしたいのはそれだけです」

それから部屋の隅の方へ体をそむけると、つきつめた表情でいった。

「デュクロ博士――お話があるのですが」


デュクロ博士の個室へはいると、おやじは習慣で、恐ろしいものでも見るように、こっそりと壁面テレビの方をふりかえった。

「息子さんをごらんにならない方がいいですよ」デュクロ博士は、肩にうめこまれた医師用の皮下時計（ハイポダミック・クロノメーター）でちょっと時刻を感じとった。「いま、十五時です。発作はすくなくともあと十一時間は起きません」

博士はまだ若く、チュートン族の先祖がえりといったずんぐりした体格だったが、いかにも機敏らしかった。

「連中は冷凍仮死処置をとることにしたらしいですよ」博士は飲物をすすめながらいった。

「だが、はたしてそれで苦痛がなくなるかどうか――仮死が仮死であって死でないかぎりはだめかもしれませんね」

「信じられませんね」僕はいった。「感覚器も大脳も反射系も代謝系も、カチカチの仮死状態にあって、なお苦痛があり得るんですか？」

「T・Dならば、あるかも知れません」

「そのT・Dについて、くわしくききたいのですが……」おやじはかたい声でいった。

「じつをいうと、この分野はあまりくわしくわかっていません」博士はいいづらそうにいった。

「症例が非常に少いので——四十世紀の超能力研究もまだあいまいなものですな。特に交感理論（コレスポンダンス）など、だいぶ欠陥があると思います。だからこそ、みんなこの疑問をさけたがるんですな」

「T・Dってものは時代をこえて効力を発揮しますか？」

博士はちょっとびっくりしたようだった。

「まさか——そんな話はききませんね、要するに、テレキネシスとか、サイコキネシスとよばれる力で病気を起すんですからたいてい思念集中と同時に起ります。もっとも思念力蓄積の必要がある時は、効果のおくれはありますが」

「たたりという場合は？」

この珍しい廃語になった言葉の意味が、僕にはすぐにわからなかった。しかしデュクロ博士は古代医学にくわしかったから、すぐわかったらしかった。

「あれは残留思念力の問題ですね」博士はむずかしい顔をした。

「特定の地域や物体に残留思念力があって、近よったりふれたりすると効果を発揮する——

これもそう長くは残らないはずです」

「だがエジプトの〝王者の谷〟の場合は、実に四十世紀をこえて、効力が残った」

「あれはこう考えます。あのピラミッドの質量と構造、それに長く沙漠のなかに放置されていたということが、サイキック・エナージィを閉じこめ、保存するのに非常に役立ったのだ、と。——古代エジプト人が、わざわざその目的であういう構造をえらんだのか、偶然そうなったのかは知りませんがね」

「ちょっとまってください」僕はいった。「カズミの病気が、過去の思念力によって起ったとでもいうんですか？」

「あるいは……」そういいかけて、おやじはぐっと口をつぐんだ。

「どうして？」僕は突然わきあがってきた不安に、思わず立ちあがって、おやじの顔をのぞきこんだ。

「なぜカズミが——時間局員のあなたが、過ぎさった時代から病気をかかえて来たというなら、まだ話がわかります。だけどカズミは数学院の研究生で、過去との交渉はないはずじゃありませんか？」

「何か心あたりでもあるのですか？」デュクロ博士は鋭くいった。

おやじはおしだまって頭をかかえこんでいた。——言おうか言うまいかというはげしい葛藤が、おやじの胸の中にうずまいているのが、手にとるようにわかった。

「実は……」おやじはひからびた声でいった。「二十四年前……」

西暦一八四三年、極東N六三〇六地区――その時代の表現によるならば、天保十四年閏九月のニッポン、エド。――僕はことのなりゆきの意外さにおどろきながら、時間基地八〇八号を出て本郷の切り通しをぬけ、広小路からたそがれの御成道を南に向って走っていた。盲縞の着物に町人髪、ふりわけ包みに手甲脚絆といった旅人姿で……。頭の中は催眠記憶装置で、大急ぎでつめこんだ十九世紀江戸の、言語風俗や知識でわれかえりそうだったが、それ以上におやじの告白がまだ耳の中になりわたっていた。

「カズミはわしの本当の子ではないのだ」とおやじはデュクロ博士の部屋でいった。「わしの本当の子は、二十七年前のアルテミス号の遭難の時、妻といっしょに……生後六カ月だった」

「じゃ、今のカズミは？」

「二十四年前……」おやじは手をもみしだきながらいった。「わしが二千年前の極東六三〇六に調査に行った時に――」

僕はぎょっとして叫んだ。

「でも、それは大変なことです。違反です」

「むずかしいところだった」おやじはつぶやいた。「赤ン坊はほっておけばそのまま死ぬところだった。それにそのとき人の気配がしたので、咄嗟に赤ン坊を連れて来てしまったのだ。そして、赤ん坊は、死体として、もちこみ許可をとり蘇生手術をうけさせた」

それからおやじは僕の顔を見て、絶望的に叫んだ。

「なあ、タケ、わかってくれ！　子供を失った父親の感情がどんなものか……とりわけ、ニッポン系人種が、子供に対してどんなに深い愛情をいだいてきたか！」

それにしたところが、カズミの奇怪な病気の原因が実際に十九世紀にあるかどうかは、まったくあやふやだった。ただ、その原因不明の病気がT・Dかも知れないといううたがいがあるかぎり、その過去のベールにとざされたおいたちはさぐってみる値打ちがありそうだった。

「同感です」デュクロ博士も力をこめていった。「病因がはたしてそこにあるかどうかは、私にも全然自信ありません。しかしその領域は、今やわれわれにとってもたった一つの可能性です。ひょっとして、万一にも病因がつかめたら……」

「そうしたらなおせますか？」

「いや、それは何ともいえません」博士は自信なげな表情でいった。「ただ、病因がつかめたら、何か治療手段が見つかるかもしれない」

なお、実際的な問題がのこっていた。こんなあいまいな理由で、正式の航時許可がとれるか？——おやじは自分で行くといってきかなかったが、すでに年齢限界をすぎていたし、調査部長自身の出張はことが大きくなりすぎる。

「僕が行きます」と僕はいった。

その時すでに、運命に対する予感のようなものがあった。僕の平均超能力係数は6だ、悪い方ではない。

　それにカズミと僕は幼な馴染だった。ごくちいさい時、僕たち二人は一目見ただけでお互いに好きになった。それ以来僕たちは、かたときも離れることのない友人になった。学校も一緒だった。専門はちがっていたが僕たちはまるで兄弟のように、したしみあっていた。僕が兄貴でカズミは弟だ――カズミは最初あった時から僕をしたい、僕は彼をかばってきた。僕たちの間には友情以上のもっと強いきずながあった――といって、妙な関係では決してない。むしろ肉親の愛情にちかいものだ。おやじと知りあって時間局へ入ったのもカズミの推薦だった。僕は年下のカズミを心から愛していた。どんなことがあっても、たとえ身を投げ出してもカズミを救わねばならないという強い衝動はおやじよりももっと強かったのではないかと信じている。

「あなたが、調査命令を出してください。おさななじみの危急をすくうなら、どんなことでもやりますよ」

　こうして僕はあてずっぽうの調査にのり出したのだった。はたしてこれが病因解明のきめ手になるかどうかまるきり五里霧中だったが、とにかく僕は、上野不忍池のほとり、東照宮の裏にある十九世紀日本基地八〇八号から、下谷へむけて急いでいた――おりしも東叡山寛永寺の時鐘が、三つの捨て鐘をつきおわり、暮六つの鐘の音を、くれなずむ江戸の町にいんいんとひびかせはじめた。

逢魔が刻というのか、この時刻、下谷黒門町界隈には、ぱったり人通りがたえていた。野良犬の影のうろつく、ほこりっぽい江戸の街を左へ折れ右へ折れて行くと、行く手に目標の火除けの空き地が見えた——記憶にまちがいなければ、あれが秋葉原だ。それをめやすにまた左へまがると、森閑とした練塀小路だった。四ツ角までくると花田町の方角から小きざみにいそぐ下駄の足音がきこえてきた。僕は傍の天水桶にかくれて、眼帯式になった江戸時代用のかくしカメラをかけた。

四辻に黒襟をかけた若い女が、何か包みを胸にかかえて、つんのめりそうになってかけてくる。と見るまに、角のところにうずくまっていた、頬かむりの黒い影が女にとびかかるや、匕首がにぶくきらめいた。女がかすかに悲鳴をあげ、もつれあううちに男の手拭いがとける。——女がくずれおち、男は女の包みをとって、ためらったように中をのぞいたが、いきなり傍の塀にたたきつけた。一瞬、赤ん坊の泣き声がした。男はしゃがんで女のふところをさぐる。その時、女の来た方角から、もう一つの足音がきこえてきた。男はぎょっと顔をあげ、飛鳥のように暗やみへ消えた。

かけよったのは、でっぷり肥った、中年の旅人姿の男だった。——二十四年前のおやじだ。僕はおやじがこの時代に調査に来て、偶然カズミをひろう場面に立ちあっているのだ。おやじは女の死体を見、男の逃げた方角を見、ころがっている包みをひろった。はっと驚く思いれがあり、それからあたりを見まわして、天水桶のかげの僕を見つけた。一瞬のためらいののち、おやじは御徒士町の方角へ脱兎のごとくかけ出した。二十四年前、カズミをひろった時に、おやじをおどろかせた人影とは、ほかならぬ僕のことだった。——さあ、ここからだ。ひろわれた時のカズミは、臍の緒書きも何もつけていなかった。彼の出生をさぐるのは、女の線をたぐるよりしかたがない。

成年したカズミのかおだちとそっくりな、二十二、三の女の顔は断末魔の苦悶にゆがんでいた。眉もおとさず鉄漿もつけず、といって生娘とも見えない。

「子供を……」と女はあえぎながらいった。

「しっかりなさい！」僕は耳に口をあててどなった。——派遣調査員が過去の人物と決定的な関係をもてるのは、大ていの場合その人物の死の間ぎわばかりだ。事態を変えないための配慮だが、時おり自分が死神のように思え、因果な商売だと思うことがある。

「赤ん坊の名は？」僕は女をゆさぶった。「あんたの名は？」

「さと……」と女はいった。——それが最後だった。ふところは、さっきの男がさぐっていったか何もない。僕は唯一の手がかりである、犯人のおとして行った汚い手ぬぐいをひろって走り出した。——角を曲ったとたんに経文をくちずさみながらやってくる、旅の僧侶にどんとぶつかった。

「何かありましたか？」まだ若いらしい僧侶は、つきあたられてびっくりしたようにきいた。

「殺しでさあ」僕はいった。「今そこで若い女がやられたんで」

「それは気の毒な……」と僧侶はいった。

「ほんに若えのに気の毒なことで」僕はできるだけ江戸ッ子らしい口調でいった。「ごめんなせえやし、あっしはちょっとひとっぱしり番所まで」

僕はその場をはずして、またかけ出した。背後で、死体を見つけたらしい僧侶の、驚きの声がきこえた。その声をきいた時、僕はふと気がついた。——たそがれ時の暗がりで、網代笠の下からチラリと見ただけなので、顔立ちはほとんどわからなかったが、その顔をどこかで見たような気がし、その声にもおぼえがあるような気がしたのだ。だが、気がせくままに、僕は駐在員の家へむかって走りつづけた。


この時代の時間局駐在員は、湯島金助町の目明し油屋和助だった。

「おそかったな」和助は一人で長火鉢の前にすわっていた。

「今日くるというので、一本つけて待ってたんだ。——十九世紀の江戸の酒をのむかね？」

江戸に二十年も駐在している和助の恰好は、さすがに板についていた。本田髷に黄八丈の丹前をひっかけ、長煙管でやに下ったところなど、どう見ても江戸前の親分だ。そのくせ自分では決して事件を解決しない。

「すぐ現像してくれ」と僕はカメラをはずしながらいった。

「殺した奴の線からもたぐってほしいんだ。何かいわくがあるかも知れない」

「殺しのことは、こちらの下っぴきに、番所へとどけさせるから女の身もとはいずれ町方の方でわれるだろう。お前さんは見ねえことにしとくんだ。わかったな？」

「通りすがりの坊主に見られてるぜ」

「大丈夫だよ。江戸にゃ神かくしや、迷宮入りがわんさとあるんだ」

　和助と僕は地下室にいって、犯行現場の写真をしらべた。超高感度のフィルムを拡大すると犯行が順序を追うて、全部うつっていた。おさとの顔は見れば見るほどカズミに似ていた。手ぬぐいのはずれた瞬間の兇漢の顔を見ると和助はちょっと、声をたてた。

「こいつは驚いた！」

　座敷へあがると、和助は小障子をあけて路地へむかってどなった。

「金太！　ちょっとこい！」

　裏口から、髷節のまがった、おっちょこちょいらしい下っぴきが上りこんで、素袷の前をかきあわせた。

「お前、直が江戸へかえって来たという話をきかねえか？」

「へえ……」金太はとぼけた顔をした。「そういえば八百辰がこないだの朝、多町の青物市のかえりに見かけたとか」

「どじなうそをつくな！」和助はついた。「やつァ今どこにいる」

「勘弁しておくんなさい。直兄ィにゃ世話になったんで……」

「お上の御用じゃねえ、どこにいるんだ」

「こないだうちから、こっそり帰って来て、九段中坂でめし屋をやってます」

「知ってる男か？」金太がでて行くと、僕は和助にきいた。

「片岡直次郎——直侍だよ。知らないのか？　先だって死んだ河内山宗俊のとりまきで、有名な悪だ。いずれ黙阿弥が芝居にして三千歳とのひきで大そうなところを見せるが、実物はあんなイキなもんじゃなくてつまらねえ男さ。ここのすぐ隣の大根畠で、源之助って相棒をしめ殺したこともある」和助は帯をしめながらいった。「そういやァ殺しのあった練塀小路は、河内山の家のあったところだ。——いい気質の男だったがな」

僕たちはそれからすぐ駕籠で九段中坂へむかった。駕籠という珍妙な乗物も、天保期の小悪党のことも、僕にはまったく興味がなかった。むしろカズミの身もとの件で、あまりわき道にそれてしまうのを恐れていた。だがこの段階では、あらゆることにあたって見るよりしかたがない。

九段坂界隈は、屋敷町ばかりのさびしい場所だった。それでも中坂へんはまだ町家の灯が見えた。和助は、八犬伝を書きおえたばかりの曲亭馬琴のすんでいる家をおしえてくれたが、僕はこの壮大で退屈な古典作家にも興味はなかった——あとで考えてみると、この問題を追及するのなら、少しはこの雄大な因果話を読んでおくべきだったのだが。

直次郎は店をしめて、一人で茶碗酒をのんでいた。和助を見ても、その鉛色の顔は少しも動かなかった。痩せて、垢じみて、すさみ切った感じの中年男だった。

「直さん」和助はいった。「ひさしぶりだな」

「和助か」直次郎はどろんとした眼を向けた。「お前、あいかわらずちっとも働きがねえそうだな。十手を返したらどうだ」

「例によって、お上とは関係ねえ話だ」和助は押しのある声でいった。「今夜練塀小路でやった女は誰だえ？」

「そいつが生き証人てわけか？」直次郎はじろりと僕を見た。

「証拠もおとして行きなすった」和助は手拭をほうった。

「大口屋の手拭に、三の字が書いてある。どじな仕事だな」

「小づかいせびりに吉原（なか）の近所まで行ってよ」直侍はぐいと茶碗をあおった。「留守を食ってのかえりみち、つい昔なつかしい兄貴の家の近所に足がむいてな。通りすがりに、何か大事そうなものをかかえた女が通りかかったら……」

「直さん、お前大そうやきがまわったね」和助はズケズケ言った。「河内山とくんで、雲州に一泡吹かせた直侍が、行きずりに、小娘殺してふところを探ったか。伝馬町で一服もられた河内山が、草葉のかげで泣くぜ。三千歳花魁（おいらん）もあいそをつかすだろうよ」

「やかましいやい！」直次郎はどなった。

「おい、直！」和助も負けずにどなりかえした。「かりにも十手をあずかってるんだ。殺しでしらを切るならすぐ奉行所へつき出すぜ。たださえ人返しの法が出て、江戸の出入りはやかましい。十里江戸おかまいの身を忘れたか」

直次郎の顔に卑しげな笑いがうかんだ。

「この話、いくらで買う？」

「切餅二つ」

「いつもながら大そう気前がいいな。盗ッ人（ぬすっと）でもやってるんじゃねえか？」

「ふざけるな！　森田屋清蔵たあわけがちがうぞ」

直侍は森田屋の名をきくと、にがい顔をした。和助がならべた五十両の金をふところにねじこむと彼はいった。

「七ッ半すぎに鳥越のお熊婆ァの所へ行ったんだ。婆ァは留守で、上りこんでると、婆ァが血相変えてとびこんで来て、直さんいいところへ来た。手を貸してくれっていうのよ。これこれこういう風体の娘が、たった今上野の方へ逃げた。おっかけてやってくれれば五両出すといいやがる」

「五両か、直侍も落ちたもんだ」和助はつぶやいた。「女が抱いてた赤ん坊のことは？」

「赤ん坊とはきかなかったな」直侍は紫色の唇を、苦いものでもなめたようにゆがめた。

「ついでに女の持っている包みも始末してくれというんだ――あの婆ァ、手前が堕胎（おろし）専門で、す巻きや水子が平気なもんだから、人を赤子殺しの片棒にしやがる」

僕たちは、夜道を浅草へとってかえした。

鳥越と向う柳原のあいだに立った荒れ果てたひとつ家で、お熊婆ァは朱けにそまって死んでいた。

「直だな」和助は舌うちした。「金のことでもめたんだろう。ちょっとの間に二人殺しやがった」

僕はじりじりしながら、和助の家で一晩すごさねばならなかった。直侍が、捜査の糸の一本をめちゃくちゃにしてしまったので町方の方で、おさとの身もとがわれるのを待たねばならない。

「お家騒動のにおいがするな」と僕はいった。「その線からさぐれないか？」

「お家騒動といったって、大名旗本から零細町民の家にいたるまで、ごまんとある」和助は笑っていった。「封建家族制下では、お家騒動は常に起っている。いわば日常茶飯事だよ。——まあ焦らないことだな」

事件に対する焦りだけでなく、僕は一刻も早くこの問題を解決して、四十世紀へかえりたいと思っていた。——僕が以前この地をおとずれたのは、まだ日本海が湖で、原始林の中をマストドンがうろつきまわっている時代だった。歴史時代にはいってからは、今度がはじめてだ。そして、この、十九世紀中葉の江戸に潜入したとたん、自分の人種的な血のつながりを通じて、陰惨な過去の時代の影が、蜘蛛の糸のように僕をからめ出すのを感じたのだ。

時間局員は、感情的に訓練をうける。一たん過去の時代へさかのぼったら、どんな悲惨な事態を眼前にしても、決してそれと決定的な関係をもたないようにしなければならない。カズミを拾ったおやじはある意味で、その禁律をおかしたことになるのだが——局員だって人間だ。そしてまた、調査員が過去の時代の影響をうけるということもしばしば起るのである。

特に僕は、自分が若いので心理的感情的な危険にむかって押しやられつつあることをひしひしと感じていた。——直侍のもつ、どす黒い、陰惨な影は、僕に鳥肌をたてさせた。そしてさらに、お熊婆ァの家の床下から出た、何百体という嬰児の骨は、戦慄を通りこして、僕をどうしようもない悲哀感にしずめた。嬰児虐殺が、貧民にとってさけがたい自己保存の手段の一つだということを知っていただけに、その悲哀には出口がなかった。

——花のお江戸は、草原と丘陵の中に、ごちゃごちゃかたまった、ほこりだらけ、犬の糞だらけの灰色の町だった。武家屋敷のみがいたずらに宏壮で、だだっぴろかった。数年前の大飢饉の余波がまだおさまらず、いたるところ乞食の群れがおり、道ばたの筵の下からは、行きだおれの鉛色の脚が出ていた。大部分の人たちは、飢餓と、疾病と、政治的圧力の中で、垢まみれになって豚のように生きていた。これが僕の先祖たちなのだと思うと、僕は全身がうずくように感じた。——この二日の間に、老中水野忠邦は上地令の失敗から失脚した。富豪と大名が、利益の上で結束して行った、政治上のごたごたなど、下層民には何の関係もなかった。上層部の誰がどうなろうと、彼等の呪われた境遇には、何の変化もないのだ。

翌日の午後、金太がおさとの身もとがわかったことを知らせてきたときは、正直いってとび上りたい思いだった。「通りすがりの坊主が身もとを知ってたんで、すぐわかりやしたが、実はいろいろしらべてたんで」と金太はいった。「何でも根岸へんの百姓の娘で、借金のかたに、一年とちょっと前から、日本橋富沢町の古手屋、辰巳屋進左衛門のところへ、仲働きにあがってたそうです」

「おさとは子供を生んだんじゃねえか？」

「親分よく御存知で——進左衛門夫婦にゃ子供がないんですが、おさとの方は進左衛門の手がついて三月ほど前に男の子を生んだ。むろん辰巳屋のあととりにというんで、今辰巳屋がひきとって育ててます」

「それじゃおさとはお部屋さまでおかいこぐるみか？」

「そうでもなかったようです、何しろ進左衛門は養子ですからね」

このころには、腹は借り物という思想があった、特に婿養子の妾となれば、あととりをうんでも、それほど大きな顔はできない。

「おさとはきのう、何だってあんな時刻に下谷へんを走ってたんだ？」

「それがおかしいんで——おさとは向島の辰巳屋の寮で子を生んで、そのあとそのまま一足も外へ出なかった。ところがきのうの八ツすぎに親もとからむかえの駕籠が来て、それにのって出てったっていうんですが——親もとの方じゃ、そんなむかえをやったおぼえはねえっていうんで……」

「するとその駕籠でお熊のところへ行ったのかな……」和助は腕を組んだ。「ちょいときくが、おさとは子供をつれて行ったのか？」

「つれて行けるわけァねえでしょう。大事なあととりさまは、生れるとすぐ辰巳屋にひきとられて、乳母のおかねという毘沙門天みたいなのが、御用大事にわきからはなさねえ、生みの親のおさとにもあわせねえって話ですぜ」

「妙な具合だな」和助は考えこんだ。「おめえ辰巳屋へ行ってみたか？」

「三公が行きやした」

「辰巳屋の奥で、何かさわぎがおこっていなかったかえ？」

「そんな気配はありませんぜ——不人情なもんで、あととりの母親が死んだっていうのに、親もとには、香奠がわりに借金は棒にひいてやるといったそうで」

「するとおさとが殺された時、抱いていた赤ん坊ってのは誰だろう？」金太が出て行くと和助はいった。「結局カズミは誰の子だ？」

「おさとの子だよ」僕は興奮をおさえきれずにいった。「コルシカの兄弟さ——おさとは双生児をうんだんだ」

「なるほどそれで筋がとおる！」和助はひざをたたいた。「辰巳屋の家つき女房の一統がたくらんだんだな」

——この時代にはふた子は畜生腹といって忌みきらわれ、片っ方は殺されたり、すてられたりしたのだ。

「おさとは、ふた児の片方を、辰巳屋にもって行かれたんで、残った方をはなすまいとしたんだろうな」僕は苦い唾がわくのを感じながらいった。「それを辰巳屋の方は、あとあと面どうだと思って、にせのむかえをやってお熊のところへつれこんだ。——お熊にカズミを始末させるためさ。ひょっとすると女房の方はあととりはできたし、おさとも殺させるつもりだったかもしれないね」

「大いにありそうなことだ」和助は顎をなでながらつぶやいた。

「養子の旦那に、女ができて、冷静でいられるわけはないからな。女にあととりができるのを待って旦那へのしかえしに殺してしまう――江戸の女はおそろしいな」

僕は確認のために、和助にたのんで、辰巳屋のあととり進之丞の、写真と指紋と血液型をとってもらった。これを四十世紀に照会すると、おやじは興奮した声で、カズミと進之丞が、一卵性双生児にちがいないといってきた。

「これで問題は半分解決したようなものですな」デュクロ博士の声は、なめらかで、冷静だった。――四十世紀の声だ。

「とにかく患者と過去のつながりはわかりました。病因が双生児交感現象（ツイン・コレスポンダンス）の一種であることは、まずまちがいなさそうです。進之丞というカズミさんの兄弟は、おそらく二十四歳ごろ、同様の病気にかかっているにちがいありません。そちらの方で、一つ病気の原因をしらべてください」

「で、もしかりにその病気の原因がわかったとしてですね」僕は考え考えいった。「その病因がとりのぞけなかったらどうするんです？　つまり、進之丞をなおすことが、歴史的事実に反するとしたら？」

「病因がわかれば、何とか手をうってみます」博士はためらいがちにいった。「とにかく進むよりしかたありません」

僕は博士の指示にしたがって、カズミが発病した一年三カ月前の当日に相当する時点にとんだ。慶応二年六月――この時点において、進之丞もまた、発病しているはずである。

慶応二年の江戸は、不穏の情勢にみちていた。内外の情勢は、日々に緊迫をつげ、江戸市民は猛烈な物価騰貴にあえいでいた。各地で起っている百姓一揆は、徳川時代最高の件数にのぼろうとしていた。そんな街中を、僕は上野山中の基地から、日本橋富沢町の辰巳屋へ急いだ。直接進之丞に面会をもとめるつもりだったのである。

ところがたずねて行った先の様子は、二十四年前とがらりと変っていた。——辰巳屋の店がなくなってしまったのだ。きけば十年前の大地震——それがあの有名な安政の大地震だったが——店がやけ、一家根だやしになったという。僕はおどろいて、進之丞という子供も死んだのかときいて見た。すると古くからすむ人が、息子はよそに行っていて助かり、村松町の乳母の家へひきとられたはずだと教えてくれた。

やっとさがしあてた村松町のおかねという乳母の家は、露地裏の小さな家だった。ついたとき、その露地にはとりこみごとがあったらしく、人があつまってあとかたづけをやっていた。僕は、露地から出て来た男に、何があったかきいて見た。

「おかね婆さんのところのわけえもンが死んでね」浴衣に銜え楊枝の男はのんびりといった。

「今しがた葬礼が出たところだ。なげえわずらいだったよ」

「死んだのは誰です?」僕はまっさおになってきいた、「まさか、進之丞じゃ……」

「お前さん知ってなさるのか? 上野の若衆に上ってたにやけた野郎だが、四、五年前に帰って来てから、ぶらぶら病いになって、しまいにゃア毎晩大変な苦しみようさ。不忍の蛇にでも見こまれたんだろうといってたが、ゆンべぽっくり……」

「仏さまは、青あざだらけだったってよ」

丸まげのかみさんが口をはさんだ。

「おおいやだ、虎裂利か何か流行病でなきゃいいけどね」

僕は呆然とした。——これはどういうことになるのだろう。進之丞は明らかにカズミと同じような病気にかかって死んだのだが、それはカズミが発病する四、五年も前にはじまっている、そしてカズミの発病した日に、進之丞は死んでいるのである。

コルシカの兄弟の例を見てもわかるように双生児感応現象は、通常一方が病気にかかると、他方も同じ時に、同じ病気にかかるというふうに、ほとんど同時的に起る。それがこの場合は、一方の病気を他方がひきついだような形になっているのだ。これはどういうことか？

進之丞を苦しめたT・Dの原因が、進之丞の死後、今度はカズミに作用し出したというのか？　そしてカズミもまた進之丞のように——いずれにしても病因をたしかめるためには、進之丞の生きている当時にさかのぼらなくてはなるまい。いや、さかのぼったところで——進之丞は結局原因不明の病気で死んでいるのである。

僕は途方にくれて歩きまわりながら、何となく進之丞のほうむられたという浄安寺の裏手まで来てしまった。垣根ごしにのぞくと、墓地の石塔の向うにまあたらしい白木の卒塔婆が見え、前に一人の旅僧がうずくまって経を読んでいた。——その声をきくと、僕はハッと胸をつかれた。思わず垣根をこえ、墓地にはいりこみ、僧侶の後へまわって、声をかけた。

ふりかえった五十年輩の僧侶は、頬を涙でぬらしていた。その顔を見て、僕はとび上るほどおどろいた。それは二十四年前、練塀小路でぶつかった僧にちがいなかった。暗がりの中の一瞥でさえ、見たことがあるような気がしたのも道理、僧侶の顔はカズミに生きうつしだったのである！

「何か御用かな？」と僧侶はいった。

僕はどぎまぎしながら、きいた。

「どなたか、御縁筋のお墓で？」

「さよう」僧侶の声は涙にくもった。「わしの実の息子ですじゃ」

僕は、本堂の階段に腰をおろして、僧侶の意外な話をきいた。きけばきくほどこんがらがった話だった。——辰巳屋の進左衛門は、妻だけでなく、数人の妾にも子ができなかった。そしてただ一人、子供ができたおさとは——辰巳屋の奉公に上る時、すでに子供を宿していたのである。

「二十五年前、わしは根岸の里に庵(いおり)をむすんでおってな」僧侶は、夢見るような目付きでいった。

「おさとは、近所の娘で、よく食物の世話などしてくれた。——それというのも、他人同士でありながら、わしたち二人の顔だちがあまりよく似ているので、近所の人たちは前世で兄妹であったのだろうといってはやしたりしたからじゃ。それでおさとも自然、わたしに兄のようになついていた」

その点は僕も気がついていた。おさとはカズミそっくりだった。しかし僧侶の方は、もっとカズミに似ていた。――うす気味わるいくらい似ていたのだ。A＝B、B＝C∴A＝Cというわけだ。つまり第三相等の原理によって、おさととこの僧侶も、男女の別はあれ、そっくりだったということになる。

「それがある晩、突然おさとがやって来て、泣きながら一と月後に妾奉公に行くことになったといい出した」僧侶は溜息をついた。

――おさとは当時まだ若かった僧を愛していた。そしていやな妾奉公に行く前に……

「わしも若かった」僧侶は顔をふせた。「僧体でありながら情にほだされて戒律をおかしたのです」

一と月半のち、おさとが辰巳屋へ奉公へ行く時、おさとはまたこっそり会いに来た。

「あなたの子を宿しました」おさとはうれしげにいった。「必ず育てます」

僧侶はいたたまれなくなって旅に出た。一年ののち、江戸へかえって来た時、偶然にも、下谷でおさとの殺されたところへ行きあわせたのである。

「そういえば、あなたはあの時、道でぶつかって、人殺しのあったことを教えてくれた人に似ておるが……」僧侶はいぶかしげに言った。

「冗談じゃない、二十四年前といえば、あっしはまだ子供です」僕はあわててうちけした。

――僧侶は、偶然にせよ、おさとの死に行きあわせたことにふかく感じ、諸国をまわっておさとの霊をとむらった。それから二十年後――またまた通りかかった寛永寺の谷中門の木蔭で、僧侶は自分にそっくりな寺小姓が、若い娘と睦言をかわしているのを見たのだ。むろん進之丞だった。彼は僧侶の身である自分のあやまちからできた子が、僧侶のなぐさみものになっているのを見て、ふたたび仏果のおそろしさが身にしみて、さらに修行をつむために江戸をはなれたのだという。そして五年後の今日——

「丁度江戸へかえって来た日に、息子の葬列に出あうとは……」そういって僧侶は涙をながした。

「おさといい、進之丞といい、わしは肉親の死んだばかりのところに行きあうような運命にあるらしい。まるで自分が死神のような気がする」

「進之丞がどんな病気で死んだかご存知で？」僕は僧侶の顔をうかがいながらきいた。

「知らぬ——はやり病いときいたが……」

そこで僕は話してやった。進之丞の病気——すなわちカズミの病気のことを。半分も話さぬうちに、僧侶は叫んだ。

「では、あれは人の恨みを買ったのじゃな！」僧侶の顔は苦痛にゆがんでいた。「進之丞はのろい殺されたのじゃな。むごいことを！　もし生きているうちにわしにあえたら、呪いをといてやったのに……」

「何だかおわかりですかい？」

「わからないで何としよう。丑の刻まいりじゃ——ほかに考えられぬ」

僧侶はあえいだ。

「ご存知であろう。巷間古くから流布しておる邪法じゃ、黒月（こくげつ）の丑の刻、呪う人をかたどる藁人形を、森奥の神木に五寸釘をもってうちつける。通うは白無垢に素足、頭上に鉄輪（かなわ）をいただき、三本の足には蠟燭をたてる。釘をうつのは四肢の先よりはじめ、三七二十一日目に喉、額、心の臓の急所を貫くのじゃ。通う姿を人に見られた時は、見た人を殺さねば本人が死ぬとか、いろいろ言われておるが、所詮俗法ゆえきまりはない――しかし、一念凝る時は、法にはまらずとも、よく人を殺すという。それにしても五年ごしに呪われるとは……」

「進之丞はどんなうらみを買ったんでしょうね？」僕は胸をとどろかせながらきいた。「見当がおつきで？」

「おそらく恋のうらみではあるまいか」僧侶は顔をおおってつぶやいた。「この法は、古来、女子（おなご）が嫉妬をはらす術（すべ）としてよく用いた。進之丞はあの通り美男じゃ、おそらく寺小姓時代にでも……」

それだけきけば充分だった。寺小姓と町娘――明暦の振袖火事をはじめ、お七吉三（きちざ）、お浦伊之助と、この組みあわせは、江戸の歴史を妖しく色どり、時にはこれがもとで八百八町が灰燼に帰したことさえある。進之丞の寺小姓時代の恋愛関係を洗えば、呪ったものがわかるだろう。

「一つお教えください」僕は立ち上りながらいった。「その呪いをとくのはどうすればいいんで？」

「やはり法によって調伏せねばならぬ」僧侶はいった。「一番に、藁人形を焼いて回向（えこう）することじゃ。できれば呪う者を説いて、得度させるがよい。これを続ければ呪う側もまた自分の命をちぢめる。——ほかに誰か、呪われておる方がおありかな？」

あなたの、もう一人の息子です、とのどまで出かけた言葉をやっとのみこんで、僕は僧侶にわかれを告げた。

「またお目にかかるような気がするな」と僧侶はいった。「あなたとわしは、何か深い仏縁でむすばれているような気がする」

僕も何だかそんな気がした。何しろカズミの実の父親なのだ。ふりかえって、墓標の前にふたたび坐りこんだ僧侶を見た時、僕はその姿が、四十世紀の総合病院で、カズミの枕頭にあって苦悩を味わっている、おやじの姿と重なりあうように思えた。

寛永寺凌雲院の寺男は、進之丞の恋人のことをよくおぼえていた。谷中村のお蝶といって、小旗本の娘だが勘当の身だという。進之丞は、彼女とのことが知れて寺から暇が出た。気の弱い彼はそれを恥じて、お蝶に身もとも告げずおかねのもとに帰って行った。

「なんとも気の強い娘でな、寺に進之丞の身もとをききに来て、教えられぬとなると、地団駄ふんで、ちくしょう、くやしい、私をすてた男は、呪い殺してやるとわめいておったよ」

僕はゴール寸前まで来たことを知った。お蝶はいま薊の庄太という片眼の男とくんで、本所回向院の軽業見世物に出ているという話をきいて、僕はお蝶をさがしてもらうために、この時代の駐在員の手をかりることにした。

この時代の神田明神女坂下の蜘蛛七という男だった（筆者註。——蜘蛛七は実在の人物。幕末から明治にかけて、名の知られた掏摸の元締めだった。お蝶の事件では、北町奉行所の探索に協力している。）。僕が蜘蛛七の家に行くと、彼は背の小さな、眼付きの鋭い男を送って出たところだった。

「あの男を知ってるか？　豆庄だよ」蜘蛛七は僕を招じいれながら顎でしゃくった。「日本橋の尾張屋庄吉だ。鼠小僧をつかまえた有名な目明しさ」

「掏摸(すり)のあんたが、目明しと？」

「掏摸といっても、元締めともなれば、お上の手伝いをして、お目こぼしにあずかるさ。このところちっとばかりそちらの方が忙しいんでね」蜘蛛七は苦笑した。「ところで用事は？」

　僕がお蝶の居所をきくと、蜘蛛七はとたんに眼をひからせた。

「薊の庄太とくんでるって？　そいつァ切支丹お蝶にちがいない！」

「知ってるのか？」

「知ってるも何も、今俺がひっぱり出されてるのも、そのためさ。——四、五年前から江戸をさわがせている簪(かんざし)掏摸の容疑者だ」

　そういって蜘蛛七は長火鉢の引き出しから、銀の定紋付平打(じょうもんつきひらうち)の簪をとり出した。

「こういうものが、今江戸の女の間ではやっている。ところが四、五年前から、この型の簪ばかりをねらう掏摸がいるんだ。多い時には日に四、五人、被害者も町娘から奥女中までで、おそろしくすばしっこい。ふつう女の頭のものをするのは、すれちがいざま女の前をまくる、女が驚いておさえようとすると、頭が前へ出るからそこをするんだが、この掏摸はそんなことをやらねえ、すられた者は、いつすられたか、皆目おぼえがないんだ。囮も使って見たが、まんまと鼻をあかされ、おかげで与力衆組頭平田藤三郎の面目まるつぶれだ」

「お蝶がその掏摸だというのかい？」

「こりゃァうちに出入りする髪結の源七が、一人でそうにちがいないとがんばってるんだが――お蝶の軽業芸は絶品だ。あまり人間ばなれしてるんで、切支丹のあだ名がついたんだが、その軽業を利用して、頭の上からするにちがいないというんだ。――なるほどねえ、お蝶と藁人形か」

そういうと蜘蛛七は畳にずぶりと簪をつきさした。

「そうきいて見りゃァ筋が通る。金銀類は盗みは特に詮議がきびしいんだが、江戸中の故買屋を洗って見ても、今まですられた簪が一本も出てこねえ、売らずに全部藁人形に刺したとなると、これは出ねえはずだ」

「すぐお蝶をつかまえてくれ」僕は身ぶるいしながらいった。「つかまえて藁人形のありかをきき出してくれよ」

「まあ待ちな、江戸じゃあ巾着切りはりっぱに手先の職業として、みとめられてるんだからな、現行犯でなけりゃおさえられない。――今夜網をはるよ」

直接ぶつかっても、とても僕の手におえるような相手ではないと知りながら、僕は蜘蛛七が手配に出かけた間に、本所回向院まで、お蝶の姿を見に出かけずにいられなかった。焦りだけでなく、一人の若者を呪い殺し、その兄弟を二千年の後に業病におちいらせ、二人の父親を嘆かせ、僕を二十四年間にわたってひきずりまわした娘の顔を、ひとめ見ておきたいと思ったからである。

あついさかりだったが、回向院は相当な人出だった。垢離場(こりば)のあちこちに立つ人垣の中で、お蝶の軽業は、一きわ目立つ黒山の人だかりをつくっていた。――僕はお蝶の姿をひと目見て、そのあまりの小柄さに、ショックをうけた。こんなにも華奢な、五尺に満たぬ小娘のどこに、人を呪い殺すほどのはげしさがひそんでいるのか、わからなかった。

銀杏返しに結って、派手な振袖にたすきがけ、白の腕ぬきに棒縞の袴(はかま)をはいたお蝶は、まるで人形のようにかわいらしく見えた。そのしなやかな小づくりの肢体、勝気な三白眼、きつくひきむすばれた唇には、もえ上るような負けぬ気と一しょに、何か全身で訴えるような、はげしい悲哀がみなぎっていた。

――お蝶の軽業こそ、目を見はらせるにたるものだった。三尺長さの胴丸籠に、懐紙の吹き切れる白刃を十数本半円形につきさし、やけどのひっつりのある片目の男が、地上三尺にささえるのを、お蝶は稲妻のように身を細めてくぐりぬける。一寸ちがえば、腹が縦一文字鰻ざきになるのだ。なみの者なら、肩もはいらないほどの隙間を、お蝶の体は信じられぬくらい細く細くなって、とびぬける。――その瞬間、僕はお蝶がその死も知らずに未だにいだきつづける、進之丞へのはげしい想いを、突然理解した。彼女は自らをやくはげしい情熱と憎悪と化した悲しみのゆえに、女だてらに日々白刃の危険の上に身をおどらせずにはいられないのだ。とぎすまされた刃(やいば)が牙をむく胴丸籠を、華やかな征矢(そや)のようにくぐりぬける時、彼女自身が一本の銀簪と化し、無限の恨みと悲しみをこめて死せる進之丞の胸をつらぬき、二千年をへだててカズミの胸をつらぬき——そしてそれを見る僕自身の胸をもつらぬいたような気がした。投銭を集めたお蝶と庄太が、風のように姿を消し、人垣が散ってしまった後も、僕はぼんやりそこにつっ立って、キラリと銀簪のようにとぶ、お蝶の姿の残像を追っていた。——あの飛燕(ひえん)のような跳躍の姿の、はげしさと美しさは、僕の胸に鮮やかにやけつき、二度と消えることはあるまい。

お蝶はその夜、若衆姿で両国橋で涼んでいるところを見つかって、尾行をつけられ、その夜も銀簪をすってかえってくるところを、浅草見付で同心にとりおさえられた。翌朝巳(み)の刻、呉服橋をわたった北町奉行所で、奉行井上信濃守じきじきのとりしらべがあるというので、僕はその結果を首を長くして待っていた。ところが午(ひる)まえにかえってきた蜘蛛七は、「一ぱい食った！」と吐き出すように言った。「お蝶と思ったのは薊の庄太だった。畜生！　どこですりかわったんだ」

銀簪掏摸は、町方をあざわらうように、その日の晩からまた跳梁しはじめた。しかもお蝶は、その日以来、完全に居所をくらましてしまったのだ。こうなっては、僕には手のほどこしようがない。残る道はただ一つ、未来において、お蝶の記録が残っていないかどうかをしらべることだった。僕は明治、大正の駐在員に連絡をとった。明治期からはすぐに返事があった。

「切支丹お蝶なら有名な事件だ」と駐在員は教えてくれた。「記録もあるし、読物にもなっている。――竹内お蝶、弘化元年二月、本所割下水の旗本竹内外記次女として生る。身もち悪く、十七歳の時勘当、かつて恩をかけし谷中村もと木彫職人、薊の庄太のもとにいたり……」

「そんなことより、お蝶はいつつかまったんだ？」

「つかまらなかった」と駐在員は言った。「自殺したんだ。遺書もある」

「くわしく話してくれ」と僕はいった。

慶応三年十月十四日――江戸の不安はまさに一触即発の状態にあった。各所で打ちこわしがはじまり、豪商や米屋の店舗は暴徒と化した町民によって破壊され、飯米が奪い去られていた。十五代将軍一橋慶喜はこの日大政奉還の上書を提出、一方京都では武断派の策動により、薩長に討幕の密勅が下ったが、江戸の市民はまだそのことを知らず、ただ刻々せまる不穏な情勢を感じとって、日毎に暴徒と化しつつあった。僕はその日の夕方、貧民や乞食が、大集団となってどこともなく移動している浅草をぬけ、両国橋をわたっていた。目ざすお蝶の居所は、どぶの臭いと異臭にみちた、巨大な迷路のような貧民窟の中の一軒だった。やっとお蝶の家をさがしあて、しめ切った戸の前に立った時、中からかすかなうめき声と人の動く気配がした。僕はあたりに気をくばって、そっと戸をあけた——。

幕末から明治初年へかけて世間をさわがせた高橋お伝、夜嵐おきぬなどの毒婦とならんで、とりわけ妖しい輝きを放つ切支丹お蝶の最後は、史実によると、この年向う両国百軒長屋に、ただ一人、ひっそりと毒をあおいで、二十四歳の生涯をとじたことになっている——だが、彼女の死の間際に訪れた僕が、そこで出あった事実は、これとすこしちがっていた。僕がはいって行った時、お蝶以外に誰か人がいたのだ。表の戸をあけた時、裏口からこっそりと誰かが出て行った。

お蝶は六畳の間に、文机をおいて線香をたて、その上につっぷしていた。たった今毒をあおいだ茶碗は、右手ににぎりしめられていたが、そのとなりにもう一つ茶碗があった。お蝶の座蒲団の隣には、もう一つの座蒲団があり、まだぬくみが残っていた。——線香の臭いと砒素の臭気にまじって、かすかに髪油の匂いがただよっている。僕はお蝶を抱き起した。酒にまぜて石見銀山をあおいだ小さな口からは、砒素の黒い臭いがたちこめていた。

「お蝶さん」僕は耳に口をあてていった、「教えてくれ、呪いをとくのはどうするんで」

「進さん……」とお蝶はかすれた声でつぶやくと、がっくり首をたれた。

徳川幕府の崩壊と、偶然運命をともにしたこの江戸娘は暗い、はげしい呪詛も忘れはてたように、ただ一個の可憐な死体となっていた。横たえたとき、そのあまりの小ささ、軽さに、胸がしめつけられるような気がした。

僕は文机の上の遺書をとりあげた。たった今までここにいた男——史実の外にはみ出している男のことが、何かわかるかと思ったのだ。読みすすむにつれて僕は愕然とした。罪の懺悔や、藁人形のありかを書いた前半は、記録に残るものと同じだが、後半は紙をついで書き足してあるのだ、そこの書き足されている分は、後代の記録に全然ないものであり、しかもその内容は身うちの凍るようなものだった。

罪障ふかき身、今ははてんとせしところ
みほとけのおみちひきにや、とつせん
進さまこ無事の姿にておとなはれ
ふたりこもごも涙ながらにゆるしをこひ
ともにつもるうらみもはれ候、進さままた
いまはともに死なんとおほせいたされ
死ぬへき身を、今生のなこり
なお両三日生きなからへ……

ではたった今までここにいたのは、進之丞の幽霊か？　それとも彼はまだ生きているのか？

だが、僕は先を急いでいた。咄嗟の間に時間局員としての判断がものをいった。僕は遺書の書き足した文をさき取り、前半にすぐ最後の日付けと署名をつないだ。余分であるべき茶碗を、とっさにふところにいれ、座蒲団もかたづけ、記録に残る情況とまちがいないかを点検し、すぐ蜘蛛七のところへ走った——藁人形のありかは、明治の駐在員の報告でわかっていたが、史実に忠実であろうとすれば、僕がそれを見つけることも、やきはらうこともできないのだ。

蜘蛛七の知らせで、町方がかけつけた時、お蝶はたった一人で冷たくなっていた。遺書を見て、一行は夜道をすぐ谷中へむかった。天王寺境内——谷中の一本杉とよびならわされる巨大な老杉が、しずまりかえった山中にくろぐろとそびえている。その幹の地上六、七尺のところに、ぽっかりと黒い穴があき、中が空洞になっている。月の光をたよりに、中をのぞいた一行は、冷水をあびせられたような思いをあじわった。——そこには若衆振袖を着せられた等身大の藁人形が一体、その全身には針ねずみのように数百本の銀簪がつきたてられて、簪は銀色の剛毛のように、また光暈（こううん）のように、月の光に白くキラキラと輝いた。

のっぺらぼうの面をあおのかせる人形の喉のところには、すでに五年の月日に色あせたが、まだその華やかさをとどめる進之丞の振袖の片方が綴じつけられ、その上に紙をとめて、こう書いてあった。

「竹内お蝶、恋のうらみ」

（筆者註。——切支丹お蝶の事件は、進之丞との恋から、藁人形の一件にいたるまですべて史実、文久二年から江戸をさわがせた簪すりの事件はお蝶の遺書によってはじめて真相がわかった。時の北町奉行は前出の捕物に失敗しお蝶に自殺されたため慶応三年暮職を免ぜられた。）

過去の問題は、これで一切解決したはずだった。お蝶は回向院に葬られ、藁人形もまた回向院で大護摩とともにやかれた。この日付を四十世紀に投影して見ると、僕が出発してからちょうど三日後にあたる。――考えてみると、この問題に関するかぎり、僕は何もしなかったも同然だ。二千年前の世界を、かくされた糸をたどって二十数年にわたってかけめぐり、結局何をしたかといえば、カズミの身もとと、病因をつきとめただけである。

なぜ、病気になったかはたしかにわかった。しかし病気をなおすためなら、別に息せき切ってかけめぐらなくても、あの総合病院での会議の日から、もう三日だけ、待っていればよかった。――そう僕は信じていた。大護摩にやける藁人形の煙が、すみわたった江戸の空に高く高くのぼって行くのを見ながら、いったい今度の事件で僕のはたした役割りは何だろうとふと思った。過去との奇妙な照応によって起った事件は、過去に支配されている。僕は原因をつきとめたが、僕自身はそれに対して何一つ手を下すことができなかった、すでに決定された過去の事実継起の糸が、問題を処理して行くのを、じっと待つよりしかたなかった。お蝶に呪詛をとかせることはできなかったが、藁人形がやかれたなら結局同じことだ。要するに僕はからまわりしたにすぎない。少くとも僕はそう信じていた。

――だから藁人形がやかれても、カズミの発作がおさまらないという通知を、おやじからうけとった時、僕はどんなに驚いたろう。「発作点の増加はなくなった」おやじは憔悴した声でいった。「だけど今度は、今まで生じた斑点が一せいに発作を起すんだ」

「夜中に？」

った。

「なあタケ、たのむ。何とかもう少しさぐって見てくれ」おやじの声は泣いているみたいだ

僕は、カズミの全身をおおう無数の斑点を思って憤然とした。

「そう、二時にだ」

「このままでは三日ももたんと、デュクロ博士は言っている」

「ですが……」これ以上何をさぐるんです、といいかけて僕は口をつぐんだ。

「今となっては、あなたの働きだけがたよりです」デュクロ博士の声も、人がかわったように沈痛だった。「もう少ししらべてくれませんか。過去に原因のある病気は、過去に解決法があるはずです」

だが、これ以上どうしろというのか？　進之丞もお蝶も死に、藁人形もやかれたのだ。僕は薩長軍来るの流言に、騒然としている江戸の町を見おろしながら、墓地を出て、ぶらぶらと寛永寺境内をあるいていた。――まもなく上野の基地は撤去され、移動する。二カ月後には鳥羽伏見の戦いに破れた慶喜が、この山の大慈院にこもって恭順の意を示し、半年後にはこれを擁する彰義隊が官軍をむかえて、上野一円は大変なさわぎになるからだ。――しかし僕はそんな事に何の興味もなかった。これからいったい、何を、どうさぐればいいのか、ただそれだけを考えながら、僕は歩きつづけた。どうすればいいんだ？

ただ待てばいい、――そんな声もどこかでした。未来において、未来への投影であるこの過去において、運命の一切が成就するまで、じっと待てばいい。

僕は、五年前進之丞とお蝶がむつみあっていたという寛永寺谷中門をぬけ、いつしかまた谷中の一本杉のほとりに立っていた。幹の空洞は、今は主もなくうつろな口をあけ、そこから蝙蝠が宵闇をもとめてとび立って行った。茜（あかね）から紫紺にうつるたそがれの空を背景に、老杉の梢がくろぐろと天を摩するあたり、一番星が銀粒のように輝きはじめていた。——とその時、僕の耳に、ききおぼえのある読経の声がきこえて来た。

我覚本不生、出過語言道、得解脱諸道、
因縁遠離、知空等虚空

ふりむくとそこに、あの僧侶が立っていた。

「やはり、あなたじゃったな」僧侶は感にたえぬようにいった。

「やはり、あなたとわしとは、あさからぬ仏縁にむすばれていたのじゃ。——いいなされ、わしに何の御用じゃ」

「あなたに？」僕はいった。

「せがれがそういったのじゃ」僧侶の声はうるんでいた。「進之丞の亡霊が、昼日中、前髪の若衆姿でわしの前にあらわれ、教えてくれたのじゃ——谷中の一本杉へ行け、そこにわしの助けを求めておるものがいる、と」

四十世紀の超近代的な総合病院に、網代笠に黒染の衣、笈(おい)をおって錫杖(しゃくじょう)をついた十九世紀の僧侶の姿があらわれた時、病院は蜂の巣をつっついたようなさわぎになった。

「この古代ツングースのシャーマンが、わしらみんなの知恵をしぼってもなおせない病気をなおすというのか！」ブキャナン博士は髪をかきむしって叫んだ。「わしは医者をやめたいよ！」

「ツングースじゃありません、ニッポン人です」デュクロ博士はいった、「私は六対四でなおる方にかけますね——魔法をとくには魔法医者(ウィッチ・ドクター)が必要です」

それは僧侶もいったのだ。——あるプロセスをふんで蓄積された思念力はやはり同様のプロセスをふまねばときはなされない。

「人形は念力を伝える手段(てだて)にすぎぬ」と僧侶はいった。「手段を排しても、呪う対象が存するかぎり、怨念はその人につきまとう。これを除くには、法をほどこさねばならぬ」

僧侶は僕の手をにぎって、熱っぽい声でいった。

「つれていってくだされ。二千歳の後といえども、わしは残るもう一人の息子を救わねばならぬ——修行未熟とはいえ、全力をふるってやって見よう。わし自身の罪ほろぼしじゃ」

おやじには、僧侶がカズミの実の父親であることを伏せておいた。しかし憔悴した患者の顔をのぞきこんで、落涙する僧侶の姿を見、その相貌を見て、おやじはすぐにわかったらしかった。

「タケ、えらいことをやったな」おやじはまっさおになっていった。——僧侶に事情をぶちまけ、この時代へつれて来た。これは時間局員として、致命的な違反行為だ。「責任は一切わしが負う」

「その必要はありません」僕はいった、「僕が責任をとります――僕がカズミをなおしたかったのですから」

医師たちは二つにわかれて大議論をおっぱじめていたが、寸秒を争うので、主任医師はとにかくやらせて見ることにした。――僧侶の指図で、悲地降伏の壇なるものがカズミの枕頭に作られた。木製三角形で青黒くぬられ、その上に南面して、土で三角形の火炉がきずかれた。仏具類は僧侶が笈の中にもっていたが、そなえものの五宝、五香、五葉、五穀などの天然鉱植物をそろえるのが大変だった。このリストを資料局にたのんだ時、むこうは僕の精神鑑定をもとめて来た。――やっと準備がととのった時、その奇妙な壇は、次元の混乱で、この四十世紀最高の設備をもつ病院に、とつぜんおちこんできた、珍妙な太古の筏（いかだ）のように見えた。

みんなはまだ、この真言三部法中の下成就、天令輪明王（きょうれいりんみょうおう）の法のおそろしさを知らなかったのだ。しかし、照明が消され、芥子油の燈明がほの暗くはためくなかに、安息香の香気と、僧侶の読経の声がたちこめ出すと、異様な雰囲気がみなぎってきた。――やみおとろえたカズミは、麻酔ケースの中で、苦しげに息づいていた。芥子油にひたされた、小さな藁人形を胸におかされて……。

僧侶は身をきよめ、手に拍子の香をぬり、静かに壇の前へすすんだ。その顔は必死の念に、はりつめていた。壇下で叶声（うんせい）を発し、右手指をはじいて、拝しつつ壇にのぼる。——立ったりすわったり、人をさそいこむようなゆるやかな動きで、調伏の儀式がはじまった。油煙をあげてもえる燈明の赤い火に、僧侶の姿は部屋の壁に巨大な影法師となってうごめいた。——カズミの胸におかれた藁人形が壇上におかれた。三十センチほどの、滑稽なのっぺらぼうの人形は、炎に赤黒く照らされると、突然原始的な呪詛をこめた、おそろしげな偶像になったようだった。

人々は芥子油のもえるいがらっぽい臭気にむせながらも、その奇怪な儀式にひきずりこまれていった。——突然僧侶は身を起した。燈明の火が護摩壇にうつされ、乾いた芥子の茎が、一時にぐわっともえ上った。

「叶（うん）！」僧侶ははげしく叫んだ。右足で左足をふみ、奇妙な恰好でうずくまっている。「我れは是れ、降三世（ごうざんぜ）忿怒（ふんぬ）尊（そん）！」

みんなは息をのんで壇上を見まもった。

「不動明王、降三世明王、大威徳明王、勝三世明王！」僧侶は藁人形を高くかかげた。「竹内お蝶、汝の煩悩、貪瞋痴（とんしんち）ことごとく消滅し、彼此平等の法利をもって、大涅槃（たいねはん）を獲得せん！」僧侶は薩陀（さった）と叫んで人形を火中に投じた。

次に起ったことを、催眠現象による集団幻覚として説明するのはいとやすい。しかしとにかく、四十世紀最高の医師たちのみんながみんな、その情景を見たのだ。——藁人形に火がつくと、それはむくむくと等身大にふくれ上ってつっ立った。身には若衆小袖をまとい、全身に無数の銀簪をつきたてられ——あの『恋のうらみ』と書いた紙片に火がつくと、簪は銀のしぶきとなってぬけおちた。人形は前髪もうるわしい進之丞の姿となってもえ上った。炎に包まれて宙に舞い上ると見るや、その顔はお蝶のものとなっている。たちまち紅蓮の炎がそのしなやかな体を包み、一団の黒煙となって天井にうずまき、一条の銀光が煙の中から壇上へ走った。

「なおったぞ！」うすれて行く煙のむこうからデュクロ博士の叫びがきこえた。「斑点が消えた！」

みんなが麻酔ケースにかけよった時、僕は壇上につっぷした僧侶のところへかけのぼった。——調伏の法は、悪念強力なる時、未熟のものこれを行えば、自らの身にも災およぶ、といった僧侶の言葉が、頭の中にうずまいていた。

僧侶はこと切れていた。——そのぼんのくぼに、あざやかな、青い斑点があった。

「判決は追放だ」局長はちょっと気の毒そうにいった。「結果はどうあれ、規則は規則だからな——タナカ部長は、自分が全部の責任をとるといってきかないが、そうもできん」

「いいんです」僕はいった。「部長に僕は苦しんでないとつたえてください。——これでよかったのだ、と」

「デュクロ博士と超能力研の方からも減刑嘆願がでている。——君はむしろ功績があったというんだ」

呪術のプロセスは念力集注の有効な形式として再発掘されるだろう。密教の理論もまた、超能力研究上再評価されようとしている。デュクロ博士は、交感理論について新しい研究を始めている。僕はふと死んだ僧侶――カズミの父のことを思った。

「減刑はみとめられないが、君には希望する追放時域を指定する恩典があたえられる、どこを希望するね？……」

僕はあらかじめ考えていた希望時域を言った。

「追放になる前に、一つだけおねがいがあるのですが……」

僕が説明すると、局長は納得した。――過去へむかって出発する一時間前、僕は監視つきで病院をおとずれ、チャン博士にカズミの写真をわたしていった。

「一時間でやってくれますね」

「でも、なぜです？」博士はカズミの写真と僕の顔を見くらべながらとまどった表情でいった。

「いいから急いでやってください」

僕はちょっと声をひそめてつけくわえた。「それから――ある種の解毒剤がほしいのですが……」

破戒のあやまちによってできた子供をすくうために、四十世紀で命をおとした哀れな老僧を、千住小塚原の無縁塚のほとりにうめながら、僕は奇妙な思いにおそわれた。――この僧侶をふるいたたせた、あの不思議な感情、父性愛というものも、今は自分のものとして理解できた。土をかける前に、僕はもう一度、僧侶を見た。カズミそっくりの顔——おさとというただ一つのパターンから次々にうみ出されたいくつもの顔。おさと、進之丞、カズミ、そして僕——すなわちこの僧侶！……悲しみがおそってくるかと思ったが、むしろ滑稽でグロテスクな感じがして、笑いたくなった。これこそ運命のアイロニーでなくて何だろう！　名もない哀れな男、つまり僕自身の未来が、ここで死んだのだ。——それから僕は少し過去にかえり、下谷の辻であの僧侶が通りかかるのを待った。僕を見て眼を見はる僧侶に、谷中の一本杉で途方にくれている僕に、あいに行ってやるように告げると、ええじゃないかの群衆が、気狂いのように踊りくるう人ごみにまぎれて逃げ出し、さらに数日をさかのぼった。

慶応三年十月十一日、——向う両国百軒長屋でまさに毒をあおごうとしていたお蝶のもとにかけつけた時、彼女は僕の顔を見て、どんなに驚き、かつ狂喜したろう。お蝶はまだ進之丞を愛しつづけていた。そして僕も——あの両国回向院で、彼女を一眼見て以来、その盲目的にはげしい、大時代な愛情にうたれ、彼女をはげしく愛し出していたのだ。彼女の愛を果し、同時に僕の彼女に対する渇望——それはまた、あの暗い、盲目的な江戸時代そのものに対する愛でもあったのだが——をもみたすためには、僕が手術をうけるよりしかたがなかったのだ。——三日間は夢中にすぎた。このような暗黒の愛情は、情死によってしか解決されないものだが、心中しようといった時の、彼女の喜びようを見ると、何度解毒剤をのむのをやめようかと思ったか知れない。だが、僕はそこで死ぬわけに行かなかった。僕は追放されいる身だったのだ。

　愛らしいお蝶の顔に、最初の発作が起って来たとき、表に人の立つ気配がした。僕は立ちあがり、急いで裏口からぬけ出した。あと始末は彼がやってくれるだろう。――上野の基地へむかって、両国橋をわたりながら、僕はふと暮れなずむ江戸の街を見た。江戸時代最後のものであるこの江戸の夜景は、同時にまた僕の意識で見る最後の風景となるだろう。これから基地に待つ執行吏の手によって、僕は一切の記憶を消され、希望によって、天保十年の時代、江戸郊外のある寺のほとりにすてられる。そしてまた――すべてがはじまるだろう、記憶を失った一人の男が寺にすくわれて出家し、やがて根岸の里に庵をむすび自分とそっくりな顔をした娘と出あってびっくりするだろう――そっくりなわけだ、彼の顔はその娘――おさとの二人の子供に似せて、整形手術をうけたのだから。――隅田川に灯をうつしながら、猪牙舟(ちょきぶね)が一艘、深川の方へ下って行く。僕は川風に振袖の袂(たもと)をひるがえして、橋をわたりながら、心の中で我が子カズミにわかれをつげた。――これでいいのだ。これですべてが、理屈が通る。

　僕がお蝶の家からふところにいれたまま四十世紀にもちかえった、あの茶碗についた指紋も、僧侶の指紋も、どちらも僕自身の指紋と同じだったのである。

紙か髪か

最初におことわりしておきたいが、この話はできるだけ大急ぎで読んでいただきたい。大急ぎで読んでいただいても、はたしてあなたがこの話を最後までお読みになれるかどうか、私には保証しかねる。

といって、あまり読みとばしていただいては困る。私は順を追うてしか話ができないたちで、あまり中途をとばして読むと、最後に私が御注意申しあげようとする事の意味が、よくわからない恐れがある、ああ、ほんとにあなたが、この話の結末をお読みになれればいいのだが……、そして最後に私が申しあげる、とても大切なことに、目をとおすことがおできになるように、心からお祈りする。私自身もこの実験の成功をねがっているのだ、心から……。では注意の方を先にいえばいいって？　いや、私は順を追うてしか話せないタチの人間である、おかげで新聞記者としては、あやうく失格しかけていた。あのさわぎのおかげで、やっと首がつながっているわけだが。

＊

何から話していいのか――やっぱり、あなたもよく御存知の、あれが起った前の事から、順序だてて話した方がいいだろう。まああまり先を急がないでいただきたい。

その晩、私は友人の野村の家でひと晩じゅうのみあかしていた。野村は優秀な少壮生化学者で、ある大会社の委託をうけ、たっぷり研究費をもらって、何かの研究をしているのだが、少し世間ばなれのした、きちがいじみた――というよりは、非常識なところのある男だった。その夜も、また例によって妹の麻耶子を使って、催眠透視の実験をやるからというので、私を呼んだのだった。

彼の妹も、兄貴に似て多少きちがいじみた所があって、霊媒の素質があった。しかし私には、心霊とか透視には興味はなかった。私に興味のあったのは、野村のたやした事のないジョニーウォーカーの黒の方で、チンピラ記者にはそうそう手の出ないこの酒を、二人で一晩に三本ぐらいあける事もあった。

ところで野村には、催眠状態になった妹が、次から次へとしゃべるいろんな予言や、突拍子のない事をききながら、それを肴にして酒をのむという妙な趣味があった。まあ人にはいろんな癖があるもので、昔池之端の御前こと福地桜痴の寵妓なにがしは、御前が金時計の蓋をしめるパチンという音をきかないと眠れないという奇癖があり、なにがし病いを得た時、才人桜痴翁枕頭にあって金側時計を鳴らしつぶす事日に数十箇におよんだというから、野村の癖ぐらい大した事ではなかったかも知れない。しかし妹の透視や予言がまたひどいもので、自分で勝手に催眠状態になって、勝手に一晩中しゃべってるのだから世話がないようなものの、「火星人の常食はキムチだから、地球から口臭消しにチューインガムを輸出すればもうかる」とか、「未来はアブラムシの世界になるだろう」とかいうご託宣をきいていると、こっちの頭がいたくなってくるのだった。

「一体麻耶さんの予言はあたる事があるのかい？」とその夜もいいかげん悪酔い気分になって、私は野村にきいた。

「あるもんか」と言下に野村は答えた。「気にするな、LPがわりにきいてりゃいい。あたっても百に一つか二つ――そうだな、悪い予言はわりとよくあたるよ」

「悪い事が起るわ！」その時彼女は、今までとまったくちがった、すごみのこもった声で叫んだ。私はぎょっとして、眼のすわった麻耶子の顔を見た。――私が麻耶子と結婚する、などと予言するのではあるまいかと不安にかられたのだ。

「悪い事って、どんな事？」と私はきいた。

「お兄さんの研究に関係がある事よ」

今度は野村がギョッとする番だった。

「僕の研究がどうしたって？」

「朝よ。まだ早いわ。通りには誰もいない」麻耶子は遠くを見るようにつぶやいた。「むこうから牛乳屋がくる。――口の所が細くなった変な牛乳瓶を戸口において行くわ。アラ、あとから変な人が来たわ。リヤカーに何だかブリキ板みたいなもの一ぱいつんで……」

「何だね、それは？　ブリキ屋か？」

「ううん、ちがうみたい、ブリキ板を一枚一枚戸口の下にさしこんでいるわ。何かしら？」

とたんに麻耶子はがっくり首をたれると、グウグウいびきをかきはじめた。こうなったら昼すぎまで眼をさまさない。――私は野村をふりかえった。彼は妙に酸っぱい顔をしていた。

「君の研究って何だい？」と私はきいた。

「そいつは言えんさ。会社の機密だものな」野村は最後のひとたらしを罎からグラスにふりこみながらいった。「新聞記者の耳にでもはいったら。えらい事になる。――ところで我々も、そろそろ寝るかね？」

「なんだ、もう朝だぜ」私は時計を見ながら立ちあがった。「一番電車は動き出すよ。――アパートにかえってねる」

「お前は昔から襟あかのついた蒲団でないと眠れないたちだからな」野村ものびをしながら立ち上った。「じゃ、お早う――おやすみ」


何の変哲もない朝だった。朝もやの立ちこめた通りには人影がなく、野良犬が首をたれて、影絵のように道を横ぎった。牛乳屋の自動車が辻にとまり、びんをひっくりかえしでもしたのか、配達員が牛乳だらけの車の荷台をポカリと口をあけて見ていた。――駅へ行く途中で、新聞配達の子供とすれちがった。もう配りおわったのか、からっぽのたすきをかけ、なぜだか知らないが、途方にくれたように、涙ぐんで、おろおろ歩いていた。しかし、私は酔った頭で、大して気にもとめずに通りすぎた。

国電の駅には、まだほとんど人影がなかった。改札係はいたが、一番の到着にはまだ二、三分間があった。いつもの通り、パスを出して改札口をぬけようとすると、係員はいきなりこちらの腕をぐっとつかんだ。

「ちょっとあんた……」と、なまいきそうな係員はいった。

「定期は？」

「ちゃんと見せてるじゃないか」私はむっとして、パスいれをつきつけた。係員はわき見をしながらいった。

「見えないね」

「じゃあ、よく見ろ！」

そういってから、私はやっと気がついた。パスいれには、定期がはいっていなかった。私はちょっと面くらった。ゆうべ野村の家をたずねるので、この駅でおりた時には、たしかにセルロイドのむこうに見えていたはずだ。

「よっぱらっておっことしたかな」

名刺類や地下鉄回数券もそっくりなくなって、パス入れがペチャンコになっているのを見て、私はてれかくしにつぶやいた。

「切符を買ってくださいよ」

にきびの出た改札係は、むこうをむいて体をゆすりながらいった。その態度も癪にさわったが、私は定期や名刺類の方が気になった。あのパスは購入したばかりだし——そうだ名刺類の間に、これも買ったばかりの社員食堂の食券がはいっていたはずだ。もう一度野村の所へとりにかえろうかとも思ったが、眠いので、とにかく一度帰る事にした。

切符売場はまだしまっていたので自動販売機に硬貨をいれようとして近づいた。その時ふと、妙な気がして、駅の改札口のまわりを見まわした。——何だか変だった。だが何が変なのかわからなかった。どこも、何も変った事はないように見えた。——私はポケットから硬貨をつまみ出して、三十円区間の機械にほうりこみ、ハンドルを押した。ガチャンと音がしたが、切符の出口からは、ほこりのようなものが、わずかに出ただけで切符は出てこなかった。

「おい！」私はムカッ腹をたてて駅員にどなった。「この販売機こわれてるじゃないか」

「そんなはずはありませんよ」駅員は相かわらず貧乏ゆすりしながらいった。

「はずはないかも知れないが、発売中のランプがついてるのに、金をいれてハンドルをおしても出てこないじゃないか」

私の剣幕がすごかったので、駅員は舌打ちして切符売場の奥へ声をかけた。

「おい、もう切符売れよ」

——しかし切符売場の奥では、何だかひどくあわてた調子で電話をかけている様子だった。

「ええ、全部です。え？　そっちも——じゃ一体どうしたらいいんです」

駅にはもうそろそろ通勤客があらわれていた。――所が、あるものは私同様、改札口で定期入れを出して駅員に制止され、あるものはふところをさぐってあわててひきかえして行った。五、六人は私のように自動販売機をガチャンガチャンやって、こわれているといってわめき、そしてついに、切符売場の所にむらがって、窓口をどんどんたたいた。

「どうしたんだ？　早く切符を売れ！」とみんなは口々に叫んだ。「俺たちゃ急いでるんだ。販売機はこわれてるじゃないか！」

その時私はハッと気がついた。

さっき、何だか変だと思ったのは、この駅の中に、観光ポスターや貼紙が、一つのこらず消え去っていたからだった。――ペンキ絵の路線案内はあった。しかし、掲示板を飾っていた色とりどりのポスターは、きれいさっぱりなくなり、緑色の板に画鋲だけがのこっていた。よくよく見ると、枠の所にかすかなほこりのようなものがつもっている。

「しずかにしてください、しずかに！」

背後で駅員が金切声で叫んでいた。ふりかえると、駅の改札前は、早くも相当な混乱がおこりかけていた。ほとんど改札前いっぱいになった通勤者たち――誰一人定期で改札を通ろうとしなかった――が、切符売場の窓口へおしかけて、切符を売れとわめいていたのだ。

「何をしてるんだ！　俺たちを遅刻させるつもりか？」とみんなはどなっていた。「早く売れやい、もう二十分以上待ってるんだぞ！」

ガラスが音をたててわれた。

「さわがないでください。今、何とかしますから……」駅員は叫んだ。「電車はどうせ遅れてます。今、どうしたらいいか問い合わせ中で……」

「切符はどうした？」

「切符は――ないんです。一枚もないんです」駅員は半ベソをかいていた。

「切符がなくなったのは、そっちの手落ちじゃないか、じゃおれたちをのせろ」

「でも、切符なしにはのせられません。規則ですから……」

「官僚主義者め！」誰かがどなった。「延着証明書を出せ！」

「そ、それが……」駅員は逃げ腰になっていった。「証明書は……」

その時、三十分以上おくれた一番電車がはいってくる音がひびいた。もう駅の外まであふれていた通勤客は、わっとばかり改札口に突進した。みんな妙に上ずって、不安にかられた表情だった。木の改札口がメリメリとこわれ、あの生意気な改札係の悲鳴がきこえたが、ざまあ見ろと思うひまもなく、私は売店の台の上にとび上って、ポケットにいつもいれているハーフサイズのカメラで、この興奮した群衆の姿をとりまくった。それから表へとび出すと、流して来たタクシーをつかまえてとびのり、社へ行くように命じた。

「あのさわぎは何です？　お客さん……」運転手は不安そうにいった。「このもう一つ前の駅でも同じようなさわぎが起ってますぜ」

「切符を売らないからだよ」と私はいった。

「へえ――なぜ売らないんですかね？」運転手はいった。「何だか変ですね、お客さん、何だかわからないが――あたしもさっきから妙な気がして……」

　その時、私は新聞社まで車で千円以上かかる事を思い出して、あわてて札入れをひっぱり出した。まだ給料が半分以上――だが、なかった！　財布の底には、灰の様な細かい粉末があるだけで、千円札も、五千円札も虎の子の一万円札も、きれいに消えうせていた。財布をさかさにすると、軽い粉末がサラサラと膝にこぼれた。――今こそ私にも事態がはっきりのみこめかけて来た。

　紙がなくなりかけているのだ！

　なぜだか、その理由はわからないが、この世の中から、あらゆる紙という紙が、突然姿を消しつつあるのだ！　あるいは、もうすでに完全に――いや、そんなバカな事はあり得ない。ほんのわずかの間に、一切の紙が姿を消してしまうなんて事は……。おそらくこれは局地的現象で……しかし、次の瞬間、私は思わず身ぶるいした。だが、もし本当に、この世界から紙が姿を消したら、一体どうなるのか？　特ダネ写真をとっても、それをのせる新聞紙が――いやそれをやきつける印画紙がなくなったら……

　社へつくやいなや、私は守衛の所へとんで行った。

「おっさん、金ちょっと貸してくれよ」と私は息せきっていった。「すぐ返すよ」

「冗談じゃないよ」と守衛はいった。「札なんて、一枚もないよ」

「やっぱり……」私は青くなった。「じゃ、硬貨を……」

「ばかいえ！」守衛の眼も血走っていた。「こうなったら硬貨は貴重品だ。金といえるものは十円玉と百円玉だけじゃないか」

私は舌うちして、後にいる運転手に時計をわたした。

「あとではらったら返してくれよ」と私は念をおした。「それ、カレンダーつきだぜ」

「あんた、上へ行ってみな」守衛は土気色の顔をしていった。「大さわぎだぜ、一体どうなる事やら……」

階段をかけのぼって、編集室のドアをあけた時、そこには予期以上に惨憺たる光景がくりひろげられていた。

ある男は、何かどなりちらしながらきちがいのように走りまわっていたし、ほかの連中はあっちこっちにかたまって、眼をつり上げて、手をふりまわして大声で議論しあっていた。電話という電話が耳を聾するように鳴りわたり、二、三人は電話にむかって、かみつくようにどなっていた。またほかの連中は、ぽかんと口をあけて椅子にすわっていた。そこの有様は、精神病院の火事場といった所で、誰も彼もが半分もしくはそれ以上、気がふれたみたいになっていた。――それも無理もない事で、きのうまで、私たち新聞社の者が、その中に埋もれて仕事し、私たちが日々、その生命をプリントして来た紙が、――一夜のうちに、だだっぴろい部屋からかき消すように消えてなくなってしまったのだ。机の上に雑然とつみ上げられていたザラ紙が、原稿が、スクラップブックや辞書や書籍、ゲラ刷り、綴じこみが――床の上にちらばっていたメモや、屑籠からはみ出しそうになっていた没原稿が、きれいさっぱりなくなってしまい、それらのあった位置には、小さなほこりの山が点々ともり上っていた。天井や電灯のコードからぶら下ったたくさんのクリップが、はさむメモとてなく、むなしくふらふらゆれていた。誰かがゲラゲラ笑いながら、からになったファイルケースを次々ぬいては床に投げ出していた。——呆然と戸口に立ちつくしていた私は、ふらふら歩いて来た巨漢にドンとつきあたられた。

「ゴンさん」私はその社会部の豪傑の腕をつかんでいった。

「全部だめかい？」

「お手上げだい」と、彼は酒くさい息をはきながらいった。

「用紙もみんなやられちまったらしい。——ストックはもちろん、緊急輸送中の分も、トラックの中で、ぐずぐずと粉になっちまった」

「原因は何だ？」私はわれ知らず甲高い声を出した。「まるできちがいじみてるじゃないか？」

「原因なんて知るもんか？」とゴンさんはふらつきながらいった。「とにかく、紙という紙がみんな灰になっちまったらしい。俺たち新聞屋はお手上げさ」

そういって彼は後にかくした一升壜から、じかにグイとのんで、壜をさしあげた。

「見ろよ——壜のレッテルまでやられちまった。一級酒だか特級酒だか、どこの酒だか、皆目わからないありさまだ」

植字、印刷工場、発送部、いずれもきちがいじみたありさまだった。あの戦場のようにめまぐるしく動いていたこれらの場所では、やはり上ずった空気が支配し、中にはなぐりあいをはじめる連中さえ出てくる始末だった。

編集室へとってかえした私は、とにかくそこにあった罎から酒をがぶのみすると、椅子にヘタヘタと腰をおろした。隣の椅子に坐った同僚は、次から次へと鳴る電話を、眼をすえたままとりあげながら、

「どこもかしこもだ、どこもかしこもだ」とうわ言のようにつぶやいた。

「日本中かい？」と私はきいた。

「全国一せいに……」とその男はつぶやいた。

「正確にいうと今朝午前三時二十分から、約一時間半の間に……」

「外電は？」と私はきいた。「外報部は何かいってたか？」

「テレタイプがだめだから、短波でキャッチしたが、世界中らしい」彼はいった。「はいはい、ええ？――わかってるよ、わかってるよ、何だって？」

彼はききおわると、受話器を思いきりたたきつけた。――受話器はまっ二つに折れた。

「自衛隊の出動だ」と彼はいった。「ああ畜生！　こんな時だというのに、メモ一つ書けないなんて……」

「自衛隊？」私はびっくりした。「一体またどうして……」

「各地で暴動みたいな事が起りかけてる」と、彼はいった。

「銀行がおそわれてる――考えて見ろ、銀行という銀行から札束がみんな消えたんだぜ。お

まけに預金台帳や預金者の通帳も……商店は不安がって品物を売らない。さわぎが起らなきゃ不思議だ」

「俺たちの給料はどうなるんだ？」

「給料どころか、新聞はお手上げだぜ。畜生め！　ラジオやテレビに名をなさしめるか」

「煙草をくれよ」と私はいった。

「いいとも、これが吸えるならやってみな」彼はポケットから銀紙で包まれたぐしゃぐしゃの刻み煙草の葉――それはむろん紙巻きの残骸だったが――をとり出して、私の前においた。

「ことわっとくが、外へ買いにいったって、パイプやキセルは売り切れだぜ。――お前ハンカチかしてくれ」

私が何の気なしにハンカチをかしてやると、彼はそれを持って姿を消した。

「KK化学の電話番号、だれかおぼえてないか？」と経済部の記者がどなっていた。「あそこは、何でもプラスチックの紙をつくりかけているという話だ。連中とび上って喜んでるだろう。――電話番号しらんか？」

「うるせえな、メモしてないのか？」誰かがどなりかえした。

「してあるけどそのメモが消えちまったんだ」

「じゃ電話帳でしらべろ」

「ふざけるな！　電話帳は灰の山になってる」

彼はいらだって何度も番号係を呼び出し、やっと出ると、むこうもわからないという返事だった。——番号係だって、電話帳でしらべて教えるのだから、当り前の話だが、こんな頓馬な事にさえ、今はみんな気がつかないのだった。結局彼は直接たずねるといって、とび出していった。

「記者根性というのは悲しいな」と、誰かが皮肉な声でいった。「印刷する新聞もないのに、とび出して行きたがるんだからな」

隣にいた男が帰って来たので、私は彼をつかまえてハンカチを返せといった。

「あるもんか」と彼はすました顔でいった。「考えてみろ、トイレットペーパーもないんだぜ」

「おーい、テレビが出だしたぞ」と誰かが叫んでいた。私たちは、テレビに殺到した。

テレビとラジオは、どうしたわけかきわめてオタオタしていた。——結局テレビ原稿もラジオ原稿も、紙に書いたものを読むのだし、それが消えてしまった今は、多少事態がはっきりするまで、モタつくのは無理もない。テレビ、ラジオをふくめて一時通信関係が杜絶しかかったこともあった。きけば、電波電信関係には、ごく一部であるが、機械の絶縁部にファイバーを使ったり、ペーパーコンデンサーを使っている所があり、その部分がやられて故障を起したのだという。——ようやくうつり出した画面はつんぼだった。——スピーカーのファイバーコーンがやられてしまったのだ。とまどったアナウンサーが、黒板の字をしめしながら出たりひっこんだり、わけのわからないありさまだった。それでも事態の大規模さと深刻さは、少しずつわかりかけてきた。

政府は閣議で非常事態宣言を口頭で発した。――たかが紙の事で！　だが、それだけの値打ちはあったのだ。つづいて、鉄道関係の無料輸送開始と、生活必需品の放出を命令した。――官庁、財界、産業関係の機構は麻痺しつつあった。各自は平静にといいながら、アナウンサーはぶるぶるふるえていた。

「おい」編集長が私の肩をつかんだ。「微生物研へすぐとぶんだ。わしの知り合いの学者が、どうやら原因をつきとめたらしい。特ダネだぞ」

「特ダネっていっても、もう新聞はないんですぜ」

「紙がなきゃ、ベニヤに書いて社の前にはり出す」編集長はドンと胸をたたいてどなった。「いいか、紙がなくなったって、新聞魂というのはここにあるんだぞ。ウロチョロせずに行ってこい」

戸口へかけ出して行くと、今売り出し中の、まだ若い作家兼評論家につかまった。

「ねえどうなるんです、お宅の稿料やわたしした原稿は一体どうなるんです」と彼は青い顔をしていった。「僕は物を書いて食ってる人間ですよ。これから一体どうしたらいいんでしょう」

「そうですな――歌でもお習いになったら」

そういうと私は、腕をふりはらってかけ出した。

微生物研へ車をとばしながら、私はぼんやりした顔の連中がうろうろしたり、さわぎを起したりしている街筋をながめた。

人々は途方にくれていた。サラリーマン連中は、会社に行っても「書類」というものがなくなってしまったので、どうやって仕事をやっていいかわからない様子だった。――もちろんタイムカードや出勤簿もなくなってしまったのだから、勤務時間中にどうしようと勝手だ。工場関係は一部動いているようだったが、これも完備した伝票システムが、混乱をつくり出しているらしい。ポスターや、掲示や、紙屑が消えうせた町は、かえってさばさばしたように見えた。――私はそれらを横目で見ながら、後部シートの前にセットされたマイクロテレビの画面に見いった。市販のラジオ、テレビのスピーカー類が、ほとんどやられてしまった現在、その唖の画面へうつし出される黒板に書いた字だけが、唯一のマスコミというわけだ。

――それによると事態は刻々と深刻の度を拡大しつつあった。

まず、総発行額数兆円におよぶ日銀紙幣が、きれいさっぱり、銀行の金庫の奥から、財布の中から、ヘソクリの隠し場所から姿を消した。硬貨の発行高は知れたものだ。このため、まきおこりつつある経済混乱は、想像にかたくない。証券、株券類も消滅、株式取引はむろん不能になり、権利問題で早くもややこしい事が起りつつある。流動しつつある公開株の名義など、なかなかつかみにくいものだ。通帳台帳の消失は、一体誰が、いくらあずけてあったのか、双方の記憶や申し立ての食いちがいもあって、混乱をはてしないものにしそうだった。預金者に一札いれて、何とか納得してもらおうにも、その一札にする紙がない有様だ。

「こうなると、持ってる人は可哀そうだね」と運転手は笑った。「あっしらは、貯金がなくなったって、大した事ありませんや」

つまらない所で、例のニセ札犯人が、生きがいがなくなったと壁に書置きして自殺したというニュースがあったが、これはヨタだろう。

次に大きいのは、郵便物が電報から現金書留から、一切消滅した事だ。おかげで郵便滞貨一掃は、公約より二年以上早く実現した。郵政当局もとんだひろいものをしたものだ。

官庁、会社関係で、あの厖大な書類が一せいに消えうせた事も、甚大な影響を及ぼした。機能マヒは官庁関係で一番ひどかった。いっさいが書類で運営されていた官庁筋では、も早二度とハンコを押すたのしみが味わえないと早合点した連中が、官僚主義の末路来るとばかり、ビルの窓から続々ととびおりた。――もっとも大ていー階の窓からだったから、命に別条はなかった。

いっそう被害が甚大だったのは、登記所、裁判所、司法関係の書類の消滅だ。中には重要な証拠書類もあるだろうし、特に登記関係では、デリケートな問題が起りつつあった。不法占拠をやり始めるものが早くも出て来たのだ。――どんな時でも、混乱に乗じて生き馬の眼をぬく、冷血、強欲、かつ機敏な奴がいるものである。紛争中の会社でも、現役員の無効を申したてた奴があるらしい。もしこの事態に乗じて混乱をまき起そうとしたら、いくらでもできた。

だが、もっとも深刻かつ直接的なのは、学校、研究所、ジャーナリズム関係だった。製紙会社の打撃は、あまり大きすぎて、まだ表面に出てこない。最初、これは紙が暴騰すると思ってよろこんだ所もあるらしい。だが製品一切が——パルプ段階からだめになったと知ると、全重役は首でもくくりかねまじきありさまだったらしい。しかし製紙会社はまだ沈黙をまもっていた。書籍出版がまた大変だ。何しろ店頭から、本という本、雑誌週刊誌が一せいに消えうせたのだから、——私はあの店頭にあふれていた色とりどりの本の事を想像して思わず身ぶるいした。新聞社もまた手も足も出ない恰好で、系列電波関係をもつ所が辛うじて活動をつづけている。

しかし、何をおいても、学術関係ほど深刻な打撃をうけた所はないだろう。世界中の——外国の状況ははっきりわからないが、日本と同じようなものだろう。——図書館から、文献という文献が消えうせ、厖大な辞書、貴重な資料、論文、研究データなどが、全部消滅してしまったのだ。

私は思わずテレビから顔をあげて、眼をつぶった。かすかな吐き気と目まいがした。

紙！

人間の文明は、思えば何とたよりないものの上に基礎をおいていたか！　パピルス発明以来四千年にわたり、人間はこの軽く朽ちやすいものの上に、自己の精神をうつし出して来た。記録し、伝え、証拠とし、——文明と富と組織の大部分が、この紙の上にきずかれて来たのだ。その記録が一せいに失われてしまった現在——人間は自分自身の証しを失ってしまったわけだ。そして、いつでもそうなのだが、失われてしまうまで、人間はその重要性に気がつかなかった。一枚のメモ、一枚の包み紙が、世界の総体の中にいかに深くからみこんでいる事か……。

「みなさん、どうかおちついてください」テレビの中で、おなじみのニュース解説者が深刻な顔でヘタな字を書いた黒板を示した。「この異変の原因はまだはっきりしません。――しかし政府は早急に処置をとりつつあります。通貨は消え失せましたが、大蔵省関係者がお互いの記憶をたよりに、硬貨による再発行を計画中であります。預金者は、銀行当局と話しあって双方の言い分の誤差が五％以内の場合、預金額を保証されます。保証については一切政府が責任をとります。――今度ばかりは公約を信じていただくよりしかたがありません」「みなさん、協力してください。失われた文明の再編成をするためには、お互いが記憶をもちよって、もう一度まとめて行くよりしかたがありません。これからは、みなさんの記憶がたよりです。思い出した事は、壁でも机でも布でも、何でもいいから書きつけてください」

微生物研で、その学者にあった時、彼がさほどショックをうけておらず、むしろ異変の原因がわかってうれしそうにニコニコしているのを見てちょっとおどろいた。――学者という人種は、みんな世間ばなれした所がある。

「わかりましたよ」彼はもみ手しながら顕微鏡をふりかえった。「この異変は、ある種の細菌のいたずらですな」

いいいたずらなんてもんじゃない、とのどまで出かかった言葉を私はのみこんだ。

「非常に珍しい細菌でしてね、地球のものじゃありません。バチルス・シルチス・マヨルス——第一次火星ロケットが火星で採取して来た、ひどく風変りな桿菌(かんきん)の一種です」

「そいつがこんな危険なものだったら、どうして厳重に管理しなかったんです？」

「でも、もともと何の害もないものです。人体には影響はないし、地球上ではごくありふれた繊維素腐敗菌みたいな働きをして——そうですな、ロケットにも多少ついてかえって来て、これまでにも地球の菌と多少まじりあってますよ」

「無害な菌が何だって、こんなさわぎを起したんです」

「つまり、今度さわぎを起したのは、その細菌の人工変種です」

「人工変種？」私はびっくりしてききかえした。「というと——つまり誰か人間が作った？」

「そうです。自然作用で、こんなにものすごい異変種が突然あらわれるとは思えませんな。これは人工的改良で、つくられたものですよ。——まず増殖スピードが原種の二百倍になっている。地球環境下で〇・一秒で二倍になります。それから萌芽(ほうが)状態のままでどんどん分裂増殖して、紙の表面に選択的にくっつき、成体になるや否やあっというまに紙を食いつくします。——今朝のさわぎが起るまでに、すでに世界中の紙という紙は、この細菌の萌芽にくっつかれていたにちがいありません」

「そこで今朝一せいに、その萌芽が成体になって……」私はふるえ声でいった。「だ、だけど、一体誰が、何のためにそんな物騒な変種をつくったんでしょう？」

「知りませんな。それはあなたがおしらべになったらいいでしょう」そういうと学者はまた顕微鏡にむかった。「シルチス・マヨルス桿菌の原苗は、宇宙生物研究所に保存されてます。研究者はみんなそこから菌をわけてもらいますから、名簿を見ればわかるでしょう」

ところがもちろん名簿は――なかった。名簿どころか、各種の宇宙微生物の培養基にはられたラベルが消えうせ、どれが何の菌だかわからないようになっている有様だ。危険をおもんぱかって、研究所では貴重な宇宙微生物のうち、何だかわからなくなったものをどんどん焼きすてている所だった。

――私は大さわぎをしている研究所員をかたっぱしからつかまえて、シルチス・マヨルス桿菌の事をきいてみた。ここで、この呪われた紙魚の申し子みたいな細菌の変種を作る実験をしていたかどうか？――答はノーだ。それならその細菌を、外部に株わけした事は？　イエス。どこどこへ株わけしたんです？　知っちゃいないね。忙しいからどきたまえ、誰かおぼえてる人は、いませんか？　そんな事かまっていられるかい。まごまごすると、頭から金星産の水むし菌をぶっかけるぞ。こいつは足の裏だけじゃなくて体じゅう繁殖するんだ。

――それでもやっと若い女事務員の一人が菌をわけた先を二、三おぼえていてくれた。

「そうねえ、あの細菌は、あまり面白いものじゃないし、わけてあげた先も少いわ。みんなふつうの大学の研究室だから、管理は完全だと思うし……」

それから彼女は二つ三つの研究室の名をあげた。私は大急ぎでそれをメモして――いや、メモはなかったので、シャツのカフスに書きつけた。

「ああ、それから……」その研究室を片っぱしからあたるつもりで、かけ出した私の後から、女事務員は声をかけた。

「どこかの会社の研究所にもわけた事があるわ。研究所じゃないけど、委託研究している人……」

「何だって？」私はハッとしてふりかえった。「どこの、何という会社だ」

「なんでも大きな化学会社よ、ええっと、ＫＫ何とかいったわ」

私の頭のなかで光がひらめき、何も彼もが一瞬に結びついた。私は電話にとびつくと、社へかけて、さっきＫＫ化学へ行くといっていた経済部の男を呼んだ。――幸い彼はかえっていた。様子をきくとＫＫ化学もどの会社とも同じように、面会謝絶で大さわぎになっていた。私は彼にとにかくすぐ野村の家へ行ってくれるようにたのむと、今度は野村の家へ電話をかけた。ＫＫ化学の委託で、微生物の研究をやっている男、――それはほかならぬ野村なのだ！

「君か？」やっと出た野村は、宿酔（ふつかよい）らしい声で眠そうにいった。「こんなに朝早く電話をしてくる奴があるか、まだ十時だぜ」

「どうでもいいから、家中の鍵をかけて俺たちが行くまで誰もいれるな。何だったら警察の保護をたのめ」

「一体何の事だ？」

「バチルス・シルチス・マヨルスだよ。おぼえがあるだろう」電話のむこうで息をのむ気配がきこえた。「ひょっとしたら、あんたに研究をたのんだ連中が、表沙汰になるのをおそれてあんたの口をふさぎにかかるかも知れん。——しらべ出せば、どうせわかる事だからな」

　野村の家にかけつけると、経済部の男は先に来ていて、さすがに野村は青い顔をしていた。

「やつら、本当に来たよ」と彼はいった。「会社からたのまれたらしい連中だ。僕を誘拐するつもりだったらしいが、パトロールがまわってくれていたんで……」

「一体どうするつもりだったんだ？」私は彼の胸ぐらをとってしめあげた。「何だってあんなとんでもない菌をつくったんだ？」

「あれはつまり事故だったんだよ」野村はあえぎながらいった。「あんなつもりはなかった。僕はただ——紙をちょっとばかり腐敗させる細菌をつくってくれとたのまれただけだ。効果があまり急にあらわれず、しかもふつうの殺菌措置ではきかないような……」

「それが何に使われるか、わかってたか？」

「知らん、紙屑の処理でもするのかと思ってた」

「学者なんて、実際の結果にはうといもんだな。——俺が説明してやろうか？」と経済部の男が口をはさんだ。「例のプラスチックの紙だよ。KK化学は外国の大化学トラストとの共同研究で、これを何とか大々的に売り出そうとしていた。所がどうやっても、紙ほど安くならんし、防水性や、腐敗しない点をのぞけば、性質もあまりよくない。——所でこのプラスチック紙の研究には大分金をつぎこんだし、原材料は、いま他社との競争で大々的に売り出してる化学製品の廃物利用だ。そのプラスチック紙の収益が、すでにこの化学製品の原価にくみこまれてるんだ。もし、プラスチック紙が売れないとなると、場合によっては、片っ方の化学製品の値段を、ひき上げなきゃならん。そうすると競争力も弱まる」経済部の男は顎をなでた。

「学者は金をもらって研究してればいいんだから、気がつかない事もあるだろうが、大企業(ビッグ・ビジネス)ってのは、そのくらいの事はやるんだよ。海外の大電機メーカーが、新設電球工場の償却(しょうきゃく)がすむまで、螢光灯のパテントをにぎりつぶしたのは有名な話だ。現に今使われてる白熱電球だって、ついこの間まで、千三百時間の寿命があったのに、今は技術の進歩にさからって千時間までおとしている。螢光灯に押されて売れないからさ」

「わかったろう。お前のやってた事が」私はいっそう野村の首をしめあげた。「ちっとは眼を開け。ぼやっとしてるとペスト菌や毒ガスの研究だってやらされるぞ。——現に海の向うじゃ何万という科学者が、絶滅兵器の研究をしてるんだ」

「でもそんなつもりじゃなかったんだよ」野村は眼を白黒させていった。「こんな強い菌が出来るはずはなかった。——理由は大体わかってる。研究所の滅菌設備が悪いんだ」

「お前のせいじゃないってのか?」

「僕は——こんなひどいしろものをつくる気はなかった。だけど、研究室の排気ダクトの滅菌に、安上りだからというんで、コバルト60のガンマ線を使ってる」

「それがどうした？」

「空気のうすい火星では、宇宙線が地球よりずっと強い。だから火星の細菌は地球のものより放射線に強いって事を計算にいれてなかったんだ。もれた菌は、何％かが、生きたまま出ちまったんだろう。——おまけにコバルト60の照射をうけて、突然変異種がうまれて……」

「いずれにしたって、お前が人間の文明をメチャメチャにした張本人である事はかわりない」と私はいった。「どうするんだ？　失われたものはしかたがないとして、これから先どうしてくれるんだ？」

「何とか、その細菌を絶滅させる方法はないかね」と経済部の男はいった。「これから先、記録にはフィルムや金属板が使われるかも知れん。——しかし、もう一度紙が使えたら一番いいんだ。人類は四千年もの間、この物質とともに育って来た。これほど軽便で、安くて、便利なものが、今後も失われるとなれば未来にとっては大きな損害だ。俺たちだって、もう一度刷り立ての新聞インクの臭いをかぎたい」

「絶滅は無理だ。ペスト菌だって、各国の細菌研究所以外にも、まだどこかに生きのこってる」と野村はいった。「おまけにこの菌と来たら——やたらに丈夫でなまじっかな事じゃ死なない」

「じゃ、手はないのか？」

「あると思う」と野村はいった。「僕は世界中で一番よくこの菌のことを知ってるからな——何とか、菌にやられない紙をつくれるかも知れない。罪ほろぼしに、すぐ研究にかかるよ」

「すぐかかれ」私は野村をつきはなした。

「何とか成功させないと、群衆の手にひきわたしてやるぞ。お前のために縛首の木(ハンギング・トリー)の歌を歌ってやりたくてしようがないんだ」

「その前に一ぱいのませてくれよ」野村はカラーをゆるめながらいった。

「罰として、成功するまでジョニー黒はおあずけだ」私はずらりとならんだ壜を横目で見ながらいった。「そのかわり俺たちがのんでやる」

「一つの災(わざわ)いを除けば……」妹の麻耶子が眼をすえてつぶやいた。「それが別の災いになるわ」私はその痩(や)せた娘をひっぱたいてやりたかった。

＊

というわけで——あなたは、この頁までお読みになれましたか？　読んでいる途中で、この本がグズグズと灰のようにくずれてしまいませんでしたか？　もしここまでお読みになれたのなら——よかった、私たちのためにも、あなたのためにも、本当によかった。もうおわかりになったと思うが、野村の研究は一応成功したわけです。——彼は、パルプ段階から自分で紙をこしらえ、その紙をある種の薬液に浸す事によって、あの猛烈なシルチス・マヨルス菌変種の攻撃を、食いとめようとした。最初は一時間ぐらいしかもたなかった紙の寿命が、五時間、六時間とじりじりとのび出した。それは言ってみれば実に根気のいる闘いだった。

――しかし、ついに紙の寿命は百時間をこえ、三百時間の壁を破った。――しかし、空気中で半永久的な保存がきくかどうかは、まだわからない。所で、ついに一見昔通りの紙が眼の前につまれ出した時、新聞記者としての私が、それに書いて見たいという衝動にうちふるえたのは当然の事であろう。それも近来のもっとも大きなトピック――この事件の事を！

私は書いた。それが今あなたの読まれているこの文章である。書き上げると今度はどうしてもそれを印刷したいという衝動にかられ、私ともう一人の記者は、近所の活版屋で、ほこりをかぶった平版印刷機を使って、このパンフレットを刷り上げた。――ああ、私には、現代人らしく活字中毒にかかっているあなたが、感激にうちふるえながら、インクのにおいをかぎ、活字の一行一行をなめるように見、紙片に接吻して、その活字禁断症状をうるおしている様子が、眼に見えるようだ！　これはおそらく、この三カ月間にあなたが初めて見た、紙の印刷物であるはずだ。だが、もう大丈夫。原稿、印刷、製本段階をへて、今あなたがこの条(くだり)を読むことができたとしたら、一応この防菌処置は実用段階にはいったといえる。ご安心ください。まもなくまた、あのなつかしい紙の氾濫(はんらん)時代が見られます。我々は今、あの大企業(ビッグ・ビジネス)に対する訴訟書類をつくっている。

所で――いよいよ、冒頭に約束した、あの御注意を申し上げる時が来たようだ。じつは――この薬品は、あのしぶとい細菌に耐性菌を作り出した。そして薬品にふれたものの一部は、性質を変えられて、紙は侵さないが今度は――接触感染(かんせん)で、人間の毛髪をおかすのだ！　実の所申しあげると、野村も妹も私たちも、みんな見事なツルッ禿(ぱげ)になってしまっている。だからあなたも、この一文を読まれたら、大急ぎで手を消毒して——いや、それももう手おくれかも知れない。

だが、人間の文明の事を考えれば、髪の毛ぐらい何でもないではないか？——あなたは一体どちらをえらばれるか？

紙か、髪か？

御先祖様万歳

事の起りは——虫干しの時に出て来た一枚の古ぼけた写真だった。

失業して、失業保険のきれた僕は、御先祖の墓まいりという名目で故郷のおばアちゃんの所へ帰って来た。

「バカタレ！」と元気もののおばアちゃんはどなった。「失業して御先祖様のことを思い出すとは、何というバチ当りじゃ」

それでも母に早く死にわかれた僕を自分の手で育てあげて来たおばアちゃんは、結局僕に一番甘かった。田舎にいれば食うだけの事はできたし、たまには先祖代々の土地をながめてくらすのも悪くなかった。——二百年以上たつという、古い、すすけた家の中で毎日ごろごろねて、時にはおばアちゃんと一しょにお墓の掃除に行ったり、山向うの池へ釣りに行ったり、結局釣れずにいい年をしてトンボをつかまえて帰ったりして日をすごしていた。

「明日は納戸の虫干しをやるがええ」

ある晩おばアちゃんは、テレビを見ながらいった。「それで金目になりそうなものがあったらくれてやるから、もう一度東京へ出て行け、――ええ若いもんが、いつまでもゴロゴロしてちゃ外聞が悪いぞ」

僕の家――つまり木村家は、この地方の旧家だったから、納戸のなかには古いガラクタが、戦後だいぶ売りはらったとはいえ、まだかなりつまっている。どこの家にもある虫食いの掛軸や、赤鰯の道中差しにまじって、時代物の南部鉄瓶や、蒔絵の火桶などという、道具屋に鑑定させれば、そこばくの値のつきそうなものもあった。

しかしたまに古九谷とか乾山とか、真贋は別にして、僕にもおぼろげながら値うちのわかるものがあると、おばアちゃんはやれ家宝だの、誰それさまからの拝領だのといって手をつけさせない。――もっとも僕の方も、しまいに金目のものなど、どうでもよくなってしまい、むしろ古い品物の珍らしさに目をうばわれていた。

まったく古いものの中には、驚くほど質のいいものがあった。曾祖父から三代着たという織物などは、少し虫がついていたが生地自体はすり切れもせず、かえって時代がついて底光りがしていた。手織木綿のふんどしだって、色こそ黄ばんでいたが、実に百年の歳月に耐えていた。――サヨナラパンティとはえらいちがいだ。中でも感心したのは、昔、先祖たちが近郷の花見に出かける時にもって行ったという道具で、漆塗り金蒔絵で定紋をちらし、四隅に金具をうった十四インチ型テレビほどの大きさの箱には、上にかつぎ棒を通すための鉄輪が、蝶番でつき、抽出しが重箱になっていて、上蓋にある鉄のすのこをはねると、まん中に炭のつまった小さな火入れがある。銅の火入れの底は二重になって水をいれるようになっており、熱が下につたわらないように工夫されていた。――この箱に御馳走をつめて若党に棒でかつがせて行き、花見の場所に緋毛氈をひろげて、瓢の酒を、やはり箱にいれこみになった錫の徳利で、上の火箱にいれた炭火で燗をつけるのかと思うと、何とも風流な感じで、僕は一人で感じいっていた。

「あ、チョンマゲだァ」

その時、縁側に来て虫干しを見物していた近所のわんぱくが、何かをとり上げて頓狂な声をあげた。

「どれどれ、見せてごらん」

とりあげてみると、なるほど虫食いだらけの台紙に、セピア色に変色した侍姿の男の写真がはってあった。――裏をかえして見ると、「明治戊辰元年十月写於当家庭前、木村三右衛門三十二歳、写真師川辺町田村幽斎」と達筆で書かれてある。

「それは、わしのお父さん――お前の曾祖父さんじゃ」と祖母が奥からいった。

「曾祖父さまは、御一新の時の志士の一人でな。お前と同い年だが、えらいちがいじゃ――わしゃ遠縁のみなし子で、小さい時に養女にもらわれたちうが、三右衛門さまにゃかわいがられてのう、わしにとっては実の父さま同然じゃ」僕は何の気なしにその写真を縁先へほうり出した。すると今度はわんぱくの弟らしい鼻たれが、それを見ていたが、ふいにまわらぬ舌でいった。

「あ、キチャ、キチャ……」

「どれどれ、あ、ほんとだァ」と、兄貴はいった。「おじさん、これ見てごらん。特急こだまだよ」

「ああ、なるほどね」と僕もチラと見てうなずいた。「忙しいから、邪魔しないでくれよ」

そういって、納戸へまたはいりかけた時、背筋へズキンと衝撃が走った。

「な、なんだって!?」僕は納戸からあわててとび出した。

「そんなバカな話が！」

だが、それは本当だった。明治元年、一八六八年、ざっと百年前にとられた写真に、最新型の列車がうつっている！

やや、ぼやけているが、この家の庭前で木村三右衛門氏が大たぶさ、帯刀、羽織袴で腰かけた遠景に、現在も庭の向うに見えている小高い山がそびえ、そのトンネルの中から、こだま型の電車が顔をのぞかせているのだった。

「おばアちゃん、これ、たしかに曾祖父さんにまちがいないね」と僕は念をおした。

「まちがいないとも」祖母は老眼鏡でつくづく写真をながめながらいった。「わしゃ、子供の時、この写真を見たよ。うしろの山は先祖代々うちの持山だがな」見れば見るほど列車の姿ははっきりうつっている。決して偶然のしみなどではない事は、拡大鏡で見ると窓やパンタグラフまでちゃんとうつっているのを見てもわかった。

——僕はわけがわからなくなってその写真を新聞社にいる友人に送って合成写真ではないかどうかしらべてもらった。

「別にインチキでも、合成でもないって話だよ」友人は電話をかけて来て、のん気そうにいった。「写真部の連中は、原版があればもっとはっきりするといってるがね」

だが、今さら百年前の原版が見つかる望みもなさそうだった。

「ちょっときくけどな……」と僕はいった。「運輸省の方で、この地方の鉄道路線の延長計画がないか、しらべてくれないか？——あのうつっている山には、現在まだトンネルもなけりゃ、鉄道も走ってないんだ」

二、三日たって、友人は今度はやや興奮した声で電話をかけて来た。

「おい、やっぱりあるそうだぜ。——まだ建設許可は正式におりてないが、延長計画だけは上程されていて、紙の上ではそれが丁度君の家のそばを通ることになっている」

「計画実施はいつごろになりそうだ？」

「はっきりわからんが——計画書には昭和四十三年竣工予定と書いてあったような気がするな」

僕は呆然として電話を切った。昭和四十三年——一九六八年。あの古ぼけた写真には、それが撮影された時代よりちょうど百年未来がうつっているのだ。

現在よりも、まだ五年も先の風景が！

この奇妙な現象の原因は、どうやらあの小高い山にありそうだ、と見当をつけたのは、何となく一種のカンがはたらいたからだった。

「あの山か？　あの山は誰が買いに来たって売らんぞ」祖母は頑としていった。

「トンネルをほるなんて、もってのほかじゃ。——あの山はな、昔から神隠しがあったり、天狗様がいるといったりして、誰も足をふみいれんことになっとるんじゃ」

そうきいて、僕はますますその小さな山に興味をもち、ひとつ、しらべて見ようという気になった。——どうせ失業中だ。ヒマならいくらでもある。

その山は、高さ百二、三十メートルの何の変哲もない小山だった。あのトンネルのうつっていたあたりをしらべてみたが、別に何のかわりもない。ただ裏側は低い尾根つづきに背後の山脈につながっていて、もし鉄道を通すなら、このあたりに出口がくるのではないかと思われた。

そばへよって見ると、麓のまわりに、ぐるりと古びた柵がはりめぐらされ、何代にもわたって修理されたあとがある。柵の破れ目から中へはいってみると、丈なす草の中に、昔ふみならされた道がみつかった。それをたどって行くと、中腹よりちょっと下あたりに、小さな石の祠（ほこら）があった。屋根はずりおち、石仏の顔もわからぬぐらい風化しているが、別にこれといって、かわった所もない。——そこで一服して風をいれていると、そこからは村の田畑がひと目で見わたせた。むんむんする草いきれの中で、キリギリスが鳴き、こがね蜘蛛が優美に肢をのべてゆっくりゆれている。見るともなしにそれを見ていると、ふと妙な事に気がついた。——蜘蛛の巣がゆがんでいる！　ふつうは同心円の形ではられているはずの蜘蛛の巣が、よく見ると中心がずっと一方にかたよった妙な巣になっているのだ。巣をかけている蜘蛛をしらべると、どれもこれもそうだった。中心はすべて山腹の方へむかってよっている。

　そう思うと、あたりの風景が急に奇妙に思えて来た。ちょっと見ると気がつかないが、周囲の風景が何となくかげろうのようにゆがんで見える。いや、それだけでなく、樹木が何ともいえず変てこなはえ方をしているのがわかった。傾斜地にはえている松や雑木は、いったん傾斜面に対して垂直にのび出し、それから上の方にむかっているのだ。——僕はふと、ある話を思い出した。アメリカのオレゴン州には、重力や磁力が奇妙に渦まいている場所があるという。科学者がしらべて、たしかに重力がおかしなことになっていることはわかったが、なぜ、そんなことになっているのかはいまだにわからない。ひょっとしたら、この山も……何か空間の「場」が妙な事になっているのではないか？——そう思ってあたりを見まわしていた時、僕は祠の背後の崖に、草に隠れて小さな洞窟が口を開いているのを見つけたのだった。

　中をのぞいて見ると、かなり奥深そうな洞穴だった。山の中心へむかって、ほとんどまっすぐにのびている。入口より中の方がひろく、天井までは三メートルぐらいあって、人工のものか天然のものか、ちょっと見当がつかなかった。——その奥へはいって見ようという気になったのは、虫の知らせだったろうか、それともこういう事もあろうかと、あらかじめ大型の懐中電灯を用意しておいたからだったろうか？――とにかく一歩ふみこんだ時、足もとに、昔のものらしい頑丈な柵が、朽ちたおれて土の中に埋まっているのを見つけた。入口の壁には、梵字（ぼんじ）を刻んだ石柱も、もたれかかっていた。

「おーい……」誰かがずっと麓の方で呼んでいた。「何するだア……その穴へはいっちゃいけねえよオ」

だが、僕はかまわずふみこんだ。――何かにひかれるような思いだった。

洞穴は平坦にどこまでもつづいていた。多少しめった柔かい土が、奥へ奥へとまっすぐのび、一体どこまで行くのか見当もつかない。何か傾斜があるような、妙に不安定な感じがするのだが、上り坂なのか下り坂なのか、右へ曲っているのか左へ曲っているのか見当もつかない。しかし、一度だけ船酔いに似た妙な気分を味わっただけで、すすめばすすむほど何の変哲もない洞窟だという感じがして来た。

前方に明りが見え出した時、ちょっと気おちしたみたいだった。――別に何という事もなく出口に来てしまったからだった。変った事といえば、こちらの出口は、かなり頑丈な木柵がまだ残っている事だった。それでもその木柵は片方のはしが大きく傾き、そこから簡単に外へ出る事ができた。

まぶしい外の明りの中で、目をしばたたきながら僕は洞穴の外を見まわした。あれだけ歩いたなら、ちょうど山の反対側へつきぬけてしまっただろうと思ったが、そこの風景には何となく妙な所があった。見た所は、別に何の変りもない村の風景だった。初秋の風は、丈なす草をそよがせ、キリギリスがあちこちで鳴き、見はるかすかぎり田の稲穂が色づきかけている。――そう思って見まわしているうちに、はじめて僕はその景色の妙な所に気がついた。その風景は、洞窟の入り口から見た風景と、まったく同じだった！

細かい所は少しちがっているが、地形といい、田の配置といい、僕がはいって来た側から見たものと、ほとんどかわらない。――ひょっとしたらあの洞窟を伝いながら、山の中をぐるっとまわって、もとの場所へ出てしまったのではないかと、ふと思った。何よりの証拠として、すぐ目と鼻の先に、僕の家があった。少しおかしい所があったが、先祖代々のあの古い藁屋根のたたずまいは、どう見たって僕の家にちがいない。――僕は狐につままれたような感じで山をおりはじめた。

だが、庭先まで近づいてみると、僕の家にしては妙な所がたくさんあるのに気がついた。――井戸のポンプがとりはらわれて、つるべがついている。裏庭の方では、馬が鼻を鳴らしている気配がする。――馬なんて、十二、三年前に売りはらってから、一度も飼った事がないはずなのに――。この暑いのに、縁先の障子をたて切って、中でひそひそ人の話し声がする。

「おばあちゃん……」僕は危うく声をかける所だった、「お客さまかい？」と……。僕は何となたんに、障子の向うでシッという声がして、中の話し声がピタッとやんだ。僕は何となく身の危険を感じて、縁先にたちすくんだ。——その時……。

「！」

声のない気合とともに、障子の紙をブスッとつきやぶって、鼻先数センチの所へ、ギラギラ光る真槍の穂先がつき出された。——僕が驚きのあまり、後へひっくりかえったのはいうまでもない。尻餅をついた鼻先で、障子が乱暴にあけはなたれた。そこに立ちはだかった数人の男を見たとたんに、僕の悲鳴はのどの所へグッとつかえてしまった。

丁髷をゆった侍姿の壮漢が四、五人、みんなドキドキするような抜き身をひっさげて、こちらをにらんでいる！

「何奴だ、貴様！」そのうちの、何だか見た事のあるような若い男がどなった。

「密偵（いぬ）か？」後から声がかかった。

「妙な見かけん奴です」端の男が背後へいった。「こら！　貴様、なぜわれわれの話を立ち聞きした？」

「い、いえ、すみません、家をまちがえました……」僕は後じさりしながらやっとの事でいった。

「かまわん、斬れ！」と誰かが叫んだ。

とたんに、眼の前がピカッと光って、耳もとで白刃が風を切る音がした。——自分がどんな悲鳴をあげたかさっぱり記憶がない。とにかく気がついた時は、こけつまろびつ、足が宙をとんで、本能的にあの山の洞穴へむかって走っていた。

「逃がすな！」背後で叫んでいるのがきこえた。「斬ってしまえ！」

洞窟が一本道だということが、この時くらい呪わしかったことはない。背後の足音は洞窟にこだましながら、どこまでも追って来た。はいって来た側の入口から、やっと外へ出ても、しつこい侍たちはまだ追いかけて、とび出して来た。紙一重のちがいで、シャツの背中を切り裂かれた僕の悲鳴は、汽車の汽笛みたいに平和な里にひびきわたり、野良仕事の連中をいっせいにふりむかせた。――それなのに、この村ののんきな連中と来たら、僕が田の畦を、半泣きになりながら、息せき切って逃げ、あとからダンビラをふりかざした三人の侍が追いかけてくるのを、ポカンと口をあけて見ていた。

「三平さァ……」誰かがのんびり声をかけるのがきこえた。

「何ンしてなさるだ？　映画のロケかね？」

説明しているひまなぞないので、とにかく僕は助けてくれとわめきながら走った――昔は村の小学校で、かけっこならいつも一等だったが、長年の都会生活で足がなまっていて、今にもぶったおれそうになった。やっとの思いで駐在所にとびこんで、助けて！　と叫ぶと、初老の駐在は泡をくったように湯呑みをひっくりかえした。

「なんだ、三平君か、びっくりするでねえか」と駐在はぬれた服をはたきながらいった。

「そうだ、ばアさまに、ボタ餅うまかったと礼いっといてくれねえか」

だが、その時、あのしつこい侍たちが、抜き身をひっさげて、駐在所へどやどやととびこんで来た。僕はまた悲鳴をあげて、駐在の背後へかくれた。

「助けて！」と僕は叫んだ。「殺される！」

「何ンだ、お前たちは？」駐在は眼をむいて叫んだ。「そ、そんなものをブっさげて、危ねえでねえか！」

「やかましい！」と侍の一人はどなった。「その男を出せ。かばいだてすると、貴様もいっしょにぶった切るぞ！」

おどかしのつもりだったろう。その侍は、ビュッと白刃を横にはらった。机の上においてあった、一輪ざしの日向葵（ひまわり）の花が、ちょンぎれてとんだ。――この時の駐在は、がらになくあっぱれだった。ワッと悲鳴をあげると、反射的にピストルをとり上げ、ズドンと一発ぶっぱなしたのだ。十五メートルはなれて松の厚板をぶちぬくという、S＆W四五口径リボルバーの発射音と衝撃は大したもので、駐在はあやうく後へひっくりかえりかけた。

「お、飛び道具だ！」とさすがに侍たちは鼻白んで後へさがった。――その時になってようやく、この血迷った連中も、自分たちが妙な世界へとびこんでしまった事に気がついたらしい。動揺が三人の間に走り、侍たちはキョロキョロとあたりを見まわした。

「これは……」と一人が、駐在のつき出したブルブルふるえる銃口をみながらいった。「妙な事になったぞ……」

「いったん、ひきあげろ」もう一人が叫ぶと、三人はバラバラと駐在所をとび出した。――その時になって、駐在はやっと頭に血がのぼったらしい。ワーッと叫ぶと、外にとび出して、空へむかってピストルをぶっぱなすと、村一番といわれる大声で山の方へにげて行く三人の侍にむかってどなったものだ。

「つかまえてくれ皆の衆！　人殺しだ！　愚連隊だ！　強盗だ！　火事だ！」

田舎という所は、スタートはにぶいが、いったんさわぎに火がつくと、とんだ大げさな事になる。――その時も駐在のどなり声でようやくさわぎに気がついた村の連中は、野良仕事をおっぽり出して逃げて行く侍たちを追いかけはじめた。といって、刀をふりまわす侍はやっぱりこわいらしく、五十メートルほどはなれて、ワイワイいいながら追いかけ、中には勇ましくも自動耕うん機にのって追いかける奴もいる始末だった。――駐在が火事だとどなったので、誰かが半鐘をならした。人殺しだ、強盗だときいて、一一〇番へ電話をかけた者が五人もいた。なにしろ僕の郷里は、伝統的にヤジ馬の気風がさかんな所だった。鳶口（とびぐち）に法被（はっぴ）姿の村の消防団がせいぞろいし、二キロはなれた県警から、武装警官隊がトラックでかけつけるのに、ものの三十分とかからなかったろう。――しかもみんな集まって、山狩りだ、山狩りだとワイワイいいながら、一体何が起ったのか、さっぱりわかっていない始末だった。

「とにかく、あの、右翼だか、愚連隊だか、やくざだか、そんな連中です」駐在はあがってしまってそうわめきちらすばかりだった。「三人とも刀をもってました。わしの大事なひまわりの首をチョン切りよりましたです」

県警の機動隊長も、武装警官を出動させた手前、一応山狩りをやる事にしたらしかった。――何しろ抜き身をぶらさげた連中を野放しにしておくのは危険だ、というのはもっともな事だ。だが——いよいよ、山にはいろうとした時、阿修羅のような形相でみんなの前にたちふさがったのは、おばアちゃんだった。

「お前ら、誰にことわってこの山にはいるんだ！」おばアちゃんは髪ふりみだしてどなった。「ここは先祖代々、うちの山だぞ。先祖の申しつたえではいっちゃならねえことになってるだ」

「ばアさまよ、それでもこの穴に悪者が逃げこんだだよ」と駐在は説明した。「お宅の三平さんが、殺されかけただ」

「何？　三平が？」おばアちゃんは、きっとなって僕の方をふりかえった。「ようし、そんなら、おらも行く」

「よしなよ、おばアちゃん、危いよ」と僕はいった。

「何が危いか！　おらの可愛い孫をあやめようとしたなんて、勘弁できねえ、おらがふンづかめえて、でっかい灸（やいと）すえてやるだ」

何しろガンバリ後家で通った気丈者のおばアちゃんだ。

「さァ、皆の衆、つづけ！」とどなるやいなや、とめる間もなくまっ先たって穴の中へとびこんだ。——こうなると僕もほうっておけず、おばアちゃんのあとを追ってとびこんだ。警官隊と消防団があとにつづいた。

洞窟を通って、向うへぬけて見ると、あの家は、何事もなかったように森閑としずまりかえっていた。

「ここは一体どこじゃ……」と村民の間につぶやきがおこった。「もとの場所とちがうのか？」

「そういえば、あの家は木村のおばアちゃんの家でねェか」

そのおばアちゃんは、あんぐり口を開けて眼をとび出しそうに見開いていた。――カタンと音をたてて上の入れ歯が顎からおちた。

「あの家に、連中がいたのか？」と機動隊長がきいた。僕がうなずくと、みんなはぞろぞろ家の方にむかった。

家の庭につくと、気配を察したか障子が中からガラリとあいた。――殺気だった侍姿の男たちが、刀をつかんで立ち上っていた。

「なんだ、大ぜい来たな」と向うはこっちを見て、眼をむいた。「貴様たちァ何だ？」

おどろいたのは、こっちの連中も同じだった。――とにかくチョンまげ姿の男たちが、こんなに大勢集まっているのを見たのは誰だってはじめてだろう。そのうちの何人かは、殺気だって鯉口を切っているのだ。

「あ、あんたたちを……」と隊長は面くらったみたいにもごもごいった。「殺人未遂と、それから、ええ――持兇器集合罪で逮捕する」

「なに！」一人の若い侍がどなった。「面白い。やってみろ！」
二、三人がギラリとひっこぬいた。その時ヒェッというような声がして、誰かが先頭の若い侍の足もとにとび出した。——おばアちゃんだった。

「おとっつァま！　まァおとっつァま！……おなつかしうごぜえます」

「なんだ、このばアさんは？」若い侍は呆れたようにおばアちゃんを見た。

「あんたさまの養女の、うめでごぜえますがな……」おばアちゃんは、おろおろ泣きながらいった。

「馬鹿いえ！　俺は知らんぞ」侍は迷惑そうにいった。「第一、こんなばアさんの子供を持つわけがない」

「でも、でも、あなたさまは木村三右衛門さまでごぜえましょう」とおばアちゃんはいった。

「ごらん下せエ、これはあなたの曾孫の三平でごぜえます」

そこまでいわれて、さすがの僕もアッと息をのんだ。——その侍の顔をどこかで見た事があるのも道理、彼こそは、このさわぎの発端となったあの写真の主、木村三右衛門氏にほかならなかったのである！　だが時代をこえた肉親対面の場面は、その時あわただしく近づいて来た馬蹄の音にかき乱された。

「みんな、手がまわったぞ！」馬上の男は汗をしたたらせながらどなった。「江戸から幕吏がやって来て、今代官所から手勢が押しかけてくる」

「みんな散れ」頭だった大たぶさの男が叫んだ。「裏に馬がつないである。かねての手筈どおり——よいな」

侍たちの行動は、おそろしく敏速だった。あっという間に彼等の姿は座敷から消えうせ、裏庭の方からたちまち何頭もの馬蹄のひびきが起った。

「あっ、おとっつァまァ……」おばアちゃんが叫んだが、馬蹄の響きはみるみるうちに裏山づたいに遠ざかっていった。

「三右衛門様えのーウ」おばアちゃんの悲しげな声が、山々にこだました。

それからあとのテンヤワンヤは、思い出しただけでも頭が痛くなる。——あっという間に相手に逃げられて、ポカンとしていた警官隊が、今度は代官所の討手と衝突したのだ。むこうだって殺気だっていたし、獲物に逃げられて頭に来てたらしい。まして武器をもって見知らぬ連中が大勢集まっていれば、これは不穏の事であり、御謀反の気配ありと見なされて、それ、召し捕れ！　申し開きはお白洲でしろ、という事になる。——何しろ問答無用は、当時の習慣だった。逆にこちらが持兇器集合罪で逮捕されそうになって、そこは警察の名誉にかけても抵抗した。村の連中はいち早く、洞穴に逃げこんだが、警官隊が空へむかって威赫射撃をすると、今度はむこうが代官所から弓矢をもって来たから、厄介な事になった。やむを得ず後退したが、警官の一人は、岩かげからピストルで応戦しながら、矢が帽子を射ぬかれ、

「まるで西部劇だ！」と叫んだ。

結局、どちらも死傷のないうちに、こちらは穴に逃げこんだ。無鉄砲な追手の一部は、穴を通ってこちら側まで追いかけて来たがこちら側の入り口で多人数がワイワイいっているのを見て、面くらって逃げてしまった。——ところでこちら側のさわぎはとんでもない事にな

った。あちら側へ行った村民のなかにある新聞社の通信員と、たまたまその家へ遊びに来ていた腕っこきの社会部記者がいたのだ。——誰が鳴らすのか、村にはたえ間なく半鐘が鳴っていた。お節介な奴がいて、お寺で早鐘までつき出した。村役場のサイレンが鳴り、鶏どもがさわぎたて、牛が鳴き、犬が吠えたて、赤ん坊まで泣き出した。たかがこのくらいの事で、こんなさわぎになるなんて、信じられないくらいだったが、要するに、田舎なんてみんな退屈してるのだ。新聞社のヘリコプターがとんで来て、何をどうまちがえたのか、近所の自衛隊まで出動してくるに及んで、手がつけられないようなさわぎになってしまった。どんな場合でも威勢のいい、新聞社のカメラマンが、とめるのもきかず穴のなかへとびこんでいって、肩に矢をつったててよろめきながら帰って来たのを見て、みんなは激昂した。——危険を感じた警官と自衛隊は、柵を作って穴の前を警戒し出した……。

新聞社の音頭とりで、学者をまじえた「調査隊」というものが到着したのは翌日の午後の事である。——学者だって、はっきりいって半信半疑の、ヤジ馬気分だったのだろう。

「この近郷にもちょいちょいある、落人部落の極端なものではないかと思いますな」

穴にはいる前に調査団ののべた意見はそんな所だった。

「ひょっとしたら精神病者の集団かも知れません」

——だが、護衛について行った自衛隊員もろとも、満身創痍という恰好で穴からはい出して来た時は、連中の意見もかわっていた。むこうも、あちら側の出口の所に、網をはっていたらしい。

第二回の調査団には、中央の大学の先生方もくわわっていた。――物理学の教授がまじっていた所を見ると、学者もようやく事態に気がつきかけたらしい。第二回調査団は、かなり重武装で出かけていったので、なんとか無事にかえって来て、そこそこの成果があがったらしい。――だが、彼等がふたたび穴場から出て来た時は、小さな村は、各新聞社、テレビ、ラジオ局などの取材陣でごったがえし、それをまたあてこんで物売りが店を出す始末だった。――ニュースマンたちにとりかこまれてすっかり名士気どりの村長と、同じ話を千回もしゃべらされて、ガタの来たテープレコーダーみたいになっちまった僕と……。事件のきっかけとなったあの写真を、何とか手にいれようと波状攻撃をかけてくる記者連中に腹をたてたおばアちゃんは、とうとう記者の一人にかみついた。あわてたその記者が、手首におばアちゃんの入れ歯をくっつけたまま行ってしまったので――だが、こんな事いくら話してもしかたがあるまい。とにかく第二次調査隊の臨時報告が、あの山の前にもうけられた臨時本部のテントで行なわれた時は、村全体の気温が、かけ値なしに三度も上昇していた。

槍ぶすまみたいにつき出すマイクにとりかこまれ、ライトとフラッシュをあびながら、調査団長の歴史学者は、あがり気味に報告書をよみあげた。

「S県T郡蹴尻村字富田、木村うめさん所有の山、通称〝神隠し山〟にあいている洞窟は……」ここで、団長はゴクリと唾をのみこんだが、これがたくまざる効果になった。「調査の結果……過去に通ずる穴であることが確認されました」

　予期したことだったろうが、取材班にちょっとどよめきが起った。

「穴の向う側は、いつごろなんです？」質問がとんだ。

「穴の向う側の時代は――」団長は汗をぬぐった。「江戸末期の文久三年、――すなわち今からきっかり百年前の一八六三年であります。この事は――向うの人たちと話しあって、はっきりしました」

「向うの人たち？」記者団から声が上った。「じゃ、江戸時代の連中と話したんですか？」

「ええ――向うにも話のわかる連中がいて……代官所を通じて一応むこうの政府――ええと、幕府へも、話を通してもらうように、一応たのんでおきました」

　満場騒然となりかけた時、一人の記者が椅子の上におどり上って質問した。

「向う側というとつまり、――あの穴の向う側には十九世紀の全宇宙がひろがっているわけですか？」

「そうです――」物理学者がこたえた。「つまり、あの穴を結節点としてですね……」

「なぜ、そんな事になったんだ？」誰かがどなった。「そんなことってあり得るのか？」

「あり得るのかどうか。今の科学ではとても説明できませんが、とにかく現実にそうなんです」物理学者はへどもどしながらいった。「今まででも、十九世紀の紳士が、突然ニューヨークの街へ現われて、行きだおれたとか、フィリピンの軍隊が、一瞬のうちにメキシコにあらわれたとか、――妙なことが起ったという記録がたくさんあるそうです。神隠しなんてことも、実際起っているらしいところを見ると、時空連続体、つまり時間と空間には、われわれのまだ知らない不思議な性質があるんじゃないかと思われます。たとえばですね――われわれは、時空間が、直線的にへだたっているという表象をもっているが、その実、重力場において時空間が曲っているように、時空連続体は波うって――あるいはおりたたまれているのかも知れません、少なくともあの山のあたりにおいて、十九世紀と二十世紀は隣りあっているんです」

「とすると、あの穴の中で、時空間がとびこえられるんですね」

この質問は駆け出して電話にとびついたり、大声でわめきちらす喧騒にさえぎられてしまった。

「あの穴の途中で、空間がひっくりかえっているのに気がつきましたか？」物理学者は声をからして叫んでいた。「丁度まン中からむこうでは、みんなの足跡が天井についてるんですよ！」

静かにしろという声が、あちこちできこえたにもかかわらず、その場の状態は手がつけられないほど混乱してきた。

「文久三年といえば、薩英戦争や天誅組の変など、むこうの世界は物情騒然としていますので……」団長が読みあげる報告書のか細い声は、悲鳴みたいにきこえた。「あまりみなさんも、さわぎたてて、むこうの世界へ行こうとなさらないよう……イタイ、イタイ！　押さないで……」

「過去へ通じる穴」のニュースは全世界へひろがった。——大げさなと思う人があるかも知れないが、今の世界はそういうふうになっているのだからしかたがない。真偽問い合わせの殺到から、海外からの記者や調査団の来日で日本はオリンピックの一年前に、外人客ブームが来そうな状態になった。——蹴尻村には、取材、調査陣の常設本部が出来、自衛隊が常駐した。そろそろ穫り入れが近づくのに、仕事にならないというので、村長は県から補償金をとりつけた。——これで彼は次期当選確実だ。

県知事は、蹴尻村を特別保護地に指定した。その前に、山師みたいな不動産業者が、おばアちゃんの家を訪れて、あの山を売ってくれといって、実に十億円の札束を眼の前につんで見せたが、おばアちゃんは首をたてにふらなかった。神隠し山は「おらが先祖代々」の山であり、大臣が来たって売るもんでねえ。——おらはあそこを通って、御先祖様に会いに行く、というのだ。

穴の入口は、自衛隊が二十四時間警備にあたっていた。むこうからの侵略を防ぐより、こちらから、何とか抜け駆けをやろうとねらう、新聞記者連や山師どもを追っぱらうのが主な目的だった。——まったくこういう連中は、どんな不祥事をまき起さないともかぎらない。

そのうち——ある晴れた日の午後、穴の入口でさわぎが起った。本部から見ていると、陣笠にぶっさき羽織り、乗馬袴という姿の武士が、供のものに、白旗をもたせて入口からあらわれた。

「身共、公儀近習頭をつとめる阿部定之進……」と武士は名のった。「御老中酒井殿よりの書面をたずさえてござる。先日御書面をもたらされた田岡殿にお目通りねがいたい」

田岡博士――第二次調査団の団長は、書面を見てパッと顔を輝かせた。

「諸君！」と博士はいった。「幕府は代表交換を申しいれて来ましたぞ！」

その時、阿部と名のる武士は、突然ぬく手も見せず、横に近づいたカメラマンに切りつけた。アッと思った瞬間に、刀はピンと鍔鳴りの音をたてて鞘におさめていた。

「身共、田宮流を少々たしなみます」と落ちついた声で使者はいった。「下賤の者、少々お遠ざけねがいたい」

こちらでは、スピグラをまっぷたつに切られた上に、下賤の者とよばれたカメラマンがベソをかいていた。

さあ、そこからがまた大さわぎだった。代表団の自薦他薦もさることながら、国会議員代表をいれろの、報道陣をどうするの、人数をしぼれの、護衛はどうするのと……とにかく、急遽代表団をこしらえて、むこうと交換したのは、一週間後だった。その間、幕府代表はむこう側の入口で待たされっぱなしだった。――とはいえ、この交換はそこそこの成果をあげ、むこうの連中は、眼を白黒させながらも、何とか事情をのみこみ、こちらの連中は江戸時代の風俗を記録フィルムにおさめて帰って来た。そして双方とも、必要な学術調査団や視察団交流の仮協定をむすぶところまでこぎつけた。

「諸君！　これはすばらしい学問上の収穫ですぞ！」と歴史学者は興奮してまっ赤になりな

ができるのです！」

「われわれは、百年前の世界を、実際この眼で見、手でふれてしらべることができるのです！」

「穴」をめぐるさわぎは、これで一段落つげるどころか、ますます大きくなって行った。――江戸時代への実地調査に行けるとなると、当然のことだが歴史、社会学界がさわぎ出した。――物理学者は、「穴」の構造の解明に、大がかりな調査をしたいといい出した。――婦人科医まで名のりあげたのはいささかお門ちがいだったろう。視察旅行の好きな議員方が圧力をかけはじめたのは当然である。それに時代小説作家が、自分たちの書いた小説の主人公、モデルたちに、実地にあってみたいといい出した。――へたをすると印象を大幅に訂正しなくてはならないかも知れず、歴史上の謎のいくつかがとけるかも知れないし、またぬけ目なく次の小説のヒントをもつかめるかも知れない。

いや、時代小説作家に行かせるのはおかしいといい出したのは、ルポライターたちだった。時代小説はフィクションだ。だが、これはドキュメンタリイの書ける人間が行くべきだ。そのほか画家、写真家、音楽家、劇作家、民俗学者、ありとあらゆる芸術家、文化人が、行かせろといってさわぎ出した。中で、過去に対してあまり干渉することが、歴史の歩みを狂わせ、それが現在にまで影響を及ぼすようなことになるのではないかと、タイムパラドックスに対する危惧を表明したSF作家たちこそ、最も良心的な連中だったろう（筆者註――いい気なもんだ！）

こんな大さわぎ――まだまだこの他に、あの「穴」をどこの管轄にするかで、文部省、総理府がもめるなどといったことは、数え上げたらきりがないが——の最中に、政府代表が、江戸城内において、老中酒井忠績とひそかに会見したという情報を、ある新聞社がスッパぬいたので、日本中が、蜂の巣をつっついたようなざまになってしまった。しかも、その情報には、会見の内容までそえてあったのだ。

その新聞社は、幕閣よりひそかな会談申し入れがあったことをキャッチし、政府の動きをマークした。代表である政府要人が、夜陰に乗じてひそかに穴をぬける時、記者の一人は大胆にも、要人のポケットに、小さなワイヤレスマイクを投げこんだ。そして要人の秘書がもって行くカバンの中に、小型受信器とテープレコーダーをセットしたのである。——かくて、盗聴された会談の内容は、僕も後になってきく機会があったが、まことに驚くべきものだった。

「すでに御承知の通り、ただ今国内は、内憂外患こもごもいたり、まことに鼎の湧くような有様でござる……」と老中——二年後に大老になったが——酒井忠績は、沈痛な声でいった。「諸外国は、こもごも来朝して、開国をせまり、それに対して国内では攘夷をとなえる外様大藩、不逞の浪人ども、ことごとに外国と事をかまえんとし、先年神奈川にて薩藩のものが英人を斬り、しかえしとて、先月英艦は薩藩に砲撃を加え申した。またその前に長州下ノ関が、外国の軍艦に砲撃をうけ、このままではいかなることになるやも知れず……」

「なるほど……」と要人はたよりない声でいう。

「また国内では先年の井伊殿殺害はじめ幕閣要人の暗殺あいつぎ、大和にて天誅組などと申す、逆賊が旗上げし、朝廷公卿(くぎょう)の動きもはなはだもっておだやかならず……」

「はあ……」

「この際、国内を統一し、国力を充実して外患にそなえざれば、清国阿片戦争の例を見ても、わが国は、外国の足下に蹂躙されるは必定――ついては、同胞のよしみをもって、力をおかしくださるまいか？」

「といいますと？」

「きけば、そちらには、空をとぶ機械、一瞬にして百発を放つ銃もあり、精鋭十八万の威容をほこる軍団を備えておられるとか――そのうち、武器、軍隊の一部でも、おかしくだされれば……」

「よく御存知ですな」と要人は面くらったようにいった。

「泰平三百歳を数えるとはいえ、御庭番衆はまだ健在でござる」と酒井老中は笑いをふくんだ声でいった。

「いかが？　お助けくださるか……」

「そ、それがその……」要人はいった。

「憲法で、海外派兵はできないんですが……」

「海外ではござるまい」酒井はおしかぶせるようにいった。

「同じ国内でござろう」

この勝負はどう考えても、酒井老中の勝ちだった。何しろ昔の連中には、いわゆる腹のすわった連中がいる。それに――ああ！　よりによって、文化三年とは何という厄介な時代にひっかかったことか！

今さら説明するまでもないと思うが――文化三年といえば嘉永六年六月ペルリ提督が艦隊をひきいて、浦賀に入港して開港をせまってから丁度十年、泰平の眠りをさますと洒落のめすいともなく、つづいてロシヤよりプチャーチン来航、日米和親条約をむすんでからは、国内に攘夷、開港、尊皇、佐幕がいりみだれ、老中の言をまつまでもなく、内憂外患、まさに国内はハチの巣をつついたようなさわぎのまっただ中だった。安政五年、井伊大老が就任して安政の大獄の大嵐が吹きあれ、世間には、例の安政大地震、虎列利の大流行、万延ごろからは物価暴騰に農村一揆が全国を吹きあれた。――一方、薩長土肥、両国雄藩の討幕の動きは、いよいよ本格的となり、今日は討幕、明日は公武合体と、その混沌たる政治情勢は、まったく予断をゆるさないありさまだった。――そこへもってきて、過激派や、攘夷武士の幕府要人、外人の殺傷事件があい次いだ。いわく桜田門外の変、いわく坂下門外の変、いわく寺田屋事件、いわく生麦事件……そして文久三年にいたるや、薩英戦争、下ノ関砲撃、天誅組、平野国臣の生野挙兵、さらに八月十八日政変による、尊攘公卿追放、いわゆる七卿落ちと……情勢はさらに紛糾の度を加え出していたのである。

――とにかくこのニュースがすっぱぬかれると、「穴」さわぎはまた次元のちがった様相を呈しはじめた。幕府との秘密会談のあと、今度は才谷梅太郎という浪人が、ひそかにこちら側にやって来て、関西出身の某政界実力者に会ったという噂が流れ、才谷というのが、例の薩長連合の大立物、土佐の坂本竜馬の変名だということがわかると、さわぎはまさに「政治的」段階へはいって行った。

政府は江戸時代軍事援助の意向があるのか？　と国会で野党が質問した。政府は慎重にかまえていた――むろん自衛とは関係ないから軍事援助はしない。――江戸時代であろうとも、同じ日本だから、やはり自衛ではないか、と別の声がいう。若干の経済上、学問上の援助はしてもいいと考えていると政府回答――しかし、倒潰寸前にある江戸幕府をむこうの時代の唯一の公式政府と見なすのはおかしい、という声も当然あがって来た。それは例によって政府の事大主義、官僚主義だ。むしろ明日の主流たる薩長を援助して、維新政府の成立安定を早めるべきである。――とりあえず薩摩を救えと鹿児島県の人々が動き出した。――いや、皇室を忘れてどうするか！　という声があがる。孝明天皇暗殺を未然に防げ！　いや、もしそんなことをして、歴史の流れをかえてしまったら――ワイワイガヤガヤ……。

「一体こりゃどうなるんだ……」

日毎のさわぎで、安眠さえできない村民たちは、毎日集ってはぼやいている。

「何で、昔の事にそんなにさわぐだ。今の方がよっぽど進んでるのに……」

そうこうするうちに、幕府の方からは返答についての矢の催促がはじまった、――もし、受け入れないのだったら、今後あの穴の江戸時代側を永久に閉し、侵入するものは用捨なく殺害する、――とまで強い態度に出て来た。――せっかくの〝文化財〟を、とだえさせるのはおしいというので、政府は煮え切らないながら、さしあたっての多少の経済、学術上の援助をあたえる約束をした。一つには諸外国の金銀比価の差を利用した。金買い漁りを封じ、金の国外流出を防ぐふくみもあった。それに来るべき明治期の、廃仏毀釈や、浮世絵骨董の海外流出による文化財の損失をできるだけ防ごう——これがまずあたりさわりのない線だった。当座、こちらからは、繊維製品、食糧などを送る……。だが、ここにいたると、こちら側では、奇妙な愛国論が頭をもたげて来た。「憂国江戸援助協会」などという、妙な団体ができて、しきりに演説会をひらいたり、ポスターをはったりした。

「諸外国の牙にさらされた江戸時代を救え！　江戸期に、現代産業を出現せしめ、もって日本を一挙に、十九世紀の最先進国たらしめよ！　かくすることによって、われわれは、第二次大戦において敗戦の憂き目を見ないですむであろう！」

よく考えてみると、何だか矛盾だらけのこんな論議がまじめに叫ばれたりした。もっと、もっともらしくて、もっと変なのは、江戸時代に政治経済顧問団を派遣し、同時に大々的な過去開発をやる。そうすれば、資源はまだ豊富だし、労働力は安いし、地価も安い。政治関係では、現代が後見になってやって、幕府、諸藩の調停をやり、一挙に民主主義政体へもって行く。こうして過去に新市場をもとめ、十九世紀、二十世紀ともども手をとって繁栄しようではないか、というのだ。——こんな論議の合間に、右翼の一部は、現代に求められぬ血気の行動にあこがれて、二十世紀尊皇決死隊を作って——潜行しようとしているという噂も流れた。いや、左翼の中にだって——その当時に頻発する農村一揆を組織して、一挙に人民政府を樹立しようという議論がでたということだった。

無論、日本古来の武士道精神鼓吹のために幕末の偉人を招へいしようとか、暗殺されるはずの志士の誰彼を、現代へ救い出そうかという動きもあった。——傑作なのは、現代の混乱したやくざ道を正すため、清水の次郎長に来てもらおうという動きがあった事だ——だがいずれにしても、むこうはこっちほどヒマではなかった。

一方、日本が過去援助をしようとしている噂が海外にながれると、今度は大国がだまっていなかった。そんなことをして、世界史の歩みを変えようというのなら、各国もだまっていられない。あの穴は、十九世紀の全世界に通じているのだから、当然各国とも、自分の国を援助する権利がある。——某国は、生産機械の、またある国は核兵器の無償提供をほのめかした。歴史上の偉材を救おうとする運動は全世界に起りかけていた。そこまで行かなくとも、学術調査という面からだけ見ても、日本だけがその穴を独占しようとするのはよくない。せめて国連管理にうつそうという意見が出だして、国際世論に弱い日本政府をあわてさせた。アメリカが、つづいて、伝統をほこるヨーロッパ諸国が圧力をかけはじめた……。

本当に何というキチガイ沙汰だったか！——それにしても、なぜみんな、ああまで過去に夢中になったのか？　それは、興奮すべきことだったろうけれど、あそこまでみんなが夢中になったのは、いま思いかえしてみてもわけがわからない。現代が、未来を失っているためだろうか？　危機意識さえ相対化されてしまう、この平和共存の時代にあって、われわれは、一体どんな未来をもっているのだろう？――所得倍増か？　誰もが一戸建ての住宅と、自家用車をもつことか？　月から送られてくるテレビ映像か？――よろしい。今日存在しないものは、明日存在するようになるだろう。そしてそれが出現してしまった明日は、きのうなかったものが存在している今日と、そっくりの容貌をもっているだろう――未来は持続の上に姿を現わさず、むしろ断絶の中に、大変動、革命や戦争の中に、ふとその恐ろしくも新鮮な姿を垣間見せるものだ――こんな時代にあっては、すでにすぎ去った時代の記憶が、「未来」の代替物の役目をはたすのだろうか？――それに我々の時代は、この過去の上にあった。これが百年未来と通ずる穴だったら、ひょっとしたらわれわれの方が防戦にまわらねばならず、そこから危機がほころびたかも知れない。だが、我々はその時代より進んでおり、その時代の危機に対して、どこかヤジ馬的気分で接していた。――その時われわれが過去に求めたスリルと興奮は、スポーツ見物のそれだったかも知れない。

とにかく「穴」をめぐってのバカさわぎは、一向おとろえようとせず、しまいには御先祖にあいたいという宗教団体の大集団が、山のそばまでデモをかけたり、きびしい資格制限のもとに交換されていた派遣人員の間に不祥事が起ったりしはじめた。――丁髷姿の武士の一行が、自動車の走りまわるビルの谷間をぞろぞろ歩いていると、たちまち人だかりで交通麻痺がおこる始末だったし、一度は通行人が無礼うちをかけられて、悶着を起したことがあった。以後、江戸よりの視察団はもっぱら観光バスにたよることにした。

「御先祖様に、はずかしいところを見せないようにしましょう！」

さっそく婦人団体や、何々文化団体が、こんなスローガンをかかげた。――だが、向うは、この現代の目まぐるしさに、目をまわしているばかりだった。――こちらは彼等のために、古風な日本風旅館を準備したが、進取の気象にとんだ彼等は、むしろ近代的な洋式ホテルにとまりたがった。

きびしい警備の眼をくぐって、密出入時代者も両方から出て来だした。志士と称する下級武士や、生活に困った近郷の百姓たちが、二十世紀の繁栄をきいてひそかにこちらにぬけてこようとした。噂にきけば、専門の密航業者たちが、どこかにあの穴へ通じるトンネルをほり出したということだった。――こちらからの密航者もあった。極右団体の老若の中に、数人完全にむこうへ脱出したものもいるという。きっと血気の下級武士たちとまじわって、志士気どりにおだをあげていたことだろう。――ひょっとすると、あっさり斬られているかも知れない。また極左学生の一人は、農村一揆をあおりに密航して行って、逆に百姓に訴えられ、あげくの果てに殺されたということだった。――こんなてんやわんやの中に、時は次第にたって行った。

一体この先どうなるんだ！

そういう空気がようやく出だしたのは、一九六四年の年があけたころからだった。

このままずっと、過去と一しょにすごして行くのか？――江戸時代を開発し、一挙に近代化したら、その直接の結果である現代はどうなるんだ？――

そんな声が起ってきた矢先に、元治元年旧六月、池田屋に勤皇の志士をおそった新選組の一隊が、アンタッチャブルよろしく、自動小銃をもってなぐりこみをかけたというニュースがはいって、一同を愕然とさせた。——無論政府の責任がさけばれた。政府はひそかに幕府に武器貸与したのではないか？　あるいは、武器密輸団体が動いているのではないか？「みなさん！　過去にばかりかまっていないで、明日のことも考えて下さい！」悲痛な叫びが、オリンピック委員会からも上った。「このままでは、秋のオリンピックがひらけそうにありません！」

本当をいえば、僕はこういったさわぎにあまり関係はなかった。それというのも、僕とおばアちゃんは、「穴」の唯一の正式所有者という特権によって、自由に江戸時代へ行けたからかも知れない。——といっても向うでの行動範囲は、穴の出口界隈にかぎられていたが……。

おばアちゃんは、向うの木村家にいりびたりだった。おばアちゃんの親父、三右衛門氏は討幕運動に走って家にいなかったから、もっぱらおばアちゃんの祖父母、僕の曾々父母と話しこむだけだったが、それでも大満足らしかった。向うも木村家が別にほろびもせず（といったって僕の代になったらわからないが）百年もつづいていたというだけで、向うは満足しているらしかった。——僕の方は木村家の人たちより、その家の中働きのたけという十七の娘とよく話した。こちらのセブンティーンとはまるでちがう。すなおで、よく働き、信心のあつい彼女が珍らしかったのだ。——彼女は特に僕に親切だったわけでなく、誰にでもそうらしかった。

僕は——江戸時代の生活をのぞくことに心をうばわれていた。花のお江戸はいざ知らず、江戸末期の地方生活なんて、どんなに陰惨な感じのするものだったか！——百姓町人は、背がおそろしく低く、特に百姓は重労働に背や腰は曲り、その頭は絶えず卑屈に垂れさげられるためだけにあるみたいだった。栄養不良や風土病や寄生虫のために、顔色は青黒く、顔面がペシャンコで、つぎはぎだらけの垢じみた着物を着ており、まるで未開民族みたいだった。——武士はやたらにいばっていた。地主が土下座する小作人の肩を足蹴するのも、酔いどれ役人が、何の罪もない中年女の背中を、木の枝でうちすえるのも目撃した。それを見て、何度とび出そうと思ったかわからない。——そんな光景を見ていると、小暴力排除運動が叫ばれながら、あまり成功していない理由——。日本庶民のなかに根深く巣くっている暴力に対する恐怖が理解できるような気がした。暴力が正当化されているのは、何百年の間、武士にとってのみであり、維新後だっていいそうだったのだ——庶民が暴力をふるうのは、集団の形でしかあり得まい。

それにしても、現代の普通人の眼をもってながめるならば、何という暗い、陰惨な、不潔で非生産的な時代だったろう。傾いた臭い藁屋に、家畜のようにごろ寝している農民たち、ほこりだらけの道、不作と、物価暴騰と、苛斂誅求（かれんちゅうきゅう）と、病疫と、飢餓と——しかもそんな中で、生きる努力が人々の間につづけられ、上層部では、新時代の嵐がさわいでいたのだ。僕はある日、おかげまいりの集団が、きちがいみたいに踊りくるいながら、畦道をわたって行くのを見て、ひそかに戦慄した。——そこに見られる盲目的エネルギーは、一見集団的狂気としか見えなかった。

——一体どうするのか？　と僕は思った。このきちがいじみた穴の向うの世界を、「現代」は一体どうするのか？　今はたださわいでいるが、このまま見すごすことは、時間がたてばたつほどむずかしくなってくるだろう。それならば、一体われわれはこの先どうすればいいのか？

——そんなある日の晩、僕は穴の中にいろんな観測機械をもちこんで研究している物理学者の一人に声をかけられた。

「君、気がついたか？」と物理学者はいった。「しょっ中行き来しているんだから、何か異変に気がつかないか？　計器類には、わずかながら、はっきり変化が出ているんだけど」

「そうですね——」僕はちょっと考えていった。「そういえば——穴が長くなったような気がします」

学者はギョッとしたように顔をあげた。

「なるほど……」と彼はつぶやいた。

「そうかも知らん。穴がねじれ出している」

「本当ですか？」僕は何とはなしに戦慄した。

「ああ、われわれは重力場の歪みを直線と感ずるから気がつかんがね」

その時、僕はたけに穴の中まで送って来てもらっていた。

物理学者がヒタヒタと足音をひびかせて、闇の中に消えて行くと、暗いランプの明りの中に、僕とたけとは二人だけでとり残された。たけはその白い、細面の顔をあおのかせて、何ということなしにほほえんだ。――今さらいうのも照れ臭いが、僕は江戸時代で知った、唯一の若い娘である彼女と、いつの間にか親しくしていた。木村家の小作人の娘であるこの可憐な娘は、草花のように青白い小柄な体に、いつも忍従のわびしい影をにじませて、木村の家で機を織っている時にか細い声でうたう歌などは、ふと涙をそそられることもあった。――それでもその時までは、別にどうということもなかった。だが、近く「穴」に異変が起るかも知れないという予感が、ふいに彼女のかぼそい存在を、僕にとって特別なものにしたみたいだった。

「たけさん……」と僕はいった。「あんたもこっちの時代へ来たら……」

たけの顔に、何か勘ちがいしたらしい動揺が走った。それを見て僕の方も狼狽した。

「あんたみたいな若い娘が、あんなひどい労働をしなくても……」僕はへどもどしていった。

肩にかけた手の下で、たけが突然はげしくもがきはじめた。

「いけません!」とたけが叫んだ。「いけません! いけません! いけません……」

＊

それからしばらくしてから、「穴」に起った異変は、学者たちにとっては、予期されたことであり、その他の人々にとっては、突然のことだった。――ある日、幕府といよいよ本格的な交渉をもとうと出かけていった政府代表団が、どういうわけか穴にはいったと思うとすぐに出て来た。

「どういうわけだ？」政府代表はポカンと口をあけてあたりを見まわした。「まっすぐはいって行ったら――もとの所へ出ちまった！」

「穴」がふさがったというニュースが、伝わった時、最初に「穴」の正体がわかった時と、ほとんど同じくらいのさわぎが、全国に起った。――だが最初の時にくらべて、さわぎが冷えて行くスピードは数十倍も早かった。それでも、まっすぐ歩いて行くと、もとの所へ出てしまう奇妙な穴は、しばらくの間、ヤジ馬に珍らしがられた。

「折り重ねられた、時空連続体の接点が、移動するのではないかということは……」と物理学者は説明した。「最近あの穴の中で、特に顕著だった重力場偏差の変動から、予測されたことであります。――思うに、時空連続体は波うっており、それ自体のうねりの周期によって、時に短絡回路ができたり、また、未来と過去とがいれかわるというような現象も起り得ると考えられます」

「〝神隠し山〟に過去にたびたび神隠し現象が起ったことを考えると、ひょっとすると、あの地点は特に、時空連続体のねじれの結節点になっているのかも知れません。現在でも各種の測定結果は、あの穴の中央部が、百年前の世界と双曲線的に接近していると考えられ、今後小さなうねりの変動によって、一時的につながることもあり得るでしょう。しかし、この二十世紀の世界が百年前の世界と徐々にはなれつつあることはたしかであります。――もっとも木村家で発見された、明治元年の写真を見ると、ここ数年の間は、あの山に手をくわえることは危険だと思います。（この警告は、穴に対する関心が急速に冷えて行く時、いっしょに忘れ去られ、その後も無視された。それが結局四年後にあの神隠し山トンネル列車消失事件を起すことになったのである）

「われわれが、過去に対して多くの干渉をもったことが、現在の歴史に影響を及ぼすのではないかという疑問は、まだ残っているようです。しかし——今は穴がふさがったから申しますが——その危険はないと思います。なぜなら、現在は過去の直接の結果ではなく、たまたま実現された可能性の一つにすぎません。——我々が干渉したあの江戸末期の時点からは、もう一つの別の歴史過程が進展して行くでありましょう。それは細部において異なりながら、われわれの住む世界にそっくりの平行世界（パラレル・ワールド）として、われわれのすぐ隣りに進展して行くでありましょう。しかし、その世界は、われわれの世界とよく似ていながら、相互に何の関係もないでしょう。——今後また何か未知の偶然現象が、二つの世界を接触させないかぎりは……」

——あの奇妙な現象があっけなく幕を閉じると、やがてそれは一場の悪夢となって消えうせてしまい、すべてはまた、もとの秩序へもどって行った。東京オリンピックも、何とか無事に開催でき、日本側は予想通り——まあ、そんなことはどうでもいいだろう。

むろん、あれだけの興奮の余燼は長く後をひいた。あの現象のメカニズムを理解しようともせず、何という惜しい、千載一遇の文化的チャンスをのがしたかという悲憤慷慨が、ジャーナリズムをにぎわした。しかしそれも一時的なことであって、結局は誰も彼も、お祭りさわぎがすんで内心ほっとしていたのではないだろうか？――あの過去との交渉が、このままずっと継続していたら……。百年をへだてた二つの世界が、地球的規模でまじりあってしまったら、一体どうなっただろう？

悪夢のすぎ去ったあとは、丁度台風のあとのように、誰の眼にもこの世界がフレッシュに見えた。みんな、よるとさわると元気よく、不思議なことだった、面白かった、あの時はこうすべきだった、「穴」がなくなって残念だ、などとしゃべりあった。――だが、これもやはり一時的な現象であってやがては、あの戦争のことのように忘れ去られてしまうのである。――この異変がのこしていった若干の痕跡もあった。この時代の人間の数人が、あの穴が閉ざされた時、むこう側にのこり、もっと大勢の武士たちが、こちら側にのこった。むこう側にいった人間については想像もつかないが、こちら側の武士たちは、二人が切腹し、あとの連中は、生きのこって見果てぬ懐旧の夢を追った。――精神教育の講師となったものもあり、月に一度は同時代人がよりあっては、江戸時代から見てこの時代の恐るべき堕落を、悲憤慷慨するのだった。

蹴尻村も、今はまた、のどかな、退屈な村にもどった。――三十億円まで値がついたあの山も、今は買おうとする人間もなくなった。おばアちゃんは、あの事件以来、何だかめっきり元気がなくなって、毎日縁側に坐って、じっと山を見つめている。とうとう一度しか顔を見られなかった、幼い時に死にわかれた父、三右衛門のことを思っているのかも知れない。僕は――。

そうだ、僕は、あの事件によって、深い影響をうけた数少ない人間の一人だろう。――僕はしょっちゅう、むこう側の世界をのぞくことができた。その結果あの陰惨な江戸時代の農村生活のムードが心の底に黒くしみつくことになった。

いま、のどかで、それなりにゆたかな村の風景をながめると、この現代の農村生活が、あの陰惨な江戸期農村の上に築き上げられているのが夢のような気がするのだ。――しかし、農協の明るい白ぬりの建物や、どの家にも立っているテレビアンテナや、自動耕うん機のひびきや、明るい子供たちの声の下に、やっぱりどす黒い過去がぬりこめられているような気がする。あの暗さは、まだ農村のそこかしこに淀んでいる。――それが完全にぬりこめられてしまうのには、あとどのくらいの世代と、改造がつみかさねられねばならないだろうか？過去はもう、二度とよみがえって、現代の上に狂気としてとりつくことがないのだろうか？

あの事件は、こういったことについて、僕に考えはじめさせるきっかけとなった。これからまだ長い時間がかかるだろうが、僕はこのことについて、たとえとぎれとぎれでも、ずっと考えて行くことになるだろう。今も、たとえば、あの納戸にあった花見道具を、テレビの横において、僕はふと考える。

――長い事かかって少しずつ改良され美しい知恵がいっぱいにもりこまれ今もなおその美しさが胸をうつこの道具をうみ出したあの時代と、四、五年たてばガタが来て、それでなくても毎年新型が出て、古くなって行くテレビをうみ出したこの時代と、一体どちらがすぐれているのだろうか、と。——もっとも、これは愚問かもしれない。人間のつくり出す道具は、常にその時代の中でのみ、その正しい意味を持つのだから……。

しかし、あの丈夫で、時代のついた渋い織物などを眺めると、その質のよさに感嘆するとともに、今はこの織物を一織り一織り織り上げていった、あのたけの、白い指先と、わびしい顔のことが同時に思い出されてくる。

そうだ、たけ！——彼女のことを思うと、僕はいつも奇妙な幻惑におそわれる。たった一度の、まちがいで、そんなばかなことはないと思うが、——曾祖父三右衛門の庶子として、木村家にはいり、養女うめと結婚した二代目三右衛門、すなわち僕の祖父が——その生年月日などから見てひょっとしたら、僕の子ではないかという妄想が、つきまとってはなれないのだ。つまり、僕自身こそ、僕の本当の曾祖父ではないかという妄想が……。

お召し

——養魚池というものを御存知だろうか？　孵化された稚魚は、幼魚池にはなされ、一定の大きさになると、別の池にうつされる。——魚にしてみたら、何のために、そんな眼にあわされるか見当もつくまい。

1

「はいりたまえ」と長官はいった。ドアがあいて、スラリとしたタカヤマ調査官がはいってきた。——そのなめらかな顔には、何ともいえず奇妙な、混乱した表情がうかんでいた。

「報告はきいた」長官は椅子をすすめながら風邪をひいたような、ふだんとちがうしゃがれた声でいった。「三千年以前の記録だということはたしかかね？」

「歴史学者はそういいました」と調査官は美しい、すき通った声でいった。「まちがいないと思えます。言語学者は、記録の材質および、語法からも、年代をうらづけました」

「現代語への翻訳はできたのかね？」

「できました――」調査官は、書類をそっと長官の机の上においた。「ただ、あまりに内容が奇妙なので……」

「それにしても、よくのこっていたものだな」長官は書類をパラパラと繰ってつぶやいた。「三千年も前の記録がな――実に三百代前の人間が書いたものだというのに……」

「保存状態は良好でした」調査官はうなずいた。「何か、これは特別の――保存措置がとられたんじゃないかとおもいます。発見されたのは古代の集団居跡らしい所で鉛の箱につめられていましたが、完全に密封され、乾燥剤らしいものの残渣がはいっていました」

「古代人にそれほどの知恵があったとはな……」長官はいささか奇妙な顔をして腕をくんだ。「歴史学者としての君の意見はどうだ？」

「何とも申しあげられません……」と調査官はいった。「われわれの歴史がはっきりしているのは、近々この二千年ばかりの所ですからね。それ以前は、ひどい混乱と未開状態だったとだけはわかっていますが、それ以上のことはわかりません。しかし――もっとはるか古代には、かえって高い文明が存在したのではないかと唱える学者もいます。事実そう考えた方が合理的な、いくつもの古代遺物があるのです」

「これもその一つかね？」

「これは……」調査官はためらいの色を見せていった。「非常に奇妙な記録です。もし、ここに書かれている事が本当だとしたら……」

「本当だとしたら？」

「これは古代文明の存在の直接的証拠になるのではないかと思います」

長官は指をくみあわせて、肘をついた。――二人はしばらくだまっていた。

「ずいぶんたくさんあるな」と長官はぶあつい書類を見ていった。

「何種類もの記録が、その箱につまっていました。中には、全然理解にくるしむものもあります」

「何人もによって書かれたものかね？」

「そうらしいです。――この、一番最初にのっているものは、一番筋が通っていて、内容は一番ショッキングです」

「君、読んで見たまえ……」

調査官は書類をとりあげて、一番最初のページをよんだ。

「〝ぼくの消える日に……〟」

「それは何だ？」

「題らしいです。――それから、これはところどころ、ひどく意味のわかりにくい所がありますが、一応逐語訳です。御了承ください」

「読みたまえ」

これを書いているぼくは、わずかの間にひどくおとなになったような気がする……「待ちたまえ。おとなになったような気がするというと――それは子供によって書かれたものかね？」

「そうらしいです。――いや、実は……そうでもないようです。そこのところは読んでいるうちにおわかりねがえると思いますが」

「よろしい。もう口をはさまない。読んでみたまえ……」

＊

これを書いているぼくは、わずかの間にひどくおとなになったような気がする。あれが起ってから、考えてみると、まだ半年ちょっとしかたっていないんだ。だけど、この半年の間に、なんだか何年も何年もたったような気がする。それなのに、あれがおこった時のことは、きのうのようにはっきりおぼえている。――ほんとに、なんておかしな、おそろしいことになってしまったんだろう。いくらかんがえても、こんなふしぎなことがおこったわけがわからない。山口くんは、わかるかも知れないといってたけど、もうぼくには、山口くんのむずかしい説明をきいている時間がない。それに山口くんだって、はっきりしょうこをつかんでいるわけじゃなくて、すじの通った空想をしているだけだという。

それにしても、なんておかしなことになっちまったんだろう。半年前のことを思うと、いま、こうして書いていることが、まるで夢みたいだ。——だけど夢じゃなくて、これがほんとなんだ。ほっぺたつねってみたって、決してさめやしないんだ。だから、こうなってしまった上は、いくらむかしのことを考えて、ベソをかいてもしかたがない。——おまけにぼくは、これからぜんぜん知らない目にあおうとしている。しょうじきいって、ぼくはこわい。だけど、こわがってもどうにもならないことはよくわかっている。世の中のしくみがそうなってしまったんだから、なんとか勇気をもってそれにたちむかいたいと思う。——だけどほんとういって、それがおこる時をじっとまっているのは、どうしようもなくこわいんだ。こわくてこわくて、体じゅうがふるえている。ただじっとまつだけでは、ふるえがとまりそうにないので、ぼく、これを書くことにした。——これはみんなの知ってることだ。だけど、三年、四年とたつうちに、はっきりおぼえてるものはどんどんへって行く。だから、ぼくのおぼえていることを書いておいて、小さい人たちが字を読めるようになったら、読んでもらうといい。

あれがおこった日のことは、まるできのうみたいにおぼえている。——ほんとうは、あれの起る前の晩のことから書くべきかも知れない。あれの起る前の晩、君たちもみんな知っているように、夜中に〝空とぶえんばん〟が、とてもたくさんあらわれた。世界中にあらわれたんだといって、おとなたちは大さわぎしていた。だけど、夜おそかったので、ぼくたちはねぼけまなこで見ただけだ。あのえんばんと、こんどのことは、かんけいがあるかも知れない。——いや、きっとある、これはどこかとおい星からきた、すごい宇宙人がやったことにちがいない、と山口くんはいった。それはそうかも知れない。だけどぼくは、やっぱりあれの起った日のことを、いちばんはっきりおぼえている。だから、えんばんのことはぬきにして、あれの起った朝のことから書く。

その日の朝は一時間目のベルが鳴りおわってからも、みんなはまだ教室でゆうべのえんばんの話をしてワイワイさわいでいた。女の子の髪の毛をひっぱったり、マンガの本を読んだり、きのうのテレビのチャンバラのまねをしたり、中には机の上にとび上って、はやりの忍者ごっこまでしているものもいる。

「みんなしずかにしろよ！」

クラス委員の高山くんがどなったが、みんなはいっこうにしずまらない。——ほかの組で勉強がはじまっていたら、めいわくだし、先生にしかられるぞ、とぼくは思った。

「先生おそいな」と田中くんがいった。「今日はおやすみかしら」

「そんなことはないわ」ヨッコがいった。「けさ、学校へ来るときにあったわよ。——高山くん、先生よんで来てよ。みんな、ちょうしにのっちゃって、とてもしずまりそうにないわ」

おとなしい高山くんは、だまって教室を出ていった。——みんなのさわぎは、少ししずまりかけていた。

それにしても先生はおそい。

「ヨッコ、君、時計もってるだろ」とぼくは声をかけた。――ヨッコのやつは、もうれつに気がつよくて、姉さんが買ってもらったとき、自分もほしいといってハンストをやって、とうとういっしょに腕時計を買ってもらった。小学生のくせに、腕時計なんてナマイキだとみんなはいったが、女の子はマセてるからいいのよ、なんてすましている。ヨッコはそのごじまんの腕時計をチラと見て、まゆをしかめた。

「おかしいわ、はじまりのベルが鳴って、もう十二分もたってるのよ」

「高山くんおそいな」と田中くんがいった。「廊下をのぞいてみろよ」

ミツオくんたち三人は、ドアをあけて廊下を見た――廊下はガランとしていて、油のにおいがした。おかしなことに、ほかの組の教室でもさわいでいる声がして、となりの教室の窓からは、三組のクラス委員のゴンちゃんが首を出して、廊下を見ていた。

「君ンとこも先生こないの？」とぼくはゴンちゃんにきいた。

「そうなんだ――君ンとこもかい？」

「いま高山くんが見にいってるよ」と、田中くんがいった。

「おかしいな、先生たち、会議かしら」

その時、廊下のかどに高山くんの姿がみえた。――なんだか知らないが、まっさおな顔をして、足早やに歩いてきた。

「高山くん！」みんなは叫んだ。「先生は？」

「いないんだ」と高山くんはふるえ声でいった。

「用事に行ったの？」

「ちがうんだよ」高山くんは近づいてくるなり、ぼくとヨッコの手をギュッとつかんだ。

「いなくなっちまったんだ。先生たちが、みんな……」

そんなバカな話が——とぼくたちはみんな思った。授業中だから、先生たちが職員室にいないのはあたりまえじゃないか。

「そうじゃないんだってば！」高山くんは半ベソをかきそうになってさけんだ。「ぼく、職員室に行くまでに、あっちこっちの教室をみてまわったんだ。そしたら……」

「どの教室にも、先生が来てないの？」ヨッコは、まだ信じられないというふうに、口をとがらせていった。「だれもいないの？」

「来てくれ……」と高山くんは、クルリと背をむけていった。「職員室を見てごらん」

ぼくたちは、顔を見あわせてあるきだした。まだ、高山くんのいっていることがよくわからなかった。だって——なんの前ぶれもなしに、先生がみんなどこかへ姿を消すなんてことが、信じられるだろうか？——しかし、五人が廊下を歩きだした時、あちこちの教室のドアがあいて、クラス委員たちの顔がのぞいた。

「先生がこないの？」

「君のクラスもかい？」

「先生がいなくなっちまったって？」

「ほんとう？　どこかで会議してるんじゃない？」

「また、ストをやってるんじゃないか？」

みんなはくちぐちにいった。職員室にちかづくにつれて、ぼくたちの人数は多くなった。そして、先頭のぼくたちは、いつのまにか走りだしていた。

「先生がいなくなっちまったって？」

この叫び声は、廊下の中にワーンとこだましながら、学校のすみからすみまで、ひびきわたりだした。


職員室の戸をガラリとあけた時、ぼくはそこに担任の吉田先生が立っていて、いつもの眼じりをクシャクシャにする笑い顔をふりむけて、「やあ、すまんすまん。ちょっと用事があったんで……」と大声でいうんじゃないかと思っていた。——ところが、職員室には、先生がたの姿はおろか、ネコの子一ぴきいなかった。ガランとした部屋の中は、ついさっきまで人がたくさんいたような、なまあたたかい空気にみちていた。ポマードとタバコのヤニのにおい——おとなのにおいがその空気のなかにのこっている。みんなは、まるでよその家にしのびこむように、あたりをキョロキョロみまわしながら、おずおずと職員室の中にはいった。——吉田先生の机の上の灰皿からは、たった今、もみ消したばかりのようなタバコの煙が、ゆっくりと立ちのぼっていた。

「先生は、授業に出るつもりだったんだ」高山くんが机の上をじっと見ながらポツンといった。

「出席簿と国語の教師用教科書が消えている――一時間めは、国語だったろう？」

「ほかの先生たちも、そうだったらしいわ」とヨッコがいった。

「だけどみんなどこへ行っちまったの？」

2

「校長先生は？」ぼくはきいた。

「いない」高山くんは首をふった。「さっき来たとき、校長室の方ものぞいてみたんだ」

「それじゃ小使いさんか誰かにきいてみよう」田中くんがいった。

「だめだよ」職員室の戸をあけてはいって来たゴンちゃんが、まっさおな顔をしていった。「今、小使室にも、医務室にもいって来たんだ。どちらもカラッポだ。――ねえ、学校の中から、おとなというおとなはみんな、消えちまったんだよ」

ぼくたちは、シーンとして職員室の中に立ちつくしていた。いっしょについて来て、今までガヤガヤいっていたよそのクラスや、下の学年の連中も、それをきくと、口をつぐんであたりを見まわした。そんな事って、あるだろうか？

ついさっきまで――一時間めのベルのなる前までは、職員室のあたりで先生がたの姿をみんなが見かけたのだ。それがわずか十分あまりで姿を消すなんて……

「そんなバカなことってないわよ！」ヨッコはさけんだ。「先生たち、どっかへ行ってるんだわ。わたし、教育委員会へ電話かけてきいてやる」ヨッコのパパは、ＰＴＡの会長だ。

＊

「ちょっとまちたまえ」と長官はいった。「ＰＴＡって何だね？」

「わかりません」調査官はこたえた。「何かの会らしいです」

＊

府会議員なんかやっていて、なかなかえらいんだ。ヨッコが電話帳をさがしてダイヤルをまわしている時、廊下でバタバタとちいさな足音がして、一年生らしい、ちっちゃな女の子が顔を出した。

「センセイは？」とその女の子はまだよくまわらない舌でいった。「あのね、タモッちゃんとナカザトくんがケンカしてる。それからね、この子、オシッコしちゃった」

あしをぬらしてメソメソないている、もう一人のちいさな女の子を、二組のクラス委員のミズエちゃんが、始末している間に、ぼくと高山くんは顔を見あわせた。

「先生がいないとなると――一年、二年の子はどうする？」とぼくはいった。「いちおう家へかえそうか？」

「まあ、まってくれ……」高山くんは、しんこくな顔をして考えこんだ。「なんだか、ひょっとすると——なァ、ゴンちゃん。君、ちょっと学校の外を見て来てくれないか？」

「外って……どこを？」

「角の文房具屋さんと、パン屋さんをのぞいて見てくれ」

「出ないわ！」電話をかけていたヨッコがカンをたててガチャンと受話器をおろした。「みんないったい、どうしたのかしら？」

「ヨッコ、君は自分の家へかけて見てくれ」高山くんはキッと唇をむすんでいった。「ぼく、一一〇番へかけてみる」

「一一〇番って、警察だろ？」ぼくはおどろいた。「何か犯罪でも起らなきゃ、むやみにかけるとおこられるよ」

「犯罪じゃなくても、これは大事件だ。——かまうものか」

そういうと、高山くんは決心したように顔を赤くして、ヨッコの使っている隣の電話をとりあげた。一……一……〇……ぼくは高山くんの指先が、ダイヤルをまわすのをじっとみていた。不安が、どうしようもない恐ろしい気分が、ムクムクと頭をもたげてきた。まさか——いや、そんなことが……。

「出ないわ！」ヨッコは半泣きになって、足ぶみしながらさけんだ。「家の人、どうしたのかしら？　パパも、ママも、お手つだいさんも……」

「こっちも出ない……」高山くんは、青ざめた顔をふりむけて、つぶやいた。「一一〇番は、かけたとたんに出るはずなんだ」

「文房具屋さんも、パン屋さんもカラッポだよ」そとからとびこんで来たゴンちゃんが、ハアハア息を切らせながらいった。「文房具屋さんの、うまれたての赤ン坊が、ギャアギャア泣いているのに、おばさんもおじさんもいないんだ。ミルクのませて来たんだけど……」

ぼくたちみんなの上に、不安がますます強くみなぎって来た。みんなにも、何がおこったのか、少しずつわかりかけてきた。だけど、誰もそんな事を信ずる気にはなれなかった。なぜ、そんなことが起るんだ？

こんなバカな――いや、こんなふしぎなことってあるだろうか？

その時、とつぜん別の電話のベルがはげしく鳴りだした。みんながじっと息をのんで、声もたてずに見まもっている中で、電話器は大きなカブト虫みたいにふるえつづけた。――とうとう一番近いぼくが、その電話に手をのばした。受話器を耳にあてると、ぼくと同じくらいの年ごろの子供の声が、こうふんしたような早口できこえてきた。

「もしもし、もしもし……そちら第二小学校？　ぼく、山手第一小学校の六年生代表の藤井です。――ぼくらの学校の先生がみんな消えちゃったんだ。学校のまわりの家の、おとなたちも、みんないなくなっちゃった。そちらはどう？　だれか先生いませんか？　先生でなくっても、だれかおとなの人が……」

3

たいへんなことになった、という事は、もう高学年の連中にはわかっていた。——ぼくは女の子の誰かが、泣き出さないかと思っていた。泣き出されたら、ひょっとすると、手がつけられなくなる……。——こんなとき、高山くんは一番おちついている。ふだんはおとなしくて、口かずもすくないけど、何かことの起った時には、とても勇気があって、実行力がある。頭だってズバぬけていい。知らず知らずのうちに、ぼくたちは、高山くんをかこんで、心の中でたよる気もちになっていた。

高山くんの顔は、まっさおだった。眼は血ばしり、唇をギュッとひきむすんで、しばらくの間ものもいわずに考えこんでいた。

「まさかと思うが……」と高山くんはやっとかすれた声でいった。

「ほんとにそうだったら、たいへんだ……」

「ほんとにそうだったらって？」ヨッコがふるえる声でききかえした。

「おとながみんな消えちまっていたら、だよ」

「だって、なぜ、そんなことになるの？　なぜなのよ！」ヨッコは高山くんの腕をつかんでゆすぶった。「そんなバカな話って、きいた事がないわ」

「なぜ、なんてことは、ぼくらにはわからない」と高山くんはいった。「おとなにだってわからないだろうよ。――それよか、もし本当に、この世の中から、おとなというおとながぜんぶ消えちまったんだとしたら……これからどうしたらいいか、考えてたんだ」

「おとながぜんぶ？」ヨッコがうわずった声でつぶやいた。「じゃ、お父さんやお母さんも？」

ヨッコが泣き出すといけないので、ぼくはヨッコの腕をギュッとつかんだ。

「とにかく六年、五年、四年のクラス委員を全部あつめてくれ……」と高山くんはいった。

「その連中と討論して、とにかく今からどうするかきめよう。――小さい子たちは、上級生が引そつして、いちおう家へかえそうと思うんだが……」

「家へかえしても、その子たちの、お父さんやお母さんがいなかったら？」と田中くんがきいた。

「そうだ――そのことを考えているんだよ」高山くんはつぶやいた。「お父さんやお母さんがいなくなっていたら……」

そういわれてぼくも、お父さんやお母さんの顔を思い出した。――とたんに矢もたてもたまらないほど、家へとんでかえりたくなった。そんなことあるもんか――とぼくは必死になって自分にいいきかせた。だけど、にわかに心ぼそさがこみあげてきて、泣きたくなった。

「それから、できるだけ、ほかの学校とも連絡をとって……」と高山くんは顔をそむけていった。

「いろいろようすをしらべるんだ。中学校にも電話をかけてみよう。――誰か、少しでも年上の人を見つけるんだ」

高山くんは、目をしばたたいていた。——高山くんだって泣きたいんだ、それをいっしょうけんめいがまんしてるんだ、と思うと、ぼくもぐっと涙をこらえて心細さをはらいのけ、電話のダイヤルをまわした。


同じ方角へかえる小さい子をたくさんつれて、ぼくとゴンちゃんが学校を出ていった時、街は気味の悪いくらいシンとしずまりかえっていた。——からっぽの市電が、人ッ子一人とおらない道に、はなればなれにポツン、ポツンととまっていた。自動車もあちらこちらにのりすてられ、中には電柱にぶつかったまま、とまっているトラックもあった。

見わたすかぎりの街角に、おとなの姿はなかった。

風が、日のあたるアスファルト道路のほこりをまき上げて行き、新聞紙がヒラヒラととばされていったが、ビルの入口も、品物をいっぱいならべた商店の店先にも、人の姿は見えなかった。人とは——つまりおとなのことだ。いや、おとなばかりでなく、ぼくらより年上の、兄さん姉さんたちの姿も——ぼくらは中学校、高等学校、大学へ電話をかけて見た。だけど返事はなかった。中学、高校の附属の小学校の生徒から、中学校は生徒たちぐるみカラッポになっていると教えてきた。

一年や二年の子供は、なにが起ったかわからず、早く家へかえれるというので、大はしゃぎにはしゃいでいた。——このチビさんたちの、お父さんやお母さんがもし本当にいなくなっていたとしたら、いったいどうしたらいいだろうと思うと、気が重くなった。「ああ——」とゴンちゃんはシンとした街を歩きながら耳をすました。「また、どこかで赤ん坊が泣いてる……」

「ごらん、ゴンちゃん……」ぼくは道のずっとむこうに、うすく立ちのぼり出した茶色の煙を指さした。「火事が起りかけてる」

「どこかのおばさんが、アイロンをつけっぱなしにしたまま消えちゃったんだな」と、ゴンちゃんはつぶやいた。「まさか、ぼくの家も火事になってはいないだろうな」

ぼくたちの家のある団地にかえってきた時、まだ幼稚園にもいっていない三つか、四つぐらいの小さな子が、無心に砂場であそんでいるのを見て、ふと胸がしめつけられるような気がした。——あの子たちが、もし、パパやママがいなくなったことを知ったら……

「あの子たちのことを、考えなくちゃいけないな」とぼくはゴンちゃんにささやいた。

「ああ——だけど、とても手が足りないよ」

一軒のアパートの前で、さっそくかなしい事実にぶつかった。まだヨチヨチ歩きくらいの小さな男の子が、ドアをどんどんたたきながら、泣きさけんでいたのだ。

「ママ……ママ……あけてちょうだいよ……オシッコがしたいのよ……中へいれてよ……」

ぼくはほんとうに耳をふさぎたかった。——だけど、それからすぐに、連れて来た一年ぼうずたちがおなじようなさわぎを起してしまったのだ。——ちいちゃい子供たちの、どの家にも、お父さんお母さん、兄さん姉さんの姿はなかった。団地ッ子は、ちいさい時から、留守になれているのだが、それでもその何となく異様なふんい気がわかったと見え、一人が一つの部屋の戸口で泣き出すと、たちまちあっちからもこっちからも、「お母ァちゃん、お母ァちゃん」という泣き声がきこえ出した。――部屋の鍵は、たいていあけっぱなしだったが、その子たちを、おとなのいない家にほったらかしておくわけに行かないので、いちど家へはいったのを、またひっぱり出さなくてはならない。それが大へんな仕事だった。――とうとうしまいに、ぼくのつれている子はみんな泣き出した。その子たちをやっとなだめすかして外へ集めると、むこうからやって来た、これもピイピイ泣いている子供をゾロゾロつれてベソをかいているゴンちゃんにたのんで、大急ぎで自分の家へとびこんだ。

――家の中はガランとしていた。流しには、けさ、お父さんやお母さんといっしょに食べた、朝御飯のあとの洗いものが、まだそのまま水につけてあり、茶の間の机の上には、お母さんが書きかけていた家計簿が、ひらかれたままになっていた。まさかと思ったが、ぼくはふすまをあけて、そっと呼んで見た。

「お母さん……」

そうしたら、次の間から、お母さんが、いつものように大きなきれいな眼を開いて、「アラ、こんなに早く、どうしてかえって来たの？」といって、出てくるような気がしたのだ。

だが、むろん、家の中はシンとしていた。隣の部屋で飼っている文鳥がチッ、チッと鳴き、流しの水道の水がおちる音が、ポッタン……ポッタン……と間をおいてきこえる。その音をきいているうち、いきなり涙がドッとこみあげてきて、どうにもがまんができなくなってきた。ぼくは窓にはしりより、窓わくにつかまると、ポッカリ雲のうかんだ空にむかってワアワア泣きながら叫んだ。

「お父さーん、お母さーん、どこへ行っちまったんだよーう」

泣くと少し心が安まった。泣いてなんかいられないんだと思うと、高山くんにいわれたとおり、家にある食物をざっとメモして、団地の公衆電話から学校へ電話をかけた。

「そうなんだ。やっぱりおとなはみんな消えちまったんだよ」と高山くんはいった。「ちいちゃい子、もう一度学校へつれて来てくれ。みんな、かたまっていた方がいいんだ。だって、その方が危なくないし――さびしくないもン」

「三つ、四つのちいちゃい子は泣くよ」と、ぼくはいった。

「だけど、ほっとくわけに行かないし……」

「泣いたってかまわないから、ひっぱたいたってつれてくるんだ」高山くんは強い声でいった。

「ねえ、今は、ぼくたち小学校六年のものが、いちばんのおとななんだぜ。ぼくたち――やっぱり、やらなければならないことをやる時には、ぶったってしょうがないんだ」

だが――ぼくは、ぶつ前に、泣いている小さい子供たちを集めて、うんとこわい顔をし、大きな声でどなった。

「いいか、みんなまだ小さいけど、ぼくのいうことをきくんだ。いくら泣いたって、さがしたって、お父ちゃんお母ちゃんはもうどこにもいないんだ。どこに行ったか、なぜいなくなったかわからないけど、とにかくいなくなっちゃったんだ。——みんながおなかすいたって、オシッコしちゃったって、始末してくれる人はいない。だからぼくたちが、みんなの世話をする、ご飯も食べさせてやる——だからぼくたち、六年生のいうことをきくんだぞ」

ほとんどのチビさんたちは、ぼくのいきおいにおされて、コックリした。——それでも何人かは、ひっぱたいてやらなくちゃならなかった。

4

学校へかえって見ると、えらいさわぎだった。集められた小さい子や、赤ン坊が泣きわめき、そんなチビどものめんどうを見てやっている、四年生ぐらいの女の子たちまで、しまいには、いっしょに泣き出すというしまつだった。——六年の女の子たちは給食の準備をしていた。

「こちら、山手第一の藤井くん」と高山くんは、ひどくせいの高い、色の黒い子を紹介した。

「自動車で連絡に来てくれたんだ」

「やあ……」と藤井くんは、おとなみたいに手をのばした。ぼくも手をのばして、二人はかたく握手した。――なんだか本当におとなになったような気がした。

「ぼくらの学校でも、だいたい同じようなぐあいになっている」と藤井くんはテキパキとしゃべりはじめた。「ぼくの方から、市内の小学校全部の代表に集ってもらって、会議をもとうということになった。――とにかく今は、小学生以下の子供しかいないんだからね。なんとかしばらくの間でもぼくたちの手で、やって行かなくちゃならない」

「ほんとうにおとなはこの世から一人もいなくなったの？」とぼくはきいた。「世界中がそうかい？――だれか、一人でものこってるおとなはないの？」

「世界中のことは、まだわからない」と藤井くんはいった。「だけど、そうじゃないかと思うね。となりの市の小学校に電話をかけて、空港をしらべてもらった、今朝、九時二〇分に着陸するはずの、国際線の飛行機は一台もついていない。海のなかへでもおちたんじゃないかな。――しかし、そのうち、海外とも連絡をつけるよ」

「でも、どうやって？――無線のあつかいを知ってる子がいるの？」

藤井くんは、サッと体をひいて、外国映画みたいな大げさな身ぶりで、手をふった。

「しょくん、わが校の天才、山口サトルくんを紹介します。彼はアマチュア無線の免許を、兄さんの名前で、小学校三年の時にとりました」

藤井くんのうしろにかくれていた、眼鏡をかけた小さな色白の子が、ピョコンとおじぎした。

「山口くんは、学者の子で、本当に天才なんだ」と藤井くんはいった。「まだ五年だけど、英語とフランス語がペラペラだ。むずかしい、微分積分なんて数学だって、七つぐらいの時にマスターしている。お父さんが天才教育をやって、来学年は大学へいれる手つづきをするつもりだった」

「アメリカとは交信できると思うよ」とその子はカン高い声でいった。「むこうにもロスにぼくと同じくらいの天才がいるんだ」

「ほんとうに天才だったら……」とぼくはいった。「なぜこんなことになったか、説明できるかも知れないな」

「注意ぶかくしらべれば、できると思うよ」山口という子はいった。「だけど、こういうことは、まだ説明されてないけど、今まで起らなかったことじゃないんだ。ヒマつぶしによんだだけだから、はっきりおぼえていないけど、一八八〇年の九月二十三日に、アメリカ、テネシー州ガラテインの付近で、ダウィッド・ラングという男が、まっぴるま、家族や知人の見ているうちに消えうせたことがある。一九三〇年には、アラスカだかカナダだかで、エスキモー部落の全員が、部落をのこしたまま消えうせた事件もある。一八世紀には、フィリッピンで一個連隊の兵隊が突然消えうせ、同じ時間にメキシコにあらわれた例もある。マリー・セレストという船は、たった今まで、そこで人が食事をしていたようなあとを残したまま、のっている人が全部消えうせて、ただよっていた……」

「もういいよ」ぼくは天才のキイキイ声にまいりながらいった。「だけど、おとなだけ消えうせたというのはどういうわけだい」

「そこがこの事件のあたらしい所だ」と山口くんは眼鏡をもちあげていった。「ひょっとすると、消えうせたのは、ぼくらの方かも知れない」

「それ、どういうこと？」高山くんがびっくりしていった。

「この世界のすぐそばに、ぼくらの眼には見えないけど、ここそっくりの世界があるかも知れない、というんだよ」藤井くんが説明した。「そしてそのもう一つの世界では、おとなたちが、小学六年生以下の子供がとつぜん全部消えうせて大さわぎしてるかも知れないんだって……」

「素粒子論といって、原子よりもっと小さい、電子とか陽子とかいう粒をあつかう学問では、そういう考え方をした方が、合理的な場合もあるんだ。それを拡大したのが、今いった考え方で、パラレル・ワールドというんだよ。ＳＦなんかでよく出てくるけど——世の中の妙な現象の中にも、そう考えた方がうまく説明できる場合がある」

「こんどの事もそうだね……」と、ぼくは身ぶるいしながらいった。

「こんどの場合は、とても特殊なんだよ」山口くんはいった。「消えうせた連中をしらべると、ちゃんと年齢のカベがあるんだ。満十二歳になったとたんに、消えうせちまうらしい」

「じつは、ぼくのクラスに、病気で一年おくれた子がいたんだ」と藤井くんがいった。「さわぎが起ったときは、まだいた。それがしばらくすると、見ている前でスウッと消えちゃった。今日がその子の満十二歳の誕生日だった。そしてぼくは、ぐうぜんその子の生れた時間を知っていた。消えたのは——まさにその時間だったよ」

「だけど、なぜ……」ぼくはあまりのふしぎにさけんだ。「なぜ、そんなことになったんだろう？」

「わからない——ひょっとしたら、時間と空間の構造が、ずれちまったのかも知れない。それも物質がそのままで、生物体だけが、ある時がくると、時間空間をとびこえて別の世界に行っちまうという理由がわからないんだ」山口くんは、度の強い眼鏡をキラリと光らせて、唇をかんだ。

「ゆうべみたあの円盤と関係があるかも知れない。ひょっとしたら円盤人が——ぼくたち地球人を、何かにつかおうとしてるかも知れない。だけど——もっともっと研究しなきゃだめだ」

「なぜ、そうなったかというより、もっと実際的なことが心配だ」と高山くんはいった。

「食糧はまず、当分だいじょうぶだと思うよ。十二歳未満の子供ばかりだから、世界中の人口がうんとへったことになるからね。——ただ心配なのは、電気やガス、水道なんかだ」

「うん」と藤井くんはいった。「発電所や水源地は、オートメーション化されているから、まだしばらくは動いているだろう。だけど、ぼくはよく知らないけれど、人間の手で調節されている部分もあると思うんだ。そういった所で、おとなが消えうせていたら、いずれ故障したり、爆発したりするんじゃないかな」

「そういうことなら……」と山口くんはいった。「ぼくにまかせておいてほしいな。ぼくなら、電力会社にあるいろんなむずかしい機械の説明書がわかると思うよ。――そしたら、みんなにあつかい方を教えられるだろう」

「それに、子供たちだけだったら、こんな大げさな産業はいらないしね」高山くんはいった。

「とにかく、これから冬にむかうんだから、火と食物と、ねる所さえあればいい」

「原始人に逆もどりしたみたいだな」とぼくがいった。みんなドッと笑った。――あの事件がおこってから、はじめてきく笑い声だった。

5

やがて、冬が来た。――だが、ぼくたちは何とかやって行った。

最初は口から口への通信だから、時間がかかったが、それでもなんとか県下全部の子供たちに、協議会をつくろうという呼びかけがつたわり、小学校、五、六年生の子供たちの代表会議がぼくたちの市で開かれた。汽車、電車、自動車などの交通機関は、ぼくたちには、まだ危くて動かせなかったから（ぼくたちがやっと運転をおぼえたころは、動力源が切れた）、みんな自転車で、中にはモーターバイクで集って来た。そこでぼくたちが、どうやってくらして行くかが、討議された。高山くんは、みんながなるべくかたまってくらすことを提案した。街にはあいている家がたくさんあるから、子供たちがあつまって住んでも、じゅうぶんだ。それに小さい子供のめんどうも、集めておいて、手わけした方がやりやすい。

　山口くんは、その席で、今度おこったことの原因について、いろいろのべたが、大部分のものは、チンプンカンプンらしかった。この席上で、山口くんはおどろくべきことを発表した。この世界ではお母さんがいないのに、子供がうまれてくるというのだ。理由はわからないが、病院のなかで、うまれたての赤ン坊が、何もない空間から、わき出てくるのを見つけたのだ。――きっとあちらの世界では、お母さんたちが、うんだとたんに、赤ちゃんが消えうせてしまうので、びっくりしているのだろう。しかしとにかく、この赤ン坊たちも、だいじに育てなくてはならない。五年以上の女の子は、全員、本で育児法をならうことにきめた。四年の女の子が、その助手をやる。

　ぼくたちは、生活委員会というものをつくって、そのなかで、いろんな担当をきめ、食べ物の確保をどうするか、生活の維持――着物や、住居をどうするか、衛生をどうするか、ということなどを検討した。いちばんこわいのは病気の発生だ。山口くんのほかにもう二人、すごく頭のいい子が見つかったけれど、むずかしい医学の本を読んで――そのためには、外国の言葉も勉強しなければならない。――正しい治療法をおぼえるまでには相当時間がかかりそうだ。ハシカとわかっている子は、はなして病院にいれておくことにした。これはとうていぼくたちには歯がたたないという気がした。電気をつくる火力発電所を動かしておくには、重油をはこばなければならない。そのためには、ポンプのあつかいや、でっかいタンク車の運転を知らなくてはならない。もし海岸の重油タンクがカラッポになったら――石油会社の機械を運転して原油から重油をつくる。その原油はタンカーで海をこえて、アメリカやアラビアからはこぶ――理屈はわかっていても、子供の手では、とてもだめだ。そこで火力発電所を一ヵ所だけ動かし、それがだめになったら、あとはしかたがないから、ランプやローソクでまにあわせることにした。電力を使うことは、うんと少なくなっているのだから、うまくやれば、今火力発電所にある重油だけで、この冬は何とかもつ、それに火力発電所はかってに動いているはずだから、と山口くんは説明した。しかし、来年の春からは、その次の冬の準備をもっとやらなくてはならない。

――結局ぼくたちのできる産業といえば、田畑で作物をつくること、鶏を飼う事（牛は飼っても殺せそうにない）、山でたきぎなどをひろうこと、魚を釣ることとぐらいしかないことがわかった。いなかの子は、都市にうつって来て、近所の田で、米をつくるといった。いなかの子はえらかった。一枚の田で、お米がどれくらいとれて、それで何人くらいの人間がやしなえるかちゃんと知っていた。作物のつくり方も大てい知っていたし、鶏の飼い方もよく知っていた。彼らは、テレビ番組や、自動車の型などあまり知らなかったが、実際的な知識はうんと身につけていた。――もう誰も、その子たちのことをいなかっぺなどと呼ぶものはいなかった。

着物の方は、街にいっぱい残された布地で当分やって行けそうだった。おとなのからっぽになった街の中には、ずいぶんいろんなものもあった。――冬がくるので、火事はとくに注意することが申しあわされた。消防自動車が動かせないから、火事が大きくなったら、ぼくらには消しようもない。すでに市の三分の一ちかくがやけてしまっていたのだ。

おとなたちのいなくなった世界は、たちまち荒れはてていった。ぼくたちはできるだけのことはやったのだけど——とにかくおとなたちの世界はひろすぎ、乗物や、いろんな機械は、子供たちがあつかうには大きすぎたし、力がいりすぎた。それでも小型自動車ぐらいは、体の大きい連中には動かせたので、特別な時に使うことにした。そのほかの場合は、自動車やモーターバイクで連絡をとったり、火事やあたらしくうまれた赤ン坊のパトロールをやった。そのうち山口くんの指揮で、市外電話がつかえるようになったので、ほかの府県の子供たちとも連絡がとれた。ぼくたちは、だんだん全国にちらばった子供たちと連絡をとって行き、近所の府県の子供たちと、月一回会合をもって、新らしいやり方を教えあったりした。——ぼくらの所は、本当にうまく行っていた。山口くんや藤井くん、高山くんなどすぐれた子供がいたからだろうけど、ほかの府県では、ガキ大将がいばりだし、ひどい事になった所もあった。小さい子供が乗物や機械をいたずらして、死んだりした事もあったという。けれど最高学年のものが、ガッチリ組織を組んで行き、やらなければならないことをドンドンやって行くぼくらのやり方を見ならって、だんだんうまく行くようになった。

「教育のことを考えなくちゃ……」と、山口くんはいった。「ぼくたちは、十二歳になったらあちらへ行ってしまう。それまでにできるだけ、いろんなことを、あとの連中におしえなきゃならない」

ぼくたちはみんな今までの倍も三倍も働き、四倍も五倍も勉強しなければならなかった。――中学の入試どころじゃなかった。小さい子どもたちも、だんだん実際的な知識を身につけさせねばならない。山口くんは、この世界で生きて行くための新らしい勉強の課目を考えた。

小さい子は、最初は一番パパやママを恋いしがって手こずらせたが、じきこの新らしい集団生活になれた。――年上の子の方が、思い出からぬけられなかった。年上ほど、両親の思い出がはっきりしているんだもの。仕事のあいまに、こっそりぬけて行くものがあると、きまって学校の屋上や、風の吹きぬけて行く、荒れて誰もいない街のまン中に立って、空へむかって、「お母ァさーん」と呼んでいるのだった。――ぼくたち、やっぱりとっても心ぼそかった。でも、ぼくたちは何とかやって行った。一番悲しかったのは――タミコちゃんという、四つになるとてもかわいい子が、原因のわからない熱を出して、死んだときだ。ぼくたち、夜どおし看病したし、わかる範囲で薬ものませたけれど、どうにもならなかった。明け方、タミコちゃんは、うるんだ眼をあけて、「お母ァちゃんの所へ行くのよ」といって息をひきとった。ヨッコは――あのわがまま娘のヨッコは、とてもりっぱな看護婦になっていた。――たまりかねてワッと泣きだした。

みんなも――藤井くんや山口くんまでが、枕もとでワアワア泣いた。それからぼくらはみんならんで、順番に、タミコちゃんにおわかれをつげた。――ちいちゃい子にも、死ぬってことがどういうことか、見せておいた方がいいと思ったんだ。みんなは、千代紙をきれいにはったミカン箱の中にはいっているタミコちゃんに、みんなのだいじにしているものをつぎつぎに投入れた。折り紙のツルだの、お人形、ビー玉、キャラメル、長島選手のブロマイド、お花……

「あんなにいろんなものもらえるんだったら、アタチも死ぬ……」といって手こずらせる子もいた。——街はずれの丘に穴をほって、タミコちゃんを埋めたとき、人が死ぬってことが、お葬式ってものが、どんなに悲しくおそろしいことかよくわかった。お寺の子供が、お父さんの衣の裾を切ったのを着て、お経のマネゴトをやった。埋めた場所には大きな石をつんで野犬にほりかえされないようにし、まわりにきれいな石をならべた。家からもって来たお線香もあげた。——それから誰ともなく、灰色の冬にむかって、叫んだ。

「お父さーん、お母さーん……」

6

そして——春が来た。ぼくたち六年生のものは、もうじき十二歳になる。ぼくたち、この世から消えるだろう。あちら側へ行って、そこでお父さんやお母さんや、おとなたちにあえるかどうか、それは誰にもわからない。だけど一足先に十二になって、ぼくらの眼の前から消えて行ったものもいるのだから、ぼくたちも消えるのはたしかだ。それがなぜかは、わからない。おとなたちならわかるかも知れない。むこうへ行けたら、何とかこの原因をつきとめられるように努力して見るつもりだ。——山口くんが、むこうの世界へ行く時、記憶がなくなるかも知れないというので、ぼくはこの記録を書いてお父さんお母さんの写真といっしょにもって行くことにした。あちらでもしおとなにあえたら子供たちがどんなにしっかりやっているか、どんなにさびしがっているか、つたえるつもりだ。そうして、何とか二つの世界の連らくをつけようとするだろう。もう一通、同じものを書いて君たち——五年の人たちにおいて行く。

君たち五年生は、しっかりやらなくてはならない。六年生はいなくなるんだから、今度は何もかも君たちの責任になるんだ。チピさんたちの世話、仕事、勉強——発電所がとまったりして悪くなる面もあるが、先輩たちのやったことをついで、よくしてゆける面もあるだろう。新らしい問題は君たちの責任だ。ぼくたちにはどうしてもやれないが、うまくやることを祈る。

君たちは、まだ知っているが、小さい人たち、これからうまれてくる赤ン坊は、おとなってどんなものか知らないだろう。赤ン坊たちはパパやママがどんなものかも知らないだろう。君たちがパパやママになってやり、ほんとうのパパやママは、もっと大きく、もっとやさしいんだということを教えてやらなくてはならない。ぼくがこれを書きのこしておくのも、世界がもともとは、こんなものじゃないんだということ——赤ン坊が何もないベッドから生まれて来て、人間は十二歳になったら消えちまうもんじゃなくて、突然こんなおかしなことになったんだということを、あとの人たちに知らせるためだ。君たちは、おとなの世界ってものがあること、この大きな街や工場をつくったのがおとなたちであること、動かない電車や、乗物が、何に使われたかということを教えてやらなくちゃならないんだ。――そうしたら、そのうち子供たちにも、この世界が動かせるようになるかも知れない。外国の子供たちとも、そのうち連絡がつくだろう。

もうじきおわかれだ。――今日はぼくの誕生日なんだ。君たちのねている枕もとにぼくはこの手紙をおいて行く。ぼくは真夜中にうまれたから、君たちの眠っている間に行かなけりゃならない――君たちからあずかった、お父さんお母さんへの伝言、もし本当にむこうでおとなたちにあえるんだったら、必ずことづけてやるよ。

さよなら、弟たち、妹たち――しっかりやるんだ。子供たちだって、力と知恵をあわせれば、きっとすばらしい世界がつくれるよ。君たちは、おとななんだ。おとなにならなければならないんだ。ムチャな話だけど――これは運命ってものかも知れない。――またひょっとして、突然もとの世界にもどるかも知れない。だけど――それはどっちみちぼくたちの力ではどうにもならないことだ。今のところ、そんなあてのないことを考えず、君たちの世界を、少しでもりっぱにすることを考えるんだ。

そろそろ時間だ。――じゃ、さようなら。

山口くんのいうことをよくきくんだぜ。――彼は天才だし、きみたちの世界でとても貴重な存在だ。だけど山口くんだって、いずれ消えるんだから、今のうち第二、第三の山口くんを見つけなきゃいけない。

　それじゃ、おわかれだ。——みんな元気で。

山手第二小学校六年二組、
吉村　タツ夫

追伸
　ぼくのプラモデル、タミコちゃんのお墓にそえてほしい。——教室の床の破れ目から手をつっこめば、すぐ見つかる。

＊

「どう思われますか？」読みおわった調査官は、額に手をあててうつむいている長官にきいた。

「ああ——」長官は夢からさめたように顔をあげた。「不思議な話だ……」

「今までにも、これに類した伝説はたくさんありました」調査官は記録のうつしをテーブルの上においた。「しかし、これほどはっきりと変動そのものを記録した文書が発見されたのは、はじめてです。われわれはこれを、そのまま信じてもいいのでしょうか？」

「太古の巨人伝説、長命伝説を、そのまま信じろというのかね？」

「すくなくとも最近、あちこちで巨人の骨は見つかっています……」調査官はいった。「それにぞくぞくと発見されている巨大な遺跡のこともあります。つい最近も、平野をおおう大森林の中から……」

「わかった……」と長官はいった。「それはそうかも知れない。しかしまた巨人伝説は、幼児がわれわれおとなを見た印象からうまれたという説もある程度あたってると思う」

「しかし、古代遺跡のなかには、現代人類の成人の体格と、全然スケールがあわないものがたくさんあります。この記録のいうように、もっとむかしは、人間が今よりはるかに巨大で、はるかに長く、この世にとどまれたと考えれば、そういった巨大、長命人類は、知識の蓄積率も大きく、巨大な文明を発達させ得たのではありませんか」

「では、現代人類は、いわば彼等の子供の段階だというのかね?」長官は窓から外を見た。

「いや、そんな事はない。われわれの文明を見たまえ、人類は歴史的にも、文明的にも、りっぱに成熟したおとなの段階に達している」

「そうでしょうか?」調査官は悩ましげにいった。「われわれ成年に達したものが、常につきまとわれている、この何ともいえぬみたされない気持――われわれには、もっと、この世の向うに、未来があるはずだという、根拠のない憧憬……また、成年男女が相互に抱く性愛感情の中にひそむ、暗黒の虚脱感、――こういったものは、われわれがまだ本当に成熟していないのだ、と感じさせませんか?」

「われわれが、太古の巨人たちの子供の段階で未来をうばわれたとして……」長官は窓のそとへ眼をむけたままつぶやいた。「その巨人たちはどこへ行ってしまったのかね? なぜ、子供たちをおいて、消えうせてしまったのかね?」

「わかりません」調査官は眼を伏せた。「でも、この記録に〝えんばん〟という言葉が見えます。その出現が変動と関係があるらしいといっています。この〝えんばん〟とは――あのわれわれの時代に四年目ごとにあらわれる〝みしるし〟のことではありませんか？」

「〝みしるし〟の……」長官は手を組みあわせた。「とすると、古代に天の使いとあって〝みしるし〟の意味をきいたという、伝説上の聖人の話まで、事実としなければならない」

「古代はたしかに暗黒でした……」と調査官はいった。「われわれは、飢えと寒さに追われ、裸でくらし、疫病におそわれ、殺しあいました。――しかし、太古は、古代よりもっと暗黒だったとはいいえないのではないでしょうか？　かえってもっと高い文明があった。ところが、その文明の担持者である巨人たちが突然消えうせ、われわれの先祖は、その文明のあつかいを知らないために、この地球を荒廃にまかせるよりしかたがなかった、と考えられませんか？――そのことは記録にもちょっと書いてあります」

「楽園追放か……」今度は長官が悩ましげにいった。「では、〝天〟はなんのために、われわれをそんなひどい目にあわせたんだろう？　なんのために、この世におけるわれわれの生を十二年ときめられ、それ以上の成長をこばまれたのだろう？」

「わかりません――ひょっとすると、巨人たちが〝天〟に反抗しようとしたのかも知れません。――一切は〝天〟のおぼしめしであり、われわれには、それをおしはかる知恵はあたえられておりません……」

調査官は窓から外を眺めた。――美しい、こぢんまりした都市に、ガス灯が点き出し、たそがれの群青色の空に、星がきらめきはじめた。

「しかし、こういうことはありませんか？——たそがれの空をながめていると、ふと心細い気持におそわれる。われわれよりもっと大きな、父や母の手に抱かれたことが、ずっと昔にあったような気がする……」

「父や母……」長官はいった。「いや、やっぱり、われわれのようなこの世のおとなたちみんなが、子供たちみんなの父や母でなければならん……人間は動物とはちがうんだよ」調査官がだまっているので、長官は言葉をついだ。

「人間たちだけが——けだものとちがって醜い行いもなく、よごれた器官からでなく、この世にうまれてくることができる。また天命を全うすればその醜い死を地上にさらすこともなく、〃お召し〃にあずかれる。——天は、われわれ知恵ある人間を、万物の霊長として、けだものたちと区別したもうた……この区別を、われわれはそのままうけいれるべきだ。みだりにあやふやごとにもとづいて、不遜な空想をすべきではない……」

「でも、われわれは〃お召し〃をうけたあと、どうなるのでしょうか？」澄んだ星を見あげながら、調査官は祈るようにつぶやいた。「どうしてわれわれにそれを知る力があたえられていないのでしょうか？——私の中に〃天なる父と母〃に対する、どうにもならない思慕の念がまきおこるのを、どう解釈したらいいのでしょうか？」

「もういい、行ってくれ……」長官は後をむいたまま いった。「明日が私の〃お召し〃なのだ……今夜は一人でいたい」

調査官が、頭をさげていってしまうと、長官は机の上におかれた書類をじっと見つめた。もう一度それにとりついて、すみずみまでむさぼり読みたい衝動にはげしくかられたが、彼は、椅子の肱かけをぐっとつかんでそれをこらえようとした。――明日〝お召し〟をうける身で、今さらこの記録にかかれている、不思議な、心を乱す物語を読んでも、一体何になろう。

しばらくそうしていて、気がしずまってから、長官は抽出しをあけて、喉の薬をのんだ。――〝お召し〟の前には、喉が重くしわがれ、声がかわるものが多い。なぜだろう？　これも何かの〝しるし〟だろうか？

物体O（オー）

——女の気まぐれによって、世界が破滅したとしたら
——何と美しいことだろうか。

一九六一年の四月二十八日、午前十時二十六分、関東地方の大部分と新潟・長野両県の一部、及び九州地方の長崎県西部と鹿児島県の約半分（海上諸島をふくむ）は、異様な物体の落下によって潰滅した。東北、中部、近畿、中国、四国、九州の各地方は、落下の衝撃による烈しい地震と津波のために大被害をうけ、特に兵庫、岡山県境一帯の諸都市は家屋の全壊十万戸以上に及び、直接物体の落下に見まわれなかったが、都市として殆んど再起不能と見なされるほどの損害をうけた。直接物体の落下にあって、圧壊された地方と諸都市をあげると、左の通りである。

関東地方
東京都＝（含伊豆大島）奥多摩地方を除く全部
神奈川県＝蛭ヶ岳─国府津を結ぶ線より以東全県
埼玉県＝秩父盆地西部、関東山脈附近を除く全県
群馬県＝御荷鉾山─白砂山を結ぶ線以東の全県
栃木県＝那須山─茂木市を結ぶ線以西の全県
茨城県＝土浦以西の全県
千葉県＝滑河市─太東岬を結ぶ線以東を除く全県
中部地方
新潟県＝直江津市─牧を結ぶ線以東、新潟市─広谷を結ぶ線以西の全地区、及び佐渡ヶ島
長野県＝東北部、志賀高原の東部方面の一部
東北地方
福島県＝岩代地方全部
九州地方
福岡県＝壱岐、対馬及び糸島半島以西
佐賀県＝唐津以西
長崎県＝五島列島を含み、島原半島を除く全県、天草島の一部
鹿児島県＝薩摩半島全部、大隅半島西南部及び、種子島、屋久島

以上が完全に物体の下敷になった。したがって各県都庁所在地のうち、東京都、横浜市、浦和市、宇都宮市、長崎市、鹿児島市はすべて物体の下になり、ペチャンコに押しつぶされたのである。新潟市は辛うじて物体のすれすれの所で下敷を免れたが、落下の衝撃のために全市ほとんど崩壊し、生存者は今のところ千名を越えない。この物体落下により直接圧死した死者は、三千八百万とも、四千万とも言われるが、確認されない。また被害の総額もほとんど推定しようがない。東海道線、中央線、東北本線、房総線、北陸本線、鹿児島本線、佐世保線の各鉄道は、物体に阻まれ、また一部を物体の下敷にされて、全線運転が不可能になった。航空機は成層圏飛行を行っても物体を越えることができず、中部以西、九州以東までは一切の外国通信が杜絶した。また世界各国の通信網も非常な混乱に陥った。

物体の落下して来るところが、ほとんど誰にも目撃されなかったのは奇妙なことである。ただ兵庫県豊岡市のアマチュア天文学者が落下の数時間前、即ち二十八日未明に、白銀色に輝く巨大な帯状のものが、東方地平線に落下するのを見たと、その日の午前六時半頃、大阪気象台に報告しただけである。事実、落下の衝撃や、地中への、めりこみ方から見て、さほど高空から落下したとは思われなかった。圧しつぶされた人達は、恐らくそんなことを少しも予感せずに死んでいったのだ。二十八日の正午には、中部、近畿、中国、九州、四国各地方の人は、東西南北どちらを見ても、その物体を見ることが出来た。特に近畿地方の人はそうだった。物体は地平高く、にぶい銀色に輝きながら、これらの地方を完全にぐるりととりかこんでいるのだった。長野県や静岡県、また九州地方の人は、物体の高さを見きわめるのに、首がいたくなるほどふりあおがなければならなかったが、その頂上は雲や霞にまぎれ、天空にとけこんで見きわめることが出来なかった。西部地方における物体の近くの県では、夜はいつもより数時間早くやって来た。反対に東部では朝が数時間おそくやって来た。

物体の高さは、アマチュア達の手によって、すぐさま測定された。高さはざっと地上二百キロメートル。したがって頂部は殆んど人工衛星軌道に達し、米ソの打ち上げ中の人工衛星の幾つかは、これに衝突して墜落したと思われる。当然頂部はケネリ・ヘビサイド層をはるかに越えるため、短波外国通信は途絶したばかりでなく、物体に区切られた区域内外との一切の通信交通は途絶せざるを得なかった。物体の直径はざっと千キロメートル、完全なリング状をしており、大阪附近を中心にして、丁度本州の上にすっぽりかぶさったような形をしている。物体の幅は、内外の通信途絶のため、当初は全く不明だった。航空写真をとろうにも、航空機の到達高度をはるかにこえるのだ。

物体外の地域にある東北大学、北海道大学の理学系教授は、連名で米ソの宇宙関係当局に、写真衛星による物体の形状撮影を依頼した。しかしいずれも偵察衛星類は軍管理下にあって機密に属するからという理由で断られた。本当は物体の高さに恐れをなし、万が一のことがあって、衝突でもしたらというのが理由だということだった。国務省からは、日本政府の正式の申しこみでないからと言うので、やんわり拒絶して来た。政府の正式申込みといっても、日本の政府は一切合財、時たまたま、国会開催中だったので、さぼって地方遊説に帰っていた一部代議士をのぞいて、全議員と全閣僚もろとも――あの巨大な物体の下でペチャンコになっているのだった。イスラエルとインドが、自国の人工衛星打ち上げプログラムに、日本列島の異常物体の撮影計画を入れようと約束した。しかしどちらも打ち上げ実施は十数年先だった。日本のミューロケットがあれば役にたったかも知れないが、それも生産研究所もろとも物体の下だった。

しかし名古屋大、阪大、京大の教授達は、別の方法で物体の幅――つまり厚さを知ることに成功した。地震波テストにより、物体の厚みは約百キロメートルとわかった。比重等から計算して、総重量は二万兆トンぐらいと推定された。物体は高さ二千メートルをこえる三国山脈、帝釈山脈を完全に押しつぶし地下数キロメートルにまでめりこんでいると推測されたから、物体の下を掘って内外の連絡をつけるということは、まず不可能にちかかった。このめりこみのため、千葉県、茨城県、神奈川県、長崎県の、直接圧潰を免れた地帯でも、地盤の大陥没が起り、海水が浸入して来て、住民が全然すめなくなってしまった。山岳地帯でも毎日地崩れや地震が起った。落下時の地震による被害を含めたら、一体全部でどれだけの被害になるか想像もつかなかった。

物体の大部分、南部と北部は、海中にあった。北端は北緯三十九度、東経百三十四度三十分ぐらい、南端は同一経度の北緯三十度附近にあった。そしてさらに異様なことには、南端には直径約三百キロメートルの半球形の緑色で半透明の物体がついていた。晴れた日、太平洋岸にあって眺めると、はるか南方海上の水平線のさらに向うを区切る銀色の壁の上にキラキラと緑色に輝く丸い球が見られる。

「あれは何でしょうね」人々は語りあうのだった。

「宇宙人の乗物でしょうか？」

しかしこのリング状物体——人々はいつしかそれを物体O（オー）とよんだが——の内外、特に内側では、それこそ、そんなことにかかずらわっていられないほどの事態に立ちいたっていた。まず厖大な数の被災民の救助である。ある県の知事は、事態の容易ならぬことをさとると、ただちに臨機の措置をとった。またある県の知事は中央との連絡がとれぬまま、うろうろして、一週間もの間、東京と電話回線が修理出来るのを待ち、何とか中央官庁へ行く方法はないかと苦労した。「汽車も自動車も、船も飛行機もだめなら、わしは歩いて行く！」と言った某知事の悲愴な言葉は、今でも名言として政治コント集にのっている。

富裕な県ですら自治体財政が破滅に瀕するほどの被害予算を組まなくてはならなかったのだから、赤字県の打撃は惨憺たるものだった。ただちに中央に連絡して災害救助法の発動をしてもらわないことには、難民救済さえおぼつかない。食糧供給さえ、何日もつかわからなかった。地震によって家を失った人々の収容となると、損害のひどい県ではどうにもならず、隣県も手いっぱいとは知りながら、中央との連絡がとれるまで泣きついた。幸い物体の壁の内側だけでは、交通通信の被害もわりと軽く、恢復も早かった。自衛隊は災害救助法の発動をまたず、知事要請で殆んど全面出動を行った。災厄の日の翌日、四月二十九日が天長節だということに気がついたものは一人もなかった。——そして四月二十八日が第×回全国死亡０の日だったということも！

ゴールデン・ウィークはそれでも強引にレクリエーションに出かけて行く若い連中もいたが、まずめちゃめちゃというところだった。メーデーの祭典は、各地予定数の十分の一という淋しい状態だったが、それでもとり行われた。プログラム通りに大会宣言、スローガンが採決されたあと、殆んどの会場で参加した労働者より、デモのかわりに災害地救助活動に参加することが提案され、一部を除いた殆んどの会場で、これが満場一致可決された。

中央政府が潰滅したこと、この物体の向う側との連絡が、不可能であるということが、一般に理解されるまで、実に十日間近くもかかった。各大学、気象台、海上保安庁などの合同調査と、災害復興活動が同時に行われなければならなかったし、中央との連絡でもたついている間に、各地で一種の政情不安状態も起り始めていた。近畿各県知事の連名で、中部、近畿、中国、四国、九州各地方の合同知事会議が、比較的被害のすくなかった大阪市で開催され、そこで合同調査団の報告を検討し、物体Oにとりかこまれた直径千キロの円形地域が、地上海上もろとも、他の地方、——否全世界から完全に孤立してしまったということが確認されたと報告された。しかし大部分の知事は事態をどうしてものみこめず、胸に何かがつかえたような顔をしていた。

「一体また、なぜそんなことになったのかね？」とある県の知事はしつこく同じ質問をくりかえした。

「つまり日本西部は、とてつもなく大きな井戸枠の中にすっぽりはまりこんだというわけですか？」

「そうです」合同調査団長の京都大学理学部地球物理学教授大隈孝雄博士は辛抱強く答えた。

「一体全体、なんだってこんなことになったんですかな？」

「今のところ、なぜだかわかりません。我々みんなの知恵をしぼっても、なぜこんな物体が落下して来たか原因がつかめないのです。今の物理学の体系では、説明がつかない所だらけです」

「一体この底のぬけた桶は、どこから降って来たんです」

「それもわかっていないのです。どうも降って来たというような状態ではなかったらしい」

「君達、世界一クラスの頭をそろえとるというが、それでも原因がわからんのか？」と、直接被害県の知事は、癇癪を起してどなった。

「たとえ世界中の科学者が集ったって我々にわからないことはやはりわからないのです。科学とはそういうものです」と大隈教授は言った。「この際、なぜということは大して問題ではありません。その原因は、解明できるかも知れないが、きっと時間がかかります。原因究明は我々にまかせておいて下さい。肝心なことは本日の合同会議で、皆さんにこの事態をはっきり認識して頂くことです。みなさん、よくおきき下さい。これが、最終的な結論です。その一、関東地方は全滅しました。日本の中央政府はもうありません。あっても連絡のとりようがありません。ですから中央政府をあてにしたり、連絡をとろうとしても無駄です。第二、兵庫県相生市附近を中心にした半径五百キロの区域内は、物体O（オー）にはばまれて、全世界から遮断され、孤立しました。今のところOの壁の外の世界と、いかなる連絡のとりようもありません。第三、この閉鎖状態は今後非常に広範囲にわたる影響を、物体O内部の地域に及ぼすだろうということが予測されます。勿論世界全体からの経済的孤立も大きな問題ですが、これは皆さんの領分です。我々が目下一番懸念しているのは、この井戸の底における気象上の変化です。まず地球全体の大気移動から、物体O内の地域が孤立してしまったことです。物体Oの高さは、大気圏をはるかにこえていますから、外部との大気交流は全くありません。おまけに物体Oにさえぎられて、各地の日照時間が大きな変化をうけています。もう皆さんの御存知のように、各地とも日没は早まり、日出はおそくなっています。O内全体の日照時間は正常時の三分の二程度になり、特に物体Oに近い地方、すなわち中部地方東部と九州地方西部は半分以下になっています。これらの地方はだんだんすめなくなって来ると思いますね」

「飢饉だな」と熊本県知事は心配そうに呟いた。

「当然そうですね、――田植は考えなければなりません。それにこれはまだ正確な結論が出ていないのですが、気温、降雨量、高低気圧発生の状況、海流などが大きな変化をこうむるでしょう」

「台風は？」と愛知県の知事がきいた。

「今のところ何とも言えませんが、大したことはないんじゃありませんかね」

「まさにコップの中の嵐だな」と岡山県の知事が言った。

「しかしO内地域に海が多かったのはありがたいことです」と教授は続けた。「大陸のどまん中だったら、どんなことになってたかわかりませんからね」

「おききの通りです、みなさん」議長をやっていた大阪府の知事は言った。「で、問題はこれからどうするかと言うことですな」

これからどうするかということになるとすぐには結論が出そうになかった。リング内の二府二十五県――直接被害県で県庁の潰滅したもの、県庁がリング外に出た東京都、埼玉県、神奈川県、新潟県、長崎県、鹿児島県は、それぞれ臨時措置として、隣接県の行政区に編入したから――が、それぞれ地方自治体としての問題をかかえている上、中央官庁が失われた今になっては、中央官庁の地方支部、支局の処置も問題なら、これに所属する国家公務員の処置と給料が、大きな問題となって来る。それだけでなく、中央の管轄下にあった一切の組織と仕事が宙ぶらりんになってしまった。まず財政投融資計画、公共事業計画が宙に浮いた。開銀融資、政府出資の投資計画が中断され、国道建設、運河水道建設、新線敷設が中途半端のまま、どこへ行くかわからなくなった。通貨問題にしろ、司法問題にしろ、厚生問題にしろ、とにかく一切合財が空白のまま、二週間がめぐって来た。

「どないしてええかわからんですよ」

大隈教授の訪問をうけた大阪府知事はぼやいた。

「あなたに弱音を吐かれちゃ困りますね」

「京都府知事はどないしてます」

「実はそのことで来たんです。本当なら彼が直接来るはずだったんですが、あいにく彼は三、四日前から熱を出していましてね。私が代理をたのまれました」

「なんで副知事をよこさんのです」そういぶかしそうに言って、大阪府知事はいやな顔をした。「京都の知事さんは、学者やからな」

「私は合同調査隊の隊長として、代理を頼まれたんですよ」

「あれはまだ解散してまへんのか？」

「解散どころか、これからが本格的な仕事ですよ。各大学のありとあらゆる学部の教授に協力を求めています」

「そんなことをしてどないしまんねン？」

「合同調査隊を、物体Oに対する合同対策協議会にしようと思いましてね」

知事は眼をむいた。

「学者はんがでっか？」

「一つはあなた方に活を入れるためでもあるんです」大隈教授はにやにや笑った。「だけどきっと役に立ちますよ。――災害によって失われたのは、首都だけじゃない。数多くのブレーンですからね」

「京都府知事の指し金やな」大阪府知事は呻いた。「学者に政治か！」

「このままほっといたらどうにもなりません。助かった地域は、なしくずしに破滅ですよ」

「ほんまのこと言えば、もうギリギリまで来とる」

　電話が鳴った。

「ちょっと待ってもらってくれ、五分ばかり」知事は電話を切って言った。「商工会議所の会頭ですわ。――やいやい言われとるけど、府の財政ではどもならんことばっかりや」

「だから早く手を打たなければならんのです」大隈教授は力をこめて言った。「このことをもっとしっかり腹に入れといて下さいよ。――中央行政府はもう無いんですぞ。とすると一番先にやらねばならんことは何です？」

「さあ……」知事は口をもごもごさせた。

「まず助かった二十七府県が寄り集って、新しく中央行政機構を作ることでしょう。大至急ですよ。――そのことについて京都府知事が是非とも相談したいと言ってるんです」

「このわしを呼びつけるのか？」

「面子（メンツ）にこだわってる場合じゃありません。向うは病気なんだから。――本当ならこの前の全国知事会議で、その話が出なきゃならんかったはずです」

　また電話が鳴る。

「え？――これはこれは。――しかしそのことについては、こっちに尻を持ちこまれても、どもならんのです。早急に善後策を講じますから……」知事は溜息をついた。「自衛隊の給料のことなんか、わしにどうもならん」

「給料の点は、私も同様ですよ。国家公務員ですからね」教授はクスクス笑った。「月末が来るまでに何とか手を打たねばならんのです。今からすぐ来てくれますか？」

「——忙しいんだが……」

「このことはどんな用件にも優先するはずです。三重県は知事が津波でなくなったんで、県会議長と副知事が来てるはずです。兵庫、奈良、滋賀、和歌山の知事ももう来ます」

「何と手まわしがええな」

ぼやきながらも知事はブザーを押した。

「ついでに府会召集の手続きもとっておこう」

「市会もですよ」大隈教授は帽子をとりながら言った。「これはあなた、戦争みたいなもんです。国会の行政組織なしに、我々だけの手でもって、事態に宣戦布告しなきゃならん」

「わしゃ戦争はきらいや」知事はぶつぶつ言った。「大臣にはなりとうても、戦争はまっぴらや」

府庁を出た教授は歩いて天満の駅まで行った。——心中に政治家の想像力の貧しさと、人間的な責任感の薄さに呆れながら。これも戦後の形式的民主主義のせいじゃないかな。今の民主主義の責任分担制は責任のかからない権力という甘い幻想を抱かせているみたいだ。といってあまりに独創的で責任感の強い政治家は、主として独裁者になるものだが。

「そうだっけ」と教授は呟いた。「あの独創的な男に連絡しなきゃ」

京阪天満駅の公衆電話から、教授は阪大理学部の三伏研究室を呼び出した。核物理の三伏教授は大隈教授の旧友で、大隈教授を責めたてて京都府知事の尻をたたかせたそもそもの元凶は、この皮肉たっぷりな、頭の切れる人物だったのである。

「うまくいきそうだよ」大隈教授は言った。

「そいつは結構だ――ところで君の方の学生は動いているかい?」

「理科系は大体ね。しかし僕の学校はなかなかうるさいんだ。カチカチの左翼学生は、とんでもないことを言いだすからな。支配階級の陰謀だとか、プロレタリア革命のチャンスだとか」

「そういった連中を説得できないのは、君が日頃左翼理論の勉強を怠けているからさ。僕なんか見ろ。これから保守革新両政党の地方支部長と非公式会談をするんだぜ」

「お次は宗教界代表だろう」

「やぶさかじゃない。当ってみるつもりだ。だけど首脳部の石頭にさほど期待はしてないよ。甘露台の建設や法華革命にひきずりこまれちゃかなわんからな」

「産業界の方はどうする」

「それは君の方の仕事だよ。知事さん連にうんとハッパをかけろ。こっちも工学部の先生方を通じて少し働きかけているがね」

「大した馬力だな」

「不眠不休さ。学生、教職員、労組代表、新聞社――みんな教え児を通じて芋蔓式にやってもらってるんだ。名古屋大の友部君も動き出したらしい。西の方が少しもたついてるが……」

「やりすぎるなよ」と大隈教授はちょっぴり皮肉をこめて言った。——かつて三伏教授が学術会議や原子力問題で政治家や役人を相手に縦横無尽の活躍をして、彼等を手玉にとり、その後中央からすっかりにらまれたことを知っていたからだった。

「この状態下では、いくらやってもやりすぎるということはないよ。むしろ立ちおくれてるんだ。とにかく大車輪で情報を流さなくちゃならん。——フレッド・ホイルの〝暗黒星雲〟を読んだかい？」

「宇宙生成論か？」

「ちがうよ、小説さ。あの中で、非常事態に際しては、最も多くの情報をにぎる者が、権力をにぎるというアイデアがあるんだ」

「それがどうした？」

「鼻持ちならん学者のエリート意識だと言うのさ。政府相手の駆け引きだけで、政治の迷妄を免れ得るなんて甘すぎる考えだ。——もっと大衆を信頼すべきだよ。僕は出来るだけ多くの大衆に、できるだけ正確な情報を大量に流すつもりだ。とにかく勤労大衆の協力なくしては何もできないんだからね」

「青年ヘーゲル学派出身のひげ男も、そんな幻想を抱いたんじゃないか？」

「マルクスの当面した歴史的情勢にくらべれば、この事態ははるかに簡単だよ。とにかく大衆に、どこから最も正確な情報がながれるか、その真偽をたしかめるにはどうしたらいいかを知ってもらう必要がある。階級闘争がどういう様相をとるか、それはそれで興味があるがね。とにかく私有財産制度が、一撃くらうことは確かだ」

電話を切った大隈教授は、溜息をついてあたりを見まわした。京阪の特急は出たばかりで、次の発車まで三十分ある。熱いコーヒーでものもう。

風はうそさむく、五月半ばなのに合オーバーがぬげなかった。日照時間が減ったからかな。ビル最上階のパーラーでコーヒーを待ちながらふと窓から外を見た教授は軽いショックをうけた。——もうだいぶ見なれたはずなのに、そして教授自身は、そのすぐ傍まで行ってみたこともあるのに、今こうして寛いだ気持になった時に、突然出くわすと、何か胸をつかれるような感じがする。日常性のどまん中に、この異様なばかでかい物体が、無遠慮にわりこんでいるのを見出すのは不快なことだ。

だがこれは事実なのだ。

どちらを向いてもそいつと鼻をつきあわす。北の空の下、地平線より二〇度の高さに、鈍い白銀色の壁が見える。それは左右にどこまでものび、東側は白く輝き、西へ行けば次第に紫色がかり、ついには明るい空を区切る暗黒のシルエットとなって立ちはだかっている。四時を少しすぎたばかりだが、下関にはすでにたそがれがせまり、九州では星が輝き始めているだろう。そのことを思うと教授は絶望的な焦燥感にしめつけられた。

こんなとてつもないものを相手に、これから一体どうしたらいいんだ？　一体どうなるんだ？

　コーヒーが冷えていくのも忘れて、教授は白い悪夢のような物体に見入っていた。――一体全体あれは何だろう？


　二日後から大阪で全国知事代表者会議が再開され、一週間続いた。その間電々公社の特別処置により会議場から各県の県庁へ二本の直通電話がつなぎっぱなしになり、そこで決定されたことは次々と各県庁へ通知され、即座に実行にうつされた。各県代表者の、知事、県会議長、議員代表は、一週間と言うもの会場の中にカン詰めにされた。これは京都、大阪両府知事の工作であり、これによって最初のうちは、県会や組織を気にしていた各県代表も、次第にためらいや尻ごみをなくし、自分達の責任範囲において、その権利を最大限に行使する気になっていった。まず県市条令をもって、すでに騰勢を示し出している食糧や災害物資をおさえる。暴利取締に対して、地方警察に大幅に権限を与えた。

「お知り合いの建材業者から電話です」と秘書が会議場へ耳打ちする。

「忙しいのがわからんか。私用電話は一切お断りだ」知事はねじり鉢巻で頭から湯気をたてている。

「物価統制令を何とかしてくれと言ってます。警察に倉庫を差し押えられたらしいです。これじゃまるで戦時中に逆もどりだと、どなってますよ」

「ああ……」知事は指を咥えてちょっと考えこむ。「似たようなもんだと言っとけ。――そのかわり今度は終戦の詔勅で玉砕を免れるようなわけにはいかんぞ、とな」

県相互間の物資融通計画も一日目に片づいた。難民引き受け協定も即時に発効された。会議二日目の前半が終った時、地方自治体の権限内でやれることは、すでに限界に来ていることが、誰の眼にもわかった。議長をつとめていた大阪府知事が目配せすると、京都府知事が立ち上った。

「みなさん、我々は今まで地方自治体最高責任者として、うつべき手は殆んどうちつくしました。しかし事態に対して、この程度の処置では、とてもおっつかないことは、みなさんすでに充分承知しておられる。極限のこちら側で足ぶみをしては、事態の悪化を食いとめることはできません。これから先は是非とも強力な統一的措置が必要であります。つまり我々には国家としての行政権が必要になって来たのです」

満場がどよめいた。会議の傍聴をしていた新聞記者連は電話にすっとぶ。

「みなさん、政府によって代表される日本という国家は消滅しました。我々はこの二週間というもの、統一政府なしに、いわば国家なしにやって来たのであります。しかし、たとえ半分の国土になっても、国土と同胞のあるかぎり、そこには統一的政治機構が是非とも必要です。この大災害と、不幸な孤立状態下にあって、同胞の生命を維持するに足る生産を続行し、配分を行うためには、生産機構及び配分流通機構の全面的再編成を行わねばなりません。これは一地域行政のよくなし得るものでないことは、皆さんも御存知であります。生きのびるためには是非それをしなければならず、そのためには一時的にせよ、非常手段による強制措置をとる場合も考えられます。――従って我々には、それをする権限が必要なのです。国家としての権限が……」

「ちょっと質問……」近畿法務局長が遮った。「憲法の問題はどうお考えですか？」

京都府知事はむしろその質問を待っていたかのようにうなずいた。

「その点については、こちらから法務局長にお聞きしたい。国家行政、立法、司法組織の大部分と行政区の半分以上を失った現在でも、現行憲法は有効ですね」

「無論有効です。法の精神は機構の実体から独立していますから」

「しからばおたずねします。現行憲法に基いて、新たな国家機関を設置するにはどうすればよいか」

「総選挙ですな」と法務局長は拳をこめかみにあてながら言った。「それから各機構設置法に基いて……」

「時間的問題はどうします？　我々が統一行政組織を必要とするのは明日なんですよ。現状においては一日の立ちおくれが破滅をもたらすかもしれません」

法務局長は黙りこんだ。

(うまいぞ) と大隈教授は思った。(現状認識に対する日和見主義的見解は出てこない。昨日一日もんだだけで、奴さん達相当骨身にしみたとみえるな)

「各県選出代表よりなる審議機関と代表合議制の統一行政機構をつくるより仕方がありませんな。それも法令によるわけにはいかん。あくまで各県合議による臨時行政措置として…

……」

「三権のうち司法権はそのままうけついでいいでしょうね。最高裁判所判事の選定だけが問題になるが……」

「いずれにしても、そういう臨時機構が国民の信任をうけたものかどうかということが問題ですな」

(政府が先で、国民の信任を問うのは後からでいい、と言い出す奴がきっとあるだろうな)

と、大隈教授は思った。

「いずれ総選挙はやらなくてはならないとして、現状において臨時政府を作るにしても、出来るにしても、出来るだけの多数の代表による信任をうけることが好ましいですね」

「それは無論です」

「各県の県会の信任をもって、これを代行させることは、どうでしょうか?」

各県の県会議長連の表情が、一せいに動いた。

「その合法性を云々されるのでしたら、お答えできません。しかし可能な限りの選良に信任を求めたいというのなら、大いに結構なことです」

「出来れば産業界代表も加えた方がいいな」愛知県知事が言った。

「いや、労組、学界、教育界、言論、農協、あらゆる民間組織の代表も……」

「短時日では不可能じゃ」大分県知事が異議をとなえた。

「県会の信任を得るにしても、相当の時日がかかるばい」

「テレビ、ラジオを利用しましょう」京都府知事は言った。「現在この会議はＮＨＫテレビによって中継中です。これに今度の各県の民間ラジオの協力も得て、県会の議場風景を、この会場へ送ってもらうのです。こうすれば全部の県会議長がこの会議を中心に結ばれるわけです。各県議員に対する議題と議題の本質的なねらいとの説明は、ラジオとテレビを通じてめいめいやって頂けませんか。ＮＨＫも民放ネットワークも、全面的に協力してくれるそうです」

議決を待つまでもなく、各県知事は一せいに眼の前の卓上電話をとり上げた。会場にすえられたテレビカメラの前に議長からメモをうけとったアナウンサーが立って喋り始めた。

「おききの通りです。各県の県会議員の皆様は、本日午後二時から、ＮＨＫ、民放各テレビ、ラジオを通じて行われる緊急臨時県会の議題説明をおきき下さい。緊急臨時県会は、目下各県知事が一せいに召集手続きをとっておられます。日時については、約三十分後に発表されると思います。このラジオ、テレビをおききの方は、御近所の県会議員の方に御通知して下さい。ひょっとすると現在テレビを見ておられないかも知れませんから。——くり返します」

民放テレビネットワーク間でも、各新聞社でも直通電話がじゃんじゃん鳴り出した。会議場では、二時に始まる議題説明に間に合うように喧々囂々（けんけんごうごう）の議論が始まった。各民間団体代表への使者として、副知事連が一せいに議場を立った。——大隈教授は三十分も順番を待ったあげく、やっと電話をかけることが出来た。

「うまくいっているようだね」と三伏教授はクスクス笑いながら言った。「ずっとテレビを見てるよ。——労組代表は大丈夫、臨時政府を支持するよ。最高執行機関に代表がはいればね」

「話しあったのかね？」

「十日も前からさ、——労働組合評議会の三役は、実によくのみこんでくれたぜ。夏期手当闘争のスケジュールを、非常事態対策を討論する職場大会のスケジュールに切りかえ、おとついには殆んど結論が出かかっていた。労働者の理解力のすぐれていること、自衛隊の幹部連に匹敵するね」

「何だって？　自衛隊にまで手をのばしたのか？」

「いかんかね？　組織労働者と軍隊が手をつなげば、出来んことなんてないぜ。——農民の力はあとひと押しだがね」

「おい、三伏！　三伏！」

「うろたえるな。何も革命を起そうと言うんじゃない。一番手こずる産業再編成をスムーズにやろうと言うんだ。——非常の事態に対して幻想を抱かず、過去や財産に執着せず、もっとも勇敢な行動力を発揮できるもの、それは失うべき何ものもない労働者と兵士さ」

「自衛隊を臨時政府の執行機関が直接把握するという、あのプランをどうして知ってるんだ？」

「知るも何も、このプランは僕と君の大学の長峯教授の発案なんだぜ」三伏教授はケラケラと笑った。「この案をふくらませてくれたのが労組代表と京都府知事さ。管区の自衛隊幹部とは一再ならず三者会談を持った」

「そんなことして、もしバレたらどうするんだ。とんでもない野心家だと思われるぞ」

「僕と話しあった奴は誰もそう思ってないぜ。——問題は理解力にあるんだ。そして理解の形式は、生活の形式によって決定されるのさ」

大隈教授は汗を拭いて電話をはなれた。すきやき鍋のようにごった返している会議場の廊下を、せめて今のうち一ぱいのうどんでも食べようと思って、人ごみをかきわけながら教授は、理解力の問題ということをふと考えた。理解というものは、しばしば勇気に与えられる。理解することは勇気を与えるが、理解自身が勇気にささえられることがある。勇気という奴は、理解と行動の間を媒介するのだ。——三伏の奴にはとにかく人に会う勇気がある。

テレビが、これほどまでに大きな役割りを果したことはかつてなかった。全国臨時合同県会の有様は、NHK、民放を通じて一般にも放送されたので、当日は各家庭、職場、学校でも、人々が集ってこれを見た。前日から電波、新聞を通じて、また各市町村の通達カーを通じて、このプログラムはできるだけ集団的に見ること、出来ればそこで賛成なり反対なりの決をとり、ただちに最寄りの局あて賛否両論の人数と、地区名を知らせればすぐこれが集計され、会議場に通告されるとくり返し知らせた。このプランは電話リクエストや電話身上相談にヒントを得て民放側から出されたものだった。電話が混雑する場合はハガキでもいいことになっていた。——宣伝はいささか利きすぎのきらいもあって、当時は職場がまるでゼネスト同然の有様になった。

五月十七日の午後一時、会議は開催された。知事会議代表として、佐賀県知事が、まず一部被害県として、事態がいかに重大であるかを説明した。物体に横断されている地域、特に西部地域では、正午をすぎれば太陽がかげってしまう。また物体の重量による地盤沈下により、近辺区域はたえず地震におそわれている。続いて長野県知事が、それによって今後発生を予想される、憂うべき事態を説き、香川県知事があとをうけて統一機構による強力な政治措置の必要を説いた。ここで約一時間ばかり質疑応答があり、続いて広島県知事が臨時統一政府機構の信任を提案し、機構の概要については、京都府知事が説明した。即ち、

一、臨時政府に連県制をとる。

二、各府県知事、及び産業界、労組団体、教育団体、農業団体、学界、言論機関の代表をもって臨時政府最高会議を構成し、この中より互選によって最高行政委員を選出し、行政委員会に最高行政権を与える。

三、物体内に残存せる前日本政府の行政機構は、そのままの形で臨時政府にひきつがれ、最高行政委のもとにおかれる。ただし次の各庁の地方組織は、最高行政委直属とする。気象庁、科学技術庁、防衛庁、海上保安庁、経済企画庁、行政管理庁

四、各県連合会議をもって最高審議立法機関とする。

五、最高会議構成員の任期を暫定的に一年ときめる。
六、最高会議の権限（略）
七、最高会議直属の諮問機関（略）

（八、九、略）

討論は三時間に及んだ。憲法問題、天皇制問題までとび出したが、結局は最高会議と連合県会の性格に集注した。最高会議が従来の政党内閣と異り、また閣僚制をとらず、そのかわりに非常に強力な権限を持つものである事がわかり出した頃に、多少の動揺が起ったが、結局は臨時のものであるという事を確認して、周辺県会から信任議決が上り出した。すでにその前から、議長の後の表示板に、テレビを見ている一般大衆からの信任投票数が点滅しはじめていた。——最終集計の結果は驚くべきものだった。全有権者の実に七十六％が、この電話ハガキ投票に参加したのである！


「やれやれだな」と会場の一隅で三伏教授とならんだ大隈教授は溜息をついた。

「これからが見ものだよ。臨時政府が一番先にやることは何だと思う？——非常事態宣言さ」

「一体何のためだい？」大隈教授はびっくりしてきいた。

「産業非常統制令実施のためさ。——可哀そうに、産業界代表はいじめられるぜ。最高会議の中で、絶対少数派だということを知ったら泡を食うだろうな」

「そう簡単にいくかい？」

「東条以来の独裁政治とか何かと、宣伝をやらかすだろう。だけど駄目さ。非常事態宣言をやっちまえば、最高会議は通貨管理が出来るし、産業の強制管理もできる。労組も側面援助するしね。──労組と自衛隊と警察が政府の側につけば、何だって出来る」

「しかし労組と自衛隊や警察が、仲よく協同するなんて考えられんね」

「日頃殴り合ったり、にらみあったりしている同士は、かえって親密になれるもんだ。ポパイはブルートーの危険に際して、アフリカまで救援に出かけたじゃないか」

一週間の会議が終ると、ただちに非常事態宣言が発せられた。その宣言下にまっ先に行われたのは、食糧統制だった。もっともこれは、県が始めていたのをうけついだだけだったが、抜き打ち的に強化された。続いて建築資材統制、不急建築許可停止、建築業統制──難民住宅建設がすべての建築に優先すること。それから矢継早に産業界の編成替えに手をつけ始めた。

産業界では、貿易商社が真先に打撃をうけた。外国通信、外国航路の途絶とともに、相当混乱が起ったが、当初はいずれ回復するだろうとたかをくくっていた。しかし三日たち、四日たち、外国取引き一切が、完全にストップし、回復の見込みがないということがわかって来ると、深刻な恐慌がおこった。おまけに大手商社はほとんど東京本社だったから、指令系統の混乱も深刻だった。国内取引きのある会社はまだよかったが、中小商社は完全にお手上げだった。市中銀行のバックアップも、輸銀、正金銀行、通産省がなくなってしまった現在では、裏付けのしようがない。次に打撃をうけたのは証券業界で、その業務ぶりはストップもクソもなく大証ダウが異変五日目に二百円を割ってからは、株式取引は停止されたままだった。産業界全般にわたり、東京本社の大会社の打撃は言うに及ばず、混乱は次第に大きく波紋を描きはじめていた。

こんな時、最高会議は、各府県商工会議所会頭との会談を持ち、ついで大会社の幹部連との会談を行った。経営者団体の組織に対して中央組織が破潰されたことを理由に呼びかけを行わなかった。

再編成の方針は、簡単なものだった。即ち全経済の目標を0内地域において、長期にわたって生きのびることにおく。従って生産の重点を衣食住におき、流通機構は政府が管理する。経済全般については大幅な縮小均衡を目標とする。生産規模の縮小は、生産設備の減少からだけでなく、資源面からも不可避なことだった。

基幹産業のうち、鉄鋼、アルミ、石油の三業種は、輸入の途絶によって生産停止に追いこまれつつあった。原料備蓄は平均二ヵ月分もない。問題は石油で、関西五地方の石油貯蔵量は、原油及び電力会社の自家用をふくめて、三ヵ月分もない。需要状況が〝Oの日〟以後どう変化しているかがまだはっきりしていないので、この数字は若干変化するかも知れないが、とにかく在阪の石油連盟の理事が言ったように、「石油業はもうおしまい」であることはたしかだった。——そして石油の枯渇は、船舶、自動車、航空機のストップと、化学工業の一部の生産停止を意味する。ガソリン、重油の高騰を見こして、五月二十日、全石油製品は政府の管理下におかれた。

一方鉄鋼原料の枯渇は、機械、重電機、造船、建築各部門の生産をチェックしはじめていた。八幡製鉄では三つの高炉にひびがいり、辛うじて爆発は食いとめられたが、残りの高炉も六月一ぱいで火を落すことになりそうだった。全資材に対して、移動禁止令が出た。――そのころ京都にある臨時政府では産業界の代表と、最高会議のメンバーの間に激論が闘わされていた。

「そこまでいけば、私有権の侵害ですぞ!」と代表団の某電機メーカーの社長は真赤になってどなった。「会社の倉庫にある資材を強制的に買い上げる――買い上げるとは聞えがいいが、体のいい没収ですな。買い上げ証をわたすだけで、手形一枚書くわけじゃないんだから。それでもかまわん。資材の供出を求められれば、公共の福祉を思って無償提供してもいい。しかし目下建設中の新工場まで――その設備まで解体して、供出せいとは何事ですか! あんたらは会社をつぶす気か!」

「解体するのは旧い設備でもかまわない、と申し上げているんですよ」辛抱強い口調で、最高会議の経済担当メンバーは言った。「あなたの所の生産量はどのくらいあるんです? 一社で0内地域を賄って、あまりあるじゃありませんか。新設備が出来たら、その製品をどこへ売るんです。馬に食わせるんですか? また製品を作ろうと思っても、原材料は我々の管理下にあります」

「生産量は大幅に削っていただかなくてはならん。メーカーは統合していただくのが一番ですな」と会議首席が言った。「我々には資材が必要なんです。それもこのせまい地域内だけでやりくりしていかなきゃならん。資源を輸入できないとなると、不要分を必要面へまわすより仕方がない」

「我が社の製品を不要だとおっしゃるんですか？」

「当面はね」と担当メンバーは言った。「水力発電用の機械と、今ある重電機設備の補修用を除いて、ほとんど新しいもんはいらん。――まあ何ですな。他社や外国と競争をする必要もないから、かえって気が楽でしょう」

「一体その物体とやらはとり除くことが出来んのですか？」と商工会議所会頭がきいた。

「どうも腑におちん。O外地域との交通や通信はどう手段を尽してもとれんのですか？」

「今のところ、完全に絶望ですな」と首席は言った。「学者が総がかりで研究しています。しかし百キロメートルのトンネルを掘るには大変な手間がかかるでしょう」

「しかし、いつかは、我々が世界経済に復帰する日が来るにちがいない」機械メーカーの社長が言った。「そうなった暁には、我々は世界の技術的発達からとり残され、最後進国になっているでしょう」

「その点についてはプランがあります」

科学技術担当の会議メンバーが言った。

「みなさん、自由競争こそが科学技術を発達させる道だと、本気にお考えですか？　うぬぼれないで下さい。各社は自由競争のために重複した研究設備を持ち、パテントで技術の独占や、他社技術のつぶし合いをやってきた。外国技術導入合戦の泥試合ぶりはどうです？　高いローヤルティを払って導入した技術や設備のもとをとりかえすためにまだまだ使用できる資源や設備を、強引につぶすようなことをして来た――一社が新しい機械を輸入すると、他社の旧設備はコスト的に引きあわなくなって、スクラップになる。新製品について大衆の購買欲をあおり、スタイルは古いが立派に使える品物を廃棄処分にする。自由競争は、生産の規模を拡大するが、同時に大変な資源と生産力の浪費をともなうのです。企業間の競争には、戦争と全く同様の無益な消耗が伴います――現段階においては、そういう無駄な浪費は生命とりです。O内地域の生産と配分は、完全に無駄のないように、計画的に運営されなければならない。また、科学技術については、各地研究員が統一的に能率よく研究出来るようなシステムを予定しています。この研究の総合的主題はただ一つ、――いかに少ない材料でもって多くのものを作るか、いかにして今まで放置されていた天然資源から、効率よく生産材を作り出すか、いかにして今まで利用されていなかった天然エネルギーを有効に使うか……」

「我々の株主や従業員は？」

「大丈夫、政府がちゃんと食わせてあげますよ。たとえあなた方が月給を払えなくてもね」

「私有権の侵害については、裁判に訴えます」と重電機メーカー社長は言った。

「非常事態宣言によって、政府の特別権限が認められていますよ。――どうかあなた方も、所有するという幻想から離れて下さい。――あなたは、会社を所有していますか？」

「調査は進展しているか？」

大隈教授は、静岡県国府津（もと神奈川県）の物体調査隊本部の三伏教授へ電話した。

「一向にね――。物体Oが何で出来ているか？　さえ、まだわかってない。何だか非常に妙なものだ」

「うらやましいよ。僕もこんなつまらんことに首をつっこむんじゃなかった。――君は要領がいい」

「つまらんことがあるか。頑張って委員会の尻をひっぱたいてくれ」

「一度ぜひそっちへ行くよ。もう一度物体を見たいんだ」


配置転換には相当な抵抗があった。予想されていたように、右翼と保守党地方組織の政府反対声明が発せられ、反政府活動が始まった。だが、政府は労働大衆にバックアップされ、軍隊と報道機関をにぎっていた。経営者より先に、まず労働組合の説得を行った政府のやり方は基本的に正しかった。労働大衆は賃金支払いをストップされたが、政府からは食糧の保証を受けた。食糧は、無料切符制になり、飲食店へ行けばどんな種類のものでも無料で食べられた。そのかわり、食品を買うことは量的に相当きびしく制限された。一方政府直営の食堂もどんどん開設された。五月分からの家賃は特別免除されることになり、乗物も無料になった。交通業者は無論猛烈な反対をやったが、労働組合が乗物を動かしているのでどうにもならなかった。

鉄鋼業の大部分は、自動的に生産停止状態にはいり、それに続いて機械、自動車、電気関係の企業が次々に休止状態にはいった。政府はこれらの業種を整理し、新たな生産目標をきめた。機械生産は五分の一、自動車生産は、八分の一の規模とし、かわって鉄鋼材料の主要使途を建設にあてる。セメントは材料豊富だから問題はないとして化学工業は繊維を主とし、一部食品工業への転換をはかった。

最も重点をおいたのは、石炭と農業だった。石炭は今や唯一のエネルギー源として急に脚光をあびた。しかし東北、北海道は0外地域なので、九州にのみたよらねばならず、このうち何とか今までどおり生産を続けられるのは筑豊炭田だけで、唐津炭田は二十五％、三池炭鉱にいたっては、0の落下による落盤のため、坑道を殆んどほりなおさなくてはならなかったが重工業生産の大部分はこの石炭発掘にむけられた。

「傾斜生産だな」と中道政党の政治家はぼやいた。「片山内閣時代を思い出すよ」

電力は重油燃焼をやめて、再び水力と石炭に依存しなければならなくなった。もっとも工業生産の低下で、大幅な余剰電力が出来たが、微粉炭燃焼炉の効率改良、海流発電や、太陽エネルギーの利用が真剣に検討されはじめた。原子力はウラン資源の不足と、せまい地域内における廃棄物処理のむずかしさのため検討されなかった。鉄鋼生産が縮小したのでガス会社で出来るコークスを燃料として発電する方法も考えられ始めた。

農業問題は最も深刻だった。0縁辺地域では実に日照時間が半分にもなるのである。九州、北陸、東海各地方の稲は、殆んど絶望視されていた。辛うじて中国、四国、近畿、それに濃尾平野の穀倉地帯で、例年の六―七割の収穫が予想された。不足食糧を輸入するわけにもいかず、目下のたのみは備蓄食糧と、収穫期にある麦のみである。政府は海運会社に一部大型船の漁船転用と、食用家畜類の増産を命じた。――もっとも食糧問題は、当初予想されたものほど深刻でないことが、後に判明した。しかし政府は、寒冷地用秋蒔き小麦の栽培、クロレラ食用化や、砂糖輸入途絶に対して、木材糖化などの本格的研究を始めた。酒、アルコール類の製造が大幅に削減されたのも無理からぬことであった。大豆の不足で豆腐が貴重品になり、またもや合成醤油が幅をきかせ始めた。

「戦争中を思い出すな」と中年の夫は朝食のとき、妻に言った。「俺達、あの時分は育ち盛りだった」

「ずいぶん辛かったでしょうね」

「今よりずっと辛かった。――だけど、生活に張りがあったみたいだな」

「若かったからよ。きっと」

「いや、それだけじゃない。何と言ったらいいか、みんなに共通の闘う目標があったんだ」

そう言って彼はアパートの窓から、空を区切る白銀色の壁を見やった。「今度はあいつが目標になるかも知れない」

小田原でセスナを降りた大隈教授は、今いるヘリコプターが故障のため調査本部まではジープで行かなければならないことを知った。ジープが出る時間を待つ間、教授は少し小田原の町をぶらついた。

ここまで来ると、物体は、人間の精神にまで変型をあたえるような巨大さをあらわしていた。ここでは空が半分しかなかった。午前十時だったので、空の半分は夜だった。しかも、Oの巨大な壁が、天空を区切っている天頂部には、星が見えていた。市中は薄暮の明るさだった。西の方には既に明るい昼があり、顔を反対にむけると、夜の暗黒がある。夜といっても、正常な夜の暗い透明さはなく、分厚い、不透明な物質の夜だ。何か強い力で、その暗黒の壁にギラギラ押しつけられているような、或いは頭上から巨大な塊に押しつぶされそうな不快感がつきまとってはなれなかった。街角を東へ曲ったとたんに、教授はコンクリート塀に鼻をぶつけたような感覚におそわれて、思わず眼をつぶり、後ずさりした。だがそれは五キロ先にそびえる物体にすぎなかった。南北の道を歩いているといつも顔半分に何か黒いものが張りついているような感じがして、自然に物体側の眼をくしゃくしゃさせるのだった。

(ひどいものだ)と教授は思った。(これじゃみんななしくずしにきちがいになるぞ。——閉所恐怖症(クラウストロフォビア)の連中なんか大変だ)

街は森閑としていた、方々に地震でくずれた家があり、それがほったらかしになっていた。街路には街燈がうつけた光を投げかけ、時折り自衛隊のトラックのヘッドライトが通りすぎるだけだった。市民の大部分は、物体が落ちかかって来る恐怖にとらわれて、町をすてたのだった。——それも無理からぬことだ、と教授は思った。ここは文字通り、世界の涯てなんだから。昔世界の涯てにそびえ立つ壁のことを書いた詩を読んだことがあった。それを思い出しながら、教授は象徴と事実の差に、戦慄を感じた。詩人のイメージは透明で美しいが、事実としての壁は淫猥で、兇暴で、かぎりなく邪魔だ。——声を聞きつけて近よって見ると、一軒の家で、蠟燭をかこんだ十人あまりの人間が、しきりに何かを祈っていた。中央では白髪をふり乱した老婆が、眼を光らせ、泡を吹いて大声で何かを唱えていた。祈る人達は、まるで追いつめられ、狂った小動物のように惨めに見えた。

（しようがないことだ。あの人達が悪いんじゃない。——しかし勇気がないということは、あの人達の罪であり、同時に罰でもあるんだ）

ある崩れた建物の下に、すでに腐りかけた死体が放置されてあるのを見て、自衛隊に知らせてやろうと思った。とある路地では、虚ろな眼の、ぼろ服をまとった若い娘が、裸足で歩いて来るのに、行きあった。彼女は教授を見向きもせず、しっかりした、しかし明らかに狂った足取りで歩み去った。

駅前近くで一軒、音楽をかけている喫茶店を見つけて、教授は一休みした。中にはいった途端に、汗の臭いと物凄いリズムのジャズと、気狂いのように踊り狂う、汚ならしい若者達を見てちょっとためらったが、そのまま一番隅の目立たぬ席に坐った。向いに憂鬱そうな、青白い顔の青年がいた。

「煙草持ってませんか？」と青年は物倦（ものう）そうに言った——煙草も輸入が途絶えたために、ひどく窮屈になったものの一つだった。政府は近々代用品を出す。バットを咥えてふかしながら、青年は顎で騒いでいる連中をさした。

「みんな絶望してるんです。──もう何もかもおしまいだって……」

馬鹿な奴らだ、と教授は思った。

「そう簡単にはおしまいにならんよ。日本人はなかなか大した国民だからね」

「そうですか……」と青年は呟いた。「おしまいじゃないとしたら──ますます絶望だな」

青春の絶望とは要するにないものねだりだ。水爆が落ちるからと言って絶望し、落ちないからと言って絶望する。戦争があるからと言って絶望し、戦争も革命もないからと言って絶望する。

「あなた、何とも思いませんか？」と青年は熱心に言った。「僕達の絶望がわかりますか？──こんな若いのに僕達は閉じこめられちまったんですよ。もう何の可能性もないんだ」

「僕はもうじき五十になるが、外国には、一週間しか行ったことがないよ。人間がその可能性を発見するのは、地域に関係はないさ」

「あなたにはわからないんだ」と青年はくり返した。「何もかもおしまいなんだ。僕達こんなに若いのに、あの物体に食われちまう。僕達運が悪いんだ」

青春とは女に似ている。誰からも特権づけられないので、自らの不幸を仮定することによって特権づけなければならない。──絶望した連中が、しばしば教授をうんざりさせるのは、その頑迷な保守性によってだった。衣裳としての絶望ほど古くさいものはない。

自衛隊のジープにのった時は、正直言ってほっとした。自衛隊の若者達にとっては、物体は魂の中枢を腐蝕する象徴的存在ではなくて、彼等の外部にある、闘うべき対象だった。それは「物」にすぎず、彼等はそれと闘わなければならなかったが、彼等を恐れもさせず、絶望もさせなかった。彼等の精神は、その物体と向いあうことによって、かえって目ざめさせられ、自己自身を見出したようだった。

「トンネルがほれませんかね？」と運転をしている若い自衛隊員はきいた。

「考えてるよ。もし物体の性質がはっきりしたらやってみるつもりだが、何しろ百キロもほらなきゃならない。ここから直線距離でほって、九十九里浜ぐらいまで掘らなきゃならないんだ」

「浜松からストリッパーを呼んで来て、全ストをやらせてみたらって、みんな言ってるんですがね」

「娯楽が少ないの？」

「そうじゃない。天の岩戸ですよ」

二人は笑った。

「物体はどんな航空機やミサイルも遮ってしまうって、ほんとですか？」

「本当だよ」教授はクスクス笑った。

「どんな外敵の侵入もあり得ないさ」

「物体のおかげで我々飯の食い上げだ、なんて言ってましたがね。——戦争よりも、このO号作戦の方がよっぽどはりがあります」

まま子あつかいされていた彼等も、今は自分達の存在意識を発見したわけだ。

国府津市にはいる所で、日の出が見られた。突然中天に明るい光斑が現われ、今までぼやけていた０物体の上縁が、一瞬間鋭いナイフの刃のような黒い直線となってはっきり見えた。光線は天頂から二百キロをまるで滝つぼのように、まっさかさまにすべり落ちて来た。眼もくらむような激しいハレーションが０の垂直面にそって起った。あたりの風景は突然真昼の光の中になげこまれ、小鳥が鳴き出し、鶏がときを作り、木々の緑が輝いた。――そして津波に洗われ、地震で潰滅した惨憺たる市街が眼前にひらけた。すぐ北の丹沢山塊は、まるで地形が変ってしまっていた。大山と丹沢山は、削りとられて消滅し、塔ヶ岳は東面に赤肌をむき出して、約三百メートルほど高くなっていた。相模湾は真鶴からほとんど真東へ直線をひいたように隆起してしまい、海岸線は国府津より十五キロも南へ移動してしまっていた。大隆起した丘の上に、テントとかまぼこ型兵舎が立っていて、そこが調査本部だった。丘の麓におりたった時、かなり強い地震が足もとをゆさぶった。二キロほどはなれた丘陵地の上から、土砂がスローモーション映画のようにゆっくりなだれおちて行くのが見えた。

「命の洗濯においでなすったな」

泥だらけの長靴にゴムの合羽といういでたちの長軀肥満の三伏教授が、小男の名古屋大の友部教授とならんで血色のいい顔を見せた。

「とんでもない。視察だよ」

「いざまずこれへ。検察官（インスペクター・ゼネラル）どの」

「これを着たまえ」と友部教授が合羽をわたした。「ぐしょぬれになるぜ」

丘の頂きから急勾配のスロープが、眼下の泥海へ向っておりていた。泥海の中から、銀灰色の物体の壁が、それこそ天をつくようにそびえたっていた。南北も上方も、もうもうと渦まく水蒸気に包まれている。

「ここは妙な気候でね。暑いのか寒いのかわからん。とにかくやたらに霧と雨が多い」

「真夜中の間に、この物体には氷がはりつめる」と友部教授は説明した。「熱伝導は非常に悪いんだ。何か非金属物体みたいだね。物体の最頂部が太陽であたためられ出すと、氷がとけ出す。今どしゃぶりが上ったところだよ」

「まだ正体をつきとめたわけじゃないんだろ」

「名古屋大に試料を送ってあるがね。冶金屋と物理屋が手こずっているらしい」

物体の表面を滝のように水が流れおちていた。高さ二百キロ、横幅は無限の大瀑布だ。物体の上部は超高空にあって、空気のクッションなしに直接輻射によって熱を吸収したり放散したりしている。それが近辺の気候に激しい変化をあたえているのだ。

「あの泥海の真下が二宮市だ」三伏教授は指さした。「先週はまだ建物のごく一部が見えていた。だが今は沈下してしまった」

「本部も三日前に後退させたところだよ」と、友部教授は肩をすくめて言った。「物体のものすごい重量のため、地盤がぐんぐん沈んでる。一日約五センチのわりで物体は沈下してるんだ」

「するとトンネルを掘るのは絶望だな」

「まずだめだね。――物体に穴をあけるのは、かなり困難だが不可能じゃない。何と言うか、硬いがもろい粒子で出来ている。セメントよりはだいぶ丈夫だよ」

自衛隊の上陸用舟艇が泥海の中を走りまわっていた。泥海の真中が急に泡立つと、ざっと水を切って現われたのは、何と潜水艦の司令塔だった。

「海はここまではいりこんで来ているんだ」と三伏教授は説明した。

大隈教授はじっと泥海を見つめていた。この物体に蔽われたすぐ向うの美しい海岸沿いの町々が、眼蓋に浮んで来た。大磯は目と鼻の先だったはずだ。それから平塚、茅ケ崎、藤沢、鎌倉、逗子――みんな平和で美しい町だった。学生時代、一と夏を葉山ですごしたこともあった。三浦半島の油壺の、眼にしみるような海の青さ、白い燈台……。

「正直言って、お手あげといきたいところだ」と友部教授は嘆息した。「こんな事になった原因も、こいつが何かということも、皆目、見当がつかん。従ってどうしたらいいかもわからんと言うわけさ」

「とにかくこの物体は、落下して来たんじゃないことは確かだ」と三伏教授は言った。

「うん」と大隈教授はうなずいた。「そいつは第一回の調査の時も同じ結論だったよ。こんな大質量の物体が、もし地球の引力にひかれてもろに落下して来たんだったら、この程度のことじゃすまんはずだ」

「とすると、この物体は、何もない空間に突然出現したと考えるよりしかたがないな」

「そうなると物理学の常識じゃどうにもならん」友部教授は、ぼやいた。「幻想の領域に属するよ。シュールレアリストや宗教家に原因をたずねた方がいい」

「存外新しい空間論展開のきっかけになるかも知れんぜ。君ん所の基礎物理研で、誰かやってないか？」

「Y教授の弟子に、場理論の秀才はいるがね」大隈教授は首をふった。「アインシュタインほどのマッハ主義でないにしても、何か実際的な手がかりがないことには、いかなる理論も展開できんよ」

「三伏先生、名古屋大から連絡です」

かまぼこ兵舎から出て来た自衛隊員が叫んだ。三人は兵舎へ帰った。

名古屋大学と調査本部の間には、テレビの往復回線が開かれていて、受像器には冶金学の西田教授の顔がのっていた。

「つきとめたか？」三伏教授は単刀直入にたずねた。

「五里霧中だ」西田教授は猪首をふって答えた。「あの物質はいかなる化学薬品とも恐ろしく緩慢にしか反応せん。いくら熱してもなかなか融けない。比熱が猛烈に大きいんだ」

「枚方(ひらかた)の超高温研究所にたのんでみたか？」

「衝撃波でやってもらったが、熔融せずに微粉末状になったらしい。――冷えて来るとその微粉末がまた固まっちまうんだ」

「もっとほかの性質はどうなんだ？」

「比重は大体重金属――銀と同じ位だ。それから厄介なことに、電子顕微鏡が役に立たんのだ」

「何故だい？」

今度は若い三浦助教授の顔がうつった。

「物質構成粒子間に電場が形成されていて、電子流が散乱されちまうらしいんです」

「ガンマ線でたたいて、霧箱写真をとってみたらどうだ？」

「それもやってみましたがね。――うちの線型加速器(リニアック)でたたいてみても反応なしです。何の粒子もとび出して来ません。加速粒子はつきぬけるか、はねかえされるかです」

三伏教授は薄くなった頭をぼりぼりかいた。

「お手上げか」

「ふつうの金属顕微鏡でとった写真がある。見せようか」

西田教授の顔が消えると、顕微鏡写真がうつり出した。百倍、二百倍、五百倍、千倍、と教授の声が説明する。どれもひどくとりとめのない像だった。

「結晶らしくは見えるがな」と三伏教授は呟いた。写真は次々に変った。

「ちょっと！」突然友部教授は叫んだ。

「今うつってる奴から三枚前の写真、もう一度見せてくれ」

スライドがもどって、画面が固定した。

「これはどうしたんだい？」

「紫外線を使って薄片の透過写真をとったんだ」

「右上に現われてる斑点は？」

「こいつは失敗したんだ。――光暈（ハロー）みたいなもんだろう」

「あの斑点の形は、――何だか見た事がある。思い出せんが……」

友部教授は拳を額にあてて、歯を食いしばった。三伏、大隈教授も画面を見つめた。

「似ていると言えば……」と西田教授が呟いた。

「ラウエの斑点だ！」友部教授と三浦助教授が同時に叫んだ。「冗談じゃない、X線じゃなくて紫外線を使ってとった写真だぜ」

「いいから、X線回析写真の要領でとりなおしてみろ」友部教授は言った。「こいつは、超常識的物質だ。普通のやり方じゃだめだ」

通話が終ると、大隈教授たち三人は再び外へ出た。

「とんでもないことになりそうだな」と友部教授は呟いた。「僕は教授を辞職したいよ」

「ところで結論的に言って、トンネルは望みがないんだな」と大隈教授は言った。三伏教授はうなずいた。

「海底の深い所――日本海溝にそって、物体の下をくぐるという手はどうだい」

「さあ、どうかな」三伏教授は気のり薄に言った。「平均高度二千メートルの三国山脈が完全にちょん切られるんだからな。海底といっても、四、五千メートルの深さで、通路を探さなきゃなるまい」

ね。あれなら六千メートルまで潜れる」

「神戸で深海用潜水艦を建造中だ」と大隈教授は言った。「水産庁の造りかけていた奴だが

「その深度で百キロメートル潜航出来るかい」三伏教授は言った。「通路を見つけてもぐってみても、奥は行きどまりかも知れん」

「とにかくトンネルがだめなら、上か下をこえることを考える。今度観測船を出すことになったんだよ」大隈教授は雲におおわれた水平線の上にそびえる、黒い壁を見やった。「観測機が南方海上で物体の壁が一部変型している所を見つけたんだ。そこは峡谷のようになっていて、行きどまりでは、物体の高さが半分以下だというんだ」

「本当としたら、のぞみなきにあらずだね」三伏教授は何故か憂鬱そうに呟いた。

ジープの方へもどりながら、大隈教授は友人の肩をたたいた。

「君、まさかこの物体が好きになったわけじゃないだろうな」

「閉鎖状態は好きになったかも知れんな」と三伏教授は言った。「何でもそうだが、小さい区域を区切ると、その中では何もかもきちんと整理がつく。――この頃では、物体が、現われた時みたいに不意に消滅しちまわないかと思って、その方がよほど不安だよ」

大隈教授は立ちどまってじっと三伏教授の顔を見つめ、腕をたたいて言った。

「なあ君、局限状態というのは、結局特殊なケースにすぎんよ。一種の僥倖みたいなもんだ。特殊から一般へ、局所場から非局所場へ、と我々はいつも考えなきゃならん。――そして歴史の領域においては、僕達は大抵シジフォスかタンタロスなんだということを、覚悟しとか

なきゃなるまいな」

＊

　物体外地域でも、Oに対する研究は進められていた。O外地域の政治状態はもっと困難だった。臨時政府は北海道におかれたが、東北と北海道との間は行政面での対立が、深刻になった。ソヴィエトはOの調査と、災害援助のためと称して、大量の船舶を近海に送った。米国はソヴィエトの侵略をおそれて、在日米軍を強化した。日本政府の喪失を理由に、治安維持協力の名目で、軍政をしこうとする動きさえあった。困難な政治経済状態のために、米国へ援助を依頼するより、むしろ米国に帰属したらという議論が出て来た。ソ連が米国の動きを、他人の災難につけこんで、その家を奪おうとするものだと言って非難した。国内では左右対立が強まり、政情は混乱した。物体Oの破壊のために、水爆を使おうと言う提案を国連で米国がした。しかし内部への影響が憂慮されてこれは却下された。

＊

　物体内ではすべてが順調にいっていた。食糧需給も安定し、政府の経済計画も軌道にのり出していた。——大隈教授は海上保安庁の観測船「函館」に、深海探検船「わだつみ」と飛行機を積んで出港しようとしていた。

「天候はどうです」大隈教授は気象観測士にきいた。

「台風が、発生しますよ」若い観測士は、にやにや笑いながら言った。「強い南風が吹いてるでしょう」

「大丈夫ですかな。私は時化(しけ)にあまり強くないんでね」

「大丈夫です。——台風は日本海に発生して南下して来てるんですからね」

「何ですって？」教授は目を白黒させた。

「地軸が二十三度半傾いているでしょう。だから物体Oの北部の内縁は、常に日が当っているが、南方の海上には、一年を通じて全然日の当らない地帯が出来るんです。おまけに、北方では物体Oの太陽光線反射熱が、大変なもんですよ。焦点海域では冬でも裸でなきゃたまらんでしょうね。そこで気象配置が逆になって、暖い北風が吹いて、冷い南風が吹くんです」

　太陽が斜めからさしてくれるということの有りがたさを、これほど痛切に感じたことはなかった。緯度がもっと北だったら北極附近だったら、真横ちかい角度から照射される太陽光線が、円筒内面で反射されて、焦点を結び……。考えただけで教授は冷汗をかいた。

　観測船は神戸港を出航して一直線に北緯三十度附近まで南下し、そこから物体と約五十キロの距離を保ちつつ、内面にそって東側を北上した。東経百三十九度二分、北緯三十二度八分附近で物体面に巨大な切れ目が見え出した。そこで物体は半径二十キロほどのカーブをえがいて壁面に切れこんでいた。「峡谷」の幅は約百キロ、両側の壁は平行で、奥行きは約二百五十キロ乃至(ないし)三百キロあった。

「壁のそばへ行くと何だかのしかかられるみたいですね」と若い観測員は首がいたくなるほどふりあおいで言った。

「そう思うのは、錯覚でも何でもない。事実なんだよ」と教授は言った。「物体の壁面は鉛直線に対して約五度、内側へ傾いているんだ」

「へえ、それじゃ物体は完全な円筒形じゃなくて上ですぼまった円錐台形をしてるんですか？」

「おいおい、しっかりしてくれなくちゃ困るよ」と大隈教授は笑った。「この五度の傾斜こそ、物体が完全に円筒形をしていることを示しているんだ。海水の方が球面になっているからだよ」

観測機を先行させせて、「函館」は峡谷部にのり入れた。正面では、明らかに物体の高さが、峡谷の幅の間だけ低くなっていた。

「この附近では、物体の高さが一般に低くなってますね」六分儀を手にした観測員が言った。「大体百五十キロぐらいです。海底へめりこんでるんでしょうか？」

「あの正面の低くなっている所の高さは？」

「高さ百キロ」と観測員は言った。「ねえ先生、あの正面の部分は他の部分とちがって色が変ってますね。黄色です」

「色だけじゃなくて、形も大分かわってる」教授は双眼鏡をのぞきながら言った。「みたまえ、非常に規則的な凸凹がある」

双眼鏡で見るまでもなく、正面の黄色の部分には、等間隔の溝が、上下に何本も走っていた。溝は殆んど平行だったが、鉛直線に対して約十三度傾いていた。

「緑色の斑点もありますね」と観測員は言った。「それに、正面の壁は、こちらへ向ってつき出している」

近よるにつれて黄色の壁は空高くのしかかっていた。波が荒くてあまり傍には近寄れなかったが、最下部に水面に対してほとんど三十度近い角度でつっこんでいた。溝の山の高さは谷から約二十キロメートル、山と山との間隔は約十七キロメートルあった。

「観測機が何か言ってますよ」と、観測員が教授の袖をひいた。

……何ダカ、ネジミタイニ見エル……

「全くネジみたいに見えらあ」観測員は笑い出した。

「ネジかも知れんぞ」大隈教授は呟いた。

「冗談じゃないですよ、先生。――これは人工のものなんですか？」

「人工とも天然とも言えんで……、しかしこの正面のカーブは、完全に円弧の一部だよ」

「わだつみ」が潜水した。しかし正面の黄色い大円柱の下部は、小笠原海底火山脈にしっかりくいこんで、外部へ脱出する所はなさそうだということだった。

教授は調査本部の要求によって、観測機を高度五千メートルにとばして中継させ、マイクロウェーブで、写真や情報を電送していた。峡谷に滞在して四日目、調査本部から緊急電話があった。

「大隈君、君は顕微鏡写真を送ったか？」

「そんな気のきいた装置はないよ」と大隈教授は言った。「ありゃみんな航空写真さ」

「AFDの八二三Bという奴を見てくれ」

教授は写真を見た。白い物体壁の中途に、何か光っているものがうつっている。

「何か四角いものがうつってるね」

「西田君は結晶じゃないかと言ってるんだが……」

「冗談言うな、一辺数キロメートルはあるぜ」

「あしたもう一度写真をとって送ってくれ」

翌日は船をまわして、その光り物のある地点へ行き、教授自身が飛行機にのりこんだ。高度三千メートルの所で、壁面にキラキラ光るものが見えた。

「あんなのは、これが初めてじゃありませんよ」と操縦士が言った。「四つ五つありましたよ」

「そこへまわしてくれ」

その日教授は六枚の写真を送った。翌日は船を東北部へまわし、物体の外側にある直径三百キロメートルの半球型物体の反射光線スペクトルをしらべて調査を切り上げた。薄い緑色、半透明で角度によって玉虫色が変化する。

「きれいだわ」と教授に随行した若い秘書の娘がうっとりした眼付きで言った。「まるで宝石みたい……」

「女とは、わきて罪深き性なるかな……」

と教授は呟いた。

「四千万人の同胞を破滅の淵に追いやり、何千人の学者に自信を喪失させ、発狂させようという物体を、きれいとおっしゃるんだからね」

「あら先生、私、そんなつもりで言ったんじゃありませんわ」娘は口を尖らせた。

夕刻には焼津へ入港することになっていたが、教授は船室にとじこもって、船内の木工室にスケッチをわたしておいた物体Oの模型が出来上るのを待って、一眠りした。午後三時頃、直径一メートルほどのモック・アップが運びこまれて来た。

「これが丁度十万分の一の模型だよ」とあちこちにカリパやデバイダーをあてながら教授は傍の助手に言った。「一体何に見えるかね」

「フラフープですかね」と助手は首をひねった。「この切れ目が妙だな」

その時、三伏教授からまた緊急電話がかかって来た。大隈教授は船室に電話をつないでもらった。

「きのうは六枚の写真をありがとう」と三伏教授は日頃の皮肉さに似ず、興奮を押え切れぬ声で言った。

「何か結論が出たかい？」

「出たよ。――これが結論と言えるならね。あの六枚の写真を西田君が検討して、確言したんだ」

「一体あれは何だい？」

「簡単な単軸結晶さ」

「結晶？」と大隈教授は叫んだ　「あれ一つで百立方キロメートルもあるんだぜ！」

「わかってるよ。――銀の結晶だと太鼓判をおしたぜ」

「銀だと？　だって熱伝導や熔解度が……」

「驚くな。阪大では、銀の原子核の顕微鏡写真をとったぜ」

大隈教授は言葉もなく、ただわなわなとふるえていた。

「しっかりしてくれ。原子核の直径は、普通どのくらいある？」

「10のマイナス12乗センチ」

「そう。ところがこのすてきな銀の原子核は2×10のマイナス3乗センチもあるんだ。実に五千万倍の大きさだ――。例のラウエ斑点をしらべても、どんぴしゃりだよ」

大隈教授は返事もせずに電話を切った。助手を追い出すと、ソファーにどっかと腰をおろして、親の仇を見つめるような眼付きで、模型を見つめた。そして、傍にあった水を何杯ものんだ。ところがそれが水でなく、助手秘蔵の合成焼酎だったので、忽ち船室はびっくりハウスよろしく、ピッチングやローリングをはじめた。そのうち壁がぐにゃぐにゃに見えはじめ、ソファーやデスクが妙にいろっぽくなり、ヴァンプやグラインドをやり出した。

「銀――五千万倍か……」

百ぺんも同じ科白を繰返してから、教授はボールペンをとり上げた。

「この模型は、まだでかすぎるわけだ。――普通の大きさにすれば……五千万分の一……」テーブルクロスの上にいくつか丸を描いただけで、教授はつっぷしてしまった。

誰かに揺り起されて、やっと眼をさました時は、船は停止していた。

「先生、焼津につきましたわ」と秘書の娘が教授の肩をゆすっていた。

「いやだわ、先生、頬ぺたに丸が一ぱい描いてあるわ」

教授はガンガンする頭をふって、ようやく顔を上げた。模型を見、惨憺たる有様のテーブルクロスを見、華やかなワンピースを着た娘を見た。「へへェ、満艦飾だね」酔ったところをさとられまいと、教授は無理なお世辞を言った。

「ええ、調査本部に彼がいますの」娘はぽっと赤くなって、向うを向いた。「迎えに来てくれてるはずなんです」

「ちょっと！」教授は眼をむいて小さく叫んだ。「ちょっと横を向いて」娘はびっくりして立ちすくんだ。教授は娘の横顔と、テーブルクロスの上の円や数字、そして模型とを何べんも見くらべた。

「そんな馬鹿な！」教授は金切声で叫んだ。「そんな馬鹿な！」

今度こそ教授の髪の毛が、引力に逆らって一本残らず突っ立った。――ドアからいきなりとび出して来た教授につきとばされて、助手は脳震盪を起したし、教授自身も欄干を越えて海へとびこむところを、やっと水夫に押えられた。

「大学教授なんて、常識のないもんだな」その水夫は後で仲間にぼやいた。「せっかちにもほどがあらあ、上層甲板からひとまたぎで、桟橋におりるつもりだったんだぜ」

翌年二月十日、物体Oは、出現した時と全く同じように、何の前兆もなしに突然消え失せた。そして突如消えうせ、この大質量の反動として西日本全体は、恐るべき大暴風雨と、地震と津波におそわれた。非常にうまくいきかけていたO内地域の政治経済――連邦制と自給自足（アウタルキア）体制も烏有（うゆう）に帰した。惨憺たる災害がおさまってみると、西日本の人口は三分の二になっていた。人々は潰滅した町々の所々により集って、呆然とした視線で周囲を見まわしていた。――十カ月にわたって彼等の世界を区切っていた、高さ二百キロの壁は、もうなかった。しかしそれが一片の悪夢ではなかった証拠は、中部地方と東北地方の間に横たわる幅百キロメートルの洋々たる海峡――もとは関東地方とよばれていた海峡があった。

世界各地から救護の手がさしのべられた。北海道のO外地域臨時政府は、残存全地方の代表政府たることを声明した。それに対して旧O内地域は、何の反応も示さなかった。今度は徹底的な破壊をこうむった京都市内において、O内連県政府の最高会議メンバーは倒潰した府庁官舎と全員運命をともにしたからである。三伏、友部両教授初め、国府津の調査本部のメンバーも行方不明になった。――また復旧作業が始まった。旧O内地域の人々は、長くその虚脱状態から目ざめなかった。日本は終戦直後の状態にまで生産が落ちた。しかしすべては物体O出現以前の状態に復する兆を見せ始めた。産業は再開され、株式取引きは、ダウ百五十円の線から再開された。人々はまた黙々と苦難に充ちた再建の道を歩みはじめた。――

だが日本がかつての東洋一の工業国としての地位を再び獲得する日が来るかどうかは、誰も予想できなかった。

本州は二つの島になり、物体のあった海峡は、昔をしのんで関東海峡と名づけられた。命名式の日、両岸には人々が集り、海峡へ向っててんでに手にした花束を投げた。死んで行った数千万の人々の霊をとむらう幾百もの花束は、風の吹きすさぶ暗い海に浮んでゆっくりと南へ流れて行った。碑が建てられ、海峡生成の由来が刻まれた。「人は災厄に逆らえない。――しかし災厄もまた人をほろぼし去ることは出来ないだろう」と碑文はむすんでいた。

人々は関東海峡という名より、「O(オー)の海」と呼ぶ方を好んだ。連絡船が二つの島の間を通い始め、二つの地方を結ぶ、大吊橋、または、大海底トンネルの計画が発表された。しかしそれすら十年先のことだった。

東京とともにほろび去った天皇制について、人々はさしたる感慨を抱いていないようだった。四月二十九日の天長節に代って、四月二十八日が「O(オー)の日」として、国民的記念日にきめられ、この日は各地で物体Oのために死んで行った人々の霊をとむらう祭典が行われた。それでなくても、0(ゼロ)と言う数字は、その形でもって災厄の日の記録を長く人々の間にとどめることになった。

幸運な人々とともに生き残った大隈教授は、五月の――あの災厄の日から丁度一年と十日あまりたったある日、知り合いの素封家(そほうか)の家をたずねた。閑談の数刻をすごしている時、彼は茶菓をはこんで来たあどけない顔付きの女性に紹介された。

「家内です」と主は言った。

「普段着のまま、失礼をいたします」と私服の女性は腰をかがめた。

「大隈先生は、ほれ、あのOの調査をされてたんだ」

「おかげですっかり白髪になりました」

教授は苦笑して、真白になった頭をなでた。

「ずいぶんひどかったんでございますってね」

「お宅は被害はなかったんですか」

夫人の妙に他人事(ひとごと)めかした言い方をききとがめて教授はきいた。

「ええ、うちは幸い嵐も地震も……」

「ここは先祖代々の土地でしてな」と主人は言った。「ずい分前に地相を卜(ぼく)して、城邸を築いたそうですが、――昔の人はえらかったんですな。どんなにひどい台風や地震があっても、ここばかりは、草の葉一つたおれたことがない」

教授は鬱そうとおいしげった樹齢何百年という老杉の林を眺めた。木々の梢はそよとも動いていなかった。――そういえば下の道からこの丘へのぼって来る時、妙に非現実的な眩惑感におそわれたことが思い出された。しかし教授の眼は、外の景色より、若い夫人の横顔に吸いつけられた。

「いいイヤリングですね、奥様」

「あら、これ安物なんですのよ」と夫人は艶やかに笑った。

「こんな変な型のもの――主人が香港土産だといって買ってまいったんですの」

「だが、そのオパールは値打ちものなんだよ」と、主は言った。

「ちょっと拝見できませんか？」教授はふるえる声で言った。

「どうぞ――こんなものに御趣味がおありですの」

夫人は袖口から白い腕をのぞかせて、イヤリングをはずしてよこした。教授は指先につまんでそれをじっと見つめた。銀製の直径二センチ、幅四ミリ、厚み二ミリばかりの丸い輪、一端が切れて、小さな真鍮の留めネジがつき、ネジの頭側には径六ミリばかりのオパールが、七彩の光をにぶくはねかえしている。たった今つけていた美しい人の桜貝色の耳朶のぬくみが感じられるような、可憐な装飾品だ。――五千万倍と教授は早まる動悸を押えながら頭の中で計算した。――五千万倍。

「これ、片方を一年ばかり前、庭でなくしてしまいましたの」と、夫人は明るい声で言った。

「それがつい三カ月ほど前、また庭で見つけたんでございますわ。それ以来何だかいとおしくなって、こうやっていつもつけておりますの」

「お前がお転婆だからさ」と主は笑いながら言った。「水たまりにおっことすなんて」

――しかしもう教授は驚かなかった。今更驚いたって始まらない。何もかも無茶苦茶になったが、もう何もかも終ったのだ。

「今度は、おなくしにならないようにすることですな、奥さん」そう言って、教授はイヤリングをさし出した。――しかし本当は、自分がその逆のことを言いたかったのではないかと、ふと思って、軽い動揺を感じた。

神への長い道

1

しずまりかえった市街を、あてどなく歩きながら、足は、またあの〈神殿〉にむかってしまうのだった。

〈大通り（ブールバール）〉をまっすぐくだって行くと、〈公園〉の光と煙の噴泉の傍に、エヴァが脚を組んでひっそりとすわっていた。――音もなく、噴き上っては、四方にもつれながらおちる五彩の煙と、それに交錯する七色の光が、陽にやけたエヴァの頬を、淡い、複雑な色彩に染め上げ、黝（くろず）んだ空にかがやく青とオレンジ色の二つの太陽がつくり出す二重の影が、半透明の材料でつくられた広場の地面の上に、くっきりおちていた。

彼は、エヴァから少しはなれた所でたちどまった。

「またなの？」

エヴァは、その灰色がかった青い眼をあげて、抑揚のない声でいった。

彼はうなずきもせず、エヴァから、〈公園〉をとりかこむ、鋭い稜と曲線でできた上った建造物群へ、そして広場をつらぬいて、さらに下方の建築物群へとさがっていく坂へと眼をうつした――〈青い都市〉と、彼とエヴァが勝手に名づけたその都市は、凍りついた美しい夢のように、黒みがかった、雲一つない濃紺の空の下にひろがっていた。――無数の尖塔が青くかがやき、所々ピンクや琥珀色やうすいグリーンにキラリと光る屋根があり、一定の間隔をおいて、白い泡のようなドームがちりばめられている。すべて、オパールのような乳白色のかかった半透明の材料でつくられたその都市は、それ自体が巨大な宝石の堆積だった。――その都市は生きているものの気配をまったく途絶えさせていた。それは、美しい廃墟――というよりも、美しい、巨大な〈死〉の結晶だった。それをひとめ見たものは、その美しさに息のとまりそうな思いを味わい、そのまま自らもその結晶の一部と化してしまいそうだった。

しかも、この都市は、地球人の考えるような意味で、「建設された」ものではなかった。――都市をくわしくしらべた男はいった。――たしかに、プランがあり、何か知られていない方法でプロセスをコントロールされたのは明らかだが、この都市は、ある物質から、あたかも水晶群のように、結晶化されたものだ、と。

「連中は？」エヴァはポツリときいた。

「まだ、むこうの装置をしらべている」彼は、公園に立つ柱の一本によりかかりながらいった。

「それで、あなたは、またあの〈神殿〉へ行くの？」エヴァは、脚を組みながら、頬にかかる長い金髪を、ものうげにはらいのけた。「あそこに、何があるの？」

「いったろう――ミイラだ」彼は低い声でいった。「あるいは――仮死状態にあるのかも知れん。よくわからないが……それから……」

「あそこで、いったい何をさがしてるの？」

「わからない……」と彼は首をふって、柱からはなれた。「だが、何かありそうな気がする――どうせ、ひまつぶしだ」

「私を抱いてくれない？」エヴァは、たれかかる金髪を指でもてあそび、口にくわえながら、あいかわらず抑揚のない声でいった。「ここで……どこでもいいわ。ずーっと抱きづめに抱いていてくれない？――私は、することがないのよ。ここにいて……太陽が、ズルズルすべっていくのを、じっと体で感じているだけなの。――自分が、日時計になったみたいだわ。抱いてよ」

「そんなことして、何になる？」彼は冷然といった。「そんなことは――三千五百年前においてきちまった。今じゃ、やり方だって忘れちまったかも知れない」

「インポ！」エヴァは、何の感情もこめないかわいらしい声で毒づいた。

「いいさ――ひとりでオナニーでもやってろよ。それとも……」と、彼はふりむかずに足をうつしながらいった。「神殿へ来てみるかい？――おれと君は、一行の中の、ただ二人の原始人だ。おれが気をひかれるものは、君も気をひかれるかも知れない」

そのまま彼は、長い、一直線の坂をおりはじめた。――エヴァの最後にいった言葉が、耳の底で、まだ可愛らしく反響していた。インポ！——そうかも知れない、とふと彼は思った。セックスなんて、ずっと考えたこともなかった。最後に、それを味わったのは、いつだっけ？　三十……三歳の時、いや、五歳の時、すると——四年前。いや、冗談じゃない！　四年プラス三千五百年前……いや、まだちがう。冷凍年齢があり、その誤差がある。それにあと、相対時差がある。

いったいおれの、本当の年齢はいくつだ？——しずまりかえった街路をくだって行きながら、彼は突然、はげしいめまいの発作におそわれた。これまでおそわれたものの中で、もっともはげしいやつに……。それは、子供の頃、まだ旅なれない時分、SSTやHSTにのって（ああ、古き良き二〇〇〇年代よ！）、地球の上を、東半球から西半球へ、また北半球から南半球へと、わずか二、三時間の間にぐるぐるまわりした時に感じた、あの『時差酔い』現象と同じものだった。——あまりにめまぐるしい異常体験の連続による、過剰体験情報中毒……。

いったいおれは、いくつだ？——眼の前に紫色の渦のまき起るのを感じながら、それでも機械的に足をはこびつつ、彼は息苦しい吐き気の底で考えた。——三十九歳か？　三千五百三十九歳か？　それとも、もっとほかに、ほんとうの年齢というのがあるのか？

眼の前がまっくらになり、冷汗がながれはじめ、それでも彼は歯をくいしばって、歩きつづけた。——おれの本当の年はいくつで、今どんな状況下にいるんだ？——そのことを考えようとすると、いつも、あの記憶にかえっていってしまう。そこからはじめても、いつもおんなじだ。もっと別の手がかり、もしくはもっと別のコースというのはないのか？——だが、渦が結局はその中心に、すべてをまきこんでしまうように、典型的な脳貧血症状の晦冥（かいめい）の中で、弱々しくもがいている彼の意識は、右へ行き、左へ行き、結局力つきて、手足の力をぬいたまま、その暗黒の漏斗の底へ吸いこまれていってしまう。——二重太陽は頭上に高く、遠く、〈神殿〉はまだはるか彼方であり、彼は冷汗にずくずくにぬれながら、眼を閉じ、歯をくいしばって歩いて行く……。歩きながら、ひきずりこまれる……

＊

「で、どうしても……」と、老人はいった。

「何度同じことをいわせるんです」彼は、少しいらいらしながら、答えた。「ぼくは、行きたいんです。それだけです」

「あなたのように、若い方が……」老人は、ゆっくり立ち上った。「元来これは——冷凍睡眠（コールド・スリープ）は、そういう目的のためにつくったものではなかった。一時代前の医師たちが、不治の病にかかった患者たちのために、その治療法が見出される時まで、その患者を仮死状態に凍らせ、病状の進行も凍結して保存するために発明したものだった。——のちには、よほど物好きな、人生に対する執着のつよい、あるいは死に対する恐怖が病的につよい老人たちが……

……」

「わかっています」彼はうんざりして、手をふった。「ぼくは、年は若いが、老人です。——

—ここで拒否されれば、自殺するか、それとも生ける屍みたいになって、老いさらばえるしかありません。もっと年をとって、もう一度来たら……たとえば、むこう側で生きかえった時に、余命幾何（いくばく）もないじゃありませんか。——あなたは、拒否できますか？」

「ご存知ないかも知れんが、私には拒否する権利があるんですよ」と老人は背をむけていった。

「最終的には、私の判断にまかされているのです」

短い沈黙がおちてきた。——立ち上ると、老人は巨大で、その背は、頑丈な幅ひろい壁みたいだった。彼はじっとその巨大な背中をみつめていた。——この老人はいくつだろう？　と彼は思った。九十歳、いや百歳……

でも、それが何になる？

人間は、生れて生きて、死んで行く。老荘の教えをまもって、つつましく、機嫌よく死んでいくべきかも知れない。——だが、人間は、その肉体の分際にすぎた脳をもってしまった。精神は、なぜだか知らないが、人間の自然条件——その有限の肉体を越える。それもはるかに、途方もなく越えて、巨大なものとむかいあう総力をもってしまっている。もし、精神さえも自然からあたえられたものだとすれば、人間はそのあたえられたものによって、自然から呪われているのだ。

「読まざるこそ自然なれ」といっても、——その知恵さえ、読まなければ、あたえられないという、おかしなパラドックスによって呪われている。『ホモ』は『サピエンス』によって呪われているのだ。その種（スピーシズ）がこの地球上に出現した時から……。

「私は……」老人は、かるく咳払いしていった。「一般的な危惧を感じているのです。――私には、どうすることもできないことなのかも知れないが……」

「なんですか？　それは……」

「あなたのような若い方で、同じような申し出をしてきたのは、あなただけではないのです」老人は、こちらをふりむいた。禿げ上った額に、暗い、混乱した表情があらわれていた。

「私が、直接この仕事の担当になったのは、数年前です。――しかし、私はそれまでにも、保健厚生関係にタッチしていた関係から、ここの仕事の趨勢を、眼の隅でにらんではいました。冷凍睡眠所（コールド・ステーション）の仕事量は、癌の完全治療の達成と、人工臓器や長命医学の発達により、年々減っていき、私が本省退職後、ここの閑職をえらんだ時は、数体の睡眠者（スリーパー）を、年限にあわせて覚醒させる仕事しかのこっていませんでした。私の在任中に、ここを閉鎖して、設備全体を博物館にまわせるかと思っていました。それが……」

「最近、また需要が出てきたんですか？」彼はおどけた調子でいった。「商売繁昌で、結構じゃないですか」

「申しこみ六件のうち、二十代が三人、十代が一人いたんですよ」老人――所長は彼の悪ふざけにとりあわず、そのうすい灰色の眼で、まっすぐ彼の顔を見つめた。「むろん、あまり若い人には、さとして断りました。しかし――これが、また若い人たちの、おかしな流行になりかねない兆候はあります。若い人たちは……まったくおかしなものに夢中になる。麻薬、電撃、獣姦、機械姦……」

「しかし、ぼくはそんな青臭いガキどもとちがう。分別ざかりです……」彼はしっかりした声でいった。「所長——このコールド・ステーションが、また、まったく新たな意味を持ちはじめる時代が来ているのかも知れませんよ。かつてここは——〝希望への墓所（セメトリィ・トゥ・エスペランス）〟とよばれたこの場所は、肉体的な生命の救済を未来にもとめる場所だった。しかし、今度はそれこそ本当の意味で、〝希望への墓所〟として……精神の再生の希望を、未来につなぐものになりつつあるのかもしれない。——所長、ぼくだって、生きたいのです。生きたければこそ、ここへ来たのです。このままでは、ぼくは生きたまま精神の死をむかえなければならない。現在のぼくが、生へののぞみをつなぐ唯一の可能性は、ここにあるのです。本来なら——自然のままでは到達不可能なはるかな未来においてなら、またぼくは、生きる希望を、精神のみずみずしさをとりもどせるかも知れない」

老人は、あきらめたように、机のボタンを押し、ぶあつい申込書類の束を、彼の前に投げ出した。

「たくさんあります。——全部よく読んで、全部にサインしてください」老人は溜息をついていった。「期限は？　百年？　二百年？」

「無期限（インフィニット）という選択がありましたね」

老人の顔がこわばった。眼に、怒りに似た表情が——自然より与えられた生命の枠組を、いけぞんざいにあつかおうとする若い者に対する、敬虔さの名ごりをとどめた世代の怒りがひらめいた。

「それは例外規定です」老人はいった。「無制限(アンリミテッド)とか、無限(インフィニティヴ)とかいう意味ではなくて、場合によっては、いつでも覚醒させ得るということです。——重症患者に対し、必要年限が見つもれない時に行われるもので、その裁定はわれわれがくだします。希望条項ではありません」

「ぼくは希望します」と彼はいった。「いずれにしても、このステーションが、正規の手つづきでうけおったかぎり、メンテナンスは責任があるはずですね」

「ここで何世紀もつことやら……」所長は、あきらめたように、デスクを大きなてのひらでドンとたたいて、また背をむけた。「せめて一世紀なり、二世紀なり区切って、覚醒させてもらって、その時点で、また継続するかどうかきめたら？」

「ラザロの復活じゃないが、覚醒は非常に不愉快なものらしいですね、所長……」彼はろくに書類を読まずにサインをつづけながらいった。「麻酔からさめる場合の、何層倍も……それに、その過程で、肉体的に、年をとるらしいですね。——だから、ぼくにとって、こいつは賭けですよ。いつ眼ざめるか……そしてぼくのモットーとして、ギャンブルはいつも一発勝負なんです」

老人は、後手をくんで、ゆっくり部屋の隅へ歩いていった。——部屋の一隅に、所長の好みか、それともこの所長室の前々からの飾りつけか、古代エジプトの、ファラオの立像があった。この時代のありふれた悪趣味で、その立像が、インターフォンや、警報装置、ＴＶアイをかねているのは、ひとめでわかった。——所長は、その立像の前に立ちどまり、若々しいファラオが手に持っている、エジプト十字架の笏を、その太い指でそっとなでた。「エジプト第六王朝の時……」と所長はつぶやくようにいった。「その前代まで、きわめて健康で明晰で、建設的に進んできたエジプトの社会が、突如として大変な内発的な危機におそわれたのです。——みんな、生の意義を見失い、老いも若きも死にたいといい、子供はうんでくれなければよかったのにと親をうらみ、こんなくだらない世の中に生きているより、死んだ方がましだといって、大勢の人間がナイルに身を投げ、ナイルの水は、一時死体でのめなくなり、ナイルの鰐どもは、自殺者に飽食したといいます……」「これも、署名するんですか？」と彼は、所長の背後からきいた。「いったい何枚あるんだ？」

「別に外部からの危機が人々をうちのめしたわけじゃありません。建設されて、七、八百年たった時、突然帝国の内部から、そういう現象が起りはじめたのです……」所長は、ブロンズ像の顔を、指の爪でパラパラとたたきながら、ひとり言のようにつづけた。「ちょっとはなれた、メソポタミアの古代帝国でも、時を同じうしてまったく同じようなことが起った。やはり建設されて七、八百年たった時です。——くだって日本の十世紀末から十一世紀へかけても、平安末期の世界でまったく同じようなことが起っている。末法の世がくるというので、人々は現実の穢土をきらってひたすら浄土にあこがれ、百姓は田をすて、村をすて、家をすて、巡礼しつつ早く死ぬことをねがい、熊野の那智の海では、補陀落渡海と称して、大量の人々が船にみずからを箱詰めして沖へ出、またたくさんの人が身を投げ……」

「これでいいですか？」

彼は、やっと署名しおえた書類の束を投げ出した。――財産処分、保険、万一の事故の時、ステーションはいかなる意味でも、対個人責任を負わないことなど、数多い、煩瑣な条項……。

「明日、正午においでください……」所長は、デスクの傍に来て、書類をパラパラと見ながら、いった。「準備ができています」

「ところで……」と彼は、立ち上りながらいった。「人類は、歴史上くりかえしおそってくる、その内発的危機ってやつを、どうきりぬけてきたんですかね？」

「知りません……」老人は、肩をすくめた。「危機におそわれた部分を切りすてて……というよりは、勝手に自滅するにまかせ、それによってまた、精神と肉体との健康なバランスをとりかえしてきたんじゃないですかね？――個体数がふえすぎて集団移動の発作にかかった齧歯類が、海の中へつっこみたがる奴はつっこませて、〝種〟社会の内部圧力をさげるみたいに……」

「しかし……」彼はドアのところで、ちょっとたちどまって、ふりかえった。「その内発的危機が、人類という種全体の、一般的根源的状態になったら、どうなるんです？」

「そんなこと、私にきいてもむだです……」老人は、かすかに、皮肉な笑いをうかべていった。

「しかし、今やその内面的危機の波のおそってくる周期は、次第に短くなってきてるのじゃないか、と思われるふしはあります。第二次大戦後、わずか半世紀で――あれほどの破壊にもかかわらず、そういう状況が来た。それが一たん鎮静して、またすぐおそってきた。それ以後現在まで、危機は慢性化して、たかまりと谷があるだけになった……」

「で？」彼は、もう会話に興味を失っていたが、たんにきり上げるチャンスをつかむためにききかえした。「その先は？」

「わかりませんな……」所長は、溜息をついて、デスクの前に腰をおろした。「ですが――どうも、私個人の意見としては、ホモ・サピエンスというやつは、そう長くないんじゃないですかね？――知的生物としては、あまりうまくできてるとは思いませんね。人類は、自分自身にあたえられた知性に、それほどうまく適応しているとは思えない。何となく、先が見えてきたという感じですな……」

フジ・ナカハラ――二〇三二年生れ、三十五歳、オスロー大学在学中、十八歳で結婚し、二十五歳で離婚、二十七歳で再婚し、三十歳の時再び離婚。最初の妻との間に男の子二人、あとの妻との間に女の子一人。学位は修士二つ。パリ大学の、研究所職員をふり出しに、アメリカの大学の研究所員、広告代理店や商社の雇員、船乗り、アフリカのローカル航空会社の操縦士、アマゾンの旅行ガイド、画家、月向け定期旅客宇宙船のパーサー、テレビ局職員、東南アジアのインチキカジノのディーラーなど、あらゆる職業を転々とし、目下定職なし。

財産、家族ともになし。目下の住所、マイアミの、三部屋つづきの、おそろしくぜいたくなユースホステル。——人生ってこれだけか？

　ジェット・バスで、マイアミにかえってきた彼は、明日の正午まで、どうやって時間をつぶそうか、ぼんやり考えながら、二十四階建てのユースホステルにはいって行った。——ノー・アイデアだ。マイアミの空は青く、海も青く、海中にはいくつもの海底居住区が、暗礁のように白い波をかんでいた。塩気をふくんだ風が、椰子の並木の梢をゆすっており、色とりどりの電動エア・スライダーが音もなく街路をすべっており、ブロンズ色に陽やけした肌をむき出した人々が、風に吹かれながら、木陰を歩いていた。——HSTやSSTが、超高空に描き出す、白い、細い線。ケネディ宇宙空港から、今日も月へ、火星へと旅立って行く、旅客用宇宙ロケットの、オレンジ色の焔の点。フェニックスや棕櫚の植えこみの上で、風に吹かれて、踊りくるっている、パーティ用の提灯……。

　ベッドルームにはいると、ゆうべ泊った中西部の女子学生が、すっぱだかのまま、まだベッドにうつぶせになっていた。全身栗色にひやけした中で、そこだけあわあわしく白い、もり上った臀をピシャリとひっぱたくと、彼は娘の体をベッドからひきずりおとした。——娘は、うめいて薄眼をあけ、またよだれを流して眠りこんでしまう。口のはたに白くたまったあぶくを見て、彼は舌うちする。——また薬をのんだな。麦藁みたいな色をした油気のない長髪をちょっとつかんでゆさぶると、彼は娘の腋の下に手をいれて、牛蒡でもひっこぬくように床から立ち上らせる。大きな弾力のない丸い乳房が、掌の下でぐにゃりとひしゃげる。

「何すンのよゥ……」と娘は、呂律のまわらない舌でいう。

「さあ起きた」彼はバスルームにつれこんで、娘にいきなり冷たいシャワーをあびせる。

「かえるまでに出てってくれといったろう。――ちょっと一人にしてくれ。今夜から、この部屋を使っていいし、ここにあるものはみんな君にあげるからな」

娘は水をあびて金切声をあげた。――だが最初の刺戟が麻痺すると、またくたりと眠りそうになる。二つ三つ、頬っぺたをひっぱたいて、外へおし出すと、自分も裸になってシャワーをあびた。バスルームから出てくると、娘は、のろのろしたしぐさで、ブラジャーに、でかい乳房を押しこんでいるところだった。――なぜこのごろの娘は、パンティからはかないで、ブラジャーを先につけるんだ？　女って、昔からみんなそうか？

「ねえ、ゆうべあなた、私と寝た？」娘は生あくびをかみしめながらいう。

「いや……」

「じゃどうして追ン出すのよゥ……。私がきらい？　セックスがきらい？――それともインポ？」

「どれでもいい……」と、彼はいった。「何しろ、めんどうくさいんだ」

「じゃ、どうして、私を泊めたの？」

「君が、薬によっぱらって、勝手に泊ったんだ……」

彼は、娘が、パンティをはかずにスラックスをはくのを見て、やっと気がつく。――そうか、この娘は、はいてなかったんだっけ。

「明日だぜ」彼は、娘をドアの外へ押し出しながらいう。「明日の朝なら、もうぼくはいない。キイは、下にあずけといて、君がつかえるようにしておく。さいなら」

娘の尻をポンとたたくと、彼はドアをしめた。――やっと一人になれた。だが、することは別になかった。

部屋のバルコニーから、すばらしい落日の残照が見えた。太陽は背後のメキシコ湾におちていき、眼前のバハマの海は金色にかがやいている。――南東の風が強く吹き、椰子の梢をザワザワとゆすっている。彼は、裸の肩にバスタオルをひっかけ、ズボン一つでちょっとバルコニーの手すりを両手でつかんでいた。

そう――自然はいつどこでも美しい。どんな貧しく、みじめったらしい自然でも、それが自然でさえあれば、何か人間の意識を鎮静さす作用を持っている。彼はアフガニスタンの、およそ何もない荒涼たる沙漠を、一日中ポカンと、トレーラーをとめて眺めていたことがある。何もない所では、空さえあればいい。――心だに貧しくあらば……。どこかで、南海の孤島で、都会からちょっとひっこんだ山の中で、あるいは、月のクレーターの一つで、ただ呆然と自然をながめてくらし、ながめながら死んでいく。――それも、できないことではないし、悪くない。心だに貧しくあらば……。

だが、人間は、もう文明的に、それができなくなってしまっているのだ。――人類が文明にむかって一歩ふみ出した時、人間の心はもはや自然の中で自足することができなくなってしまった。――こうして、『文明』と『精神』が角逐しあいながら、その限界まで拡充していく、数千年の歴史がはじまる。そしていま、その双方が一つの拡充の限界にまで達した。

——彼が物心ついた時、地上における最後の国際紛争が、終熄に達しようとしていた。人種差別は、封じられた神話となり、二百三十億で完全な横ばい方となった世界人口に対し、飢餓と貧困と低教育と疾病の〝後進地帯〟は、もはや埋もれるのが時間の問題の浅い谷間にすぎなかった。——むろん、いくつかの、まだときほぐされないルサンチマンや、悪徳や宗教的信念の問題はあった。だが、それも、わずか半世紀の間の努力によって、宗教は——あの強烈なイスラム教においてさえ——その〝毒性〟をうすめられ、〝世代間伝染力〟を弱められ、おだやかで無害なものにおきかえられてしまった。

そして、彼の——彼らの時代になった。全世界をつなぐ高密度超高速の通信交通ネットワーク、〝人生問題〟にまで手を貸してくれ出したコンピューターと、ますます厚みをます世界的規模の社会保障、機械は食料をつくり、生活必需品をつくり、機械が機械をつくり、機械が工場をつくり、機械が生産流通のネットワークを管理し、改良し、機械が新しいプロジェクトをつくる時代。生きることはすべて機械にまかされ、そして人間は……。

むろん、フロンティアはあった。——だが、宇宙を機械だけにまかせなかったのは、それが一種の純粋スポーツに似た性格をもち出したからだった。月と火星、それに小惑星帯までが、一般観光に開放されたが、そこからむこうは、ある意味でのエリートたちのものだった。海底は、観光にも、開発にも、ほとんど新鮮さを失いつつあった。彼は十五歳の時、学校から月へ行き、十七歳の時、休暇を利用してガール・フレンドと火星へ行き、かえってから南極へ行き、珊瑚海でのスキン・ダイヴでガール・フレンドとむすばれ、イセ神宮で式をあげ、ハニムーンは、二人のりのジェット機で、新大陸をアラスカからパタゴニアまで縦断した。最初はまじめに働いた。だがある時、ふと自分の労働に疑問を感じ、怠けはじめた。勤務先では、いくら休んでも、給料をくれた。やめると、失業保険が無期限にはいった。彼は妻子をすてて放浪をはじめた。——スラムにもすみ、ギャングにひとしい連中の仲間にもはいった。

だが、どうやっても生活ができた。

二度目の結婚は、うんとフォーマルなものにした。マナーの中に——極度に洗練されたマナーの中にこそ、文化の香り高い美酒があり、その中に古代からひめられた生活の意味があるかも知れない、と思ったからである。彼は、低い声でしゃべり、タキシードをつけて夜会に出、ワインの鑑定では一目（いちもく）おかれ、特別に巻かせたシガーを吸い、ヨーロッパのサロンに出入りし、京都の茶会の常連になった。——だが、それもすぐばかばかしくなって、ある晩、大切な舞踏会をすっぽかして、街の餓鬼どもと、LSDによっぱらい、そのままうす汚い、自称芸術家の群れに投じた。——そして、また放浪がはじまった。中年の曲り角のちかづくのを感じながら、彼は、胸の中に索漠とひろがりはじめた言葉を、一種自虐的な思いにかられて、つかみ上げた。

人生って、これだけのものか？

三十年からあとは惰性だった。——体力はあふれていたから、これは、ボディビルみたいなものだった。炎熱の沙漠、アルジェのスラム、ラプランドの冬の監視員、ペルーの鉱山労働者、喧嘩、泥酔、タンザニアで毒蛇にかまれ、インドで鰐に食われかけ、ニューオーリンズでやくざに袋だたきにあい、ジャマイカで、黒人女から性病をうつされ、そして――人生って、これだけか？――この程度のものでしかないのか？

それは、むろん問いかけではなかった。――反語でさえもなかったのである。どうしようもない不毛の〝明晰の沙漠〟の中に、彼はふみこんでしまっており、もうひきかえしようがなかった。背後には、人生が未知であったころの、希望と期待とおののきにみちた日々が遠ざかりつつあり、そのきらめきは、まだはるか彼方にみとめられるものの、それは言ってみれば、とるにたらぬガラス玉を、この世の最高の宝石に半ばなぞらえ、半ば本気にそう思いこんでいた子供の時の、幻影にすぎなかった。――遠くからふりかえって見れば、ガラス玉も宝石も、その輝きは同じに見える。しかし、彼はもう、それが宝石ではなくて、ガラス玉であることを知っていた。もう一度、あの幻を現出させる力をとりもどしてみようか、と、時には思わないではなかった。だが、この時代の男たちの常として、彼には抒情的なところがほとんどなかった。またそれだから、保っているところもあったのである。

「友だちはいないの？」と、カイロの沙漠のホテルであった、彼と同年輩ぐらいの女は、彼にきいた。

「いたけど、今はいない」

「死んだ？」

「死んだやつもいる。——だけど、ぼくぐらいの年になると、みんなめいめい勝手に、自分の沙漠の中をうろつきまわっていて、お互い何の助けにもなりゃしない」それから彼は女にきいた。

「君は？」

「いるわ」女はかすかに笑った。「人間じゃないけど……」

女は鰐をペットに飼っており、どこへ行くにも、特別製のタンクで連れ歩いていた——ほんの子鰐の時分から、十年以上飼っているということで、もうかなり大きくなっていた。鰐は、うんと長生きするからよ、と女はいい、右手の小指と薬指が、義指になっているのをはずして見せ、ペットに食いちぎられたのだ、といった。——そのうち、この女も鰐に食われちまうだろう、と彼は思い、豪勢なベッドの上に、でっかい鰐が血みどろの口をしてうずくまっていて、床の上に、女の腕輪をはめた腕や、食いちぎられた脚がころがっているところを、漫然と想像した。

たしかに、会えば、やあ、という昔からの友だちはあちこちにいた。——親友といえる連中もいたが、今となっては、お互いどうしようもなかった。世界連邦の高官になって、大層な羽ぶりのやつもいれば、賢明にも家庭にひっこんで、平和にパパとしてくらしている者もいた。——そいつは、先物買いの天才といわれた男で、人生後半の保証として、結婚し、子供を三人もつくっておいたのである。一番気のあった、一番頭のいい男は、当代一流の作曲家でヴァイオリニストといわれながら、ショーのコメディアンになり、その辛辣なお喋りと即興詩で、そこでも大スターになりながら、ある日、高層ビルの百二十階からとびおりた。

「未来はあまりに遠いし、おれはもう待てない」

という葉書が、死ぬ直前に、ナイロビにいた彼にとどいた。――まったく同感だ、と彼は思った。――人間は肉体が精神に適応していない、精神は肉体をこえて巨大になりすぎ、そのために人間は死ぬことになる。

だが――そこに、絶望と同時に希望への鍵もあるのだ。人生はだいたいどんなものかわかってしまったし、世界というものは、まず今のところ、どうもがいてもこれだけだということは、はっきりしている。生命を賭けて闘うべき、不正も暗黒もない。探険すべき〈未知の大陸(テラ・インコグニタ)〉も、もはや地上と、地球近傍空間にはのこされていない。部分的未知はあっても、一方ではあまりに専門的でトリビアルになりすぎ、一方では、とても一世紀や二世紀では、そこへの道をひらく〝手段〟が完成されないことは眼に見えている。――芸術の作用も、もはやその輪郭がはっきりしてしまった。――すばらしい壮大な幻影も、恍惚(エクスタシイ)も、今では街角のドラッグストアで買える、小さな錠剤におきかえられつつある。

だが、〝人間の世界〟が、これだけだ、ということには、ありがたいことにたった一つ留保条件がついている。――それは、まず今のところは、ということだ。

まず、今のところ――ここ、一世紀ないし二世紀、彼の同時代人が生きている間は……。

だが、未来というやつがある。ここ当分はこの程度だろう。宇宙への進出も、あと百年たてば、かなりなところまで行けるだろう。だが、他の宇宙人の方から、接触してきてくれるという、受動的な可能性でも信じないかぎり、たかだか一世紀ぐらいでは、それほど画期的なことはのぞめまい。――だが、この時代をこえた、はるか未来においては？　数世紀の範囲をとれば、そこに何か、画期的なことが起ってくる確率がつよまるのではないか？――たとえば、地球上の人類社会が、骨がらみのデカダンスで、崩壊していくところでもかまわない。あるいは、惑星移民が、何か別のものを発見してくれるのでもかまわない。それだけたてば、何かこの時代における限界をつき破るようなものが、歴史の中に出現している可能性もつよいではないか？

突然、隣室でまき起ったボンゴのひびきに、彼はおどろいて、バルコニーをはなれた。――隣室のドアをあけると、さっき追い出した娘が、一団の、生ぐさい青年男女をつれこんでいた。連中の、うす汚れた服や、トロンとした眼つきを一瞥すれば、もう彼らがすっかり〝薬（ドッピィ）〟に酔いしれていることは明らかだった。

「ごめんね、おじちゃま……」とさっきの小娘が、踊りともいえないリズムで、体をゆすりながら、のろのろといった。「でも、明日の朝も、今夜も、つながっちゃってるから同じでしょ？――だもんで、来ちゃったの」

「一つどうです。やりませんか？」髪の毛を三つ編みにした、ひげだらけの青年が、ボンゴをたたきながら、バスケットをまわしてよこした。「何でもあります……何でも……」

そう、そこには何でもあった。――幻覚剤、睡眠剤、副作用がないネオ・ヘロイン、本もののヘロイン、自分で勝手にさまざまな薬品をカクテルしてたのしむワンセット、固型の酒、マリファナ——上半身すっかり裸になって、麻袋を切ってつくったおかしなスカートだけをつけた娘が、笑ってしなだれかかりながら、「ねえ、やらない？——この子、色情狂なの」といっていた。

ひまつぶしに……とふと思ったが、やっぱりうんざりした気分がこみ上げてきた。——たしかにそのバスケットの中には、すべてがあった。快楽も、スリルも、魂を天外に舞わす薬、すばらしい気分の昂揚、自分を天才だと感じさせてくれる薬、陽気な気分、しびれるような解脱、しびれるようなメランコリイ、セックス、そして平穏をもたらしてくれる阿片の小さな丸薬……それらすべてのものは、その粗末なバスケットの中にあった。——手をのばせばすぐに、彼はそれらのものを手に入れることができたし、それがどんなものだか、彼にはよくわかっていた。

なぜやらないのだ？——と彼は自分に問うた。心では、うんざりしていながら、肉体はそれらの眼の前にぶらさげられた、甘美な餌の臭いをかいで、ビクビクと疼いた。のどがかわき、掌に汗がにじんだ。——しかし、彼は今、自分が自信たっぷりで、傲慢な中年男であり、しらふで、傲然としているポーズをたのしんでいることを知っていた。——昔はおれも、もっとやさしかったのに……と彼は思った。若い、赤ン坊やがきどもが機嫌よく酔っぱらっていれば、こちらも相手のところまでおりて行くために酔っぱらわずにおられなかったのに、いつの間におれはこんな、風紀係りのお巡りみたいな人間になっちまったんだ？　こんな酷薄な人間になったのはなぜだ？

「いいよ……」と、彼はいった。「まったく、君のいう通りだ。明日は、今夜のつづきさ。

――せいぜいたのしみな」

誰かが、椅子の上で吐いていた。すわったまま尿をもらした娘もいた。――だが、そんなことがなんだ？　部屋の隅の『クリーン』と書かれたボタンをおせば、たちまち機械が動き出し、部屋の中はきれいになってしまう。人間はいくら酔っぱらっていても、何もしなくても、世の中はちゃんとうまくいく。――そういう風になってしまっているのだ。人間がいくらだらしなくなっても、機械がめんどうを見てくれる。このごろでは、機械はみんな、保母のおばさんのようにやさしくなってしまった。

上衣と書類だけもって、彼は外へ出た。ベルトロードにしばらくのって、街のはずれまで行き、そこから海岸の方にぶらぶら歩いた。なるべく人家からはなれた所で、浜にひきあげられている古いヨットをみつけ、その中にはいってねころんだ。――風は相かわらず吹きつづけ、海はどうどうとなり、吹きとばされたちぎれ雲の間から、冷たい星の光がのぞいていた。明日は冷たい船出だ、と彼は思った。冷たく凍てついた長い氷の道を、あのステンレス製の棺桶のような『仮死の舟』にのって、おれはこの時代におさらばして、遠い未来にむかう。未来への道中は、さぞ冷たいだろうな、と彼は思った。――きっと、北極の夢でも見ることだろう……。

2

〈神殿〉にのぼって行く、けわしい斜面を歩きながら、フジは、いつもこの名も知らぬ異星の住民の奇妙な文明に、幻惑されるのだった。——ここの連中は、いったい、いつから重力コントロールの技術を知ったのだろう？

直径二万三千キロメートルのこの星の、地下のどこかにある動力源と、重力屈折装置がまだ生きていて、主要な道路においては、その道路がジオイドの切線に対してどんなに傾斜していても、重力はつねに、路面に対して垂直にはたらくようになっていた。——だから、どんなに急な斜面でも、平地を行くのと同じことだった。時には、巨大な断崖とも構築物とも思えるものの、直立した壁面にさえ、垂直に重力がはたらいている箇所があり、そこでは人間がまるで蠅のように、壁に直角に立ったまま歩いてのぼれるのだった。

〈神殿〉は、都市平面から二百メートルほどもり上った、人工とも自然ともつかぬ円錐形の丘の上にそびえていた。——全体は、都市構造物と同じ、透明もしくは半透明の合金（それ自体は、成分的に決して珍しいものではなかった。地球でも、すでに二十世紀後半に、透明な鉄が試作されていたからである）で、まったくつぎ目なしにできていた。力学的に見てまったく不可能と思える構造は、おそらく構造物のあちこちにうめこまれた、重力調節・屈折装置によって、可能となったのだろう。——基部は、直径四百メートルほどのドームになっており、その上に高さ二百五十メートルほどの、何とも奇妙な構造物がそびえ立っている。——遠方から見ると、それは、天空にむかって斜めにつき出した、ヨットの帆のように見える。そばへよると、それは、ゆるやかにうねって、空へとけこむように斜めにのび上った、太い、ねじれたポールを芯にして、もう一つ外側に、幅ひろい帯状の構造物が、螺旋状にまきついているのだった。——つまり、斜めにのび上るダブル・スパイラルの構造体なのである。さらに奇妙なのは、この『ねじれた尖塔』を中心に、ドームの頂上から、八方へむかって、花弁状に彎曲した透明の板が、つき出していることだった。——すきとおった花弁の一つは、長さ八十メートルもあった。〈神殿〉全体の遠望は、都市の上空にぽっかりひらいた、巨大な半透明の花のようだ。

〈神殿〉全体の基本的な色調は、うすい、すき透るようなブルーだった。ドームの上にはグリーンと黄金色の帯が、斜めに走っていた。尖塔は基部が濃いブルー、それから尖端へむかって、ほぼ白色光スペクトルの順で色がかわり、尖端はこいルビー色になって、かがやいている。——直下から見上げると、透明な花弁は空にとけこんでしまい、巨大な手に尖端をつかまれ、中空に斜めにねじり上げられた、虹色のパゴタのように見えるのだった。

自動的にひらく、弁膜状のドアを通って、彼は中にはいって行った。——内部は、暗く、ガランとしてひろく、列柱と、奇妙な彫刻と、波うつ壁画がつくり出す迷路になっており、部分的に蛍光物質による照明があって、ぼんやりと奥が見わたせた。——上を見上げると、天井は、プラネタリウムのドームの内面のように、ふかぶかとした暗黒の夜空をつくり出しており、無数の、途方もなく高い列柱が、何千本もの針のようにつきささっている。ぼんやり光る床を見おろすと、それは半透明で、ゼリーの中にかためられたように、何か異様なものの堆積がはるか底の方までつづいているのが、かすかに見えるのだった。

迷路をまっすぐ行くと、直径四十メートルばかりの、円型の広間(ホール)に出る。——彼が『内陣』と名づけたその円筒型の広間の周囲の壁を、最初見た時、彼はショックのあまり息がとまるような思いを味わった。

天井が中心部へむかって彎曲していて、ちょうど砲弾の内部のように見える。内陣の円筒型の壁には、六十メートルはあると思われるはるかな頂上部にいたるまで、びっしりと、この星の住民の死体がはめこまれていたのだ。——頭の鉢の大きな、顔の小さな、眼蓋のはれぼったい、だが、どこかいかにも知性的な感じのする、異星の生物——下肢が三本で、腕に関節がないらしいと思われる以外は、みごとに地球人類に似た体型をもった異星人が、一様に手を組み、一体ずつ、舟型の壁龕(へきがん)におさまって、ずらりとならんで、例の透明な壁の中にぬりこめられていた。——一体一体が、どこからかさしこむ、淡いピンクや琥珀色の光に照らされ、じっと瞑目し、彫像のように動かず、この神殿が建設されて以来、そして彼らがその壁にぬりこめられて以来の、幾何(いくばく)とも知れぬ星霜を眠りつづけてきたのだった。

最初それを何の気なしに見た時は、壁の模様かと思った。——だが、それが何であるか気づいた時には、全身が総毛だった。何となく、その無数の死体に見られているような感じがしたからである。

「フジ……」

突然、声をかけられて、彼はビクッとした。――ふりむくと、いつの間にあとをつけてきたのか、エヴァが背後にひっそりと立っていた。――エヴァの小さい顔は、おびえたように青ざめ、皮膚はそそけだっていた。

「すごい所ね――ここ、お墓なの？」

「そうだろうと思うが……」と彼はいって壁面の死体を顎で示した。「はじめて見るのか？」

「ええ――今まで、こわくって、中まではいれなかった……」エヴァは、こわごわ壁面にちかよった。「こんな近くで見るのはじめて……何年ぐらいたってるのかしら」

「わからない……」彼はつぶやいた。「何百年か、何千年か……」

「何百体ぐらいあるの？」

「ここだけで、三千体はあるだろう――だがそのほかに、この神殿の下に……あの丸い丘の中に、何十万という死体がうまっているらしい……」

「まあ！」エヴァは、うすい肩を、ブルッとふるわせた。「私たち、この星の人間の死体の山の上に立ってるわけ？」

あたりの雰囲気にけおされて、二人はよりそうようにして、小声でしゃべった。――はるか上方の穹窿まできっしりつまった死体は、この異星からの侵入者を、四方から見つめているようだった。

だが、不思議に、そこには――このほろび去った文明の、最高の聖地(サンクチュアリ)に侵入して来た異邦人に対し、とがめるような雰囲気が感じられなかった。壁面の死者は、なぜか、侵入者を、ほうっておいてくれるような感じがしたのだ。

「なれてくると……」エヴァは、ほっと溜息をついていった。「それほどこわくないわね」

「君もそう思うか？」彼は、エヴァの肩に手をおいた。「その点が、ぼくも不思議なんだ。――最初は、ぼくもびっくりして、ふるえ上った。だが、それはショックをうけただけで、そのあと、自分がちっとも恐怖を感じていないということに気がついた……墓場にいるという感じが全然しないんだ」

「それで、あなたはさっき言ったのね」エヴァは、壁面に近よっていった。

「ああ、そうだ……」彼はうなずいた。「生きているのかも知れないって――」

エヴァは、壁面にちかづいて、じっと死体の一つを見上げた。――名前さえわからないこの星の、おそらくは最高の知的生物だったものの姿は、身長二メートルから二メートル半、ほっそりしていて、どれもゆったりしたブルーまたはグリーンの、簡潔なデザインの服をまとっている。年齢など、むろんわからないが、おそらくは成体だろう。――大頭で、頭蓋が肋骨構造になっていて、褐色の強靭そうな皮膚をもった彼らは、地球人の感覚からみれば、やはり異様だった。にもかかわらず、彼は、その生けるがごとき彼らの死体の顔つきに、何かおだやかな――いい得べくんば、至福ともいうべき表情を感じてしまうのだった。

おだやかかな？――至福？――そんなばかかな！

顔つきからちがう。そしておそらくは身体構造も、発生過程も全然ちがう、太陽系から何百光年もはなれた異星の生物の表情に、どうしてそんなものが読みとれるというのだ？――おだやかなほほえみとも見える彼らの口もとの線は、実は残忍な憤怒の感情の表われであるかも知れないではないか？　嘲りの表情であるかも知れないではないか？

　しかも、なお彼は、その巨大な円筒型の墓窟（カタコンベ）の内部に、通常の墓所とはちがう、何か明るい、おだやかな雰囲気を感じてしまうのだった。――そこには、万物を朽ちさせ、時の風化のなかにひきずりこんで石ころと塵埃（じんあい）にかえてしまう、おぞましい〝死〟の雰囲気が、どうしても、どの隅にも感じられないのだった。不気味でないとはいいきれない。にもかかわらず、その外見の不気味さの底には、――妙ないい方だが――奇妙に生き生きとしたものさえ感じてしまうのだった。外の都市は、完全な〝死の街〟だった。だのに、〝墓所〟であるこの神殿の、死体安置所の中でかえって〝生の気配〟を感じてしまうのはどういうわけだろう？

　フジは、エヴァとならんで、高い壁面を見上げた。――異星の死者たちは、はるか上方まで、ピンクとブルーとグリーンのモザイクになってならんでいる。――みんな、一心に何か思いにふけっているように見える。

「ほんとに生きているみたい……」とエヴァはつぶやいた。「もし、生きているとしたら、かえってちょっとこわいわね。しらべてみないの？」

「そんな気はおこらんね」と彼はいった。「もっとも、やつらだったらやるかも知れんがね」

「あなたは、毎日ここへ来て、何をしてるの？」

「何ということはない。しらべるというのもおかしいが……」彼は苦笑した。「何だか、ここには、何かがありそうな気がする。――ここに興味を持っているのは、今のところぼく一人だが……」

「あなたは、原始的だからなのね。――そうでしょ」エヴァもクスリと笑った。「あそこ――あの上の方は、死体のモザイクが欠けてるみたい」

「そう――あそこのくぼみは、空席になってるんだ」と彼は、天井を見上げていった。「まだ五、六席あいている。行ってみようか？」

エヴァは、おびえたように首をふって、あとずさりした――彼はエヴァをはなれて、むかいの壁面にむかって歩き出した。広間（ホール）の壁と床の出あう所は、角になっておらず、ゆるやかなカーブを描いていた。そのカーブをそのまま歩いて行くと、いつしか彼は、壁から直角に立っていた。――エヴァが小さい叫びを上げた。

「大丈夫だよ」

そういって、そのまま彼は、壁面を歩き出した。一度そばまで行ってわかっていたが、重力は、この円筒型の部屋の内部のすべての面に直角にはたらいている。天頂部にちかづくにつれて、彼は、内側へ彎曲している天井から、さかさにぶらさがっていた。――彼は、はるか下方で、おびえたように肩を抱いているエヴァにむかって、手をふって見せ、天井――彼の感覚からいえば床――にあいている、舟型のくぼみに体を横たえた。

「やめて！　フジ！――やめてよ！」

エヴァはするどく叫んだ。――彼は笑って、そのくぼみの中で、ゆったり手足をのばした。フワフワした、透明なゼリーのようなものが、彼の体をやわらかくうけとめた。――この星の人間にあわせてつくられた透明な棺桶は、彼には少し長すぎた。彼はわざと、そのくぼみの中で眼をつぶって大きくのびをした。

その時――彼の眼蓋の裏に、突然、何かが見えた。何かとてつもなく高い建物の内部のようなもの……。

「フジ！」

もう一度エヴァの鋭い叫びがきこえた。――ハッとして、眼をひらいたとたん、その建物の幻は消え失せた。ふと下を見ると、下方に小さく見えるエヴァの細っそりした姿の横に、丈の高い、もう一つの姿が見えた。――連中の一人だ。

「かえりましょう、フジさん……」と、そいつはいった。

「もうじき、日がくれます」

額が大きくはり出して、顔の小さい、五十六世紀人といっしょに、神殿をはなれながら、フジはきいた。

「調査は終ったんですか？」

「一応は……」とリュウ――五十六世紀人はいった。「あの装置をしらべている班も、もう終ったでしょう」

「あなたは、この星の、ほかの地方をしらべてたのね」とエヴァはいった。「何か、見つかった？」

「いいや……」リュウは、その大きな、鉢のひらいた頭を、わびしげにふった。「ここよりもっと前に放棄された、古い都邑はいくつも見つかりました。――遺跡ともいうべきものはね。でも、そこには何もありませんでした。はるか以前に、この惑星の他の地方にひろがっていた生活は見すてられ、この星の文明の最後の段階では、この星の人間は、すべてこの都市にあつまって、そしてほろんでいったらしいのです」

「とすると……」彼は、森閑としずまりかえった市街を見まわしていった。「滅亡の近づいた段階で、この星の知的種族は、四方から集ってこの都市を建設し……」

「そうです。都市そのものは――特に中心部は、非常に古くからあったらしい。地中探査をやってみると、この都市の中心部のはるか下に、太古の都市らしい影像が出るのです。――それに、奇妙なことに、この星の都市文明は、太古において、ここから発生し、四方へひろがっていったのではないかと思われるのです。都市の痕跡は、ここを中心に、この惑星の上をみごとに同心円上に、古いものから新しいものへと、反対側の柱にむかって進んでいます」

何という奇妙な種族か、と、彼は思った。――この都市の中心部から、球面上を四方へ進出して行き、またもとの文明発生の地にもどり、そしてしずかに、無にとけこむようにほろんでいったのだ……。

「滅亡がちかづくと、この星の人たちはきっとさびしくなったのね」とエヴァはいった。

「だから、お互い肌すり合わせるように、一つの都市に集ってきたんだわ」

「そうかも知れませんね」とリュウはほほえんだ。「都市という概念からすれば、ここはおどろくべき規模ですね。電子脳がはじき出した、この都市の最大時の人口は、小さく見つもっても、六億をくだりません。多層化が極度にすすんでるんです」

「その人たちが……」エヴァは神殿をふりかえった。「みんな、あの丘の中に葬られているの？」

「それはわかりません」とリュウはいった。「一部は、宇宙へ出て行ったでしょうね。でも……」

「あの〈神殿〉をしらべましたか？」とフジはきいた。

「一応は……」

「もっとくわしく徹底的にしらべてみたらどうです？　実は……」

「ナカハラさん……」リュウは、さとすようにいった。「われわれは、たとえ滅亡したにしても、われわれより古い歴史をもち、われわれより高い文明をきずき上げた、この星の種族に、敬意を表したいのです。——聖域（サンクチュアリ）は、そのままそっとしておきたい」

そんなことじゃないんだ、と彼はいいかえそうとして、口をつぐんだ。——相手が、こちらを、デリカシイのない、荒っぽい古代人だと思っていることが、あからさまに感じられたからだった。

ちくしょうめ!――とフジは、腹の中で毒づいた。――この連中は、はじめっから、おれたちを野蛮人あつかいだ。――はじめて、会った時から……。

……冷たい、灰色の氷にとじこめられた世界から、次第次第に自分が覚醒しつつあるとさとった時、まっさきにフジが思ったことは、自分がまた、妙な薬をのみすぎたのではないか、ということだった。――ずっとまえに一度、〝薬(ドッピィ)〟をのみすぎて死にかけた時、回復時に同じような気分を感じた。――暗い、〈融解室〉での、何日とも何週間ともわからない時間の中で、彼は記憶がすこしずつ「とけて」くるのを感じた。――そうか、と彼は思った。――今や、冷凍睡眠(コールドスリープ)の、『無期限(インフィニット)』の期限が来たのだ。今は……いったい、何世紀だろう。

「どうしますか?」

代謝率を徐々に上げ、機能回復のむらができないように、大量の薬品注入や、高周波照射、超音波マッサージをうけ、筋肉をほぐすいろんな運動を機械に強制され、やっともと通りの食欲も、体力も、回復したころ、白衣をつけた係員は、無表情にいった。

「どうしますって……何が?」

「何をえらんでもいいんです。あなたの自由です」

「だから、何をえらべっていうんだ?」彼はいらいらしながらきいた。

「そうですね――もう一度眠ることもできます。〝快楽の園〟で生きながらえるのもいいでしょう。安楽死もえらべます。それから、旅に出ることも……」

「なんのことだか、よくわからん……」彼は、奇妙な飲物――うすあまい、まるで安物の合成ジュースみたいな、安っぽい飲物――をのみながら首をふった。

「われわれの方で、一応、前文明の不要になったものを、全部整理することにしたんです。――むろん、いつでも再構成できるように、情報化してはのこしますが……人口はへったことですし、もう、誰もわれわれを指図してくれませんし――しかたがないから、〝主人(マスター)〟たちは、そっとしてあげておいて、あとはわれわれが、われわれ流のやり方で管理することにきめたんです。そこであなたのお望みをきいておこうと思って……」

　そこまできいて、彼はやっと、眼の前にいるのが、人間ではなくて、アンドロイドだということに気がついた。――彼は、自分の頭が、ようやく正常に働き出した証拠として、胸中にまきおこりつつある混乱をかみしめながら、性急にきいた。

「今は何世紀だ？」

「今は、旧紀元で五十六世紀です。――ここは、海王星(ネプチューン)の衛星トリトンの上にある、昔の宇宙サイボーグ病院です」

　彼は、窓がないかとあたりを見まわし、やっとボタンで開閉する窓をみつけ、食いつくように外を見つめた。――暗黒の宇宙と、うすぼんやり光る、凍りついたような巨大な星が見えた。

三十五世紀の間に、どういうお役所の不可思議な手つづきのあやによって、フロリダのコールド・ステーションから、はるか太陽系の辺境にあるトリトン上のサイボーグ病院に自分の管理がうつされたのか、そんなことは詮索するひまもなかった。――ただ、『無期限（インフィニット）』を要望するスリーパーのあつかいに、連中が長期にわたってかなり迷惑したことはたしかだった。そして、途中で、冷凍睡眠につけくわえられた新しい技術――『時間停滞（タイム・ディレイング）』という技術によって、ふつうのスリーパーよりずっと長く保存されていたことも……。

とりあえず、彼のやったことは、五十六世紀の地球にかえることだった。――しかし、火星から地球へとおもむく、がらすきの宇宙船の中で、彼の胸の中に早くもひろがりはじめたのは、大きな失望だった。いたるところで、機械的な確信にみちて立ちはたらいているロボットたちから教えられた情報を総合してみると、彼が、ある種の期待をこめて冷たい眠りの中に自らの生を凍結していた三十五世紀の間、基本的にかわったところは、何一つなかった。――むろん、すでに恒星間航行はおこなわれていた。しかし、数光年からようやく約十光年のオーダーに達したこの恒星間航行において、はかばかしい成果はなかった。――その範囲内においては、高等宇宙生物との直接のコンタクトはなかったのである。いくつかの恒星系において、高文明の痕跡はみとめられた。また、地球人よりもっとひくい段階にある生物のすむ星も発見された。――だが、彼らとコミュニケーションをもつことは、犬と意志疎通をはかるより、はるかに困難だったのである。

　さらに、二つのことが、人類文明の上におこっていた。――一つは、太陽系のほとんど全域に拡散された文明が、恒星間へ進出しようとして、ついにその急速な〝稀釈化〟にたえられなくなったことであり、もう一つは、人類の〈種〉そのものの中に起り出した、どうしようもない、頽廃化である。――それは、遺伝子そのものが、もう能力一ぱいに開花してしまい、〝遺伝子のデカダンス〟ともいうべきものが起りはじめたのかも知れない。

「それだけじゃない……」それ自体、一個の〈都市〉ともいうべき存在にまで人工化された月面の中核宇宙港で出あった、〝五十六世紀人〟の一人――それがリュウだった――は、しずかな口調で語った。「いろんな兆候から、新世代の生物相に、新たな変動の兆候が起りつつあるのです。ごらんなさい」

　リュウは、人気のすくない、ガランとしたラウンジの一角にある鉢植をさした。――そこには、大輪の蔓植物の花がひらいていたが、その花びらはまるでうすいポリエチレン・フィルムのようにすき通っていた。

「あれは、朝顔です。――交配によってつくり出したわけじゃない。ここわずか半世紀の間に、ああいうタイプの新種の突然変異が、いろんなところで、頻発しはじめているんです」

「太陽のスペクトルでもかわったんですか？」と、彼はきいた。

「それほどかわったわけじゃありません。――そうですね、あなたの時代からくらべれば、ほんの少し、青の方へずれたかも知れませんが、輻射総量そのものはかわりませんし、それとも、短周期変動かも知れません。しかし、少なくとも、第四紀沖積世の生物相には、その深いところで、変動の兆候があらわれています」

「短い——」彼は思わずうめいた。「もしそれが本当だとしたら、あまりにも、第四紀沖積世は短いじゃありませんか？　わずかに一万数千年で……」

「しかし、それもわれわれの主観かも知れないんです。ナカハラさん……沖積世が終るんじゃなくて、同じパターンの中で、ごくわずかの変動が起って、沖積世第二期にはいるのかも知れません。その程度の変化なら、すでに現世にはいってからも起っているのかも知れませんよ。あなたの時代から三千五百年の間に、アフリカ象とマウンテン・ゴリラは絶滅しましたよ」リュウはわびしげに笑った。「それに、人類においても、他の生物においても、明らかに進化の加速（アクセレレーション）が起っています。——あなたと私の容姿のちがいをごらんなさい。これが、人類の上に、二十一世紀以後わずか三十五世紀の間に起ったことです」

たしかに——そこにあるのは、三十五世紀の間に、遺伝子があわただしくきざみあげた変化の結果だった。リュウの額は、彼よりも三倍ひろく、前へ大きくもり上り、額の中央に、さらに顕著な隆起があった。そのため顔面は小さくひっこんで見え、顎は下すぼまりに、うすく、よわよわしくなっている。背の高さは、一メートル八十ある彼より首一つ高くなり、四肢は細長く華奢だった。

定向進化だ……と彼は思った。——二十一世紀において、すでに予想されていた方向の、あまりにあざとすぎる現実化だ。

だが、それならすでに、二十一世紀において予想されていたことではないか？——これはど急速な変化が起るなら、何かあの時代における人類の予想を裏切るようなもの、当時の人間の想像力の貧しさを嘲笑うような、まったく新しいものの誕生の兆候はないのか？

「残念ながら……」とリュウは、首をふった。「地球へ行ってごらんなさい。――いや、行くまでもないかも知れん」

すでに、月面において、彼は肌に感じていた。――壁面にうつし出されている地球の情景もそれを物語っていた。いたるところに見出されるのは、文明そのものの、定向進化の兆候だった。しかも、そこにあらわれているものは、すでに二十一世紀において、彼の世界に存在したものの、極端化され、絶頂にのぼりつめ、彼の時代には、まだ見てとられたエネルギーを失い、もはや枯れかかっている文明だった。人口は――リュウの話によれば――千年前に絶頂にのぼりつめ、太陽系全体で五百億を数えたが、それ以後、サイボーグ化したものをのぞいて、純粋種は急速にへりはじめ、現在では、太陽系全体で百億たらず、地球上でわずか十億にすぎなかった。――むろん、冷凍精・卵子の形で、いつでも数百億をひき出せるだけのストックはあった。しかし、決定的なことは、人類全体が、増殖に興味を失ってしまっていることだった。アンドロイド・ロボットから、数百の超電子脳にいたる全自動機械系は、どんどん自己増殖をつづけていたが、人類はもはや、機械を指図し、支配し、使いこなす意欲を失っており、機械に対してまったく受身になっていた。――地球上では、もはや、機械のアドヴァイスをうけなければ、何をしていいのかわからないような人間が大部分だった。――育児も教育も機械まかせの十数世紀は、世代間コミュニケーションをほとんど潰滅させ、人は生れながらに、孤独の中で、十重二十重の機械につかえられながら育っていた。

誰がそれを責められよう？——そんなことは、別にかまいはしなかったのだ。——問題は、人間に、生きる意欲を起させるような対象が、もはや何一つ見つからなくなってしまっている、ということだった。そして、一方ではあの、駈け足の定向進化がある。——人類は、その文明においても、内面性においても、ある方向への絶頂にのぼりつめ、そのまま数世紀をすごし、あとは枯れていくしかないところまで、行きついてしまったのだ。

拡充飽和の極に達したその状態には、脱出のいかなる可能性も見あたらなかった。——「出口なし」だ。基本的に新しい突破口は、何も見つかっていなかった、ただあるのは、飽和したものの膠着と、エラボレーションと、極限化されたリファインと……。三十五世紀たっても、人類は、その種と文明を超える可能性をなに一つ見つけることができなかったのだ。とすれば——二十一世紀に、すでに彼が感じていたことは、何一つ変っていなかったのである。いや、むしろ、あの時すでに彼の感じていた兆候は、実はまだはじまったばかりであり、その後、凍結されていた三十五世紀の間に、文明はその方向にむかってまっしぐらにのぼりつめ、その方向を拡充し、完成し、一般化しただけだった。——三十五世紀前には、一人の男の、胸の底にあったたいらだたしい問いは三十五世紀かけて、その一般化された解答を出してしまったのだ。

人類は、これだけのものだ！——これが、人類の限界だ……。

〝量〟においては、まだ拡大の余地がのこされていた。——星間航行距離は、千光年のオーダーに達する見こみがついていた。生命は、理論的には、凍結と『時間停滞（タイム・ディレイング）』で無限に保存することができるようになっていた。——だが、そんなことをして何になるのだ？　人々は〝量〟につかれ、あまりにも長く抱きすぎた期待につかれていた。——太陽系をおおいつくした、人類と機械の文明の中に、何かまったく新しい可能性は……たとえば、〝新種の人類〟がうまれてくる可能性といったようなものは、どこにも見られなかった。

「私たちは、旅に出ます……」とリュウはいった。「たよりないことですし、いままでに何度となく裏切られているんですが、それでも今となっては、そのたった一つの、たよりないものをあてに、旅へ出るより仕方がありません。行って何になる？　とみんなはいいます。——でも、ここにじっとしていて……人類の黄昏の、あの底なしの憂愁を味わいつくして死んでいくのも、たよりないとはいえ、まだほんのかすかな、可能性のまたたきをのこしているものを目当てに、旅をつづけ、そして結局むなしく死んでいくのも、同じことですし、まだ旅をつづける間は、そこはかとない、期待がつなげます。——あなたも来ますか！」

「どんな可能性？」

彼は、彼らの傍をすうっと幽霊のように通りすぎて行く、丈高い、裸足の少女に思わず気をとられた。——少女は、美しいといっていい顔だちだった。だが彼をおどろかせたのは、少女が、ランニング・シャツのような、汚れた、穴のあいたシャツを一枚まとっただけで、下半身に何もつけていないことだった。それ以上に、彼にぞっとするような思いを味わわせたのは、ラウンジを歩くその異様な姿に、誰も注意をはらわず、少女自身、決して狂っているのではない、ということがわかったからだった。――その能面のような無表情な顔の、二つの青い眼は、深く澄んでおり、しかも――周囲に対し、自分の今いる場所やシチュエーションに対し、何の関心ももっていないことをものがたっていた。――ぞっとするような無関心……少女は、自分の周囲に何の興味ももたず、ただ、内面にきざまれていく生命の時に、じっとききいっているのだ。――生れた時からはじまる死への秒読みを……。

「どこへ行くんですか？」彼は、われにかえってもう一度ききなおした。「どんな可能性があるんです……」

「七百光年先に、信号を送っている星があるのです……」リュウはいった。「そういう星は、今までに何度か見つかっています。ですが、その大部分は、こちらのまちがいでした。――たしかに信号らしいと思われたのはありましたが、交信に成功したのは一つもなく、思いきってそういった星にむかったものも、すべて消息をたち、かえって来ません。――ですが、今度のは、かなり可能性があるようです」

宇宙船の出発は二時間後にせまっており、それはこの、月の孫衛星軌道にのせられてあるのだった。――彼は、少し迷った。地球へも行ってみたかったが、それがリュウのいった通りだとすると、行ってもしかたがないような気がした。

彼はリュウに教えられてラウンジの一角にある〈トータル・サイト・ルーム〉にはいって行った。――直径三十メートルほどの、平べったいドーム型の部屋の中には誰もおらず、長らくつかうものもないとみえて、うすいほこりがたまっていた。――彼は、教えられた通り、コントロール・ボックスのうえの、メルカトル図法で描かれた地図の上を指でおさえた。と——たちまち部屋の中は暗くなり、ついでドームの内面いっぱいに、地球からおくられてくる3Dカラーテレビの映像がうつった。上も、前後左右も、スフェラマ方式でうつし出されるので、まるでうつし出された現場にいるのと同じような錯覚を起すのだった。

いま、彼は、あの二十一世紀の最後の数週間をすごしたフロリダのマイアミ海岸にいた。——何となく異様な感じがするのは、この三十五世紀間、地球がたえず温暖化への道をたどりつづけたため、海進によって、海岸線がひどく後退してしまっているからだ、ということが、しばらくしてからわかった。——かろうじて見おぼえのある地形をさがし、もとの海岸線をもとめると、はるか沖合に白い波を噛んでいる珊瑚礁(リーフ)のように見える長い線が、かつて海岸に林立していた、ホテルやビルの頂きだということがわかった。その上に今は本ものの珊瑚礁がまといついている。——二十一世紀のホテル業者たちは、せっせと未来の堡礁をつくっていたわけか！

新しい海岸線は、以前よりはるかに濃密な森林におおわれ、それも美しく刈りこまれ管理された間に、白い、極度にシンプリファイされたゴシック建築のような、この時代の建物がたっていた。——一目みて、誰も住んでいないとわかるそれらの美しい、洗い出された骨のような建築は、それでも、ビルト・イン・クリーナーによって、塵一つとどめぬほど美しくみがかれ、あでやかな粧(よそお)いで客のくるのを待っていた——だが見わたすかぎり、そこには生き物の気配がなかった。海岸の——それもおそらくは人工の白砂の——長い汀に、彼はたった一つ、ポツンとひざをかかえてうずくまる人影を見つけ、倍率をあげた。

「邪魔しないでください」

という札を背中にかけたその人物は、沖にむかって砂の上に腰をおろし、かかえたひざの間にじっと頭をたれて動かなかった。裸足のくるぶしが水にふやけ、その肉を、小さな奇妙なやどかりや蟹が、せっせと食いちらしているのを見て、彼はその人物に背をむけた。

――その男は死んでいた。

彼は、マイアミの映像に背をむけて、部屋を出ると、ラウンジの隅に、まだポツンとすわって、物思いにふけっているリュウの背後にちかづいて、声をかけた。

「その宇宙船には、どうやったら乗れるんです？――手つづきは？」

手つづきは何もなかった。――誰でもかまわない、行きたい連中は、出発時刻までにのりこめばいいのだ。彼のように、過去からやってきた男でも、犬でもかまわなかった。地球上の開発電子脳たちが、最新の技術をあつめて自動工場でつくった巨大な宇宙船には、千数百人の定員の、五パーセントにもみたない連中しかのりこんでいなかった。大頭で、ひょろひょろと背が高く、どうしようもなくメランコリックな五十六世紀人の一団は、それでもかすかな、一縷ののぞみにむかって、あえてこのたよりない旅を挙行しようとする意欲をもった中核的な人々によってみちびかれており、リュウはその中の一人だった。

その中で、彼は、エヴァにあった。彼より百年あまりのちに同じように、無期限冷凍処置をうけた、二十二世紀の、絶望した小娘……。彼女と、お互いの身の上については、ほとんど語りあわなかったが、二人を組にしてしまったのは、二人とも、五十六世紀人たちとは、ほとんど言葉が通じないということだった。――リュウと彼とが話ができたのは、リュウが古代語の研究をやっていたからだった。

五十六世紀人たちのしゃべる言葉は、長い場合は猛烈にはやかった。――まるで昆虫の翅音のようにしかきこえない。一つ一つの単語をゆっくりきかせてもらうと、その中には二十一世紀の言葉が、猛烈に簡略化され変形されて、かすかな痕跡をのこしていることがわかるが、とてもききとれたものではない。その上、彼らの言語系の中には、数式や数字の概念が、たくさんとりいれられていて、とてもついていけたものではなかった。――日常の会話は、まったく静粛で、言葉すくなかった。というよりは、大脳前頭葉が二十一世紀人にくらべて極度に発達した彼らは、ほんの短い、感投詞のような言葉を投げかけあうだけで、ほとんどの意味が通じてしまうらしかった。しかし、長い議論になると、鳥のさえずりのような、せせらぎのようなせわしない声があたりにみちた。――彼が発見しておどろいたのは、五十六世紀人たちは、会話が熱をおびてくると、しばしば二人ないしそれ以上の人たちが、同時にしゃべりまくるということだった。最初はそれが受け答えになっているのかと思ったが、そうではないらしく、めいめいの人間は、相手のいっていることなどきかず、猛烈なスピードで自分の考えをしゃべりつづけ、相手のしゃべりつづけている話のうち、ほんの一つ二つの単語なりフレーズなりで、なにかこちらが展開している思考にヒントとなるようなものがあれば、それが相手方の展開している思考系列のなかで、どういう順序、または意味で組みこまれているかということとは関係なく、それをこちらの思考の流れにとりいれて、また新たな方向へ、自分の考えを展開していくらしかった。——つまり、彼らの議論とは、めいめいが相互に情報発振源になってのべつ発振し、何かめいめいにとってそのなかで、瞬間的に共鳴する情報だけがコミュニケートすればいいのであって、相手の考えを全面的に理解する必要はなかったのだ。にもかかわらず、そのやり方は、相互に共鳴し、コミュニケートする情報が、ある確率でもって整理されていくことによって、りっぱに——むしろいちいち言葉の厳密さをたしかめて、煉瓦のように論理を構築していく古いやり方より、よっぽど効率よく——相互の思考を進展させ、同時にめいめいがちがった側面において、新しい問題に達することによって、ひろがりを深めていくのだった。

こんな連中の間で、でかい声でモタモタしゃべる、頭の回転の鈍い、動作の荒々しい二人の〝原始人〟は、ある種の軽薄の雰囲気に包まれて孤立していた。——こちらが彼らの言葉をおぼえるより、彼らがこちらの話し方をおぼえる方が、はるかに早かった。特に中核の連中は、多少は責任者としての保護者意識にかられたのか、ほとんどしゃべれるようになった。——彼としては、面白くなかったが、エヴァといっしょにがまんするよりしかたがなかった。このあいそのない、ほそっこい二十二世紀の小娘と、彼はほとんどしかたなしに——つまりお互いに一種のうさばらしとして——パートナーとなった。がまんすることは慣れていた。それに、ここまで来たのだから、彼の遠い子孫たちが、いったいどこまで行きつくのか、どんなことがあっても——たとえ宇宙のはてまでも——見きわめずにはおられなかった。

長い、わびしい旅がはじまった。――その巨大な宇宙船の居住性は申し分なく、たえ間ない加速のすえ、三ヵ月目に亜光速に達した。艇殻表面に、ごくうすくつくり出す歪曲場の皮膜――そのために、推進エネルギーの半分をついやしてしまうのだが――によって、速度が光速に近づくにつれて相対的に増加する加速エネルギーの問題と、艇にぶつかる星間物質の衝撃とをきりぬけ、亜光速の旅は、自動操縦装置と、多数の艇操作、管理、サービス兼用のロボットたちによって、ごく快適につづけられた――生理的には……

だが、精神的には旅が進むにつれて、重くるしい憂愁が艇内にたちこめてくるのを、どうしようもなかった。相対時差によって、七百光年の旅は、艇内では、数年にすぎなかったが、その間にも続々と、死者が出ていった。――それは、いったい、自然死と呼ぶべきだろうか、自殺とよぶべきだろうか？　彼らは、彼ら自身にとってほとんど生得的のものであるあのどうしようもないメランコリイ――それは、まだ若々しいものを残していた二十一世紀から来た人間にとっては、何かはかり知れないものがあった――の中に、際限もなくのめりこんでいき、生きる意欲をまったく失い、食事はもちろん、飲み物さえとらないようになり、やがて代謝率さえさがった生ける屍となり、ついには本当の屍となってしまうのだった。しかもそれを誰も――ロボットさえも――とめようとはしなかった。こうして旅の終りが近づくにつれ、当初の人数は溶けるように減っていき、二分の一になり、三分の一になった。むろん、彼はたまらない気分におそわれ、一人でどなりまくったり、せめて向うへつくまで生きているべきだと議論をふっかけたり、手もちの精神昂揚剤をエヴァと二人でのんで、乱痴気さわぎをやったりした。——彼にしてみたら、自らを、なんとかこの滅入りこむ気分からひき出すとともに、五十六世紀人たちの気分も何とかひきたてたいという衝動があったのだが、結局は大勢をどうしようもなく、やがて彼自身も、この底なしの憂愁の雰囲気に、彼なりに適応せざるを得なかった。

旅の終りに近づいた時、それまで信号らしきものをおくっていた星が、突然、強い輝きをはなつとともにあっけなく消え失せ、その時は、『中核者』たちの中からさえ、大量の死者がでた。——しかし、宇宙船は、なおも消え失せた星の地点にむかって進み、すでに減速にかかろうとしていた。そのころ、光の消え失せた星から、わずか二光年たらずはなれたところにある連星に、いくつかの惑星があることがわかり、艇は、何ごとによらず確率何パーセントの形でしか答えない中央電子脳の慫慂（しょうよう）にしたがって、コースをその連星にむけた。そして……。

3

都市中央の巨大な円形の広場に着陸している、探査艇にかえってみると、他の方面へ出かけて行った調査隊も、みんなかえってきたところだった。——そして、ただされ五十六世紀人たちが身につけている憂鬱な雰囲気は、どの調査隊のメンバーの顔にも強くあらわれている落胆の色によって、いっそうこくなっていた。

「またきっと……」とエヴァはささやいた。「誰か死ぬわよ」

「どうだったんだ？」と、彼はみんなを見まわしていった。「とにかく、ぼくにもきかせてくれよ」

お互い、言葉短かに、情報を交換しあって、それから力なげにあちこちへ散って行こうとしていた五十六世紀人たちは、その言葉をきくと、顔をそむけた。――ミックという、隊長格の男が、溜息をつくと、彼の前の椅子に腰をおろした。

「むだだった……」とミックは、二十一世紀語でいった。「いくつかの事実は見つかった。彼らの文明が、われわれ地球人よりはもう少し先まで進むことができた、ということもわかった。まあ、ある種の技術的な面でね――しかし、そのほかの――つまり、精神的な面では、たとえわれわれより先んじていても、ほんのわずかなものにすぎなかったらしい」

「なぜ、そんなことがわかる？」と彼はいらいらしながらいった。「彼らの文字でも読みとれたか？」

「完全にではない。――ただ、彼らの数字らしいものは解読でき、数式もわかった。それだけで、だいたい充分だったよ、フジくん――あとは彼らの文明のパターンで、だいたいわかる。彼らは――われわれと同じような精神的な問題にぶつかり、彼らのきずき上げた文明は、彼らの〈種〉が滅亡するまでに、ついにその問題の解決をあたえてくれなかった。そして彼らは……むなしく滅んでいった。一部は……宇宙の外へ、のぞみをかけ、自分たちの星と文明をすてて、どこかはるか遠くの宇宙へ出ていったらしい。われわれが、あてどないのぞみを抱いて地球をはなれたのと同じように……」

フジは、壮大な、暗赤色のガスの尾をひいて地平へしずんでいく二つの太陽に眼をやった。リュウはいっていた。すでに、彼らは、何百年も前に、この都市から消え失せた、と。――とすると、われわれは、はるばる七百年を旅して、一つの失敗におわった異星の文明の残骸、ついにむなしかった、もう一つの精神の冷たい骸（むくろ）を手にいれただけか？

「あの信号は？」と彼はきいた。「あの信号の意味は解読できたのか？」

「解読も何もない……」ミックは、茶色の手袋をはめた細長い指を、ひらひら泳がせていった。

「強いていえば〝ここに知恵と心と言葉をもてるものあり、宇宙の底の心あるもの、こたえよ、この言葉を解け〟とでもいうか――1、2、3、6の完全数。加法定理、円周率、3、4、5の直角三角形……われわれが考えた通信と同じさ。――ものすごく時間間隔をおいた、ニュートリノのパルスでおくってきた。あの信号をおくるために、連中は、われわれの太陽より小さい恒星を、すくなくとも三つ四つ、つぶしたんだ」

「三つ四つも？」彼はおどろいてききかえした。「どうして？――君たちが、信号をおくっているのを発見したのは、あのつぶれた星からじゃなかったのか？」

「この連星の周辺には、比較的小さい恒星がたくさんある。――小さくて太陽系からはとても見えにくい。連中は半径六光年内の恒星を、通信をおくるためにいくつもつぶした」通信工学を趣味でやっている、ハンという男が、低い声でいった。「この都市の大通り（ブールバール）ナンバー1をまっすぐ行った行きどまりに、その計画をコントロールしていた、一種の通信天文台のようなものがあった。最後の方は自動装置でやったようだが、もうそれも大分前にとまっている——そこをしらべてだいたいわかったが……」

「でも、なぜそんなにたくさん、星をつぶさなきゃならなかったんだ？」

ハンは、ポケットの中から、薄葉の写真を数枚とり出して、机の上に投げた。

「ここへくるまでの間にとった、この星の周辺の恒星群の写真だ」とハンは、黒い背景に点々と白い点のちらばっている写真をさした。「これまで、あまり注意して見なかったんだ。距離も遠かったし、星の光度も小さかったからな。——だが、ここへくる間に、ほかにもこの周辺から消えた星があり、その星の写真をうんと拡大して見ると、ほら、小さなジェット噴射が起っている。——それも連続写真で見ると、間欠的にこの噴射が大きくなったり、消えたりしている」

彼は、写真をとりあげて、目をこらした。——白い矢印のついた星から、小さい、針の先のような線が出ていた。次の写真では、星の光はうんと弱まり、その線は消えている。

「そのジェット噴射の方角に、中性微子（ニュートリノ）のビームが出ている」とミックがいった。「全部でどのくらいの星をつぶしたかわからないが、とにかくあんな相互作用の起りにくい、いいかえれば、貫徹力が強くて、コントロールしにくい粒子でもって、どうやってあんな指向性の強いビームをつくり出したのか——その点の技術は、われわれもシャッポをぬぐね」

「この星のどこでも見出される、重力コントロールの技術が応用されているんだろうな。――重力粒子（グラヴィイント）とニュートリノとの相互作用とコントロールの技術を、彼らはかなり前に発見したんだ」とハン。「いずれ、われわれだって、その技術の秘密を手にいれるだろう。――だが、手にいれたって、どうにもならんがね。……今さら技術なんて……技術なんか、われわれにとって、何になる」

「つまり、このジェット噴射の噴出している方角にむけて、彼らは通信を送ってみたわけだな」フジは、写真を机の上にもどした。「宇宙の、あちこちへむけて……そして、そのうちの一つが、太陽系の方角をむいていた……」

「おそらく、最後の一つがね……」とハンはいった。「一連の通信をおくるのに、おそらく数世紀以上かかっている。――ということは、太陽よりかなり小さいとはいえ、エネルギー源の恒星一つを、数百年でつぶしちまったということだな」

「すごい浪費だな……」彼は、机の上に投げ出した写真を、腕組みして、じっとながめた。

「まわりの星を次々につぶして、宇宙にむかってよびかけた……。そうまでして、誰かに連絡をとりたかったのかね」

「おれたちには、その気持がわかる……」とミックはいった。「もう――この星の文明も、彼ら自身の〈種〉の生命も末期にさしかかり、彼らにもそのことがわかったんだろうね。そこで、彼らは文明の最後のエネルギーをふりしぼり、彼らの文明の精髄を全部ぶちこんで、二つのことをやった……」

「恒星をエネルギー源として、食いつぶすのも、大変な浪費にはちがいないが、あの通信計画自体が、大変なものだ。——おそらく、この星の使える資源は、この計画でほとんど消費されてしまったろう」とハンは、壁にもたれて溜息まじりにつぶやいた。「彼らは、各種の核反応については、われわれよりよく知ってたんだろうな。——それでおそらく、恒星の中に、ニュートリノを大量に放出するような核反応を起させる物質をぶちこんだ。おそらくは、核反応の触媒のようなものだろう。——恒星は、触媒をうちこまれるたびに、その物質とエネルギーを、ニュートリノによって大量かつ急速にはこび出されて、みるみるしぼんでいき、最後にちぢまって爆発し、小さな暗黒矮星の芯がのこる。——だけど考えてみろよ。一連の通信文をおくるのに、どれだけの量の反応物質を、どれだけの回数にわけてぶちこまなければならなかったか……宇宙のあちこちにむけて、指向性ビームをおくるために、そうやって、どれだけの数の恒星を、どれだけの期間にわたってつぶしていったか」

「今、彼らは二つのことに、文明のすべてをぶちこんだといったね……」彼は、ミックにむかっていった。「一つは、この星をつぶしてラブレターをおくる計画として、もう一つは何だね？」

「彼らの一部は、宇宙へ出て行ったんだな」ミックはいった。「どれだけの人数が、どんな宇宙船にのって行ったかわからない。——だが、これもおそらく、巨大な計画だったろう。大通り（ブールバール）ナンバー2のつきあたり、宇宙船の建設工場と宇宙港があり、そこから彼らはとび立っていった。宇宙港は今はがらんどうだが、一種の映画みたいな記録が残っている。——君も見たければ、行ってみるがいい……言葉はむろん、まだわからない。だが、見るからに悲しい船出だ。――もう彼らは二度とかえってくるまい……何をもとめて旅立って行ったのか……おそらく、われわれよりあてのない旅だったろう。われわれと同じように、何か、自分たちより上のものを、――彼らの文明の限界からの脱出口をもとめて……」

　彼は、ミックのすわっている机のボタンを押した。――テーブルの底から、この星の〈都市〉の立体写真がせり上ってきた。――高空から探査艇がとったものだ。地上で見れば波うつ水晶の巨大な集合体のように見えるこの都市も、高空立体写真で見ると、みごとな同心円と放射線で構成されている。――中央の高台の上に探査艇が着陸している巨大な〈広場〉があり、そこから、きっかり百二十度の角度で、三つの方向に〈大通り（ブールバール）〉がのびていた。

「大通り（ブールバール）ナンバー1の行きどまりには、あの恒星通信計画……」彼は、指先で立体模型の上をなぞった。「ナンバー2の行きどまりに、彼らの中のえらばれた連中が虚空へむけてたびだって行った宇宙港……で、大通り（ブールバール）ナンバー3の終点には？」

「君の好きな、〈神殿〉がある……」とリュウはいった。「この星にのこり、この星の文明の終末と運命をともにした、大多数の人々の安息所が……」

「そうかね……」彼は――それは五十六世紀の人たちが、ひどくきらう振舞いの一つだったが――爪をかんだ。「たしかに……あの〈神殿〉のたっている人工の丘は、巨大な墳墓だ。――だが〈神殿〉そのものは……」

「あそこにまつられているのは、彼らの社会の〝聖者〟たちでしょう」とリュウはいった。

「この高台の上の広場は、彼らの文明の発祥にとって、何かシンボリックな意味をもっているにちがいない。――そこから、等間隔に、三つの方向にのびる大通りは、やはり彼らの文明の歩んだ道を象徴するのでしょう――一つの道の終りには〝よびかけ〟、もう一つの道の終点は〝旅立ち〟、そして……最後の道の終りには、〝安息〟……」

「それだけかな……」彼はまだ納得がいかないように首をふった。「ねえ――もう少しあの〈神殿〉をくわしくしらべてみる必要があると思うんだが……あそこにも、彼らの文明の精髄の一部が……」

「それをさぐって、何になりますか、ナカハラさん……」リュウはいった。「おそらく、彼らにとって、〈種〉の安息のシンボルであるあの〈神殿〉には、彼らの内面的な歴史にとってのみ、意味のあるような――彼らのはかり知れない内面性にとって、親密(アンチーム)なもの、なつかしいものの精髄(エッセンス)がつめこまれているんでしょう。それは、彼らのもので、われわれには関係のないものだと思いますね。――それに、尊敬すべきこの種族全体の、魂の安息所を、私たちは冒瀆したくありません……」

ミックもハンも、何もいわなかったが、同感の意を、机から顔をそむけることであらわした。――彼にも、リュウの考えはわからないではなかった。そして、五十六世紀人の、なみはずれたメランコリイと裏腹になっている、なみはずれてデリケートな心情――特に〝死〟とか〝終末〟とか、〝滅亡〟という概念を、ほとんど〝聖なる概念〟として繊細な敬虔さをもってとりあつかっていることも……。

だがしかし、彼には、まだ何かしこりがのこった。

――〈神殿〉には、なにか、まだ、〝聖なる魂の安息所〟である以上の意味が、かくされているのではないか？

「これからどうするの？」さっきからずっとだまっていたエヴァが、ポツリといった。

――気がついてみると、探査艇の会議室の中は、彼とエヴァの二人をのこして、誰もいなくなっていた。

ほんとうに、これからどうするのか？

この惑星の、すみわたった夜の大気の中にたたずみながら、彼はしんとしずまりかえった〈死の都市〉を見おろした。――かつてはこの中央の、標高百メートル以上ある高台の上から見おろせば、水晶の都市の上に、千万の燈火のきらめきわたる、夢幻的な光景が見わたせたのだろうか？

だが、今は、かつて人口六億を擁したといわれる都市は、美しく結晶化した骸骨として、夜の大地の上にしらじらとひろがり、その上を青白く照らすものといえば、三つの衛星のうちの、もっとも近く、巨大に見える月の冷たい光と、満天の星にすぎなかった。

「また死んでるわ……」

エヴァが、そっとささやいた。

建物の影になっている広場に無数にある光と煙の噴泉の一つ――夜がくるとともに、それは自動的に五彩の煙を噴き出すことをやめていた――の傍で、ベンチに腰かけたまま、一人の五十六世紀人が、絶望に押しひしがれたように、頭をかかえてうずくまっていた。そのうすい肩からは、すでに生きているしるしが消えうせ、地球のものよりやや黄ばんだ感じの、月光が、冷たい死のように、その足もとにしのびよっていた。

「彼で四人目です……」リュウの姿が、暗い影の中からひっそりあらわれた。「明日はもっと死ぬでしょう……」

「で、どうするんだね？」と彼はきいた。「みんな、ここで死と安息が訪れてくるのを待つのかね？——それとも、地球へかえるのかね？」

「どうしようと同じです……」リュウの声は、今までよりさらに虚ろに、さらにうち沈んでいた。

「もうこれで、われわれの旅行はむだだった、ということがはっきりしたんですから——あとはどうなろうと……もう、この旅のためのチームは、実質的に解散してしまったんですから……」

「地球へ——とにかくかえらない？」とエヴァはいった。

「どっちでも、ご随意に……二、三日のうちにきまるでしょう。——しかし、地球へかえったら、千五、六百年はたってますよ……」

そうか——と彼は思った。——相対誤差というやつがあるのだ。亜光速で来ても、地球から七百光年はなれているこの星まで、行ってかえってくれれば、地球の上では、七百年の倍以上の時間がたってしまっている。

「おやすみなさい……」とリュウはいった。「また明日、お目にかかれましたら……」

大頭で、ひょろひょろと背の高い彼の影が、探査艇の方に行ってしまうと、エヴァがポツンとつぶやいた。

「あの、憂鬱な連中さえいなければ、ここもけっこう美しくて、ロマンチックなのにね……」

そうだ――たしかに、〝終末〟の影さえなければ、こんな美しく、快適な星はない。――天文学上の知識のあまりない彼にも、数ある星の中で、地球人が到達し得る距離内にあって、これほど地球に酷似した条件をそなえた星は、やっぱり稀なことではないかと思われた。――二重太陽による、公転軌道の変動の大きさを別とすれば、自転周期三十時間、公転周期約五百日、平均重力加速度〇・九二G（直径が地球より大きいのに、Gが小さいのは、おそらくその一部を重力コントロールにつかっているからだ、とハンはいった）大気組成、酸素三、窒素七、炭酸ガス少々、赤道部における太陽からの輻射量は、地球よりかなり大きかったが、ここ北緯六〇度の高緯度帯では、空気も澄み、気候も快適だった。――そして、惑星表面にまだ残存している生物相も、形態こそ風がわりだったが、その基本は炭素系であり、まったく地球のそれと酷似しているのだ。そして、ここで発生した最高等の知的生物のきずきあげた文明も、そのたどった運命さえもが！

「私、ねるわ……」エヴァはかすかに体をふるわせていった。「まだ起きてるの？――寒くない？」

「もう少し、ぶらぶらする……」と彼はいった。

「おやすみ……」

「おやすみ」

エヴァは、つとのび上って、何のつもりか、彼の頬に冷たい唇をそっと押しつけ、そのまま足音もたてずに立ち去っていった。

彼は、なおそのまま、しずまりかえった夜の広場から、いりくんだ、暗い辻々をさまよい歩いた。——そして、足はまた、いつの間にか、〃神殿〃へ通ずる大通りの頂きにむかっているのだった。

高台の上から見おろすと、広大な氷原のように、あるいは干上って結晶した塩湖のように、ただ一面に青白く、キラキラと光っている都市の中で、あの〈神殿〉だけが、ボウッとうすぐらい桃色の光をはなってうき上っていた。斜めにのびた、ねじまがった尖塔の光が、ルビーのように、真紅のつよい光をはなっている。——とすると、あそこだけは、この死に絶えた都市の中で、重力コントロール以外のエネルギーが供給されているのかなと、彼はぼんやり思った。とたんにどういうわけか、急に胸が高なりはじめた。

待てよ——と彼は、かすかに頭の底にひっかかりかけている考えをとらえようと、——思わず息をとめた。——ということは……。

不意にいろんな記憶がいっせいに起き上り、一つのまとまったパターンをとろうと、押し合いへしあいはじめた。——あの内陣の壁にはめこまれた〃聖者〃たちのミイラの、生けるがごとき姿、生き生きとした、至福の表情……そうだ——彼が昼、エヴァへのからかいをふくめて、ふざけ半分に、あの天井ちかくのくぼみに身を横たえた時……あの時、突然何かが頭の中に見えかけた……あれはいったい、どういうことだろう？　いったい何だったのだろう？——足はいつしか、坂をおりはじめていた。正面に、〈神殿〉が、彼をいざなうように、かすかな桃色の光をはなって、一歩ごとに空高くせまりはじめた……。

4

翌日の朝、もう太陽が高くのぼったころ、リュウは、けたたましく自分の名をよぶエヴァの声に、うつらうつらとふけっていたもの思いからひきずり出された。

「来てよ、リュウ！」エヴァはまっさおになって、髪をふりみだし、息をはずませながらいった。

「フジが……フジが大変なの」

「どうしたんです！」リュウはしずかにきいた。「彼は、どこです？」

「〈神殿〉よ。——ゆうべ、かえらなかったの。今朝、姿が見当らないので、またいつもの場所だろうと思って見にいったら……」エヴァは両手で顔をおおった。「ああ！——とても気持が悪くていえないわ。早く来てちょうだい！　私には、彼のそばまで行く勇気がないですか？」

「彼は――あの〝聖域〟の中で

「イオノクラフトで行きましょう」とリュウはいった。

の」

「私も行こう」とミックは、沈んだ声でいった。

ハンものりこんで、イオン噴射で地上をはなれてすべる小型の乗物は、二分たらずで〝神殿〟の入口についた。――内陣にかけこむと、エヴァは、天井を指さして鋭い悲鳴をあげ、また顔をおおった。

半透明の壁面に、ずらりとモザイクのようにはめこまれた、何千体もの、異星人のミイラにまじって、ドーム状になった天頂部ちかくの、空所になったくぼみの中に――フジが横たわっていた。顔はひきつり、苦悶にちかい表情をしめし、その体は両脇から、透明なゼリー状の物質に半分おおわれていた。

「彼を……彼を助けて！」エヴァは叫んだ。「私には、とてもあそこへ行けないわ」

リュウとミックとハンは、あの壁面に直角に重力線の働いている箇所を通って、フジの傍にかけより、まだかたまっていないゼリー状の物質をかきわけて、フジの体をくぼみからひきずり出した。

「まだ死んでいない」医者の心得もあるミックが、まぶたをひっくりかえしていった。「だが、ひどい熱だ」

「探査艇へつれてかえって、医務室にいれよう」とハンはいった。

「だが――へたにいじりまわしても、具合が悪いかも知れんぞ……」ミックは、五十六世紀語でつぶやいた。「体のほかの部分は氷のようにひえているのに、額だけが、ものすごく熱い……こういう症状は……」

「なにかうわ言をいってます」とリュウはいった。

フジが意識を回復したのは、探査艇にかえって数時間たってからだった。

「頭がいたい……」彼は弱々しくつぶやいた。「われそうだ……頭の中があつくて、たまらん――やっぱり……やっぱり、ぼくにはむりだ……」

「なにが？」リュウが眉をひそめてきいた。「なにがむりなんです？」

「そっとしといてあげてよ！」とエヴァがさけんだ。「まだだめよ」

頭をひやしつづけて、夕方にようやく平熱近くまでさがった。――やっと起き上れるようになった時、フジは、たった一晩のうちにげっそりとやつれた、土気色の顔で、三人の五十六世紀人の顔を、一人一人見わたした。

「やっぱりぼくには、むりだったんだ……」彼は血走った眼を、ミックの、突き出した巨大な額の、中央の隆起に、ひたとすえてつぶやいた。「だが……君たちなら……」

「なんのことだね？」ミックはたじろいだようにきいた。

「最初から話そう……」とフジはいった。「あの〈神殿〉は――やっぱり、単なる死体安置所でも、安息所でもなかった。あれはあれで――やっぱり彼らの……〝計画〟の一部であり、あれ自体が、彼らの、この文明の限界からの脱出のこころみであるような、巨大な〝装置〟

だったんだ……」

「装置？」ハンは、ゆっくりとベッドの上にかがみこんだ。「何の？」

「〝精神旅行（サイコ・トラベル）〟の……」とフジはいった。「いや……何といったらいいか……論理（ロジック）と想像（イマジネーシヨン）力による旅行の……あるいはそういった旅行をどこまでもつづけることを助け、可能にする補助装置といったらいいか……」

「おちついて話せ」とミックはいって、飲物の吸口をさし出した。「さあ、これをのんで……」

「君たちの調査の結果をきいた時、どうもぼくの心にひっかかるものがあった……」フジがやっと、ベッドからおりて話しはじめた時は、もう日暮れ時だった。――熱がさがりきるまでの数時間に、彼の顔はさらに憔悴し、髪には急に白髪がふえ、頰はげっそりとこけてしまった。――なお、ねつっぽくギラギラ輝く眼をすえて、彼がかたり出した時、エヴァは気づかわしげに傍にたち、そっと彼のたれかかる髪をかきあげてやった。

「それは――君たちのいっていた、パターンの問題だった。つまり、この星の、彼らの文明の発祥地であるこの都市の、中心シンボルともいうべきこの中央広場から、三本の大通りがきっちり百二十度間隔で三方にのび、そのうちの二つの終点に、この星の住民たちがその文明の一切を賭けた、終末の彼方にむかって、脱出する象徴的なこころみが行われた。一つは〝よびかけ〟、一つは〝旅〟、そして最後の一つは――君たちの意見によれば――この星の文明が、この星の内部だけで、安らかな休息へむかって円環を閉じてしまう〝安息所〟――ぼくは、どうも、この〝安息所〟という考えが気にくわなかった。ぼくの、シンボル理解のパターンからすれば、もし本当に安らかに円環を閉じ、この星の、この都市の上で安息をもとめるならば、都市の中心である、この高台の上、この広場の中でなければならなかった」

「だが、墓所を都市の中心につくる例は、あまりないだろう？」とミック。

「それは――まだこの文明が、そしてこの都市がつづくならばだ。だが、すべてが終極に達する時は、花が中心にむかってしぼむように、この都市の中心に、終極の点を収斂してくる方がふさわしい。でなければ、全星上に拡散しきって、ほこりのように消えていくかだ」

「そうかな……」とハン。「そういう考えには、ぼくらは気がつかなかった」

「君たちの――いや、おれたち地球人の文明では、あとへいくほど、忘れ去られ、ついには失われていったある重要な要素――シンボルが、この星の文明では、最後までちゃんとバランスをとってのこっていたんだ」と彼はハンをふりかえっていった。「まあいい、そのことはあとで話そう――とにかくその点が、最後まで心にひっかかった。墓所は広場の中心にはないまでも、せめて何かこのシンボリックな広場の中心に、モニュメンタルなものがあってしかるべきだ、と、ぼくの内面の声はいった。

――ところが、この広場は、ごらんの通りからっぽだ、周辺に無数の噴煙泉はあるが、この中心は、堂々たるからっぽだ。妙ないい方かも知れないが、何か、非常な力でもって、三方に巨大なものを押し出していったあとの、力強い虚無のようなものが、この広場には漲(みなぎ)っている。

——まあ待ちたまえ——なにもかも繊細で、頽廃的で、メランコリックな終末の空気を吸って育った君たちには、そう感じられないかも知れない。君たちには、〝力〟はもうわずらわしいだけかも知れない。——しかし、ぼくには、まだこの広場と、三方にグッと張り出した大通りに漲っている〝力〟の残存が感じられた。この都市をつくり、文明の最後のエネルギーの全部をそそぎこんで、あの壮大な二つのプロジェクトを実行したこの星の連中は必ずしも、次第にやせほそり、繊細になって、消えていったんじゃなくて、最後に文明全体を大きな賭けになげこみ、巨大なエネルギーを爆発させることによって、堂々とほろんでいったような感じがしてしかたがなかった。——それがむろん、あの二つのプロジェクトだ。

とすると——ナンバー3の大通りの果てにある〝神殿〟が、彼らの〝種の安息所〟だとする考え方は、どうも何となく納得がいかなくなる。なぜなら、この広場からのびる三本の大通りから感じられる力強さは、それぞれまったく同等だからだ。三本の大通りは、中央から、まったく等間隔に、まったく同じような力強さで、市の周縁部へむかって、同じ距離だけ、グッとのびている。恒星通信計画の管制所、宇宙港、〈神殿〉——この三つは、どれも同じ円周上にある。とすれば、この三つのもつ意味は同等なはずだ。いずれも、終末期をむかえ、文明の全力をふりしぼって、その限界を越えようとする試み——この星の最高等生物たちが、自分たちの運命をこえようとする、壮大な賭けであるという性格においては、この三つは、同等であるはずだった。——同じパターンでつくられながら、あの〈神殿〉だけが、彼らの内面にむかって、安らかに閉じこもるための隠遁所である、というのは、ちょっと考えられない。

それに――君たちは、〝死〟を観念的神聖視して、はじめからあまりあそこに近づかなかったが、あそこでぼくの――君たちのいう――原始的感覚にふれてくるものは、どうも黴くさい、枯れ果てた〝死〟の雰囲気じゃなかった。何か奇妙に生き生きしたもの――なにかが、まだ生きている、と感じさせるものがあった」

「それで？」とハンはいった。――興味をもったらしく、そのうすい色の瞳は、じっと彼のくちもとにすえられていた。「君の――そのカンというやつは、どうだったんだ？」

「正しかったのだ……」とフジは、しずかにいった。「だいたいぼくの思った通りだった。――種と文明の終末の近いことをさとった彼らは、彼らの中にまだ精神的な力強さののこっているうちに、それをふるい起し、この惑星の全土から、彼らにとって発祥の地の伝説をもつこの都市に文明の徴収をはかった。――そうすることによって、拡散した文明をもう一度凝集して、内部のボルテージをあげるとともに、そこに生じた余力を全部そそぎこんで、この宇宙の中に〝意識〟を開花させた種族の責任として、一つの〝種的行事〟ともいうべき計画を――実に千年間にもわたる大計画を行った。――彼らは、計画の局面を三つにわけ、それぞれ、彼らの文明の滅亡後への期待をこめて、三つの計画を遂行していったのだ……」

「どうしてそんなことがわかる？」とミックは悩ましげな表情できいた。「君の――空想じゃないのか？」

「空想じゃない――」フジは、ほほえんだ。「あの〈神殿〉が教えてくれた……」

「どういうことだ？」

彼は、ちょっと口をつぐんで、頭の中を整理しようとした。——いろんなことを、いっぺんに説明しなければならなくて、頭の中が、またカッとあつくなりかけた。

「つまり……あの〈神殿〉は……」と彼はまたどもりながらいった。「まず第一に……この星の文明の記録であり、次に論理的思考とイマジネーションの、補助増幅装置であり、精神旅行の……」

「おちついて話せ」ミックはもう一度いった。「順序よく……」

「ぼくは、きのうの昼、冗談半分に、あのくぼみに身を横たえた。と、突然、頭の中に何かが見えた。だがその時、エヴァが叫んで、ぼくは下へおりて行った。——そのことを思い出して、ゆうべもう一度一人で内陣に行き、あのくぼみに体を横たえてみたんだ……」

「それで？」とハンがいった。「何が見えた？」

「何もかもだ……」とフジは、力をこめていった。「何もかもいっぺんに、だ。——そういうことは、あるだろう？——突然何もかもいっぺんに理解されるということが……」

「とすると……」とエヴァがつぶやいた。「あの、棺桶みたいなくぼみは……」

「そう——棺桶じゃなくて、まず第一段階として、この星について、この星の文明について、そして彼らの最後のこころみである三つのプロジェクトについて、基礎情報をあたえてくれる。——どういうやり方か知らない。おそらく電波か、あるいはそれ以外の念波みたいなもので大脳に直接情報をつたえるのだろう。つまり、まず第一に、あの〈神殿〉は、図書館みたいなもので、あのくぼみは閲覧室だった。――もっともそれだけじゃないが……」

「わかった……」とミックはいった。「あとで、われわれもためしてみよう。――で、その三番目のプロジェクトというやつは、何だ？」

「一つは〝呼びかけ〟一つは〝旅〟……」とフジは指を折っていった。「もう一つ、つまり第三番目のプロジェクトは――観相だ。――いいかえれば、〝精神による旅〟……だ」

ハンとミックとリュウは、身じろぎもせずに、フジの顔をじっと見つめていた。――彼らにも、この瞬間、何かが理解されかけてきたようだった。

「いいかね――これは、彼らの精神文明の性格、彼らの哲学と、深く関係しているんだ。彼らは、技術においても、われわれの見た通り、われわれよりもある面において、高いところまで進んでいた。しかし、彼らは――そこがわれわれの文明とちょっとちがうところだが――科学は、技術と関連させられながらも、〝物〟を処理する手段である技術とは、基本的にジャンルの異るもの、つまり〝精神〟の領域の問題だと考えていた。科学とは、まず〝認識〟の問題であり、数学や、形而上学や、宗教と同じ〝精神活動〟の物質からは独立したジャンルにはいるものだ、とね。――それはまあいい、科学のことは科学のこととして、彼らは、この〝精神文明〟を、〝物質＝技術文明〟と、まったく同じ比重でもって重視し、発展させてきた。彼らは、〝精神的能力〟というやつを――直感力、推理力、判断力、想像力、総合力――そして、これらを総合した上になりたつ観想力というか――つまり、物事の本質を見ぬく力、理解能力、構成力といったもの――かしこさというもの、知恵というものを、とにかく、かけがえのないものと考えて、きわめて重視し、ある意味では、神聖視、絶対視して、はぐくんできた……」

「ちょっと待ってくれ……」と、ハンはいった。「われわれの文明でも……かつてはそうだったはずだ。たとえば——仏教なんかはそうだったんじゃないかな？——どうして、われわれの文明で、それがだめになってしまったんだろう？」

「モラルのせいだよ」とミックはしずかにいった。「とりわけ、きびしい道徳的宗教によって——人間の知恵のあさはかさを弾劾し、知恵を尊ぶ方向を異端として押しつぶし、万人の中に知恵よりも、徳性を見ようとし、文明の一切を、神と悪魔、善と悪の二分法によってわけ、人類に、その生得の知恵にたよることをやめて、ひたすら神に従うことを要求した、憎悪と嫉妬にみちた宗教によって……かなり前に、人間は、神を媒介としないで、直接自分の知恵を信じることに対して、自信を失ってしまったんだ」

「それはそれとして……」と、フジはつづけた。「彼らは、とにかく、〝神〟にたよらず科学をベースにして、その精神文明をきずき上げた。——そして、ある意味でわれわれと同じような、結論に達した。つまり、もともと宇宙の物質をベースにしてくみたてられ、それ自体、宇宙の歴史からくらべれば、ほんの一瞬の時間しか存在し得ない、有限の生命をもつ存在の中に生じたものでありながら、この〝精神〟というものは、途方もないものだ、ということだ。物質的存在に根をもちながら、物質的存在を認識し得るそれ自体が宇宙内の一つの現象でありながら、同等に、部分的ではあるが現象そのものを——その展開の順序、その因果関係、その本質を、認識し得る。それ自体有限でありながら、無限を認識し得る。それ自体宇宙の内部に生じたものでありながら、宇宙を認識できる……彼らは、自らの〝種〟の滅亡、自らの文明の終極を超える方法として、一つは他の知的生命体への呼びかけに——つまりわれわれが期待をいだいたように、彼らの達し得なかった、認識の高みに達しているかも知れない——一つは、より高次な段階にまで達している異星文明の探究に、そしてもう一つは、彼ら自身が、まだその可能性をくみつくしていないかも知れない、自らの精神的能力に賭けた……」

「なるほど……」ミックは深い溜息とともにつぶやいた。「その三番目のやつが、われわれの文明の終極相において、脱落していたわけだな」

「われわれ地球人の、精神的エネルギーがひくかったとはいえないでしょう」とリュウはいった。

「むしろ——われわれの技術文明が猛烈な勢いで勃興してきた時、誰かが——だれか賢人が、それと見あうほどの巨大な、しかも宗教のように古くない精神文明の必要性を感じてそこに大きな投企をやっていれば……われわれだって、精神的能力においては、それほど、低くなかったはずだ。——だが、歴史がミスリードされて、技術文明、物質文明が、まず科学をまきこみ、さらに一切の精神をまきこんでしまった。われわれの文明の宿命的失敗というより、完全な人為的失敗でしたね」

「だが、その精神的能力に賭けたということは、具体的にどういうことなんだ？」とハンはきいた。

「一つは――彼らは、精神の能力の中にいわゆる時空間旅行(タイム・スペース・トラベル)に部分的に代替し得る――部分的にはまったく等価な――能力があると考えた」フジは飲物を一口のんでつづけた。

「つまり、何億光年もの宇宙の涯てまで行くだけの技術的能力も、種の寿命もないとしても、――これは、われわれの文明だってやっていることだ――何億光年もの彼方の星雲を、望遠鏡で観察し、一方地上できわめて精密に得られる、たとえば光のスペクトルのずれが量子論的に意味することとか、その他、さまざまの現象の既知の性質から、その星雲上におこっていることを理解できるならば、――さらに、そのわずかなデータを核(コア)にして、そこの情景を、生き生きと想像あるいは直観できるならば――それは数億光年の彼方の星雲のところまで行ったことと、部分的に同じことだ、というわけだ」

「なんだ……」ハンは、ちょっとがっかりしたようにいった。「そんなことか……」

「だが、かつて、地球文明の中でも、仏教は、これと同じことをやったんだぜ」とフジはいった。

「論理の骨組を、一歩一歩がっちりくみたてていく。それに想像(イメージ)の肉づけをしていく。――まず極楽の清らかな池のイメージを思いうかべるように訓練し、それが細部にいたるまではっきり見えるようになったら、次にその水に咲く、ふくいくたる香の蓮の花を想像し……といった具合だ。こうして、極楽の全イメージができあがれば、修行者にとって極楽は実在するようになり、同時に、極楽を理解することができる。――部分的データから、その全体像をその部分にわたって見ることはできなくても、部分的情報からでも、その本質を観ずることはできる。──恒星の中まではいりこんでしらべなくても、質量、体積、輻射量、スペクトルといった、ごくわずかなデータから、その内部で起っている現象の本質を類推できるように……」

「するとつまり、あの〈神殿〉は……」

「そうだ。知的生物の大脳の働きを、促進する。論理的思考能力を──何らかの方法で──高め、かつスピードアップする。想像力を刺激し、総合力を高め……あらゆる精神の働きの効率を高める装置さ」フジは、つかれたように、椅子にもたれながらいった。「そうなんだ……それだけじゃない。あの中には、過去の情報の一切が、蓄積され、活性化されて、プールしてあり、あのくぼみの中にはいれば、それが弱い段階、あるいは稀薄な段階──つまり、わかりやすい段階から徐々に大脳に直接おくりこまれてくる。さらに、彼らの──つまり、あそこに何千体とあつまっている〝思考=想像者〟たちのことだが──個々の頭脳が思い描いたイメージ、一段階すすめた論理が、ただちに全体の中にプールされ、共有できるようになっている……らしい」

「らしい？」とハンがききとがめた。

「というのは──ぼくは、彼らの思考の高み、彼らの到達しているイメージを、とても理解しきれるところまでいかなかったからだ──何度も、無理にやろうとこころみた。何か──入口はあるのだ。ドアがあいていて、むこうが時折り垣間見えることがある。しかし……」

　彼は、突然、あのくぼみの中におさまっていた時のことを思い出した。――最初、何かが見え、周囲から霧がかかり、霧がはれるともっとはっきり見え――あるいはわかるようになった。情報は、雲のように渦まいて周囲を流れていた。そして、それは、たとえば一つの部屋にふみこんだ時、パッと部屋全体がわかるように、さまざまの意味が、一挙に理解されるのだった。――ああ、そうか！　と彼は思った。――なるほど、そういうことだったのか……。次の部屋のドアをあけると、また次の段階のことが理解された。なるほど、そうか！――こうして、いくつもの部屋を、次々と、またたく間に通りすぎ、彼は、いくつもの部屋の全体が、一つの連関をもって見わたせる、どこか広いところへ出た。その先は、階段だった。――高いところに入口が見え、ドアがあいていて、時折りそのむこうに、何かが見えた。――彼は階段をのぼりはじめた。だが、今度は、それまでほどやさしくなかった。途中までのぼると、行きどまりだったり、途中でぶっ切れていたり、階段自体が、一つの迷路をなしていた。――それでもやっと苦労して、踊り場のようなところへ出た。はるか上方に入口が見え、その上に、あの至福の表情をたたえた、この星の住民の顔がぼんやりすけて、ただよっていた。そのうちの一つは、こちらへ手をのばしてくれた。――だが手はとどかなかった。彼は、苦痛をこらえ、さらに上にのぼろうとした。突然頭がわれるように痛み、彼は転落した。体中に冷汗が出て、頭の中が燃え上るようにあつかった。

「ぼくには無理だ……」と彼はいった。「どうも、彼らの大脳の発達の具合から見て、ぼくには、まだあの入口からはいって行く能力がないみたいだ。しかし――君たちなら……大脳前頭葉が、ほとんど限界にまで発達している。君たちなら……」

五十六世紀人たちは、お互いの顔を見あわせた。

「彼らは……」とミックはいった。「つまり……」

「そうだ……」とフジはうなずいた。「あの巨大な思考補助装置をつかって――おそらくあの壁にぬりこめられているのは、彼らの中でも、よりすぐられた賢者たちなのだろう――数学の問題を考えるように、ひたすら考えに考え、彼らの種的限界をこえ、種の滅亡を越えて、ひたすら宇宙の全貌を――その発生から終極までの全歴史と、その本質を、観じようと、想をこらし、知力をしぼっているんだ。――つまり、彼らは、あの神殿を、いながらにして、時空をこえた、〝宇宙の本質への旅〟を達成するための、〝精神の船〟として建設したのだ。あのゼリー状のものは、ちょうどわれわれの、冷凍睡眠(コールド・スリープ)の装置みたいに、肉体の代謝を仮死状態にちかいところにおき、精神だけをはたらかせるための特殊物質なんだ……」

彼は、つかれはてたように、ぐったりと椅子に沈みこみながら、額にあてられた、エヴァのほっそりした手をとって、そっとにぎりしめた。

「さて……」と彼はつき出した額をならべ、じっとおしだまっている五十六世紀人たちにむかって、弱々しくいった。「どうするね、諸君。――ぼくたちホモ・サピエンスの最後の子孫たち……あのくぼみは、まだ十以上あいている。君たちは……彼らのあとを追って、ぼくの行けなかった地点をこえ、はいれなかった入口のむこう側へ、地球人類の精神の栄光のために、さらに深く、遠く、宇宙の本質にせまる論理と直観と想像の旅へ出かけるかね？――

君たちなら、あのくぼみにふさわしいと思うがね」

5

探査艇の出発準備を、ロボットたちがやっている間に、フジは、エヴァといっしょにもう一度あの〈神殿〉に赴いた。

内陣の中にはいって見上げると、はるか頂上部に、きのうまで空いていたくぼみのうち、半分はふさがっていた。――眼をこらすと、そこに横たわるものの中に、見おぼえの誰かの顔がかろうじて見わけられた。

と――そのうちの一つが、つとくぼみから起き上って、天井をつたい、壁を歩いておりてきた。――礼拝堂の丸天井に描かれた無数の天使の絵姿の一つが、突然天井からぬけ出して、おりてくるように見えた。

フジは、エヴァの腕をとったまま、壁に直角に立っておりてくる、ひょろ高い、頭の大きな姿を見つめた。――ミックだった。

「もう行くのか?」とミックは近よりながらいった。「リュウがよろしくといっていた。――彼はもう、ほとんどあのゼリー状物質におおわれているので、おりてこない」

「ぼくからも、よろしくといっておいてくれ」と彼はいって、天井を見上げた。「のこっていたのは、あれだけか？」

「ああ……」ミックは、うれわしげに、その長い睫毛をしばたたいた。「生きのこったのは、あれだけだ……だが、まあ、しかたがない」

「で――どうだね？」彼は、ややためらいながらきいた。「うまくいきそうかね？――あの入口からはいれたか？」

「ああ……」ミックはあっさりうなずいた。「ぼくらはみんな、しごく簡単に、君のいう階段をのぼって、あの入口からはいれた」

「やっぱりな……」彼はちょっと苦笑した。「ぼくが説明をきいても、わかるかな――あの入口のむこうに何があったか、教えてくれるかい？」

「彼らがいた……」と、ミックはいって、ちらと壁にならんだ、この星の連中の方を見た。「いたというか――彼らの意識があった。歓迎してくれたとか、友好的だとかいうのはあたらないかも知れないが、とにかくわれわれもわれわれで、この巨大な思考に、参画すればいいんだ。そういう風にうけいれてくれた。――われわれが、部分的問題を見つけて、それを解く。するとその途端に、その発見が、ここにプールされている巨大な意識全体のものになる。――われわれの能力だって、どうやら、彼らとそれほどかけへだてているわけじゃなさそうだ。まだ、何ともいえないが……」

「それで、君たちは、どこまで行けた？」彼はきいた。「まだ、時間はかかるだろうが――今までに、何かわかったことがあるかね？」

「準備完了しました……」と、襟に編みこまれた通信器から、ロボットの、味もそっけもない声がいった。

「外まで送ろう……」とミックはいった。

〈神殿〉から出ると、眼下に、あたたかい黄金色の光に照らされた都市がひろがって見えた。――二重太陽の、青白色の方が大きな黄金色の太陽の背後にかくれ、今は、影が二重になっていない。探査艇のおりている〈広場〉の丘が、麦藁色に美しく輝いている。

神殿の丘をおりながら、三人は背後をふりかえった。

「これまでにわかったことは、二つある」とミックはいった。「こまごましたことは、いっぱいあるが……一番興味をひかれたのは、その二つだ。まだ完全に、われわれのものになったわけじゃない。――だが、彼らとしては、そのことをほぼ証明した。あるいはできると思っている。それは非常にベーシックな考えで、それ自体が、彼らの三つのプロジェクトの出発点になっている」

「どういうことだね？」彼は足をとめてきいた。

「一つは、宇宙の進化についての、彼らの考え方だ……」ミックは、ちょっと眼を細めて太陽を見上げた。「彼らは、宇宙が進化している、と考えている。そして、その進化の大きな流れの底には、何か目的がある、と考えている。とにかく、宇宙は、その歴史を展開しはじめた非常に早い時期に、自己の中から、目的をうみ出した。――そして彼らは、神とか、その他の超越的、神秘的な考えにまったくたよらずに、科学的観相によって、そのことを証明した——あるいはできる、と考えているんだ。——超越は、始元において、はじめからあったのではなくて、これから未来へかけて、あらわれてくるものだ、というのが、彼らの基本的な考えだ……」

「よくわからないわ……」とエヴァはつぶやいた。

「一口にいって……」ミックはかすかにほほえみながらいった。「彼らは、この宇宙は、神の卵だ、と考えているんだ」

「宇宙は神の卵？」

「ああ……すくなくとも、宇宙が、ある一点から爆発して拡散しはじめたとして、拡散スピードのずれから、部分的な秩序が回復しはじめる。そしてその秩序には、次第に段階ができはじめるのだ。——まず最初に、連続的なエネルギーが、質量ゼロの光子、ニュートリノから、重粒子にいたる、素粒子の不連続なスペクトルが出現する。——連続的なエネルギーというのは、おかしな考えだが、彼らは、たとえば始元期のような超高密度の物質＝エネルギー状態にあっては、量子的世界そのものがかわっている、と考えるんだ。比喩的にしかいえないが、一種の量子的液体のようなものを考えているようだ。——物質の相互作用の間に、現在のような量子的関係が発生したのは、彼らにいわせれば、この宇宙に素粒子が生じてからだ、というんだ。われわれのいう、プランク恒数が、非常にマクロな時間の中では、かわってくると考えている——とにかく、その素粒子のスペクトルの中で、安定な素粒子がくみあわさって、原子が生じてくる。——きわめて巨大な量のエネルギーが、きわめて小さな空間に閉じこめられる、という現象が、ここでまた起る。……彼らは、それが可能になる秘密は、秩序にあると考えている。ある秩序でもって、整理してつめこめば、非常に小さな時空容積内に、非常に巨大な量がつめこめる――この関係は、ずっと高次な情報段階までつづいているというのだ。――ああ、それから、彼らは、素粒子内部の状態についても、かなり精密なモデルをつくっている……」

「簡単に話してくれ」と彼はいった。「エヴァにもわかるように……」

「ああ、そうか――」とミックは苦笑した。「とにかく、安定素粒子から原子ができる。原子の連続スペクトルの中から、安定性の高い節に、天然の安定元素が生じる。そして、この元素の分子段階のくみあわせから、無数の化合物が生じ、その中で――たとえば地球や、この星においては、炭素を中心に、酸素、水素、窒素、硫黄など、軽い元素のくみあわせで、有機高分子ができる。そして、この段階（ステージ）から蛋白質と核酸――生命が誕生する……宇宙の平均的状況から考えればおどろくほど特殊で、おどろくほど精妙で、それだけにおどろくほどしぶとい、一つの現象系だ。そこに、宇宙の途方もない可能性のポケットがあった。始元状態の宇宙の単純さから考えれば、こんなおどろくほど深い秩序のふところがあったのはふしぎなくらいだ。――宇宙だって、自分の中に、そんな可能性がかくされていたことに、びっくりしたろうよ。――そして、この生命の長い系列の中から、また、まったく新しい段階（ステージ）において、意識が生じる。生命のはじまりにすでに内在化されていた、きわめて精妙な情報が、今度は情報独自の秩序をつくりあげ、ついに――君のいってたように、宇宙の中に生じながら、宇宙をうつし出すもの、宇宙の現象を、現象として把握し、その秩序を理解し、宇宙について知り、考えるもの……」

はるかな丘の上で、探査艇が、信号弾をうち上げた。小さなロケットが、黒みをおびた空に、美しい白煙の尾をひいてのぼって行き、強い光をはなって、黄色い煙の花をさかせた。――融通のきかないロボットどもが、彼とエヴァ以外にのりこむものはないのに、残留者をたしかめるために形式的にあげたものだった。

「意識が――理性が宇宙内に生じてしまった時から、宇宙の意味は一変する……」ミックはその茶色い煙の塊を見上げながらつづけた。「宇宙は、その中に、生命という新しい段階の秩序を生じた時と同じように、さらにまったく新しい紀元をむかえる。――だが、彼らの考えによると、宇宙における精神の時代は、宇宙の平均的状況から考えて、まだはじまったばかりらしい、というんだ。つまり……この宇宙では平均して地球人や彼らぐらいの段階の意識――知性までしか、まだ実現されていないらしい、せいぜい次の段階までだろうという、かなりたしかな証明ができる、と……」

「次の段階というと?」

「意識の生じた段階から先の、宇宙の段階進化の様相は、物質から生命、生命から精神までの様相とはまた非常にちがった形になる……」ミックは、〈神殿〉を見上げた。「まず――宇宙の法則を理性的に把握し、それによって、技術的手段でもって、物質を自由にできる段階だ。つまりわれわれのような……」

「で？」彼は、ミックの顔をのぞきこんだ。「次は？」

「次は――情報＝意識源が、生物的個体にしばりつけられている段階をこえる。世代的に再生産される段階、個体相互間の情報伝達が物理的手段にたよる段階をこえる時代が……」

「テレパシイの時代か！」彼は思わず膝をうった。

「そう――だが、簡単にはいかない。それには――その段階を一つのぼるだけでも、われわれの時代が……宇宙のいたるところにちらばった、何百億種という、われわれと同じようなタイプの知的種族が、全宇宙的な規模で、試行錯誤の試練をうけなければならない――霊長類にふくまれる数多い種のうち、ある方向のものだけが、数千万年かかって成功したように……次の段階へ進めるのは、数すくないだろう。――場合によっては宇宙内の生物の起源が、もう一度、まったく一変しなければならないかも知れない……」ミックはきびしい眼つきになった。「あるいは、ここから先は、逆に加速度的になるかも知れない。――彼らもまだ、そこまでは、考えてない。――精神の進化のパターンからすると、まだその先がある。その次は――意志しただけで、物質を動かせる時代、そして、意志しただけで、いかなる場所へも移動できる時代……そして最後に……意志しただけで、存在をあらわせる段階……」

「神、光あれとのたまえば、光ありき……」彼は思わず嘆声をあげた。「宇宙は神の卵か……」

「そうだ――彼らの考えでは、神というのは、宇宙において、まだ生れていない。それは、これから先に――ずっと先に生れてくるんだ……だが、それが生れてくる時は、もうわれわれはいない。われわれの段階のものは、とっくの昔にほろびさり、われわれよりずっと進んだ段階のものもほろび去り——その時は、もうこの宇宙自体が、終末をむかえる時だろう、と彼らは考えている。——この巨大な全宇宙は——その全物質と、全歴史は、たった一つの神をつくり出すために存在し、しかも、その無数の可能性の深みの底から、うまく神をつくり出せるかどうかもわからない、と彼らはいう。——神の卵が、ほんとうにうまくかえるかどうか、宇宙自体が途方もない賭けをやっているんだ——と彼らは、考えている……」

「で——宇宙が死に、神がうまれたあとはどうなるの？」とエヴァはきいた。

「この宇宙という卵が死ぬことによって誕生した神は、その意志の力によって、またもう一つの、新しい、別の宇宙をつくるのだ」ミックは、しずかに、さとすようにいった。「この宇宙とは、またちょっと——あるいは全然かわった……この宇宙とは、またちがった基本法則、基本的秩序をもった宇宙を新しくつくり出す。この宇宙は、そうすることによって、この宇宙であることをのりこえていく。神によって新しくうみ出された宇宙は、またあらたな神の卵で、その進化のはて、またあらたな神をつくり出す。そうやって、宇宙も神もまた、進化していく……」

「その先は？」エヴァは子供のようにあどけない調子できいた。

「わからない……」ミックは微笑した。「そこまでは——とても考えられない……」

途方もない考えだ——彼は、頭がぐるぐるとまわり出すような感じにおそわれながら、呆然と立ちつくしていた——いったい、それは、科学だろうか？　神学だろうか？　あるいは宗教か、それとも、途方もない実態か、妄想か？——それらのものを、すべてないまぜて、種の滅亡をこえ、精神のこの段階をこえ、さらに宇宙の終末さえこえて、ただ、ひたすらにつきすすんで行く。考えようとし、知ろうとするはげしい意志だろうか？

「それからもう一つ……」とミックはいった。「あの〈神殿〉は、思考補助装置として最初設計されたが、途中でその装置が、われわれの段階ではごく微弱にしか存在しないテレパシイの能力をわずかながら強める作用があることが発見され、その方面を補強された。——彼らはあの〈神殿〉において、協同して思いをこらすことによって、おぼろげながら、次の段階をのぞきこんだ。——それから、あの巨大な尖塔は——やはり一種のアンテナで、彼らはあの〈神殿〉の中にいる連中はもちろん、あの〈神殿〉の下の人工の丘の中で、仮死状態にある何千万というこの都市の一般住民も協同して、思念をこらし、それを集中して、宇宙の彼方へむかってよびかけているんだ。——そのよびかけに、微弱ながら反応があったというが、ぼくはまだ、そこまで到達できていない」

「みんな、祈っているのね……」エヴァは丘をふりかえりながらつぶやいた。「自分たちのためにではなく、宇宙の姿を見るために……」

明知のために祈る——こんな祈りが、いままであったろうか？——と、彼は、不思議な感動を味わいながら思った。

「では……」とミックがいった。

「では……」と彼は手をのばした。「しっかりやってくれ……知恵をふりしぼり、思念をこらし、心気をとぎすまして……」

「だが……」ミックはふと、悩ましげな表情になった。「おれたちはいい……おれたち個人としては……絶望して死ぬよりも、道が発見されたのだから、もっとこの先へ進むのは——なにかすばらしいことだ。——だがしかし、おれたちが先へ進むことが、地球人全体にとって、どんな意味をもつのか——たとえばここからひきかえさなくてはならない、あんたたちにとって……」

「すばらしいことさ……」彼はニッコリ笑った。「おれたちにとっても——おれたちの直系の子孫である君たちが、こんなところで、出口もなく、くたばってしまうより、もっと先へ進んで行ってくれる方が——とにかく、まだきわめられつくしていないホモ・サピエンスの、精神の限界を、そのぎりぎりのところから、さらにこえてまで進んで行ってくれる方が、どんなにすばらしく、ほこらしいかわからない。——人類の最終世代である君たちは、ホモ・サピエンスが、その長い——あるいは短い、歴史の全部をつぎこんでつくり上げた、われわれの〈種〉の宇宙の〝精神時代〟におけるチャンピオンさ——ぼくたちにはできなかったことを、君たちが、きわめてくれれば、それでいいんだ。——人類精神の、この宇宙における栄光のために……」

フジは、ミックの手をがっしりにぎりしめた。——ミックは、細い手でつよくにぎりかえし、それから手をふって、〈神殿〉の方へかえって行った。

探査艇にのって、その惑星の衛星軌道にのっている巨大な宇宙艇にかえった時、彼はロボットたちに命令した。

「天測室へ、ベッドをうつしてくれ……すぐ出発だ」

巨大なドーム一面がテレビスクリーンになっている天測室にはいると、満天の星空の下に、むき出しに立っているような気がした。――すぐちかくに、あの惑星がオレンジ色にひかって見え、二重太陽がその傍にギラギラ光っていた。――彼はもう一度、その惑星をながめ、緯度六十度付近に、白い、つよく輝く白斑のように見える、あの都市をじっと見つめた。

「この大きな宇宙船の中に……」ふいにそばでエヴァの声がした。「私たち二人だけなのね！」

エヴァの細い体が、彼の肩によりそうのが感じられた。

「これからどこへ行くの？」とエヴァはきいた。

「地球へかえるんだ……」

「あれからまた、千六百年もたっているのよ……」

「かまわん――おれたち、地球がその後どうなったか、もう一度見にかえって、そこで暮すんだ。――原始人の生きのこりとして……」

あの星の連中にくらべたら、おれたちはまだ中途半端な猿みたいなものかも知れんな、と彼は思った。――だが、まあいいだろう……この猿は、まだ生きているのだ。

ロボットたちが、ベッドをはこんできた。――ドームにうつるあの惑星は、わずかずつ、小さくなりだしていた。

「エヴァ……」彼は、しずかにいった。「裸になって、ベッドにおはいり……」

エヴァはだまっていた。――少し、体をかたくした気配が感じられた。

「セ、セックスなんて……」エヴァは、かすれた声でいった。「もう、忘れかけちゃったわ――

あなたは？――大丈夫？」

「君は、ぼくの子をうんだ……」と、彼はいった。「ぼくたちの子を……」

「何のために？」エヴァはいった。「今さら……」

「とにかく、どんな偶然で、とんでもない時代に生きのこったにせよ、まだ生きて、子孫をつくる能力があれば、それはそれでやれるところまでやってみるんだ」彼は服のボタンをはずしながらいった。「猿には猿の、いわば〝種としてのつとめ〟があるさ。――チンパンジーは、われわれより、たしかに低い段階の生物だ。だが、彼ら自身の限局は突破できなくても、精神の進化からいえば、一つの袋小路にすぎなくても、とにかく彼らはまだ頑張って生きている……」

「いくら、後世まで生きのこっても、猿はどこまでいっても猿ね……」

「いいじゃないか――おれたちも、子供たちといっしょにバナナを食おう。夕焼けをながめよう……」

ひょっとしたら……かすかに、ほとんど可能性のない希望のようなものが、心の底に動く……進化の、必ずしも直線的ではない、おどろくべき迂回や、思いがけない不意打ちのコースをたどる様相を考えれば、ひょっとしたら、これはこれで……おれたちの子孫が、原始的なまま、生物相の次の段階まで生きのこれば、次の生物時代の〝生きた化石〟となるか、あるいは……ひょっとしたら……

星くらがりの手さぐりで、服をぬいでベッドにはいろうとすると、エヴァはもうすっぱだかになって、シーツの下で身をちぢめていた。

「どうしてこんなところにベッドをもちこんだの？」エヴァは彼にさわられると、ビクッと身をちぢめ、せきこむようにきいた。

「どうってことはないね――」彼は闇の中で笑った。「星空の下――宇宙をながめながらってのも、おつじゃないか」

エヴァの体は、つめたく、すべすべして、まだ青い果実のようにかたく、その体をさらにかたくこわばらせていた。――エヴァの体をまさぐりながら、彼は、三、四千年も昔に行った、セックスの、遠い記憶をまさぐっていた。――自分が、ほとんど、やり方を忘れてしまっているのに、彼はびっくりした。まるではじめての時のように、不細工に愛撫をすすめながら、彼は自分たちの上にひろがる暗黒の宇宙に、ふと眼をやった。

宇宙よ……しっかりやれ！

そんな言葉が、突然胸の底にうかんだ。――と、ふいに何百億光年もの直径をもつ、巨大な宇宙が、ひどく親しいもののように感じられた。――巨大で、無骨で、無細工で――途方もない浪費と、途方もない試行錯誤をくりかえしながら、一歩一歩それ自身の〝進化〟のコースを、手さぐりで進んでいる宇宙……『宇宙は神の卵』か！　彼は思わずクスッと笑った。

しっかりやってくれよ……と、彼は頭上にひろがる星々に、親しみをこめてよびかけた。――試行錯誤はいくらくりかえしてもいい。おれたちのような、精神的進化の袋小路にはいりこんだものは、いくらでも見すてていってくれてもかまわない。おれたちは、あまんじて捨て石になるし、そのことをとやかくいわない。しかし、おれたちはこの行きどまりでほろんでも、ずっと先に行って、おれたちよりも、もっともっとすばらしい存在を、おれたちを踏み台にして、生み出してくれるのでなければ、踏み台にされた猿たちは、浮かばれない。――お前が、うまく、『神』をそのふところから、孵えしてくれなければ、なまじ『意識存在』として、この宇宙につくり出され、途中で失敗としてほうり出されたおれたちが、死んでも死にきれない。

宇宙よ、しっかりやれ……と、彼はもう一度よびかけた。これからあと、何百億年、何千億年かけて、進化の改造をふみあやまらないように、神への長い道を着実に歩め……。

シーツの下で、エヴァの体が、熱くやわらかく、あえぎはじめた。――彼は星空に背をむけ、エヴァの上におおいかぶさっていった……。

継ぐのは誰か？

第一章　予　告

チャーリイを殺す……

だれ？

期限は、今のところ、つけない。だがいずれ通告することになるだろう。——チャーリイを殺す……

だれだ、君は！

だれでもいい……。君たちみんなに、たしかに予告した。——チャーリイを殺す……

なぜだ？　チャーリイになんのうらみがある？

うらみなぞない……たまたま、チャーリイがふさわしいと思ったからえらんだまでだ。そして、彼の仲間である、君たちみんなに通告した……。

まて！　君はいったい……

これはゲームなのだ。同時にテストでもある。ちょっとしたあそびだよ……。君たちみんな、力をあわせ、知恵をしぼってチャーリイをまもってやるんだな。私は…………チャーリイを殺す……

1

人類は完全じゃない——それが、最近ぼくたちの間で、何度もむしかえされる議論のテーマだった。そんなことはむろんわかりきったことだし、それをいったところで、どうなるというものでもなかった。

もともと、どうしようというための議論でもなかったのである。そのテーマは、最近のぼくらの間における、一つの流行にすぎなかった。そんなことは、ずいぶん前から、何百人という人々がいったことだ。——だが、ぼくらの世代、そしてヴァージニア大学都市(ユニバーシティ・タウン)のサバティカル・クラスでたまたま一年をいっしょにすごすことになった仲間たちにとっては、それは何度もむしかえしくりかえすことのできる、新鮮な発見だったのである。

人類は、完全じゃない、いい、い……。

こんなことを、今さら、ぼくたちの仲間のいったい誰がいい出したのだろう？——今となっては全然思い出せない。だが、誰かがそれをいい出したとき、それはたちまちぼくらのお気に入りのテーマになった。午休(ひるやす)みの芝生の上で、ダウンタウンの喫茶店で、寄宿舎(ドーミトリイ)のパーティで、ぼくたちはよるとさわるとそのことについて議論した。しまいには、めいめいがその議論のはてに、最後にいう結論めいた言葉さえきまってしまった。

「たしかに、人類は完全じゃない」と神学者みたいな顔でいうのは、アドルフ・リヒターだった。

「だが、人類が完全じゃない、ということを理解できるということは、とりもなおさず、〝完全〟という尺度を人間が知っている、ということだ。――これはどういうことなんだろうね？　不完全な人間が、はたして本当に完全なものを表象できるのか？　それとも、人間は自分は不完全でも、その不完全な存在を超えて、完全なものを考えることができるようになっているのか？」

「何回いったらわかるんだ。そんなの古くさい問題だよ」いらいらしたみたいにいうのは、赤髪で大男のディミトロフ・ポドキンだ。「人類は、完全じゃないけど、向上するさ。――時代をこえて……」

「どこまでだい？」と皮肉な眼つきで、まぜっかえすようにいうのは、とんがった顎ひげをはやしたホアン・クリストバル・ディアスだった。「なんだか、限界が見えちまったような気がするぜ。――そのことをふくめて、人類は完全じゃないといっているんだろう？」

「ギリシャは完全だった……」芝居がかった身ぶりで立ち上り、眼を天井にむけて歩きまわってみせるのは、金髪のヴィクトール・ドラリュだ。「おお、わが友アキレスよ。血ぬられし諸手もて、戦士の強頸くびるオデッセイよ、ヘラクレスよ、アドニスよ――人類はかつて、るがままで完璧だった。それが今はどうだ？　エア・コンディショニングがちょっとくるったらアレルギーを起し、みみずのようなリビドーの切れっぱしを後生大事にかかえている青白い猿だ……」

「君のおじさんのルソーによろしくいっといてくれ」とチャールズ・モーティマーが笑いながらまぜかえす。「おじさんが子供の時は、街角で、むこうからやってくる御婦人をびっくりさせるほど元気だったのに、あなたの甥たちは、みんなインポになっちゃいましたってな」

「いや！　チャーリイ——あなた下品よ」とフウ・リャンが身をよじって笑いころげる。

「あせることはないさ」ぼくはニヤニヤ笑いながら教訓を垂れる。「人、なべてその日々をつくせ、だよ。どこまで行けるかは、おれたちの時代に答えが出っこない」

いつもだまってにこにこしているのは、黒人のサム・リンカーンと、ボリヴィアからきた、クーヤ・ヘンウィック、それにミナ・コローディだった。——ぼくは、その話に時々わりこんだが、大ていの場合はきき役にまわった。——みんな、冗談めかして議論していたが、この話題には、どこかみんなの深い所にふれるものがあった。すくなくとも、ぼく自身はそうだった。ぼくが、あまりみんなといっしょになって、機知のきいた会話のやりとりに参加しなかったのは、この問題を、一片のパーティ・ジョークのようにとりあつかうのに、何となくたえられなかったからだ。——みんなだって、半分は本気だった。しかし、半分冗談だったこともたしかだった。つい数十年前の歴史のことを考えてみれば、現在は「最高」だった。

戦闘はついに、この地上から消えた。こんなことが長くつづくわけはない、とぼくらの父親たちはいった。またどこかで、ドンパチがはじまるにきまっている。——人間の恨みというものは底が深い。人類社会の中は、おくれた部分がいっぱいある。

だが——不思議なことに、それはずっとおこらなかった。おこらずに、二十年たち、二十五年たった。もう、今では誰も武力をつかった戦争は、二度と起らないだろうと思いはじめている。ぼくたちの世代のことをおとなたちは「終戦ッ子」とよんだ。——なにか、ちょっと皮肉めいた冗談の意味がふくまれているらしいのだが、ぼくらにはよくわからない。ぼくたちはただ、「地上最後の戦闘の終結した年」に生れた世代だとうけとっている。——むろん、すべての問題が解決したわけじゃなかった。低開発地帯における人口爆発は、最近になってやっとおさえこむ態勢にはいったところで、まだ完全にフォールとまでは行かなかった。もえ上った油に毛布をかけた時みたいに、あちこちの隙間から、まだチョロチョロ炎が吹き出し、いつまた、毛布そのものが燃え上るかわからなかった。食糧増産は急テンポで進んでいたが、人口問題との、いらだたしいPro et contraの状態を解決する方式をＦＡＯ（食糧農業機構）のコンピューターは、やっと数年前からはじき出しかけているところだった。巨大で不気味な〝新型〟の中央集権国家となった中国は、人口十億に達した時、やっと本格的な「自由化」への門扉をひらきかけた。アフリカ新興諸国の統合はすすんでいたが、新しく誕生した「連邦」の中は、まだ火をひいたばかりの鼎の中のように、グツグツと煮えくりかえっていた。——軍隊と軍隊、国家と国家との武力衝突はなかったが、ここでは、テロやデモ隊と軍隊との流血はまだくりかえされている。――国際間の問題は、まだまだいろんな紛糾のたねがつきなかった。半世紀ももみあいながら、まだ片のつかない領土問題があり、宗教上の古い古い対立があり、歴史的な国家の確執があり、貿易赤字や国際的産業競争や、ある民族、ある国家の無気力化などという問題があった。にもかかわらず――すくなくとも表面的には――事態はあらゆる面にわたって、〝好転〟しつつあるように見えた。春のあけぼののように、そんな雰囲気が、ぼくらの育ってきた時代の、あらゆる所に感じられた。時代はたしかに上昇しつつあった。――だからこそ、その上昇の中で、人類そのものにけちをつけることは、痛快でもあったが、やや軽薄めいた感じをまぬがれ得なかった。

ちがうのはぼくだけだ、とは決していわない。――みんなひょっとしたら、めいめい一人きりになった時、それぞれ考えているのかも知れなかった。しかし、ぼくは、特にそうだったといえる。この問題になると、いつもなんとなく、考えこんでしまうのだ。ぼくがその問題を語りあうのは、ミナ・コローディとだけだった。

「ひょっとしたら……」と、臨時のパーティが解散してしまったあと、ぼくは大学の中を、宿舎にむかって歩きながらミナにいった。「人類は、いまが絶頂じゃないかね？」

「どうして？」ミナは頰にかかる金髪を手ではらいのけながら、クスッと笑った。「黄金時代のはじまりって、〈ザ・グローブ〉の社説に出てたわよ」

「短期的にはそうかも知れないね。だけど、黄金時代が本当にはじまったらはじまったで……そのとたんに、人類は重大な精神の危機に立たされるにきまっているんだ。これはまったく簡単に、洞察できるんじゃないかな？　黄金時代は、古代においては失われた幻影だったし、中世においては天上のバラだったし、近世には海の彼方の不在の理想郷(ユートピア)だった。近代においては永遠に到達しがたい社会の目標で、半世紀前においてさえ、それはいつくるかわからない遠い未来だった。だが、いつの間にか——ここ十数年か、あるいは数十年の間に、そいつは、突然はじまっちまった。実現しそうもないものが、いきなり現実に訪れはじめた。となると——いったいどうなるんだ？　かつての目標——長い長い間人類の目標だったものが、突然達成されはじめ出したら……じゃいったい、その時期にうまれてきた世代は、今度は何を目標にしたらいいんだ？　こいつは大問題だと思わないかい？——ねえ、ミナ、ぼくたちは、時間というエスカレーターにのっけられて、自動的にこの時代の中に押し上げられて行く。ところが、この花やかで上に行くほどすばらしい栄光で光り輝いているエスカレーターの、金色燦然たる頂上のむこうには——何もないんだ。光と喜びにみちた虚無があるだけなんだ！」

「すると、あとはまっさかさまってわけ？」ミナは、かすかに苦笑するように小首をかしげて、その深い、菫色(すみれいろ)の眼を、ぼくにむけた。

「ちがうよミナ。君は虚無ってものの性質をとりちがえているよ。虚無というやつは——おちて行くべき奈落さえないんだ。すべてがあり、そしてささえるものはなにもない……」

「私は、別にいまが〝黄金時代のはじまり〟だなんて、思っちゃいないのよ」ミナは、ベンチの傍でたちどまった。「すわりましょうよ、タツヤ」

ぼくたちは、ペンキがほとんどはげおちたベンチに腰をおろした。木肌が陽ざしをすってあたたかかった。

あたたかく、満ち足りた金色の虚無……。

キャンパスには人影もなく、アン・トゥ・カをしきつめた赤黒い道には陽炎(かげろう)がもえ、両側の芝生はみずみずしい緑にかがやき、大気はかすかな花の香と、眠くなるような蜜蜂や、花虻(はなあぶ)の翅音にみちていた。――ベンチの背後は、樫の木の森で、よく繁った枝葉の下で、そこだけが明るい陽だまりになっている。春の日は、アパラチア山脈の上にわずかにかたむきかけ、晴れわたった空には、白いちぎれ雲がいくつも飛んでいた。――眼をつぶると、瞼の裏に、赤と金の太陽の光がうずまく。背と尻は木肌にあたためられ、顔から胸にかけて、あたたかい、金色の陽のような、陽光のしぶきがしたたりおちる。――ぼくは、ベンチにすわって、陽ざしに眼をほそめながら、もう一度自分のいった言葉を考える。

あたたかく、快適で、そしてなんにもない虚無……。

体の奥で、かすかに不快な戦慄が走る。恐怖に対してあとずさりしようとする衝動が、よわよわしく動く。――金色で、もやもやして、そしてなんのささえもない、つんのめりそうになったら、そのままゆっくり回転し、足の下にも、周辺にも、手足をつっぱるべき何ものもない。上も下もなく、おちることもできない快適な無重力空間――ふと、歯の浮くような、異様な恐怖と不快のまじりあった記憶がよみがえる。ちょっとした遊び気分で――そう、中学三年の休暇に、宇宙ステーションを見学に行った時――宇宙服を着て、宇宙空間へ出てみた。その時、頭の中では、自由落下（フリー・フォール）の理論も、何百万人という人のやった、宇宙遊泳の安全性も陳腐さも、充分承知していながら、やはり「ささえのない、したがって方向のない空間」にふみこんだとたん、何ともいえぬ胸の悪さと、とらえどころのないものの中でもがく、焦りにも似た恐怖感を味わい、額に汗がべっとりとにじんだ。――そいつに似ている。

「私はむしろ、〝黄金時代〟なんて、あり得ないと思うのよ」ミナは、おとがいをラベンダー色のハイネックのセーターの襟もとにうずめるようにしてつぶやいた。「〈ザ・グローブ〉の記事を教えてあげただけよ。あそこの論説員って、みんな少し調子がよすぎるのよ。いい気なものね。――よしんば、それに近い状態であっても、することはいくらでも見つかると思うわ」

「することはあるさ、いくらでも……」ぼくはかすかな焦立ちを感じながらいった。「世界連邦救済機関や、宇宙開発公社へ行けば、たったいまやらなければならない仕事というやつは、ごまんとある。――だが、失われつつあるのは、人類全体――われわれ全体が、総力をあげて目ざすべき目標さ」

「あなたって、観念的ね」ミナは、眼を伏せてつぶやいた。「男の人って、みんな観念的だわ。――過程とか、具体的な全体像をすっとばして、尖端ばかり見つめて……女と、根底的に、世界を見る立場がちがうのかしら？」

そんなことはないはずだがな……と、ぼくは焦立ちを押ししずめながら思う。過程もわかる。「具体的な全体像」ってやつもわかる。だが、さらにその上に、人類の目標喪失というやつもわかるのだ。——女は、そのことがわからないのだろうか？　わかっても、男みたいにいらいらしないのだろうか？　あるいは立場は同じでも、見るパターンがちがうのだろうか？——それとも、このヴァージニアのサバティカル・クラスにくるまでの間、世連のインド防疫センターに、三年いたという彼女の経歴が、そのメランコリックな基調をつくり上げてしまったのか？

「人類っていうけど——人類は発生以来、なにごとも根底的に解決してこなかったし、人類なんてちっともかわってないと思うわ」ミナは、たれかかる金髪をうるさそうにふりあげながら、悩ましげにいった。「わたし——わたし、正直いって、人類ってきらい……。どうしても、好きになれないところがある」

「その点は、ぼくと同じだね」ぼくは、ミナの、雪のように白い、ほっそりした手をとってもてあそびながらうなずいた。「ぼくもそう思うし、人類は完全じゃないと思う。——ホモ・サピエンスってやつは、どうも、本質的にりっぱになり切れないところがあるんじゃないかね。どこか卑しく、どこか凶悪で……その意味で、人類は〝種〟として完全じゃないということ——つまりこいつの限界が見えてきたような気がする」

「でも、そこから先がちがうのよ、タツヤ……」ミナはほほえんだ。——彼女の笑いには、時々奇妙なかげりがあらわれ、それがわびしげな、同時に謎めいた雰囲気をつくり出す。

「そういった人類を、私、愛してはいるのよ。わかる？」

「わからんな」ぼくは少しおどろいて、ミナの顔を見た。「きらいなのに、愛しているのかい？」

「そうよ――あなたには、まだ、そういった女の心理はわからないでしょうね」

「ママ！――ママ！……」するどく、かん高い声がきこえた。小さな足音が通りのむこうから、バタバタちかづいてくる。

「ジャコポだな」ぼくは声のする方を見た。

黒っぽい、小さな姿が、植えこみのむこうからころぶようにかけてきた。――ちぢれた黒い髪の毛、細くとんがった灰色の顔、白く光るおびえたような眼、背が低く、四肢がなんとなく病的に細い。こざっぱりした服装をしているのに、全体にその服が、体つきにまるきりそぐわないようなところがある。

「どうしたの？」

ミナはベンチから手をのべる。――子供は、かけよって、その黒い、小さな手でミナのスカートをつかみ、ちょっともつれるような言葉つきでいう。

「ママ……こわいよ。ブンブンいう虫が、刺すよ」

「蜜蜂は、こちらがいたずらしなきゃささないわよ」ミナは、子供の手をとってさとすようにいう。

「いたずら、しないよ。虫がきたので、手をふりまわしたら、さしたの」

ジャコポは手を出す。――手首の下の所が、はれ上っている。ミナは、マニキュアしてない爪先で、手早く皮膚につきささった刺針をぬきとってやり、ポケットから軟膏を出してすりこんでやる。

「さあ、これですぐなおるわ。――蜜蜂は、クローバーの花の蜜をとるのよ。だからクローバーのないところであそんでいらっしゃい。――夕方になる前に、お部屋にかえるのよ」

子供は、またバタバタとかけ去って行く。

「あの子は泣かないね」そのあとを見おくりながらぼくはいった。

「泣くのよ」ミナは抗議するようにいった。「でも、どういうわけか、涙を流さないの。犬の遠吠えみたいな声で、涙を出さずになくわ」

「君はいつまで、あの子を育てるの？」

「わからないわ」ミナは、うるんだ眼を、しばたたいて、遠く小さくなって行くジャコポのあとを見送った。「どこか、あの子がひけめを感じず、おしつぶされず、一生をのびのびとくらして行けるような所を見つけないと……私、このごろ考えるの。どうしようもなかったけど――やはりあの子を連れてきたのは、まちがっていたかも知れないって」

ミナは、デカン高原の奥地の森林中で、ほとんど文明と接触したことのない、少数の未開民族を見つけた。彼らはハンセン氏病（癩）と天然痘で絶滅しかかっていた。ジャコポは、うまれて八ヵ月で、母親が天然痘で死んだ。ジャコポは、その時まだ元気だった。――かつて二百人以上いたと思われるその集団（バンド）は、急激な天然痘の蔓延により、ミナたちが発見した時はわずか十数人になっており、子供はすべて感染していた。ジャコポ――むろん、それはミナのつけた名だったが――は、急いで隔離され、そして結局彼は、その名も知らぬ種族の、ただ一人の生きのこりとなった。ミナは、その子をずっと手もとにおいて、育ててきた。

「ジャコポは、元気そうじゃないか」とぼくはいった。

「腺病質よ」ミナは首をふった。「前は、よくひきつけを起したわ。それに——この間、心理学教室の方で精密テストしてもらったら、やっぱりＩＱが低いの。それだけじゃなくて——サイコメトリックスの結果を見ると、精神構造のパターンが、ノーマルな幼児とちがっているのよ。なんていうか——原始人型なのね。というよりも——」

「なんだね？」

「私、心理学教室の連中と、大げんかしちゃったわ。——あずけているうちに、私にだまって、動物心理学教室にまわして、測定させたのよ」

遠くで、ジャコポのかん高い声がした。——雲塊が太陽をかくし、まわりの陽がすっとかげった。

「ジャコポはいやがってたかい？」

「わからないわ。——でも、おびえてたみたい。あの子の精神構造や知能・感覚・反応特性(アイピー・アール)は森林肉食小動物型ですって……」ミナは、両手で顔をおおった。

「そんなもの、教育によってどうにでもなるさ」ぼくはミナの肩に手をおいた。「子供ってのは、みんな野生動物の幼生みたいなもんだ。——幼児段階の精神型で、決定的なものはなにもない」

「だけど——その教育をうけつける知能そのものが低かったら、どうなるの？」ミナは、顔から手をはなした。――眼が赤くなっていた。「二歳からずっとやってるのよ。新IQでみて、あの子の平均値とのギャップは、ずっと、確実にひらいて来ているわ」

「四歳やそこらで、なにがわかるものか」ぼくは力をこめていった。「君は子供を育てたのは、はじめてだろう？――変化のチャンスは、まだ十代、二十代の急激な生理的変化の節ごとに何べんもあるし、それまでの体験如何で、どうころぶかわからない」

「でも、あの子の心の窓が、どこかひらくことがあるかしら？――あの子にとっては、文明社会が、騒音にみちたジャングルに見えているんだわ。あらゆる刺激が、その精神の原初的模像のフレームにくみこまれて行くような気がするの。――建物は岩、部屋は穴、自動車は野獣、航空機は鳥、世界は敵意と危険にみちた森……」

「最初の六カ月を、デカン高原の森の中でくらしたんだ。きっと交叉いとこ婚か近親婚をかさねてきた種族だろうし、――それに幼児精神にしたら、ごくあたり前のことじゃないか」

「でも、タツヤ――私にはわかるの。あの子の中で、そういった模像は、私たちが考えているより、はるかに強烈で、なまなましい具体性をおびているのよ。メカニズムの、概念的把握でもって、そういった原始型模像を修正する方は、てんでうけつけないの。彼にとっては、あらゆる知識は呪文みたいなものであり、言葉さえも呪文の一種なんだから……」

「といって――いまさら、デカン高原へかえすわけにも行くまい」

「そうよ。あの子は、もうすでに、どちらにとっても中途半端になってしまったわ。ジャングルの生活にも、文明生活にも……ジャングルへかえれば、あの子はもうそこのきびしい生活についていけないでしょうし、といって、この文明には到底ついて行けない……」

「そういう連中は、今、世界中にたくさんいるよ」ぼくはベンチから立ち上りながらいった。「世界中のあらゆる地域社会が〝世界〟にむかってひらかれ出してから、まだ一世紀もたっていないんだからね。ジャングルと都市の中間地帯にいる、ということは現代人類の一般的状況じゃないかな。——ジャコポのことは、心配するには早すぎるよ。彼には、これから先、無限のチャンスがあるんだ」

「でも、私にはわかるの」ミナは頑固にいいはった。「あの子を——とんでもない所へ連れ出してしまったわ。自分で知らないうちに、私自身が、あの子にとっての〝運命〟の役割りをしてしまった……」

「じゃ、どうしたらよかったんだ？　あの子はインド奥地の森林の中で、天然痘にかかって、あの子の一族といっしょに死んでしまった方がよかったのか？」ぼくは、少しつよくいった。

——ミナはだまって、金髪をまさぐり、そいつを口の中にいれていた。

「ジャコポを、どこかの施設にいれたら？——君には負担が重すぎるみたいだ」

「それはできないわ。一度は考えたけど……」ミナも、やっと気をとりなおしたように立ち上った。「私、このクラスがすんだら、あの子と南米へ行こうと思ってるの。マット・グロッソあたりに……。あの子にとって、私が運命だったみたいに、私にとっても、あの子が運命になるような気がするわ」

こうして、〝母〟が誕生する——一組の母と子が……。

今では、めずらしくないことだ。先進社会では、むしろ〝自分の腹を痛めた子〟をもつ母親の方が、めずらしくなりはじめている。あたり前になったフリーセックスと、副作用の全然ない、しかも行為のあとで、のめばいい経口避妊薬の普及で、先進諸国では、どこも出産率の著しい低下がおこり、産児は奨励から義務化される傾向にあったが、それとて本人の希望があれば、妊娠三カ月で、政府公共施設が、無料で人工子宮への移しかえをやってくれるのだった。それとて、人口維持および調節には、まだ手ぬるいというので、アメリカ、ヨーロッパ、日本などでは、国立の研究組織で、卵子から直接胎児を育てる研究をやり、もうほとんど実用化の段階までこぎつけていた。――生理調節剤で、着床中の卵子をとり出し、冷凍保存する。必要に応じて冷凍精液で受精させ、人工子宮で育てる。母体疾病の胎児影響などはまったくなく、免疫や遺伝コントロールも、完璧だ。

この上は、人工卵巣ができたら、女は遺伝子提供以外、まったくの用なしになるだろう、というのは、すでに、古い冗談だった。――マックス・プランク研究所と、京都大学生命科学研究所は、共同でグラーフ氏小胞の組織培養に成功し、フラスコの中の人工卵巣は、卵子を排出し、その卵子が受精させられて、三カ月まで順調に胎児に成育し、それが自然児――つまり母親の胎内で成長した胎児と、なんらかわりがないことがたしかめられた。実験は、いまのところ成長三カ月までにとどめられているが、それは、その成長過程をたしかめるために解剖に付される被験体が、三カ月をすぎると、一応慣行上、「人間生命」とみなされる、という理由にすぎない。――噂では、すでに六カ月まで実験がすすんでいるが、まだ秘密にされている、ということだった。もっとも新しいニュースでは、ヨハネスブルグ大学医学部では、細胞分裂の誘導物質や阻害物質（インターフェロン）をたくみにつかい、組織培養中の細胞を「特殊化誘導」することによって、一片の表皮細胞から、生殖細胞をつくりあげた、という。もしこの方向が成功すれば、人間は——男であろうと女であろうと——皮膚の一片から、次の世代を再生産することができるようになるだろう。半世紀前、大根や人蔘などの根菜類の表皮細胞の一個から、組織培養によって、完全な大根、人蔘をつくり出したように……「受精」という、遺伝子かきまぜ（シャッフル）の単元行為さえ、皮膚の一片と一片のかけあわせ——つまり培養の途中に「減数分裂」というプロセスを誘導し、半分になった染色体同士を合わせるという過程を挿入することによって、達成されようとしているのだ。

技術の方は、この通り進みつつある。——問題はそれをうけいれる、人間社会の組織の方だ。三カ月胎児の人工子宮内での成長の場合は、まだ母親が——一応形骸化しつつあるが——これが我が子とマークする意識をもっていた。その意識は、哺乳期間をすぎ、赤ン坊たちがそれぞれ個性を発揮して動きまわる段階において——つまり、社会施設における集団管理が、困難になりはじめる段階において、それぞれの母親に、幼児保育を分担させる、一種の強制シンボルとなっていた。——これはあなたのお子さんなんですよ。これから先は、あなたがお育てにならなけりゃ……。集団的な保育、教育は、むろん古くから、社会が負担している。しかし、スキンシップや、こまごまとした世話、集団化によるストレス解消といったやっかいな、それこそ個別的なインファント・ケアは、家庭で、それぞれの母親に分担してもらうほかない。かつて、保母や、教師とよばれていた社会的母親（ソシアル・マザー）たちの数は需要においつけず、施設の数も足らない。先進諸国における当歳から満五歳までの、幼児保育時間の分担率は、社会1、家庭2で、保育社会化は、この三分の一の壁を長らく突破できないでいる。――それはまた、三カ月で人工子宮移行を行なう母親たちの数（七ないし八カ月で人工早産し、保育箱を利用する母親たちをふくまない）と、そうでない母親たちの数との比率と、奇妙に一致している。――むろん、日本やアメリカといった所では、人工子宮そのものの数が、可妊女性全体数に対して圧倒的にすくないが、人工子宮台数の対母体人口比が圧倒的に大きい、北欧諸国およびヨーロッパの一部の国々において、この数値は、はっきり姿をあらわしてくる。――北欧諸国では、人工子宮の回転率が悪い。母親たちの二分の一が、人工子宮を利用できるほどの施設がととのっていながら、実際に利用を希望するのは、妊婦の三分の一なのだ。――この〝三分の一〟という数字に、なにか意味があるのだろうか？　かつて、中世の世界に猛威をふるった伝染病も、それがいかに大流行しても、流行中心地域の人口の三分の一が死亡すれば、いかなる凶暴な伝染病も終結にむかった、という現象と、なにか関係があるのだろうか？

そして、一方では、ミナのような知的な女性たちの間で――独身既婚の別をとわず――自分の子供でない幼児を、もらい子として育てる、というのも、先進諸国で一般的にひろがりつつある習慣だった。「精神的母性（エス・エム）」とか、あるいは若干揶揄めいた調子で、「形而上的母親（メタフィジック・マザー）」もっと簡単に「メタ・ママ」とか「尼さん」とかよばれている、こういったタイプの養母は、社会的地位の確定した女性たちの間から、次第に若い世代へ滲透し、いまでは女子大学生の間にまでひろがりつつあった。――マスコミの中で、しばしば「偽善的な有閑女性のおあそび」と辛辣に皮肉られながら、この行為は着実にふえて行った。家族制度の崩壊にともなって、社会的には消滅へとむかいつつある「母性（マザーフッド）」は、こうして、女性の知的、精神的行為の水準の中によみがえりつつあった（かつての修道尼たちのやったことを考えてみれば、さほどめずらしい現象ではなかったかも知れない。――しかし、今度の場合には、そういった「組織」でなく、個々人が自発的に、ばらばらにはじめたことが、非常に強力な〝風潮〟になりはじめているところに、いままであったそれと、若干ちがった側面があるようだった）。もっとも、この新しいタイプの「養母」には、問題もあった。「参加（アンガジュ）」という、古めかしい流行語が、この行為に関して復活しかけたことをみてもわかるように、若い、独身の母親たちの中には、屢々（しばしば）観念的で、したがって途中で投げ出したり、養子たちに対して過度に厳格だったりするものもいた。――ぼくの知っている、中西部の女子学生のように、十九歳の身で、五人の子供の「養母」になる、という、明らかに過剰負担のケースもあった。

そういった中で、ミナなどの行為は比較的純粋な動機に発するものだった。――彼女自身は、こういった「養母」の流行現象に懐疑的だった。レヴィ＝ストロースのように哲学から人類学へ進んだ彼女にとっては、いかなる知的行為も、それが「流行」となったとたんに、一種のスノバリイとうつってしまうらしい。そのくせ、インドの奥地で、腹のふくれ上った、色の黒い、できものだらけの、裸の赤ン坊を見た時には、矢も楯もたまらず、自分でひきとってしまった。

「君は、〝ピノッキオ〟の作者と血がつながっているのかい？」と、ぼくはきいたことがある。

「名前が同じだから、よくきかれるんだけど、そうじゃないの。関係があるとしたら、〝クオレ〟の方……」といって彼女は笑った。「デ・アミーチスの家系とは、ずっと昔の段階で、遠縁だったときいているけど——それと私の子供好きは、別だん関係がないみたい」

ミナは、それまでぼくの出会った、イタリア女性の一般的類型と完全に対照的なタイプだった。——静かで、優雅で、気品があり、ひかえ目で、その知性は、内省的、観照的な傾向をもっていた。彼女の行為における強さは、その内省から発していた。——ジャコポに対する、憐憫と愛情のいりまじった感情が、彼女が以前から大好きだった、小動物に対するものと同じなのではないか、という悩みが、彼女をジャコポの養育に、運命的にまでかかわらせようとしていた。

それもどうということはないじゃないか——というのが、ぼくの意見だった。——人間は動物なのだ。ひどく弱められているとはいえ、その母性本能は、哺乳類一般のそれと、深いところで共通の暗い海につながっている。小動物——あるいは幼生一般に対する保護衝動は、たとえば仔を失った授乳中の母狼が、人間の嬰児をさらってきて哺育させ、あるいは逆に、母を失った野猪や狼の子供を、人間の母性が授乳して育てさせる。そういった、暗いたゆたいの中での移行は、歴史上何度も起ったものであろうし、哺乳類という新生代における新型の生物群の特性そのものの中に、おこり得る可能性がふくまれていたのだ。愛撫行為（ペッティング）は、人間の雌雄、人間と小動物、人間と人間の子供との間に、容易に移行し得るし、ジャコポを母を失った小動物と見なして、保護本能を発動することには、なんら倫理的問題はない。――しかし、ミナの中には、人間と他の動物を峻別するクリスチャニティの厳格な秩序が、おそらく幼児時代以前の体験として、きびしく、深く、根をおろしていた。如是畜生発菩提心（にょぜちくしょうほつぼだいしん）……獣の中にさえ、神性や仏性をみとめるぼくたち東洋人と、人間の中に、原罪的、悪魔的な獣性をみる西欧のそれと――みぞはまだ深かったのだ。

「これからどうする？」ベンチを立って、歩き出すと、ぼくはミナにきいた。

「さあ――あなたは？」

「ニューヨークへ行きたいような気分だな」と、ぼくはいった。「ひさしぶりに、〝賢者（セージ）〟にあいたくなった……」

「ナハティガルは、たしかに魅力的な人ね。だけど――」ミナは首をかしげた。「私、なんだかだめなの。――ちいさい時、水晶の玉や、タロット・カードや、コーヒーの出し殻などに、いわれのない反感を持ってしまったためでしょうね」

「ヒンディはそんな人じゃないよ」とぼくは力をこめていった。「彼は、ほんものの思想家だよ。君は、彼を誤解している……」

「わかってるわ。でも、私は神秘主義によわいの。――麻薬（ナルコ）にはなおさら」

土曜日の午後なので、大学のキャンパスには、ほとんど人影はなかった。――みんな、パーティや、週末の旅行に出かけてしまっているのだ。外形だけは、古い格式のある大学を模した、褐色砂岩（ブラウン・サンド・ストーン）の建物は、どれも前にひろやかな芝生を配し、通りの両側に植えられた楡（エルム）の木は、アン・トウ・カの道の上に長い影をおとしていた。「今夜、部屋へくる？」とミナはきいた。

「君の方から来てくれないかな」と、ぼくはいった。「夜中にはかえっている」

どこからか奇妙な声がきこえてきた。いやに長くひっぱる笛のような声だ。——ぼくは、最初、犬の遠吠えかと思った。だが、ミナが、突然ぼくの腕をギュッとつかんだ。

「え？」と、ぼくはきいた。

「ジャコポだわ！」とミナは眉をひそめていった。「どうしたのかしら？」

「泣いてるのか？」

「ちがうみたい。——あんな声を出すの、はじめてきいたわ」

ぼくたちは、足を早め、しまいに小走りになった。キャンパスのはずれの、森のはじまるゆるい傾斜地の所に、黒い、小さなものがうずくまっていた。——ジャコポは森の下ばえにむかって、膝を曲げてひらき、背をまるめ、両手を膝小僧につっぱって、口をとがらせ、まるで猫が喧嘩相手を威嚇するような唸り声をあげていた。

「ジャコポ！」ミナは叫んだ。「どうしたの？——やめなさい！」

ミナがジャコポの肩に手をかけると、ジャコポは、餌をとられかけた犬のように、はげしく歯をむき出して唸った。ミナが思わずたじろいで手をひくと、ジャコポはさらにはげしく、森の中にむかってほえた。

「しずかにしろ！」ぼくは、ジャコポの腕を背後からおさえた。「そんな、ばかなまねをしちゃいけない」

ジャコポの小さな体は、一瞬、ぼくの手の中で、強靭なゼンマイがはねまわるように、はげしく動いた。——だが、それはほんの一瞬のことで、ジャコポの細い、骨っぽい体は、急に力がぬけたようになり、彼は四肢をピンと硬直させ、白眼をむき、歯をくいしばったまま、ぼくの腕の中にたおれこんだ。

「癲癇を起こしたことがある？」ぼくは急いでジャコポを地面にねかせ、歯の間にボールペンをかませながらきいた。

「ないわ。——こんなこと、はじめてよ」ミナは、まっさおになりながら、ふるえる声でいった。

癲癇というほどのものではなかった。——ジャコポの体の硬直はすぐとけ、幼児はハアハア荒い息をしながら、自分で起き上った。黒い額に、玉のような汗が、どっとふき出した。

「どうしたの？　ジャコポ……」ミナは、男児の体をだきしめながら、上ずった声で笑った。

「また、蜜蜂？」

ううん、と、ジャコポは首をふった。

「ちがうの。今度は、悪いやつ……。もっともっと、つよくて、こわいやつ……」ジャコポは、眼をギラギラさせて、もつれる舌でいった。「ぼく、こわかったけど、うなってやった。

……ぼく、つよかったでしょ？　ママ」

「犬か、それとも熊でもいたのかな？」ぼくは、草むらのむこう、森の奥をすかしてみた。森は左手が校内道路で切れ、右手の方にずっと奥深くつづいている。「どんなやつだった？　ジャコポ」

「わからない……でも、とても、つよい、こわいやつなんだ。……とてもえらそうな顔してる……こわい、こわい眼でぼくを見た……ぼくを見て、笑った……こわいよ、ママ……」

その時になって、やっとジャコポはミナの首にかじりつき、涙を流さずに泣きじゃくりはじめた。

「さあ、さあ、もう大丈夫……」ミナは、そっとジャコポの背中をたたいた。「いったいなにを見たの？――でも、そのこわい人は、もう行ってしまったんでしょう？」

「ちがうよ……そいつ、人じゃないよ……人よりもっと強い、こわいやつ……」ジャコポは鼻をすすり上げ、体をぶるっとふるわせた。「そいつ……ママのお友だちを、殺すよ……」

えっ？　というように、ミナは、ぼくの顔を見上げた。「その、悪いやつが、そう言ったの？」

「ちがうよ……言ったんじゃないよ……でも、あいつは、そうすると……ぼくにはわかったんだ……」

ぼくは、一瞬、ミナと眼を見合わせた。――それからぼくは、一足とびに草むらの中にとびこんだ。森の奥の方でチラと動くものの影が、眼の隅にうつったのだった。腹ぐらいまでのびている下ばえをわけて、ぼくは森の奥へとつきすすんだ。森の中は、すでに急速にかげりがこくなりはじめていた。動いたものの方角へ、ぼくはがむしゃらに突進した。一度はたしかに木立ちのむこうに、何かの姿がすっとかくれるのを見た。そいつは、ぼくの知っているなにものかのように思えた。ぼくはさらにすすんだ。——だが、そいつの姿は、もうどこにもなかった。右手の、さらに森の深い方へむかって消えて行ったのか、それともどこかへもぐってしまったのか、もはや森の、そのあたりには、そいつの気配も感じられなかった。——ぼくはそれでもあきらめきれず、傾斜をのぼりきり、むこう側の斜面をおりた。そこは、花壇と泉水のある、宿舎（ドーミトリィ）へ行く道だった。鉄材とプラスチックでできた、抽象彫刻の横で、クーヤ・ヘンウィックと、フウ・リャンが立ち話ししていた。

「ヘーイ！」とフウ・リャンが少女みたいな声で叫んで、ぼくにむかって手をふった。

「クーヤ……」とぼくはきいた。「ここへ今、森の方から、誰か——何かこなかったか？」

「いいや……どうして？」クーヤは、黒い、リスの眼のようなぬれぬれとした眼を見ひらいた。

「ジャコポが、何かこわいものを見たらしいんだ」ぼくはちょっと息をととのえていった。

「森の中へはいって行ったらしい。——だいぶおびえてた」

「もし、いたとしたら、奥の方へ逃げこんだんだろう。ここへは何もこなかった——もっとも、ぼくとフウ・リャンは、たった今ここで出あったばかりだけど……」

「ジャコポって、時々変なもの見るのよ。——私にもいつか言ってたわ。森の中に、毛だらけの、大きなボールみたいなものがいるんですって……赤い口に長い牙がはえていて、細い手足で走るって――あの子、幻覚を見るんじゃないかな。精神科の連中に見てもらったら？」

「その点は、異常はないらしいんだが……」ぼくは、夕映えの中で急に色濃くなりはじめた森の方をふりかえってつぶやいた。「ただ……」

「私たち、いま、賢者(セージ)のところへ行こうって話してたの。――いっしょに行かない？」フウ・リャンは、ぼくの手をとって、ひっぱるようにしていった。

「ああ――ぼくもこれからそうしようと思ってたんだが……」

「じゃ、きまった――ここへエア・タクをよぼう」そういうと、クーヤはポケット電話(フォン)をとり出して、コールボタンを押した。

その時、森のはずれをまわって、ジャコポを抱いたミナがやってきた。

「なにかいた？　タツヤ……」ミナは、少し青ざめた顔で、気づかわしげにきいた。

「いや――見つからなかった。錯覚だったのかも知れない。何かい、動いたような気がしたんだが……」

「ジャッキイ、ねたの？」フウ・リャンがのぞきこんだ。

「ええ……ぐったりなっちゃったわ。熱でも出さなきゃいいけど」ミナは、心配そうに、眠りこけているジャコポの額に手をあてた。

「来たよ」と、クーヤが空を見上げていった。

黄昏の金色に染めあげられた空に、青白いイオンの光を下方にむかって噴射しながら、無人エア・タクシーがゆっくり舞いおりてきた。

2

ニューヨーク――それは、なんとノスタルジックな街だったか！　土曜の夕方の、とてつもない空中ラッシュのため、蓮の萼（がく）のような、高い尖塔の頂上に朝顔型の着陸場をつけたタワーポートへおりる順番を待つ間、上空で浮揚（ホバリング）しながら見おろすマンハッタンの夜景は、いくらみてもあきないものだった。千万の五彩の星を濃紺の地上にあつめ、その中に幾条もの光の急流を縦横に走らせる。――保存都市の指定によって、半世紀以上かわらぬ姿の摩天楼は、群青の空にかかる幾千もの光の滝だった。縦横に走る光条を、ブロードウェイの昼光灯が、斜めに太く切りひらいて行く。タイムズ・スクェアの点滅する赤いネオンやイルミネーション、うずまく地上の銀河を、暗黒星雲のように黒々と切りとるセントラル・パークの森――新しいものといえば、下町（ダウンタウン）に、夜光性のくらげのように、ぽっと青白く光って半球型のもり上る、全天候フーラードームと、オレンジ色のループや曲線を、地上からはなれ、摩天楼の林の中腹に描く誘導高速道路（ガイウエイ）ぐらいのものだったろうか？――ニューヨークは、ここ百年、ほとんどそのたたずまいを変えていない。光はあふれ、人口は千百万を突破し、それはなお、繁栄しつつあるように見えるが、それはすでに〝過去の都市〟であった。——現在なお、急激に発展しつつあるアメリカ産業の中心は、中西部から太平洋岸（ウエスト・コースト）へ、さらに南部へと移動してしまった。そして、古きニューヨークは、甘美で、ノスタルジックでいたる所にやさしいかげりをひそませた〝想い出の街〟にかわって行った。——セントラル・パークの馬車、五番街（フィフス・アベニュ）のショー・ウィンドウ。タイムズ・スクェアのポップコーン売り、ダウンタウンのイタリア料理店、国際貿易センタービルの最上階の明りを消した〝クラブZ〟で、カクテルグラスをつまみながら、ヒルデガード・ハインツの歌う、胸にしみわたるような『マンハッタン』をきく時、あるいはブルックリンの〝ヤンキースタジアム〟とあだ名をつけられたTV・シティ・ショーホールで、頭上をおおうドームにアストロ・アイドホールで投影される火星の夕景の下で、宇宙船パイロット出身の隻脚の吟遊詩人（トラバトール）、ビーチャム・サンドクレインの、『青空を呼ぶ（コール・ザ・ブルー・スカイ）』をきく時、かつて近代と現代の接点にそびえていた、この世界最大の都市の、古びた魂が、そして、かつてこの都市に生きた幾千万の人々の生活の息吹きが、あたたかく、なつかしくよみがえり——それは深沈と心にしみわたり、魂をゆさぶり、胸の奥底から、痛みにも似た、感傷の涙をしぼり出されるのだ。CBSの巨大な眼のマークは、今もなおうつろにこの街の上に見ひらかれ、ロックフェラー・プラザの噴水は、しとしとと水蓮の上にふりそそぎつづけ、バドワイザーも、シュヴェップも、コカコーラもドム・ペリニヨンも、——ぼくたちのじいさんの飲んでいたような飲物を、今もぼくたちはこの街で飲むのだが、それら一切のものをふくめて、ニューヨークは過去の街、回想の都市だったのである。――この街の、光の洪水の上でホバーしている時、誰かの口をついてでるのは、あの若くして情死したマーサとタルボットのコンビが、イースト・エンドのガレージ・ショーでヒットさせた『時の太鼓（タイム・ドラム）』のメロディだった。――時は流れ……人は流れ……愛は流れ、夜は流れ……時の太鼓は鳴りひびく。ブム！　ブム！　ブム！　ブム！――おお、流れ行く星の街、鳴りやまぬ、時の太鼓よ……。

「賢者（セージ）」の住所は、リヴァサイドの、旧国連ビルからちょっとはなれた所にある古いアパートだった。彼は、その一階の二室と、地階のフロア全部、それに屋上の古びたペントハウスを借りていた。一階が賢者の居室、地下が、研究室（ラボ）とよばれている集会所だった。もう、そんな所に住む人はほとんどいなくなったため――もっとも、屋上ペントハウス自体が、このニューヨークではまったく珍しい存在になってしまっていたが――まったく格安になってしまったペントハウスは、天文台（オブザーヴァトリイ）とよばれて、ふだんはめったな人間を招じ入れなかった。薬をのんで酩酊（ジャンプ）している若い連中の中で、屋上から七十メートルの道へむかって、本当にジャンプしてしまうやつが、時たまいたからである。

賢者（セージ）――ヒンディ・ナハティガル。

北印度人（ヒンディ）というその名が、本名だかニックネームだったかは知らない。かつての印度の大政治家ネールと同じ、カシュミールのブラーマン出身ということ以外、その経歴もほとんどわからない。だが、ニューヨークにはずいぶん長くいて、全世界の知識人、芸術家、学者、思想家に知り合いをもち、彼の研究室（ラボ）には、そういった連中が絶えず訪れ、その研究室（ラボ）の常連の中から、有名な詩人、建築家、作家、プロデューサー、時には大政治家や大企業家が巣立って行き、その数も、もうずいぶんになっていた。ラボは、そういった連中の寄付によって一部はまかなわれていたようだが、ヒンディ自身もかなりの財産をもっていたようでもあり、そこらへんはぼくらによくわからなかったし、またわかろうともしなかった。そこでは、あらゆることが話題にされ、全世界の知性のかかわっているあらゆる局面の情報交換がおこなわれるのだった。――研究室(ラボ)は、別に会員制でも何でもなかったが、それでいて一種の秩序があり、汗くさいイエロージャーナリズムや、物見高い弥次馬にふみこまれたことは一度もない。常連は、それぞれの立場から、この場所を大事にして、自分の判断で、この研究室(ラボ)のことを教える相手を選択していたからだった。

地下へおりて行くと、奥の方から、相かわらず音楽がきこえてきた。ポーチをはいると、とっつきが、くるぶしのうまるほど毛足の長い絨氈をしきつめた広間(ホール)で、客は壁際の長椅子や、絨氈の上にじかにすわり、煙草をくゆらしたり、飲物をのんだりしながら、しずかにおしゃべりしていた。一隅で誰かがインドの弦楽器をかきならし、小柄なブルーネットの女性が胡弓で合奏していた。――女性は、ノルウェーの有名な海洋学者だった。

広間につづくうすい、半分すき通って見えるカーテンでへだてられた次の間では、大きなテーブルを中心にすえ、写真や書類や、模型がその上におかれ、数人の男女が、立ったまま議論をしていた。そのうちの一人が、黒板に長い数式を書きつけながら、猛烈な勢いでまくしたてている。一見紗のように見えるカーテンは、音をほとんど通さないので、しゃべっている声は、かすかにしかきこえてこない。その部屋とならんで、同じようなカーテンでしきられた小間がいくつもあり、ある小間では小人数がねそべってしゃべり、ある小間ではヨガや坐禅をやっており、ある小間では優雅にセックスをたのしみ、ある小間では、さまざまの薬に酔いしれて、壁にもたれたり、膝をかかえうずくまったり、長々とねころがったりして、いずくとも知れぬ、精神の旅や飛翔を味わっている連中がいる。――そのむこうには、さまざまの化学実験器具や、医学測定装置がおかれ、そこで何万種という植物の成分を抽出したり、調合したりして、新しい酩酊薬の処方の研究がつづけられていた。――研究室（ラボ）の名は、その実験室からおこった。そしてこの研究室（ラボ）は、すでに、精神を解放し、あるいは自在にあやつる、何百種という新しい物質を発見していた。しかし、ここの薬と、その処方は、決して公開されることなく、医者（メディック）とよばれる、年とったヒンディの友人が、ここの客の要求をきき、電子診断器で体の調子や体質の簡単な診断をおこなって、それからこちらののぞむ薬をあたえてくれるのである。

　顔見知りの誰彼と低い声であいさつをかわしカーテンでしきられた間の通路を通り、その薬品調合室をのぞくと、メディックの助手の、ギルという精神薬学専攻の学生が顔をあげた。

「やあ、なにか新しいのをやるかい？」とギルはいった。「新種の旅行薬（トリッピィ）ができているよ。――こいつは地球の内部でも、太陽や恒星の内部でも、なんでもつきぬけて行く旅の夢を見るそうだ」

「ナハティガルは？」とぼくはきいた。

「上にいるよ。──会うかい？」

「いま、邪魔じゃないかな？」

「客は生物物理のシュトラウス博士だけだ。碁をうっているが、もう終ったろう。なにか話でも？」

「いや──ただなんとなく、会いたくなっただけだ」

「お待ち、フウ・リャン──」ぼくたちが奥へ行きかけると、ギルは指をたててウィンクしてみせた。「君に贈物をあげよう」

彼は、つみかさなった実験器具の後から、海棠に似た、美しい淡紅色の花をとり出して、小柄なフウ・リャンの、つややかな髪にさした。

「まあ、きれい！」とフウ・リャンはえくぼを見せてニッコリ笑った。「ありがと。いいにおいだわ」

「その花を、今夜、枕の横においてねるんだ。新種の花だよ。この香りを嗅ぎながらねると、ぐっすり眠れるし、花園の夢を見るよ」ギルは、おどけて両腕を胸のところで交叉させ、いんぎんに頭をさげた。「そこで、やつがれとめぐりあいました時は、なにとぞ恋の奴に、憐れみと愛をたまわらんことを……」

「だめだよ」クーヤが笑っていった。「フウ・リャンには、いまタツヤがぞっこんなんだ」

ぼくは赤くなったが、フウ・リャンはもっと初い初いしく、パッと桜色を顔にちらした。

──ギルの笑い声を背後にききながら、ぼくたちは、奥の入口の玉簾をかきわけて、ゆっくりと上方へむかって動いている、カーペットのベルトにのった。

　簡素な、東洋風の飾りつけをした居間で、ナハティガルは、煙草ではない、もっと香りのする何かを、水ぎせるで吸いながら、小山のような大男の、シュトラウス博士と、盤面をかこんでいた。――厚さ六寸の欅、横に漆をかけ、螺鈿をちりばめ、金蒔絵で水流が描かれているいい碁盤だ。石も那智黒と、日向蛤の三分もので、音がさえざえとひびく。

「やあ……」ナハティガルは、ぼくらの方を見て、笑いかけた。「すぐすむ。もう寄せだ」

　シュトラウス博士は、鼻眼鏡を左手でぐっとにぎりしめ、鬚もじゃの顔を碁盤にちかぢかとよせてにらんでいた。額の青筋を見ただけでも博士の方が悪いことがわかる――。ナハティガルが白で、盤面は、どう数えても、黒が六、七目たらない。

「いかん！」シュトラウス博士は、石がゆらぐほどの息をついて顔をあげた。「これでついに定先転落か――気分転換に、メディックに何か調合してもらおう」

「クーヤ、めずらしいね」石をかたづけながら、ナハティガルはほほえみかけた。「おまち。君が来たのなら、マテ茶をいれてあげよう。クルト、あんたはどうだ？」

「いや、わしはいい」シュトラウス博士は、巨体をゆすって立ち上りながら、鼻眼鏡をはずしてポケットにしまった。「このくやしさをはらすのには、とてもマテ茶じゃまにあわん」

　空気のふるえるような笑い声をのこして、博士が軽いびっこをひきながら、出て行くと、ナハティガルは、ぼくたちの方をむいて、もう一度ほほえみかけた。

「かけなさい。――何か特別な話でも？」

「別に――ただ何となくお会いしたかっただけです」

ナハティガルはうなずいて、通話器のボタンを押し、飲物の用意を命じた。

その昔、今は高級アパート群にかわってあとかたもなく消えてしまったグリニッチ・ビレッジに彼がしばらくいたころ、ポロックやケルアック、それにレスクロスなどといった、伝説的な初期のビートたちとも直接あったことがあるというのだから、ナハティガルの年は八十ちかいはずだった。しかし、眼前にいる彼は、髭や髪が半白になっているとはいえ、どう見ても五十代にしか見えなかった。ただ、いつも笑っているような、澄んだ眼をのぞきこむと、そこに海のような、いや、宇宙のような深々としたひろがり――見ていると吸いこまれて行くような、ほとんど虚無にちかいひろがりが感じられて、その時は彼が天地と同じくらい年をとっているのではないか、と思ってしまう。彼と話していると、この二十一世紀の文明も、人類のあざとい歴史も何も彼も消え失せ、蔽うものもない虚空の下で、裸の大地にうずくまり、地球と同じ年齢を刻んだ巨大な岩と語りあっているような気分になってくるのだった。――彼の中にある古びた自然のようなひろがりと、寛容とやさしさが、ぼくたちをいこわせ、ぼくたち自身の中に、やさしさをよみがえらせる。

「このごろ、あなたたちは、どんなことを考えているのかね？　なにか新しい話題でもあるかね？」サリをまとった少女がはこんできた、マテ茶の茶碗をくばりながら、ナハティガルはいった。「きかせてもらえるかな？」

「人類は完全じゃないって……」フウ・リャンは、おかしそうにいった。「よるとさわるとそのことばっかりなんです」

ナハティガルは、ちょっと首をかしげて考えこんだ。――少女が、白磁のカップの底にもられた、緑色の粉に熱湯をそそいでまわった。芳香が湯気といっしょにたちのぼった。クーヤの説明によると、ナハティガルの所で出されるこのマテ茶の出し方は、シマランとかテレレとかよばれる方式の中間的なやり方だそうだ。クーヤによると「シマラン」という、ブラジルのやり方は、大変めんどうな、儀礼的なもので、賢者(セージ)はそれを簡素化した、独特の方式をつくったのである。

「日本のお茶でいえば裏千家というところかね」クーヤはいった。

「なんとなく、お濃茶(こいちゃ)みたい」とフウ・リャンはいう。

ぼくたちは、熱湯を吸ってふくれ上った緑色の粉を、めいめいにわたされた、先に小さな穴がたくさんあいた球のついている銀の管でかきまぜ、球を、ドロリとした緑色のねり粉の中に埋めて、そこにたまる液をすすった。――苦味のある液体のすばらしい芳香が、口から鼻腔へかけていっぱいにひろがった。マテ茶をすすりながら、ぼくたちは、最近のぼくたちの話題のことを話した。ナハティガルは、指を一本、額にあてて、じっときいていたが、やがてぽつりといった。

「天文台(オブザーヴァトリイ)に行こう」

ぼくたちは顔を見あわせた。――ナハティガルが、ペントハウスに招じてくれることなんて、今まで一度もなかったからだった。

エレベーターで、屋上へ上ると、そこはドームの内側だった。ナハティガルがスイッチをいれると、明りが消え、満天の星がうかび上った。青白い、巨大な櫛型に光るものが一隅にあって、それが地球だった。宇宙ステーションから送られてくる、観測用の立体カラーテレビの映像を、アイドホールでドーム内面に投射したものだった。――ぼくたちは、椅子にかけ、ナハティガルは揺椅子(ロッキングチェア)に腰をおろし、四人ともしばらく声もなく、星座に見入っていた。

「どうして、君たちの間でそんな議論がもち上ったのかね……」ナハティガルは、ぽつりといった。

「さあ、ただなんとなく……」と、ぼくはいった。

「いい、いいなんとなく……」ナハティガルは、一音一音、くぎるようにつぶやいた。「このごろ、あちこちで人々がそのことを考えはじめている……」

「そうですか？」ぼくはちょっと衝撃をうけた。「あちこちで？――じゃ、誰かが、ぼくらのところにも、流行をもちこんだのかな？」

「そうではあるまい。――その問題を考えはじめている人々は、お互いにひどくかけはなれた場所にいる。世界の各地に……」

「同時発想ってわけね」とフウ・リャンはいった。「でも、どうして……」

「あなたはどう思います？　ナハティガル……」クーヤがするどくきいた。「人間は、完全ですか？　あるいはいつか完全になり得ますか？」

「完全であるはずがない……また完全には、決してなり得ない。すでに限界は見えている……」ナハティガルはおだやかな声でこたえた。「だが、ほぼ完全に近いのではないか、と思われるものを、想像し、考えることができるように思うね。——しかし、人間は自分の考え出した、その完璧なものの中に、決してはいって行くことはできない……」

「薬（ナーコ）もだめですか？」とぼくはきいた。

「そう——薬旅行（ナーコ・トリップ）も、精神旅行（サイコ・トラヴェル）も、やはり根本的な解決ではないだろうね。それは人間の心の閉ざされた扉をひらく。幻想の世界をくりひろげ、ある場合には、ほっておけば一生つかわない脳細胞の一部さえ、刺激して働かせる。——しかし、それは、常人の状態を超えても、人間を、人類そのものを、こえるものではない。薬物神学（ナルコティック・テオロジィ）は、近代が忘れていた、古いテクニックのリバイバルにすぎんのだよ。キリスト教以前、あるいはキリスト以外の各宗教における精神のとりあつかいは、はるかに技巧的（アーティフィシアル）なものだった……。大宗教は、そういった〝技巧〟の煩瑣さとむなしさを知って、そういった薬物や技巧にたよるやり方を捨て、ただ人間の自然にそなわった理智だけにたよって、超越を達成することをとなえた」

「精神薬学（サイコ・メディックス）も、あまりのぞみはありませんか？」

「将来、なにかが出てくるかも知れないが——しかし、ほとんどのことは古代でやってしまっているからね。おそらく現代科学の水準では、繁瑣な技巧主義におちいって行くのが大勢じゃないだろうか？　多くはのぞめない。そしてもう一つの方向は——ゴータマ（釈迦）はえらい人物だった。しかし、涅槃（ニルヴァーナ）は停止であって超越ではない……」

「あなたは仏教徒ではなかったんですか？」とフゥ・リャンはきいた。

「ちがうよ、マドモワゼル……私の魂はもっと荒々しい……もっと〝自然〟そのものに近い」ナハティガルは、しずかに溜息をついた。「私は……ずっと待ちうけているのだ。可能性について考えながら……。人類は、恒星間旅行を、いつ達成するかな？――まだ、二、三世紀かかるかも知れん。たとえ、もっと早く達成できたとしても、それは一つのはじまりにすぎないのだからね。――それから……という……探求がはじまるのだ。この宇宙のどこかに、われわれを超えるものがいるかどうか、生物が見つかっても、人間以下だったらどうにもならんからな。もう一つの可能性は、万が一の僥倖で、宇宙の彼方から、それがやって来てくれるかも知れない、ということがある。その方が、かえって可能性として大きいかな？……考え得ることは、まだほかにもあるが……」

ナハティガルは、ちょっとだまっていた。――それから突然ぼくの方をむいた。

「ところで――君には、もっと別の、心配事があるようだね。タツヤ」ナハティガルは、静かに、心をつき通すような声でいった。

「この話とは関係ないんです」ぼくはちょっとうろたえていった。「全然別のことなんです。ちょっと気がかりなことがあって……」

「いってごらん」とナハティガルがいった。

話がその場の雰囲気に全然そぐわないのを気にしながら、ここへくる前、ジャコポのやったおかしな行為のことを語った。――意外なことに、ナハティガルは、深い興味をその話に示した。

「そのジャコポという子供……」ナハティガルはいった。「一度、私の所へつれて来てくれないかね？——私から、その子に、もう一度その話をくわしくきいてみたい」

その夜——

ぼくは、自分の部屋で、ミナとねていた。シーツの下で、ミナのやさしい、やわらかな裸身は、ぼくにぴったりよりそっていた。これまでに何十ぺんとくりかえされた愛の行為は、初めてのころの燃え上るような興奮よりも、このごろではむしろそのあとの、ゆたかな安らぎと鎮静ゆえに、お互いにもとめあうようになっていた。——夫婦という、想像しただけでは退屈きわまりない関係において、なおセックスを持続させるのは、おそらくこういうものではあるまいか、と、ぼくは漠然と考えた。

そして深夜——ぼくはなにものかを感じて、突然眼をさました。

なにものかが、ぼくの名を呼び、ぼくの中に、恐怖と、嫌悪と、怒りにみちた警戒本能が目ざめ、ぼくは寝室の闇の中に、カッと眼を見ひらいて、あたりを見まわした。——ミナはかすかに寝息をたて、そのゆたかな乳房はぼくの左腕の上膊におしつけられていた。

ぼくは闇の中に、淡い青白い光が息づくのをじっと見ていた。——なにかがベッドの傍で光っていた。眼をしばたたいて、ぼくはそのほの暗い、四角い光を発するものの正体を見つけた。枕もとの、ヴィジフォーンの螢光面が、ボーッとうすく光り、そこに、なにものかの黒いシルエットがうつっている。

「チャーリイを殺す……」そいつは、低い声でいった。

「誰？」ぼくは思わずききかえした。

「これが、二度目の予告だ……チャーリイを殺す……」

「誰だ、きさま！」

口の中がカラカラにかわき、のどが押えられるような感じがした。——その時になって、ぼくは突然、はっきりと思い出した。

二度目の予告——とそいつはいった。

とすると、一度目は——すると、あれはやっぱり単なる夢ではなかったのだ。いや、そいつは最初の時、ぼくの夢の中でぼくの下意識にささやきかけ、目ざめた時、その夢を忘れてしまっていた。何か、ちょっとした不安があるような気もするが、それも常の繁事にまぎれて、思い出すこともなかった。——しかし、いま、二度目ときいて、はっきりと思い出した。

「二度目の予告も、君たちみんなに通達した……」映像面の中のそいつは、低い、しかし、しっかりした声でいった。「前にもいったように、これはゲームなのだ……同時にテストでもある……君たちみんな、力をあわせ、知恵をしぼって、チャーリイをまもってやりたまえ。——私は……一週間以内に、チャーリイを殺す……」

画面はフッと暗くなり、声は消えた。——ぼくの腕が、ギュッとつかまれた。ミナはベッドの上に半身起き上り、凍りつくような眼で、ヴィジフォーンを見つめていた。

「見たか？」ぼくはかすれた声でいった。「見たろう？」

「ええ……」ミナはささやくようにいった。

「君も、二度目か？」

「ええ、そう――いま、思い出したわ」

ぼくはベッドからとび出して、電話にとびつき、宿舎の自動交換室の記録を見るボタンを押した。かかってきた電話は、一週間にわたって記録してある。――だが、ぼくの部屋へは、その日一日中、どこからも電話はかかってきていない。むろん、たったいまの電話の記録もない。交換室の回線をきったとたんに、呼出し信号がなった。ヴィクトールだった。

「タツヤか？――夜中にすまん……」ヴィクトールは、動顚したようすでいった。「実は、今は、チャーリイのことで……」

ドアがはげしくノックされた。ミナは裸の上にガウンをはおると戸口へとんで行った。

「君の所にも電話があったか？」ホアンとアドルフは、パジャマ姿で、興奮した声でいった。

「あったわ――」とミナは両頬を掌ではさんだ。「どういうつもりかしら？　いたずらかしら？」

「しかし、二度目だ……」とアドルフはいった。「いったい誰だ。――ゲームで人を殺そうなんてやつは……」

――オ、オーオオオオ……妙な遠吠えのような声が聞えてきた。

「ミナ、早く来て！」フウ・リャンが腰までのネグリジェのまま、はだしでとんできた。

「ジャコポが眼をさましたわ。様子がおかしいの……」

そうか、あの声は……とぼくは思った。――昼間、ジャコポが森の中に動いていた、なにものかにむかってあげていた声と同じだ。

階下からヴィクトールとクーヤがきた。反対側からリーもきた。

「チャーリイは？」リーがきいた。

「チャーリイは知らされているのか？」

「わからん」ホアンは首をふった。「でも、なぜ、チャーリイがえらばれたんだ？」

「たちの悪い、いたずらかも知れん」とクーヤ。「だけど――行ってみよう」

ぼくたちは、チャーリイの部屋のドアをノックした。

「チャーリイ！」アドルフは叫んだ。「チャーリイ、ちょっとあけてくれ！」

中で眠そうな返事がして、しばらくもそもそ物音がきこえたが、やがてドアがあいて、チャーリイが眠そうな顔をつき出し、半ねぼけの声でいった。

「なんだ、こんな夜中に……」チャーリイは首をふっていった。「みんな、どうしたんだ」

それを見て、ぼくたちは、ほんのわずかだけ、息をついた。――チャーリイ自身は、通告をうけていない。

「いったい、何があったんだ？」チャーリイはかさねてきいた。

「いや……」ヴィクトールがいった。「なんでもないんだ、チャーリイ。ただちょっと…

……」

オ、オーオオオオ……ヴィクトールが絶句すると、まだ叫びつづけている、ジャコポの声が、はっきりきこえた。

――オーオオオオオ……

第二章　生きたままの死

1

「ジャコポを賢者(セージ)にあわせたら？」

とぼくはいった。

「それが何かの役に立つと思って？」

ミナはジャコポをかばうように、その小さな痩せた肩を抱きよせた。

「しかし、ジャコポはひょっとしたら……」

ぼくは言葉をきった。――動顚した気分はまだつづき、思考が混乱して、どうにもおさまりがつかなかった。

「この際、あらゆる可能性を追究してみる必要がありそうだ。――ひょっとして、ジャコポは、その〝悪い、強いやつ〟を本当に知っているかも知れない。――ぼくにはわからないが、ナハティガルなら、何かひき出せるかも知れない」

「のぞみはないと思うわ」フウ・リャンがいった。「この子は、何かの影におびえたのよ。

でも、それがはたして、〝挑戦者〟かどうか……」

「まず、まちがいないと思うがね……」

ぼくは、おびえたように、ミナの影にかくれようとするジャコポに、問いかけた。

「さあ、ジャコポ、もう一度話してくれないか？——ゆうべ、部屋で見た〝おそろしいやつ〟は昼間君がほえてやった〝黒くて、強くて、悪いやつ〟と同じかい？」

「わかんない……」

ジャコポは、白い眼をして、首をふった。

「でも、君は、きのうの午後、その〝強くて悪いやつ〟がぼくたち——ママのお友だちの誰かを殺すっていったんだよ」

「おぼえていない……」

「さあ！　さあ！　ジャコポ……もう一度、話してくれ。その〝大きくて、強くて、悪いやつ〟はどんなやつだった？」

「わかんないんだよ……」ジャコポは泣き出しそうな声でいった。

「そいつが、やってくるとわかるの——だけど、そいつが行ってしまうと、なにもわかんなくなるの……」

「私、やはりこの子を一度、ナハティガルにあわせるわ」今度はミナの方からいい出した。

「それこそ、おぼれるものは藁をも、って気持だけど——これだって、何か役に立つかも知れない。でも、ナハティガルは本当に、この子から、何かの手がかりをひき出してくれるかしら?」

「ものはためしだ」とぼくはいった。「彼は——賢者(セージ)だよ。ぼくらとやはり、どこかちがう」

「彼に電話をしてくるわ」といって、ミナは立った。

ミナが出て行くのといれちがいに、ヴィクトールが、ぼくの部屋のドアの所に顔をあらわして、「タツヤ——ちょっと……」とよんだ。

出て行くと、背の高い細く見えるが骨組の頑丈な男が立っていた。陽やけした顔で、髪の毛も、眉も、色がうすい。

「カンジンスキイ警部補だ……」とヴィクトールは紹介した。「ニューヨークの、科学警察の……」

「ヤマザキです」

といって、ぼくは握手した。

骨ばった強い指をしていて、掌の皮膚ががさがさしている。——科学警察の警部補というより、スポーツマンタイプで、足で歩きまわり、いざという時は早射ちと、腕っ節にものをいわせる、タフなたたき上げの刑事といったタイプだ。

「知らせたのは君か?」とぼくはヴィクトールにきいた。

「ああ——個人的な知り合いでもあったので……彼の弟がパリにいて、ぼくの友人なんだ」

「ホアンはなんていった?」

「まだ知らせていない。——だけど、タツヤ、ぼくはやっぱり、大事をとった方がいいような気がする。やつにとっては、ゲームの挑戦でも、やはりこれは……」

同感だ、ということを眼顔で知らせて、ぼくはカンジンスキイ警部補にむかっていった。

「とるにたらない、学生同士のいたずらと思われるかも知れません。——だけど、今度の場合は、単なるプラクティカル・ジョークじゃないような気がするんです。カンジンスキイ警部補」

「アレックスとよんでいただいてけっこうです」と警部補はいった。「アリョーシャでもかまいません。——私は、たとえ単なるプラクティカル・ジョークでも、大学内でおこった場合は軽視はしませんよ。大学院は、ＩＱの高い連中が大勢あつまっていて、やることもまことに手がこんでいます。犯罪学の教授の監督下で、殺人ゲームをやって、本当に死人が出た例も何回かあります。それに……」

「チャーリイはどこだ？」と、ヴィクトールはきいた。

「研究室にいる」

「誰かいっしょかい？」

「ホアンがいるはずだ」

「護衛は二人以上でなきゃだめだ。なぜって……」ヴィクトールは、ちょっと口ごもったが、思いきったようにいった。「考えてみろ、タツヤ——ひょっとしたら、ぼくらの仲間のうちの誰かが、〝挑戦者〟かも知れないんだ」

「研究室はどちらですか？」と警部補はきいた。

「ブロックB——生命科学研究所の生体情報研究室です」

「ビッグアロー……」警部補は胸のポケットの通話器にむかっていった。「わかったか？ ブロックBだ。——車をもって行け。守衛には、私といっしょにヤング教授にあいに来たといったらいい。私の知り合いで、電話をいれてある。モーティマーの研究室の廊下で待て。私もすぐ行く」

「わかりました……」と声がきこえた。

「ビッグアローなら、一人でそこらへんのボディガード五人分ぐらいの役にたちます」と警部補はほほえんだ。——笑うと、男らしいしわが、顔いっぱいにできた。「純粋のチェロキーで、しかも、赤ン坊の時から、チェロキーの最高の戦士、ハンターとしての訓練をうけた、といえば、もう彼ぐらいしかいないでしょう。——彼の一族の、名門の出なんです」

「チャーリイにあいませんか？」と、ぼくはいった。「彼は、てんであの予告をバカにしているんです。彼には、直接なんの予告もなかったんだから、むりもないところもあるけど……」

「行きましょう——」警部補は帽子をかぶった。「しかし、その前に、どこかで、ちょっと腹にいれるものにありつけませんかね。——朝飯を食いそこねて、ペコペコなんです」

「〝ベティの店〟に行こう」ヴィクトールはいった。「研究所へ行く途中です」

廊下へ出ると、ミナが自分の部屋から出てきた。

「賢者（セージ）は、夕方こちらへくるって」ミナは少し興奮した声でいった。「チャーリィの件、彼もくわしくしらべたいって……」

「こちらカンジンスキイ警部補……」とぼくは紹介した。「〝ベティの店〟で、かるく食べる。——くるかい？」

「あとで連絡して……」ミナは首をふった。「私、すこしジャコポをねむらせるわ。夜中から、興奮して眠ってないの」

　ヴァージニア大学都市（ユニバーシティ・タウン）は、街（タウン）という名でよばれていても、行政的には特別市のあつかいだった。——事実規模と人口からいっても、一個の小さな市に匹敵した。人口約六万、教授、学生、研究員、職員すべて大学関係者ばかりで、教室や実験室、研究室を主とした中心部の基礎教育センターを中心に、大規模な研究所十四、粒子加速器や、核融合炉、電波天文台、工場、実験農場、電子図書館など大規模施設が八カ所、共用大電子脳五台、専用電子脳二十八台、それにあとは寄宿舎、官舎、教授職員の家、クラブ、集会所、競技場、娯楽施設といった構成だった。大規模な研究所といっても、ここはもっぱら理論面が主で、技術関係はごくかぎられていたから、人口六万といっても、ごくしずかな感じだった。

　建物を無料で貸してもらって営業をしている、個人の店、バー、レストランといったものもかなりあり、〝ベティ叔母さん〟のやっている店も、その一軒だった。——アメリカへくる前に、誰でもが持っている、しかもかれこれ一世紀ちかくもつづいている偏見の一つは、ここが何事によらずメカニックな国で、料理はすべて、インスタントか、罐詰めか大量生産自動販売の味気ないものであり、食物に関しては、まことにつまらない国だ、ということである。

しかし、それは忙しい、しかもかなり古いタイプの大都会での話で、一歩内陸へふみこめば、アメリカが、実に長い間、世界でもっとも生産性の高い農業をもっていた国だ、という事実にたちどころに直面する。――それはたしかに、フランスや中国ほど、料理が大仰で豪勢かつ繊細な芸術(ファイン・アート)になるところまではいっていない。しかし、そこには、おどろくほどみごとに品種改良された、第一次農産物が実に豊富にあり、そういった食物は、新鮮な生のままか、煮るとか焼くとか、ごく簡単な料理法で食べるのに、一番適している。煩瑣でデコラティヴな料理というものは、この土地に発達しなかった。この広大な土地は、素朴な開拓時代から仰々しい農業帝国時代を経ずにまっすぐ大工業時代へとびこんで行ったのであり、料理もまた、素朴で、手のかからない開拓農民の野営料理、また丸太小屋の手料理から一直線に発達した。――罐詰めにしろ、冷凍食品にしろ、サンドイッチやホットドッグにしろ、こういったいかにもアメリカ的な食物はアメリカ国民が料理にあまり手をかけない、という所から由来する。そのかわり、もとの材料のすばらしさは世界一だ。カリフォルニアの果物や清浄野菜はそれ自体が芸術品だし、新鮮なミルク、バター――チーズも、ロクフォールのカマンベールのといった、ひねりすぎた味でなく、クリームチーズやコッテージチーズといった、ミルクの新鮮さがまだのこっているようなのが多い。料理も素朴なものがいい。来た当座は、あの不当な蔑視をうけているポーク・アンド・ビーンズのうまさにおどろいて――むろん罐詰ではなかったが――しばらくそればかりを食べ、ぼく自身も大いに軽蔑されたものだった。

　ベティ叔母さん――なぜかみんな、アーントと英語でよばないで、フランス語でタント・ベティとよんでいたが――の店は、そういった古い、開拓期の素朴な手料理の味をふんだんに味わわせてくれる店だった。頑丈な、丸太小屋風の店で、中はいいかげんすすけている。木のテーブルに、ごわごわに糊がきき、隅のすりきれた麻のテーブルクロスをかけ、奥には本当に火のたける煖炉があり、店の中には、いつ行っても、『キャリイ・ミイ・バック・トゥ・オールド・ヴァージニイ』の古くさいレコードが鳴っていた。錫(すず)のジョッキで、地もと製のビールものませてくれたが、叔母さんは学生を見ると、やたらにミルクをのめとすすめた。――もう一つ、忘れてはならないのは、この店が、名にしおう本場のヴァージニア・ハムの逸品を、おどろくべきサービス値段でたべさせてくれることである。それもまた、植民地時代の名流の一つに数えられる、ロアノク風のやつで――食品会社で量産する安っぽいハムではない。近所の街の叔母さんの実家には、百何十年たつという自家用燻蒸(くんじょう)小屋があり、そこで彼女の兄という老人が、何十年というもの、自分で家族を指揮してつくっているのだ――杜松(ねず)の薪材で燻ぶされた、よりぬきの豚の骨つき腿肉は、叔母さんがもどすのに三日、天火でやきあげるのに三日かけて料理し、外側がザラメと脂でこんがり狐色にやけ、中がみごとなピンクで、一口ほおばった時、燻蒸材の杜松の香りと、丁子(クローヴ)の香りが渾然と鼻腔にひろがり、まことにすばらしいとしかいいようがなかった。

「これは……」とカンジンスキイ警部補も、一口たべてちょっと絶句した。「これはすばらしい。――こんな料理が食べられるとは、あなたがたは幸せですな。――まずい、ぞんざいの料理を毎日食べていると、人間の心がすさみ、とげとげしく攻撃的なムードをつくる、というのが、私のちょっとした理論ですがね。食通じゃありませんが、ふだん食べているものと、犯罪、あるいは集団心理の関係について、私はある意見をもっているんです」

「ですが、そのすてきなハムのある、この街で、殺人が起ろうとしているんです」とぼくはいった。「さっき、何かいいかけておられましたね。――この事件について、科学警察がわざわざのり出すような、特別な兆候がありますか？――学問でちょいちょい起る、血気さかんで頭のいい学生たちの、たちの悪いいたずら……ぼくたちは、たとえあなたたちに助けをもとめても、そういうふうにうけとられるものとばかり思っていた。ですが、あなたが単独でなく、わざわざ部下までつれて、かけつけてこられたというのは――ヴィクトール・ドラリュが、あなたと知り合いだ、というだけじゃないような気がしますが……」

「そうです……」警部補は、最後のハムの一きれを名ごりおしそうにゆっくりのみこむと、コーヒー・カップをおもむろにとりあげてうなずいた。「そう先まわりされるとかないませんな。――たしかに、ヴィッキイから連絡をうけた時、私たちが特別この事件――いや〝予告〟に興味をもった、理由があるのです」

「なんですか？　それは……」

「この二カ月の間に、同じような事件が世界中で三度起っているのです」警部補は、ふたたび職業的なきびしい表情にかえると、しずかにいった。「しかも、すべて有名な大学で……モスクワ大学で三カ月前、京都大学で一カ月半前、一番最近はソルボンヌ大で……犠牲者はいずれも、大学院学生か、若い助教授……。何ものとも知れぬものから、グループの連中に挑戦的な予告をうけていました。被害者に共通することは、いずれも新IQ百七十以上だったということです……」

2

本当をいうと、ぼくたちはまだ迷っていた。――いったいこの事件を、どれだけの範囲内で処理するか、ということについてである。

ぼくたちサバティカル・クラスのメンバーがあの、奇妙な〝殺人予告〟の挑戦をうけたことはぼくたち以外に、とりあえず、チャーリイの研究の、監督教授であるヤング博士と、学生部長のブキャナン氏にだけは知らせてあった。

いまのところ、それ以上学内に問題がひろがることは、まずなかった。サバティカル・クラスというのは、従来の教職制度に古くからあったサバティカル・イヤー――七年間のうち一年だけ、大学教授などは、四年ないし三年のうち一年、授業の義務から解放されて、自分の好きな研究ができる——の制度から派生したもので、これが学生の間にも拡大され、修士コース四年間のうち、一年だけ（一年をまるまるつかってもいいし、半年ずつ二回でもいい）助手待遇で給料を支給され、全世界のどこの綜合大学の、何の学部にでも任意に研究留学でき、また登山でも探検でも、好きなことにつかっていい、ということになった——そういった連中が一つの大学の中で、同じ宿舎にくらすことによってできあがっているまるきり非公式かつ寄合世帯の〝クラス〟なので、大学当局も、別にクラスのメンバー個々人について、深く知っているわけではない。いわばぼくたちはこの大学都市に、一年間滞在しているお客にすぎなかったのである。だから、学内問題として、次々噂が拡大し、それほど大げさなさわぎになって行く可能性は、いまのところまずなかった。

といって——ぼくたち仲間うちだけで、この挑戦に対処するのはどうかと思われた。もっとも、仲間のうちには、そうすべきだ、と主張するものもいた。ホアンがそうだった。「これは、おれたちがうけた挑戦なんだぜ」と、この情熱的なスペイン青年はいった。「これはテストで、ゲームだ、と挑戦者はいった。——ゲームなら、おれたちだけで、正々堂々とうけてたつべきだ。挑戦者は、おれたちの知恵と力をためそうとしているんだから、おれたちも卑怯なまねをしたくない」

「あきれたラ・マンチャの騎士だ！」ディミトロフ・ポドキンが、吐き出すようにいった。「で、もし、われわれがそのゲームをおとしたらどうなるんだ？——チャーリイは死ぬんだぜ」

「警察の護衛をたのむなら、一応総長と学部長とも相談しなきゃならんが……」ブキャナン学生部長はいった。「だが、その前に、このいたずらについて、もうちょっとよく、しらべてみる必要がありそうだ」

「ですが、護衛はたったいまから必要です」とヴィクトールはいった。「これは——単なるいたずらじゃなさそうです。ぼくはそう思います。挑戦者はだれか、いたずらかどうかということを検索する前に、とにかくむこう一週間、チャーリイをまもる必要があります」

「みんな、よしてくれ！」当のチャーリイは、その時ゲラゲラ笑い出した。「なんだい、そんないたずらぐらいで大げさな——護衛なんてぼくの方でねがいさげだよ。それに、相手がどんな殺人狂にせよ、ぼくだって、自分で自分ぐらいまもれるさ」

「挑戦をうけたのは君じゃない、チャーリイ」サム・リンカーンが、しずかな声でいった。「ぼくたちなんだ。——ぼくたちは、あらゆる手段をつくして、君をまもらなきゃならない」

「それじゃあ、まあ勝手にしてくれ」とチャーリイはいった。「ぼくは寝るぜ。——朝まで、まだだいぶ間がある」

だが、そのあと、ほとんどのものは朝まで眠らずに討論した。——とりあえず、誰かがたえず、チャーリイの身辺につくことにした。それから昼間は、チャーリイの借りている研究室の、斜めむかいにある、ヤング教授の個室の応接室を、チャーリイ護衛の本部にかりることにした。警察の護衛については、ブキャナン部長はまだ慎重だった。ヴィクトールは決心したように、専門家による護衛と調査に関しては、ぼくにまかせてくれないか、といった。
——そしてカンジンスキイ警部補の登場となったのである。

生命科学研究所は、高さこそ三階だてだが、面積はひろい。——極地・熱帯を問わず、地球上の全気候から、宇宙空間、また他の惑星上の気象条件までつくり出せる特殊温室のある中庭をかこんで、一辺五百メートルの、壮大なコの字型の建築がのびており、廊下の移動に電動スクーターがつかわれているほどのひろさだった。

コの字型の西の一翼は、ほとんど全部、「普遍生物学」関係の研究室や実験室でしめられ、その他、遺伝工学、人工生命、酵素工学、種工学などの各研究室群がずらりとならんでいる。そのつきあたりが、十いくつの部屋からなる生体情報研究部だった。

ぼくたち三人が、電動スクーターにのって、チャーリイの研究室にちかづくと、ドアの前の椅子から、目つきの鋭い、色の浅黒い青年が立ち上った。——黒っぽい服を着て、全体が黒い鞭のようにしなやかだ。

「今のところ異常はありません」と、その青年——ビッグアローはいった。「一人だけはいって行きました。——学生らしいです」

「君はここで、もうすこし見はってくれ」と警部補はいってぼくたちの方をふりかえった。「モーティマー君に紹介してくれますか?」

ドアをあけると、ホアンとディミトロフがふりかえった。——研究室の中は、奥がドアをへだてて、電子機器類をはじめ、さまざまの実験装置をそなえた実験室になっており、はいった所が、ひろい書斎兼会議室になっていた。

「だから、このイオン透過膜を介して行なわれる、電荷の逆転という形での、神経情報伝達の基本パターンを、別の形で――たとえば自由電子の流れによる電流、電波などを情報搬送媒体につかう可能性が、生命蛋白分子や、酵素類の基本的な構成パターンをくみかえないという条件下で、どういう形で存在するか、というと……」

チャーリイは、黒板のように見える大きなグラフィック・パネルに描かれた、十あまりの曲線を、次々にライトペンの先でおさえた。

「これは、高等哺乳類型生命の基本要素をパターン化して現わしたものだ。――要素抽出には、ぼく自身の考え出した方式を使っているが、これは説明を省略する。それに、その方式が、ほんとうに完全かどうか、ということはまだちょっと疑問だからね。――ところで、生命現象の中には、その化学的変化の過程の一部を補う形で電気的現象も起ることはよく知られている。神経伝導や筋収縮のメカニズムがそうだ。――こういった電気的現象は、多くの場合、生命現象のメイン・ロードとなっている化学的変化から派生的に出てきた現象であって、それ自体が、生命総合統一体――つまり生物に直接的に利用されている例はきわめてすくない。もっとも、君たちもよく知っている、ATP形成過程の中の電子伝達系や、また筋電流を有機蓄電器にたくわえ、これを自己防衛や求餌行動に利用する電気魚のような例もないではない。また、筋収縮、神経刺激伝達に、イオンの移動による膜電位変化を利用すること、またほとんどの化学変化が、同時に電気的変化であり、それを生命機構が特に情報伝達やフィードバックに関して、実に巧みに利用していることを考えれば、電気現象は、生命現象のきわめて基礎的（ベィシック）なところにくみこまれてはいる。しかし、それ自体を、特に電流波系統を直接的に生命活動に利用している生物はほとんどないといっていい……」

「チャーリィ……」とぼくは声をかけた。「ちょっと話が……」

「もう少し待ってくれ」と、チャーリィはぼくたちにいい、また喋りはじめた。

「ところで、ここに抽出されたいくつかの生命の基本要素――代謝系、遺伝情報系、ホメオスタシス、神経情報系等々の各系は、ある条件下できわめてうまくバランスをとって、一個のまとまった有機生命体をつくり出す。これらの諸要素は、それぞれ単独では、無限に変化する幅をもちながら、基本要素相互のバランスによってチェックされ、相互にある一定の幅の中におさまり、全体として、バランスのとれた、一つの生命系をつくり出す。――さて、非常にあらっぽい話になるが、環境、細胞集合密度、総質量、各細胞の特殊化の可能性、時間、遺伝情報単位の数など、多くの外挿条件を変化させてやると、そのバランスし得る準位は、次第にかわってくる。これをうまく整理してやると、生命の基礎的進化のモデルが、近似的に線型モデルであらわせる。むろんこれは、現在までわかっている、進化の各段階（ステージ）の事実（ファクト）によって充分修正してやらなければならない。――ことわっておくがこれはまだ、おそろしくあらっぽい話だよ――しかし、現存している高等哺乳類の中から、次代の新しい〝種〟が出てくるものとし、その諸条件を厳密におさえて、それを外挿してやれば、このモデルは、すくなくとも未来において、どういう生物が出てくる可能性はないか、ということだけはきわめてはっきりさせることができる」

「雲をつかむような話だな」とホアンはいった。「どんな生物が出てくる可能性があるか、という予測はなりたたないのか？」

「それも、おそろしくひろい範囲ではなりたつよ」チャーリイは、グラフィック・パネルの方をふりかえっていった。「ただ、外挿条件の変化の幅が、きわめてひろいので、生物一般論としてなりたたせるのはむずかしい。――基礎的進化の〝次の新しい段階（ステージ）〟を予測することはできるが、これはほとんど千万年単位から億年単位だ」

「霊長類――あるいは人類にしぼって考えたらどうだ？」とディミトロフ。「現在、高等哺乳類の中で、大脳進化の方向で最先端をきっているものとして、その諸条件をおさえ、進化の方向を延長してみたら……」

「それも、今のところは雲をつかむような話になっちまうんだ」とチャーリイは苦笑した。「ただ、こういうことはできる。つまり、最初の方でしゃべったように、次の段階で、電流＝電磁波類を、直接情報伝達に利用するような人類を仮定する。そしてその仮定をみたし得るような条件が、現在の高等哺乳類の進化の方向の中にあるかどうか、ということを、検討してみることはできる。――これから見せるのは、その実験だ。生体電波情報をつかう、架空の人類のパターンは、もう電子脳の方にいれてある。そこで、現在の霊長類生命系の基礎パターンを動かさず、そのくみあわせの変化の中で進化がおこなわれるとして、その変化の範囲内にそのような人類がうまれてくる可能性があるかどうか——そいつを一度やって見よう」

チャーリイはスイッチをいれた。地下にある大電子脳と直結されているグラフィック・パネルの上に、赤、青、黄、緑、紫など色とりどりの光のいくつもの曲線が動いて行き、それが相互に干渉したり、もつれあったりしながら、虹のように不思議な光の模様を描きはじめた。ついにそれは、一つの複雑なリンク機構に似た波うちくねるごく大まかなパターンの中に収斂しはじめた。

「今、ここで大雑把に固定しているパターンが、ホモ・サピエンスだ。——何度もいうけど、おそろしくあらっぽいパターンだよ」とチャーリイはいった。「時間系をちぢめてみる」

図形の動きはめまぐるしいほど速くなり、そのうち、その数カ所がアメーバの根足のようにのびはじめた。

「のびているのが、可能性進化の方向だ。与件をかえれば、ある突起はちぢみ、ある突起はのびる——これが、氷河期型……ほら、かわったろう。これが温暖期型……」

チャーリイのいうとおり、ある根足はのび、ある根足はちぢんだ。

「さてここで、いまいった電波情報型という仮定を挿入してみる。——パターンがどうなるかみたまえ」

チャーリイは、スイッチの一つをポンといれた。——うねる無数の曲線が描き出していた不規則で流動的なパターンは、みるみるうちにくずれはじめ、とりとめのない、もつれた糸のような光の線のうねりに拡散しはじめた。

「ごらんの通り、今のわれわれの進化の方向から、そういう生物がうまれてくる可能性はきわめてすくないといえる」とチャーリイはいった。「人間が、その知能のパターンから、第二次環境――つまり体外情報蓄積による文明的環境の中から、電波を情報につかうことを発見した、そういった可能性の方が、まだつよいわけだな。それにしても、まだこれだけでは不充分なことはいうまでもない。生命系の基礎的要素が、変化した形で、たとえば、エネルギー代謝効率が、嫌気性従属栄養型から、好気性にかわった場合のように、飛躍的にあがった場合を想定して、それでやってみれば……」

「チャーリイ……」ヴィクトールが、けげんそうにいった。「パターンに収斂するぜ」

一同、ハッとしてグラフィック・パネルの方をみた。

たしかに、もつれあう五彩の光の糸は、あるパターンに収斂しつつあった。画面の端までいっぱいにひろがった、渦状星雲のようなパターンに……。しかし、それが安定したのは、わずか数秒のことだった。光の糸は、ふたたびばらばらにほどけ、無秩序な、とりとめなく変化する曲線模様に拡散していった。

「おかしいな……」チャーリイはいった。「前にも一度こういうことがあった――だけど、何かのまちがいか、電子脳の部分的なミスじゃないかな……」

「かんがえられるかね？　電子脳のミスなんてことが……」と、ホアンはいった。

「いずれにしても、チャーリイ……」ディミトロフはいった。「その問題は大変だ。――ちゃんとやろうと思ったら、それ専用のうんと大きくて計算速度のはやい〝進化予測コンピューター〟がいるだろう」

「そうだな……」チャーリイは、グラフィック・パネルのスイッチを切って苦笑した。「そいつをつくるのに、またコンピューターが何台かいりそうだ。——しかし、基本的な考えは、わかってくれただろう？」

「ところで……」ヴィクトールはいった。「紹介しよう。こちらは科学警察の……」

「カンジンスキイ警部補です」と警部補はいった。「モーティマーさんですね」

「いったい何の御用ですか？」とチャーリイは挑戦的にいった。「例のいたずらの件で、わざわざおいでくださったのなら——むだ足だと思いますよ。あんなばかばかしいこと、誰が本気にします？」

「私がしています」と警部補はしずかにいった。「むこう一週間、あなたに護衛をつけます。——むろん、あなたのお友だちにも、全面的に協力していただきますが……」

「ぼくはしませんよ。警部補——だって、一体……ぼくみたいな一介の研究生を殺して何になるっていうんです？」

「ソルボンヌでも、モスクワでも、被害者は殺されるべき何の理由もありませんでした」警部補の口調には、ぼくたちをひやりとさせるものがあった。「被害者は、予告され、理由もなく殺されたのです——犯人はもちろん、どうやって殺したのかもまるきりわかっていません。もし、予告がなければ、異常な事故か、自然死と思われるところでした」

チャーリイは、まだ強情そうに眼を光らせた。

「警衛してくださるのは勝手です。——だけどぼくの方は、好きにしますよ。一週間たって無事だったら、ディナーをつきあっていただけますか？」

「むろん、よろこんで……」警部補は笑った。「そうなることを祈ります」

ドアがノックされ、クーヤ・ヘンウィックがはいってきた。つづいてビッグアローが。

「このビッグアローと、それから、あとからやってくるもう一人の私服警官が、交替であなたにつきそいます」と警部補はインディアン出身の、精悍そうな青年の肩をたたいた。「それと、あなたのグループの方からいつも一人——つまり、二人がいつもあなたにつきそうことになります。よろしいですかな？　あなたが寝ている時も……」

「御随意に……」とチャーリイは、冷淡にいった。「まあ、一週間のことですからね——そのくらい我慢できるでしょう。ところで、君たちは？——今度は誰が、ぼくの近衛兵になってくれるんだい？」

「ぼくがやろう」とクーヤが、ニコッと笑っていった。「まず最初に、いっしょに昼飯をくわないか？」

「よしきた。——それがすんだら、これをつきあってくれ」チャーリイは、研究室の隅から、洋弓（アーチェリィ）の道具をとりあげた。「君とは、はじめてだったな。どっちが勝つかな？」

「そりゃぼくだよ」クーヤははにかむようにいった。「ボリヴィアで、インディオから本格的にならったんだから」

「これから、われわれは、あなたの護衛についてうちあわせます……」警部補はいった。
「むろんつきあっていただけるでしょうな？」
「むろんです」とチャーリイはいった。

3

ヤング博士の部屋で、ぼくたちはみんな集まった。——ヴィクトールにアドルフ、赤っ毛のディミトロフ、顎ひげのホアン、それにフウ・リャンとぼくと……。ミナはジャコポをねかしつけ、黒人のサム・リンカーンは、ちょうど彼の専攻の、超心理学（パラサイコロジィ）の研究室で、大事な実験があって、この二人は欠席だった。クーヤはビッグアローといっしょに、チャーリイにつきそっている。

ヤング博士は、もうすぐ六十ちかく、髪は半白だったが、その名の通り、年齢よりうんと若々しく見え、どう見ても五十前としか思えなかった。——もともとは数学畑の出身で、確率過程の新しいモデルをいくつか発見し、それから生体情報学にうつり、宇宙生物学から普遍生物学の確立を目ざして、もう長いこと、この分野で研究をつづけている。

普遍生物学——この宇宙における生命現象の普遍的パターンと、そのバリエーションの可能性をさぐる生物学で、前世紀末から急速に拡充しはじめた。まだ理論的推論の域を出ないが、しかしこの分野がひらかれてから、生命の位相学的解釈が急速にすすみ、近いうちに生物学の領域における相対性理論のような、画期的な理論の出現が、期待されるところまできた。——ヤング博士が、それをやるかも知れない、という下馬評もある。

博士は、みずからすすんで部屋を提供し、ぼくたちの作戦会議にも参加した。

「モーティマーは優秀で、着想も奇抜です。——彼が、どんな形にしろ、危険にさらされるというのを、ほうってはおけない」博士は、眼鏡ごしに、すんだ灰色の眼を光らせながらいった。「彼のいまやっている研究は、手間はかかるが、非常に有望です。われわれの目ざしている方向に思いがけない仕方で、突破口をひらくかも知れません。しかし——いったい誰が、何のために、チャールズを殺そうとするんでしょう？」

「わかりません……」とカンジンスキイ警部補は顎をギュッとひきしめて首をふった。「犯人は、ちょっと異常な人物だと思います。——こういった、おかしな殺人ゲームを考え出す人間が、まともだと考えるわけにはいきませんが……」

「ちょっと待ってください」とぼくは口をはさんだ。「モスクワとパリと京都と——それだけはなれていながら三件とも、やはり同一人物の犯行だという確証はあるんですか？」

「いずれも、HSTで三時間以内の距離です。位置はあまり問題にならんでしょう」と警部補はいった。「まわりの人物に挑戦し、予告し、優秀な学徒を殺す——パターンは同じです。同一人物か、あるいは……」

「あるいは？」

「同一組織の人物のやったことでしょうね。——そんな組織が、仮にあるとして……」

「これまでの三件について、くわしい情報ははいっていますか？」とアドルフがきいた。

「モスクワ大学の場合をのぞいて……それから、ソルボンヌ大学の事件を担当した、ラクロという警部が、今日午後、こちらへつくはずです」

「殺された学生の専攻は？」とヤング博士。

「ソルボンヌの場合、哲学専攻の大学院学生です。モスクワ大は、人類学の助教授でした。京大は、動物学です……」

「それで——三つの場合とも、ふせげなかったんですね」とディミトロフはいった。

ひやりとする沈黙が一座の上を流れた。——いままで、窓から明るくさしこんでいた陽ざしが、突然かげったせいもあろうが……。

「実をいうと——」警部補は、帽子の縁を骨ばった指先でもみしごきながらつぶやくようにいった。「この三件を、そして今度の件を一連のものとして見る見方をとったのは、私がはじめてでしょう。今まで、異常ではあるがそれぞれの地方的事件として、この三つないし四つを、関連させて考える立場を、どこもとっていなかったのです。——最初の、モスクワの場合は当然気がつかなかったでしょう。京都の場合も、前例はあまり気にとめなかったでしょうね」

「あきれたものだ！」ヤング博士は椅子の肱掛をバンとたたいて叫んだ。「これだけ、警察の国際的情報化がすすんでいるのに……」

「しかし博士、全世界の犯罪は、一応ＩＣＰＯ（国際警察機構）の中央情報機構にプールされるたてまえにはなっていますが、一例や二例では、同一手口と判断するところまで行きません。——それに、はたしてこれが犯罪なのか、偶然の事故死、あるいは自然死なのか、判断がつきかねる場合、プーリングがおくれることもあります」

「ソルボンヌの場合は？」

「これは、予告されてから、犯行がおこなわれるまでの時間が、三日しかありませんでした。——この場合、友人連中が、事件が起るまで、警察に殺人予告のことを告げていなかったのです」

「三つの事件のデータは、わかりますか？」

「簡単なものなら、ここにメモがあります。——おききになりますか？」

警部補は、ポケットから、個人電話を出してテーブルにおいた。——毛のように細いワイヤーをつかったレコーダーがついていて、警部補がコードボタンをおすと、その項目のはいったところまで早送りされ、プレイバックしはじめる。

★モスクワ大学——本年二月四日
被害者、Ｆ・リューコフ、25歳、自然人類学科助教授、教室の同僚がそれぞれことなった方法で、二度の殺人予告をうけ、一週間後、同大学階段より転落、頸椎骨折で即死。
★京都大学——三月二十日

被害者、K・オカガワ、23歳、理学部動物学科修士コース在学中、二週間前に友人六名が予告をうけ、警察が身辺護衛にあたったが、三月十九日午後失踪、翌二十日朝同市北部の丘陵中で死体となって発見、死因は心臓麻痺。

★ソルボンヌ大学――四月二十九日

被害者、H・パスカル、23歳、哲学科自然哲学修士コース在学中、三日前に研究グループの助教授、友人五名が予告をうけ、四月二十九日午後、一同環視の中で突如心神攪乱状態になって街にはしり出し、高速道路にとびこんで、トラックにはねられて死亡。

「異様なことだ……」ヤング博士は、じっと人さし指の第二関節を、歯でかみしめながらつぶやいた。「まったく――異様なことだ……」

「今度の場合も……」ヴィクトールが、しゃがれた声でいった。

「ひょっとしたら……ふせげないのでは……」

「率直に申し上げて……」カンジンスキイ警部補は苦しげにいった。心内の混乱と動揺が、ちょっとその表情にうかんで、すぐ消えた。「なんともいえません。しかし、万全の手はうつつもりでいます。博士――博士のお口添えで、市長とブキャナン部長に許可を得てくださったら、モーティマーの身辺護衛の人数をふやしたいのですが……」

「もちろんです……」ヤング博士は、すぐ電話に手をのばしたが、またひっこめて立ち上った。

「いや——市長には、私が直接あって話しましょう。あなたも御同道ねがえますか？　今のことは、あなたの口から、もう一度説明してもらった方がいい」

「では、すぐまいりましょう」と警部補はたち上った。

「ぼくたち、もう少しここにのこって、対策を考えてもいいですか？」とヴィクトールはいった。

「いいとも——だが、誰か一人ついてきてくれたまえ」と博士はいった。「予告をきいた、君たちのうちの誰かにそのことを説明してほしい」

「私が行くわ」とフウ・リャンが立ち上った。

「友人として、こんなことをいうのは非常に心苦しいのですが……」ヴィクトールは、やや顔を青くしていった。「ぼくたちは、チャーリイが殺されるのは、避けられないものとして、その上で対策をたてます」

「これはどういうことだね？」警部補はきっとしてふりかえった。「避けられないとして、いったい彼をまもるのに、どんな対策があるんだね？——われわれの護衛を信頼しないのかね？」

「ちがいます、警部補……」ヴィクトールは、額にべっとりういた汗を、手の甲でぬぐいながらいった。「今の、三つの事件のアウトラインを知って、ますますそんな気がしたんです。この犯人は、どんなやつか、どんな組織か知らないが、ふつうのやつとちがうと思うんです——いったい、やつが、われわれみんなに二度の通告を、どうやって送ってきたと思います？――その点だけで考えても、これはなみたいていの奴じゃないと思うんです」

　その点については、ぼくもずっと考えつづけていた。――一度目の通告は、ぼくたちの下意識の中に送りこまれてきた。どんな方法をつかったのか知らないが、そいつは、ぼくらの夢の中で通告をきかせたのである。その記憶は、ぼくらの中で慎重にふせられていた。目がさめた時、誰一人そのことをおぼえていなかった。しかし、二度目の通告をうけた時、ぼくらはみんな、はっきりと思い出したのである。――前にうけた最初の通告のことを！

　二度目の予告は、各自の部屋のテレビ電話を通じてなされた。――しかし、あとでしらべてはっきりしたのだが、それは決して、電話の回線を通じて送ってきたのではなかった。テレビ電話自体、発振した形跡はなかった。画像面にそいつはじかに映像を出現させたのだ。

　ここまで考えれば、誰でも簡単に、あることを思いつく。――何度も科学的に追究をこころみられ、いまだに発見できずにいる、あの幻想（ファンタスティック）的なある力を！

　だが――ぼくたちはまだ、それを信じきる気にはなれなかった。そういった力を仮定するのは簡単だ。しかし、生物物理の、また普遍生物学の、あの精緻で広大な立場から、まだそういった力の成立する可能性すら証明されていない現在、そうイージイにそういった力の存在を信じる気にはなれない。

　なにか別のトリックが、あるかも知れない……。

催眠記憶法（ハイプノムネモニックス）の発達した現在、夢の中で、下意識内に、ある情報を送りこむのは簡単だ――

テレビ電話の件にしたって、テレビの内部メカニズムをつかわず、直接、蛍光板に映像を生じさせる電波工学的なトリックが、考えられないでもない。音声の方はもっと簡単だ。ぼくらは動顛して、誰も通告をうけたあと、部屋の中をしらべなかった。どこかに、超小型無線スピーカーがかくされていなかったとはいえないではないか？

しかし、それなら、モスクワ、京都、パリの例は？

それを思うと、やはり相手は容易ならぬ存在だという感じがしないではない。――三ヵ月間に相ついで起った事件の発生地に、それぞれの時いた人物はいないかと、ひそかにしらべてみたが、すくなくともぼくらの仲間には、一人もいなかった。――ほかの連中は、コンピューターにしらべさせた。しかし、六万人からなるこの大学都市の中で、条件を満足させるものは誰もいなかった。

――こうしてぼくたちは、激論の末、ある事を覚悟して対策をたてることにした。つまり、ヴィクトールの意見にしたがったのである。ぼくたちの対策は、すぐ、実行にうつされた。――なんとも、妙な感じだったが、しかたがなかった。ぼくたちは、医学部の友人に、ひそかに応援をもとめた。何人かの友人が理由をきかずに協力してくれた。それからぼくらなりの作戦本部を寄宿舎（ドーミトリイ）のヴィクトールの部屋におき、カンジンスキイ警部補を介して、パリと京都とモスクワの事件のよりくわしいデータを、地もとから直接おくってもらい、ヴィクトールの部屋のテレビ電話回線を大学の中央電子脳につなぎっぱなしにして検討をはじめた。

4

午後になった。

市長の許可もおりたのか、カンジンスキイ警部補によびよせられた、私服刑事たちの姿が、キャンパスのあちこちにふえはじめた。——パリから、ラクロ警部という人もついたが、カンジンスキイ警部補と、すぐ長いひそひそ話にはいった。

ぼくたちは、全員ポケット電話を携帯して、たえず連絡をとった。

「いやはや——」チャーリイは、皮肉な笑いをうかべていった。「世界連邦大統領にでもなった気分だね」

「それも一週間だけだよ」とアドルフはいった。「クーヤ、交替しよう」

「彼には、さんざんやられたよ——」チャーリイは、手にした洋弓をふっていた。「君は、ロビンフッドなみだな、クーヤ」

ビッグアローは、まだ油断なく、チャールズの後についていた。

「さて——ぼくは、また研究室へもどる」とチャーリイはいった。「あまり邪魔しないでくれよな」

彼は研究室へはいって行った。——アドルフとビッグアローがいっしょにはいり、ドアの外には、もう一人の私服がついた。チャーリイの研究室の窓の外にも、二人の私服が徘徊していた。それを見とどけて、ヴィクトールの部屋にかえろうとすると、うしろから声をかけられた。

「ジャコポは、どこにいるね？　タツヤ……」

「ナハティガル！——くるのは夕方じゃなかったんですか？」

ぼくは賢者（セージ）を見て、びっくりしていった。

「モーティマーくんの話をきいて、気になってね——歩きながら話してくれんか？」

「ちょっと待ってください」といって、ぼくは通話器のボタンをおしてきいた。「ミナとジャコポは？」

「いま、彼女が情報工学研の方へつれていった」とディミトロフの声が答えた。「アドルフはクーヤと交替したか？」

「したよ——二時間後にぼくだ。少し寝といたら？　ディム。——君は夜中になるぜ」

長身のナハティガルは、ステッキをついて、じっと大学都市の中を見まわしていた——きのうより、雲は少し多くなったが、相かわらずの快晴で、薫風がかがやくような若葉でふちどられた木々の梢をわたって行くキャンパスの風景は、おだやかで、のどかで、とても異常な事件が起りそうな雰囲気ではなかった。

「いい大学だ……」ナハティガルは、ぽつりとつぶやいた。「学問とはふしぎなものだね、タツヤ。——ちょうど、祭典のない宗教に似ている。人間の知性というものは、いったいどこへむかっているのだろう？」

「宇宙の秘義にむかって、でしょう？」

「だろうな、──だが、なんのために？──まことにむなしいことだと思わないかね？」

「しかし、科学は着実に進んでいますよ」

「科学の体系と、知性とは、別にして考えなければならんと思うよ。──知性とは、直感とか感得、あるいは悟達にかかわるものだ。近代以降、技術はすさまじい発達をしつつあるが、知性の方は、はたして古代に達成された限界を突破できただろうか？」

　ナハティガルの考え方は、時々ぼくにはひどく不思議なものに思えた。──ついて行けなくなると、ぼくはいつも、だまって眼を伏せた、会話がとだえると、ぼくたちは歩き出し、歩きながら今度は、殺人予告の件を、手短に説明した。

「ほほう……」ナハティガルは、これまですでに三回起った、同じような事件のことをきくと、ちょっと眉をひそめた。「それは──もし本当だとすれば、由々しいことだな、タツヤ。その件を、ＩＣＰＯの中央では、まだとりあげていないのか？」

「ですから、科学警察──国際警察(インターポル)の特別科学捜査局で、一警部補が注目しているだけです」

「それは──その程度のことではいかんな」と、ナハティガルはつぶやいた。「そしてまた、科学警察だけで処理できる問題でもなさそうだ。──国際学術会議議長のブルンシュヴィックに話して……」

　そこまでいうと、ナハティガルは急にだまりこんだ。──眼は宙を見つめ、瞑想にしずみこむような様子で、歩きつづけた。

　建物の角をまわってきた、ほっそりした姿の青年が、ナハティガルを見て、びっくりしたように眼をみひらいた。

「来たんですか？　ナハティガル……」とクーヤは、やや離れた所から声をかけた。「いったいどうしたんです？」

「ジャコポにあいにきたんだ」とぼくがかわって説明した。「チャーリィの件について、なにかわかるかも知れない――というのは、まったくぼくの臆測だがね」

「ヴィクトールのいうとおりかも知れん……」突然ナハティガルは、瞑想からさめたように、ぽつりとつぶやいた。「チャーリィは……いいにくいことだが……おそらく助からんだろう」

「じゃ、またあとで」とクーヤは手をふった。「夕食をいっしょにどうですか？　ナハティガル」

「ありがとう……」ナハティガルは上の空のようにいった。「だが、そのひまはないかも知れん」

　クーヤは、くるりと背をむけると、足早に去っていった。

　巨大な二十階だての、情報工学研究所へ行くと、入口をはいってすぐ横のラウンジで、ミナは眼鏡をかけた青年と、話しこんでいた。青年は、黒板の前に立って、複雑な数式を書いて、しきりに何か説明している。――ちょっとはなれた安楽椅子で、小さなジャコポが、クッションに頬をおっつけたり、でんぐりがえりをしたり、一人で退屈そうにあそんでいる。

　ぼくたちの顔を見ると、ミナは立ち上った。青年は、

「じゃ、明日から一つ、本格的なレクチュアにはいりましょうか」といって、指についた粉をはらいおとし、ぼくたちに黙礼して出ていった。

「おひさしぶりです、賢者(セージ)……」ミナは笑いながら手をのばした。

「ミナ――あなたには、あまり私の研究室(ラボ)に来ていただけませんね」とナハティガルもにこやかにミナの手をとった。「それにしても、あなたの専攻は、人類学ではなかったですか？

――それが情報工学にも興味をお持ちとは……」

「Homo sum, et nihil humanum ā mē alienum pūtō……」と、ミナはいって、はにかむように笑った。「古い言葉ですわ、賢者(セージ)。でも、この言葉の中の人間(ホモ)を、人類学者(アンスロポロジスト)におきかえれば、そのまま私の信条につながるんです。人類学は、結局人間のうみ出したすべてのものの探求にむかうことになります。文明もすべてふくめて……特に、人類の新しくうみ出した、〝電気的情報文明〟の人類集団の上におよぼしつつある影響は注目しなければなりません。なぜって――その段階でまた、人類社会のすべての様相がかわってきて、核エネルギーの解放や宇宙進出、全宇宙認識の変容ということが起ってくるのですから……」

「そういったものを、何のバックグラウンドの上において理解しようとなさっているのです。

――自然ですかな？」

「最初はそうでした。でも、いまはちょっとちがいます――」ミナは、ちょっと耳を染めて

口ごもった。「宇宙論的な——宇宙史というか、宇宙変化をつらぬいて流れる一つの流れの、太陽系近傍的な展開、といったものの上におかなくては、と思い出しています。そのくらいにしないと、地球的生物である人類の、宇宙進出とか、地球上の文明の展開、またその文明の中核から提出されている生物としてまったく新しいタイプの問題、といったものが、視野にはいってこないような気がします。ですがまた、そのバックグラウンドになっている宇宙史展開の流れの把握が、それ自体また一つの時代的、文明的制約をもっているものですから……」

「普遍学は当今の流行ですな」ナハティガルはほほえんだ。「あなたの宇宙的視野に映じた人類の姿は、いかなるものになりそうですか？」

「ええ、あの……人類って、生物としては、まことに奇妙な生物ですね。霊長類をふくめた人間以前の生物の概念でわりきれるでしょうか？——ナハティガル、あなたは賢者だから、答えを知っておいでかも知れません。人間の知性ってなんでしょう？——科学においては、その認識範囲に——その限界はどんどん突破しつつありますけど——限界がいつもはっきりとあって、わかっていることと、まだわかっていないことの境界ははっきりしています。ですけど、人間の〝知性〟ってものにも、どうしようもないそれ自体の限界があるのでしょうか？」

ぼくとナハティガルは顔を見あわせた。

「いま、タツヤと、ちょっとそのことについて話していたところです」とナハティガルはいった。

「私は——あると思いますね。科学の方にはひょっとしたら限界はないかも知れないが知性にはある。そしてその限界を見るのは非常にむずかしい。またその限界をこえることはさらにむずかしい。歴史上の何人かが、その限界の突破をこころみ、そのうちの何人かは、飛躍的に成功したかも知れません。彼らが、われわれから見て、一種の狂人になったのか、それとも人間一般の知性の領域のむこう側の不可知の領域が、彼らにとって可知になったのか——私には何ともいえないが、しかし、その限界を認識できる、ということは、その限界を越えた〝超知性〟を想定することもできる、ということです。そういうものが実際に存在するしないは別として——つまり、自然的空間の中にその断面が、実際観測され得るような形で現出してくる、四次元的空間が——そういう空間がどこかに実在するかどうか、という問題と同じでね」

「でも、もし、そういう〝超知性〟が存在するとしたら、それはわれわれ人間の能力を超えるような能力を前提としなければなりませんね——ちがいますかしら？」

「ところで——あの坊やが、ジャコポですかな」

ナハティガルは、椅子のうしろにかくれようとする小児にむかってほほえみかけた。「おいで、ジャコポ——私に、話をきかせてくれないかね？」

ぼくはジャコポがきっと逃げ出して、さんざん手こずらせるだろうと思っていた。この野生の小動物のような子供は、ひどく警戒心がつよく、人見知りがはげしかったからだ。

ところが、椅子の後から大きな白い眼だけ出して、ナハティガルを見ていたジャコポは、声をかけられると、おずおずと前へ進み出た。——そして耳をふせて足もとへすりよる犬のように、体を低くして、おずおずとナハティガルの傍へ進んできた。

ナハティガルは、安楽椅子の一つに腰をおろした。——ジャコポは、その前に近よると、突然ひざまずいて、ぶるっと身をふるわし、その頭をそうっとナハティガルの膝にこすりつけた。

「よしよし、ジャコポ……」ナハティガルは、やさしく小児のちぢれた髪をなでた。「君がきのうの午後、そしてゆうべ、見たものの話をきかせておくれ。——あわてなくていい、気をおちつけて、ゆっくり思い出すのだ。——こわがることはない……君は勇敢だ、それに私がいる……」

突然、すすり泣くような、遠吠えのような声が、部屋の隅からきこえはじめた。

ぼくは、ハッとしてラウンジの片隅を見まわした——だが、そんなところから声がきこえるはずはなく、声はやっぱりジャコポの口からきこえてくるのだった。ジャコポはナハティガルの脚の前にひざまずき、彼の膝に頭をもたせかけ、小さな細い手で彼のズボンの布をしっかりつかみ、大きな白い眼を見ひらいて、そののどの奥から、笛のような声をほとばしらせているのだった。ナハティガルは、ジャコポの髪をなでながら、その異様な声に、じっと耳をかたむけていた。——彼の表情に、きびしいつきつめたものがあらわれた。

「すみませんが……」とナハティガルは、顔をあげていった。「しばらくこの子と二人きりにしておいてくれませんかな？　話をききおわったら、宿舎の方に、私がつれて行きましょう」

　ぼくは、ミナがまっさおな顔をして、はげしい眼つきでジャコポを見おろしているのに気がついて、あわてて彼女の腕をひっぱって外へ出た。

「カースト！」ミナは唇をゆがめて、吐きすてるようにいった。「賢者（セージ）は威厳があるわね。おのずとそなわった威徳でしょう。――不可触賤民（アンタッチャブル）が一眼見てすくみ上るような……」

「ジャコポは、そんなカースト制の文化に全然ふれてないはずじゃないか」と、ぼくはいった。「それに、あれは何も、ナハティガルのせいじゃない」

「でも、私はジャコポが彼の前で、あんな態度をとるのがいやなの！」ミナははげしく、ほとんどヒステリックに叫んで、身をふるわせた。「あんな……あんなしっぽをふり、体をふせた犬みたいにして、すりよって行くのを見るのが――それに……あなた――あなた、見た？　タツヤ。ジャコポは、彼の膝の上で、私が知るかぎりではじめて、涙をながしたのよ」

「気がつかなかった……」ぼくは、なぐさめようもなくいった。

「しかし、ミナ、ジャコポの中で、父親のイメージがどんなものになっているか……」

「タツヤ……」その時、ポケット電話から、アドルフの声がきこえた。「時間じゃないけど、しばらく交替してくれないか？――ちょっと腹具合がおかしくなっちゃった」

「すぐ行く」とぼくは答えた。「チャーリイは？」

「あいかわらず、グラフィック・パネルをつかって、さっきおれたちに見せた実験のつづきを、夢中になってやってる……」

「気をしずめろよ、ミナ……」ぼくは電話のスイッチをきるると、唇をかんでふるえているミナに、そっと接吻してやった。「ナハティガルにまかせておくんだ。――彼は決して悪い人じゃない」

「わかってるわ――悪いのは私よ」ミナはむりに笑った。「ジャコポに関して、どこか根本的に自信がないところがあるのね」


ミナとわかれて、まっすぐチャーリィの研究室にいった。――ドアの前には、頑丈づくりで、しかもはしっこそうな大男の刑事が一人、中にはいると、ビッグアローがきびしい顔つきでふりかえり、ぼくだとわかると、ニヤッとウィンクしてみせた。

アドルフは、青い顔をしている。

「時折りやるんだ……」とアドルフは腹をおさえていった。「医学がいくら発達しても、消化器そのものが弱いのは、どうにもならん……」

「体質改善法をやってみたらどうだ」といって、ぼくは笑った。

チャーリィは、グラフィック・パネルの上に渦まきもつれあう、無数の色彩光の線を前にして、眼をすえ、鼻の頭に汗をかいて、夢中になってコンピューターに数値をおくりこみ、図形を見ては、また送りなおしていた。

「邪魔せんでくれ！」とチャーリイは、ぼくが何もいわないのに、後ろに立っただけで、わめいた。「いま、ちょっとわかりかけてきた——あることを仮定すれば、非常に簡単にとける、あることが——だけどはたして……」

ぼくは、彼の背後から画面をのぞきこんだ。——あのもつれあった光の線が、一つのパターンにまとまろうとしていた。

その時突然、ビッグアローが、窓にむかってとんだ。黒いゴム紐が、ピン！とはねたような感じだった。手には、いつのまにか小型の麻痺銃（パラライザー）をぬいていた。——窓の外でガサッと音がして、ガラスに黒い影がうつった。

「とまれ！」

外で鋭い声がした。——足音が二つ走りよってきた。

「動くな！　動くとうつぞ！」

ビッグアローは窓をおしあけるや、半身のり出して、外へむかって銃をつきつけた。ドアのところで廊下へ出かけていたアドルフも窓際へとんできた。——ドアの外にいた刑事も半身をのぞかせた。

ビッグアローは外へとび出し、ぼくも窓框（まどかまち）に足をかけた。

かたむきかけた陽光をあびて、黒い顔が当惑したように、つきつけられた三つの麻痺銃（パラライザー）を見ていた。——細長い腕が、のろのろと上った。

「待って！」とぼくはさけんだ。「彼はあやしいもんじゃない。サム・リンカーン……ぼくたちの仲間だ」

「なぜ、こんなところをうろついていた？」

ビッグアローは、麻痺銃（パラライザー）をつきつけた手をゆるめず、きびしい声でいった。

「サム……しっかりしろ」ぼくは、窓からとびおりると、彼の腕をつかんでゆさぶった。

「どうした？　薬（ナーコ）でものんだのか？」

「タツヤか？……ちがう……電子睡眠（エレクトロ・ソムノレンス）だ。超心理研で、今日はおれが被験者になる番だった……」サムは夢からさめたように、眼をしばたたいた。「今日は特別……長くて——それで、このあたりまできたら、また突然昏睡状態（トランス）になり……」

「窓をよじのぼろうとしたんだ」刑事の一人は、麻痺銃（パラライザー）で研究室の窓をさした。

「昏睡状態（トランス）だって？」ぼくはサムの腕をつかんでふった。「で、どうしてここへ来た？」

「チャーリイ……」とサムはつぶやいて、カッと眼を見ひらいた。

「そうだ、チャーリイ！　彼は無事か？——昏睡状態（トランス）の中で、何だか彼に危険が……」

チャーリイのすさまじい叫び声があがったのはその時だった。

ぼくとビッグアロー、つづいてサムが、窓にとびつき、部屋の中にとびこんだ時、グラフィック・パネルの上には、眼のくらむような五彩の閃光が、つづけさまにかがやいた。眼の前でフラッシュをたかれたような強烈な光は、眼もあけていられない白光から、青、紫へとかわっていった。——チャーリイは、そのグラフィック・パネルの前で、両手でこめかみをかきむしり、黒眼がポツンと小さな点に見えるほどいっぱい眼球をむき出し、この世のものと思われないような叫びをあげていた。その髪は一本一本宙空にむかってさかだち、その一つ一つの尖端からシュウシュウ音をたてて、青白い、小さな焔が吹き出していた。パネルの光は、白から血のような赤にかわり、その光に照し出されながらうずくまり絶叫するチャーリイは、まるであのムンクの恐ろしい絵——『叫び』と名づけられた絵の光景だった。——パネルの電源部から、とどろくような唸りと、パシッ！　パシッ！　と絶縁破壊の起る音がきこえた。

「電源を切れ！」パネルの下からのびたパチパチ青白い焔をあげている光の線が、チャーリイの靴先からはいこんでいるのを見て、ぼくは叫んだ。「チャーリイにさわるな！　感電だ！」

誰かが、メインスイッチの方にとんでいった。だが、その前に、パネルの後ろがバッ！　と火をふいた。部屋の中の明りが消えた。——チャーリイはばったりたおれた。

「アドルフ！」とぼくは叫んだ。

アドルフは、その時すでにポケット電話にむかってさけんでいた。ヤング博士の部屋から、ヴィクトールとディミトロフがかけつけてきて、チャーリイの腕に注射をうとうとした。待機させてあった、病院車が、サイレンをならしながら、窓の下に横づけになった。

ディミトロフがチャーリイの腕をまくりあげた時、チャーリイは突然床をかきむしるようにして半身を起した。かみやぶった唇から血をたらしながら、彼は何かをさがしもとめるように、カッと見ひらいた眼で床の上を見まわした。そのまま彼は、床の上を数十センチはい、腕をのばして、机の下から何かをつかみとった。——彼の愛用の洋弓（アーチェリイ）だった。ふるえる手で、弓と矢をつかみとると、鏃（やじり）を自分の方にむけるように、弦に逆につがえようとして、そのまま力つきたように、床の上にくずれおれた。

「チャーリイ！」

おくれてかけつけたフウ・リャンの金切り声が部屋にひびいた。

「鼓動がとまった」と、手首をとったヴィクトールがいった。

「大丈夫、間にあう」ディミトロフが、手早く腕と首に注射をすませていった。「クーヤ、早く……」

クーヤが、土気色になったチャーリイの頭に、プラスチックの袋をかぶせ、小型ボンベのコックをひねった。——温度がさがり、みるみる袋に霜がつく。窓に梯子をかけてのりこんできた救急班の連中が、手なれた手つきで、大動脈に人工心臓の針をさしこみ、そのまま担架にのせる。

「よし……」ディミトロフが腕時計を見ていった。「大丈夫だ。完全に蘇生させられるぞ」

やっとかけつけた、カンジンスキイ警部補が、その場の光景を見て、ほっと息をついた。

「なるほど」と警部補はつぶやいた。「これが、君たちの考えた、チャーリイ護衛策か……

……」

「直接的な護衛は、あなたがた専門家におまかせして、ぼくたちは、犯行がおこなわれたあとの処置を考えたのです」と、ヴィクトールはいった。「場所が大学構内ですからね——それに、ここの医学部の蘇生術研究室のレベルはすばらしいですよ。処置をうまくやれば、よほど致命的な機能破壊がないかぎり、死後一時間以内でも、ほとんど百パーセント生きかえらせます」

「新しい、護衛法かも知れませんな」と、うすい口髭をはやした、伊達男のラクロ警部はいった。

「要人護衛に、緊急手術設備をそなえた救急車を随行させる。——これはいい方法だ」

「まず、第一ラウンドは5—5だな」とカンジンスキイ警部補は、ヴィクトールの肩をたたいた。

「犯人はたしかに、われわれの護衛を出しぬいて、まんまとチャーリイを殺した。だがわれわれはそれを、すぐさま生きかえらせた。——有効打一発に対してカウンターパンチの応酬だ。さて、次のラウンドは、こまかくジャブをつかっておいつめよう。犯人はいったい、どうやって、チャーリイを感電させたか、こんな電子機器に、どうやって大電流をながしこんだか——そいつをしらべるんだ、ビッグアロー」

だが——まんまとカウンターをとって、引きわけにもちこんだと思っていたのだが、実はそうではなかった。試合は意外にも、こちらのT K O負けだったのである……。

「チャーリイは、生きかえったよ」手術室から出てきた医師は、暗い顔でいった。「まだペースメーカーをつかっているが、心臓は動き出した。筋肉麻痺も正常にもどっている。だが……チャーリイは死んだ……」

「どういうことです？」ぼくらはまっさおになってきいた。

「どうも、ただの感電じゃなさそうだね」医師はドアをあけて、ぼくたちを手術室に導いた。

「不思議だ。電流は足からはいっている。だが、頭皮から空中放電の形でぬけた、というのがどう考えても解(げ)せない。その不可解な放電のためだと思うが、チャーリイの大脳新皮質の脳細胞は、そのつぎ目(シナップス)のほとんどが破壊されてしまっているんだ」

「そんな……」ディミトロフは、せきこんでいった。「大脳のほかの部位はなんともないんですか？――そんなことは考えられない。だって、大脳新皮質内のシナップスだけを、選択的に破壊するなどということが、どうやってできるんです？」

「私にもわからない……」医師は首をふった。「だが、事実はそうだ。サンプルをとってしらべてみたが新皮質細胞自体の破壊も相当起っている。チャーリイは、いま、一切の記憶も、思考能力も失い、うまれたての赤ん坊同然だ。反射系統だけで生きつづけているが、この先、たとえシナップス再形成能力が、まだ脳皮質にのこっているにしても……これだけ細胞間組織が破壊されていたらチャーリイという人物はもう二度とこの世によみがえってこないだろう」

　ぼくたちは、まだ手術台にのせられたままのチャーリイを、少しはなれたところから見た。――頭にいたいたしく繃帯(ほうたい)をまき、土気色の顔を弛緩させ、瞼をうすくあけて、チャーリイは弱い息をしていた。そのデスマスクのようにうごかない表情から、ＩＱ百七十八の、むこう意気のつよい、きらめくような弁舌と、明るく、かつ切れの鋭い性格で、ぼくらを魅了した、あのかがやかしい未来をもった青年、チャールズ・モーティマーの面影は、まったく消え去ってしまっていた。――傍の脳波オッシログラフの上には、ひどい脳障害をしめす、不規則で、とりとめもなくまのびし、起伏の大きいδ(デルタ)波が、ゆっくりと描き出されている。フウ・リャン、そしてかけつけたミナが、抱きあって泣きはじめた。

第三章　科学警察

1

チャーリイが、正体不明の敵に、実質的に〝殺された〟日の深夜――

ヴァージニア大学都市（ユニヴァーシティ・タウン）に、二人の重要人物（ヴィ・アイ・ピー）が、おしのびで到着した。

その時、ぼくたちはみんな、ヤング教授の部屋にいた。――あれほど念入りな手をうっておいたのに、ベテランの刑事をふくむ、厳重な監視の眼の前で、まったく思いもかけないやり方で、チャーリイを殺されたことに対する口惜しさと、その犯行の謎をとき、犯人をつきとめたいという、はげしい好奇心から、ぼくたちサバティカル・クラスのメンバーは、みんなひどく興奮してしまい誰一人座をはずさず、チャーリイの師、ヤング教授の部屋で、はげしい議論をしたり、じっと考えこんだり、深更にいたるまで知恵をしぼりつづけたのだった。

国際科学警察の、カンジンスキイ警部補と、部下のビッグアローはじめ、数名の刑事、それにかけつけた鑑識の連中は、チャーリイをたおした大電流のながれた系路と、犯人のしかけたメカニズムをときあかすために、犯行のおこなわれた夕刻から、精力的な調査を開始していた。——だが、午前零時をすぎたころ、警部補は、つかれきった顔で、教授の部屋にあらわれた。

「どうですか？」

ドアがあいたとたんに、ヴィクトールは腰をあげて、とびつくようにきいた。

「いや……」カンジンスキイ警部補は、重い表情で首をふった。「大したことは、わからん……」

帽子をとって、テーブルの上にほうりなげると、警部補はフウッとためいきをついて、あいている椅子に、どっかり腰をおろした。——鉛色の疲労のかげが、その顔に色こくあらわれ、ひげがうっすらとのびており、彼が夕刻から六時間にもわたって、どんなに根をつめてしらべつづけていたか、ということがよくわかった。

「おてつだいしないで、すみませんでした」と、ぼくはいった。

「でも、ぼくらはぼくらで、この事件の分析をやってたんです。——それに、専門家の調査がすむまで、邪魔しない方がいいと思ったもので……」

「けっこうです——」カンジンスキイ警部補は、大きな掌で、ごしごし顔をこすった。「明日、君たちにもしらべてもらいましょう。君たちの方が、なにかあたらしいものを見つけるかも知れない……」

「なにかわかったことがありますか？」とアドルフがきいた。

「ほとんど、なにも……といっていいでしょうな。指紋はむろんなし、手がかりになりそうな遺留品もなし……」

「電流をながした方法はわかりましたか？」と、ディミトロフ。

「方法はわからんが、系路はわかった」警部補は、ポケットから紙片を出して、テーブルの上にひろげた。「このビルの地下に、変電室がある。地下電線で、三万五千ボルトの特別高圧を外からうけ、トランスで六千六百、三千三百、二百五十ボルトと三段におとしている。──変電室は、チャーリイの死んだ部屋から、すこしずれた地下三階にあり、そこから二百五十ボルトの幹線回路が二本、研究室の外の配電盤まできていて、ここから、一階両翼のブロック23──つまり、このあたりの教室と廊下の照明や、各研究室の機械類の電源ボックスに配線されている……」

ぼくたちは、配線図をのぞきこんだ。──図でみると、ブロック23にくる幹線回路は、中継変圧器から最終変圧器までの、短い回路のすぐそばを通っている。──中継変圧器から出た三千三百ボルトの電線は、二つの変圧器の間にある回路遮断器（サーキット・ブレーカー）と、オイル・スイッチを経て、低圧トランスにはいっているのだが、その途中で、一部壁のちかくを通っている。──その壁の上方を、幹線23をはじめ、数本の配線の電線管（コンジット・チューブ）が通っている。

「三千三百……ですか？」

ホアンが唾をのみこむようにいった。警部補はうなずいた。

「よく、ヒューズがもったもんだ……」とディミトロフがつぶやいた。「だれかが、ヒューズを……」

「いや——」と警部補は、首をふった。「とけて、のこったヒューズの量から、さっき鑑識が逆算してみた。——特に、ふといヒューズにすりかえた、という形跡はないらしい」

「しかし、十五秒——いや、二十秒、ヒューズがもった……」と、アドルフがいった。「チャーリイを、感電死させるのに充分な時間だけ、もったわけです。——いったい犯人は、どうやって、もたせたんでしょう？」

「そんなことは、この事件全体の異様さにくらべれば、ちいさいことだよ」警部補は、パンと両手で両膝をたたいた。「むずかしいことだらけだ——不可能としか思えないことばかりだ、電気の常識を知っていれば……」

「チャーリイの体へは、どうやって電流をながしたんです？」とぼくはきいた。

「このトリックは、ややわかりかけている。——グラフィック・パネルの電源からチャーリイの足もとへかけてなにか導電性の透明な物質をぬりつけてあったらしい」

「えっ？」と、突然ヴィクトールが、おどろいたように顔をあげた。「それは、ほんとうですか？　まちがいありませんか？」

「鑑識が見つけた。——まず、まちがいない。いま、この大学の工学部の方で分析してもらっているが、強い電磁場に感じて、瞬間的にその物理的性質をかえる、非常に不思議な物質らしい」

「そうですか」

ヴィクトールは、なぜか、つよい失望の表情をみせた。——彼はいったい、なにを考えているんだろうと、ぼくはいぶかった。

「低圧側の電線に、三千三百ボルトをながすのは、どういうふうにやったんです？」とディミトロフはきいた。

「それがまったくわからんのだ」警部補は、ポケットから数葉の写真をとり出すと、テーブルの上に投げ出した。「あとで、君たちも見てきたまえ――幹線23と、高圧側は、ちかいとはいっても、二メートル以上はなれている。大電流がながれたあと、ガス化してしまうような、なにかの物質をつかったと思われるのだが、こちらは何の痕跡ものこっていない」

ぼくらは写真をのぞきこんだ。

地下変電室の、カラー・ポラロイド写真だ。――高圧側電線のコンジット・チューブに大きな穴があき、そこから放電がおこったかのように穴の周辺が裂け、黒く焦げている。それとちょうどむかいあった、幹線23のコンジット・チューブにも、これは不規則な、ひきさかれたような穴があき、中の電線の被覆が破れて、むき出しの銅線が光っているのが見えた。

――高圧電流が、この穴から穴へながれたのはたしかだ。

だが、どうやって？

厚い絶縁被覆と、二メートルの大気の壁をやぶって、しかもちょうどあのタイミングで、大電流をながすのに、犯人はどんな方法をつかったのか？

「こちらには、その導電物質の痕跡はないんですか？」とぼくはきいた。

「こまかくしらべれば、痕跡はあるかも知れん。――しかし、いまのところはなにもみつかっていない」

「変電室は、むろん、鍵がかかっていたんですね？」

「守衛室でスイッチを操作しないと、あかないようになっている」ヤング教授が口をはさんだ。

「その通りです」と、警部補はうなずいた。「二日前、守衛が見まわった時には、何の異常もなかったそうだ。——それから現在まで四十八時間以上、変電室のドアは、一度もひらかれていない」

「じゃ、被覆をむいて、電線でつなぐなんて、簡単なことじゃなかったのね」とフウ・リャンがいった。

「むろんそうです——そういうことをした形跡もみえないし、第一、やれるような状況じゃなかった」

「研究室にのこっていたという導電物質の分析はもうできたんですか？」とサムがきいた。

「でき次第、こちらへ知らせてくれるはずですが……」警部補は、時計を見た。「ところで、あなたがたの方の分析というのを、参考のためきかせていただけませんか？——ひょっとすると、あなたたちの推論の方がすすんでいるかも知れない。われわれは、どうしてもまず、事実の収集からはじめますから、この犯罪の——あるいは挑戦の、全体的な性格を検討するところまで行っていないんです」

「ぼくらもまだ、大した結論まで達していないんですが……」とディミトロフはいった。

「一応ぼくらの議論していたことの筋道を申しあげますと……」

ドアがノックされたのは、その時だった。

ヤング教授が、いぶかしげな顔で、「どうぞ……」というと、ドアがあいて、背の高い色のあさぐろい、精悍そうな紳士と、もしゃもしゃの白髪に、煙草で黄色くなった口髭、それに眼鏡をかけた、小柄な老人がはいってきた。

二人を見ると、カンジンスキイ警部補は、眼をまるくして、椅子からはじかれるように立ち上った。

「局長……リンフォード先生……わざわざおいでになったんですか？」と警部補は、呆然としてつぶやいた。

「この事件に関心を持っていたのは、君ばかりじゃない」と背の高い人物がいった。

「よんだのは、私だよ……」とききおぼえのある声が、廊下の方からした。「別におどろかすつもりはなかったが、御両所とも、私の研究室を通じて、よく知っていたので、御足労ねがった……」

ドアのところに、ナハティガルの長身があらわれた。

「ヤング教授——みなさん、国際科学警察局長のサーリネン局長と、最高顧問のリンフォード博士です……」

2

国際科学警察――と一般によばれている機構は、もともとＩＣＰＯ、つまり国際刑事警察機構（インターナショナル・クリミナル・ポリス・オーガニゼーション）の中の、科学犯罪特別捜査部として出発し、まもなく一つの局となり、現在でも機構的には局制だが、その独自な調査方法と、情報収集で、刑事警察というよりも一つの総合的研究機関のようになっていた。

もともとＩＣＰＯの科学特捜部は、二十世紀末にかけて、激増しはじめた、国際的科学犯罪に対応するためにつくられたセクションで、最初の仕事は、パリのインターポル本部のコンピューターを、各国の中央警察のそれとオン・ラインにつなぐネットワークからはじまり、さらに国際的犯罪動向の解析、新しい犯罪予防、犯罪調査方法の研究といった、地味な仕事にとりくむかたわら、一国の警察の手にあまるような、巨大な国際的犯罪シンジケートとの、科学的闘争に次第にのり出して行き、多くの成果をあげてきた。

二十世紀末にかけて、世界全体が、交通、通信、経済、政治的により一層緊密にむすびつけられてくるにつれ、全世界の犯罪組織もまた、それに応じてますます国際的、世界的に巨大化し、緊密な組織をつくるようになって行った。――特に、世界連邦形成にともなって、各国のやとっていた諜報組織、あるいは各国直属のスパイ組織が次第に不要になり、巨大な諜報機関で、専門的なきびしい訓練をうけたスパイたちが、大量失業する傾向にあった。そして、いったん、国際社会のダークサイドで、命をまともにスリルにみちた虚々実々の闘いに身をなげだしたスパイたちは、刺激のすくない、平和な市民生活にもどることが、ちょっとむずかしく、そこへ巨大化し、シンジケート段階から強力な連携トラストの形をとりつつあった国際犯罪組織のさそいの手がのびた。

二十世紀末から、二十一世紀初頭にかけて、莫大な資本力と、精密で巨大なコンピューター網をもちい、全世界に——テラ・デル・フェゴからアラスカまで、シベリアのヤクート共和国から、南極大陸、そして最後にはとうとう宇宙空間から月にまで——はりめぐらされた、水ももらさぬ組織と、最新の科学技術を駆使して、「昼の世界」に挑戦してきたＧＣＴ——地球的犯罪（グローバル・クライム）トラストは、全世界の大問題となった。……大規模な窃盗や強盗、刺激のつよい、それだけに危険な麻薬類の販売、殺人委託、重要人物の誘拐、脅迫、恐喝、戦争の煽動……そういったますます大規模化、国際化して行く犯罪は、時にある国に革命さわぎを起し、一国の経済を破綻に瀕せしめ、世界連邦の成立そのものを、危うくさえしたのである。——事実、世界連邦の成立と、国際紛争の終焉は、犯罪トラストにとって、まことに具合のわるい状態であったにちがいない。

　これに対して、ＡＧＣＴ——反（アンティ）ＧＣＴ組織を、科学特捜部につくったのは、初代局長で、はじめて理論科学畑から、警察機構の長となった、Ｊ・ロードバーグ博士だった。ＡＧＣＴという、核酸情報をつたえるヌクレオチド記号のような略称は、分子遺伝学専攻で、核酸異常と、異常性格との関係の研究で名を知られた博士の、ちょっとした洒落だったにちがいない。

この時期から、科学特捜局は、あらゆる科学技術を駆使した、科学組織による犯罪に、ありとあらゆる科学的解析手段、科学的調査技術、科学兵器をつかって対抗する組織としての性格を、はっきりもち出したのである。——コンピューターにはコンピューターを、ロボットにはロボットを、ミサイルにはミサイルを、性格改造剤には性格改造剤を……予算規模は、決して大きくなかったが、すでに全世界に存在する組織と研究機関をたくみにつかい、犯罪トラスト対科学警察の闘いは、かつての、世界核戦略体制のように、エスカレートして行きそうな形勢だった。

この闘いを、とにかく、科学警察側の一方的勝利にもちこんだのが、局昇格のあと、すぐ暗殺されたロードバーグ初代局長にかわって、二代局長となった、弱冠四十二歳のフィンランドのO・サーリネン博士だった。——ヘルシンキ大学で文化人類学と気象生理学をおさめ、大学院時代に、京都大学人類学研究所の梅沢竜哉教授のもとで、文化解析に、はじめてコンピューターを導入して大きな業績をあげた博士は、その後、パトヴァ大で犯罪学、ソルボンヌ大で哲学、ロンドン大で法学をおさめ、パトヴァ大学時代の師であるロードバーグ博士の懇望で、ICPOの嘱託になり、のち科学警察の顧問、そして博士の遺志と、ICPO幹部の要請により、局長の座についた。

サーリネン博士が、最初にやったことは、まず自然文化・社会人類学、それに生物学畠の学者を起用したブレーン・トラストの結成だった。——「警察を大学のサロンにしてしまった」というかげ口は、就任当時有名だった。博士は、実際に、〝犯罪・闘争生物学〟とでもいうべきあたらしい学問の分野を開いたのである。進化論、生態学、動物社会学、自然人類学、社会人類学、社会心理学――あらゆる分野から、生物社会における闘争のパタンを抽出し、人間社会における犯罪の発生から、歴史上における犯罪・宗教的秘密結社の成立と、それがいかにして解放消滅させられ、またいかにして再構成されて行ったか、そういった犯罪組織と政治とは、いかにからみあっていたか、という歴史を、徹底的にしらべあげた。それから、次に博士のやったはなれわざは、犯罪トラストの首脳と、秘密裡に会談したことだった。――三年後に、あるジャーナリストにすっぱぬかれた時、かなりな非難の声があがったが、その時は事実上犯罪トラストがほとんど消滅しかけていたので、非難はたち消えになった。トラスト首脳との会談によって、科学警察とトラストの間には、ある種の「協定」ができあがった。そののち、組織の犯罪は次第に影をひそめ、組織そのものも、弱体化し、「昼の世界」への挑戦はまったくなくなってしまったのである。

犯罪は、生物社会における、ある不可避的な要素にもとづいて発生する――というのが、博士の考え方だった。――それは闘争の特殊状態であって、消滅させることはできない。ただ犯罪的本質の、社会間における形態――あり方が問題である。

見方によっては、非常に古くからある政治的な考え方だったが、しかし、サーリネン博士は、それに、科学的な基礎づけをあたえた。そして、解決のしかたは、これも昔から為政者によって度々とりあげられてきた「転換法」だったが、しかし、博士の場合は、発達した集団心理学や教育心理学にもとづく、深層からのシンボル転換をふくんでいる所がちがっていた。——社会的反抗、自己顕示欲、組織に対する忠誠心、権力欲……そういった、犯罪組織を内部からささえているもろもろの価値、シンボル要素を、いかに転換し、それによって組織全体の反社会闘争的性格を弱めるか、ということが、博士のとった犯罪組織に対する闘いのあり方だった。——こういったことも、ずいぶん昔から指摘されてきたことだった。しかし、サーリネン局長が、どうしてその方向を、こんなに短時日の間に成功させることができたかということについては、いまだに公開されていない謎だった。

「犯罪は、結局、〝適応〟の問題に還元できる」

というのが、博士の有名な提言だった。——ぼくも、博士の『犯罪と人類』という著書を読んだことがある。

「犯罪社会は、独自な——われわれが一般に〝現実社会〟と考えている、今日の〝表の世界〟と、ある意味でほとんど同じような構造をもちながら、その発現において、あるいはその価値観、問題解決の方式、達成目標において、きわめてユニークな、一つの〝社会〟であることをまず理解しなければならない」という条（くだり）を、ぼくはまだおぼえている。「そしてまた、犯罪的傾向および、犯罪的行為の根源には程度の差はあれ、万人が所有し、生物集団としての社会が、常に再生産している、ある種のきわめて本質的な要素があることも、知る必要がある。——犯罪社会の中には時代によって地下の世界においやられてしまった、古い組織文化、古い価値体系の一部が、いきいきと保存されている。一方、生物としての人間の〝種〟が、常に、ある幅をもった割合で、こういった〝表の社会〟に適応しきれないタイプの人間をうみ出していることを認めざるを得ない。いかなる人為的、道徳的教育も、この本質的要素を、完全に除去することはできないだろう。犯罪的傾向をもった人間の、幼時段階あるいは、それ以下の段階における早期発見と除去は、もし達成されるとしても、そういった社会は、長期的に見て、はなはだ偏った社会になるだろう。――なぜなら、そういった傾向の中には、あきらかに、人類社会に対して、いきいきとした刺激をもたらすような、行動型の天才の種も、ふくまれているからである。――もし、一部にとなえられているように、犯罪的、反社会的傾向をもった人間を早期に発見し、除去してしまえば、そういった社会は、長期の間に、きわめて美しいが、きわめて脆弱な社会になってしまい、結局はそういった操作を維持しつづけることができなくなるか、あるいは大きな反動をこうむることになろう。犯罪は、生物自体に本質的な自由と、力とに深く関係している。――問題は、その社会的発見の仕方である。前世紀半ば、西欧社会は、ユダヤ人を大量虐殺したヒットラーを、戦争犯罪者、否、人類に対する犯罪者として、彼の行為と同僚をさばいた。しかし、おそらくヒットラー以上の人間を殺したジンギス汗は、誰にもさばかれず、アジアにおいて英雄として死んだ。評価の例にも、この通りちがいがあるが、ワイルドで、ブルータルなエネルギーの発現の形式にも、大きなちがいがある。――問題は、いかにして、犯罪そのものにふくまれている、文明にとって有効な成分（この箇所が、あとあとまで論議のまとになった）をそこなわずに、社会との不幸な衝突や破壊的結果を回避させ、その暗黒なはげしい力を、われわれの文明に対して、一定の役割を果し得るように統制しつつくみこみ得るか、ということである。——われわれの文明は、地球上の一切を破壊するだけの潜在能力をもった、核エネルギーを、まがりなりにもコースにのせた。次には、人類集団に——否、生物そのもののあり方の中にふくまれている、自己破壊的な成分のコントロールを、目ざすべきである」

この大胆な書物は、発表当時、大変な反響をおこした。——宗教団体や、市民文化団体は、相当はげしい反撥をおこなった。——とりようによっては、犯罪肯定につながるというその反撥は、それはそれでもっともなことといわねばなるまい。ある評論家は、サーリネン局長のことを、危険なニヒリストと呼び、ある婦人団体は、犯罪との妥協者、暴力肯定者と金切り声で叫んだ。またある学者は、古めかしい自然哲学者とよび、他の人は、賢王気どりの専制主義者とよんだ。

——だが、彼は有無をいわさぬ実績をあげた。

就任四年目に、GCTの〝危険な挑戦〟はほとんど影をひそめた。小さな犯罪や、妙にユーモラスな事件は起ったが、GCTそのものはなりをひそめた。いったい彼が、どんな手をうったのか、あの凶暴な〝夜の帝国〟がいったいどうなったのか、この状態がはたしていつまでつづくのか。問題はこれで最終的に解決にむかっているのか、彼が決定的な方式を見つけ出したのか——そういったことはまったくわからなかったが、とにかく〝昼の世界〟と〝夜の世界〟の、爆発的な対決は回避され、事態は終熄にむかいつつあるようだった。

彼がGCTと、なにか取り引きしたのか？——彼のいうように、いまわしい犯罪組織に、なにか一種の役割りをあてがったのか？　ぼくとしては、後者だと思っていた。いずれにしても、問題は、長期の社会政策に属するものであり、サーリネン博士は、とにかく〝転換〟の最初の方向づけに成功したのであって、完全にそういったものの〝転換〟と〝役割りづけ〟、文明への〝くみこみ〟が達成されるのは、まだずっと先のことになるのはたしかだった。

どっちにしろ、彼は、理論、実践、両面における、当代の影の〝大物〟だった。――なにしろ、犯罪を、文明論的もしくは自然人文科学的見地からとりあつかうことのできるのは、現代にあっては彼しかなかった。

その彼が、じきじき、ぼくたちの所にあらわれたのだ。――若干浮世ばなれした大学都市の中でおこった、奇妙な、しかしささやかな、殺人事件の現場に――それもま夜中に……。

「賢者（セージ）から、概略はききました」サーリネン局長が、あいさつがすむと、テキパキとした調子でいった。「事件直後に、ラクロ警部とカンジンスキイ警部補からの報告もうけました。――もっと早くパリをたつつもりだったんですが、リンフォード先生をお待ちしていたものですから……」

「賢者（セージ）……あんたとこんな所で会えるなんて、まったく幸運ですな」小柄なリンフォード教授は、ナハティガルにすがりつくようにして、夢中で握手した腕をふった。「ソルボンヌで死んだ、アンリ・パスカルという学生は、私の教え子でした。――あんなすばらしい弟子には、二度とめぐりあえますまい。その時点で、私はすでに、この事件にまきこまれていたといえます。オットーの尻をたたいたのは、むしろ私なんです」

「わかりました。ジェイムズ……」ナハティガルは、小柄な老人の肩をやさしくたたいた。

「あなたにもぜひ力をかしていただかなければなりません――私には、この事件に関して、ちょっと気になることがあるのです」

「では、どなたか、事件のはじめから教えていただけませんか？」とサーリネン局長は、ほそ長い葉巻に火をつけていった。「できるだけくわしく――細大もらさず……」

「話してあげなさい……」とヤング教授はいった。「それから、われわれのやりかけていた解析も……」

3

話は長くかかった。

どんなにかいつまんで喋っても、四、五十分はかかった。ヴィクトールがアウトラインを話し、ぼくたちみんなが、おのおのの立場から、そのデティルをおぎなうという形で、話をすすめて行った。

ひんやりした、ヴァージニアの五月の夜はしんしんとふけていった。――しかし、部屋の中は、もうもうたる煙草の煙と人いきにむれるようであり、窓をあけた上、換気装置をフルにしても、まだむんむんしていた。
　ほぼ事件の経過の全貌が語られた時、みんなはくたくたにつかれたような気分になってい
た。――フウ・リャンとミナが、ヤング教授秘蔵の、香り高い飲物を、疲労恢復用にいれて
くれなかったら、みんなばててしまっていたかも知れない。
「なるほど……」とききおわったサーリネン局長は、何本目かの葉巻に火をつけながら、彼
一人は一向につかれた様子もなく、鋭い眼を、何かをまさぐるように宙にすえていた。「こ
れまでの三つの事件より、よほどはっきりしてきたようですな――それに、今度の場合は、
今までの例と、ちょっとちがった所があって、そこが少し面白い……」
「今までの例とちがった所というと？」ヤング教授がパイプをじいじいわせながらきいた。
「一つは、最終予告から、犯行までの時間が非常に短い、ということです」と局長はいった。
「警部補、前の三例をおぼえているかね？」
「おぼえています……」警部補は、鼻をこすって、暗誦するようにいった。「モスクワ大の
場合、二度の予告後一週間、京都大学の場合は二週間、ソルボンヌの場合は比較的短く、三
日後でした……」
「そして、それぞれの場合、予告期間が、ほぼ終るころになって犯行をおこなっている……
…」局長は、飲物をうまそうにすすりながらいった。「今度の場合、予告期間はどのくらい
でしたかね？」
「一週間です……」とクーヤ・ヘンウィックはいった。「たしかに、そういいました」

「それが、予告後、わずか十五、六時間で犯行をおこなっている」局長は、飲物をおくと、ゆっくり立ち上った。「それに――前の三例とちがって、今度は、不可解とはいえ、かなりの手がかりをのこして行っている。カンジンスキイ警部補、前の三例の場合は、なにかあったかね？」

「そういえば、今度の場合のように、はっきりと、殺人とわかる方法は、とられていませんでした」カンジンスキイ警部補は、ドン！　と椅子の肱かけを拳でたたいた。「そう――たしかにそうです！――前の三例とも、殺人の直接的な方法が、はっきりわからない。とりようによっては、単なる事故ともとれるような死に方でした。

それが殺人らしい、と思わせるのは、ただ、奇妙な予告があり、その期日ぎりぎりに、指名された人物が死んだ、ということだけです」

「ということは……」アドルフが、ぎゅっと顎をひきしめた。

「今度の場合、犯人が、犯行をおこなう予定を、なにかの事情で、大急ぎでくり上げなければならなかった、ということになりはしませんか？」と局長は、部屋の隅で、たちどまって、自分にいいきかせるようにいった。「おそらく今度の場合も、犯人は、予告期間いっぱい、ゆうゆうと準備をし、犯行の痕跡を全然のこさないようなしかけをしてから、モーティマーくんを殺すつもりだったにちがいない。――だが、突然、彼のそのプランに、齟齬が生じそうな事情がもち上った。――彼は、やむを得ず、準備不足のまま、大急ぎで殺人を実行しなければならなかった。そのため、今度は、すくなくとも二つの手がかりをのこすのも、やむを得なかった。一つは殺人の手段に、高圧電流をつかったということ、もう一つは、研究室に、なにかの導電物質の痕跡をのこした、ということ……」

「その、犯行をくり上げなければならなかった事情というのは、なんでしょう？」ホアンがきいた。「思いがけない早さで、科学警察が動き出し、カンジンスキイ警部補が、部下の人をつれてあらわれた、ということですか？　それとも……」

「それとも？」局長は、キッと眼を光らせた。

「それとも……犯人の正体がばれそうになったからですか？」

みんな、ちょっと、しいんとした。

その一瞬の沈黙の中で、突然なりわたったヴィジフォーンのブザーは、みんなをビクッとさせた。

「カンジンスキイ警部補……」一番フォーンのちかくにいて、スイッチをいれたフウ・リャンはいった。「工学部の電気教室からです」

「どうも……」と、カンジンスキイ警部補は立ってヴィジフォーンの傍にいった。「カンジンスキイです。——どうも、おそくまですみません。——はあ？……なるほど……なるほど……わかりました。それでは明日、そちらにまわってみます」

音声ボリュームをしぼってあったので、むこうの声はほとんどきこえなかった。——話しおわって、スイッチをきろうとしながら、カンジンスキイ警部補は、一同の方をふりかえっていった。

「工学部で、例の導電物質を分析してもらったんですが、よくわからない、といっています。明日、蛋白研の方にまわして、もう一度くわしく分析してもらうそうです」

——とにかく、有機物、それも蛋白質の一種じゃないか、といっています。

ヴィジフォーンのむこうから、かすかな悲鳴がきこえてくるのと、警部補がパチンとスイッチをきるのと、ほとんど同時だった。

「アレックス！」サーリネン局長はするどくいった。「スイッチをいれろ！　早く！」

警部補も、はっとしたように、もう一度スイッチをオンにした。——先方の悲鳴と、もののこわれる音がしたとたんにヴィジフォーンがむこうから切れた。ほんの一秒か二秒の間だったが、なにか大きなものが、画像のむこうにうごいたのが、チラと見えた。

「どうしたんだ？」

ヤング教授が腰をあげた。

「ビッグアロー！」警部補は、胸ポケットの通信器にむかってさけんだ。「どこにいる？　すぐ仲間をつれてブロックEに行け。電気教室の、機械研究室が、なにかにおそわれた。私もすぐ行く！」

ぼくとヴィクトールも、反射的にあとをおってかけ出そうとした。

「まあ待ちなさい」サーリネン局長が、両手をあげて、ぼくたち二人を制した。「あちらの方は、彼らにまかせておいた方がいい。——危険があるといけない……」

そういうと、胸ポケットにさしてある、カンジンスキイ警部補のものと同じような通信器のスイッチをいれてよんだ。

「アレックス……きこえるか？」

「はい、局長」ぜいぜい息をあららげた警部補の声がかすかにきこえてきた。「いま、ビッグアローの車で、ブロックEにむかっています……」

「むこうについたら、すぐ様子を知らせてくれ。——応援がいりそうなら、守衛に連絡しろ」

「わかりました……」と警部補の声がいった。

「さてみなさん……」通話をうちきって、サーリネン局長は、手をパンとうちあわせた。「むこうのさわぎは、警部補にまかせて、われわれは、もう少し話をつづけましょう」

「そんなのんきな！」

ホアンと、サムと、ミナが、三人同様にさけんだ。

「機械研をおそったのは、犯人かも知れないじゃないですか！」ホアンが顎ひげをふるわせていった。「すぐ、みんなで行きましょう。——まだ、犯人がそこらへんをうろうろしているかも知れない」

局長の顔に、ちょっと動揺が起った。

その時、ぼくは、はじめて気がついた。——サーリネン局長は、なぜか、ナハティガルの顔にあらわれた表情を気にしているらしかった。

——賢者（セージ）は、うすく瞑目して、かすかに顔を横にふっている。

「オットーのいう通りだ……」ナハティガルはポツリといった。「われわれは、ここにいて、もう少し話をつづけた方がいい。——走りまわって疲れるよりは……」

「局長！」と警部補の声が、サーリネン局長の胸ポケットからした。「現場につきました……」

「どうした？」

「私と電話ではなしていた研究員がなぐられました——大したことはありません。こぶができたぐらいです。装置類が少しこわされ、それからサンプルが……」

「盗まれたんですか？」ディミトロフが、たまりかねたように叫んだ。

「バーナーでガスにされちまいました……」警部補の声はうわずっていた。

「で、犯人は？——逃げたか？」と局長は、きびしい声でいった。

「いや——ここにいます」

えっ！と一同は叫んだ。

「じゃ、つかまえたんですか？　犯人を？」

ヴィクトールは、興奮のあまり、かすれた声で叫んだ。

「ちょっと待ってください——いま、となりの部屋のヴィジフォーンでお見せします……」

フウ・リャンは、ころぶようにしてヴィジフォーンにとびついた。——みんな総立ちで、画面をのぞきこんだ。

呼び出し信号がなって、フウ・リャンがスイッチをいれた。

「こいつです……」

カンジンスキイ警部補の顔がうつり、それがしりぞくと、彼の背後の、奇妙な、穴あき型鋼と、金属筒とをゴチャゴチャくみあわせたようなものが目にはいった。

「となりのブロックの、ロボット研究室でつくった機械です。——昆虫(バッグ)ってやつです。惑星開発用に試作したものだそうです」

「そのロボットが……」ヤング教授は、鼻の頭に汗の粒をうかべて首をふった。「どうもわからん。——そのロボットが、どうして研究室をおそったりしたんです？」

「わかりません——一応電子脳はそなえてますが、行動指令は電波でうけるようになっています。いまは、動力が切れて、おさまっています……」

「ちょっと……」リンフォード教授が、声をかけた。「サンプルはやられても、一応分析記録はのこっているんでしょうな？」

「ちょっと待ってください——」

カンジンスキイ警部補の姿がいったん画面から消え、またすぐあらわれた。

「やられました……」警部補は、顔をゆがめていった。「たったいま、中央電子脳(セントラル・ブレイン)にいれたばかりの、分析データが、記憶装置(メモリイ)の中からその部分だけ、すっかり消去されているそうです……」

ぼくたちは、あまりのことに呆然とした。——犯人は、たった一つの遺留品を、完全に消滅させてしまったのだ。

だが——ほんとうのショックは、その直後におこった。

記録も消された、という報告に、ふと不安にかられたサーリネン局長が、すぐパリに国際電話をいれ、科学警察直属の電子脳から、前の三件の予告殺人についての、データを送らせようとした時、そのデータの一切が、きれいさっぱり、電子脳から消されてしまっている、ということが判明したのである。ぼくらがパリから取りよせて、大学の中央電子脳に入れておいたデータまで……

4

もちろん、現代文明のこの弱点については、時おり識者の間で問題にはなっていた。——だが、それは、古い世代が、新しい習慣に対して抱く種類の不安感でもあった。今の社会は、コンピューターや、電子情報処理装置にたよりすぎている……。その警告は、前世紀末から、あきるほどくりかえされていた。——事実、警告どおりの事件が——つまり、コンピューター・ミスや、記録の、思いがけぬ事故による消滅などが——ごく時たまおこった。それはそれで、大きな波紋をよぶこともあったが、しかし、全世界の、電子情報機械の利用は、そんなささやかなつまずきを、はるかにこえる巨大な奔流となって、拡大されていったのである。

それは、むかしの、航空機利用の拡大のありさまと、よく似ていた。——航空事故は、ある時期、かなりな頻度でおこり、その度に、相当な数の犠牲者が出た。ジェット機時代になってから、事故そのものはへったが、いったん事故が起った場合に助かる確率は、ほとんどゼロにひとしかった。——だが、それにもかかわらず、航空機利用客は、数年で倍増するぐらいの割り合いでふえつづけ、ジャンボ、SST、HSTと、新しい、それだけに未知の危険をふくむものも、その拡大する奔流はのみこんで行ったのである。

それは、この世紀の大きな特徴の一つである。——新しい、より便利な技術の習慣化は、おどろくべきスピードでなされるのだ。

ぼくの子供の時には、まだ「書類」というものがあった。——だが、ぼくが中学にあがるころは、「本」というものさえ、ある程度消滅しかけていた。きわめて念入りな造本で立体印刷の、それ自体が骨董的価値をもつような美しい書物以外、新しい出版物はほとんど電子図書館から、ヴィジフォーンについているコピー機にとって読む習慣が普及しかけていた。よんで、それだけのものなら、コピーをすててしまう。よほどのものなら手もとにおくが、大ていの場合そうする——そうしないと、すさまじい情報の氾濫で、たちまちどんなスペースも、コピー類でいっぱいになる。コピーは、必要な期間だけ手もとにおけば、どんどんすてる。また必要になったら、また図書館からとればいい。メモとコピーが、書類と書物の姿を、ほとんど駆逐しかけていた。音声タイプの普及が、それに一層拍車をかけた。——タイプ自体も、オフィスにそなえつけのものをのぞいて、別にもち歩かなくても、携帯電話で、くってきてくれる。公式書類なども、いったん原稿が書き上げられ、推敲がすみ、関係者がすべて眼を通したあと、すぐ電子脳の記憶装置におくりこまれる。——よほどの機密は、各機構専属の電子脳の記憶装置に記録されるが、そうでない場合、通信装置で、全世界、それに月までネットされている電子情報処理機構のどこでも記憶装置のあいている所に書きこまれる。その書きこまれている記憶装置のおかれている場所がシベリアであって、ふいにとり出したい場所がリオデジャネイロであっても、そんなことは関係ない。秒速三十万キロの電波でもって、ネットワークサービス用の電子脳がたちまちそのある場所をさがし出し、たちまちおくりとどけてくれるのだから……官公庁の公式書類も、一度電子脳にいれてしまえば、よほどのことがない場合は、原本を保存しないのが普通だった。——保存するぐらいなら、なにもわざわざ、電子脳に記憶させることはない。書類は、失ったり、盗まれたり、ある場所がわからなくなったりする上に、たまりはじめると大変なスペースを食う。厖大な書類の索引とレジュメすら、電子脳はおぼえていてくれたし、それをみたいとなれば、すぐ吐き出してくれた。

音声機構と視聴覚機構をそなえるようになってから、電子脳は、完全に秘書としての性格をそなえるようになってきた。——ある程度以上の期間つきあえば、こちらのくせまでおぼえてくれるようなことも、ごくあたりまえになったし、書類の性格をまったくど忘れした時は、電子脳が一問一答しながら、これですか？——これですか？——と見本を示しながらこちらの記憶を次第に誘導してくれるようになった。機密保持の場合も、特別のコードを手もとにひかえて、そのコードを口頭その他の方法で、おくりこまれないとひき出せないようにできたし、

「これは機密だ」

としゃべっただけで、電子脳がその声紋をおぼえていて、機密あつかいにしてくれた。——本人以外ひき出せない、という不便さは、万が一の場合を考えて、その書類の性格をいっしょに記憶させておけば、本人以外の誰と誰なら情報をわたしていい、という「判断」は、ある程度まで電子脳がやる——そんな所までできていた。

むろん、七十億余の人類のうち、いやしくも戸籍に記載された人間なら、ほとんどの経歴が、電子脳ネットワークの中に記録されていた。——そして、今のべたような、電子脳ネット自体にくみこまれた、原則的判断基準によって、プライバシイは完全にまもられるようになっていたのである。

ぼくらの時代は、ちょうどこういう状況にあった。——世界中の電子脳のネットワークによる保護によって、故障その他による事故発生率は、技術的に可能な最低限ちかくまでひきさげられていた。電子脳は、記憶の代行者として、計算、思考の助手として、ますます精妙になりつつあった。七十億の人間の約三分の一が、実質的に、一人について一人ずつの、おどろくべき有能さと、巨大な容量をもった、超人的秘書（スーパー・セクレタリイ）をもったにひとしい状態にちかづきつつあったのである。

あるいそがしいエクゼクティブが、仕事に追われながら、電子脳にむかって、

「おい、あれ……」

といったとたんに、電子脳が、

「はい……」

といって、即座に彼ののぞんでいたコピーを吐き出した——というのは、すでに古い小話だった。いまや、電子脳は、〝ツー・カーの時代〟にはいりつつある、と誰かがうまいことをいっていた。

そんな時代だったから、サーリネン局長が、記録の原本——いや、コピーを、手もとにおかなかった、ということは、しごくあたり前のことだった。だが、そこにちょっと考えられない〝事故〟が起ったのだ。——いや、これは機械的な事故ではなく、明らかに、この一連の事件の、いまだ正体がわからない〝犯人〟が、一切の証拠やデータを消滅させる意図でもってやっていたことはわかっている。

だが、いったいやつには、どうしてそんなことが可能だったのだろう？

局長ほどのＶＩＰが、特に彼の性格、声やくせをよくのみこんでいるはずの、科学警察本部専用の電子脳に、彼だけが知っている特別の機密コードでもって記憶させておいたデータを、彼以外の誰が、どうやって、消去することができたのだろう？——電子脳全部を破壊するとか、あるいは記憶している情報全部を、たとえば強烈な電磁気でもってめちゃめちゃにしてしまうというならともかく、その部分だけ、選択的に消去することが、いったいどうや

ってできたのだろう？――それも、世界のネットワークの、どこかあいているところに記憶されているのではなく、専用電子脳の全記憶装置のうち、ネットワークからきりはなされた、「特秘メモリイ」の領分にいれられていたデータを……。おまけに、彼の説明によれば「特秘」のデータは、万一をおもんぱかって、記憶装置の中の、別の所に、もう一つ「控え」をいれてあるはずなのに――そちらの分も、完全に消えているのだった。

「さあ、ナンシイ……」と局長は、まだ信じがたいといった表情と、焦慮の色のないまぜになったような顔つきで、額に汗をうかべながら、国際電話で、くりかえした。「思い出してくれ……いったいどうしたんだ？　私が、特別機密としていれたＥＫ――号の資料はどうした？　学生予告殺人事件の……モスクワと京都とパリの、あの事件の記録は？――私は、消去指令を出したおぼえはないぞ」

「ええ、たしかに、〝消去〟はしておりません……」とナンシイ――それが専用電子脳のペットネームだった――は、すずやかな女の声でこたえた。「私に、記憶させていらっしゃらないのですから、消去させようがありませんわ」

「おお、ナンシイ！　ナンシイ！　ナンシイ！」局長は、首をふった。「なんてことだ！――君はいままで、一度もまちがいをしたことがなかったのに！――これでは、君をオーバーホールしてみなきゃならん。場合によっては、おはらい箱にしなきゃならんだろう……」

「私は、いままでも、まちがいをしていないと信じています……」ナンシイは、あいかわらず、きれいな声で主張した。「状態は良好です。――オーバーホールも、おはらい箱も、おっしゃる通りなら、しかたありません。でも、やはり、その資料を記録した記憶はありませんわ……」

「〝長期記録（ロング・ピアリオド）〟の方を、念のためにしらべてみたら？」と、ヤング教授は、ショックをうけている局長に、そっとささやいた。「まさかと思いますが、――万一、まちがっておくられているかも知れません……」

電子脳ネットワークの記憶装置（メモリイ）に、電磁気的に記録された情報は、記録する時に、特に指定もなく、また長期にわたって情報のさしかえもなければ、記録されてから六ヵ月、一年、二年目に、ある程度まとめて、記録した本人に照会がくる。消去するか、そのまま電磁的記録の形で継続するか、長期保存するかという照会だ。長期保存にはLP――ロング・ピアリオドと、SP――半永久（セミ・パーマネント）と二つのランクがあり、LPの方は二十五年、SPの方はそれ以上だった。記憶方式もちがい、LPはちょうど核酸が塩基対四つのうち三つのくみあわせをつかって、あらゆる遺伝情報を記録するように、有機高分子のコードをつかって記録する。なにしろ人間のある微少な細胞内核酸に、数十億字に相当する情報を書きこめるのだ。記録スペースは、おそろしく小さくてすむ。ただ、電気信号でつたえられる情報を、有機分子配列の変化に書きなおすのに手間がかかり、同様に検索しひき出すのに、電磁的記憶装置より若干時間がかかる。――それと、一度書きこまれた情報が、核酸のように、宇宙線その他によって〝突然変異〟を起さないように、核酸よりも安定な分子構造をとるところがちがう。――SPの方は、LPの場合より、より一層安定な分子配列をとる「コード物質」をつかう。

一部では無機化合物をつかう方式もおこなわれている。結合エネルギーが大きいために、書きこみ、およびひき出しに、レーザーや放射線などのきわめて細いビームでもって、活性化するらしい。電気信号を、すぐ分子選択のコードによみかえして活性化する人工酵素は、すでに三十年前につくられていた。

そんなわけで、なにかの指令ミスで、長期保存の方にまぎれこんでいないか、とチェックしてもらったが、むろん、そんな形跡はなかった。——サーリネン局長は、ヴィジフォーンを切ってから、しばらくじっと指の関節をかんで考えこんでいた。

「まあいいじゃないか、局長……」とリンフォード博士はなぐさめるようにいった。「コンピューターの記憶は消されても、まだ事件の担当者がのこっている。——人間がいる……もう一度、集めなおせばいい」

「それはいいのです。先生……」と局長は、血の出るほどつよく、かみしめていた指を、やっと唇からはなしていった。「私自身の記憶もあるし、カンジンスキイ警部補が簡単ながらメモをしていますしね。——しかし、そんなことより、二つの点が気になるのです……」

「二つの点というと？」ヤング教授がきいた。

「一つは……犯人が、これほどあからさまな荒療治をはじめたのはなぜか？　それほど追いつめられて、ぼろが出かかっているのか？——それとも、これも一種の〝挑戦〟なのか……」

「たしかに、すこし派手にやりすぎますね」とサム・リンカーンは、ぼそりといった。「われわれに、わざと、手がかりを見せつけている、ととれないこともない」

「もう一つは？」とクーヤがきいた。

「犯人が、コンピューターにミスをさせる方法を知っているとすると……」局長はちょっと一同の顔を見まわした。「われわれは、コンピューターを、あまりたよりにできない」

その一言のショックは大きかった。

最初は、ハッと胸をつかれたように感じただけだったが、すぐ胸の底がつめたくなるような戦慄がグウッとこみあげてきた。

「待ってくださいよ……」ホアンが額に手をあててつぶやいた。「そいつは大変だ……。もし犯人が、現在の全世界をつないでいる電子情報網をめちゃめちゃにできる力をもっているとすると――これは、こっちの方が、よほど重要な挑戦だ！――サーリネン局長、もうずっと前になると思いますが、例のGCTが、同じようなことを企てて、それをたねに、世界連邦をゆすったことがあったように記憶するんですが……」

ぼくたちのうち何人かは、その事件のことをおぼえていた。――ぼくもその一人だった。

そして、ホアンにいわれて思い出したとたん、今さらながら、心臓がキュッ！　とちぢまるような思いを味わった。

巨大化複雑化した人類文明の、あらゆる運営面をコントロールしている、全地球をおおう電子情報網！――それは、生物として、最高度に複雑精妙化した人間において、脳が、他のあらゆる臓器にまさる、最重要の役割りをもっていると同時に、生物としての人間の、最大のウィークポイントとなっているように、ますます精妙に有機的にくみあわされて行く文明の、最大のウィークポイントとなりつつあった。——凶暴な犯罪トラストＧＣＴは、かつて一度、人類のこめかみに、ピストルをおしつけようとした……。あるいは、人類の大脳に、精神錯乱を起す毒薬を投げこもうとした！——その当時は、まだ、現在ほど情報網は巨大化していなかったが、同時に、各部分の相互補償性も今日ほど発達していなかった。だから、局部的な破壊は、一局部に、大きな損害をもたらすことにもなった。——全世界に、各瞬間、一千万台以上滞空し、ほとんど亜音速、超音速でとびながら、その離陸、着陸、運行の時々刻々の変化を、情報ネットワークに知らせつつ、同じネットワークからフィードバックをうけて、自動操縦している航空機は、もしこのネットワークの中枢電子脳が破壊されたら、いったいどんなことになるのか？

何十億もの預金者の、各科ごとの個人別の預金の出し入れ、クレジットサービスなどを、リアルタイム・オンラインで記憶し、消去し、時々刻々の通貨流通状況を、生産、輸送、販売のネットワークシステムにフィードバックしている電子情報網の、中枢情報部交換が、突如核兵器で破壊され、これまでの記録が一挙に消滅してしまったら、世界経済は、いったいどんな混乱におちいるか？

ＧＣＴは、かつて、もっと幼稚な発想だが、しかし脅迫としては、きわめてカン所をおさえたやり方で、それをやると通告した——その危機をともかく収拾したのだから、サーリネン局長は浅薄通俗な道徳的見地にたつ世論の攻撃をいかにうけても、その功績はゆるぎのないものとして、識者の間に評価されているのである。

そしていまふたたび——

「いや——私のカンでは、これはGCTの息のかかっている仕事ではない、と思う……」局長は、断言するようにいった。「GCTのことなら、私はよく知っている。——連中のやり方、連中の発想は、もっとあらっぽい。それに、彼らには、こんな器用なことはできないはずだ……」

「じゃ、今度の場合は……」アドルフが、かすれた声でいいかけた。

「その点、ある程度、覚悟をきめてかからねばならん」ふいに、ナハティガルが、しずかな、しかし力づよい声でいった。「今度の場合にかぎり、われわれは、今までのように、コンピューターを全面的に信頼して、調査や推理をすすめるわけにはいかぬようだ。最終的にたよりになるのは、われわれ人間の知恵とカンだけだ、その点腹をくくる必要がある。——という所で、話をすすめようじゃないか、諸君。われわれの間だけで、まだ語りあい、考え、論じつくさねばならぬことが、いっぱいのこっているようじゃ……」

5

時刻はすでに、午前二時半をまわろうとしていた。

短い五月の夜は、もうじき白みはじめるだろう。——あけはなった窓からは、ひんやりした風が吹きこみ、そこにはすでに、大西洋の彼方にしのびよりつつある、遠い朝の気配が、かすかににおってくるようだった。

だが、ヤング教授の部屋の中では、誰一人席をたって、寝に行くといい出すものはなかった。——ナハティガルの言をまつまでもなく、ぼくたちは、チャーリイをおそった、あの無気味な挑戦者の正体と、その犯行の意味について、みんなの知恵のありったけを結集して、考え、推理し、考えられるあらゆることを、その極限までおしすすめずにはいられない、という気持にかりたてられていた。

むろん、コンピューターの助けもかりることにはしたが、しかしナハティガルがいうとおり、それは、いつわれわれを裏切り、われわれをあやまった方向へみちびかないともかぎらないという、これまでまったく予期されなかった条件のもとにおいてだった。

ぼくたちは、まるで基礎教養課程の演習の時のように、ヤング教授の部屋に大きな黒板をもちこんだ。——それから、これは別に、コンピューター・ネットと関係がないと思われる、音声タイプとレコーダーをセットした。

「まず、問題をもう一度整理してみる必要がありそうですね」と、ヴィクトールはいった。

「ぼくが、思いつくままに書いてみます。——いいですか？　局長」

「どうぞ——ぜひやってください」サーリネン局長は、すこし血走ってきた眼をしばたたいていった。

「もれていて、気がついた所があったら、みんな教えてくれ」ヴィクトールはぼくらにむかっていった。「なんでもいいから、頭にうかんだ疑問だけを、どんどん書いて行くから……」

ヴィクトールは、チョークをとりあげると黒板の上に、大きく書きつけた。

(1) なぜ、われわれの仲間のうち、チャーリイが犠牲にえらばれたか？

「やつは、別に理由はないといったぜ」とディミトロフがいった。

「それは、あとで考えよう」とヤング教授がいった。「どんどん書いていってくれたまえ、ヴィクトール……」

ヴィクトールは、つづけて書いた。

(2) 犯人は、どういう方法で、チャーリイをのぞくサバティカル・クラスのメンバーのヴィジフォーンに「予告」をおくりとどけたか？

(3) 一週間内と期日を区切っておきながら、なぜ予告の翌日に実行したか？

(4) どうやって、守衛室から操作しなければドアのあかない、地下変電室にはいりこみ、高圧電流を、配線にながすしかけをしたか？——N.B. 犯行時より二日前には変電室には異常はなかった。

(5)　高圧電流を、二百五十ボルト配線に流すのに、いったい何をつかったか？——どうやって、チャーリイがグラフィック・パネルにちかよった時にタイミングをあわせて、鍵のかかった変電室内で、高圧電流を幹線に流しこむことができたか？

「ちょっと……」と、工学部からかえってきて、座にくわわっていたカンジンスキイ警部補が発言した。「(4)と(5)は、一つのものですな——線でむすんでおいたら？」

「それなら、もう一つ、これをくわえておいたらいいでしょう」そういってヴィクトールは書いた。

(6)　研究室から発見された遺留物の、有機導電物質とはなにか？——それは、既知の物質か、なにか未知の物質か？　NB. 電気教室機械研の簡単な調査で、それは蛋白質の一種ではないかといわれている。

「そこまできたら、当然、これがあげられますね」と、カンジンスキイ警部補は、立っていって、黒板にかきつけた。

(7)　なぜ犯人は、この物質の精密分析をおそれたか？　それが、犯人、あるいは犯行を解明する上の、なにかの鍵になるのか？

「じゃ、つぎはこれです」ヴィクトールが、次の段に書いた。

(8) 犯人は、どうやって、試作ロボット〝BUG〟を動かしたか？

NB. 〝昆虫(バッグ)〟の、リモコン操縦機は、つかわれた形跡がなかった。

「そして、これだ」サーリネン局長が、黄色のチョークをとりあげて、音高く、書きつけた。

——途中で、チョークが、ポキッと折れるほど、力をこめて。……

(9) 犯人は(MAYBE複数)どうやって、工学部の、そしてまた、パリ科学警察本部専用のコンピューターのメモリイから、この件に関する記録を、選択的に消去することができたか？——しかも、ナンシイに、まちがった記憶をうえつけた。

「そう——この点が由々しい問題ですな」とリンフォード博士はうなずいた。「これは——大問題です。もし犯人が、自由にこんなことのできる方法を発明したのなら……」

(10) モスクワ、京都、パリ、そしてここの事件の間の共通点はなになにか？——そこからなにか、犯行のかくされた意図がうかび上ってこないか？

（11）　世界各地のこの事件は、同一犯人の単独犯行か？——それとも複数（グループ組織etc）か？——今度の事件の場合はどうか？　犯人に、幇助者はいたか？

（12）　犯人は、大学内の人間か？——われわれが知っている人物か？
それとも……。

「それから……」と今度はホアンがたち上った。「これを考えなけりゃ……」

みんなの上に、なんとなく気まずい気分が流れた。——自分たちの発した疑問の輪が、次第に重くるしく、自分たちの身の上にのしかかりはじめるのを感じたからだ。

「ここまできたのならついでに……」とホアンは、顎ひげをこちらにふりむけた。「サム——別に悪気があるわけじゃないんだ。しかし、書いておいた方がいいだろう」

そういって、ホアンは書いた。

（13）　サム・リンカーンは、犯行が起こる直前、いったい何を感じたのか？

「その点については、ぼく自身、ずうっと考えていたんだ」と黒人青年は、しずかな声でいった。「どうしてあの時、ぼくが研究室のそばで、突然昏睡状態（トランス）になったかもわからない。

——あとで、君たちもいっしょに考えてくれないか？」

「それからこれを……」とアドルフが書きくわえた。

(14)　チャーリイをおそった電流が、常識をやぶって、頭部からの空中放電の形でぬけたのはなぜか？——大脳表皮質内の脳細胞の、つなぎ目(シナップス)を選択的に破壊するようなことが、どうして可能だったか？

「だいたいこんな所かな……」とディミトロフはいった。「まったく、わけのわからんことが、こんなにたくさんあるとは……」

「もう一つ……」クーヤがつぶやくようにいった。「大切なことがぬけてるよ」

「なんだい、それは？」アドルフがきいた。

「洋弓(アーチェリイ)だよ……」とクーヤはいった。「ほら、チャーリイがたおれてから、心臓停止までの間に、洋弓(アーチェリイ)の弓と矢を……」

アッ、と、あの時現場にいあわせた連中は叫びをあげた。——ぼくも思い出した。チャーリイは電撃でたおれてから、麻痺した腕を必死にのばして、机の下の洋弓(アーチェリイ)弓をとりあげ、弦をむこう側に、ちょうど矢を反対につがえるようにくみあわせて床の上においていたのだった。——いったい、チャーリイは、弓と矢で、何をしめそうとしていたのか？　息がたえ臨終(いまわ)の際に、彼はこの事件の何かがわかって、それをぼくたちにつたえようとしたのか？

「そうか――思い出したよ」とディミトロフはつぶやいた。「君は午後、チャーリイに洋弓の相手をしてやっていたんだっけな、クーヤ……」

そういってから、ディミトロフは、ハッとしたように、クーヤの顔を見た。――ぼくたちも一瞬頬がこわばるのを感じた。チャーリイはいまわのきわに、洋弓でもって……。

「なにを考えてるんだ？」ホアンが笑い出した。「洋弓とクーヤとは、あの場合関係ないよ。――もし、チャーリイが、そのことをいおうとしたのなら、なぜ苦しい状態下で、わざわざそいつを反対においたんだ？」

「チャーリイは、やはり犯人のことをしめそうとしたんじゃないかしら？」フウ・リャンが口をはさんだ。「だから自分に矢尻をむけたんじゃないかな。――洋弓（アーチェリイ）は、ア・チャーリイに通じない？」

「そのアは、フランス語前置詞のアかい？　それとも、接頭詞（プレフィックス）のアかい？」と、ホアンはクスクス笑いながらからかうようにいった。

「ちょっとむりだな。第一、アクセントがまるっきりちがうよ」

「ぼくはやっぱり……」とアドルフがいった。「チャーリイは、あの弓と矢で、何かをつたえようとしていたと思うんだ」

「ぼくもそう思う」とヴィクトールは、ゆっくりと、一つの曲線を描いた。「弓をさかさにおき、矢をこうかさねる。――すると、これは、何の字だ？」

ぼくたちは、黒板の上をながめた。――ヴィクトールのチョークの先から、こんな図形があらわれた。

ψ

「ψ（プサイ）か！」

ディミトロフが叫んだ。

「なるほど！――チャーリイは、その字を最後にのこしたのか……」

「じゃ、そのギリシャ文字のψ（プサイ）でなにを意味させようとしたんだ？――誰か、あるいは何かの頭文字か？」ホアンはせきこんでいった。

「まあ待て――これを一つの記号と考えた場合、いろいろのつかわれ方があるだろうが、ごく一般的に、ψ（プサイ）はなにを意味している？」

「量子物理学の方では、大文字のψ（プサイ）で、状態関数をあらわすが……」と、アドルフがつぶやいた。

「まあまて――チャーリイは、普遍生物学専攻で、最近やっていたのは、分子生物学レベルにおける進化の研究で、特に死ぬ直前には、生命パターンの将来考え得る進化の方向について、夢中になっていった。なにかその方面で、関係がありそうなものではないかな？」

「一つある」サム・リンカーンは、ゆっくりといった。「超心理学（パラサイコロジィ）の方で、ψといえば超能力一般を意味する記号だ……」

ぼくは思わず、アッ、と声をあげた。——死の直前……そう、あの悲劇がおこる直前、チャーリイが、グラフィック・パネルの上の図形をながめながら、夢中になって口走っていた言葉がはっきりと思い出されてきた。——ある仮定をいれれば、この図形は簡単にまとまる……、そのある仮定とは——超能力のことか？　だが——

「サム——そのψ（プサイ）は、君の専門の方でも、まだ公認されていないんだろう？」ディミトロフがいった。

「むろん——証明されたわけでも何でもない、むしろインチキくさい概念とされている。といって、完全に妄説として、しりぞけられてしまったわけでもない……」

「ヤング先生……サーリネン局長……」ヴィクトールは、考え考えいった。「どうも——ぼくには、チャーリイが殺されたことと、チャーリイがやっていた研究との間に、何かつながりがあるような気がするんですが——チャーリイ以前の三人の被害者の研究もあわせて、一つ、その方面からこの事件をながめてみるのはどうでしょうか？——非常に漠然とした話ですが——ぼくには、なんとなく、ある種の予感がするんですが……」

「それこそ、最も重要なことだと思います」キッパリとした口調でいったのは、サーリネン局長だった。「実は、われわれもまた、そのことを考えているんです。——私だけでなく、リンフォード先生に御同行ねがったのは、まさに、そういう観点から、この事件をあつかうべきではないか、と考えたからです。つまり——文明論的観点から……」

「お話し中ですけど……」ミナが黒板をながめながらいった。「この項目で、もう一つ重要なことがぬけてるわ」

「そうだ！――ジャコポのことを忘れていた」ぼくは叫んだ。「ジャコポは、なにを見ておびえたか？――彼の見たものと、この犯罪とに、はたして関係があるか……」

「ある……」

そういったのは、ナハティガルだった。――みんなは、いっせいに賢者(セージ)の方をふりむいた。

「ナハティガル――夕方、ジャコポから、何かきき出せましたか？」とヴィクトールはするどくきいた。

「非常に重要なことを……」ナハティガルは眼を半眼にしたまま、ゆっくりうなずいた。

「あの子は、この事件に、最初から重要な役割りを果している。――今すぐではないが……ジャコポは、チャーリイを殺した犯人を指摘できるかも知れん……」

一座にサッと緊張がはしった。――その時、またあのジャコポの遠吠えが、明け方ちかい風にのって、ながれこんできた。

「また、寄宿舎(ドーミトリイ)から起き出したわ！」ミナは、青ざめて聞き耳をたてた。

ぼくとフウ・リャンが窓際にかけよった。――ジャコポの声が、それほど遠くない所からきこえてきたからだ。

「ジャコポ！」

ぼくは叫んだ。――かすかに白みかけた東の空を背景に、並木や森のシルエットが黒々とうかび、風にざわざわゆれていた。窓から投げかける光のやっととどく道のむこう側に、草むらにかくれて白いものがぼんやり見えた。

「ジャコポ！　何をしているの？」ミナもよってきて、暗がりのむこうをすかしながら叫んだ。「風邪をひくわよ。きなさい！」

ジャコポの眼が、獣のそれのように、丸く、青く、光るのが見えた。――眼が闇になれると、白いナイトガウンを着た、小さな子供が、犬のように四つンばいになっているのがやっと見えた。

オーオオオオオオ……と、ジャコポは、ききようによっては、ずいぶん遠くからひびくようにきこえる叫びをあげた。

――彼は、この建物の、この窓、ヤ、ン、グ、教、授、の、部、屋、に、む、か、っ、て、ほえているのだった。

第四章　おぼろなものの影

1

　窓からとびおりたのは、ミナだった。

　つづいて、ディミトロフとクーヤが、窓にかけよった。

「いかん！」

　ナハティガルがさけんだ。——しかし、クーヤはもう、窓からとびおりてしまっており、ディミトロフも、窓枠の上に膝をついた恰好になっていた。

「だめだ！——いま、ジャコポを邪魔してはいかん！」

　だが、ミナは草むらの中からジャコポを抱えあげていた。——はげしい、燃え上るような視線が、ぼくたちの方へむかって投げかけられた。

　ミナの腕の中で、白い、ダブダブの寝衣を着たジャコポは、四肢はかたくつっぱって、白眼をむき、だがその口は、まだ「O（オー）」の形にすぼめられ、声のない叫び——あの姿の見えない敵、「強くて恐ろしくて、悪いやつ」に対する、告発の叫びをあげているようだった。

「賢者(セージ)……」

ミナは、かすかに痙攣をくりかえしているジャコポを、しっかり抱きしめながら、乾いた、怒りにみちた音声でいった。

「どうぞ、ジャコポのことは、もうかまわないでください。——この子は、ただでさえ、しょっ中おびえているんです。文明の一切、まわりのもの全部に対して……こんな小さな子をその恐怖を利用して、犯人を嗅ぎ出す猟犬のかわりに使うなんて……」

「それはちがいます、ミナ……」ナハティガルはおだやかにいった。「私はジャコポに話をきいただけです。むろん、私も、ジャコポに話をしました。——そうしたら、彼は、自発的に協力する、といったのです」

「自発的にですって？」ミナは口を歪めて叫んだ。「こんな小さな子供が？——いいえ、あなたが、そそのかしたんですわ！　こんな……こんな小さな、しかも、かあいそうな子を……あなたは、うまくおだてて、とても危険な仕事に使おうとなさったんですわ！　そんなことをしたら……この子の神経は、くたくたになって、くるってしまいますわ！」

「〝一寸の虫にも、五分の魂〟という、諺(ことわざ)が、東洋にあるのを、御存知ですか？　ミナ……」ナハティガルは、あいかわらずしずかに、しかし、威厳をこめていった。「ジャコポは——こんな小さいのに、ママと、その友達をまもるために、いや、ママの全種族をまもるために、その小さな体と魂の、全部の力を発揮しようとしているんですよ」

ふいに、ミナの顔が、くしゃくしゃに歪んだ。——彼女は、かたく硬直しているジャコポの体を、しっかり抱きしめて泣き出した。

「部屋の中へはいらなきゃ……」ぼくは、窓から体をのり出していった。「ジャコポのひきつけを、なおしてやらないと……」

　クーヤとディミトロフが、ミナの体を押すようにして、窓際へ来た。――フウ・リャンとぼくが、窓から手をのばして、ジャコポの体をうけとった。

　小さな、軽い体は、氷のように冷えきって、こちこちに硬直していた。薄く白眼をむき、食いしばった歯が、紫色の唇の間からのぞいている。リンネルの寝巻は、夜露をすって、しっとりと重かった。

「大丈夫だ。――頭はあつい」ホアンは、ジャコポの額にさわりながらいった。「すぐ、硬直はなおるだろう。だけど、しばらく休ませてやらなきゃ……」

　ホアンは、ジャコポを長椅子(コーチ)にねかせると、内ポケットからすばやく、表面注射器をとり出し、ケースの中からアンプルをえらび出して、グリップにはめると、ジャコポの、黒くて細い、鳥の肢のように骨ばった上膊にむけて、シュッと薬品をふきつけ、ちょっとマッサージをして、脈搏をとった。――それから、ジャコポの青ずんだ色の爪をじっと見つめ、瞼をあけてのぞきこんだ。

「やはり――ミナをくどいて、ジャコポを入院させた方がいいようだな」とホアンは、傍のぼくにささやいた。「この癲癇症状(エピレプシィ)が、どんな原因でおこるかよくわからんが、とにかく、徹底的治療をやらんと、だんだん危険な方向へむかう恐れがある……」

「生命が危険になるのかい？」

「なんともいえん。――とにかく、君からミナを説得してみたらどうだ？　君とミナは、いままでの所、一番仲のいいベッド友達（メイト）じゃないか」

ホアンの露骨ないい方に、ぼくはちょっと赤くなった。――ミナとは、今でもそうだが、しかし、今、ぼくはフウ・リャンに夢中になっていたので、よけいにはずかしかったのだ。

クーヤとディミトロフにつきそわれて、ミナがはいってきた。――彼女は、もう泣いてはいなかったが、泣きはらした赤い眼をして、長椅子の上のジャコポをじっと見おろし、それから、挑戦的な表情で、ナハティガルの方をふりむいた。

「どういうことでも、この子をこれ以上、事件にまきこむのは、おことわりしますわ、賢者（セージ）……」とミナはいった。「私は――この子を保護しなければなりません」

「ジャコポは、もうまきこまれてしまっているし、自分から、この事件にとびこんでいるんですよ」とナハティガルはいった。「今だってそうです。――彼は、何も私にそそのかされて、ここへやってきたわけではない。自分で、なにかを感じとって、ここへやってきたのです。おそらく――おそらく、犯人の告発に……」

「あの子に何を話したんですか？」とミナはきいた。「あの子に……あの子に何かを吹きこんで……」

「あの子には、私たちの見えないものが見えます。――これは、二重の意味でね。一つは、あの子の心の中に、われわれの文明世界が、われわれの見ているものと、全然別のパターンでうつっているということです。われわれが、都市とよんでいるものが、彼にはジャングルに見え、われわれが自動車とよんでいる機械が、彼にとっては、危険な猛獣にうつっているのかも知れません。われわれは、人間を服装や、肩書きや、紹介者といった外につけくわえられたもので判断しがちだが、彼は、敵か、味方か、何でもない人か、一種の直感でかぎわけるのです。——たしかに、現代人としての彼は、われわれの文明がおりなしている、複雑なシンボル体系を読みとる力がないため、失格者かも知れません。そのかわりに彼は、そういった約束事のシンボルの網目の中に、通常見失ってしまうような、非常に直接的なパターンを、いつも見ているのです……。もう一つは——彼は、われわれ文明人が失ってしまったような、非常に原始的な感覚を、まだそなえているようです。犬は、私たちの属しているような複雑なシンボル体系の世界を理解できません。視覚もわれわれよりおとっています。しかし、犬には、人間より何十倍も鋭敏な嗅覚があり、彼らはそれによって、人間には知覚できないものを、嗅ぎとることができます……」

「いま、犬とおっしゃいましたわね、ナハティガル……」ミナは、まだ挑戦的な視線をそらせようとせず、するどくいいかえした。

「やっぱりジャコポを、犯人を嗅ぎ出す犬とかんがえていらっしゃるんでしょう?」

「あなたは、ジャコポを、あわれんでいるんですね、ミナ」ナハティガルは、相かわらずしずかな声で、ミナの眼をまっすぐみかえしながらいった。「ということは——ジャコポが、文明人なみでないから、ふつうの、先進社会の子供たちより、おとっていると考えているからでしょう？　だから、ジャコポは、かあいそうな子なのだ。ジャコポという存在を、現代人の立場から一段下に見て、なんとか彼を、現代人なみに、ひきあげようとしている――ジャコポをあわれみ、つまりある意味でさげすんでいるのは、あなたの方ではありませんかな？」

　ぼくたちは、思わず息をのんだ。――ナハティガルは、おだやかな声で、ミナの心臓をぐさりとえぐるような事をいった。

　ミナは、まっさおになって、眼をギラギラさせていた。

「犬とおっしゃったが――ジャコポが、われわれにくらべたら、犬に近い世界にすんでいる、といったら、それがジャコポを、卑しみ、蔑すんだことになりますかな？――犬は、人間より、はるかに下の、卑しむべき存在でしょうか？　いったい、そんな評価基準を、誰がきめたんです？　神さまですか？――ちがいますよ、ミナ。犬は人間と、そして人間は犬と、平等の存在です。ある面で人間は犬よりすぐれているが、別の面では、犬の方が人間よりすぐれている。人間が犬より強いということは、人間が無条件的に犬よりすぐれている、犬より上の存在だということにはならんのです。犬は、犬として、存在する権利をもっている。そして、人間には、犬を勝手に人間より下とか上とかにランクづける権利はありません。――犬は死んでもやむを得ないが、人間は殺すわけには行かない、などという権利はないのです。犬を卑しみ、さげすみ、犬をぶち、犬を殺す人間は、ついには、人間をも、格づけ、さげすみ、ぶち、殺すようになります。犬が、人間と平等の存在だということが理解でき、犬を人間と同等の存在として、尊敬できなければ、本当の意味で、犬にきき、犬に協力をもとめることはできんのです……。犬は、人間よりすぐれているから尊敬されるのではなくて、犬は、あるがままにおいて尊敬されるべき存在、その存在を尊重されるべきだから、尊重すべきなのです。——決して、犬に服従するとか、人間より犬の方を尊敬しろといっているのではありません。犬は人間と、平等の存在としての尊敬をはらわれるべきだ、といっているのです」

ぼくたちは、賢者（セージ）の長広舌を、やや呆然としてきいていた。——賢者は、仏教徒でもなければ、ヒンズー教徒でもない、と自分でいっていた。——信仰という点からいえば、一種の自然宗教にちかい、と。

ぼくは、人と犬との論議をきいて、やっと賢者（セージ）の「信仰」の一端が、おぼろげながらわかったような気がした。——だが、その場に居あわせた、大部分の連中は、少々混乱した表情をしていた。「人犬平等論」などは、欧米の人間にとっては、いかにも唐突で奇妙にきこえ、すぐにはのみこみにくい所があったろう。

ミナの顔には、はげしい動揺があらわれていた。——彼女の中で、いま、なにかがくずれかかっていることが、はっきり読みとれるような気がした。そして彼女が、必死になって、そのほころびかけた信念をたてなおそうとしていることも……。

「ジャコポが……」フウ・リャンがささやいた。「気がついたわ」

長椅子の上で、ジャコポが小さな頭をもたげた。——その小動物のようなぬれた眼は、何かをさがしもとめるように、キョロキョロと宙をさまよっていた。

「ジャコポ！」

ミナは、長椅子にかけよって、ジャコポの傍にひざまずいた。

「ママ！」といって、ジャコポはミナの首っ玉にしがみついた。

「ここは、どこ？――どうして、こんな大勢の人がいるの？」

「いいのよ――休んでいなさい。すぐベッドへつれていってあげるからね。起きちゃだめ」

だが、ジャコポは、何かを見つけたかのように、急にミナの首をはなすと、ピョンと長椅子からとびおりた。――彼は賢者のすわっている所へ、チョコチョコとかけよると、賢者の膝に手をかけて、せきこむような口調でいった。

「あの……ぼく、また……また、あいつの事、感じたの。だから、ぼく、あいつの感じられる方へきて、うなってやったの。――もうちょっとで、あいつをはっきり見つけるところだったよ。でも……またわからなくなったの」

「いまは？」賢者は、ジャコポの顔を、じっとのぞきこみながらきいた。「今は、感じられるかな？」

「ううん？」ジャコポは、眉をしかめて首をふった。「今は、何にもわからなくなった。――前より、ずっとわからなくなったみたい……誰かが……あいつが……ぼくの頭の中、ひっかきまわしたみたい……。もう……ひょっとしたら、あいつのこと、感じられないかも知れない」

「でも……」ヴィクトールが、ごくりと生唾をのみこんだ。「さっきは――この部屋の外でほえてた時は、感じられたんだね？」

「うん……」

ジャコポは、大きな眼を見ひらいて、こっくりとうなずいた。

「あいつ――さっき、たしかに、感じられたよ。――あいつ、ここにいたよ。窓から、あいつがいるのが見えたんだ……」

2

短い五月の夜は、しらじらとあけそめかけていた。

しかし、ジャコポの一言で、みんなは、その場に釘づけにされてしまった。――凍りついたような沈黙が、部屋の中におちてきて、みんなはしばらく身動きもしなかった、もし、ちょっとでも身動きすれば、その人物が犯人だと思われるとでもいうかの如く……。

凝結した空気をやぶって、最初に動いたのは、サーリネン局長だった。――彼は、長身を泳がすように、ゆらりと立ち上ると、ゆっくり黒板に近づいて行った。そのコッ、コッという足音を、ぼくたちは息のつまるような思いできいた。

黒板には、ヴィクトールが書きつけた、今度の事件に関する、十四項目の――例の〝洋(アーチェ)

弓（リイ）の信号〟と、〝ジャコポの見たもの〟という二つの項目が、まだ書きつけられていなかったから、本当は十六項目になるのだが――疑問が、書きならべてあった。サーリネン局長は、ゆっくり赤いチョークをつまみ上げると、十四の項目の、十二番目をチョークでコツコツとたたいた。
「いいですか？　みなさん……」と彼はいった。
みんなは、まだだまったまま、その項目12を見つめていた。――ピンピンはねているような、特徴のあるホアンの字でこう書いてあった。

(12)　犯人は、大学内の人間か？――われわれが知っている人物か？
　それとも……。

局長は、決心したように、最後の「それとも……」という言葉を消し、項目全体に二本アンダーラインをいれて、最後に、こう書きくわえた。

YES!!

「ちょっと待ってください……」声をかけたのは、ヤング教授だった。「そう断定するのは、早すぎはしませんか？――ジャコポ坊やの、動物的直感を、そのまま信頼していいかどうか、ということは、問題があると思うんですが……」

「その通りだと思います」カンジンスキイ警部補も口をはさんだ。「また、たとえ、あの子が本当に真犯人をかぎつけることができるにしても——いったい、その指名だけが、決定的な証拠になり得るでしょうか？　陪審員は何というと思います？——まさか、魔女裁判を復活させるわけには行かんでしょう？」

「証拠や裁判のことは、いま考えなくてもいい……」とサーリネン局長はいった。「ただ、ジャコポがいったように、犯人が、この部屋の中にいる、ということを、みとめるかどうかだ」

「それも、ぼくは保留したい」とヴィクトールがいった。「局長——ぼくはもっと理づめに犯人をつきとめる事ができると思うんです。そこに書き出された項目を、もっと入念に解析してみれば……」

「みなさん、いかがです？——保留ですか？」

サーリネン局長は、一同を見わたした。——みんなとまどった表情でだまっていた。

「よろしい——では、一応こうしておきましょう」

局長は、YES!!　と書いた、最後のエクスクラメーションマークだけを消して、クエッションマークに書きかえた。

YES？

「やはりYESはYESなんですね」とアドルフがつぶやいた。

「そうです――」局長は、大きくうなずいた。「そう考えるには、ある程度根拠があるのです」

「どんな？」フウ・リャンがかすれた声できいた。

「この中にいるとはいいきれないが、すくなくとも、犯人は、まだわれわれときわめて近いところにいる、ということは、たしかです。――犯人そのものがここにいるのかも知れない。あるいは、犯人の共犯者が、この中にいるのかも知れない。そうでないにしても、最少限、これだけのことはいえます。犯人は、おそらく、まだわれわれの近くにいて、なんらかの方法で、われわれの動静を監視している……」

「工学部が襲われたことですね……」と、ホアンがいった。

「その通り――さっきも話に出た通り、犯人は、前三回の場合とちがって、完全な準備ができたから、犯行にとりかかったとは思われない。つまり、犯人にとって、何か予想外の事態がおこって、準備が完全に完了する前に、あわてて犯行にとりかかったと思われる節がある。そのため、前三回の場合とちがって、今回は、いくつかの手がかりをのこして行った。――しかも、その手がかりについて、われわれが何かをつかみそうになると、今度はまた、あわててその手がかりを消してしまった、――つまり、一つボロを出すと、次から次へとボロを出す結果になったのです。一つのボロを、かくそうとしたことが、かえって犯人のいる場所を、ある範囲ではっきりさせたことになりますね。いいですか――犯人は、例の正体不明の導電物質を、工学部で分析させていることを知らなかったか、あるいは、知っていても、たかをくくっていた。もしくは、知っていても、別の事で、手がはなせずに、それを消滅させている暇がなかった。だから、工学部から、大まかな分析結果が出た、とこちらへ知らせて来た時、あわてて、われわれの眼前で、その証拠を湮滅させる、という不手際をやってしまったのです。――すくなくとも、工学部から、あの電話がかかってくるまでは、犯人は、その証拠のことを忘れていたか、あるいは別の事で、手がはなせなかった。われわれがうけとった知らせを犯人、または共犯者も同時にうけとって、ああいう非常手段に出たのでしょう」

「とすると……」サムが、低い声でいった。

「あの電話がかかってきた時、犯人は、この部屋の中にいたのですか？」

「だが、それは矛盾がある……」とクーヤがいった。「この部屋にいた犯人が、どうやって、はるかはなれたEブロックの、工学部にある、あのBUGロボットを動かすことができたんですか？」

「ですから、その点を考えると、共犯者がいたか、あるいはなんらかの方法で、われわれの動静を監視していた、としなければならんでしょう。――どっちにしても、犯人は、すくなくともついさっきまで……そしてひょっとしたら今も、われわれのかなり近くにいるのです」

「いや――犯人が、ここにいても、やろうと思えばあのロボットを動かせないことはないですよ」と、アドルフが口をはさんだ。

「なぜ？」とミナがきいた。

「ぼくは、あのロボットの操縦装置をよく知ってるけど――電波リモコンだから、あのロボットの全装置のスイッチをいれる電波の波長とコードさえ知っていれば、遠くから動かせるわけだ。スイッチがはいってしまえば、あとはこちらからの指令によって、自分でコースを見つけ、障害物をよけ、目的物にちかよって、いいつけられたことをやる――そういった動作をやるだけの電子脳はそなえているわけだからね」

「だが、それなら、犯人はここに、正規のものでない、別の操縦器をもっていなければならんはずだぜ」と、ぼくはいった。「どうする？　カンジンスキイ警部補にたのんで、みんな身体検査してもらうか？」

「そんなもの、かくそうと思えば、すぐかくせるよ」とアドルフはいった。「SIC（超(スーパー)集積回路(インテグレイテイッド・サーキット)）をつかった、ボタンぐらいの発振器があればいいんだからね。――長距離リモコンをするために、むこうの、スイッチを作動させるのは、アンテナ収率で数マイクロマイクロワットぐらいの電力でいいし、長波でも中波でも、短波でもマイクロウェーブでも――とにかく、チャンネル別の自動同調装置がついていて、ただ、はいってくる信号が、ある組みあわせになれば作動するようにできている」

「君はそのコードを知ってるのか？」

「知るわけないだろ。――工学部のコンピューターにははいっているだろうが……」

「ちょっと……」カンジンスキイ警部補がいった。「みなさん、正直にこたえていただくことを期待します。――あのBUG型ロボットの存在を知っている方はどなたとどなたですか？」

ぼくたちは、顔を見あわせた。――アドルフは、むろん手をあげた。

「くわしいメカニズムは知りませんが、ああいうものが、あそこにある、ということを知っている、というだけなら……」といって、ぼくも手をあげた。

男たちは、全員手をあげ、フウ・リャンも手をあげた。――ああいうロボットの試作品があるということを全然知らなかったのは、ミナだけだった。

「こりゃ、意味ないですよ」とホアンはいった。「ぼくたち、ここへ来た時、全員恒例にしたがって、この大学でやっていることを全部、見学してまわったんです。工学部の見学の時、ミナだけは、ジャコポが具合がわるくって、こなかったけど……だから、その時、あのロボットは、全員見ています」

「ですが――どっちにしても、あの工学部に、あのロボットがある、ということを知らない人間は、咄嗟にあれを証拠湮滅につかうことはできないわけでしょう」カンジンスキイ警部補は、ちょっと残念そうにいった。

「だけど――その咄嗟につかった、という所に、サーリネン局長の推理と矛盾するところがありますね」クーヤが、手をおろしながらしずかにいった。「いま、局長はおっしゃいましたね。——犯人は、おそらく、あの工学部からの電話を、みんなといっしょにきいて、咄嗟に、あのロボットをリモコンで操作し、証拠の破壊をやったのだ、と……。またアドルフは、ごく小さな発振器があり、コードさえ知っていれば、この部屋から、あのロボットを操作するのは不可能じゃない、といいましたね。しかし、この二つは、完全に矛盾するんですよ。なぜなら——遺留物質から、何か手がかりがつかめそうだ、ということは、犯人にとっては、予期しなかった事態でしょう？　だからこそ、咄嗟に、ロボットをつかったんですね？——だけど、ロボットをつかうためには、ある程度、そういった事態を予想して、あらかじめ、発振器をかくしもっていなければならないはずですね。つまり、予期しない事態というものを予期していた、という、論理矛盾になる」

「しかし——前々から、何かにつかおうと思って、あのロボットをマークしておいたとしたら？」とカンジンスキイ警部補は、思いきれないようにいった。

「むりだな——」リンフォード博士が、ポツリといった。「いいかね、警部補。——例の導電物質をのこさなければならなかった、というような不手際自体が、犯人にとって当初の計画外のことだった。とすると、それが、工学部の、電気教室で分析される、ということは、なおさら、予想外の事だっただろう。とすれば、あの教室で分析にかけられるような事を予期して、あのロボットを使う準備をしておく、というようなことは、まずあり得ない、ということになる。さっき、ψ（プサイ）——超能力の話が出ておったようだが、犯人に予知能力（プレコグニション）でもあれば別だが、もし、そういった能力を、仮りにそなえているとするなら、むざむざ、こんなへまな事はやるまい」

「とすると、やはり犯人は、咄嗟に近くにあったものを利用した、ということになるんですが……」ディミトロフが考え考えいった。

「じゃ、どうして？——犯人は、やはり、ここと は別の所にいて、何らかの方法で、われわれの動静を監視していた、と考えるべきでしょうか？——とすると、犯人は、あの時、むしろ、ロボットの近くにいた、と考える方がいいみたいですね」

「操縦装置……」ホアンが、ちょっと皮肉な調子でいった。「どっちにしても、それがいるよ。——そして、ロボットのスイッチをオンにするための電波信号のコード……。どちらも、咄嗟に手にはいるものじゃない」

その時、みんなの話を上の空でききながら、宙をまさぐるような眼つきをしていたヴィクトールが、アッ！と小さな叫びをあげた。

「どうした？」とサムがきいた。「なにかわかったか？」

「いや……いや……何でもない……」ヴィクトールは、何かショックをうけたような顔つきでいった。「でも、ちょっと……ちょっとだけだが……少しわかりかけたような気がするんだ」

「なにが？」とクーヤがきいた。

「サーリネン局長……」ヴィクトールはいった。「ジャコポの証言では——たとえ、それが本当だとしても——いま、ここで犯人を指名するわけには行かないと思うんです。どうでしょう？　もう夜も明けるし、一応解散しませんか？」

「いいでしょう」サーリネン局長はうなずいた。「私もつかれました。——ただ、こんな事を申しあげるのはなんですが、どうかみなさん、しばらく大学都市（ユニバーシティ・タウン）を出ないでいただきたい。私もしばらく滞在します。——」

「ジャコポの直感をたよるとすると、わりと犯人の範囲は、しぼられてくると思うんです」とヴィクトールは、自信ありげにいった。

「そして——ここに書きあげた条件と、もう一つ別のデータから、犯人の輪郭は、かなり理詰めにわり出せると思うんです。——明日、ぼくの考えを申し上げてよろしいですか？」

「ぜひ、きかせていただこう」とサーリネン局長は、ヤング博士とリンフォード博士の方をちらりと見て答えた。

「私たちの方も、明日もう一度会議をもって検討します。——しばらく、この土地に、捜査本部をおくことになると思いますが……しかし、これだけは申し上げておきましょう。私は、犯人をあげるのに全力をつくしますが、しかし、たとえ犯人をつかまえても、それだけで、この問題が終ったとは思っていません」

「ぼくもそう思います……」

ヴィクトールが大きくうなずいたのを見て、ぼくたちはちょっとおどろいた。

犯人をあげただけでは、この問題は終らない、とはどういう意味か？

「これは、前にもいったように……」ナハティガルは、彼の膝に頭をもたせて眠りこんでしまったジャコポの頭をなでながら、そっと自分につぶやくようにいった。「文明論的事件だ、と私は思うね」

「ナハティガル――ジャコポは、今度は犯人を、直接指摘できるとお思いですか？」とヤング教授がきいた。

「なんともいえん。――今度、見えるようになれば、指摘できるだろう、とはいっておった。だが――この次、いつ、ジャコポに犯人が見えるようになるか、それはわからない」

それからナハティガルは、眠ったジャコポをそっと抱き上げて、ミナの手にわたした。

「よく休ませてやってください、ミナ――彼は、彼なりに、必死になって闘った。ママと、ママの仲間を助けるために……。どうか、彼のことを、充分注意してやってください……」

3

――ヤング教授の部屋を出て、すっかり明るくあけわたって、雀が鳴き出したキャンパスを、寄宿舎（ドーミトリィ）の方へかえって行く途中で、朝日の最初の光箭（こうせん）が、緑の木々や、大学の建物を金色にかがやかせた。

――朝露と、晴れ行く霧、ちぎれて散って行く紫色の雲と、西の空にしりぞいて行く夜の色の下から、すばらしい五月の朝の青空があらわれつつあった。

だが、ぼくたちは、そういったものに眼をむける元気もないほど、クタクタにつかれていた。全身には、気持悪い脂汗がべっとりうき、頸や肩に、ギチギチ音をたてそうなしこりができていた。眼が腫れ上っていたみ、両方のこめかみを中心に、頭蓋に重たい鉄輪でもはまっているような、しびれがとりまいていた。

十二時間前のチャーリイの死から、その時刻まで——いや、例の不気味な殺人予告をうけてからずっと、つづいてきた興奮は、頭の芯に、まだあつい熾となってのこっていて、すぐには眠れそうになかったが、とにかく、今はただ欲も得もなくベッドの上に身を投げ、眼をつぶりたかった。

ぼくのずっと前を、ミナが、ジャコポを抱いて歩いていた。——その後姿には、打撃をうければうけるほど、反射的に昂然と頭をあげようとする、貴族的な、しかし決して虚勢ではない、一種の「つらい威厳」とでもいうようなものがみなぎっていた。いたわりの言葉をかけようかと思ったが、その姿勢には、なんだか近よりがたいものがあった。彼女はおそらく、ナハティガルの言葉に、ひどい打撃をうけたにちがいない。しかし、彼女はまだ、その打撃に屈服しようとはしていなかった。彼女の存在は、その時、ぼくからひどく遠いものに思えた。とりわけ、ベッドの中のやさしく柔らかい、淡雪のような肉体、ぼくの腕の中で、かしこく、気のやさしい少女のようになってしまう彼女の存在、ぼく自身を、ひどく大きくたくましい存在に感じさせ、父親が小娘をあやしているような気分にひたしてしまう、あのあいらしい睦言、などといったものからは、はるかに遠い存在になってしまっていた。彼女が、

「母」の役割りの中に、いっそう深く足をふみ入れて行くにつれ、ぼくからはますますはなれて行くような感じだった。

ぼくは、朝日のまぶしさに眼を細め、ミナのシルエットを遠くに眺めながら、ゆっくり歩いていた。その横から、ふいに甘い花の香りがプンとただよってきた。半袖のシャツを着て、むき出しのままだったぼくの上膊に、冷たくやわらかく、ペタリとしたものが一瞬ふれた。

「体中、ベタベタ……」

フウ・リャンは、仔猫のように、ぼくの傍に身を寄せてきた。

「きっと、ぼくたちいま、ベーコンみたいな味がするぜ」ぼくは、傍を見かえっていった。

「塩と脂でニチャニチャでね」

フウ・リャンは、クスリと笑った。笑うと、また、あの花の香りが、濡れ羽色の髪からにおった。——おとついの晩、ニューヨークの賢者の研究室（セージラボ）で、薬物調合係りからもらった花を、彼女はまだ髪にさしていた。さすがに花びらが重ぼったく、しなびかけている。

「いい夢を見たかい？」

ぼくは、つややかな髪の間でうなだれている花を、ちょっとなおしてやりながらきいた。

「夢など見ているひまがあったと思って？」とフウ・リャンは、小首をかしげていった。

「私、ほんとの事をいうと、こわいの。気が変になりそう……。おとついの晩だって、あのヴィジフォーンの予告さわぎがあってから、一睡もできなかったのよ」

「そりゃ大変だ……」ぼくは、ちょっとおどけていった。「あついシャワーをあびて、ぐっすり寝るんだね。でないと、君のかわいい顔が、この花みたいにしなびちまうよ」「あなたの部屋のシャワーだけど……」フウ・リャンは、ちらとぼくの顔を横から見上げた。「そのシャワー、貸してくださらない？　私の部屋のは、こわれちまってるの」「ああ……ああ、いいよ」ぼくは、ちょっとどぎまぎしながらうなずいた。「よかったらどうぞ……」

そういってしまってから、ぼくはしばらくぼんやりして、だまって歩いた。朝日がやたらにまぶしくて、眼がしょぼしょぼした。——部屋のドアまできて、鍵をあけた時、突然体の中がカッとあつくなってきた。あがっていたのか、フウ・リャンを先にいれずに、自分が先にはいってしまった。そのままずんずん、バスルームの方に歩いて行くと、背後で内側からおろすラッチが、カチャリと鳴る音がした。むろん、フウ・リャンがやったのだ。——だが、その時は、その意味がわからないほどあがってしまっていた。

「バスタオルは、あんまりきれいじゃないよ」と、ぼくは、バスルームの洗面台の上を、大急ぎでかたづけながらどなった。「小さくてもよかったら、新しいのを出そうか？」

「いいわよ、ありがと」

フウ・リャンは、バスルームから出てきたぼくに、ニッコリ笑いかけた。——それから、いきなり、背中のマグネットジッパーを、ピュッとはずしてしまった。

自分がうろたえているのはよくわかったが、眠さと疲労のために、うろたえている自分が、なんだか他人事のように感じられた。

芥子色のワンピースを、するりとぬいでしまって、すき通るようなラヴェンダー色のスリップ一枚になってしまったフウ・リャンの、小柄だが、みごとに均斉のとれた体を、細くびれた胴、かたくもり上った乳房、きりりとしまった腰から下肢へかけての線を、眼のすみで見ながら、ぼくはうろうろと部屋の隅へ行って、つまらない壁かけの皿などを見つめた。——動悸が早まるのを感じながら、こんなの別に何んでもないんだ、ただクラスメートに、シャワーを貸してやってるだけだと思い、同時に、あのスリップを、ここでぬがないでくれるといいんだが、と思っていた。

バスルームのドアが、バタンとしまる音をきいて、ぼくはふりかえった。あわい、紫色の煙のような、すきとおった布が、椅子の背にふわりとかかっていた。——それを見ると、何とはなしに、フウッと深い溜息が胸をついてもれた。手の甲で、額をこすると、寝不足のせいにしては多すぎる脂汗が、ぬるりとすべった。

ベッドの上にあおむけにひっくりかえると眼をつぶっただけで、急加速の時のように、睡魔が後頭部をグイとベッドの底へひっぱる。——フウ・リャンが、バスルームから出てくるまで眠るまいと思って、ぼくは、もう一度今度の事件のことを頭でまとめようとした。だが、何か考えようとすると、それが風に動くモビールのように、ついとむこうへにげたり、メリーゴウランドみたいにぐるりとまわったり、かと思うと、突然蝶のようにひらひらはためきながら、眼の前にあらわれる。

チャーリイのこと……彼の「研究」……ジャコポの唸り声——ナハティガルの瞑想する顔

……「十四項目」……サーリネン局長は、この事件に、いったい、どういう重要性をみとめているのか？――彼自身が最高顧問といっしょにじきじき出動してくるような――またジャコポ（かあいそうなミナ！）……ψ(プサイ)という字が洋弓(アーチェリイ)にかわり、誰かの手がそれをいっぱいひきしぼって、ビュッとはなつ。――矢はチャーリイの頭にぐさりとつきささり、彼は一本一本の頭髪をさかだてて、その尖端から青白い火花をほとばしらせながら絶叫する。「ぼくは、犯人を、理詰めにさぐりあてることができると思うんです」とヴィクトールの声。「これは、文明論的事件だ」とナハティガル……「あの十四の項目と、それから……」とヴィクトール……それから？

そうだ！――とぼくは突然、心の中で叫んだ。それから――チャーリイの研究だ！

ぼくは闇の中に起き上っていた。――しかし、起き上ったと思っているのは、夢の中のことであって、ぼくの体は、眼に見えぬ何万本もの、銀色の糸でもって、ベッドの上に張りつけられているのがよくわかった。一本一本の糸は、一つ一つの銀色の痺れで、四肢はびくとも動かなかった。

そう――、ぼくには、なにかがわかりかけていた。――謎はまだ、とけているわけではなかったが、しかし、とく方法は見つかりかけたような気がした。――鍵の一つは、チャーリイの研究だ、あそこになにかがある。それにちがいない。

仔犬が、クンクン鼻をならしながら、ぼくの顔を、冷たい、やわらかい舌でなめた。闇の仔犬で、その頭からは、石鹼の香りにまじって甘い花の香りがした。――しッ！　とぼくは叫ぼうとした。とたんに、やわらかい、冷たい、重たいものが、どすんとぼくの体にぶつかってきて、ピチピチと巨大な魚のようにはねた。思わず手を動かすと、ぼくの指は、なめらかな、弾力のある、うねるような曲線にふれた。

「フウ・リャン……」

ぼくは思わず体をひこうとした。——それをおさえこむように、フウ・リャンのぬれぬれした唇が、ぼくの唇をふさいだ。ぼくの掌の下で、ぬれたフウ・リャンの細い胴が、ビクビクとふるえた。

「私、こわいの、タツヤ……」とフウ・リャンはあえぐようにいった。「自分の部屋で、一人になるの、こわいわ。——ここで寝て行ってもいいでしょう?」

いいも悪いもなかった。返事は彼女の熱くふくれ上りはじめた唇でふさがれ、かたくもり上った乳房が、ぼくの胸におしつけられた。強靭な小動物のように、その中ではねまわる彼女の舌をはずすと、ぼくは彼女の小さくとがった顎からうなじへ、うすい桜色の耳へ、すき通るほど青白い襟足へ、そして胸へと唇を押しつけて行った。

フウ・リャンはたちまちあえぎはじめた。急速に高まって行く息づかいが、押しころした叫びになって爆発したあと、ぼっと煙るような眼つきで、ぼくを見あげながら、かすれた声でささやいた。

「あたしのこと、好き?」

「みんながそういっているよ、きかなかったかい?」とぼくはいった。「ここは、世論の国だよ」

笑うかわりにフウ・リャンは、ぼくの首にかけた両腕に、ぐいと力をこめた。——唇は、さっきよりもさらにあつく、全身はうねるようにぼくの体にまといつきはじめた。

「シャワーをあびてくる……」ぼくはささやいた。「汗くさいよ」

「いいのよ……」とフウ・リャンは、眼をつぶったまま、いらだたしそうにいった。「このままでいいの」

寝不足の体は、芯にまだ熱い火がのこっており、四肢や皮膚感覚や大脳皮質がけだるくしびれていて、妙にエロチックな感じだった。——そして、フウ・リャンとのセックスは、ぼくにとって新鮮な、きらめくような強烈な刺激だった。ミナのそれが、たゆたうように重たくうねるやさしい海とすれば、フウ・リャンははねまわる仔猫であり、一瞬のちには、むずむずと手の中でこそばゆくふるえ、次の瞬間には、またピンピンと、はげしい弾力のある跳躍をはじめる冷たい魚だった。

あの楚々とした草花のように見える、細く小柄な体の、どこにこんなはげしいエネルギイがひそめられているのかと思うほど、彼女ははげしくはねまわり、ぼくを翻弄した。ちょっと油断すると、かみつかれ、ひらりと身をひるがえすと、またとびかかってきてひっかき、やっとつかまえたと思うとスルリと逃げて行って、こちらがつかれてたおれそうになると、いつの間にか傍にぴったりよりそって、はげしくはねまわっている、という有様だった。

ついに、ぼくの中に、自分でも思いもかけぬ、荒々しく力づよい獅子の力が湧き上ってきた。ぼくは疲れはててダウン寸前のように見せかけて、わざと隙を見せ、相手が小きざみにしのびよってくるのをじっと待った。充分にひきよせておいてから、いきなりとびかかり、今度こそがっしりと押えこんだ。フウ・リャンは、のがれようとしてはげしくはねたが、今度は逃がさなかった。——そして、とうとう、あの心をゆさぶられるような、長い長い叫びをしぼり出すことに成功し、同時にぼくも暗黒の中に、無数の星が爆発し、きらめきわたるのを見ながら、その闇へむかって頭をつっこむようにして果てた。

汗まみれで、荒い、火のような息を吐き、二人はぐったりとベッドの上に横たわっていた。フウ・リャンは、まだこそこそとぼくの耳をかんだり、脇腹にそっと口づけして、ぼくの体をピクリとさせてたのしんでいた。それからやっと満足したように、その小さな頭を、そっとぼくの腕にもたせて、しずかになった。

カーテンはしめてあったが、陽が高くなっていることは、天井に投げかけられた、明るい光の紋様でわかった。——エアコンがきいていて、汗にぬれた体が冷たくひえてきた。

「ナハティガルのいってたこと、私にはよくわかるわ……」ふいにフウ・リャンが天井を見ながらつぶやいた。「あの人と動物の平等論……あなたにもわかるでしょ。だって、東洋人だもの……」

「君は仏教徒なの？」

「そう——中国人だけど、国籍はカンボジア——ビルマか、モン・クメールの血がはいってるのね、きっと……あなたの宗教は？」

「さあ――神道（シントーイズム）だけど、知ってるかな？　日本の伝統的宗教……」

「知ってるわ。アニミズムみたいな祖先崇拝（マニスム）みたいな……とても不思議な宗教ね」

「ミナには、しかし、ショックだったろうな……」ぼくは、やや沈痛な思いでつぶやいた。

「ああいう考えは――ヨーロッパ人にとっては、ちょっと暴力的だろうな」

「気の毒なミナ……」フウ・リャンは、思いつめたように、小さく叫んだ。「でも――でも、ナハティガルのいうことはよくわかるわ。本当に、人間って、それほど大した存在じゃないわね。つくり上げた文明はものすごいけど、文明ばかり巨大化して行って、人間そのものは、それほど昔から進歩していないみたい……。何だか、人間自体には、限界が見えかけているみたいだわ」

4

こうして、話題はまたもや、あのテーマにもどってきてしまうのだった。

――人類って、完全じゃない……。

セックスのあと、ひどく哲学的な気分になるということは、ミナとの場合でもよくあったことだ。――ぼくらの若いせいだったろう。青春の熱気は、肉体と精神を危険なほど近くむすびあわせる。セックスと哲学、食欲と高貴な詩人の魂――こういったものがすべて隣りあわせに、若さという子宮の中につめこまれており、一方が、昂揚すれば、他方も昂揚し、時には共鳴し、時には気ちがいじみた混乱もうみ出す。

フウ・リャンの細っこい裸体を腕の中にしっかり抱きしめて、ぼくはナハティガルの語ったことについて考えた。——腕の中で、フウ・リャンは、赤ン坊のような、かあいらしいあくびを一つすると、心地よさそうに息をつめ、ぼくの上膊に、ことんと頭をおとして、そのまま眠りこんでしまった。幼児みたいな墜落睡眠だった。——だが、ぼくはフウ・リャンの体をはなさなかった。そうやって、裸で抱きあっていると、ベッドも寄宿舎（ドーミトリィ）も、大学も文明も消えうせ、自分たちが密林の奥で抱きあっている、若い原始人になったみたいで、ナハティガルが見ている世界が、よく見えるような気がした。

——そこは人間の手がまだふれていない原始林だった。フウ・リャンの髪にさしていた花より、もっとはげしい芳香を放つ野生の花が、ほの暗い茂みの中に咲きみだれていた。猛々しく高貴な野獣の、あつい息吹きが、すぐ近くに感じられた。——ジャコポが、背をまるくして、野生の犬の仔や、仔猿たちとたわむれ、走りまわっていた。彼は服を着せられ、ピカピカの靴をはかされて、おびえたような眼でキャンパスの隅に佇んでいる時より、はるかに自然で、生き生きしているように見えた。

文明をはぎとってしまえば、人間は、野獣たちと、さほど距離のない所にいた。彼らは裸で、衣料もつけず、道具ももたず、草の芽を食い、果実を食べ、素手で獲物をつかまえて生のまま食べていた。

——だが、彼らは高貴だった。野獣たちが、とりわけ猛獣たちが、そのままで高貴であるように高貴だった。さらにそれにくわえて、二本の長い脚で、しっかり大地をふまえてまっすぐに立つその姿は、何一つ身にそなわった武器らしいものを持たないにもかかわらず、鋭い牙、強い顎、凶悪な爪とすさまじい跳躍力をひめた筋肉で武装した、他に敵もない猛獣と同じぐらい高貴だった。しかも、彼らの額には、やがてこれらの猛獣たちの、さらに上に君臨する、まぎれもない王者の徴が——叡智のかがやきと、叡智によって、最強の武器を身にそなえた猛獣たちをも屈伏させる未来の王の誇りがあらわれていた。それは、数千万年の昔、闇の中をピョンピョンはねていた、ちっぽけな食虫類の裔、毛深い、あまりパッとしない霊長類のブランチがはぐくみ育て、臆病な道化者や、巨大な隠者、凶悪なばかりで王者の徳のない怪物など、さまざまな試行錯誤をかさねながら、ついにかえした黄金の卵だった。——猿たちのどよめきが、ジャングルの中にこだまするようだった。全霊長類の一族が、哺乳動物の他の有力な血筋のものたち——食肉類に、有蹄類に、長鼻類にむかって、ほこらしげにさけんでいるようだった。

——見ろ、あれを見ろ、王者の誕生だ。おれたちの一族の中から、とうとうわれらの王、全地球の王者たるべきものが誕生した！

猛獣たちは、鼻をしかめ、牙をむき出して笑い、小さな獣たちは、半信半疑の好奇心の眼を光らせた。——王者はまだ赤ン坊だった。まる裸で、毛もなく、爪も牙もない。叡智の器には、まだほとんど何もみたされておらず、ただその澄んだ赤ン坊の眼に、透明な嬰児の好奇心と、何者をも恐れぬ無鉄砲さがしるされているばかりだった。

嬰児は歩み出した。――その王者の徴(しるし)たる、かがやくばかりに秀いでた額を高くかかげ、まっすぐに二本の足で立って……。誰も嬰児のあとを追わず、誰もかまおうとしなかった。一度うみおとされてしまった以上、も早や先行する動物たちのいかなる種も、彼に教え、彼を育てることはできなかった。

なぜなら、彼は、今まで一度も生れてこなかった「王者」だったからだ。それまで存在したいかなる生物も、未来においていて完成される王者の歩むべき道を、教えることはできなかった。彼は自分で、王者たるべき道をさぐり、自分で自分を王者たるべく教育しなくてはならなかった。嬰児にとって、それは危険にみちた苦難の道であろう。彼はたやすくあやまり、たやすくふみまよい、道草を食い、恐怖を誇大に考えて萎縮し、くじけ、われとわが身を傷つけたり、切り刻んだりする愚をくりかえすだろう。彼の歩む道は、先行する全生物の誰も歩んだことのない道であり、彼はたった一人でその道をさぐり、きりひらいて行かなくてはならない。――王たるべき道を見出すただ一つの導きの星は、天与の叡智のみだったが、その叡智がまた、彼を迷わせ、あやうくする。獣たちよりの贈物である肉体と、王たる未来を約束する徴(しるし)である叡智は、まだ完成されていない「王者の徳」にささえられず、まことにあやういバランスをとっていた。彼はその王権をもって、たやすく暴虐に走る。――鳥獣を殺し、自ら傷つける暴君(タイラント)として、彼は、自らをうみおとしてくれた先行者たちに、思うがままの暴威をふるう。また彼は、その聖なる徴(しるし)ゆえに、孤独に苛まれ、はげしく悩む。――なぜ、自分だけ、鳥や獣とちがう道を歩まねばならないのか？　なぜ自分が、彼らとちがうのか？　なぜ自分は、このようなことを思い悩む心をもったのか？

孤独の王子は、自ら心臓を切りさき、命をたとうとするだろう。たてばそこで、未来の王統は滅ぶ。――だが、それを押しとどめるのは、その肉の中に秘められた、背後の獣たちのなぐさめとはげましの声であり、額に輝く導きの星であろう。彼はなおも進む。幼年をすぎ、少年期をすぎ、青年期にはいって、なお未来へと……。彼の歩む途上に、岸があり、洞窟があり、その洞窟の前で、「マクベス」の三人の妖婆の扮装をしたチンパンジーが三匹、両腕をあげて叫ぶ。

――人類万歳！　全世界の領主……。

――ホモ・サピエンス万歳！　地球の王……。

いやな夢だ……と、ぼくは、じっとりと汗をかきながら思った。――「マクベス」は、不吉な悲劇だ……。三匹のチンパンジーに、人類は、何によって、うちほろぼされるか、ということをきこうと思ったが、彼らはもうただの類人猿にかえり、そこらへんをころげまわり、とんぼがえりをうち、腕で体をささえてピョンピョンとびはねながら、奇声を発するばかりだった。

突然――ぼくとフウ・リャンは、楽園を追放されたアダムとイヴのように素裸で、曠野の真中に立っていた。背後には、獣たちが吠えかわし、その姿が見えかくれする密林があった。二人のたどって来た道は、背後でうねうねとまがりくねり、ついに草むらの中に、消えてしまっていた。前には、次第に屈曲がすくなくなって行き、次第に坦々となり、先へ行くほど広く、まっすぐになっている道が、次第に草木のすくなくなって行く曠野の中を、はるかに赤茶けた地平にむかってのびていた。道の行く手には、壮大華麗な、「文明の王宮」がそびえたっていた。天を摩す尖塔から、光の尾をひいて、宇宙へむかってロケットがとび立ち、甘美な音楽がきこえ、宮殿のすべての窓からは、五彩の光がきらめき、華やかな乱痴気さわぎの嬌声が、風にのってはこばれてきた。——宮殿は、ジャングルよりはるかはなれた彼方に立ち、ぼくたちは、ちょうどその中間の曠野のまん中に、よりそいながら立っていた。

ぼくたちは、まるきり王者でもなければ、まるきり獣でもなかった。——上半身人間で、下半身獣の、半獣神(フォーン)だった。ぼくたち二人は、歴史の傍観者だった。下半身では、フウ・リャンの背後から、思いきり淫らな行為を行ないながら、上半身は、気づかわしげに、いったいあのたのしげな乱痴気さわぎは、いつまでつづくのかと思いながら、文明の宮殿の方を見つめていた。

——人類は「王者」たり得たか？——然り！　すくなくとも地位(ヽヽ)としては、彼らは王座にのぼった。

——しからば人類は「王者」にふさわしい「徳」を身にそなえたか？

——……？

――人類は果して、地球上の「最終王朝」か？

――「人類王朝」は、いったい、いつまでつづくのか？――それは、みずからの腐敗によって空洞化し、内部崩壊するのか？――それともみずからうみ出した「文明」の中から、その後継者をつくり上げるのか？――あるいは人類の「種」の直系傍系の中から、新しい、より王者たるにふさわしい「亜種」がうまれるのか？　それとも――それとも全然別な形で「終末」がくるのか？　あるいは時空間のどこかから、――「宇宙」の彼方から、あるいは思いもかけぬ未来から、「征服者」がやってきて、人類王朝を終らせるのか？――あるいは、現在の文明は、「第一王朝」の第一期黄金時代にすぎないのだろうか？

このうちたてられた王朝とその文明を継ぐのは誰か？

ぼくとフウ・リャンは、半獣人の姿から、ふたたびアダムとイヴの姿にかえり、しっかりよりそって、曠野の中央に立っていた。――背後に森があり、行く手に宮殿があり、ぼくたちは歩みはじめたばかりの「人間」の象徴のように、自然のままの姿で、その中間に立っていた。――前方からは、音楽がきこえ、背後では、あの三匹のチンパンジーがころげまわりながら、「人類万歳！――地球の王者！」とさけんでいた。

――継ぐのは誰か？

ぼくらは、寒さに、ふるえながら、お互いによりそい、抱きあって、じっとあたりの景色を見つめていた。――青黒い空に、バビロンのネブカドネッサル王のもとにあらわれたという、あの不気味な腕があらわれ、王宮の壁に書きつけたという、同じ文句を、虚空に書きつけた。

　メネ、メネ、テケ、ウパルシン……

　ふいに地平の彼方、王宮のむこう側に、何ものかの姿があらわれた。──それは、王宮の最も高い尖塔よりもまだ高く、空をついて立ち上った。その姿は、影の如くおぼろに、顔だちもさだかでなかった。だが、朦朧と王宮の彼方にたつその影の、高い額には、はげしく輝く徴（しるし）があった。その輝きは、人類のそれよりはげしく、その姿は、人類よりもはるかに高貴な威厳にあふれ、彼こそ、人類を超えるもの、人類よりもはるかに王者にふさわしい存在と、一目で知れた。──そのものは、文明の彼方にあらわれ、未来から、一歩一歩とこちらへむけて歩みよってきた。額の徴（しるし）より発する光は、一歩ごとにいよいよはげしく、眼があいていられないほどつよくなってきた。──そのものは、次第次第に宮殿に近よってきた。ぼくとフウ・リャンは、肩を抱きあってすくんでいた。心臓が凍りついたように、息ができなかった。いよいよはげしくなる光に、ぼくは思わず眼をつぶった。

　──タツヤ……

　ふさいだ眼蓋の裏から声がした。眼蓋をどんなにつよくふさいでも、光は眼蓋を通して眼球にさしこみ、真紅の血の色が視野をおおってきた。

「──タツヤ……おい、起きろよ」

　声は耳もとで小さく叫んでいた。──声が切れると、今度は、蚊の鳴くようなブザーの音がした。

　はっと眼をひらいたとたん、ぼくははげしい、ギラギラした光に眼がくらんで、思わず手の甲で顔をおおった。——もうすっかりかたむいた西日が、カーテンの隙間から、まっすぐ顔の上にあたっていた。すぐ横には、フウ・リャンの、小麦色のひきしまった体が、うつぶせになっており、小さな顔が、枕の上に横にふせられていた。唇が何かしゃべるようにかすかに動き、唇もとだけでニッコリ笑うと、彼女はまた安らかな寝息をたてはじめた。

　ぼくは、枕もとのヴィジフォーンのスイッチをいれかけて苦笑した。——そして、インターフォン兼用になっているスピーカーのトークバックキイをおさえて、返事をした。

「ヴィクトールか？」

「もう起きてもいいだろう。——こっちへこないか？」

「何があるんだ？」

「ディミトロフとアドルフ、それにホアンがいる……。実は、例のチャーリイの研究の件で、話しあっているんだ」

「チャーリイの研究？」とたんに、シャンと眼がさめるのを感じながら、ぼくはヴィジフォーンの方に身をのり出した。「そうか——ぼくも、その事を考えていたんだ。何かつかめそうか？」

「ほとんど大詰めだ……」とヴィクトールは、自信ありげにいった。「犯人を割り出せるかも知れないんだ。——ほんとだぜ。君も来て知恵を貸してくれないか？」

　ぼくははね起きて、バスルームにとびこんだ。冷たいシャワーに身ぶるいしながら、全身に次第に興奮がまきおこってくるのを感じた。

——大詰めだと？

本当かな、とすれば——こいつは大変なことだ。

ドアをあけたままシャワーを浴びたのに、フウ・リャンは、まだかすかな笑みをうかべたまま眠っていた。起そうかと思ったが、その花びらのような唇に、そっと口づけして、まるくもり上った、かあいい臀(しり)にシーツをかけてやった。フウ・リャンは、伸びをし、またほほえみ、そのまま眠りつづけた。

外へ出て、ドアをしめると、ノッブに「起さないでください(ドウ・ノット・ディスターブ)」と書いた札がかかっているのに気がついた。——フウ・リャンがやったな、と思わず苦笑したが、札はそのままにしておいて、ぼくは寄宿舎(ドーミトリイ)の廊下を、ヴィクトールの部屋へ急いだ。

真紅と金色の太陽が、ぐるぐるまわりながら、アパラチア山にしずみかけており、事件発生後、三晩目の夜が訪れようとしていた。

5

ヴィクトールの部屋のドアをあけたとたん、ホアンとディミトロフが、何か待ちうけるような視線を、じっとそそいでいるのに気がついた。——アドルフが、戸口になかば背をむけて、レシーヴァーをかけ、何か小さな機械をいじくっており、ヴィクトールはそれをのぞきこむように立っていた。

ぼくがドアをしめると、アドルフはふりむいて、ちょっとぼくの顔を見ながら、首をふった。

「ちがうよ」とアドルフはヴィクトールを見上げていった。「彼はちがう」

「いったい何をやってるんだい？」

ぼくは、部屋の中を見まわした。――ホアンとディミトロフは、ほっと緊張のゆるんだ顔つきになり、ヴィクトールは、ニヤリと笑って近よってきた。

「そう変な顔をするなよ」と彼はぼくの肩をたたいて、みんなの方に押しやった。「いま、説明する」

部屋の中には、メモだの、ノートだのがいっぱいちらばっていた。下の管理室からもちこんだらしい黒板には字がいっぱい書きなぐられ、テーブルの上には、テープコーダーと、小型の、しかしＳＳＩ（超高容度集積(スーパー・スケール・インテグレーション)）方式をつかった、計算容量の非常に大きいポータブル電子脳がおかれていた。――そして部屋の隅には、ダイヤルだのスイッチだの小さなブラウン管だのがついた、いかにも手づくりらしい機械があった。

「その機械はなんだい？」

レシーヴァーをはずして、機械の前から立ち上ったアドルフに、ぼくはきいた。

「電波研の方から、実験用のやつをかり出してきて、ちょいと細工したんだ」アドルフは、ちょっとばつが悪そうにいった。「ウルトラ・マルティ・チャンネルの電波検出器さ。自動調整装置つきの……」

「それでどうしようというんだ？」

「ヴィクトールが、犯人を見つけ出せるかも知れないというんだ……」ディミトロフが、やや懐疑的な口調でいった。「ぼくは……はたしてうまく行くかと思うんだがね――」

「これで？」ぼくは呆気にとられた。「これで、どうして犯人が見つけられるんだ？」

「まあ待て、わけを話す」ヴィクトールは煙草をくわえた。――あまり寝なかったとみえて、眼が血走っている。「ところで、フウ・リャンの姿がずっと見えないんだが、どこにいるか知ってるか？」

「知ってるも何も……」ぼくはちょっと赤くなった。「ぼくの部屋だ、まだ眠ってる……」

「あっ！　畜生！」ホアンが、掌を拳でバシッとたたいて叫んだ。

「残念！　ついに君に先をこされたか！」

「まあいい――」ヴィクトールはニヤニヤ笑いながら、ぼくの横腹をちょいとつついた。「あとで、ベティ叔母さんの店で、うんとおごらせるからな。――とにかく、さしあたっては、彼女がどこにいるかがわかればいいんだ」

「いったい何をやってるんだ？」ぼくは、みんなの顔を見まわしていった。「説明してくれ。――犯人が割り出せそうだって……ほんとうか？」

「順を追って話そう――」ヴィクトールは、黒板の前に立つといった。「みんなにもまだ、くわしくは説明していないんだ」

「これだけでいいのか？」ディミトロフはきいた。「あと、サム・リンカーンとクーヤと、ミナと、フウ・リャンは？」

「サムは、八時すぎまで実習だ。ミナはジャコポにつきそっている。フウ・リャンは、今いた通りだし、クーヤだけが居所がわからないが、とにかく大学構内にいるらしい。――彼らには、またあとで話す」とヴィクトールはいった。「テストがすんでからな……」

「そのテストってのは、いったい何だ？」ぼくは、部屋の隅の機械をふりかえった。「本当に、あんなもので――犯人がわり出せるのかね？」

「まだわからんよ」とヴィクトールは肩をすくめた。「だが、ためして見る値打ちのある、かなり有力と思える仮説にもとづいて、実験してみているんだ。もしまるきりだめでも、すくなくとも、この方向はだめだ、という事だけでもはっきりする。――すこぶる科学的じゃないか！」

「話せよ」ホアンがいった。「その仮説を思いついて、実験をやったのは、君とアドルフだ。――話してくれ」

「まず、この事件の全体を思い出してくれ……」とヴィクトールは、黒板の前に立って、腕を組んだ。「はじめからだ。――まず、最初のあの〝予告〟だ。あれは、チャーリイをのぞいて、全員、スイッチのはいっていないヴィジフォーンを通じてうけた……」

「その前のは？」とぼくはきいた。「下意識へ送りこまれたやつだ」

「催眠記憶法（ハイプノムネモニックス）をつかったんだろうが、それだってヴィジフォーンのスピーカーをつかってやれる」とアドルフ。

「それから——大雑把に行くよ。チャーリイが殺されたのは、知っている通り電流だ。そのチャーリイが、夢中で研究していたのは、生体電波情報という思考実験だ。それから、サム・リンカーンが、あの部屋の前を歩いていて、突然昏睡状態（トランス）になったが、その彼は、超能力研で、電子催眠（エレクトロニック・ソムノレンス）の被験者になっていた。その時の実験内容をしらべてみたら、その中に、弱い電子ビームを睡眠中枢にあてて眠らせると、その照射期間中と、前後において、ある部分の脳細胞が、微弱な電磁波に対して、かなり敏感になるらしい、という面白い観察があった」

「なるほど！」ぼくは思わずうなった。「すると……」

「それから——例の、工学部の研究室をおそった〝BUG〟ロボットだ」とアドルフはいった。

「あいつは——電波リモコンだ」

「ヤング教授の部屋で、どうやってあいつを作動させたかで議論がもち上った時、ぼくは突然、この事件の、きわめて顕著な性格に気がついたんだ」とヴィクトール。「全部が全部とはいわない。しかし、あの十四の項目をじっと見つめているうちに、どの項目の背後にもかくれている、共通のあるものに気がついた、それは……」

「電波および電流……電気か……」ディミトロフはうなった。「ひどくありふれたものだったな」

「ところが、それがどうも、あまりありふれてもいないようだぜ――なるほど、電波そのものは、ありふれている。しかし……」

「ちょっと待ってくれ……」ホアンが口をはさんだ。「なるほど、たしかに君のいう通りだ。しかし、電波や電流だけでは説明しきれないものもある。まず、チャーリイがしめしたψという字はどうだ」

「それについては、あとでまとめて説明する」ヴィクトールはニヤリと笑った。「チャーリイは――いや、チャーリイだからああいう表現をとったのかも知れない。彼は、〝ψ〟――つまり〝超能力〟を電波、または電気だといおうとしていたのかも知れない」

「それはおかしいぜ。――電波だの、電流だの、そんなありふれたものが、どうして超能力になるんだ？」

「たしかにありふれているさ」ヴィクトールは、自信たっぷりにいった。「だが、そのありふれたものも、ある形でつかわれれば、まったく一種の〝超能力〟といってもいいものになる。――こいつは、あとで、チャーリイの研究をトレースしてみる時に話そう」

「もう一つ……」とディミトロフがいった。「コンピューターの情報を渡したのは？」

「大きなコンピューターは、ほとんど全部、メーザー回線でネットされていることを、忘れてもらっちゃこまるな」とヴィクトールはいった。「定置型のコンピューターは、かならず、電波にむかって、開かれているんだ。回線数に大小はあってもね――どうやって、例の記憶だけを、選択的に消去させることができたかは、まだ謎だが、とにかくコンピューターも、〝電波〟という共通項の一端にひっかかってくる」

「しかし、これだけは、絶対に電波と関係なさそうなやつがある」とぼくはいった。「ジャコポだ。――あの子は、どうやって犯人の気配を察知する？」

「それが――やはり、関係があるのだ」

ヴィクトールは、黒板をドンとたたいた。

「ぼくだって、やってみるまではまさかと思った。――しかし、実験してみると、はっきりわかった。ジャコポは、ある種の電波を、感ずることができるのだ」

ぼくたちは、アッと息をのんだ。――まさか……そんな事が信じられるだろうか？電波を――可視領域の光線は別だ――感じることのできる人間！

「ミナにわるかったけど、ジャコポが寝てる時に、アドルフとやってみたんだ。――超広帯域発振器に、サイクル連続変換器をつかって、VLF（超長波）帯域から、UHF帯域まで連続に変化させると、中波から短波への上昇部で、明らかに反応があった」

「中波から短波？」ホアンは呆れたように叫んだ。「それじゃ、そこらへんにいっぱいあるやつじゃないか。――どうして、ふだんの時、ジャコポは、ラジオやハムの電波を感じてうならないんだ？」

「それが、ふつうじゃ感じないで、周波数がある帯域からより高い帯域へ、あの種のカーブ、ある種のパターンを描いて上昇して行く時にだけ、感知できるらしいんだ」とアドルフはいった。

「これはあり得ないことではない。ふつうなら見えないものが、偏光照射をやると見えることがある。光の中で、可視領域をこえる紫外線や赤外線だって、特殊なフィルターや、光電管を通せば見え、音なんかは、もっとはっきりしている。BG雑音（ノイズ）は、おれたちは、きいているのに、きこえない。しかし、これが、あるパターンを抜いて変化すれば、おれたちはその変化のパターンによって、音の存在を意識する。ジャコポの場合も……」

　その時、突然外がさわがしくなり、ドアがはげしくノックされた。

「誰もきませんでしたか？」カンジンスキイ警部補がわめいていた。「異常は？」

「どうしたんです？」ぼくたちは急いでドアをあけた。

「なにが起ったんですか？」

「ジャコポを、おそったやつがいるんです」

　警部補の表情はけわしかった。

「えっ！」ぼくは思わずのり出した。「それで——無事ですか？」

「大丈夫——あの子は別の所で保護してました。犯人は、罠にかかったんです」

「警部補！——追いつめました！」警部補の胸ポケットの通信器から、ビッグアローの鋭い声がした。「来てください！——寄宿舎の裏です！」

第五章　新しい段階

1

キャンパスのどこかで、一発の銃声がとどろいた。

ぼくたちは、おしあうようにして、ヴィクトールの部屋からとび出した。

「どうした？」

カンジンスキイ警部補が、通話器にむかって、かみつくようにどなった。

「威嚇射撃です……」ビッグアローの声がかえってきた。

「殺すな！」警部補はどなりかえした。

「殺しちゃいかん。つかまえるんだ」

「バーナビイがやられました」

「犯人は武器をもってるのか？」

「わかりません――ジルとオーギイが追いつめました。Bブロックの裏です」

「もっと応援をよべ。パトカーをよぶんだ。――おれもすぐ行く」

ぼくたちは、寄宿舎の廊下を走った。さわぎにおどろいて、フウ・リャンが、ぼくの部屋から顔を出した。

「ひっこんでるんだ！」とぼくはどなった。「あぶないぞ。鍵をかけておきたまえ」

もうとっぷりと日のくれたキャンパスの彼方に、するどく、切りさくような、パトカーのサイレンがひびいた。一つ、二つ、三つ……と、それは星がまたたきはじめた大学都市のあちこちから、不吉な怪鳥のような金切り声をあげ、たちまち暗い校庭の中の一点にむかって集まりはじめた。雲一点ない、夜空の下に、風が吹きはじめ、森や、立樹の梢がざわざわと鳴っていた。

その時、また一発、銃声がひびいた。つづいて、麻痺銃のジュッ！という音。——木立ちのむこうが、スパークのようにパーッと青白くひかる。

「6号車、森を遮断しろ！」ビッグアローの声が、カンジンスキイ警部補の通話器から、ピイピイひびく。「森へにがすな——気をつけろ！格闘をさけるんだ」

ゴオーッ！と噴射音をひびかせて、パトロール・エアカーが、灌木の茂みの上を、なぎたおすようにすっとんで行った。——走って行く方角に、サーチライトがパッとつき、ブロックBの建物のシルエットがうかび上った。

ブロックB——生物研究所の建物だ。

ぼくらがかけつけた時、パトカーは四台になっていた。ヤング教授、サーリネン局長、それにリンフォード博士の姿も見えた。

「犯人は！」カンジンスキイ警部補は、息をはずませながらきいた。

「農具小屋のかげです」

ビッグアローは、麻痺銃(パラライザー)の先で、建物の、L型のくぼみにくっついてたてられた、小さな小屋をさした。パトカーのサーチライトが、煌々とてらしている。

「バーナビイは助かりそうか？」

「わかりません。——医学部の救急車がはこんで行きました。たった今、オーギイも……」

「相手は何をもってるんだ？　拳銃か？」

「ちがうみたいです。麻痺銃(パラライザー)でもない」

小屋の中で、チラとなにかがうごいた。——威嚇射撃が一発、ピシッとドアにくいこんだ。

「麻酔弾をつかっています」ビッグアローはいった。「たしか一、二発ぶちこんだはずですが——きかないみたいです」

「おいきけ！」カンジンスキイ警部補は、通話器のセレクターを、パトカーのスピーカーにつないでどなった。「とりかこまれた。逃げられんぞ！——抵抗をやめて出てこい！」

「犯人の顔を見ましたか？」とヴィクトールはビッグアローにきいた。

「いいや——すばしこいやつだったので……賢者(セージ)の忠告で、ジャコポとミナを、そっと病院の方にうつして、バーナビイをはりこましておいたら、はたして日が暮れるとすぐおそってきました。だから、バーナビイは見ているかも知れません。しかし、彼はこの近くまで追いかけてきて、やられました」

「気をつけろ！」サーリネン局長がさけんだ。「出てくるぞ！」

小屋の中で、かすかにもの音がおこった。——つづいてブゥーンとうなるようなひびきがきこえた。警官たちは、いっせいに銃や麻痺銃（パラライザー）をかまえた。

農具小屋のドアがあいて、何かが、地面の上を低くはうようにとび出してきた。数発の弾丸がそいつめがけて発射された。だが、そいつは、うなるようなひびきをあげて、弾丸のように警官たちの足もとへおそいかかった。——二、三人の警官が、なぎたおされて悲鳴をあげた。

エンジンと、小さな電子脳がついた、自動芝刈り器だった！

「そんなものかまうな」カンジンスキイ警部補がどなった。「やつが逃げたぞ！」

ロボット芝刈り器がとび出してきたさわぎのすきに、小屋の戸口から、ほっそりした姿がするりとぬけ出して、パッとライトの光のとどかぬ暗がりへとびこんだ。その方角に待機していた警官たちの銃が火をふいていた。「上だ、上！」

ライトのはしが、やっと雨樋をつたって猿（ましら）のように二階の外壁の張り出しにのぼる犯人の姿をうつし出した。——その体つきを見たとき、ぼくはハッと息のとまるような気がした。

まさか……彼では……。

「隊長！」カンジンスキイ警部補の通話器から、さけびがきこえた。「こちらパトカー6号……妙な、妙な機械におそわれています。こっちへきます。——ガーディが……」

銃声とするどい悲鳴がきこえた。森の方角に、ガッチャ、ガッチャ、というような、重々しい音がひびいた。——そちらの方角から息せききって、刑事の一人がかけてきた。

「あいつです！——あいつが、また、動き出して、パトカーを……」

「あいつって、なんだ？」カンジンスキイ警部補がどなった。

「あいつです。——ほら、ゆうべ、工学部の機械研究室をおそった……」

「"BUG"か！」アドルフが、おどろいてさけんだ。

「じゃ、やっぱり……」

「行こう、アドルフ……」とディミトロフがいった。「あいつは、コントロール・ボックスをこわせばいっぺんだ。——行って、教えてやろう」

「逃がすな！」とサーリネン局長は、上を指さした。「そっちはそっちだ。気をちらせて逃げるつもりだぞ」

ライトが二階の壁を照したが、もうそこには犯人の姿はなかった。——ぼくたちは、いっせいに、壁のまがり角のむこうがわにはしった。

その時、まがり角のむこうにも、二台のパトカーがついた。——四台の強力なサーチライトが、壁にむかってカッとはげしい光を投げかけた。

犯人は、張り出しの角をまがったところにいた。——壁に、ぴったりはりついたような恰好で……。眩しい光に、一瞬顔をそむけたが、その一瞬に、かくしようもなく、その顔ははっきり見えてしまった。

クーヤ・ヘンウィックだった。

「彼が！」うしろで、ヤング教授とホアンが、おどろいたようにつぶやくのがきこえた。

「彼が……なぜ……」

壁の上、距離二十メートル、もはや逃げもかくれもできない、絶好の標的だった。――衝撃弾や麻酔弾を装塡した拳銃やライフルが、何挺もの麻痺銃（パラライザー）が、黒っぽいポロシャツに黒いズボンの、ほっそりした影をねらっていた。

「おりてきたまえ」サーリネン局長は、おちついた声でいった。「もう、どうやっても逃げられん。――おとなしくおりてくるんだ、ヘンウィック君……」

クーヤは、別にあわてた風でも、追いつめられた風でもなかった。――ひどくおちついた、無表情な眼で、下の警官やぼくらを見おろしていた。

次の瞬間、クーヤの姿は、羽のようにかるく、宙にとんだ。四メートル下のしげみへ、彼はかるがるとびおりた。何発かの弾丸が、むなしく壁にめりこんだ。つづいてしげみにも弾丸と麻痺銃（パラライザー）の光線が集中したが、黒い物はそこにもなかった。――しげみの下をくぐって、すばしこい獣のようにその影は走った。二、三人の警官が、その影へむかってとびついていった。

「いかん！」サーリネン局長がさけんだ。「素手でとびついてはいかん！――気をつけるんだ！」

しげみのむこうで、バッ！と青紫色のスパークがかがやいたと思うと、警官は悲鳴をあげてはねとばされた。――クーヤはまた一つ包囲陣を突破した。

だが、彼の走った方角にもまた、パトカーと警官がいた。――あのリモコンの惑星探査用BUGロボットを、なんとかとりおさえたらしい、アドルフとディミトロフの姿もちかづいてきた。

そして、いつのまにきたのか、ステッキをついたナハティガルが、警官たちの背後からゆっくりあらわれた。

「クーヤ……」ナハティガルは、しずかな声でいった。「話があるのだ。――おちついて、話しあいたい。われわれ人類は、ぜひ、君たちと話しあわねばならんのだ……」

クーヤは、地面にはうように、体をひくくしていた。彼のひらかれた腕は、小石でもひろおうとするように地面をまさぐっていた。

「クーヤ……」ナハティガルは、一歩進んだ。「われわれは、君たちの種族のことを、ぜひ知りたいのだ……」

「賢者(セージ)、あぶない!」ホアンがするどくさけんだ。

クーヤは地面の上から何かをつかみあげた。――と思ったとたん、彼の姿は、サーチライトに照し出された衆人環視の中で、フッとかき消すように消えた。

ぼくたちは一瞬、わが眼をうたぐった。――クーヤが、超能力をつかって、テレポートでもしたかと思ったからだった。

――だが、地面の上にどさんと音をたてころがった、まるいものを見たとたん、彼の消えたわけがわかった。まるいものはマンホールの蓋だった。クーヤは、地面をさぐって、マンホールの蓋をあけ、まばたきするほどの早わざで、穴にとびこんだのだった。

「チッ！」

カンジンスキイ警部補は、穴にかけよりながら舌うちした。

「中の通路はどっちへ？」

「一方は校庭の外へ、もう一方は生物研の地下です」とヤング教授はいった。

「外へ出られたら厄介だ……」サーリネン局長はいった。「ビッグアロー……外のマンホールからはいって、通路をふさげ。――中には何が通っています？」

「電話線と水道と……」ヤング教授はかけ出したビッグアローにさけんだ。「気をつけてください。――高圧線のマンホールとまちがえないように……」

だが、ビッグアローは、外まで行く必要はなかった。

生物研の地下から、バーン！　という大きな音がきこえると、マンホールの暗い穴の奥から青白い光がみえ、Bブロックをはじめ、付近の電燈がいっせいに消えた。

「変電室だ！」とカンジンスキイ警部補はいった。

「危険です。気をつけてください。――アドルフ、ディム、行ってあげなさい」とヤング教授はいった。

懐中電燈をもって、地下へかけつけた時、変電室のドアのすきまに、メラッと炎がみえた。

「消火器！」と誰かがどなった。「トランスのオイルがもえ出した」

「大丈夫！――自動消火装置が動き出します」ディミトロフは声をからしてさけんでいた。

「いま、ドアをあけたらあぶない。——それより感電に気をつけてください。漏電しているとあぶない」

ドアの下から、泡がながれ出した。——シリコン系の、絶縁発泡消火剤だ。絶縁オイルの炎は消えはじめ、配電関係の緊急要員もかけつけてきた。

やっと三万五千ボルトの高圧側の処置がおわり、ドアをあけて変電室の中へはいった時、泡が渦をまいて床をながれる室内に、隣りの交換器室から、通風口をつたわってはいりこんだらしいクーヤが、金網をやぶって、高圧一次側のターミナルに手をつっこみ、黒焦げの死体となって、たおれていた。——雷撃をうけたほどの大電流がながれたらしい痕跡が、いやなにおいをたてる彼の体のいたるところにあらわれていた。シャツもズボンもずたずたにさけ、ゴムの靴底には、まわりのこげた大きな穴があいていた……。

2

これで、すべては落着した——と、ぼくたちは誰しも思った。

とけぬ謎のしこりは、いくつものこっていたが、しかし、それはこれから、時間をかけてとかれて行くことであり、事件のもっとも重要な部分は——意外な犯人の、自殺という意外な結末によって、ほとんど落着したと、みんな一応思ったのである。ところが——

なぜか捜査当局の緊張は、クーヤの自殺したその瞬間から、急速に高まり出したのである。クーヤが死んだ直後、サーリネン局長は、国際電話をかけて、誰かと長々としゃべっていた。——リンフォード博士は、ヤング教授と、ナハティガルと、顔をよせて、ひそひそ話しこんでいた。パトカーは、ライトこそ消したが依然としてキャンパスにつめっぱなしだ。——折からの連休(ダブル・ウィークエンド)で、学生のほとんどが、あそびに出かけて行き、校内にあまりいなかったからいいようなものの、もし大勢いたら、こんなにたくさんの警官がいつまでも、ものものしくキャンパスにいすわっていたら、きっとさわぎだすものがいたにちがいない。

クーヤの死体は、当然警察救急車で、所管の警察の死体収容所(モルグ)にはこばれて、それから係官立ちあいのもとに警察医の司法解剖をうけるものと思われた。——ところが、死体はどういうわけか、この大学都(ユニバーシティ・タウン)市内の、医学部へはこびこまれた。それも、警察と鑑定の契約をしている法医学部にではなく、理論医学関係の研究室に、はこびこまれたのである！

パトカーにのってきた、土地の警察署長は、こまった顔をして、電話をかけおわったサーリネン局長に語りかけた。

「どうしたもんですか——一応管内の事件なので、死体の処置は……」

「気にすることはない。この事件はたったいまから、WUOI（世界連邦検察機構）の直轄になった」サーリネン局長はいった。「今、連邦総裁と話したよ。——君たちの方の警察長官から、すぐ指示があると思うが、もういまごろは、WUOI長官から話が行っているはずだ。事件の内容は、しばらくの間、一切極秘だ。報道関係にも、詳細発表はひかえてくれたそれから、局長は、まだ現場にかたまって、興奮からさめられないでいるぼくたちの方へ、つかつかとやってきた。

「諸君……」サーリネン局長は、つきさすような鋭い眼で、ぼくたちを見まわしていった。「法的には、君たちを何ら拘束する権限はない。せいぜい参考人として、動きまわらないように、おねがいする程度だ。しかし——もしできることなら、君たちの方で、これからの事件について、積極的に協力してもらえれば、それにこしたことはないのだが、……」

「事件はおわったんじゃないんですか？」

あとからかけつけたサム・リンカーンは、おどろいたようにいった。

「これからといって——これからまだいったい、何があるんです？」

「これから——すべてがある……」とサーリネン局長はいった。「事件は、いまはじまったばかりだ、と私は思う。いったい、こういうことを、はたして事件とよんでいいかどうかわからない。またWUOIや、科学警察があつかうべき性質のものかどうかもわからん。だが——とにかく、今のところ、われわれ以上に、これをあつかうべき組織はできていないようだ。どうだろう？——諸君は、この事件に、最初から関係していた。君たちの仲間で、一種の素人探偵をやりながら、君たちのとった措置と洞察力は、これまでの、プロの警察官の常識を、時々凌駕するほどのものがあった。学徒である君たちに、いってみれば不浄役人の手つだいをしろとはいいにくいが——しかし、この事件の、きわめて特殊な性質から、私のもまえ」

とめているメンバーには、君たちのような、柔軟でかつ抽象思考になれた高い知性をもち、かつ若くて行動力のある人たちこそふさわしいような気がする。どうだね？　私の考えているような、調査組織ができるまで、科学警察の、臨時職員の資格で……」

「その点は、ちょっと待ってください。サーリネン局長……」その時、ヤング教授が言葉をはさんだ。「その点については、今、ナハティガルやリンフォード博士とも話しあったところです。──この、サバティカル・クラスの青年たちは、やはり学徒として、科学警察の臨時職員という資格はふさわしくありません。その資格をうけるかうけないかは、あくまで彼らの自由意志であるにしても、彼らをあずかる立場である私としては、それを進めるわけには行きません。しかし──彼らはあくまで、学徒として、協力することに、やぶさかではないと思いますし、私もその立場は支持します。協力する以上は、秘密もまもりますし、規律にも服します。しかし、命令や処罰や強制をふくむ人事権まで、あなたに委ねるわけには行かない……」

「なるほど──そいつは、もっともな話ですな……」サーリネン局長は、うなずいた。「しかし、事は相当重大だ、と私はにらんでいます。今申しあげた秘密保持や、行動の指令に服することなどにわたって、全面的に協力していただけるでしょうか？」

「協力するなら、そこまでやるでしょう。──しかし、ただ一つ、相手は誰であるか、まだよくわからないが、その相手と暴力的に闘うことだけは、いかにあなたの命令があろうとも、拒否しますよ。局長──」ヤング教授はきっぱりといった。「学生たちの行動を、友人の生命をまもるという線にそっているかぎり、私は支持してきました。しかし、それすら、彼らにとって、行きすぎではなかったかと思っています。そして、これから先、われわれの知り得た知識については、全面的にあなた方に提供しますし、一定期間、秘密もまもりましょう。しかしながら、たとえあなた方と、誰かがうちあいになって、あなた方のメンバーが殺されても、われわれは銃をとって助けないで見殺しにしますよ。――われわれが殺されそうになって、助けてくださるのはけっこうです。しかし、その場合でも、われわれは、自分たちを、相手の暴力から回避させることはやっても、相手を暴力でたおしてまで、こちらをふせぐことは、たとえ殺されても絶対にしません……。この点は、御諒承ねがえますか？」

「あなたがたの情報や知識によって、われわれが、相手をたおすチャンスをつかんでも、それはかまわないのですか？」

「その通りです、局長。――卑劣なやつだと思われるかも知れませんが、その知識を得た上で、相手をたおすかたおさないかは、あなた方の政治的判断にもとづくことです。われわれもまた、場合によっては、政治的――あるいは道徳的に、さばかれるかも知れない、しかし、われわれのたっている立場は、そういった次元の問題と、原理的にちがうということです。こんなこと申し上げるのは、むしろ、釈迦に説法かも知れないが……」

「なるほど――」サーリネン局長の眼が、キラッと光った。「たとえ、この事件が、いわば人類の興亡にかかわるような性質のものであっても？」

「そんなことを、おききになるのは、少しおかしいですな、サーリネン博士……」と、ヤング教授は、微笑をうかべながらいった。「科学は、人類の滅亡をすくうために、一肌ぬいだり、ほろぼしもするでしょうが、科学そのものにとって、──科学の応用は、人類をすくいもし、またほろぼしもするでしょうが、科学そのものにとって、人類は、地球上に新生代第三期以降にあらわれた、体毛のすくない、直立二足歩行性の、大脳前頭葉のいちじるしく発達した、霊長類の一変種にすぎない。この〝種〟の興亡を、支配する法則には興味があっても、滅ぶのを防ぐことには、それほど関心はありません。むろん、われわれも人間である以上、同種の運命について、若干人間的感情を動かされはしますがね……。自分で自分の首をしめる形によってか、あるいは他者にほろぼされることによってか、あるいは内部から腐っていくことによってか、いずれにせよ、人類はほろびることになるでしょうが、生物の中の、隆盛をきわめたある〝種〟が滅亡することは、長い地球の生物史上、一向めずらしくないことですし、できればその際、冷静な観察者でありたいと思うだけです。──人類がほろびようがほろびまいが、そんなことは、科学にとっては、一向に痛痒を感じない問題です。そしてまた、人類が、科学者をみな殺しにしても、これまた一向かまわない……」

ぼくたちは、若干息をのむような思いで、この二人の問答をきいていた。

普遍生物学──その学問の性格が、教授をして、これだけ思いきったことをいわせたのだろうか？　日ごろ、どちらかといえば無口で、内気そうに見えるヤング教授が、これほどはげしいことをいうのは、はじめてきいた。その断定的な口ぶりの底に、なんとなく、ひやりとするような無気味なものが、感じとられたのは──それはぼくらがまだ若く、血の気が多いからだったろうか？

だがしかしヤング教授の言葉には、科学の――学問というものの本質の一端がのぞいているような気がした。

ちょっときくとそれは、M・ウェーバーの、論じつくされ、いいふるされた没価値論のようにもきこえた。――しかし、教授の肉声で語られたその言葉の底には、反・実存主義的（アンチ・エグジスタンシャリスム）なひびき――というよりは〝見者の実存主義（エグジスタンシャリスム・ド・ヴィジオネール）〟とでもいうべき、徹底的な〝非参加の決意〟があふれているような気がした。

人間に、はたしてそんなことが可能だろうか？

ぼくらには、まだわからなかった。――そんなことは、これまで、考えてもみなかったことだった。だが、その時、ぼくたちは本来ならばとうの昔に知っていなければならないことを、あらためて思い知らされたのだった。

大学で学ぶということ――高等教育をうける、ということと、学問の道をえらぶ、ということとは、本来まったく、別の次元に属するものだ、ということを……。

大学教育をうけるものは、全世界で何千万といるだろう。またそれが、社会的プレスティジも高い、有利な〝職業〟だというので、教授や研究者への道をえらぶものも数多い。しかし、それは、学者になる――学問の道をえらぶ、ということと同義ではない。〝学問の道〟とは、そういった世俗的な身分（ステイタス）や、社会生活上に必要な〝基礎的教養〟とは、まったく別の――特殊な、きわめて困難な道なのだった。

そして――ぼくたちはまだ、その〝選択〟の手前にある、気楽な〝青二才〟たちだった。

「わかりました――」サーリネン局長は、ヤング教授の微笑に、微笑をかえしながらいった。「学問の道をはなれ、政治の――権力の機構に足をふみこんだ男に、貴重なことを思い出させてくださってありがとうございます。しかし、若い人たちは、まだ学者ではない。教授のいわれたことを、原則的に諒承した上で、なおこの若い人たちに、手つだっていただきたい、私自身の、非公式のサブ・ブレインあるいはサブ・スタッフになっていただきたい。なぜなら――いずれ、学者たちによる、正式の調査組織は編成されるでしょうが、私はやはり、こういった、まだ地位的にも、学問的にも、まだかたまっていない、若々しく、自由な知性の協力がほしい。彼らのみずみずしい知性と感受性がそれに奔放柔軟なイマジネーションというものが、今度の事件には、ぜひ必要だという気がするのです。かまわないでしょうか？――彼らの、将来ある立場を、絶対に傷つけない、ということは、私が職を賭して保証しますが……」

「けっこうです――」ヤング教授は、眼鏡の奥の眼をしばたたいていった。「そこまで守ってくださるなら――彼らの学業には役に立たんでしょうが、彼らの人生にとっては、いい勉強になるかも知れません。私も、学問的な立場からなら、いろいろと判断の材料を提供することができると思います」

パトカーは、ようやく一台、二台と、キャンパスを去りつつあった。――サーリネン局長と、ヤング教授の話が、一段落ついて、ぼくたちもまたいったん、寄宿舎（ドーミトリイ）へひきあげようということになった。

その時、ぼくは、すこしはなれたところで、ぽつんと立って、沈痛な顔で夜空を見上げているナハティガルを見た。――こんな沈痛な顔の賢者(セージ)を、ぼくは見たことがなかった。

そういえば賢者(セージ)は、ついさっきまで、サーリネン局長とヤング教授が話しあっているすぐ傍にたち、ヤング教授の言葉に、一語一語、ふかくうなずくような眼つきをしめしていたが、ヤング教授の熱弁がすすむにつれ、次第に深刻な表情になって行き、ついには、どうにもならないほど沈痛な顔つきになって、考えこむように頭をたれ、その場をはなれてしまった。

「賢者(セージ)……」ぼくは、そっと声をかけた。「おつかれでしょう。何にもありませんけど、ぼくたちの寄宿舎(ドーミトリィ)のサロンにきませんか？　お茶でもいれますけど……」

「タツヤ……」ナハティガルは夜空の星を見上げたまま、疲れたような、沈んだ声でつぶやいた。

「ヤング教授の話を、どう思うね？」

「そう――なんだかちょっと、眼をひらかれたみたいですね。漠然とは、ぼくらも感じていたけど……。学問というものは――奇妙なものですね。どうして人間は、あんな立場を見つけ出してしまったのかしら？」

「知性というのは、ああいうものだよ。タツヤ。――ヤング教授のいうのがただしいのだ。人類がほろびようがさかえようが、そんなことは一向にかまわない。もし、その価値や善悪をいい出すなら――人類は、自分で自分に価値をあたえるしかないのだから、そんな価値は科学的証明の対象にはならんのだし、きびしく道徳的な立場をとるなら人類は、すでに同胞や他生物に対して、さばかれ、抹殺されてもいいほどの、おそろしい罪禍をかさねているのだから、こんなもの救うにあたいしないし――それに、どうせいずれ、人類はほろびるだろうしね。しかし、そういったことを、骨の髄まで悟った上で、なおかつそういった立場を、総体的に、のりこえる方法はないものかね？　タツヤ……。人類そのものについて、絶対的肯定もしない。といって、絶対的否定の立場にもたたない。この宇宙――いや、地球史のあゆみの中ではたした、一定の役割りは肯定しつつ、かつ、それをのりこえることによって、人類みずからが、自己の滅亡を前提とした上で、本当に、宇宙史に対して自己を肯定し得るような立場が……」

ナハティガルは、ゆっくり歩き出した。――ぼくも並んで歩きながら、考えた。ナハティガルのいわんとすることは、漠然とわかるような気がした。しかしまだはっきりわかったわけではなかった。

「その立場とはなんでしょう？」と、ぼくはきいた。

「愛――だと、わしは思うのだがね……」と、ナハティガルは、低い、しずかな声でいった。

――その単語を口にした時の、不思議に若々しい含羞をふくんだ声音が、ぼくをちょっとびっくりさせた。

「人類愛などをいっているのではないよ、タツヤ。――ヒューマニズムや、人類愛といったもの、そんなものは自己愛の一種にしかすぎんのだから……。そうではなくて、人類の罪禍も、その愚かさもかしこさも、そしてその〝価値評価〟の相対性や、存在の有限性も――そういったものすべてひっくるめて……人類の滅亡をもふくめて、この大宇宙のすべてを〝良し〟と肯定するような〝愛〟が――そういったものが、世界に現われてこないものだろうかな？」

「人類が、自分で、自分の滅亡を肯定するのですか？」

「その通りだ、タツヤ。――それでなければ、人類は、自分を肯定できないし、自分をのりこえられない。そうじゃないかね？　自分の滅亡、自分の消滅を是認し、かつそれをこえて彼方よりあらわれてくるものを祝福しないで、いったいどうやって人類が自分自身をのりこえられるのだ？」

「ヤング教授の立場とも、またちがうのですか？」

「ヤングは――〝知者〟の立場をかたった。人類の滅亡を、別に肯定もしない。知性の許し得るもの、あり得ること、として、考えるだけだ。――サーリネンとヤング……力と知性――この二つは、現在の人類世界の状態を、端的にあらわしていると思わないかね？

〝力〟は――人類の滅亡を否定し、拒否しようとする。知性は肯定も否定もしないで、滅亡を可能性として、ただながめる。――現在の人類世界には、この二つしかないのだ。滅亡そのものを肯定し、うけいれることによって、この宇宙の流れの大肯定の中へと、人類の有限性そのものをのりこえるという立場は……」

「〝寂滅為楽（じゃくめついらく）〟ですか？」

「すこしニュアンスがちがうな。――その言葉は、多分に個人の救済や、解脱といったひびきがある。――滅亡を肯定することによって、もっと大きな、もっと、生き生きしたものを、肯定することになるので――これはやはり、〃愛〃だよ。タツヤ……」

「本当に、現在の世界には、知性と権力の二つの原理しかないのでしょうか？」

「私はそう思う。――人類は、まだそういった〃愛〃を、その社会全体にうみ出すほど、成熟もしていなければ、年をとってもいないのだよ、タツヤ。人類はむしろ、まだいまのところ、ますます若がえり、ますます年をとりにくくなって行くみたいだ。――そして、タツヤ、そういった〃愛〃は、自己の限界を知り得る、老年の心の中にのみ、顕現するものだからね。――それは、自然な滅亡をも肯定する。しかし、そういった〃愛〃は、彼方よりやってくる、自分の後継者を見出した時、もっともつよく輝くのだ」

「とすると、ナハティガル……」ぼくは、思わずたちどまった。「あなたは――ひょっとしたら……」

「〃愛〃――かつて、権力と知恵が、もっとも露骨にこの世界を支配した時、この二つ、つまり、〃力〃と〃死〃の、あまりにあらあらしいあらわれに倦(う)んで、ヒッピーたちもやはり、〃愛〃を夢みた……」ナハティガルは、ぼくの問いにもこたえず、一人でつぶやきながら歩をすすめた。

「だが――畢竟(ひっきょう)、彼らは若すぎた。〃花の子供(フラワーチャイルド)〃たちは、チャイルドにすぎなかった。知恵と力が荒れくるっている社会で、それは揶揄され、気まぐれな〃風俗〃として、冷笑的にあつかわれ——そして、たやすく俗悪な流行に堕落した。彼ら自身の中にも、これをジャーナリズムにのせて、売り出し、名声をあげようとする——つまり、〝力〟に利用しようとする俗悪な連中がいたし、当時の社会や、ジャーナリズムは、こういったやり方を、プロテストとしてしか——つまり、拒否的、否定的な面においてのみ、理解する能力しかなかったからね。その、ひよわではあったが、重要なモメントだった〝肯定〟の面を、理解し得なかったんだ……」

「でもあれから、すでにずいぶんたっています」とぼくはナハティガルにおいつきながらいった。

「ぼくらは——まだだめですか？」

「まだ——そう、まだ、君たちは若々しすぎる。ということは、人類も、まだまだ、先がある、ということだろう。——本当に、人類が年をとり、滅亡が近づく時には、幼少にして〝老人の心〟をもったものたちが、たくさん現われるだろう」ナハティガルは、ちょっとたちどまって追いつくぼくをまちながらいった。「まだ当分、世界は知恵と力の時代だろう。ヤングとサーリネン……ということは——この事件の解決の方向もすでにきまった、ということだ」

「現在の世界は〝愛〟のない時代だってわけですね——でも、あなたはどうなんです？　ナハティガル……」ぼくも、次第に気が滅入るのを感じながらいった。「あなたには、〝愛〟がわかっているんでしょう？——あなたが、この事件に、徹底的にコミットして行けば…

…」
「わかっているが、しかし、それでもって、この世界に影響をあたえるほど、私には大きな〝徳〟がそなわっていない……」ナハティガルは、さびしそうにほほえんだ。「はじいる次第だがね、タツヤ。——私は〝賢者〟であって、〝聖者〟ではない。ヤング教授の立場から、わずか半歩をふみ出しているにすぎんのだよ……。この時代の〝哲学者〟としても、古代の先人にくらべれば、二流でしかないだろう……」

3

その夜は、いわばぼくたち仲間うちの、お通夜だった。——二日間に、二人の友人を失った、ぼくたちサバティカル・クラスの仲間の……。

しかも、どちらの遺骸も、ぼくたちの手もとにはなく——いや、チャーリィは、生理的には〝生きて〟いたから、まったくの遺骸とはいい得なかったが——一つは病院に、一つは医学部の冷凍室に、別々におかれているのだった。

一方は、悲惨な被害者で、一方は凶悪な加害者だった。——しかし、どちらも、つい一週間前まで、ぼくたち世界中からこの大学都市へ集まってきた、サバティカル・クラスの〝仲間〟だった。国もちがえば、大学もちがう、だが同じ時代の同じような若い世代の、息吹きをかよわせあった〝同僚〟だった。同じ寄宿舎に、はじめておちあって、たちまちにして意気投合し、冗談をいいあい、あつくなって議論し、恋をし、たちまち子供の時からの親友同士のように、親密になった〝クラスメート〟だった。

だが、まったく思いもかけぬ事件が、ぼくたちの、この親密な関係の中から、ほとんど一瞬にして、二人をうばい去っていった。

もう、ぼくたちは、二度とチャールズ・モーティマーの、自信にみちた、さわやかな弁舌、人を魅了するするどいロジック、金髪につつまれた高い額の下の、よく動く、知的なかがやきにみちた眼を見ることもないだろう。――そしてまた、クーヤ・ヘンウィックの、ほっそりした、鳶色の顔の中の、涼しげな黒い瞳、笑うと何ともいえぬ神秘的な魅力をたたえた、あの気品のある口を見ることはできないだろう。

クーヤが、あの奇怪な〝挑戦者〟であり、チャーリイから、その輝かしい未来をうばった殺人者であるのに、その夜のぼくたちは、ふしぎに誰も、クーヤに対するはげしい憎悪をぶちまけるものはなかった。――すくなくとも、その夜にかぎっていえば、クーヤはチャーリイ同様に、ぼくたちの、〝失われた仲間〟だった。その後、寄宿舎のサロンでおこなわれた、礼拝も何もない追悼の会合は、失われた二人の親友に対する悲しみの会であり、すばらしい二人の友人を失った、ぼくたちのサバティカル・クラスそのものを悼む会だった。

さすがにヴィクトールも、その夜は、〝犯人〟の異常な能力に関して、彼の推理を披瀝する元気がなかった。――まさか……あのクーヤが……。あんなにおとなしく、しずかで、みんなに信頼されていたクーヤが……気が滅入り、嘆きさえ言葉すくなく、ただオート・リクエストで、くりかえし演奏されるベートーヴェンの『連禱（リタナイ）』や、かつて極地探検隊員で南極に住みついた盲目隻脚の歌手、バーディ・ビーンズの『死んで行った隊員たちのための鎮魂ブルース』だけが、重々しく、悲痛に鳴りわたるばかりだった。

　ジャコポを病院にあずけてかけつけたミナは声もなく泣いた。フウ・リャンは長椅子に身をなげ、身をよじって、声をあげてはげしく泣きじゃくった。アドルフとディミトロフは、額にしわをよせて、黙々と酒をのみ、多感なホアンは、鎮魂ブルースを、放送にあわせてうたいながら、眼を泣きはらし、サム・リンカーンは、すばらしいバスで、二重唱（デュエット）しながら、黒い頰に、やはり大粒の涙をしたたらせていた。

　ヴィクトールとぼくは、カウンターにすわって、苦い味のする酒をすすっていた。

「クーヤ……」とヴィクトールはつぶやいた。「いったいどう考えたらいいんだ？　あいつは――あいつは、いいやつだった……あんないいやつが――」

「彼があの、君のいう、〝電気的超能力（ミュータント）〟をもっていたわけか……」とぼくはきいた。「で――どういうことなんだ？　彼は、突然変異ってわけか？」

「おれにだってまだよくわからん……」ヴィクトールは、まずそうにグラスをほした。「彼の体を――よくしらべて見なきゃ……だが、今夜はそんなこと話すのやめようや。今夜は二人のためのお通夜なんだから……」

「だが、しかし――」ぼくはアルコールで次第に混濁してくる意識の中でつぶやいた。「彼が、もし、新種の人類だとすると……いったいクーヤ一人だけにあんなにきわだって特異な特質が、突然現われた、ということは……なんだか考えられないような気がするな――そうじゃないか？」

「当然だな……」とヴィクトールは、カウンターの上の、ぬれたグラスの底でできた輪をみつめながら、かたい声でいった。「ナハティガルも、これを、文明論的事件だといっていた。ということは当然――」

あとの言葉は、酔いつぶれてしまってきいていなかった。――その夜、ぼくはつぶれて、フウ・リャンに部屋にはこんでもらった。

自分も酔っぱらっていたフウ・リャンは、そのままぼくの部屋にとまってしまい、夜中に眼がさめてぼくにしがみついてさめざめと泣き、「わたし、ほんとはクーヤが好きだったの。――ほれてたのよ。だけど、彼にそれをいったら、笑って〝ぼくに惚れたら危険だよ〟っていったわ。その前は、チャーリイが好きだった……」とくだをまき、「わたしの好きな男の人、みんな死んじゃう。タツヤ、あなたは死なないで……」

と、赤ン坊みたいに同じことばかりくりかえした。こちらも感情におぼれて、死ぬものか、君を放すもんか、といってはげしくフウ・リャンの裸身を抱きしめ、そのあげく、どちらからもくるおしくもとめあったが、酔っぱらいすぎたぼくの男性は皆目役にたたず、それでもつかれはて、お互い満足したような気持ちになって、抱きあったまま、泥のような眠りにおちこんだ。

だが、ぼくたちが、酔っぱらい、愁いに沈み切っていたその晩のうちから、事態は新しい段階にむかって急速に進みつつあったのだった。——サーリネン局長は、市長——つまり学長にあい、学長は、学部長クラスの教授数名を召集し、一方サーリネン局長とカンジンスキイ警部補は、その夜パリにとび、世界連邦総裁は、ワシントンのアメリカ大統領官邸に、東部時間の早朝電話をかけ——そして、ぼくたちサバティカル・クラスのめんめんが、宿酔いのいたむ頭をかかえて、天頂ちかくあがった太陽をまぶしがりながらやっと起き出してきたころ、もうパリから数名のスタッフをつれてかえってきたサーリネン局長から、各自の部屋へ、次のようなメッセージがまわってきた。「午後三時より、本部大会議室における秘密会議に、出席されたし」サーリネン局長の署名の下に、学園都市市長と、ヤング教授の署名もならんでいた。

4

ヴァージニア学園都市本部ビルにある大会議室は、入口こそ、例によってクラシックなつくりだったが、中は、あらゆる最新型設備がととのっていた。——スライド・スクリーンを動かすことによって、二十人から五百人までのメンバーが会議できるようにスペースが調節され、椅子も机も、ボタン一つで、配置パターンが、委員会方式から、大会議方式まで自由にかわる。むろん、映写装置、アイドホール、中央電子脳と直結の巨大なグラフィック・パネル、自動同時通訳機のイアフォーン、全教室、研究室と直結のヴィジフォーンをずらりとならべたパネル、テレックス、模型電送装置といったものは、すべて完備していた、この会議室は、また、国際通信特別回線につながっていて、いながらにして、全世界の大学、全世界の重要官庁と、即座に連絡がとれる。――この会議室の一廓が、そのまま学長室になっていて、学長は、やろうと思えば、この大会議室の施設を、自分の部屋から利用できた。

世界各地の有名大学でも、これほど完備した会議室をそなえている所はなかった。――こんな〝情報センター〟式の会議室は、今のところまだ、モスクワにもパリにもなくて、日本の、富士学園都市に、これよりもうちょっと小規模のものがあるだけである。アメリカのベル電話（テレフォン）会社と、ＩＴＴそれに通信衛星（コムサット）会社が共同出資してできた、ＩＩＳ（国際（インターナショナル）・情報（インフォーメーション）サービス）の寄贈になるもので、今は押しも押されもせぬ、世界的ＩＣＤ――つまり、情報通信（インフォーメーション・アンド・コミュニケーション）デザイナーとしてＩＩＳから独立し、世界連邦本部、南極開発本部、月＝宇宙ステーション＝地球間などの、情報通信施設をデザインしたロッド・ハリスンの、最初の仕事だった。

午後三時から〝秘密会議〟にはぼくたちサバティカル・クラスの八名をふくめて、二十数名の人々が出席した。

ぼくたち八名の〝青二才〟をのぞいては、テレビや、写真で知っている、錚々たる大学者や、名前をきいて、ああ、あの人が、と見なおすようなＶＩＰばかりで、ぼくたちは勢い、隅っこにかたまって、小さくならざるを得なかった。――ロンドン大学の人類学のバリイ教授、ケンブリッジ大学の生物学のドライエル博士、パリ大文化人類学のランベール教授、その他ノールウェー、ソ連の学者たち――それにWUOIのメンバー二名――これがヨーロッパ勢だった。地元からはメイヤー学長、ヤング教授をはじめ、生化学のロンバーク教授、医学部遺伝研のフランケル所長など数名、そして、局長とリンフォード博士……どうやら、前々から、サーリネン局長の影の〝ブレイン〟だった人たちがほとんど見え、ぼくたちがおずおずと〝大会議室〟にはいっていった時には、もう黒板をかこんで、四、五名の学者が何か議論をしており、それにサーリネン局長もくわわって、しきりに何かまくしたてていたし、そのほかにも、三人、四人とかたまって、話をしていた。

ぼくたちは、その中に、ナハティガルはいないか、と思ってさがしたが、賢者（セージ）の姿はなく、そして会議がはじまっても、彼のあらわれる気配はなかった。――それにしても、集まったメンバーの顔ぶれと、雰囲気のものものしさは、いったい何事がおこったのかと思わせた。キャンパスでおこった、いわば〝ささやかな〟事件が、国際科学警察局長を出馬させ、世連検察機構を動かし、世界連邦総裁をまきこみ、そして、しずかな、一見牧歌的なのどけさにみちたヴァージニア大学都市（ユニバーシティ・タウン）に、錚々たる世界の頭脳を急遽集合させるにいたった……いったい、あの〝事件〟の中に――たとえ、パリやモスクワにおける同種の事件と一連のものであったにせよ――これほどの頭脳と機構を、〝極秘裡に〟動員させるにいたるほどの、要素が、いったいどこにあるのか？――サーリネン局長の妄想でなければ、いったい何が起りつつあるのだろうか？

会議は、最近の会議の通例として、開会の辞もなにもなく、いきなりはじまっていた。――サーリネン局長は、短くヴァージニアにおける事件の経過を報告した。メンバー各自の席のテーブルにくみこまれた、四面のヴューアーには、事件の要点が一目でわかるようにレイアウトされた報告書がうつっており、その上を、赤い光がゆっくり動いている。それを読めば、会議の主題と要点、それに問題点というものが、予備知識なしにいきなり会議にひっぱり出されたものでも、即座にわかるようになっている。――そして、情報全体の中で、詳細に知っている部分のちがいはあれ、予備知識の全然ない人物は、見わたしたところ、いないみたいだった。

「パリ、モスクワ、京都、そして当ヴァージニア大学都市――この四つの事件の共通点は、今申し上げた通りです」と、サーリネン局長はいった。「そして、当大学におけるもっとも特異な点は、とにかく犯行のプロセスと、犯人自体が――遺憾なことに死体になってではありますが――はじめてわかった、ということであります……」

「ねえ、オットー……」パリ大のランベール教授は、やさしい、フランス訛りのある英語で、局長のファースト・ネームをよんだ。「私にはまだ、よくわからないのだ。――君が、なんらかの形で、危機を抱いているのはわかる。そして、今まで、君のするどい直感力による危機の予感は、すべて正しかったことを、よく知っている。まったく君は――アメリカ流の表現でいうなら――百パーセントだった。ただの一度もまちがいはなかったことは私が一番よく知っている。――だが、今度ばかりは少々わからん。たしかに、四つの学園殺人事件は、相互に関係がありそうだし、その事件の性格も、きわめて特異なものだ、ということはわかる。――しかし、それが――科学警察の局長である君自身がのり出し、われわれがまた、緊急召集をかけられるほどの、重大な、世界的規模の意味をもつ犯罪であるとは、どうしても思えん。――率直にいってくれたまえ。この事件の背後に、またGCTの手でも動いているのかね？――彼らは、また、蠢動をはじめたのかね？」

「GCTについては――断言できます。この事件に関するかぎり、彼らは関係ありません。――彼らの組織は、依然、〝鎮静〟へむかいつつあります」サーリネン局長は、きっぱりといった。

「そして、私の見たところ、この事件は、GCTの再度の挑戦、といったものとは次元のことなる――いい得べくんば、GCTの問題をこえるほど、重大な意義をもつ、と思われます」

「その理由は？」ロンドン大のバリイ教授がきいた。「あなたがそう直感されるほどの、何かそれ相応の兆候が、この事件に関してあらわれたのですか？」

「そうです――」と局長はうなずいた。「もっとも重大にして、顕著な兆候は――コンピューター・ミスの出現です。これは、先ほどもちょっとおはなししましたし、お手もとのヴューアー3に、その経過の詳細が出ていますが――私および、私のスタッフの専用コンピューター〝ナンシイ〟がこの事件に関する記憶をいつの間にか消去され、しかも、それを記憶しなかった、という、あやまった記憶をうえつけられたのです」

局長は、パシッと手もとのスイッチをいれた。――グラフィック・パネルに点々と白点をうった世界白地図がうかび上り、下に何組もの数字とグラフがうつった。

「その事を知った時、私はこの問題を重視して、ただちに、全世界の地域別情報センター、および、ICMMB――世連情報通信管理局に、最近における、全世界のコンピューター・ミス発生の件数と趨勢の調査を依頼しました。これを依頼した時、情報通信管理局は、かなりあわてました。前々から、ソフトウェアにおけるミスでもない、といってハードウェアの機構の故障その他の原因によるミスでもない、まことに異様な、原因不明のミスの発生件数が急速にふえつつあり、ICMMBでは、使用者の不安や動揺をおそれて、極秘裡に、原因調査を開始しようとしていたところだったのです」

「そんなことがおこっていたのか！」とわれわれの学長は目をむいた。「ちっとも知らなかった――よくそれで、事故が起りませんでしたね」

「社会組織維持に直接危険のあるような性質のミスではありませんでしたからね――さいわいにして。あまり検索されない記憶類のミスの起り得る確率をはるかにこえて、ここ数年来、原因不明のミス発生件数が、急激にふえていることは、この数字とグラフをごらんになるとおりです」

「それこそ――」とドライエル教授は、鉛筆でテーブルの端をコンコンたたきながらいった。

「それこそ――GCTのかんでいる証拠じゃないかな？――以前、GCTは、全世界の情報ネットワークシステムを、混乱におとしいれる、といって脅迫してきたことがあったでしょう」

「私も、実はまっさきにそのことを考えました」と局長はうなずいた。「実をいうと、〝ナンシイ〟の場合ほど露骨なものではなかったのですが、おなじような、奇妙なミスは、実はパリ大学の事件の時もあったのです。――私に、この一連の事件に、積極的に介入させる気を起させた、最初の重要な動機の一つは、実はそのことだったのです。――そのミス発生を発見した時、最初にピンときたのは、やはりGCTのことでした。モスクワ、京都の場合もすぐしらべましたが、やはり、ささいではあるが、理論上起り得ないようなミスが発生している。私はすぐ、情報ルートを通して、GCTの方にあたってみるとともに、あきらかに、故意であり、意図的であると思われる、そのミス自体の性質をしらべさせたのです」

「それで？」

「結果は――二重の意味で、否定的でした。GCTは、さっき申しましたように〝鎮静〟の一途をたどっており、絶対に、そんなことはやっていない、という確報も得られました。もう一つは、そのミスというのが、明らかに誰かによって企まれたものでありながら――〝ナンシイ〟の場合に見られるように――現在のコンピューター・システムから見て、ちょっと考えられないような事をやってのけているのです」

「たしかに――」とメイヤー学長はうなずいた。――学長は数学科の出で、情報工学が専門だ。

「本学の中央電子脳(セントラル・ブレイン)も、おなじような被害をうけたんですが、――GCTとやらが、もし本当にこんな器用なことをやってのけたら、ぜひその人物を紹介してもらって、本学情報工学科の特別講師にまねきたいくらいですな。――現在のコンピューターのシステムから考えて、ちょっと考えられないようなことをやったわけです。まるで……」

「まるで?」とリンフォード博士は首を傾げるようにしてきいた。

「そう――まるで……電子脳に催眠術でもかけたみたいなことを……」

「みたい、ではなくて、本当に連中は、かけたのかも知れませんよ」とサーリネン局長はいった。

「なんですって?」かた一方のメイヤー学長は、おどろいてききかえした。「電子脳に催眠術をかけるって――いったい、そんなことがどうして可能なんです? 音声プログラミング・マシンもパターン・リーダーもつかわずに、ですか?」

「そのことはあとで説明します。学長――」と局長はいった。「とにかく、しらべてみてはじめてわかった、この世界的な規模にまたがるコンピューター・ミスの発生は、それがGCTという、われわれのよく知っている組織によってしくまれたことではない、ということがはっきりしたとたんに、私の中で、重要な意味をもち出したことは、おわかりでしょう?――

――GCTがやったのではない、しかし、ミスのパターン検出をやってみると、明らかに偶然の事故によるものではない、人為的に企図されたものである。――ではいったい、誰がやったのか？」

「そして、どうやってやったのか……」とメイヤー学長はいった。

「誰がやったか、ということの答えは、一部出ているでしょう」と、生化学のロンバーク教授はいった。「あのヘンウィックとかいう学生――が死んでしまった今となっては、その背後関係をつきとめることは、少し骨がおれるでしょうが……」

「それでも、クーヤ・ヘンウィックは、死体となっても、なお多くのことを語ってくれると思います」サーリネン局長は、鋭いまなざしで、一座を見まわした。「フランケル先生――彼の死体の、分析解剖の結果は、もう出ますか？」

　遺伝研のフランケル所長は、太い指をあげて、ちょいとうなずいてみせ、テーブルにはめこみになった、卓上ヴィジフォーンのボタンをおし、なにかしゃべった。

　クーヤの遺体は、結局、遺伝研へはこびこまれたのか――と、ぼくは、胸のいたみを感じながら、フランケル所長の、もぐもぐ動く口髭を、ぼんやりみつめていた。――あそこで、あの涼しげなまなざしの友人の、若々しい、かもしかのような体は、するどいメスでこまかくきりきざまれ、数々の自動分析装置にその切片をほうりこまれ、どろどろにとかされ……

「もうまもなく、一連の作業がおわります」と、フランケル所長はいった。「さらに一層精密な分析は、これにひきつづいておこなわれるはずですが、最初の段階の終ったところで、すぐ、中間報告がおくられてくるはずです。そうですね――」

　そういって、所長は、ちらと時計を見あげた。

「あと、三十分ぐらいで、報告がくると思います。――遺伝研や、理論医学の連中は、ひっくりかえるほど興奮していますよ。死者に対して冒瀆的な表現はもちいたくないが、あの青年――ヘンウィックといいましたか――の身体構造は、まことに興味津々たるものがあります」

「フランケル先生――われわれの方にも、素材はまわってくるでしょうな？」とロンバーク教授は、揶揄するようにいった。

「もちろん――あなたの教室からも、一人、参加しているはずですよ。しかし、われわれスタッフは別として、外部に対しては、当分結果を秘密にしておいてほしい、という局長からの依頼がありますから……」

「今までにわかったことで、一番興味深い事実を、一端でもいいから御披露ねがえませんかな？」と、リンフォード博士はいった。

「そうですな――もうみなさんは、ほとんど察しておられるかも知れませんが――あのヘンウィックという青年は……どうやら、厳密な意味でのホモ・サピエンスではないようです……」フランケル所長は一座を見わたした。「外見はわれわれとかわりありませんが、身体構造の中で、現生人類とよほどかわった――しかしながら、ホモ・サピエンスの祖型から発展したように見える――特異構造が、いくつも見つかっています。それから――クーヤ・ヘンウィックの染色体数は、二十五対です。われわれ人類より、二対多い……」

予期したほどの動揺は、一座にはあらわれなかった。――だが、列席の学者の何人かの表情はこわばり、何人かは息をのんだ。

　ぼくらとて、今さらそのことをきかされたところで、それほどおどろきもしなかった。——この異常な事件に対するヴィクトールの分析、クーヤの最期の時のあの異様な光景を見れば、クーヤがあたりまえの人間ではないということは、誰にもすぐ感じられたことだ。

　しかし、精密な、分析解剖をうけて、その結果をつきつけられると、やはりかなりなショックではあった。——染色体数50！——クーヤは、ぼくたちと同じ人類ではなかった！彼は——もし、その染色体数異常が、彼一人の畸型的なものでなかったら……彼は〝新人類〟の一人なのだ！

「ちょっと——サーリネン局長……」フランケル博士の言葉を、まるできいていないみたいに、グラフィック・パネルの、点をうたれた世界地図に見入っていた、ランベール教授が、ぽつんといった。

「あの地図の上の点は——発生地をしめすだけですかな？」

「そうです」と、パネルをふりかえりながら、局長はいった。「なにか？」

「なんとなく……地域がかたよっているような気がするが——。あれを、その地域のコンピューター保有台数に対する、事故発生のわり合いで修正して、表示しなおすことができますかな？」

「できます。——やらせてみましょう」

　そういって、局長は、卓上ヴィジフォーンで、ニューヨークのＩＣＭＭＢアメリカ本部をよび出すと、こちらの意向をつたえた。

「五、六分で、修正したパターンがおくられてきます」そういうと、局長は、ぼくたちのかたまっている方をむいて、「ドラリュくん……」といった。「遺伝研からの中間報告がはいるまで、君が、被害者チャールズ・モーティマーくんの研究と、犯行の性格から、〝犯人探知器〟のアイデアを思いついた経過を、説明してあげてくれないか？」

強心臓では、ぼくらの仲間でも最右翼に列するヴィクトールも、これだけ錚々たるメンバーの前で一席ぶつ段になると、いささかあがって、顔が赤くなった。——しゃべりはじめると、すこしどもったが、さいわいなことに、彼がアドルフに最初のアイデアをしゃべった時、それからぼくをテストしたあとでふるった長広告が、テープに残っており、小まめなアドルフが、それを整理編集してあった。

そこで、彼は、しゃべるかわりにそのテープを流しながら、要所要所を補足した。——最初、若い学徒の〝推理〟を、ほほえみながらきいていた大学者たちも、途中から、はっきりと興奮の色を見せはじめた。中でも、とりわけはげしいおどろきの色を見せたのは、フランケル所長だった。

「まってくれ！」と、所長は、興奮して、太い指をパシッ！　パシッ！　と鳴らした。「そうか——なるほど……そいつは気がつかなかった。だが——君は、ほんとにいわゆるペーパー・デテクティヴで、犯人が〝電波人間〟であることを、つきとめたのかね？——チャーリイという学生は、こういうことを予期しないで、そういう人間について研究をしていたのかね？」

「ぼくの場合は、ある程度、事実の総合、によって、犯人の姿をうきぼりにすることが可能でした」ヴィクトールは、上気した頰でいった。「しかし、チャーリイの場合は彼は、純粋な抽象思考によって進化の可能性を検討しているうちに、そういう形の人間の存在し得る――あるいは出現し得る可能性というものを、描き出すにいたったのです。そして彼が純論理的に考えていたような存在が――もし、今の段階で、こういう飛躍的断定をすることを許してくださるならば――実際にいたのです。それも彼のすぐ傍に……」

「新人類の出現の可能性と、その考え得るパターンの考究などという学問の〝遊び〟は……」ヤング教授が、愛弟子に対する哀悼の意をこめたような沈痛な声でいった。「要するに、彼や、彼らのような、若い学生たちの〝頭の体操〟の一種であり、〝思考の遊び〟だと一般に思われていました。――しかし、彼がその抽象的可能性について考えついた時、実はそれが、遠い未来において、実現されるかも知れない、といった呑気な話ではなくて、すでにわれわれのすぐ傍に、出現していたのですね。――人間の推理力や想像力の方が、事実におくれていたわけです」

「ですが、そう断定することは、まだ尚早ではないでしょうか？」生物学のドライエル博士が、半信半疑といった表情でつぶやいた。「彼――ヘンウィック青年が、実際に〝電波〟をあやつることのできる、新種の人類である、ということが、直接的に証明されたわけではないでしょう？　ドラリュくんも、せっかくの〝検出器〟で、彼の出している電波を検出したわけじゃなし……」

「いや——それは、検出されたんです」とディミトロフが口をはさんだ。「ぼくとアドルフは、あのさわぎがあった時、現場へ検出器をもち出したんです。——指向性アンテナで、彼の出している電波は、はっきりキャッチでき、記録もしました。数キロサイクルから、数メガサイクルまで、非常に幅のひろい変調が、彼には可能だったようです。それに——あの〝BUG〟ロボットに〝指令〟を出したものと思われる部分も、記録されています」

「それから——」とフランケル所長は、アイドホールスクリーンを指さした。「今ここに、中間報告が送られつつありますが——解剖の結果も、その推理を支持するようです。とにかく、ヘンウィック青年の体内には、筋肉や、内臓の一部を変化させた、デンキウナギやシビレエイのような、かなり大容量の蓄電器官があったようです。それも相当発達した……。おそらく彼は、筋肉の運動につれて発生する電気も蓄電できたでしょうし、また、電線などにさわって、充電することも可能だったでしょう。それに——絶縁性の高いゴム靴をはいて、化繊の衣服を着ていれば、その摩擦だけで、相当量の電気を発生蓄電することができたでしょうね」

それで——と、ぼくは思った。——それで、クーヤはいつも、あついゴム底の靴をはいて、音もなく、猫のように歩いていたのか！——それで——彼の最期もよくわかるような気がした。あるいは、覚悟の自殺だったのかも知れない。彼の死んだ今となっては、たしかめようもないのだが、最後に警官を、電撃によってはねとばしてしまったあと、すっかり放電して、からっぽになってしまった体内蓄電器に、充電しようとして、あやまって高圧側にふれた、ということも、充分考えられることである。そして――

　ぼくは、突然妙なことを思い出してしまって、なんとなく、襟もとがそそけ立った。――ゆうべ、フウ・リャンが、酔っぱらってしゃべったが、彼女がクーヤに惚れて、くどいた時、クーヤはいったらしい。――〝ぼくに惚れると危険だよ〟と……。たしかに――こんな〝人間発電器〟を相手に、セックスなどした日には――そりゃ〝しびれる〟かも知れないが、へたをすると一命をとりおとす。

　そのことを、となりのフウ・リャンにそっと耳うちすると、彼女は、最初は赤くなって、ぼくの腿をつねったが、次の瞬間、気がついたと見えて、まっさおになった。

「それから――」とフランケル教授は、アイドホールで次々にうつし出される、遺伝研からの中間報告を鞭でさしながらいった。「この通り、ヘンウィック青年の身体構造は、どの部分をとってみても数百ボルト、数アンペアもの大電流を放電したり、蓄電したりするために、非常にうまくできあがっています。――内臓諸器官も、こういう条件に適合するように、きわめて特殊化し、発達しています。ということは――むろんほかにもたくさんの特徴がありますが、これだけみてもわかるように、ヘンウィック青年は、われわれホモ・サピエンスの中から、彼一人だけが、突然変異としてうまれたわけではなく、かなり前から、ホモ・サピエンスの亜種、乃至（ないし）は変種として、ホモ・サピエンスから分離し、その方向への進化の道を歩みつづけてきた種族の一人であることをものがたっています。――それから、脳、および中枢神経系統ですが――」

それまで、クーヤの体の解剖パターンだったのだが、この時突然、クーヤの脳の実物がうつった。――ミナは思わず顔をそむけた。

「ごらんのように、大脳前頭葉はきわめて特異な発達形状を見せています。頭蓋骨は、われわれよりずっとうすく、そのかわり、それなりにきわめて丈夫にできていて――このうすさが、外見上われわれとかわらないのに、大脳容積を大きくし、かつ、こういった奇妙な器官の発達をゆるしていたと思われます。――脳橋付近にも、われわれにない、性質不明の器官ができていますが――これと、後頭部の頭蓋骨に、きわめて大量の金属がふくまれていることとあわせて、今、ドラリュくんからきいた、〝生体電波通信器官〟の仮定をいれると、どうやら納得がいきそうな気がします。――いま、ドラリュくんの仮説を、遺伝研に知らせてやりましたから、これらの正体不明の器官類を、その仮定のもとに詳細に検討しはじめているはずです……」

電気人間――いや、電波人間――生体電気を利用し、強い生体電波発振器官をそなえて、不可視帯電波を、生きることに利用しはじめた知的生物――ちょっと考えると、それなら、われわれ人類だって、おなじことではないか、身体器官として内蔵するか、道具や機械として、外部におくかだけのちがいにすぎないではないかと思えるが――しかし、そんなアナロジイではすまないような、なにか不気味な予感を、ぼくはスクリーンにうつし出される〈中間報告〉から、ひしひしと感じとっていた。――この新人類には、いかなることが可能か？

「局長――」グラフィック・パネルを見ていたランベール博士がいった。「修正パターンがおくられてきたようだね。――どう思う？　中南米地域は、コンピューターの保有台数がすくないのに、ミスの発生率が異様に高いような気がするが……」

ぼくたちは、グラフィック・パネルを見た。――たしかに……ランベール博士のいうように――。

「〝電波人間〟が、一代きりのミュータントではあり得ないとすると――ヘンウィック青年の同類たちは、この地球上のどこかに、大勢いる、と考えねばなるまいね。――ところでヘンウィック青年は、たしか、ボリヴィア出身だったと思ったが……」

局長の顔に、サッと緊張が走った。

「重要な御指摘です。ランベール博士……」と局長はヴィジフォーンのボタンに手をのばしながらいった。「さっそく、その方向でしらべてみましょう」

第六章　南米での遭遇

1

〃緑の地獄〃と、いまだに開拓当時そのままの名でよばれ、また実質的にその名称にふさわしい性格を保持しつづけているアマゾン河流域地帯——そのべトッとした、緑色のカーペットの上をマッハ一・七のスピードで一時間ちかくとびつづけたのち、ぼくたちののったコンバータープレインの行手には、ようやく雲の間から雪におおわれた頂きをのぞかせる、アンデスの諸峰が見えはじめた。

ヴァージニア大学都市(ユニバーシティ・タウン)にほどちかい、ロアノーク市空港をとびたってから約三時間、世界連邦科学警察のチャーターした、ユナイテッド・エアラインの百五十人のりの超音速コンバータープレイン、ロッキードＬＣ３０３３は、徐々に速度をおとし、巨大な可変翼をひろげ、オリエンタル山脈をとびこえながら、中部アンデスの東にひろがる広大なアルティプラノ高原へむかって、高度をさげはじめた。山脈の間に、大きな湖が青く光る。

北側が、ペルー領にまたがるチチカカ湖、ずっと南方が、塩湖で有名なポーポ湖だ。――LC３０３３は、チチカカ湖上空から反転し、西方からラパス空港にむけて、着陸態勢にはいった。左手に、アコンカグアにつぐ、南米第二の高山イヤンプが、雲の間から、雪におおわれた山肌をちらとのぞかせる。

海抜三七〇〇メートルあるボリヴィアの首都ラパス（憲法上の首都は南方のスクレ）は、世界で一番高い所にある首都であり、その空港は海抜四〇〇〇メートルの丘陵頂部にあって、世界で一番高い所にある国際空港だった。――高度の関係からか、LC３０３３はホヴァリング・ジェットをつかわず、ふつうの滑走で着陸にはいっていった。

ラパス空港は、気温摂氏六度――身ぶるいするほど寒く、空気は乾燥してうすくモビル・ラウンジにのりこんだぼくたちは、みんな口をパクパクさせてあえいだ。高度四〇〇〇メートルの大気に適応するために、体調調整剤をのんでいたのだが、すぐにはきかなかった。

丘陵地を背にしてひろがるラパス市の街路にはオリエンタル山脈からふきおろす身を切るような風がふきぬけていた。――南半球の六月は、厳冬で、乾燥期だった。そしてぼくたち、サバティカル・クラスのメンバーの奇妙な暑中休暇は、このアンデスの冬の中ではじまろうとしていた。

シェラトン系の資本が、つい最近たてたばかりの、オテル・ボリヴァールについたぼくたちは、そこの二十六階の会議室で、ボリヴィア国立ラパス大学古代アメリカ研究所の、パブロ・デ・タラタ教授と、ICPOボリヴィア支部のオットカール・シュワルベ警部という奇妙な組み合わせにむかえられた。

デ・タラタ教授は、四分の一、南米インディオの血がまじっているという、いわゆる混血(メスティーソ)だった。——だが、見上げるばかりの長身の上にのっている、赤銅色の顔、高い顴骨(かんこつ)、高くまっすぐな美しい鼻、ひげのない顎、つよい短頭型の頭蓋をおおう、まっ黒な直毛などをみると、そこにラテン系の血はほとんど感じられず、濡れ羽色のくせのない髪を、弁髪にして両肩にたらし、羽かざりの一枚でもつければ、そのまま北米インディアンの勇士——セミノール族の戦士のように見えそうだった。

しかし、ひろいがっしりした肩の上にのっている、まっすぐなうなじ、つよい光を発する大きな二皮眼(ふたかわめ)、そして秀でた額は、まがうかたなき、高い知力を感じさせた。教授は、まだ四十をいくつもこしていないだろう。——だが、時折りそのひきしまった薄い唇のはしや、射すくめるようなまなざしの中に、ひどく老成した感じのする、一種の憂愁のようなものがあらわれることがあった。

シュワルベ警部の方は、ずんぐりした体軀の上に、顱頂部(ろちょうぶ)のうすくなった金髪におおわれた猪首がのっかり、碧眼に赤ら顔といった、典型的なドイツ農民タイプで、真冬だというのに、ツイードの野暮な背広を着てうっすら汗をかいていた。

サーリネン国際科学警察局長とデ・タラタ教授のむかいあったところは、ちょっとした見ものだった。どちらも一メートル九十をこすのっぽで、がっちりした体格であり、どちらも色が浅ぐろく、頬骨が高く、黒い直毛のモンゴロイド系の顔をしており、どちらも高い額と、鋭い眼差しをもっていて、二人の対面と握手は、まるで拳闘のヘヴィウェイト選手権の調印式といった感じだった。

「ヘンウィックの遺体は、どうなりました？」

デ・タラタ教授の第一声はそれだった。——つよいスペイン訛りのある、しかし流暢な英語だ。

「ご存知かと思いましたが、……」科学警察局顧問のリンフォード博士が、ちょっと口ごもりながらいった。「解剖されてから、彼の体組織の一片一片が、あらゆる研究所で追究をうけています。ですから……」

「そうですか……」

と、デ・タラタ教授は、顔をくもらせた。

「彼には、こちらにも、身よりがないので、できたら私が葬ってやろうと思って——、彼は、ラパス大学における、私の最初の学生の一人でした。——そして、もっとも優秀な学生の一人でした」

「あの……」と、ヴィクトールがおずおずといった。「ぼくたち、クーヤと同じ、ヴァージニア大のサバティカル・クラスにいたんです。彼の髪の毛の一部と、遺品はもってきていますが……」

「おわたしくださいますか？」

デ・タラタ教授は、つよい眼差しをヴィクトールに投げかけながら、いんぎんにいった。

「ええ……ボリヴィアには、彼の家族っていないんですか？」

「おりません。彼の養父は、六年前死にました」

「それなら――彼の養家か、実家か、どちらかのお墓に、これをほうむりたいんですが――」

「おひきうけしましょう」ヴィクトールのさし出した、小さな箱に手をのばしながら、デ・タラタ教授はうなずいた。「みなさん、彼のお友だちだったんですか？――それでは、彼の葬儀に出ていただけますか？」

ぼくたちは顔を見あわせ、ヤング教授はちょっと眼を伏せた。

クーヤ・ヘンウィック――彼は何ものだったのか？　異様な能力をもった殺人者――われわれと同じような姿形をもちながら、人類(ホモ・サピエンス)でない〝新人類〟……だが、彼はぼくたちの友だちだった。――そのぼくらの〝友人〟は、犯罪者として追いつめられ、殺され、その死体はばらばらに分解され、あらゆる研究所にわけられ、分子レベルにまで追究され……そして、ぼくらはまだ、彼を葬ってさえいないのだった。

クーヤ・ヘンウィック……あの鳶色の、少年のような顔だちと、かもしかのような姿態をもった若者は、人類の傍系よりうまれた〝怪物(モンスター)〟だったのか？――すくなくとも、彼の死体は、学者たちにとって、はげしい好奇心をそそう、重大な〝資料〟にほかならなかった。そして、たとえ、人類とはことなる〝亜種〟か〝新種〟であったにしても、類人猿よりは、はるかにわれわれに近い——そしてひょっとすると、その生体機能においてだけではなく、根源的な知能においても、われわれよりはるかに、すぐれているかも知れない——彼に対して、ぼくたちは、人間としての、というよりは、同じ〝知的生物〟同士としての、当然の礼儀さえ、はたすのを忘れていたようだった。

「行きます……」とアドルフはいった。

みんなもうなずいた。

「クーヤは……キリスト教徒だったんですか？」とホアンがきいた。

「さあ——実をいうとわかりません。ボリヴィア国民は、五十五パーセントが、ほとんど純粋のインディオですが、彼らのほとんどは、一応カトリックの洗礼をうけています。昔ほどきびしくはありませんが……。ですが、彼がアルティプラノに来たのは、推定六、七歳のころですから、洗礼をうけたかどうかは、よくわからないのです」

「彼の養父という人は？」

「一種の変人です。——アングロ・サクソンですから、きっと新教徒だったんでしょう。が、飲んだくれで、コカイン中毒で、不信心ものでしたからね……。教会なんか、行きもしなかったでしょう。死んだ時も、変死みたいで、酔っぱらって、道傍で凍死したんですから、むろん告解もうけていません。——墓はありますが……」

「一応クーヤも、そこにほうむってやりたいと思いますが……」とヤング教授はいった。

「墓地は？　市内ですか？」

「いや――コチャバンバです。鉄道で四時間ちょっとかかります。エアカーでも、三時間かかるでしょう。――時間があれば、明日にでも、ごいっしょしましょう。コチャバンバの教会に、私から連絡しておきますから……」

「私もまいりましょう。デ・タララ教授……」サーリネン局長が、突然、鋭い調子で口をはさんだ。「われわれの調査の一つは、クーヤの出身をたどってみて、できれば、彼の一族と接触をとることです。――コチャバンバ市へ行けば、彼の出生についての、かなりの資料が得られますか？」

「コチャバンバ以後の彼のことでしたら、むこうまでお行きになる必要はないでしょう」デ・タララ教授は、しずかにいった。「私がほとんど知っています。――私は――名前のしめす通り――コチャバンバのすぐ隣りの、タララの町の出身です。コチャバンバのハイスクールを出て、小学校の臨時教師になった翌年に、クーヤが入学しました。彼は、小学校以来の、私の生徒です。彼のことなら子供の時から知っています。――彼が、たった一人で、アーサー・ヘンウィックのぼろ家に、突然あらわれた日のことから……」

2

オテル・ボリヴァールの二十六階の窓からながめる、ラパスの街は、新しい高層ビルがたちならび、その上に高原の青空と、雲をまとったオリエンタル山脈——いわゆる、東コルディエラ山脈がみえ、反対側には、チリとの国境をくぎる西コルディエラの高峰群が、雪におおわれてそびえたっていた。——典型的な、美しい高原都市だ。

バリエントスの軍事政権時代から、すでに三十年以上の歳月が流れ、錫の輸出にだけたよっていた典型的なモノカルチュア経済時代の、深刻なインフレーションなどの経済的危機と、クーデター政権に対する、ボリヴィア社会主義ファランヘ党や、RRIN（右翼国民革命党）の反抗など、あの伝統のチェ・ゲバラのゲリラ介入まで招いた政情不安に、かつて悩まされつづけてきた、この南米中央部の、人口四百万の小国は、南部のピルコマヨ河上流地帯、さらに中部の、アンデス東斜面、グランデ河上流地帯の大油田発見により、ようやく息を恢復した。——今では、錫、銅などの国営鉱山の生産も軌道にのり、さらに軍事政権のあとをついだ社会民主主義政権により、労働人口もふえ、年間国民所得も一人あたり四百五十ドルと、南米圏では上の部にはいるところまでこぎつけた。——かつて文盲率六十パーセントといわれたこの国において、特に人口の過半数をしめるインディオの教育改革、地位向上が、政策の重点をしめ、それが予期以上の効果も発揮したのである。

だが、寒い街路を見おろすと、そこには昔ながらに、色とりどりの厚いポンチョをまとい、植民時代以後、彼らのもっともこのむものとなった、例の山高帽をかぶったアイマラ族やケチュア族のインディオたちが、ほこらかにうなじをあげ、さまざまのものを売ったり、三々五々と、通りを歩いていた。——アメリカ製の最新式のエアカーも、この首から上だけは上院議員のようなインディオたちを、ゆっくりよけて通っているみたいにみえた。混血三十八パーセント、純血五十五パーセントをあわせるインディオたちは、特に若い世代から、知的政治的に目ざめはじめて以後、今やこの国の国民の最大の勢力となっていた。彼らの指向は、ピサロにほろぼされたインカの栄光と屈辱をはるかにひろくこえて過去にさかのぼり、アメリカ先史時代の中に特異な文明をひらかせた〝新大陸原住民〟インディオの高貴な魂に対する、深い自覚がうまれようとしていた。それは、完全な混血文明であるメキシコのそれとはちがった、一種の〝純粋民族主義〟の傾向をもっていた。――あまりに広大な土地に対する、あまりに少数の種族拡散によって、いつしか、血みどろの人身御供と、複雑錯綜した宇宙観と、数々の麻薬への陶酔とあるいは貧寒の原始生活への退行の中に頽廃して行き、東よりの侵略者の前に、ほとんど無抵抗に屈伏していった彼らの中に、いま、深い底からの、ききとりにくいひびきではあるが、――そしてまた、彼らの寡黙と、瞑想的な傾向が、外からはますますわかりにくくさせているが――まごうことなき、一つのルネッサンスのとどろきが湧き上ろうとしており、ボリヴィアが、その拠点の一つだった。

徐々に自覚をもちはじめた、二百二十万のインディオと、百五十万の混血でもって、国民の九十三パーセントをしめるボリヴィアは、すでに、ほとんど〝インディオの国〟だった。そして、近い将来、近代史における、最初の〝インディオによる近代国家〟になるかも知れなかった。

しかも、彼らは、その遠い先祖のごとく、今や少数勢力となった白人たちに対して、はなはだしく寛容だった。——血と暴力と劫略の過去の幻影におびえているのは、一部の古い家柄の白人たちだけで、彼らはドラスティックな変化をきらっているように、ただひたすら、しずかに、ひたひたと、この国のあらゆる局面におしよせつつあった。——国会議員はじめ、政府高官の中に、純粋インディオの数はふえつつあった。デ・タラタ教授のように、高等教育面に進出してくる数も、非常な勢いでふえはじめていた。

デ・タラタ教授は、しかし、インカの末裔である中部アンデス高原のアイマラ族やケチュア族とはちがって、同じインディオでももっと南、ブラジルのパンパス型——マゼラン航海記に、〝三メートルの巨人〟と、誇張した記録をのこす、パタゴニア・インディアンの血をひいていた。強い短頭と長身が、あきらかにその血をものがたる。父親が、スペインとインディオの混血で、母親が、バスクの血をひくブラジル人だった。祖父は貧しい教師で父親はブラジルの農業労働者だった。だが、同じインディオの混血でも、中部アンデス地区における混血（メスティーソ）はポルトガル系のブラジル地区における混血（ムラート）とでは、社会のあつかいがすこしちがっていた。スペインの血をひく教授の父親は、〝土人〟というよび名をきらって、そのころ改革のすすみ出したボリヴィアへ移住した。そして、先祖がえりのように、堂々たるインディオ的風貌をおびたパブロ青年は、静かだが、情熱と威厳のある、〝インディオ・ルネッサンス〟の、思想的指導者の一人に育っていった……。

「ところで——」はこびこまれた、香り高いマテ茶の碗をとりあげながら、サーリネン局長は眼をあげた。「おきかせねがえませんか？——クーヤ・ヘンウィックのことを……」

「そうですね――」デ・タラタ教授は、骨っぽい、細長い手をくみあわせて、ゆっくりといった。

「子供の時から知っている、といっても、大したことはわからないのです。――彼の養父の、アーサー・ヘンウィックがクーヤとのつながりについてほとんど何の記録ものこさず、死んでしまった今となっては……」

「その、アーサー・ヘンウィックなる人物は、どんな男だったんですか？」

リンフォード博士がきいた。

「これもよくわからない。――妙な人物です。イギリス人で、飲んだくれで、しかし、インテリではあったようです。一種の性格破綻者で、ペルーで新聞記者をやったり、コロンビアの銅山会社につとめたりしたこともあったようですが、アル中でどこも失敗し、最後にペルーのクスコをしくじって、チチカカ湖をわたってラパスに来た時は、何というんですか――インチキの、黄金商人（ゴールド・モンガー）みたいなことをやっていたようです。――ここでは、もう珍しいんですがね。アメリカの田舎からくる金持ちの観光客をつかまえて、メッキのこしらえもののインカの人形などを、さももったいらしく見せ、これもこしらえものの、時代をつけたスペインの古地図みたいなものをちらつかせ、自分は、助けてやった死にかけの土人からこの偶像と地図をもらった。金があれば、こういうインカの秘宝がいっぱいある秘密の場所に行けるのだが、探検隊がだめなら、せめてこの古地図を買ってくれないか、ともちかけるやつです」

「そんなのに、ひっかかる人が、いるんですか？」

「このごろは、そんな人はめったにいませんが、二十年ぐらい前は、ちょいちょいいたんですね」と、教授は苦笑した。「それに――アーサーも、半分本気だったのか、金をつかむと、飲みもしないで三カ月ぐらい姿を消すんです。――アンデス東部斜面から、アマゾン流域の方へね」

するとアーサー・ヘンウィックは、十六世紀のインカ帝国滅亡以降、白人たちに、貪欲のもたらす、いらだたしい幻影をあたえ、何千人という、黄金の夢にとりつかれた人間を〝緑の地獄〟の中にさそいこんで殺した、あの伝説の〝黄金郷（エル・ドラド）〟の、あとをたたぬ探求者の一人だったのだろうか？――あの寡兵をもって、中南米に築かれたインディオの諸帝国を、あっという間に崩壊させた、勇猛残忍なスペインの征服者（コンキスタドレス）たちの一人、アステカをほろぼしたコルテスの部下で、インカにむかって同じ手をもちいたフランシスコ・ピサロにとらえられた、インカ大帝国最後の皇帝アタワルパは、命乞いをして、その代償に、大きな部屋いっぱいの黄金と宝石をあたえた。――さらにそれに数倍する黄金が、皇帝の命によって、アンデスの南北四千キロにわたる大帝国の各地から、皇帝の命をきづかう人民たちによって、陸続と首都クスコにはこばれつつあった。――だが、アステカの黄金と宝石の夢の再現を渇望する、貪婪（どんらん）な兵士たちの前にしめされた、部屋いっぱいの黄金は、飢えた狼に、生肉の臭いをかがせたも同然だった。黄金の臭いが、侵略者の貪婪さを爆発させ、もともと偽装にすぎなかった〝取引き〟の大義名分を、一気にかなぐりすてさせて、むき出しの残虐な劫略へと突進させた。——生命の代償を払ったアタワルパは、〝反逆〟の口実で〝処刑〟され、略奪と殺戮がはじまる。そして、首都へむかう途中でそのしらせをきいた、四方よりの〝黄金の使者〟たちは、たちまち怒って、四方へ姿をかくした。——はこびつつあった、厖大な黄金宝石もろとも……。

その黄金が、アマゾンのどこかにかくされたにちがいない、という推測が、後世の〝黄金郷探し〟たちの見はてぬ夢をさそった。——大西洋岸のギアナから、マット・グロッソの高原地まで、コロンビア、エクアドルから、アルゼンチンまで、黄金の夢にとりつかれた男たちの、時代をこえた探索がはじまる——この夢の中に、何千人が、猛獣、毒蛇、毒虫がはびこり、疫病の猖けつをきわめる緑の魔境の中にのみこまれ、命は助かっても、一生を棒にふってしまったかわからない。——奪えば奪うほど、われとわが身に黄金への渇きをかきたてられ、ついにみずからの貪欲の犠牲となってほろんでいった数多い白人たち——それは、無残に滅ぼされたインカが、その略奪された巨億の富そのものによって、白人たちになしとげたささやかな復讐であり、呪詛であったかも知れない。

一時は、下火になったこの黄金郷さがしも、インカ滅亡後、実に四百年たち、航空時代になってからやっと発見された、高山上の巨大なマチュ・ピチュの都市遺構によって、また一とき、かきたてられたことがあった。そして——

「最後にオルロで一人、お客をだましてかなりの金を手に入れてから、アーサーは、三年間、アルティプラノ高原から姿を消しました。——アマゾナス地方へ行ったという噂や、ロンドニアからマット・グロッソへはいりこんだという情報もありましたが、いつになく長いので、もうみんな、今度こそ死んだんだろうといっていました。ところが、三年目にひょっこり半病人みたいになってかえってくると、さすがにラパスでもオルロでも、気がさすと見えて、コチャバンバに、ぼろ家を買ってすみついたんです。——精神状態は、前よりはるかに荒廃して、半気狂いみたいになっていました。アル中の上に、コカイン中毒になっていたんですからね。——酒がきれていると、誰かれなしにつっかかり、よっぱらうと、またつっかかる。……まったく、その名の通り、悪いニワトリ（ヘン・ウィックド）みたいな男になっていました」

「コチャバンバでは、何をやってくらしていたんです？」とディミトロフ。

「なにもやっていませんでした——それでも、彼は彼なりに、何か運をつかんだらしいのです。住民の噂では、今度こそアーサーが、インカの遺跡をみつけて、黄金を手にいれたのだ、ということでしたが、真偽のほどはわかりません。とにかく、ひどく自堕落な生活ながら、働かなくても食えるだけのものはもっていたようです……」

「そんな彼が、どうして、クーヤをひきとったんでしょうな？」と、ランベール博士が口をはさんだ。

「彼がひきとったわけではありません。クーヤの方が、彼をたずねてきたのです」

「どこから？」

「わかりません。——おそらく、東の低地方面からだったでしょう。高地インディオのように、ポンチョや帽子をかぶっていませんでした。この高く、寒い土地に、ほとんど裸同然の恰好で、ずいぶん遠くから歩いてきたらしく、脚はほこりだらけで、つかれきっていたようですが……」

「すると、あなたは、クーヤがコチャバンバにあらわれた時をご存知なんですか？」

「知っているもなにも、おそらくクーヤ少年が、コチャバンバの街で、最初に声をかけたのが私だったでしょう……」デ・タラタ教授は、十数年前を回想するように、眼を窓外にはせた。「はだしで、髪をお河童にして、うすい布を身にまとっただけの小さな子供が、コチャバンバの街の東の入口から、街へはいってきました。――荷物らしい荷物ももたず、手には、彼のニックネームから、しまいには本名になってしまった、インディオのつかう、果皮椀をもって……、でも、眼は、かしこそうに光っていました。彼は、私を見かけると、まっすぐ近づいてきて、全然訛りのない、すばらしいスペイン語で、はっきりたずねました。――〝今日は、シニョール……シニョール・ヘンウィックの家は、どちらでしょうか？〟……」

「ふしぎですね！」ヴィクトールは、嘆声を発するようにいった。「クーヤは……そんな小さな子供だったのにどうしてたった一人で、ヘンウィックをたずねてきたんでしょう？――その飲んだくれのヘンウィックと、クーヤとは、どんなつながりをもっていたんでしょう？」

「それは――おそらく、ヘンウィックの三年間の失踪と関係があると思いますな」いままでだまっていたシュワルベ警部が、重たい口をひらいた。「アーサー・ヘンウィックは、――これは、地もとの連中からきいたんですが――クーヤを、何となくおそれていたみたいですよ。一応養子にはしたんですが……三年間、彼が、アマゾンや、マット・グロッソをうろついている間に、おそらく、クーヤの一族に助けられたかどうかしたんでしょう。おそらく、アーサーがコチャバンバにかえってからの生活も……」

「ク、ー、ヤ、の一族？」

サーリネン局長は、するどくききかえした。

「警部――君は、ク、ー、ヤ、の一族について何か知っているのかね？」

「それについては、私に若干心あたりがないでもありません」デ・タラタ教授が、一同を見まわしてしずかにいった。「クーヤは、出身については、まったく語りませんでした。――しかし、彼は、中部高地インディオのアイマラ語やケチュアナ語をまったく理解しないのに、アマゾン地帯にもっともひろく分布している、トゥピ・グァラニ語系統の言葉は、なんとなくわかったようですし、彼の幼少期のものの考え方や行動を、今から考えてみますと、中部南米地域ではちょっとめずらしい……彼の育った社会はカリブ文化圏インディオのものだったような気もします。――〝聖識者〟や〝階級〟に対する理解力の鋭さは、血縁集団を主として、僧侶階級をもたない、熱帯降雨林系インディオの社会で育った子供とは、ちょっと思えません。――彼自身、私がひょっとしたら、古い、世襲制神官階級の子弟ではないかと思ったほど、不思議に知的でほこりたかいところがありましたから……」

「すると、彼の出身は、かなりしぼられてくるわけですな？」サーリネン局長は、細型葉巻（シガリロ）のはしをギュッとかみしめるようにしていった。

「そう、かなり……」デ・タラタ教授の顔色に、一瞬かすかな動揺があらわれた。「彼は——それから、南米中部における、モホ族の言葉や習慣についてかなり知識をもっていました。モホ族というのには、いまいった、南米における、数すくないカリブ文化系——その代表的なのは、ユカタンやグアテマラに二千年前から大文明をきずいたマヤ族ですが——に属するインディオです。クーヤは、直接モホ族に属さないまでも、彼らと接触のある一族の出身にちがいありません。ですから——」

「わかりました……」サーリネン局長は、シガリロをおしつぶして立ち上った。「教授——、そのモホ族は、どのくらいの範囲にひろがっていますか？——どうやったら彼らにあえるでしょう？」

3

翌日の予定だった、コチャバンバへの出発が、にわかにその日の午後ときまったので、ぼくたちは大あわてで、いったん各自の部屋へほうりこんでおいた荷物を、ふたたびまとめにかかった。——サーリネン局長の口ぶりだと、コチャバンバでクーヤの葬式をすませてのち、そのままクーヤの一族の探索の旅へ出かけるようだったので、奥地旅行用の支度をしなければならなかった。

その日のラパスは、気温がかなりさがり、ひどく乾燥していて、新築のホテルの床に敷かれた、化繊の繊維の上を、大急ぎで歩きまわると、摩擦によって体の中に静電気がたまってしまい、個室のドアの金属製のノッブに手をふれようとすると、指先からノッブへ向けて、青白い火花がピチッととんで放電し、肱のあたりまでしびれるほどの、強いショックをうけて、とびあがった。

「おどろいた――」ヴィクトールは、手をふりながら、苦笑した。「まるで、ク－ヤの亡霊にでもひっぱたかれたみたいだな」

「ここなんかまだましだよ。――アリゾナの砂漠地帯に行ってみろ。乾燥しきっているから、ここよりすごいぜ」とディミトロフはいった。「車を長いこと走らせて、うっかり地面へおりようものなら、ひっくりかえるほどの電撃をうけるし、ちょっと歩いても体の中に電気がたまって、タイプライターにさわろうとしても、金属製の椅子にすわろうとしても、猛烈なショックをうけるんだ。――部屋の中で、うっかり毛布でもふってみろ。電気火花でたちまち燃え上っちまうから……」

「しっ！」ホアンが、いたずらっぽい眼つきでいった。「フウ・リャンが来たぞ。彼女がびっくりするところを見ようや」

スラックスをはいたフウ・リャンは、廊下を歩いてくると、かたまっているみんなの方をちょっと見て、「あら何しているの？」ときいた。

「なんでもないよ」とホアンはいった。「ちょっとしたうちあわせさ」

フウ・リャンは、ドアに手をのばした。――パチッ！　と音がして、青白いアークが、三センチもとんだ。しかし、フウ・リャンは、別におどろいた様子もなく、小さい声で、あら、といっただけだった。

「こりゃおどろいた！」とアドルフは叫んだ。「なんともないのかい？　フウ・リャン……」

「少しはいたいわよ。でも――私、電撃にはわりと強いの」

そういうと、フウ・リャンは部屋の中にはいってしまった。

「なるほど。――電撃に対する耐性には、ずいぶん個人差があるときいていたが……」

ディミトロフが、頭をかきながらいった。

「といっても、クーヤにはおよぶまい」とホアンはいった。「彼は、自分の体から、何千ボルトもの放電をやって平気でいたんだから……」

「ふしぎなもんだな――」とアドルフはつぶやいた。「電気ウナギなんて、八百ボルトもの電気を放電して、馬でもたおすというんだろう？――どうして、自分は感電しないんだろうな？」

「電気ウナギといえば、この東の、アマゾンが本場だぜ」とヴィクトールはいった。「おかしなことだな。――生体電気なんて、どんな生命にも共通に起るものなのに、これを攻撃的武器にまで発達させたものは、シビレエイとか電気ナマズとかほとんど魚類にかぎられているんだ。魚の類は、何億年も前から、発電器官をもっているし、古生代の無顎魚の中に、はっきり発電器をもっているやつがいたんだからね」

「――さあ何ともわからんぜ」と、ぼくはいった。「軟体動物だの、甲殻類にもあったかも知れんが、あまり発達せずにほろびてしまったのかも知れない……」

「陸上生物は？――現存するやつで、蓄電器官をもってるものは何もいない……」

「中生代爬虫類の中にいたかも知れんよ――両棲類なんかはどうなんだろう？」

「考えられんね――」とホアンはいった。「魚類の中でも、かなり進化からとりのこされている連中が、そなえている器官で、発電＝蓄電器官などは、かなり古代的なものだろう？――魚類の新しいタイプはやはり、じっと待っていて、電気で餌をやっつける、行動ののろい連中と訣別して、スピードと敏捷さを追究する方向へむかったんだ」

「まってくれよ――進化の上で古いとか、新しいとかは、相対的なもんだぜ」と、途中から仲間にくわわったサムがいった。「一度生物の進化途上で、そういうものが達成されたのなら、また新しい段階で、新しい器官がうみだされ、新しい機能に応用されないともかぎらない……」

「しかし、――乾燥陸上にすみ出した、爬虫類以後の生物で、強力な発電器官をそなえているようなものはいないぜ」とアドルフ。「空気は水とちがって、きわめて良好な絶縁体だからね。――水中なら、一回の放電で、かなりの範囲の敵なり餌なりが、感電してしまうが、空気中ではそうはいかない。――つまりあまり意味がないから……」

「しかし、陸上生物で、ただ一種だけ、そちらの方を発達させた生物がいるよ」とぼくはいった。

「クーヤがそうさ――Homo Sapience Electricus さ」

「たしかに――その点があるんだ」ヴィクトールはつぶやいた。「陸上生物で、強力な発電=蓄電器官をそなえたものは、今までは、あらわれなかったようだ。だけど――これからもあらわれないという保証は何もない――」

「これからの課題として、ちょっと面白いかも知れないね」とホアンはいった。「電気生物学――生化学レベルのものじゃなくて、生体レベルのものとして、新しい分野だろうな。いや――電気生物学だけじゃなくて、電波生物学も……」

「君たち、何をしているんだ?」ヤング教授が廊下の角を曲ってきながらいった。「いそがないと――あと十分で、エア・バスがホテルの前にくるよ」

ぼくたちは、急いで荷物をまとめた。――まとめながら、ぼくは、胸の底になんとなくもやもやひっかかっている雲に、ずっと気をとられていた。その雲の正体が、何であるかということを見きわめるために、ぼくは荷物をつめる手を、ちょっと休めて、考えてみなくてはならなかった。――すると、それは、さっきフウ・リャンが、電撃をうけながら平気な顔をしていたことだということがわかった。

だがいったい、そんなことが何だというのだろう?――電撃によるショックは、大変な個人差がある。数千ボルトで死んでしまう人もいれば、数千ボルトで平気な人もいる。

しかもなお、ぼくには、そのことがずっと心の底にひっかかりつづけていた。――フウ・リャンが電撃につよい体質だ、という事実の奥に、もう一つ、なにかがあって、本当はそのなにかが気にかかることの本当の正体だった。だが、出発前のあわただしさの中では、それが何であるか、心をしずめて考えている余裕はなかった。

トランクをさげて、廊下へ出ると、同じ廊下のずっとむこうで、サーリネン局長がドアをあけて出てくるのが見えた。――ドアをしめようとした時、局長の部屋の中で、かすかに電話のベルが鳴り、局長はまた部屋へはいっていった。

エレベーターホールへ出る途中、局長の部屋の前をとおると、半びらきになったドアのむこうから、局長のけわしい声がきこえた。

「で、つかまえたか？――死んだ？」

ぼくは、思わずたちどまった。――ボリヴィアは、まだヴィジフォーンをつかっていない。局長は、古いタイプの電話器をにぎりしめ、眉をぎゅっとしかめていた。

「それで――ほかの所は？　パリだけか？――なに？」

ぼくは、局長の部屋の前をとおりすぎた。――エレベーターホールに立っていると、アタッシェ・ケースをさげた局長が、むずかしい顔をして出てきた。

「ソルボンヌの犯人が見つかった……」局長は、ぼそりといった。「モスクワと京都は、逃げたらしい。――ソルボンヌの場合も、市内にかくれていたんだが……」

「死んだんですか？」

「きこえていたかね？」局長は、首をふった。「自分で――放電して……逮捕にむかった刑事の一人が、まきぞえで死んだ。――京都の場合、モスクワの場合もそうだった、という報告がはいっているが、いずれの場合も犯人はどうやら、やはり南米からきた、インディオか、混血(メスティーソ)の学生らしい」

「パリの場合はどうやって――」ぼくは、ききかけて、思わず息をのんだ。「……見つけたんですか？」

「君たちのつくった、あの探知器だ……」局長は低い声でいった。「わかってみれば、簡単なものだ。――彼らのつかっている電波の特有のパターンの一つもわかりかけた。ただ――」

「ただ――なんです？」

「コペンハーゲン空港で、カテゴリーⅢの誘導着陸中の旅客機が、墜落した。――空港の、コンピューター・ミスだ……」局長は、やってきたエレベーターの中に歩みよりながら、かたい声でいった。「その旅客機に――モスクワ大の容疑者らしい人物がのっていた……」

市内でチャーターしたエア・バスかと思ったら、カーキ色にぬられた、おそろしく頑丈そうなエア・バスで、標識番号はぬりつぶした上、運転しているのは兵士らしかった。――最初はボリヴィア軍の兵士だと思っていた。だが、高速道路が、空港の傍を通る時、ランプから、おなじようなエア・バスが三台はいりこんできて、それには兵隊が満載されていた。

空港の方をみると、世界連邦警察軍所属の、巨大輸送機が、ごうごうととび上って行くのが見えた。——全備重量五百トン、兵員なら千名、戦車なら六台、エア・バスなら十台以上のせて、亜音速で飛ぶ巨人機だ。

「警察軍をよんだんですか？」

ヤング教授は、非難するような眼つきでサーリネン局長の方をふりかえった。

「捜索をスピードアップするためです」局長は、顎をぎゅっとひきしめたままいった。

「連中を——狩りたてるんですね？」デ・タラタ教授は、しずかな声でいった。「インディオを……」

「教授——わかってください！」局長は座席の背をわしづかみにして、わめくようにいった。

「われわれは、ただ、彼らと、一刻も早く接触をもちたいだけです。——そのためには、あらゆる手段をとらなければならない……」

「それにしても——」ランベール博士はいった。「ちと、大げさじゃないかね？——彼らは、そんなに危険なのかね？」

「わかりません——でも、各大学でおこったことを考えれば——それに、連中があいった能力をもとにして、どんな戦闘力をもっているか、という点が、はっきりしないので……」

前を行くエア・バスが、サイレンを鳴らしはじめた。——その不吉な叫びは、山々にこだまし、ぼくたちの車内の会話は、おのずとたえた。

直線距離で、二百三十キロあまりあるコチャバンバまで、軍用エア・バスは、わずか二時間余ですっとばした。——人口十万余、ゆたかな農業地帯の中心地の美しい街で、標高はだいぶくだって海抜二千五百メートル。アマゾン河につらなるグランデ河の支流が、渓谷ぞいにのびており、ここから東へかけて、アンデスの雄大な裾野をおりて行けば、正面に緑におおわれたマット・グロッソ高原、北へかけて世界最大の流域面積をもつ、アマゾン大密林地帯がひろがっている。

コチャバンバの市街地からはずれた、小さな村落の中の教会で、ぼくたちはクーヤのために、ささやかなミサをあげてもらい、丘の斜面にある墓地に、彼の遺髪と遺品を埋めた。——こういう風な葬り方がふさわしいかどうかはわからなかったが、しかし、ぼくたちとしては、そうするよりほかしかたがなかった。そして、牛や羊、リャマ、アルパカなどが草をはむ、この美しくもおだやかな、アンデスの斜面の小さな墓地は、ぼくたちの〝友人〟であったクーヤ——新種の〝怪物(モンスター)〟でなく、ほっそりした体軀と、澄んだ眼をもった、少年のようなインディオの若ものをほうむるのに、いかにもふさわしく思えた。

小さな教会が、ぼくたちの葬儀のために、特別に鐘を鳴らしてくれ、その鐘は、アンデスの峯々にこだまし、はるか東方の青くすんだ空の下、うすい雲におおわれた、マット・グロッソの高原の方にわたっていった。——アーサー・ヘンウィックの名だけきざんだ、粗末な安山岩の十字架の横に穴をほり、ぼくたちはクーヤの遺品をおとしこんだ。ヤング教授は、眼を赤くしていた。ぼくたちへの〝挑戦者〟であり、チャーリイを廃人にした〝犯人〟である怪物(モンスター)のクーヤは、科学者たちの分析装置の中にあった。しかし、ぼくたちの〝友人〟であるクーヤは、いまここに、彼の呑んだくれの養父であるイギリス人の横、彼が最初に〝文明世界〟へあらわれた土地にほうむられたのだった。

だが、ぼくたちが葬儀に参列している間に、サーリネン局長は、アーサー・ヘンウィックの遺品や、生前の様子から、クーヤの一族についての何かの手がかりがもとめられないかと、活発な調査にかかっていた。――葬儀をおわって、ぼくたちが、エア・バスのとまっているコチャバンバ警察までかえってくると、署の中では、サーリネン局長とシュワルベ警部が、小さな箱を前にして、チャビン期アンデス文明の人頭壺そっくりの肥った署長と話しこんでいた。

ぼくたちがはいって行くと、局長は、がっかりしたように首をふった。

「だめだね――アーサー・ヘンウィックが思ったよりインテリだったらしい、ということ以外、わかったことはほとんどない」

古びた紙箱の中には、数冊のぼろぼろになった、インカ学や、アメリカ古代文明その他の人類学関係の専門書のほかには、マウスピースの穴のあいたパイプ、携帯用の磁石、かびのはえたカバン、撃針の折れた、錆(さび)だらけの廻転拳銃(リヴォルヴァー)といったもの以外、何もなかった。――アーサー・ヘンウィックが死んだとき、クーヤは、そのころすでにラパス大学の講師になっていたデ・タラタ教授の推薦で、ラパス市のハイスクールに特別奨学生として、寄宿舎にはいっており、葬儀のあと、がらくたは近所の人にわけ、どうしようもないものだけを教会にあずけた、ということだった。——彼を虐待こそしなかったが、戸籍上の養子にしてくれた以外に、ほとんど何一つかまってくれず、中学生のころから、寮ずまいをしていたクーヤにとって、養父の遺品なぞ、持ち歩いてもしようがない、という気持だったのだろう。

「それにしても、日記や記録類が何もないとはね……」と、シュワルベ警部は、鼻をこすった。

「インカの宝さがしだったら、地図の一枚ぐらい、のこっていてもよさそうなものだ」

「クーヤが、みんな始末したのかも知れませんね」とヴィクトールはいった。「おそらく、彼の一族との関連がわかりそうなものは全部……」

「考えられるな」とサーリネン局長はいった。「ただ一つ、若干の手がかりになりそうなものは、これだが——」

局長は箱の横にある、汚い皮袋をさした。かなりの大きさで、口がひらかれ、中から泥だらけの、青ずんだ石が二つころげ出している。

「エメラルドの原石だ。——そいつが、おそらく、アーサーの、コチャバンバにおける生活資金になったんだろうが……」局長は、石をつまみあげてつぶやいた。「ここにのこっているのは、大した値打ちのものじゃないな——もし、これが、クーヤの一族から、クーヤのめんどうを見るための資金として、わたされたのだとしたら——その連中は、エメラルドの出る地方にいる、ということも考えられるが……」

「なんともいえませんね」デ・タラタ教授は首を横にふった。「いま、エメラルド鉱の見つかっている北部アマゾンの地域だけが、エメラルドの産地とはいえません。――インカ時代の貴金属、宝石の鉱山は、おそらくまだ、半分も見つかっていないでしょう」

「スピンデンの本がまじっているな……」ぼろぼろで変色した書物を一つ一つひっくりかえしながら、ランベール博士がぶつぶつ一人ごとをいっていた。「インカの宝さがしが、マヤをしらべるとは――はて、これは何だろう？」

箱の一番底から、かびのはえた、ぶあつい皮表紙の書物を、博士はつまみあげた。手ずれがして、ほこりまみれで、わけのわからない虫だの小さな蜘蛛だのが、ぞろぞろおちる。

「聖書ですよ――」と署長が、手をひろげていった。「牧師さん、気がつかなかったんでしょう。あの悪魔にとりつかれた不信心ものも、やっぱり……」

「ヘンウィックは、アイルランド系かね？」ランベール教授はきいた。

「いや――しらべてみましたが生粋のイギリスです」とシュワルベ警部はいった。「バーミンガム生れで、もとは相当な家系ですよ」

「カトリックでない男が、天主公教会発行のポルトガル語の旧約聖書を、なぜもち歩いている？」ランベール教授は、表紙についている皮バンドの、バックルをあけようと苦心していた。

「ちょっとナイフを貸してくれませんか？――鍵がかかっているか、さびついているかだ」

テーブルの上の、ペーパーナイフでこじると、バックルの留金はやっとあいた。――表紙をひらいたランベール教授は、大仰に肩をおとした。

「やれやれ！　やっぱり、彼は不信心ものだったな。——聖書のなかみは、日本製のラジオだ」

「ちょっと！」サーリネン局長の眼がギラリと光った。

「あ、いじらないでください。——FMつきですね」

アンデスの奥地でも、もういまどきはやらない、と思われるほど、古色蒼然としたラジオだった——ソリッド・ステートといっても、ICではなくて、まだトランジスターをつかっているタイプである。こんなタイプは、日本でも、もう二十年以上前に製造を中止しているはずだった。しかし、アーサー・ヘンウィックが、コチャバンバに来た十七、八年前には、まだこのあたりで相当な贅沢品だったろう——3（スリー）バンドで、FMへのきりかえ装置もついている。

「なぜこんなものを、聖書の中に——」

シュワルベ警部は、白髪まじりの横びんを、ごしごしかいてつぶやいた。

「セレクターはFMになっているな——」湿気でもよんだのか、アルミ部分の一部に白く銹のもり上ったラジオをそっととりあげながら、サーリネン局長は、警部の方をふりかえった。

「このあたりでどこか、FM放送をやっている所があるかね？……」

「さあて——ボリヴィアじゃFMはいまだにやっていませんね。パラグアイやペルーもですが——サンパウロまで行けば、一つありますが、距離が遠すぎて、はいらんでしょう」

「その目もりをメモしておきたまえ」と、局長は警部にいった。「おそらく、このラジオを通じて、クーヤの一族は、アーサーに何か指令をおくっていたんだ――」

「インディオが？」署長はびっくりしていった。「低地インディオが放送局をもっているんですか？」

「いや――」局長は立ち上りながらいった。「彼らの一人一人が、放送局なんです」

「この振幅で、こちらからよびかけてみたらどうでしょう？」とアドルフはいった。「彼らと連絡がとれるかも――」

「いや、かえって警戒されるとまずい。もっと彼らに接近してからやります」と局長はいった。

「なんとも不思議な連中です。――パリで、彼らの仲間の一人を発見した時、連中が、AMでもFMでも通信をおくるということがわかったそうです。――なみたいていの連中じゃなさそうですね」

4

その夜、ぼくたちは、コチャバンバの市外に駐車したエア・バスの中に泊り、翌朝早く、サンタ・クルスへむけて出発した。

動力に原子力をつかった連邦警察軍のエア・バスは、単なる兵員輸送用というだけではなく、亜寒帯域から熱帯にいたるまでの全気候帯域にわたる野戦行動力をもち、内部は厨房から エア・コンデショニング、飲料水濾過器までそなえ、シートはそのままベッドになり、地球上の、ほとんどあらゆる地域における、長期作戦に耐えるようにできていた。——数台あつまれば、そこに一種のトレーラー・キャンプができあがる。戦闘用ではないから、火器こそそなえていなかったが、防弾ガラスの窓の外にさらにシャッターをおろせば、装甲輸送車ともなった。——これも、軽量大出力の原子力エンジンのおかげだが、できた当座の、「陸の原子力潜水艦」という大げさなよび方も、現物を見れば、なるほど、と思わせるものがあった。

このエア・バス四台に、殺傷火器ではないが、象でもたおせるという、長射程麻痺銃（パラライザー）を携行した兵士が、約百名分乗し、さらにボリヴィア陸軍のエア・バスが先導し、最後の一台に、サーリネン局長をはじめ、ぼくたちの一行がのりこんで、コチャバンバから、アンデス東斜面をサンタ・クルスへおりて行くハイウェイを、朝日にむかって出発した時は、ちょっとした〝作戦〟の開始のような気分だった。——空には、歩兵輸送用のＶＴＯＬが、ジェットの轟音をひびかせながら何機もとび去って行く。ラパスからオルロで縦貫線とわかれてコチャバンバにきている鉄道は、すでにサンタ・クルスにも、スクレにもつながり、そこからはるかブラジル大西洋岸のサンパオロまで、またサンタ・クルスで分岐して、パラグアイの首都アスンシオンを経て、アルゼンチンを南下してブエノス・アイレス、さらにラプラタ河をトンネルでわたってウルグアイの首都モンテヴィデオまで行く、大横断路線が最近完成して、ここに快適な、日本製の特急列車が走り出したので、サンタ・クルス・ハイウェイの方は、一時にくらべてずっとすいてきた、ということだった。

アンデス東麓にひろがる台地の入口のサンタ・クルスは、ここ数年の間に急速に発展してきた。――市の郊外にひろがる茫々たる冬枯れの水田地帯は、ちょっとびっくりさせられる光景だった。すでに何十年も前からここで日本の――またもや日本だったが――入植者が米をつくりはじめ、米は砂糖とともに、ボリヴィアにおいて、もっとも早く自給可能になった作物だった。そして今は、南米東南地区への輸出農産物にまでなっている。それにくわえて、アンデス東麓の裾野に、続々と発見されはじめた油田により、この街を中心に、石油精製、石油化学の工場が、アメリカ資本でできはじめ、アマゾン流域、パラグアイ、そしてブラジル政府が十カ年計画で、主として鉱業資源開発を中心に力をいれはじめた。マット・グロッソ高原開発計画の、西部におけるエネルギー供給基地の一つになっている。

たしかに、〝緑の地獄〟とよばれた、南米中央部の、アマゾン流域およびマット・グロッソ高原は、ここ十数年の間に、周辺部から急速にかわりつつあった。――〝内陸開発〟は、二十一世紀初頭以来、技術社会の、新しいフロンティアとなった。終熄した国際紛争にかわって、急激な人口増加の圧力が新しい問題となり、さらに地球上の文明圏から、まだまだ当分、途方もない〝持ち出し〟となる宇宙や極地のフロンティアに一層の補給をつづけるために、地球上において、〝生産フロンティア〟の大開発をやらねばならず、南米内陸、カナダ東北、東シベリア、アフリカ内陸、そしてオーストラリア内陸が、新しい戦略目標となった。

——文明は、ここでも新しい〝挑戦〟の目標を見出したのである。

しかしながら、オーストラリア内陸とならんで、アマゾンは、もっとも頑強に、この挑戦に抵抗している地域だった。——前者では、おそるべき乾燥が、後者ではそのおそるべき湿度が、人間の挑戦に抵抗した。そして乾燥地で、しかも、もともと有袋類以外の哺乳類の棲んでいなかった、生物相の貧弱なオーストラリア内陸とちがい、アマゾンの場合は、高温と多湿の中にはぐくまれた、おどろくべき種類の生物が、あげて人類に抵抗した。——流域面積七百五万平方キロメートル、南米全土の五分の二をおおう、この大湿地帯にたちこめる瘴気は、すさまじい植物群の成長を促し、そのおぐらい、じめじめした大温室の下に、旺盛な生命力をもった、ありとあらゆる生物をはぐくんだ。——ここでは、生きているものすべてが、人間の文明に抵抗した。ウイルス、バクテリア、原虫類のたぐいから、昆虫、魚類、爬虫類、鳥類、そして種類のすくない哺乳類、そして同じ仲間でありながら、この生物圏に同化している〝人類〟まで！——おだやかそうな河には、ピラニヤや、それよりおそろしい食肉泥鰌（カンジェロ）がいた。巨大な鰐も、その鰐をのみこむ二十メートルもある水蛇（スクリジュー）も、鱶（ふか）もいた。蚊、蝿、蚤、ダニ、あらゆる刺す虫は、マラリアや森林梅毒（エスプンジア）をはじめ、あらゆる病源体を媒介したし、毒蜘蛛やサソリや肉蝿は、それ自体が人間を殺した。可憐なオームは、オーム病を媒介し、禿鷹の一種は、眠っている家畜の肛門から腸をひきずり出す。毒蛇の毒性はハブよりすごいし、凶暴でもある。豹（オンサ）は家畜も人もおそい、おとなしく蟻を食っているように見える大蟻食い（タマンドア・バディランテ）までが、鋭い爪で家畜や人をひきさき、抱きついて頸動脈から血を吸って殺す。

奥地には、食人習（カニバリズム）をもつ、獰猛なインディオがいて、毒矢や、毒吹矢で人を殺す。——あの乾し首（サンサ）で有名なヒバロなどは、まだおとなしい方なのだ。

　本格的な〝挑戦〟がはじまってから、まだいくらも歳月がたっていなかった。——おどろくほどの量の医薬品が、まずこの地区に投入され、次いで殺虫剤が何万トンとそそぎこまれた。地域エアコンデショニングプラントが建設され、病院がいくつもでき、拠点ができ、それは徐々にひろがりつつあった。

　だが、高温多湿の中にひろがる大ジャングル、雨期には、道路でも鉄道でも水没させてしまう河は、なお嘲笑うがごとくその前にたちふさがり、その下に、あらゆる病原虫、あらゆるまがまがしい生物を、相かわらずはぐくみつづけているのだった。

「アマゾンの完全開発には、ここの生物相を完全にかえてしまわなくてはだめだ」とある科学ジャーナリストは、半分本気で書いていた。「そして、それは、ここの気象条件を完全にかえてしまわなくては不可能である。——そこで一つ提案がある。アマゾン河大西洋地域に、高度八千メートル級の大山脈を、数千キロにわたってきずくのだ。そうすると、雨期の貿易風は、この山脈にあたって、ほとんど海岸地帯に雨をふらしてしまい、アマゾン内陸の気候も、少しは乾燥するだろう」

　冗談とも悲鳴ともつかぬこの言葉は、しかしある意味でこの地域の根本的性格を語っていた。このジャーナリストと逆に、アマゾン河口をふさいで、ジャングルを「水没」させてしまおうという計画もあった。——アマゾンにおいて、〝自然〟は、地形と気候にささえられ、まだ巨大で、頑強で、その分厚い緑のベールの下に、二十一世紀の文明の光のささぬ広大な領域を、しっかりとかかえこんでいた。そのしめったほの暗いベールの下に、現代の人類の知らないもの――異様な伝説的生物や、かつて目撃されたが、今はどこにいるのか皆目わからない、もう何十年も文明人の出あったことのないインディオの集団を、まだ数知れずかくしていた。湿地帯ばかりでなく、アンデス山麓や、高原地帯にさえ、広大な〝人跡未踏〟の地があり、インカとも、先インカのアンデス文明のものともつかぬ〝密林の奥の遺跡〟が、かつて何十となく目撃されたと報告されながら、急激にしげる植物群や、一雨ごとに河筋をかえる網の目のような支流のため、その後二度と発見できずに、ふたたび緑の底に失われてしまったのだった。

そして――おそらく奇妙な〝新人類〟と思われる、クーヤの一族――〝電気、電波人間〟たちも……。

おそらく彼らもまた、幾星霜もの間、この〝緑色の闇〟の座にひそんで生活をつづけ、ジャングルと迷路のような川は、この異様なホモ・サピエンスの亜種――あるいは〝新種〟の人類を、貪婪な好奇心にみちた、われわれの文明の眼からかくしつづけてきたのだ。

彼らは、いま、突然姿をあらわそうとしていた。――彼らは、われわれの文明によって〝発見〟されたのではなく、彼らの方から、いつの間にか、われわれの文明の中にまぎれこみ、われわれを観察し、そして――こちらが彼らの存在など、思いつきもしなかったうちに、突然われわれを〝試し〟、〝挑戦〟してきたのだった。

彼らは――おそらく、われわれのこと、われわれの文明のことを、非常によく知っているようだった。だが、われわれの方は、彼らのことを、全然知らなかった。――彼らが、われわれの先進地帯の社会にまぎれこみ、われわれの生活にまじって、われわれのすぐ傍にいることなど、われわれは想像もしなかったのだ。――クーヤが、失敗するまでは……。

「いったい〝連中〟は……」サンタ・クルスから、さらに北行し、ブラジル領アマゾンへとむかう国道を走るエア・バスの中で、ぼくはつぶやいた。「……どのくらいの数、われわれの世界にまぎれこんでいるんでしょう？」

「それほどの数ではないと思うね。――確信はないが……」と、サーリネン局長は、眼を宙にすえて、考えこみながらいった。「また、そうであってほしいと思うが――」

「でも、もし、彼らがいつの間にか、そ知らぬ顔をして、大量にわれわれの社会にまぎれこみ、ある時、世界各地で、いっせいに〝挑戦〟してきたら？」

「それは、あり得ないと思うね」とランベール教授がいった。「たとえ、彼らがわれわれと外見上まったくかわらないとしても、彼らが大量に、われわれの社会の中に滲透しはじめていたら、もっと前に、かならず何らかの形で、兆候があらわれているはずだ。――彼らが、われわれの社会の中に潜行しはじめたのは、ごく最近のことではないかな？　それに、クーヤをはじめ、パリでも、モスクワでも、京都でも、すべて彼らが南米系のインディオの外見をそなえていたことを考えると――つまり、この〝新人類〟は、新大陸のインディオの集団の中から生れて、分離し、進化してきたものだとすると――その数はそれほど多くない。新大陸インディオの総数は、南北アメリカをあわせて千五百万人だ。人口は漸減しつつある。それに、南米地域、特にアマゾニア、マット・グロッソに限定されると、その数はうんとすくない……」

「ホモ・エレクトリクスは……」とヴィクトールがいった。「さらにその中の、人目につかない小さな集団だ、というわけですか？」

「おそらくそうだろう――」ランベール教授は、しわ深い顔を、ぎゅっとひきしめていた。

「だが――小集団でも、もし……」

それからランベール教授は、突然デ・タラタ教授の方をふりかえって、かつての教え子の名を、ファースト・ネームでよんだ。

「パブロ――君はどう思う？」

「ええ……そうですね」デ・タラタ教授は、妙にどぎまぎしたような調子で、口ごもった。

「私もそう思います。ただ」

「君は、連中について、何か知っているのかね？」とランベール教授は、鋭くたたみかけた。

「いや――直接には、何一つ知っているわけではありません。ただ、彼らについて、一つの仮説をもっているのです。そのことは、あとでゆっくりお話しします」

サーリネン局長は、前の座席で眼をつぶっていた。――だが、眠っているのでなくて、二人の会話に、じっと緊張して耳をかたむけていることは、ひとめでわかった。

　われわれは、サンタ・クルスから、グランデ河の水面をくだってマモレ川にはいり、さらに北上して、グアジャラ・ミリンから、ブラジル領のロンドニア直轄地にはいった。ここは、高台地で野生のゴムが産出するので有名なところだ。──ボリヴィア陸軍の兵士たちのエア・バスは、ここからひきかえし、かわってブラジル陸軍野戦部隊の一行がむかえてくれる。──眼前には、マット・グロッソ高原から、西北へのびるパカースノボス山地がそびえたっている。

　デ・タラタ教授の指示で、一行は、この山地の北部山麓を、東へとまわりこんでいった。──もうそこからは北は、はるか千六百キロかなたのヴェネズエラとの国境まで、はてしなくひろがる、昼なおくらい密林と、水の迷路のいりくんだ、大アマゾン地帯だ。

　ロンドニア地区の、日本人入植者もいる、ポルト・ベリヨの東南方にひろがる、パカースノボス山地の裾野のゆるやかな傾斜地に、緑の森にかこまれた、モホ族の一支族の村があった。──山裾のかわいた斜面で牛を飼い、森をやきはらって、トウモロコシ、カボチャ、マメ、トウガラシの類を植え──はるか北方、カリブ海沿岸文化圏の文化をもつ彼らは、定着性で人数も多かったし、けっこうりっぱな住居をたてていた。こんなところにまで、カトリックの宣教師がはいりこみ、部落のすみに、木造に赤いとんがり屋根の粗末な教会ができ、子供たちは半ズボンをはいて、生ゴムのボールでサッカーに興じていた。──だが、おとなたちは、きりそろえた漆黒の髪を肩までたらし、手製のどっしりした伝統的衣服をつけ、たくさんの金属円盤を鼻や耳につけ、頰骨高く、眼はするどい一皮眼（ひとかわめ）で、まるっきり蒙古人か満州人のような顔つきをしていた。

デ・タラタ教授は、彼らの部落へ、ブラジル兵の先導ではいって行き、酋長とおぼしき人物と、しきりに土語ではなしていた。

「今夜はこの近所にとまりましょう」と教授はいった。「エア・バスは――森の方にとめておいてください。部落の人たちが興奮しますから……」

「〝連中〟は、この近所にいるんですか？」

と、リンフォード博士は、鳥の鳴き声や、猿の吠える声のこだまする森の方をながめた。

「わかりません。――今後ゆっくりきいてみます」

「教授――あなたには、見当がついているんですか？」

と、サーリネン局長は、射るような眼つきで、デ・タラタ教授を見つめた。――教授は、それをはねかえすように、鋭い眼で、局長の顔を見つめた。

「さっき申したでしょう？――これは、仮説にすぎない。はたして私の考えている対象が、あなたたちのいう〝連中〟かどうか、まだはっきりしません」

「その仮説とは、いったい何です？」

「ククルスクです」そういってから、教授はちょっとあたりを見まわした。「それが――目当てのものではないかと思います。ですが――ここじゃまずい。あとで――夜になったら……御説明しましょう」

フウ・リャンは、部落の子供ともう仲よしになり、手まねでいろいろと話していた。――

そのうちの一人の子供の胸にさげた木彫りの十字架に、手をのばした。

「ごらんなさい、タツヤ――」と、彼女はいった。「ずいぶんおもしろい十字架ね」

紫檀かなにか、かたい木をきざんでほってある。――部落のインディオの手製らしかった。妙といえば、妙な十字架で、一面に模様がほりつけてある。

「ほら――横棒が、翼になってるわ」とフウ・リャンはぼくに見せた。「〝翼ある十字架〟なんて、――ずいぶんかわってるわ。どうせ、ここの連中のやることは、現代社会からみたら、ずいぶんふしぎな、古い時代からの伝統的生活様式を、いまだにまもっているにちがいないけど……」

ぼくは、縦棒のてっぺんにある、かるくかどばった、まるい球状部をぼんやりみていた。

――その奇妙な十字架は、なにかを連想させた。だが、そいつが何であるか、急には、はっきりしそうになかった。

エア・バスは、部落から八百メートルほどはなれた、川の傍にとまっていた。

「寝る時は、エア・バスの中で寝て、夜中にむやみに外へ出ないでください」と、ブラジル軍の隊長はいった。「冬ですし、乾期ですから、夏ほどのほこりはありませんが、それでも毒虫や毒蛇がいます。――薬品撒布はしますが、もれる奴がいますから……」

エア・バスの一台は、まわりのジャングルの百メートル四方にわたって、薬品の霧を吹きつけていた。ジャングルの中は、鳥か小動物か、キイキイキャアキャア、えらいさわぎだった。――五台のエア・バスは、身をよせあうようにかたまり、ジャングルの上にはすばやいたそがれがせまってきた。

ぼくたちののっているエア・バスの上には、おりたたみ式の、高いアンテナがたてられた。――無指向性のそれの横には、レーダー・アンテナらしいものが、くるり、くるり、とまわっている。――バスの中で、ゆったりとはいかないが、二十人ちかい人数が二交替で夕食をたべることができた。夕食後、テーブルを天井にかたづけ、ぼくたちは、前部座席をベッドにして横たわったり、通信装置類についている兵士をのぞいて、シートを通路にむけて、むかいあった。

「デ・タラタ教授――」と、サーリネン局長は、あらたまった口調でいった。「あなたは、クーヤの一族について、ある〝仮説〟をもっている、といわれた。――その〝仮説〟について、ぜひ、おきかせねがいたいものですな。――つまり、あなたは、クーヤの一族が何ものか、見当がついているわけでしょう？」

「ひょっとしたら、ちがっているかも知れません」デ・タラタ教授は、ゆっくり腕を組みながらいった。「もし、ちがっていたら――私は、あなたたちを、無益にひきずりまわしたことになる。まことに私としては本意ではないのですが――しかし、私自身も、あなた方がこんなに性急に、かつこんなに大規模に、この問題を追究なさるとは、全然思っていなかったものですから……」

「かまいません、教授――」と、サーリネン局長はいった。「もしちがっていたら――また別の方向を追究するまでです。口幅ったいことをいうようですが、教授、私はこの問題に関して、全世界に網をはりました。GCTとの闘いの時の実績により、私には、もし必要とあらば、世界連邦総裁から直接、そうする許可をとることができるのです」

「パブロ……」と、ランベール教授が膝をのり出した。「君がさっききいっていた、クヽクヽルスクというのは、何だね？」

「このあたりにすむモホ族の、秘密の〝森の神〟のことです……」

デ・タラタ教授は、ついに決心したように喋り出した。

「きいたことのない名だが……」

「そうでしょう。——これは、彼らの秘密の神なのですから、絶対に、外部のものにはいいません。あなた方が直接きかれても、彼らは、そんな名前は知らない、というでしょう。十年ぐらい前だったら、その名前を外部のものがたずねた部落の、誰かが、部落外のものにその名をもらしたというので——おそらく占い師が犠牲をえらぶのだと思いますが——奇妙な死に方をするでしょう。きいた人も、場合によっては、寝ているところを毒蛇にかまれたり、靴の中に毒グモがはいっていたり、森の中から、別の森林種族のインディオの毒の吹き矢がとんできて首にささったり、食物の中にまぜられた奇妙な薬のおかげで、夜中に森の中へふらふらまよいこんでしまったり——まあ、そういった死にざまをすることになったと思います」

「なるほど——」とランベール教授はうなずいた。「その名を口にすることはタブーなんだな」

「そうです。――わりとあけっぴろげな、ここの連中にしてはめずらしいことです。カトリックの改宗がすすんだこのあたりで、ようやく少しは、そのことがしらべられるようになりました。だから、十年前までは、誰も、彼らの間で、あからさまに名をとなえることのできない神がいる、ということを、全然察知することができなかったのです。――これだけ教化がすすんだ現在でさえ、まだ彼らは、そのことを外部の人間にたずねられたり、もらしたりすることを極度にいやがります。――同族の、もっと保守的な別の部落の連中に、もし彼らがククルスクの秘密を外部にもらしたことが知れたら、どんな制裁をうけるかも知れないからです……」

「そいつはどんな神さまなんです？」と、サーリネン局長が、ややいらいらしたようにきいた。

「それが――つい最近まで、私自身も〝ククルスク〟が、単なる森の神、彼らの信仰の対象である、超自然の存在だと思っていました。ところが――最近になってようやく、それが、単なる神様ではなく、実在する人間もしくは、人間集団らしい、ということがわかったのです――」

「ほほう！」と、ランベール教授は眼をかがやかした。「おもしろい――おもしろい話だ。平野農耕民にとって別の領域にすんでいる〝山の人〟とか〝森の人〟とかいう存在が、次第に〝山の神〟とか〝森の神〟とか、信仰的存在になって行くのは、ごくありふれた話だが――――今度は文明人が、それを単なる迷信だと思っていると、本当に残って生存している種族だったという例も、時折りある」

「そう気づかれたきっかけは？」とヴィクトールがきいた。

「このずっと北の方で、毒蛇にやられて死にかけているこの部落の男の最期にたちあったことがあるのです。――ポルト・ベリヨまではこんでいるひまはありませんでした。さいわいモルヒネだけはもっていたので、最後の苦痛はやわらげてやりましたが、その男は、カトリックに改宗していて、義理がたい人間だったので、最後の告解を、私にやってくれ、といいました。私も、ほんの形式的にやってやったあと、まだ意識だけは、しっかりしているその男に、思いきって〝ククルスク〟のことをきいてみたのです。――死ぬということが自分でもはっきりしていたその男は、もうあまり制裁も恐れず、わりとはっきり話してくれました。――ククルスクは、半分人だ――わしらと同じに、歩けば足あとがつく。わしらのささげものを食べなさる。わしらと同じ恰好で、同じ言葉を同じ声でいいなさる。だが、ククルスクは、半分神だ。晴れた日の森の中でも雷をよぶことができる。山一つむこうの、仲間とも、話をすることができる。――近よりなさるな、毒蛇でさえ、ククルスクには何もできぬ。とりわけ、白い人をきらう。ククルスクの、特にえらんだ部族のもの以外は、わしらと同じ顔、同じ肌の色をしているあなたでも――セアレンセ（オランダ人とインディオの混血種族）のゴム切り人夫（シリンガリスタ）も、何人か森の中で出あって殺されている……」

　ぼくたちは、息をのんで、デ・タラタ教授の話をきいていた。――森の中で雷をよび、遠くはなれた仲間とも話す……それはやはり――。

「今では、開化したモホ族出身の青年に、秘密に協力してもらい、彼らについて、かなりなこともわかっています。――ククルスクをよぶには、森の秘密の場所にいって、地面に槍をたて、その横においたパロータとよぶ大きな生ゴムの、楕円形のボールの上に、呪術師がたちます。その呪術師のまわりから、かわいた豹（オンサ）や、アルパカの毛皮のきれで、何人もの人間がかわるがわるうちます。――そうすることによって、ククルスクの霊の一部が、呪術師にのりうつるというのです。その証拠に、呪術師は、毛皮でうたれたあと、指先から槍の穂先にむけて、小さな雷をおとすことができます……これを両三度、緊急の時は七度、くりかえすと、ククルスクがちかくにいれば、まもなくあらわれます。――遠くにいる時はなかなかあらわれませんから、間をおいて何度もくりかえすのです」

ぼくたちは呆然として、教授の話にききいっていた。

――何という簡単な無線電信！

古い、初等むけの理科の教科書などにのっているやり方――あの絶縁帽子の上にのって、猫の毛皮で体をうつと、体に静電気がたまり、指を導体にちかづけると、火花放電がおこる――あのやり方を利用して、火花放電の時に発する電波を、信号に使うとは！

「クーヤのもっていた特異な性質について、うかがうまでは、ここの連中がやっていることは、単なる呪い（まじな）的な儀式――つまり、ククルスクの能力の一部を、ふつうの人間の体内によび起し、小さな雷をおとすという、単にシンボリックな儀式だとばかり思っていました。――クーヤの話をきいた時、私がそれこそ雷にでもうたれたような、衝撃をうけたことは、お察しになれるでしょう？——私は、ふいに、その奇妙な儀式の本当の意味が、わかったような気がしたのです。——クーヤは、幻の森の神々、ククルスクの一族かも知れない。だとするならば、あの儀式は、本当に、ククルスク一族に、電波信号をおくったことになるのかも知れない……」

「名推理です、教授……」

サーリネン局長は、のどにひっかかるような声でいった。——局長がどんなに興奮しているかは、彼の長い、がっしりした指が、その膝の上で、無意識に閉じたりひらいたりしているのを見てもわかった。

「彼らこそ——われわれの目当ての連中にちがいありません。どうしてもっと早く、その推理をきかせていただけなかったのです？」

「それは——別の理由があります。いろんな理由が……」

デ・タラタ教授の額に、かすかな動揺と、苦悩の色があらわれた。——教授は、長身をかがめるようにして、額に大きながっしりした手をあてた。

「ちょっと途中だが——」と、ランベール教授は、首をかしげながらいった。「さっき、呪術師ののる大きな生ゴムのボールのことを、なんといった？」

「パロータですが……」

「おかしいことだな……」ランベール教授は首をふった。「中米の古代マヤで、神前競技につかった生ゴムのボールのことを、ペロタとよんでいるが——関係あるかな」

「私は――あると思います。モホ族は、中米マヤと同じ、カリブ系文化をもったインディオの、アマゾン内のブランチですし――それに、私の考えではククルスク族そのものが……」

「局長……」と、前部から、通信器類をあつかっている兵士が声をかけた。「反応が出ているようですが……」

サーリネン局長は、天井にぶつからんばかりの勢いで立ち上った。――みんなも思わず腰をうかせた。

5

ぼくたちののっているエア・バスの前部には、前にもいったように、さまざまの通信器類がぎっしりつまれていた。――二人の通信兵が、その装置の前にすわり、レシーヴァーを耳にかけ、たくさんのブラウン管と計器類をにらんでいた。

計器類の中央に、細長いガラスのはまった目盛盤が三つあり、赤い針が、一方のはしから他方のはしへ、ゆっくり動いている、一番はしまでゆくと、またゆっくりひきかえす。――AMの電波を、キロメートル波から、センチ波の領域まで、連続してスイープしている自動同調装置つきの、電波信号検出装置だ。付属するLSIコンピューターに、ヴィクトールがあの手製の機械でキャッチした、クーヤのつかった電波のパターンが記憶させてあり、コンピューターは、無指向アンテナにはいってくる電波をかたっぱしから解析して、自動同調装置に指令をおくりこむ。

「キャッチしたか？」

サーリネン局長は、ギラギラ眼をひからせながら、通信兵の背後からのぞきこんだ。

「さっきまでは、地区間通信のノイズがやかましくて、よくわかりませんでしたが、時間がおそくなって、すこししずかになってきたようです」と通信兵はいった。「いま、それらしきパターンが一メガから三メガあたりにあらわれたようです。――もう消えましたが……」

「方角は？」

「わかりません。――しかし、北側じゃないことはたしかです。指向性アンテナは、そいつがはいってきた時、北側をスイープしていました」

そういうと、通信兵はたくさんならんだキイの一つをたおした。――記録テープがまきもどされ、ブラウン管の波形がいっせいに乱れる。つづいて、左の端から順番に、一つのパターンが移って行く。

「これです――」と、通信兵は指さした。「非常によわいんですが――しかし、距離はそれほど遠くないと思います。わりとパターンが明瞭ですから……」

「注意しろ」と局長はいった。「またあらわれるかも知れない……」

通信兵は、またいくつかのボタンをおした。――二つの自動同調装置の目盛りの上で、まん中のメートルの波のそれが○・五メガヘルツから五メガヘルツの間をせわしなく往復しはじめた。指向性アンテナの動きをしめす目盛盤の上で、針が回転運動から、百八十度のくびふり運動にかわる。

「出ました！」

今度は、五メガのはしで、針がつーっとすべって、六メガをすこしこえるあたりでいったんとまり、またもとの一メガ～五メガ間へかえってくる。

「今度は大体の方角がわかりました」通信兵は指向性アンテナの目盛盤を見ながらいう。

「おかしい――FM受信器の方を、あの何とかいう男のFMラジオの帯域にあわせてあるのに、何もはいってきませんね」

「おそらく、最初のよびかけは別として、あとはすぐ指向性のつよい通信方式にきりかえているんだ」と、アドルフはいった。

「大体の方角がわかったら、進んでみよう」

局長は、各エア・バスに通ずるマイクをとりあげてスイッチをいれた。

「サーリネンだ――キャッチした。森の方角……。今すぐ捜索を開始する。野戦第五装備、各班十名ずつ四班、あとは周辺警戒。各班にブラジル兵二名をつける。四班は散開し、見つけるまで通信器をつかうな。毒蛇や猛獣に充分注意せよ。一時間すすんで、何も発見しなかったら帰る。――各車とも通信管制は続行……」

エア・バスの外に、うすぐらい明りがついた――その明りの中に、頭のてっぺんから足の先まで、すっぽりつつむような、奇妙な兵装の兵士たちがあつまってきた。かぶったヘルメットは、まるで宇宙服のように、頭部をぴったりおおって、服とつながっている。まるで、気密の宇宙服をつけたみたいだ。野戦第五装——もともと、軍備さかんなりしころ、対放射線、対毒ガス用に開発されたもので、今のような時代では、よほど特殊なケースにしかつかわれない。だが毒蛇、毒虫、それにダニなどがうようよいる、深夜の森の中を歩こうというなら、このくらいの服を着なければ、物騒でしかたがないのだ。

　ぼくたちはみんな、同じような服装を着てあつまった。——むろん、フウ・リャンとミナはのこった。ヘルメットについている、無線通信用イアフォーンをきりかえると、外の音が異様に大きくきこえる。マイクを通信用から、すぐのどもとにあるスピーカーを通じての、直接会話用にきりかえた。

「くりかえしていうが、蛇と獣、特に豹と大蟻食いに気をつけろ。——麻痺銃(パラライザー)の出力を、野戦服を通さない程度にしぼってつかえ。——出発……」

　川の水がチャプチャプ鳴っていた。——このあたりは、低湿地とちがって、鰐や、ピラニヤ、食肉泥鱒(カンジェロ)などといったおそろしい魚類はいないのだろうか？　曇って星一つない空の下に、漆黒といっていいような濃密な闇がひろがっていた。インディオ部落の灯は、ここからはまったく見えない。

「いまなら、冬、寒い、懐中電灯、大丈夫でしょう」と、ぼくらの班についてくれた、ブラジル軍の下士官がへたな英語でいった。——彼も同じ兵装だが、借着らしくだぶだぶしていて、手にはテルサートとよぶ、青竜刀のような山刀をさげている。長い棒のような、旧式の麻痺銃（パラライザー）もいっしょに……。

「大丈夫でしょうといって――この闇で、明りなしにどうやって歩くんだ？」と警察軍の将校がきいた。

「夏、このあたりでも、すごい毒蛇……スルククが出ます。スルクク・デ・フォゴ――火の毒蛇、あかりや火をみるとかならずとびかかってきます。かまれたら、毒が頭へきていちころ。――血清うって助かって、手や足、骨くさってとれます」

ぼくたちは身ぶるいして、ピストル型の麻痺銃（パラライザー）をにぎりしめた。

高原にちかいこのあたりの森は、低湿地ほどものすごく植物がからみあっていなかった。――それに、森の中に、いくつかの道がついている。それでも冬だというのに、下ばえや蔓が道の上におおいかぶさり、ブラジル兵の青竜刀（テルサート）できりひらかなければすすめなかった。――ヘルメット・ランプはつかわず、オレンジ色のフィルターをかけた懐中電灯を、列の先頭と後尾の二つにだけつけて、ぼくたちは森にはいっていった。――たちまち、しめつけるような闇がまわりからおおいかぶさった。ザワザワと草をわける音、時折りバサッバサッと、蔓草をきりはらう音、どこかで鳴くうす気味わるい鳥や獣の声、――時折り、鳴き猿が豹にでもやられたのか、ギャーッというものすごい声がきこえた。あとは、ヘルメットの中で、自分の息遣いがうるさくきこえるばかりで、真冬の夜だというのに、軍装の下は、たちまちじっとり汗をかきはじめた。

森の奥にむかって、ぼくたちは、三十分もすすんだ。――緊張となれない軍装で、早くも体はくたくたになった。大体の方角はつかめたものの、森の闇の中を、こんなにあてずっぽうにすすんで、はたして〝連中〟にあえるのか、という疑問を抱きはじめた時、突然前の方から、しッ！　という声がつたわってきた。

「あかりをかくせ――音をたてるな！」

ライトは地面へむけられ、みんなは息をひそめた。――ずっと前方から、なにかをたたくような、パシッ、パシッ、パン、ポンという音がつづけてきこえてきた。真の闇になれた眼には、森のずっと奥で、かすかに青白い光が、パッと光るのがやっとみえた。

光が一瞬で消えると、またパン、ポンがはじまる。

前進！――とサーリネン局長の腕がうごいた。ぼくたちは、明りを下にむけたまま、そろそろすすんだ。光がもう一度、今度はもっとはっきり見えた。

とまれ！　の合図がまた前方からきた。――とまって、じっと眼をこらすと、闇のむこうにさっきよりずっと弱い光が、シュッ、シュッ、とはしるのが見え、そのたびにパシッ、パシッ、と音がした。

「インディオだ……」前を行くヴィクトールが押しころした声でささやいた。「ついさっき、デ・タラタ教授がいっていた、あの〝ククルスク〟をよぶ儀式をやっている！」

パチッ！　青白い光が闇の中にひらめいた。ほんの一瞬だったが、それはあたりの情景をてらし出し、眼底にやきつけるのに充分だった。

そこは森の中の、まるい、小さな空地だった。——その中央に、教授のいった通り、大きな赤青に色どられたゴムボールの上にのった、さまざまな飾りをごてごてつけた呪術師が見え、のべた指先に、地面につきさされた、槍があった。——そしてまわりには、顔を仮面でかくし、手に手に毛皮をさげた男たちが輪をかいている。

あたりはまた真の闇にかえった。——空地の方で、ごそごそと音がし、なにか低く呪文をとなえるような低い声がひびいた。

くるぞ！

——と、ぼくたちの誰もが思った。息もせず、ぼくたちは闇の底でまちつづけた。

だが、空地の中では、すぐ足音がおこった。やがて何人かの足音が、ざわざわと草をかきわけて遠のいていった。——それきりあたりはしんとして、夜鳥の声以外、人の気配は何一つしない。

「行っちゃったのか？」ぼくはヴィクトールにささやいた。「誰ものこっていないのか？」

「ええちくしょう！」ヴィクトールはうめいた。「暗視装置(ノクトヴィジョン)を、誰ももってこなかったのかな？」

「あるけど、〝ククルスク〟に気づかれるのをおそれて、つかわないんだろう……」

ぼくたちはまただまりこみ、また待った。——何のもの音もしない。

前進！の合図がまたあった。——先頭は空地へ出たようだった。インディオたちは、呪術師をふくめて、みんなかえってしまった。オレンジ色のランプが一瞬あたりを照し、すぐてしまった。

消えた。――空地中央の、まるくふみあらされた下ばえをのこして、ボールも槍も消えうせ

「どうします？」警察軍の将校が、サーリネン局長に低くきいた。「まもなく出発後一時間

になります。――もっと待ちますか？」

「もう少し待とう……」と局長はいった。「むこう側の茂みの中で……」

一行は、空地を斜めに横ぎって、インディオのかえって行ったのとは反対の方向へ、森の

奥へとつづいている、あるかなきかの道にふみこんだ。先頭のブラジル軍下士官が、ライト

をつけた。

キャーッ！　というような悲鳴が、下士官の口からほとばしったのは、その瞬間だった。

「スルクク！　スルクク・デ・フォゴ！――あぶない！――」

数条の光芒が前に走った。正面の大木の幹にそって、すっくと人の高さほどにかま首をも

たげた、凶悪なものの姿がうつった。

「あかり、だめ！　あかり消せ！　とびかかるぞ！――うて！」

あかりは一瞬消え、ジュッ！　というような麻痺銃（パラライザー）の発射音がいくつもきこえ、青い、弱

い光の線が大木に集中した。――だが、あたったのかあたらないのか、生き物ののたうつ物

音もしなければ、逃げたりとびかかってくる気配もない。

また明りがついた。――蛇と思ったのが、今度は十字架にみえた。だが、そのいただきに、

くわっとひらかれたまま動かぬ、毒々しい牙が見えた。

ぼくたちは大木にちかよった。――それは、蛇の十字架だった。いや――十字架の横棒とみえたのは、なにかの白い鳥の大きな翼だった。巨大な毒蛇の肋骨に横棒を通し、それにひろげられた翼がとりつけられている。二メートルはあろうかというその蛇は、大木にうちつけてある。――ぼくは、電光のように、昼に見た部落の子供の胸にさげてあった木彫りの十字架をおもい出した。――頂部がまるくふくらみ、横棒に翼をほりつけた十字架……あれはこの〝蛇の十字架〟だったのか？

「スルクク……」と、ブラジル下士官は、ふるえ声でいった。「スルクク・デ・フォゴです――生きてるのかと思った」

「待ちたまえ、パブロ……、これは――」ランベール教授は、信じられない、といったふうにいった。「〝翼ある蛇〟だ……」

「そう――〝翼ある蛇〟で、〝蛇の十字架〟です……」デ・タラタ教授は、おちついた声でいった。「翼は――白鳩のものです。ククルク――鳩の鳴き声の擬声音です。そして蛇の名はスルクク――この二つでつくった、十字架(クルス)です……」

「まさか……」と、ランベール教授はかすれた声でいった。「すこしできすぎてる――そんな気がするな……」

「そう――連中が、このシンボルに対する、カリブ文化系インディオたちの畏敬の感情を利用しているだけかも知れません」

デ・タラタ教授は、大木にはりつけられた、すさまじい形相の毒蛇にかるくふれた。――

ぴんとはった鳥の翼から、羽毛がひらひらと散った。

「しかし――同時に、彼らが、ほんとになんらかの意味で、〝羽毛の蛇〟の一族と関係をもっているのかも知れません……」

「なんですか？――その〝翼ある蛇〟とか、〝羽毛の蛇〟とかいうのは……」と、ヤング教授はきいた。

「ご存知ありませんか？――中南米古代史に、すこし関心がおありの方なら、たいていご存知のはずの、有名なシンボルですが――」

「ざんねんながら……」とヤング教授はつぶやいた。「私は、理論生物学以外のことは、あまり知らないんです」

「〝羽毛の蛇〟は……」と、デ・タラタ教授は、大木の幹を平手でパンパンとたたいた。――羽毛が、ライトの光の中で、また一ひら二ひらちる。「メキシコ九世紀の古代帝国トルテカにおいて、一時期ではあるが、ピラミッド頂上において犠牲の胸をきりさいてとり出し、太陽神にささげる、あの残忍な、人身御供の儀式をやめさせ、平和と理性の中に、トルテカの黄金時代をきずきあげたといわれる文化王ナクシトル・トピルツィンのシンボルであり、トルテカのあとをついだ、メキシコ最後の帝国アステカの文化神〝ケツアルコアトル〟のことであり、また、メキシコ東西方にさかえた、古代マヤ帝国の文化神〝ククルカン〟のことです……」

「じゃ、十字架は――」とヴィクトールがきいた。「カトリックに表面的に帰依した彼らの、擬装ですか？」

「あながちそうともいえません——古典期マヤにおいても、十字架は、特に霊鳥ケツアルとくみあわさって、頻繁に出てくるモチーフです。——マヤ中部地区の古典期の遺跡パレンケにおいても〝十字架の神殿〟や〝葉の十字架の神殿〟に、十字架の上にケツアルのとまった彫刻があります」

「よろしい、パブロ……」

突然、誰かがいった。

「そのくらいでいいだろう。——もうひきあげたらどうだ？」

オレンジ色の明りの奥で、いくつものヘルメットが、なにかをさぐるように動いた。

「だれ？」と、サムがいった。「いま何かいったのはだれです？」

誰も返事はしなかった。——風が出てきたらしく、密林の梢がザワザワと鳴りはじめていた。

キキキキキ！——と鳥らしい声がどこかでさけぶ。

「かえりたまえ——諸君……」

ヘルメットの中の、イアフォーンがまたしゃべった。歯切れのいい、キングス・イングリッシュだ。——局長がさっと、腕をあげ、兵士の一人が携帯用通信器のループとヘリカルのくみあわさったアンテナを、ぴゅーとひき出す。

「むだなことだ。——サーリネン局長……」声はまたいった。

今度こそ、はっきりした。ヘルメットの透明な面甲をあげても、その場の誰も、声に出してしゃべっていなかった。

声は、電波にのって、みんなのヘルメットのイアフォーンの中からきこえてくるのだった！

「むだなことだ。——私のよびかけている地点をみつけても、私はすぐ消える。——私には、君たちがよく見える。だが、君たちには私が見えまい……」

「ちかいぞ！」とサーリネン局長は、通信兵にせきこんだようにささやいた。「方向を出せ……」

「そんなことをしても、何にもなるまい。——私には、君たちがよく見える。闇をとおし、森をとおして……。君たちの機械でいうと、レーダーのような能力が、私にはあるのだ」

「ククルスクか？」と、サーリネン局長は、マイクを通信用にきりかえてさけんだ。「話がある——君と話したい……」

「話すことはない。君たちのエア・バスに、君たちの兵士を収容し、この地区から出て行きたまえ……」

「話したいのだ……」サーリネン局長は、くりかえした。「君がかくれても、われわれはきっと君たちを見つけ出す。——あらゆる方法を動員して……出てきたまえ、ククルスク……」

「話すことはない。——さがしてもむだだ。——われわれには、君たちが見える。君たちには、われわれが見つかるまい……」相手の声は、すこしかすれていた。「若いものたちは、少しやりすぎた。——だが、それも私の責任だ。また、考えなおさなくてはなるまい。——さよなら、サーリネン……早く森から出て行きたまえ。さがさないことだ……マット・グロッソの山はひろく、アマゾンの森は深い……」

それきり声は、ぷっつりたえた。

「B班！……C班！……」サーリネン局長は、ヘルメットのマイクにさけんだ。「今のをきいたか？——方角は？」

「とらえました……」とB班からの報告がかえってきた。「そちらとつきあわせましょう」

二つの方向探知器のとらえた方位がつきあわされ、あの声の発せられた地点がわり出された——空地から森の奥へ、千メートルほどはなれた地点だった。

今は大っぴらに明りをつけ、声高にマイクを通じてよびかわしながら、四つの班は、その地点にむかって急行した。だが、途中から樹木と蔓が、どうしようもなく密生した所にぶつかり、それ以上はどうしてもすすめなかった。

「いったんひきあげよう——」と局長はいった。「このむこう側へ迂回しても、どうせ相手はいるまい。夜明けをまって、もう一度捜索だ……」

6

エア・バスにかえりついた時は、声もたてられないほどクタクタになっていた。――だが、頭は興奮のためずきずきいたみ、眠るどころではなかった。

第五戦装の野戦服をぬぐまえに、ぼくたちはヘルメットの上から、殺虫液の洗浄をうけた。――オーバーオールのズボンの所に、びっしりとたかっている山ダニをみた時は、背筋にぞっとするような戦慄が走った。呼吸口のフィルターをしらべたら、ここにも蚊や、ダニの類がびっしりついていた。――アマゾン高地帯の森の夜歩きのうすきみわるさが、あらためて身にしみた。

いつのまにか、雲がうすくなり、ぼんやりとかすんだ月が出ていた。――川水に月光がすべって、いくつにも散り、川岸やまっ黒な森の中では、あいかわらず虫か、蛙か、鳥か獣か、わけのわからないさけび声が、ときたまひびいたが、それも次第にしずかになっていった。アマゾンのはずれ、マット・グロッソの入口の夜は、しんしんとふけて行った。

すでに時間は深夜をすぎ、ほかのエア・バスは、通信兵をのこしてねしずまったらしかった。

しかし、ぼくたちは眠るどころではなかった。――みんな、濃いコーヒーをのみすぎたみたいに、顔面にねっとりと脂をうかせ、血ばしった眼をギラギラさせながら起きていた。

ついにそいつはあらわれた。

ぼくたちはみんな、そいつが、ぼくたちの通信器にむかって、語りかけるのをきいた。――

――エア・バスにのこった連中も、ぼくたちの連絡を待っていた通信装置をとおして、その声をきいた。そいつは、ついに姿をみせなかったが、とにかくぼくたちは、クーヤの経歴を逆にたどって、信じられないくらいまっすぐに、最短距離で彼らのすぐそばにまでやってきたのだった。

室内の明りをおとし、眠る準備をしながら、ぼくたちは、まだ眠れず、シートをたおしてつくったベッドの上で、まじまじと眼を見ひらいたり、シートに腰かけて考えこんだりしながら起きていた。――そいつの声をきいたショックと、闇のジャングルの中を、息を殺して歩きつづけた緊張のなごりで、頭の中は煮えくりかえるようにあつく、睡眠薬をのんだくらいでは、簡単に眠れそうになかった。

窓の外は、いつしか耿々(こうこう)たる月の光があふれていた。――それはゆるやかな川の流れの上にくだけ、遠いアンデスの山々を、そびえたつマット・グロッソの高地を、そして黒々とした上部アマゾンの原始林の上を、くまなく照し出していた。

その光景に、じっと見入っていると、なにかものぐるおしい、獣じみた叫びのようなものが、胸の底からあつくこみあげてくるような気がした。――太古の夜、何万年、何十万年にわたって、つめたい月光が自然を照し出すたびに、人も獣も同じように味わったにちがいない、あのどうしようもなくものぐるおしい、叫ばずにはいられない衝動が……。

この原始林と、高原にはさまれた広大な自然の中で、月の光を見ていると、この惑星をおいつくすあの繁雑で、精巧で、巨大な〝文明〟というものの存在が、なんだか嘘のように思われてくるのだった。――この奥深く、ひろびろと、視界のはしまでひろがる、ぶあつい〝自然〟の中で見る月は、数多くの植民都市や天文台がきずかれている、技術文明の〝宇宙への前進基地〟ではなくて、冷ややかで、超越的で、人や獣の心をいっときくるわせる、太古のあらあらしく冷酷な表情をもっていた。――あまり長いこと見ていると、その強烈で眩惑的で呪術的な誘いにまけて、月の光のさそうままに、ふらふらと森の中にさまよい出て行きそうだった。――地球はまだまだ広く、この巨大な惑星の上に、人類文明はまだいまのところ、うっすらとかすみのような膜をかぶせたにすぎず、地表の大部分は、まだ文明の〝組織化〟がおよばないまま、ひろびろとひろがっているのが、肌にひしひしと感じられるのだった。

その惑星の広漠たるひろがりにくらべれば、人間の存在など、いかにも卑小に感じられた。――このこされた広大な自然の中、昼なお暗い森林のどこかに、彼らはひそみ、生きつづけているのだ。――ぼくらは彼らの〝領域〟に、まっすぐはいってきた。すくなくとも、彼らの一部は、今バスの窓から見える森林の中の、どこかにいた。彼らは、ぼくたちのすぐ近くにいる。――川のむこうの、森の闇の中にひそみ、そこから彼らの独特の〝レーダーアイ〟でもって、じっとぼくらを監視しつづけているかも知れない。――だが、どこに？――彼らは、どこにいるのか？　どんな連中で、どんな文化と社会をもち、森の中をさまよいながら、どうやって生活しているのか？

クーヤをはじめ、何人――あるいは何千人かも知れない――もの、一族の若いものを、ぼくたちの世界にこっそりと送りこみ、あんな〝挑戦〟と〝テスト〟を、ぼくたちにむかっておこなった彼らの目的は、いったいどこにあるのか？

彼らは、いったい、何をたくらみ、何を考えているのだろうか？

「もし、さっきのが、ほんとうに〝彼ら〟の一人だとしたら……」ランベール教授がパイプをふかしながら、ぽつりといった。「そして、ほんとうに〝彼ら〟が〝新種〟の人類で、しかも、今まで全然、人類の眼にふれず、気づかれもしなかったとすれば――この地球という星も、まだまだすてたものではないな。――文明の調査の手が、まだおよんでいない部分がある。まだ、この星の自然の中に、わしらの知らない部分、かくされた秘密がのこっている、ということは――それに霊長類の系統が、まだ新種をうみ出し、進化して行く可能性をふくんでいる、ということは……」

「デ・タラタ教授――」とリンフォード博士がシートの上に起き上っていった。「あなたは、例の〝ククルスク〟について、まだもっと何か、知っておられることがおありですかな？――彼らの正体について、何か仮説が……」

「これも、まだ仮説――というより、妄想の域を出ませんが……」とデ・タラタ教授はいった。

「彼らについては、私なりの考えがないでもありません。――中米グアテマラの奥地、ウスマシンタ川上流の密林にすむ、ラカンドン族のことをご存知ですか？」

「おお、ラカンドン……」ランベール教授は、パイプを口からはなして、なつかしそうに眼

ている
のかね？」

をあげた。「連中には、もう――そうだ、三十年近くあってないが――彼らはまだ、生存し
ているのかね？」
「最近では、人口も二百をこえてきました。――一時は総人口百人をわって、滅亡するかと思われていたんですが……」といって、デ・タラタ教授は、またリンフォード博士の方に顔をむけた。
「ラカンドン族とは、近世初頭、十七世紀末に滅亡した、マヤ帝国の末裔で、純粋のマヤ人の血をひくインディオです。――マヤの古典期の彫刻にあらわれるような、実に端正な顔だちをしていますよ。十六世紀前期に、エルナン・コルテスがアステカ王国をほろぼしたのちも、ユカタン一帯に勢力をもつマヤは、頑強にスペインの支配に抵抗したんですが、ついにアステカ滅亡から二世紀近くたった一六九七年に、ユカタンに遠征したスペイン人の総督ウルスアのために、完全にほろぼされました。――しかし、スペイン人の奴隷にされるのをきらって、密林の奥深くに姿を消し、〝文明〟からかくれ、生きつづけた部族も、かなりあったようです。その一つが、ラカンドン族で、彼らは、ウスマシンタ河上流の密林にかくれ、そのまま文明の眼にふれずに、焼畑農耕や狩猟採取でもって、ほそぼそと生きつづけました。マヤ文明の初期探究者である、アメリカのＪ・Ｌ・スティーヴンスが、この部族の存在を、うすうす土人からきいたのが一八四〇年ごろ――そして、十九世紀末から二十世紀にかけて、はじめてこの〝伝説の部族〟が実在することが、アメリカの人類学者によってたしかめられます。――この間、実に二百数十年間、ラカンドンは、婚姻も物々交換も、とにかく部族以

外のものとの接触は、まったくさけて、ヨーロッパの〝文明〟に、見出されることもなくほそぼそと生きつづけたのです……」

「それで？——」サーリネン局長の顔に、さっと緊張が走った。「そのラカンドン族が、あいつらだということですか？」

「ちがいます——」と、デ・タラタ教授は首をふった。「今のは、中米や南米なら、二世紀間にわたって、文明に接触することなく、かくれて生活することが、可能である、ということを申し上げたかっただけです……。そして——こういう風に、かくれてしまった連中には、ついに、文明によって認識されないまま滅亡していったものや、ラカンドンとちがって、いまだにかくれてジャングル内を放浪しており、存在していることはわかっていても、どうしても接触できないで現代にいたった種族もあるのです。——〝ククルスク〟は、おそらくそういった連中の一つみたいな気もしますが——しかし、私は、つい四、五年前ヴェネズエラで発見された、〝カラカス絵文書（コデックス）〟と、それからグアテマラのトトニカパン北方で発見され、目下発掘中の遺跡の中にみられる、オルメカ文化より古い、紀元前一二〇〇年ごろの〝原マヤ〟文明ともいうべきタイプの文明との関係から……」

「局長……」ノクトヴィジョンをのぞいていた通信士が、声をひそめて前部シートからふりかえった。「誰か、森の中をこちらへ接近してきます。——二、三人です」

「インディオじゃないか？」

「ちがいます。——弱い電波を出しています。——もう、すぐそばまできています……」

第七章　結末とはじまり

1

暗視装置(ノクトヴィジョン)の受像面には、光沢のない、ざらざらした感じのジャングルがうつっていた。――河の水はくろっぽく、樹木の葉は灰がつもったように白っぽくみえる。

その黝(くろず)んだ葉むらの一角が、かすかにゆれている。

「電波は？」とサーリネン局長は通信士の背後にちかよりながらきいた。

「さっきかすかに出ていました」と通信士はいった。「あの葉の動いているあたりです。――照射をきります」

通信士は赤外線投光器のスイッチを切り、像転換管(イメージ・コンタクト)のチャンネルをきりかえた。――RCA―SI7000とよばれる光電子倍増管の性能はすばらしく、冗談だが〝蚊の輻射する熱線でもキャッチする〟といわれているくらいだった。

暗くなった画面の奥で、ぼんやり光る形があらわれた。木の葉のむこうで、誰かが電灯をつけているような感じだった。――木の葉に散乱されて、輪郭のぼやけた光斑は、しかし、たしかに人の形をしていた。二つならび、もう一つややはなれて立っている。体の部分の光がうすいのは、衣服をつけているからだろう。

「麻痺銃（パラライザー）をうちこみますか？」

と、われわれのエア・バスの隊長がきいた。

「場合によっては……」と、局長は、おしころした声でいった。「弱くして使ってみろ」

兵士の一人が、麻痺銃（パラライザー）の一つをとりあげ、その銃身に暗視スコープをがちりとはめこんで、そろそろと窓に近づいた。

「局長……」とランベール教授が、気づかわしげにいう。「いきなりうつのは……」

「殺すわけではありませんから……」と局長はいった。「よし——先頭をねらえ」

兵士はそっと窓をあけて、銃をかまえた。

「話がある……」

突然スピーカーから、しわがれた、ささやくような声が流れた。——みんな、ビクッとして、受像器の方をふりかえった。

「君たちと話したい。——射つな」

局長は、手をあげて、銃をかまえた兵士を制した。——通信士が、そっとマイクを局長にわたす。局長が、カフをあげようとした時、ふたたびスピーカーがささやいた。

「きこえるか？——君たちの代表と話したい。出力はうんとおとしてくれ。強指向性アンテナを使ってほしい。変調方式はＡＭ、周波数二百メガ、出力はうんとしぼってほしい。ミリワット程度でいいだろう……」

通信士はききながら、すぐむこうのいう通りに、通信装置を手早くきりかえていった。この指揮官用エア・バスには、ほとんどあらゆる方式の通信装置がコンパクトにくみこまれていた。通信衛星はもとより、場合によったら、衛星軌道をまわる宇宙船とも交信できた。――通信士は最後のスイッチをいれると、指で輪をつくって、まるでキューを出すように、局長にむかってつきつけた。

「通信装置を、そちらのいう通りセットした……」局長はマイクにむかっていった。「話したいなら、こちらへ来たらどうだ？」

「いきなりそうしない方が、君たちのためだろう……」と声はいった。「もし、一刻も早くそうしたいのなら――君たちは、何かウイルス性疾患の特効薬を持っているかな？　ペンタヨーディロンか何か……」

ぼくたちは、思わず顔を見あわせた。――通信士が、ハッとしたように計器を見て、唇をしめした。

「おかしいと思ってたんですが……」と、通信士はいった。「連中は、かなり熱があります。体温が四〇度ぐらいも……」

「病気のためか――それとも、連中自身が、発信のため熱をあげているのかな？」

と、リンフォード博士がいった。

「むこうのいった薬はあるか？」と局長は隊長にきいた。

「あります──ペンタヨーディロンよりもっときくやつが……」隊長は、救急ロッカーをふりかえった。「アメリカ陸軍が開発したやつです。ほとんどのウィルス性疾患にきくようです。──アマゾン地区は、妙な病気が多いときいたんで、特別に携行したんですが……」

「量は？」

「さあ──充分あると思いますが……」

「そいつは感染予防にもなるか？」

「大ていのものならなります……」といったのは、ホアンだった。「アメリカ陸軍が開発したAV─66でしょう？──少し副作用がありますが、結晶なら、五百単位静脈注射で充分予防性があります。ペンタヨーディロンの経口服用と併用すれば、もっといい……」

「治療には？」

「さあ──ウィルスの種類にも症状にもよりますが……千五百単位を、二十四時間間隔で三回……連中は、いったいどんな病気なんですか？」

「わからん──」と局長は首をひねった。「とにかく隊長──ほかの班の兵士にも、今いった薬品を早急に使用させろ」

「彼らと話させてくれませんか？」とホアンはいった。「女性──妊産婦はまさかいないでしょうね。AV─66の最大の副作用は、妊娠三カ月から五カ月までの母体に投薬すると、ほとんど百％、死産か奇形になります。DNA作用剤ですから……」

「話してみたまえ……」局長は、にぎりしめたままのマイクをホアンにわたした。

「症状は？——妊婦はいないか？」とホアンは、カフをあげていた。

「女はここにいない……」とむこうはこたえた。「症状は——君たちに話してもわからんだろう。君たちの薬品も、きくかどうかはわからない。ペンタヨーディロンは、ごく初期にかなりきく……」

「どうすればいい？」

「薬品を、川のこちら側へほうりなげてくれ……」

「了解、注射器はあるか？」

「ない——使用法を書いてくれ」

せまいエア・バスの中は、急にあわただしくなった。——救急ロッカーをひらいて、圧力アンプルにはいったAV—66を、静脈注射用のピストル型注射器(インジェクター)のグリップにいくつもさしこみ、みんなはめいめい腕をまくり、ゴムや拇指で上膊をおさえて静脈をうかせては、次々に注射をうけた。——フウ・リャンだけが、ひどく尻ごみした。

「私、注射いやよ」とフウ・リャンはいった。「ペンタヨーディロンをのむだけでいいわ」

「ねんねだな」とディミトロフが笑った。「滲透型だからいたくないんだぜ」

それでもフウ・リャンがいやがるのを、みんな、よってたかって注射をうけさせた。——フウ・リャンは、あきらめたように、白い腕を出したが、よほどきらいなのか、まっさおになって、額に脂汗をうかしていた。——すこしオーバーだな、とぼくはその情景をみながらぼんやりと思った。

一方、隊長は、薬品と注射器と注意書きを、こわれないようにしっかりとパッキングでつつみ、信号弾の中身をぬいて、ケーシングの中につめこんだ。

「いまから、そちらへうちこむ……」と局長はいった。「だが、できればこちらへ来てほしい。——われわれの方は、感染の予防措置をとった。大丈夫だ」

「薬品は？——何人分ある？」と、むこうはきいてきた。

「ケーシングが小さいから、五人分しかはいっていない。——もっとほしければ、われわれの所へ来てもらうよりほかない」

「とりあえず、それでいい……」と、むこうは考えるようにいった。「とにかく送ってくれ……」

川幅は、二十五メートルほどだった。対岸まで、投げて投げられないことはなかったが、慎重を期して、信号銃をつかった。——一人の兵士が、信号銃をかまえて外へ出た。ぼくらも、おりかさなるように夜の中へ出ていった。

しんしんとした寒気が、高原の方から流れてきた。森は黒々としずまりかえり、川は、星のない空をうつしてわずかににぶく光った。エア・バスのとまっているあたりだけが、ぼんやりと明りをうつしている。せせらぎの音に消されて、対岸の様子はまったくわからない。

「マーフィ！」と信号銃をもった兵士はどなった。「サーチライトをつけてくれ。これじゃ見当がつかない」

エア・バスの上で、パッと強烈な白光がともった。——一瞬、対岸の黒い森が、いきいきとした緑色に光った。その葉の間に、茶色の衣服のはしが、ちらと見えた。ライトの光のこぼれる中で、兵士が信号銃を張った右腕の上にのせ、ねらいをさだめるのが見えた。ボッ！とにぶい音がして、銃口が白煙をはき、銀色のものが、キラリと光って水面をとんだ。正面のしげみが、ガサッとゆれた。

ライトの光芒の中から、茶色の、踝（くるぶし）まである長い寛衣に体をくるんだ、背の高い老人がゆっくりあらわれた。——老人と見えたのは、頭髪が白かったからだが、無鬚の顔はひどくわかわかしく見えた。見たところ、淡褐色の皮膚は、インディオとかわらない。

老人はしげみの中から、筒をひろいあげると、それを頭上にかざして見せ、またジャングルの中に消えて行こうとした。

「待ちたまえ！」サーリネン局長が、川岸で、手をラッパにして口にあてて叫んだ。「われわれはそちらの要求にしたがった。——今度は、そちらが、われわれの要求をきいてくれ。話がしたい」

老人はふりかえると、ゆっくり首を横にふり、木立の間に消えた。

「しまった……」とサーリネン局長は舌うちした。「いっぱい食わされたかな」

「局長——」バスの中から、通信士が首を出してどなった。「電波で返事を送ってきたんです。——すぐまたかえってきて、かならず君たちにあう。しばらくまってくれって……」

2

ぼくたちは、バスの中でまった。――時刻は午前零時をまわっており、体はくたくたにつかれていたが、眠るどころではなかった。さっきはむこうが、帰れと勧告してきた。だが、今度は、むこうから、積極的に接触してきた。

これはどういうことだろうか？

「前に森の中で話しかけてきた〝ククルスク〟とちがう一族なのかな？」とアドルフは、興奮した口調でいった。「〝電波人間〟は、何種族にもわかれているんだろうか？」

「そうとも思えないが……」ヤング教授は、首をひねった。「ひょっとすると――仲間割れかな？」

「今の連中は、われわれに救いをもとめてきたわけでしょう？」とヴィクトールはいった。

「ウイルス性疾患で、彼らの一部が悩まされている。――とすると、その連中……」

「いったい、連中は、総勢何人ぐらいいるんでしょうな、デ・タラタ教授」とサーリネン局長はきいた。

「わかりません――皆目見当もつきません。しかし、彼らが、いくつもの群れ(バンド)にわかれているということは、充分考えられることです」

デ・タラタ教授は、眼をギョロギョロさせて答えた。――教授が、はげしい興奮を、必死におさえていることは、膝の上でにぎりしめた、骨ばった手が、ぶるぶるふるえているのでわかった。

「とすると――その群れ(バンド)の一つで、伝染性疾患が起った……」ランベール教授は、パイプをやたらにふかしながらいった。「群れごとに長老にひきいられて、彼らの種族全体としては、統一がないのかな？」

「そんなことはないでしょう」とヤング教授はいった。「彼らは――いかなる生物も達成したことのない、強力なコミュニケーション手段をもっていますし……」

「みなさん、すこし休まれたらいかがですか？」と隊長がいった。「われわれは、交替で監視にあたります」

まったく、前日の飛行から今まで、長距離移動と激烈な環境変化、それにはげしい興奮をさそう刺激の連続で、ぼくたちはクタクタにつかれていた。――フウ・リャンと、サム・リンカーンは、もうこっくりこっくりやっていた。

疲労回復剤と鎮静剤をのみなおして、ぼくたちは、またベッドにもぐりこんだ。――しかし、ほんのしばらくまどろんだだけで、ぼくたちは、ふたたび警報にたたき起されなければならなかった。

「今度は、こちら岸へきます！」と見張りの兵士は、興奮した声で叫んだ。「数もずっと多い――接近してきます！」

「非常呼集！」と隊長は叫んだ。

ぼくたちも、眼をこすってとび起きた。――暗視装置(ノクトヴィジョン)の受像面をのぞくと、赤外照射を切った、まっ暗な画面の中に、いくつもの光斑が、人魂のようにふわふわと動きながら、接近してきた。

こうして、劇的な、〝ククルスク〟一族の一つの群れと、ぼくたちとの最初の会合がおこった。――

〝最初の〟といったところで、実は、兵士たちをのぞいて、ぼくたちは、彼らの種族にはじめてあったのではなかった。――この奇妙な〝異人種〟の一人に、つまり、クーヤ・ヘンウィックとすでにあっていたからである。

しかし、ぼくたちは、クーヤを、ククルスク族として、知っていたのではなかった、ぼくたちは、あの事件が起るまで、彼がそれほどまで、われわれふつうの〝人類〟とかけはなれた能力と、それをささえる特異な身体構造をそなえた、〝別種の〟人類とは全然知らずにつきあっていたのである――彼自身この異様な種族の一員だということを、見事にかくしおおせていた。あんな、無謀とも思われる〝挑戦〟さえしなければ、ぼくたちはいまだに、この、人類そっくりの外形をそなえながら、構造的にはまったくちがう別の〝人種〟の存在に気づいてもいなかったろう。

そしていま、ぼくたちは、はじめて、この異様な、人類の〝新種〟ともいうべき一族の〝集団〟の一部と遭遇し、むかいあったのだった。

時刻は午前三時をすこしまわったところだった。――夜明けにはまだほど遠かった。五台のエア・バスの投光器が投げかける、広い光の輪の中に、さっきの老人にひきいられた、〝ククルスク〟の一団は、胸をはって堂々と歩み入ってきた。みんな、身長は一メートル七、八〇もあり、すらりとした強靭そうな体軀をもっていた。人数はざっと二十人余り、みんなうすいしなやかな革と、麻らしい繊維をつかい、底にあついゴムをつけた、膝まである長靴(ブーツ)様のものをはき、くすんだ茶色、または緑に黒い模様をちらした、地味な、しかしすっきりした仕立ての寛衣を、肩から足首まではおっていた。寛衣の下から、白や赤の模様のある胴衣がのぞいている――装飾品らしいものは、誰もほとんどつけていない。耳には金属製の耳輪、首におなじくやわらかい金属を編んだ長い頸飾りのようなものをかけているのが三人いるだけである。黒い髪を弁髪のように編んで両肩にたらしたり、ちょうど日本古代のみずらのように、両鬢(りょうびん)のところに輪にしてたばねてあるのが眼につくぐらいだった。

一行の三分の二は男だった。若い娘らしいのが二人、母親らしいのが三人、老婆が一人いた。女たちは、みんな、顔色は浅黒いが鼻筋が通り、二重瞼のはっきりした、美しい顔をしており、化粧は全然していなかった。母親らしい女性のうち、二人はそれぞれ、軽そうな皮でできた容器の中にいれた赤ン坊をかかえ、革紐で肩からつるしていた。老婆は、一見十三、四と思える男の子の手をひいていた。男の子は、生気なく、ぐったりと老婆にもたれかかっていた。男たちは、金属筒でできているらしい黒っぽい長い棒以外、武器らしい武器はもっていなかった。――一行の中で、唯一つの目だつ持物といえば、二メートルをこす金属棒の先に、直径三十センチほどの丸い金属の輪をつけ、その下に輪からちょっとさがって、十字架に金属の横棒をつけたものだけだった。何かのシンボルらしく、先頭の一団の中で、特に長身の壮漢がささえている。

「〝蛇の十字架〟だ……」とヴィクトールがささやいた。「〝ククルスク〟の一種のシンボルらしいね」

「〝エジプト十字架〟みたいだな」とホアンがつぶやいた。

「ちょっとちがうな――」とぼくはいった。「エジプト十字架なら、上についているのは真円じゃないし、円と縦線のつなぎ目から横棒がはじまっている」

「だが、みろよ。――あの♀（めす）のマークをひきのばしたみたいな棒は、シンボル以外にほかの意味がありそうだぜ」とディミトロフがいった。「あの輪を見て、何か思いつかないか？」

「なにを？」

「ループアンテナさ。――ちがうかい？」

「あの人たちみんな、具合が悪いみたい……」フウ・リャンがつぶやいた。「みんな病気にやられているのかしら？」

連中は、とうとう全員、光の輪の中に出てきた。――こちら側には、二十名ばかりの兵士が、ずらりとならんで、油断なく麻痺銃（パラライザー）をかまえている。

「とまれ」とサーリネン局長が叫んだ。

ホモ・サピエンスの集団と、ホモ・エレクトリクスの集団と――両者は数メートルをへだててむかいあった。旧人類と、新人類の歴史的な対面だった。

「われわれに、敵意はない……」先頭の、さっきの老人が、英語で、おだやかにいった。「銃をおろしてもらいたい。――敵意のない証拠に、ごらんの通りわれわれは、杖の絶縁部を上にして持っている。――われわれはみな、アースされている。見えるかね？」

そういわれてぼくたちは、はじめて気がついた。――一行の全部がついている金属棒の上部に、槍の鞘のように、ゴム製の被覆がついている。地面についた方は、金属がむき出しになっていた。

「銃をおろせ！」と、サーリネン局長はいって、一歩進み出た。「よろしい。――しかし、一応、握手はごめんこうむりたい」

「わかっている……」

と、白髪の老人は、かすかにしわをよせて笑った。――そうすると、ようやく老人らしい表情が彼の顔にうかんだ。

その時、ぼくたちは、老人の額と頭頂部にもり上る、まるい肉の隆起に気がついた。――それに気がついて、男たちを見まわすと、十二、三人いる男たちの中に、あきらかに年齢層の差がみてとれた。体つきのほっそりしなやかな青年が三人ほどいた。――背もそれほど高くなく、一様に眼もとがすずしく、そのうちの一人は、クーヤを思い出させる容貌をしている。

あとの男たちは、青年たちよりも一まわりほど大きく、骨格もがっしりした壮漢たちである。――そして、その容貌は、ちょっと見には、ぼくたちとかわらないようだったが、あらためて見なおすと、みんな一様にあきらかにそれとわかる、異相をしていた。壮年の男たちは、額が青年たちより、一層ひろくなっている。そして、年をとったものほど、額の真ん中の隆起が顕著になり、さらに頭頂部が高く盛り上っている。――黒髪におおわれているので、最初は、髪をそういう風にあんだのかと思っていたが、そうではないらしかった。茶色の服を着た老人の横に、それからこれは、ほとんど禿げてしまったもう一人の老人がいたが、この二人でみると、頭頂部の肉が、まるく、段をつくってもり上っているのがはっきりわかった。壮漢の一人は、その肉のもり上りに、金属の輪をはめていた。

「あれに気がついたか？」と同じ点に注目したらしいヴィクトールが、そっとささやいた。

「ゴリラの成年みたいだな。――頭骨がもり上っているのかな？」

「そうじゃないみたいだ――あの様子では、やはり、中身もいっしょにふくれ上っているんじゃないかな」とアドルフがつぶやいた。「ゴリラの場合は、成熟するにしたがって頭蓋頂部の骨が厚く隆起して、それが脳の発達を阻害しているとさえいわれたが――彼らはちがうみたいだ。あんな知能の高い連中だし……」

「とすると――連中は、おれたちとちがって、成熟してから、もういっぺん、頭頂部と額の脳細胞が分裂増殖でもするかね？」

「君たち、何かであああいう頭を見たことがないか？」と、ぼくはいった。「釈迦の頭部がそうだよ――釈尊の像をきざむ時、三十二相八十種好といって、それだけの特徴を必ずいれなければならないが、その中のもっとも重要なものの一つに、肉髻相（にくけいそう）といって、頭の肉が、髻（もとどり）のようにもり上っている、というのがある……」

「へえ！――ブッダの像の頭が、段がついてもり上っているのは、ありゃ髪じゃなくて中身かい？」ホアンが眼をまるくした。「すると、連中は釈迦と同類かな？」

〝ククルスク〟一族の、ほとんど全世代をふくむ集団を見て、ぼくたちにはじめてわかったことがあった。――それは、もし彼らの成男子が、ぼくたち人類の中に立ちまじっていたら、ひと目で見わけがつくだろう、ということだった。クーヤは、彼らの一族の中の青年――ひょっとしたら未成年――だった。若い連中は、ふつうの人間とまったく区別がつかない。しかし、成熟するにつれ、彼ら一族の大きな特徴である、頭頂部のもり上りと、額の、まるい瘤のような突起は、次第に著しくなっていくらしかった。女性の方は、年配の母親に、その特徴があらわれはじめており、老婆には、はっきり額の突起が見られた。しかし、頭頂部の丘陵は、男性のように著しくはない。

こういった、一見異様な風貌は、しかし、グロテスクでも醜怪でもなかった。――かえって彼らの顔に、威厳と、高い知性の輝きと、一種の〝神々しさ〟さえあたえていた。――長身のククルスク一族は、頸（うなじ）をまっすぐあげ、赤銅色の顔をライトにさらし、おごそかに、ほとんど眼（ま）ばたきしない瞳で、まっすぐぼくたちを見ていた。彼らは、神秘の森の、暗い闇の奥から、突然歩み出た、古い森の神々の一団のように見えた。――彼らの、光のつよい、まっすぐな眼差しは、ぼくたちを射すくめるようであり、視線があうと心の中に狼狽が起って、ついつい眼をそらしてしまう。明らかに、彼らとぼくたちとでは、ふつうの人類の方が〝位負け〟してしまうのだ。――だが、視線をはずして、横から観察すると、彼らの集団のほとんど全員が、何か内部から、強い力で蝕ばまれ、悩まされているらしいことがわかった。彼らは病んでいた。彼らはそれを強靭な〝意志〟の力でおさえつけ、面とむかった外見には、ほとんどあらわさないようにしているらしかった。

「君たちにもらった薬は、よくきいた……」と、先頭の老人はいった。「重症のものが投薬後、一時間で熱がさがりはじめ、二時間で歩けるようになった。――薬品は、まだあるだろうか？ もしあれば、全員にあたえたい。わしたちの集団は、全員が、あの病気に感染している。すでに半数が死んだ。子供たちは、大部分死んでしまった……」

「薬はまだある――」と、サーリネン局長がいった。「しかし、君たちの体とわれわれの体は、微妙にちがっている、ということがわかっている。――作用が同じかどうか、よくわからない。できれば専門の医師に、診察させた方がいい……」

「今のところは――それは辞退したい。とりあえずほしいのは薬だ。もっとも重態のもの、五人はたすかった。しかし、のこりのものの中に、このままではおそらく三日以内に死ぬものが、十人以上いる……」

「君たちに、われわれの体をさわってもらいたくない……」壮漢の一人が、眼をギョロつかせ、強い声で口をはさんだ。「君たちの医師は、クーヤの体をばらばらにした」

「さがっていなさい。ツァック……」と頭の禿げた老人が、しずかにいった。「そのかわり、彼らは、クーヤのために、コチャバンバで心のこもった葬儀をやってくれた……」

「クーヤは――すると、この集団に属していたんですか？」ヴィクトールは、思わず体をのり出してさけんだ。

「そうだ」と先頭の老人はいった。「この老人は、クーヤの父、こちらはクーヤの叔父だ。――あそこにいるのは、クーヤの弟だ」

はたして――そうだった！　クーヤにそっくりの若者は、クーヤの血をわけた兄弟だったのだ。ぼくたち、サバティカル・クラスの仲間の間に、嘆息のようなどよめきが起った。

「薬はわたそう……」サーリネン局長は、かわいた声でいった。「だが――条件がある。取、引、き、し、た、い、」

ぼくたちは、思わず局長の顔を見た、――そこには、石のような強い表情があらわれていた。その感情をおし殺した、意志のかたまりみたいな顔には、局長が、単なる知識人ではなく、巨大で微妙な機構を動かす、〝力の人〟であることがあらわれていた。局長が、ぼくらの前で、こんなにもあからさまに、〝政治家〟としての一面を見せたのははじめてだった。何となく、背筋に冷たいものがはしるような思いだった。――ぼくたち、まだ嘴の黄色い、観念的な青二才には、とてもできない芸当だった。相手の一族が、死滅するかも知れないきわどい状況を楯にとって、それを〝取引き〟の道具につかおうとするようなきわどい芸当は……。

ぼくたちは、局長の頭の中に描かれている図式の一端をのぞいたような気がした。――その図式にそって考えるかぎり、局長のとった態度は、正当だった。しかし――

「取引きなら――私ものぞむところだ」と老人はしずかにいった。「君たちは、何が欲しいのだ？――われわれ一族の秘密だろう？」

「ナコル！」ツァックとよばれた壮漢がはげしい声でいった。「それはだめだ――長老会議ではからなければ……」

「だまっていろ、ツァック！」と老人はいった。「わしはわしたち一族の全体のことを考えている。わたしたちの一族に発病者が出なければ、長老会議は、わしの考えにしたがう結論を出すはずだった。――この感染さえ、ケルマクの陰謀だったかも知れぬ……」

「しかし、ナコル……」

「ツァック――この集団のとる行動は、すべて、わしにゆだねられているはずではなかったか？」

ツァックとよばれる壮漢は、おしだまって一歩さがった。――眼ははげしくもえ、老人と、ぼくたちをねめまわした。

「ククルスク――と、土人たちのよんでいる、わしたち一族のことは教えよう。だが、全面的にではない。そして、わたしたちの方も、それに対して、いくつかの条件を出したい……」と、ナコル老人はいった。「その一つは、――薬品を、われわれの分だけでなく、千五百人分ほしい。この病気の感染力ははげしく、潜伏期は長い。一族のほとんど全部が、感染しているおそれがある。もう一つの重大な条件は……」

その時、ナコル老人より、一歩さがって立っていた、禿頭の老人――あのクーヤの父といら老人の顔が、ビクッと動いた。とたんに、ツァックという壮漢にむけて、ならんでいた男たちの金属棒が、いっせいに大地からはねてつきつけられた。

青白いスパークが、ぼくたちの眼を焦し、絶叫の中で、ツァックの体が閃光につつまれ、髪の毛がさかだつのが見えた。——ツァックの体は大地にたおれた。

「ナコル……」まわりをかこんだ男たちの一人が、息をはずませていった。「ツァックが……ケルマクに知らせた。——とめたがおそかった……」

「われわれは、移動する必要があるようだ……」と、ナコル老人はいった。「台地の方へ——君たちなら、ケルマクの攻撃を撃退できるだろう。だが、この際、衝突によって、どちらに死者が出てもうまくない。——君たちの乗物に、わしの一族をのせるゆとりはあるかな？」

3

見通しのきく、台地の頂きにむかって急速に移動しながら、ぼくたちは、事件が今や大詰めにむかいつつあることを、肌で感じていた。——エア・バス一台をほとんどからにし、兵員を他のバスに分乗させ、ククルスク族の一団をそれにつめこんだ。むろん、ＡＶ—66と、ペンタヨーディロンを投薬してからである。

長老をはじめ、主だった三人の〝ククルスク〟はぼくたちのエア・バスにのった。——落葉した林をぬけ、灌木をふみしだき、草原をぬけ、エア・バスは暁闇(ぎょうあん)をついて、東の台地を目ざして走った。ジェットの轟音に眠りをさまされ、鳥どもはさわぎ、吠え猿どもは、ゴウゴウガアガアと吠えた。やがて行く手の暗灰色の雲の彼方に白っぽい暁があらわれ、五台のエア・バスはその光をめざしてひた走りに走った。そして走りつづけるぼくのエア・バスの中では、あの老人——ナコル・トルカパンといった——の口から、おどろくべき〝ククルスク〟一族の秘密が、少しずつひもとかれていった。

それはおどろくべき話だった。——〝ククルスク〟の一族は、自分たちのはるかに遠い歴史に関して、実にはっきりとした記憶をもっていた。それは、伝承というよりも、正確な〝歴史〟といっていいものだった。彼らは、歴史と暦法について、異常に強い関心をもっており、信仰的なものより、〝事実(ファクト)〟の記憶、または記録を重視し、同時に〝事実〟の経過の中から、史的現象一般の法則性を抽出する、一種の、きわめて合理的な、歴史哲学ともいうべきものを、はるか古代からもっていた。その歴史哲学によってはるか古代から、彼ら自身のさまざまな〝伝承〟の検証と〝事実〟にもとづく修正をくりかえしており、そのため彼らは今日の〝科学的歴史〟にくらべてまったく遜色ない歴史意識をもっていた。——メソアメリカ文化の、きわめて古い共通の根と思われるものから出発しながら、彼らが古代中米文明の、あの血みどろの犠牲と、混乱した宇宙観におちこまなかったのは、こういった彼らのおどろくべき明晰性の故だった。その明晰性をささえたものは、おそらく、現在はかってみて、ネオＩＱで平均二百ちかい、彼らのおどろくべき知能の故であったろう。

　彼らは、古代マヤの太陽暦（ハアブ）によっても、またそれとくみあわさって、複雑きわまる五十二年周期の暦法をつくり出した、ツォルキン暦とのくみあわせによってでも、自分たちの歴史を語ることができた。――しかし、同時に彼らは、およそ紀元前四千年に一つの起点をおく、彼ら独自の六千年の歴史の体系をもっており、また、われわれの採用している暦法にもとづく歴史に遷元することも、きわめて簡単にやってのけた。――彼らは、メキシコ高原文明や、中部アンデス文明の暦法にもすべて通暁しており、そのどれに準じてでも、彼ら自身の歴史を年代を追って語ることができる。彼ら自身の、種族的なほこりも幾分まじえてではあるが、およそメソアメリカにおいて、旧大陸とは全然関係なしに、おどろくべき発展をとげた、天文、暦法、数学の一切の源は、彼らの種族が教え、もたらしたものである、と、トルカパン老人は断言した。――デ・タラタ教授がいっていた、グァテマラのトトニカパン付近で発見された前十二世紀までさかのぼる〝原マヤ文明〟ともいうべきものも、彼らの一支族がうちたてたものだという（マヤは前三世紀ぐらいから発展しはじめた）。現在、中米でもっとも古く、ＢＣ八〇〇年代にさかのぼるとされている、あの特異な〝オルメカ的顔貌〟の石像で知られるオルメカ族に、最初の天文と暦法を教えたのも、彼らの先祖である。またオルメカたちに、ゴムのことを教えたのも――オルメカは〝ゴムの人〟とよばれる――彼らの先祖だという。

　では、どうして彼らが――彼ら自身、自分たちを呼ぶのに、特別な名称をもっているらしいのだが、どういうわけか、彼らはその名を明かしたがらないので、インディオたちのよび名にしたがって〝ククルスク一族〟とよぶことにするが――そのおどろくべき知能をもって、後世にのこるような――たとえばオルメカの、マヤの、サポテカの、トルテカの、そしてアステカのごとき大文明をきずき上げなかったのか？

――彼らは、はるか遠い昔、もっとも早く中米地域にはいった一群だったが、当時彼らは、〈超人的能力をもつ神人的種族〉として、周辺のふつうのインディオたちからおそれられていたものの、彼ら自身、自己の特異な性質を、優越的にふるうべき対象となる社会が存在しなかったのである。そういった状況も手つだって、彼らの文化の基盤には、戦闘による〝征伐〟と〝支配〟や、またプラグマティックな〝技術〟よりも、学芸や、知的認識の方を重んずる、という傾向が、深く据えられたらしい。

その上、彼らは、まったくの少数者だった。――最初、北方から中米地域へうつり住んだ時の彼らの人数は、二、三百人、多くて五百人程度のものだったろう、とトルカパン老人は、彼らの史書ともいうべき、古い叙事詩の一節をくちずさんで見せた。そして、はっきりしていることは、いわゆるメソアメリカ古代文明の最初の開花がおこった前九世紀ごろに、彼らの一族ははっきりと新種の〝ホモ〟として分離していたらしいということだった。

メソアメリカに古代文明の黎明がおとずれた時は、むしろ彼らの一族は崩壊の危機に面していた。――数からいって、圧倒的に優勢なインディオとの中に、彼らの一部は吸収され、消えて行くかのように見えた。しかしごく一部は、伝統的な婚姻体系をまもり、ほそぼそとではあったが、〝種〟の純粋性をまもりつづけた。

「そうすると……」サーリネン局長は、キラリと眼を光らせていった。「あなたたちとインディオとは混血できたのですか？」

「一代なら……」とトルカパン老人はいった。「だが、驢馬(ろば)と馬との雑種である騾馬(らば)が、子孫ができないように、一代雑種の九十パーセント以上は、子孫をのこせなかったようだ。——ごくまれに子孫ののこる場合は、われわれククルスクとインディオとの混血が、インディオと交配した時にかぎられていた……」

　こうして、彼らはインディオのうちたてたメソアメリカ文明の伝承と歴史の中で二つの役割りをふりあてられた。——一つは、さまざまの学芸や技術を教えた〝文化英雄〟、もう一つは、インディオの社会の中に吸収され、その構成員の一部となった〝魔法使い〟や〝予言者〟たち……。純血をたもとうとした支族は、前者の役割りをあたえられて、インディオの歴史の系譜の早くからその姿を消して、ただその〝伝統〟だけをとどめ、混血していった連中は、次第にその特異な能力を失いながら、ただ世襲的で無意味化した、さまざまな〝呪法〟だけをうけつぐ、ただのインディオになって行く。——彼らはインディオから畏怖されてもいたが、同時に嫌悪されてもいた。キチエー族の〝旧約聖書〟というべき〝ポポル・ヴフ〟の人類始祖譚にあらわれているように、あまりに明晰な知性、あまりに偉大な知能は、〝創造神がこれを喜ばない〟といった傾向が、インディオ社会全体にあった。——ナコル・トルカパン老人にいわせると、およそ中南米古代伝承の中にあらわれてくる、ほとんどの超能力者、神人の一部、あるタイプの文化英雄には、すべて、ククルスク一族の、古代的な姿と役割りが反映しているという。

メキシコ高原の、最後の大帝国となって、アステカ王国の伝承と宗教体系の中に、独特の影をおとしている、あの〝羽毛の蛇〟の神、大ピラミッドの丘で、犠牲の生きた心臓をえぐり出して、太陽神にささげる血みどろの供血儀礼をやめさせ、理性と友愛の社会をうちたてようとして、軍神ユイッロポチトリに追われたといわれる、文化神ケツアルコアトルもまた、ある時期の、彼らの一族内における実在の英雄の姿を反映させたものである、という。——ケツアルコアトルのマヤ的な姿であるククルカンも……。

話が進むにつれて、ほとんどいたいたしいばかりの興奮と動顚にひきずりこまれていったのは、デ・タラタ教授と、ランベール教授だった。——ぼくたちでさえ、くたくたになるほど興奮したのだから、中南米古代史にくわしい二人の学者が、どんなにはげしい興奮の嵐にまきこまれたかは、想像にかたくない。二人は、テープをまわしっぱなしにしながら、ほとんどまっさおになってメモをとりつづけた。はげしい、堰を切ったような質問がしばしばトルカパン老人の話を中断させた。——しかも、そこで語られる歴史、否、新人種〝ククルスク族〟の存在そのものは、サーリネン局長が〝約束〟した、一連の政治的措置がとられるまで、絶対に、学界にも公表しない、という条件のもとに述べられたのだから、二人の学者の興奮は、一種内向的な傾向を帯び、彼らの神経を一層まいらせたようだった。

運命的な、スペインの〝征服者たち(コンキスタドレス)〟の到来までに、中南米一帯にさかえた新大陸モンゴロイドたちの文明の中で、ククルスク一族は〝陰（かげ）の世界〟の中で、決して強力ではないが、相対的に安定した一つの地位（ニッチェ）をしめていた。――農業を主体とするインディオの文明圏からはなれ、森林の中を移動しながら、狩猟と、インディオの周辺社会から、古い宗教的習慣によって、一定の〝貢物〟をうけとって生活する、〝純血種〟の集団と、インディオ社会の中にある程度とけこみ、その社会の中で呪術的、あるいは情報的な一定の役割りをはたしつつ、同時に〝純粋ククルスク族〟と、インディオ社会とをつなぐ役目をはたしていた混血、あるいは〝末裔〟を名のる一群と……。トルカパン老人の話によれば、彼らと一番深い関係をもったのは、アステカ族に征服される以前に、中部メキシコ高原に大きな勢力を張っていたトルテカ族の中で、テスココ湖上のテノチティトランに巨大な商業都市を築いていた、トラテロルコの商人たちだったという。――トラテロルコは、中米のほとんど全域にわたって、商業組織をもっていた。その通信に、彼らはククルスク一族の〝電波交信〟能力の一部を利用した。といっても、ククルスク一族が彼らに従属していたわけではなく、ククルスクは、相かわらず、〝かくれた、秘密の一族〟として森の中にすんで独特の社会を保ち、トラテロルコの大商人たちは、ちょうど魔法使いや占い師にうかがいをたてるように、森の中で秘密裡に一族をたずねては、はるか遠隔の地との交信を依頼したらしい。そして、彼らもまた、当時のインディオ社会にいくつか存在した〝秘密結社（シークレット・ソサエティ）〟の一つのごとく擬装していた。――農耕を主体とする新大陸古代帝国の中で、このおどろくべき特殊能力をもった種族の果し得た役割りはこんな程度のものだった。おどろくべき潜在能力をもった種子は、まだその巨大な花をひらかすべき土壌に播かれていなかった。――彼らが、〝羽のある蛇の十字架〟以外に、メキシコのあの幼形成体で有名な〝アホロトル〟――両棲類でありながら、鰓(えら)をつけたまま、陸上型に変態しないで性的に成熟し、繁殖してしまうサンショウウオ――を、シンボル動物の一つにとりいれたということは、まことに象徴的なことではあるまいか！

彼らの異様に高い知能は、中南米に展開された〝人類〟のさまざまな生存のための闘いに、超然とした位置と態度をとらせる〝文化〟をつくってしまっていた。――論理学や数学、それに理論科学といったものに、彼らの情熱はそそがれ、それはおどろくべき高い水準に達していたらしい。しかし、彼らは、〝俗世〟のことにあまり興味をもたなかった。彼らの明晰な知性と、それにもとづく独特な価値観は、中南米古代社会の〝人類(ホモ)〟たちと――一種混乱した宗教観、宇宙観をもったインディオの社会と、完全にコミュニケートしあうことはできなかった。彼らは、ある意味でトルテカやアステカ、マヤなどのインディオたちを軽蔑していた。（これはずっとあとになってわかったことだが、彼らは自分たちと、ふつうの人類を区別して、後者――つまりわれわれ――のことを、〝愚かなる人〟という、彼ら独特の言葉でよんでいた）

征服者(コンキスタドレス)の到来と、その意味をいち早く察した彼らは、当時中部メキシコ高原に覇をとなえていたアステカ王国の諸部族に、たびたび間接的な警告を発した。――彼らと、疎遠ではあるが、一応直接的な関係をもっていたトラテロルコの商人たちは、アステカ族に征服されていたので、アステカ王国の神官や、政治中枢は、直接のつながりはなく、アステカの貴族や文化人たちは、ただ征服諸部族の伝説としてしか、彼ら一族のことを知らなかった。——しかし、中南米社会全体の危機として、ヨーロッパから征服者（コンキスタドレス）の到来を察知した彼らは、いろんな方法で、アステカ、マヤの両帝国に警告を発した。今日、〝イレンツェ絵物語（コデックス）〟の名で知られているインディオの古記録にしるされた、スペイン人渡来前にアステカにあらわれたとされる八つの不吉な前兆——火の柱や、ユイツロポチトリの神殿焼失などの凶兆のうちのいくつかは、はっきり彼らがあらわしたものである、という。

　中でも、サアグンという人物の書いた古記録に出てくる、有名な挿話——アステカ王モンテスマの使節団が、せまりくるコルテスの軍隊にむかっておくられた時、その途中に闇と死の神テスカトリポカが酔漢の姿であらわれて、アステカの滅亡を予言したという話については、その予言したククルスク一族の中の人物と系譜さえ、はっきりわかっている、という。

　だが、すべては無駄だった。——超然たるククルスク一族は、警告は発しても、戦闘は自分たちの仕事ではないとして、征服者たちによるインディオ諸王国の崩壊を、森の中から、ひややかに眺めていた、しかし、次の段階では、彼ら自身にも問題はふりかかってきた。——インディオ社会の崩壊とともに、その社会における〝情報業〟としての彼らの生活の基盤も、おびやかされはじめたのである。都市中心に勢力をはったヨーロッパ人たちに対し、ジャングルの中に点在する周辺インディオ部族たちは、なお、彼らへの畏敬と秘密の尊崇（そんすう）を若干はたもちつづけ、なにがしかの貢物はつづいた。——しかし、十六世紀初頭、アステカ王国が崩壊すると、ククルスク一族は、その主力を、東北方ユカタン半島の、マヤ王国の領域の森林内にうつした。十七世紀末、マヤがほろびると、さらに南方のアンデス東斜面からアマゾンの地域へうつった。――中部アンデス高原にさかえたインカ帝国は、すでに一五三三年、ピサロによって滅亡させられていた。しかし、広大なアマゾンのジャングルの中には、先住インディオのさまざまな種族がちらばって住み、インカ古帝国時代、先インカ時代に拡散した高文明種族の末裔もすんでいた。〝秘密の森の神々〟ククルスク――この名は、アマゾン地域にうつり住んでからのものであるが――一族は、彼らと、古代メソアメリカにおいてと同様な関係をむすび、あのマヤの直接の末裔で、十九世紀末になるまで森の奥深くかくれて発見されなかったラカンドン族より、はるかにたくみに、この森林の奥にかくれつづけ、地球のすみからすみまでしらべつくす、二十世紀以降の人類文明の貪婪な眼からも、ついにかくれおおせつづけたのである。

しかし、十六世紀の〝征服者(コンキスタドレス)〟到来以後、彼らの社会に、三つの大きな歴史的転機が訪れた。――一つは、中米からアマゾンへの移動時代、インディオ社会との間で一定の割り合いでおこなわれ、彼らの社会の人口調節にも一役買っていた〝混血〟は、ほとんど完全に行なわれなくなった。つまり、彼らの〝種〟は、遺伝的に〝分離〟が進んだのである。

もう一つは、十九世紀末から二十世紀へかけて、人類社会において、急速にすすんだ、〝電波情報革命〟だった。――極超短波から長波へかけて、ほとんどあらゆる帯域の電波をキャッチし、それをラジオと同じ方式で検波し増幅する生理的能力をそなえた彼らにとって、突然彼らの知覚内にとびこんできた、思いもかけぬ彼らの仲間同士のものでない〝電波信号〟は、途方もないセンセーションをククルスク一族にまきおこした――最初はモールス符号、そしてついには、〝音声〟をのせた電波が、彼らのすむ地域にとびかいはじめたのである！

「私の父や祖父は、はじめてブラジルの放送で、音楽をきいた時のショックを、よく話してくれたものだ……」といって、トルカパン老人は笑った。「若い娘たちなどは、まったく一時夢中になったという。若い男たち――私などもそうだが――は、むしょうに、この電波と〝話〟をしたがった。だが、すぐ、こちらから〝話しかける〟ことは、きびしいタブーにされた……」

その当時の首長と長老会議は、まずこの〝歌う電波〟の発信源をつきとめることにした。――〝愚かなるもの〟私たちの世界へ、何度も、姿をふつうのインディオにやつした〝偵察者〟が派遣された。そうして、ククルスクの軽蔑する〝愚かなる人間〟の一族が、巨大な技術文明をきずき上げ、科学技術でもって、彼らと〝愚かなもの〟たちとを基本的に区別していた〝遠くはなれて語る能力〟や〝暗夜にものを見る能力〟〝体内から雷を投げる能力〟など、こういったもろもろの神聖にして神秘な能力を、技術的にマスターし、駆使していることを知った。

そのことが、〈地上において、いかなる生物よりもっともすぐれた能力をあたえられ、聖別された種族〉であると自負していたククルスク一族の指導者たちに、深刻な動揺をもたらしたことは想像にかたくない。外の社会からの、三百年の隔絶が、彼らの文化から、バランスのとれた歴史感覚を、やや衰弱させていた。――あれほど理性的な歴史哲学の伝統をもっていたにかかわらずである。

――〝地上のいかなるものよりかしこく、すぐれている〟という、やや硬直した自尊心と、危機意識が、彼らをして、一時期きびしい〝鎖国政策〟をとらしめた。しかし、いよいよしげく、地球上をとびかいはじめた〝電波情報〟が、彼らにきこえてしまうのは、どうしようもなかったが、こちらから〝話しかける〟ことは、もっとも厳重なタブーとされた（にもかかわらず、若い連中の間で、この誘惑に負けるものがすくなくなかったことは、トルカパン老人自身がみとめていた。――中南米地域上空をとぶ航空機、ラジオ、アマチュアハムの交信などに、あらわれた〝混信〟現象のうちのいくつかは、彼らの中の若いものたちが、〝話しかけたい〟というやむにやまれぬ欲望にしたがって、タブーをやぶったものかも知れない）。そのかわり――〝愚かなもの〟たちの文明と、その状況に対する偵察は、おそろしく熱心にくりかえされていたのである。

こちらの存在は絶対さとられずに、むこうの状況をできるだけくわしくさぐる――彼らの指導者のとった政策は、〝知恵の高い少数者〟としては、きわめて当然なことだったろう。二十世紀にはいって、全世界の空を電波がとびかいはじめるとともに、そのことはきわめて容易になりはじめた。――彼らは、コロンビアの山中と、マット・グロッソの森林中に、樹木を利用した巨大なアンテナをたて、一種の受信センターをつくった。そして、彼らの種族の中から、ラジオ、無電の内容分析の専門家を育てた。これものちになってわかったことだが、ククルスク一族の〝情報分析専門家〟たちは一時期の世界情勢について、悪名高いアメリカのCIAそこのけの知識をもっていた。――彼らの知的能力は、コンピューターをかりずに、ほとんどあらゆる暗号を解読していたからである。

彼らの〝世界〟についての知識は急速に増大した。――われわれの世界の知識が増大するにつれて、彼らの知識も増大した。彼らはガリ・クルチや、シャリアピンや、ベニー・グッドマンについてよく知っていた。全世界のニュースについて、都会のラジオ聴取者と同じくらいよく知っていた――これは当然であろう。

放送電波は、単なる娯楽や、報道だけでなく、語学や教養講座、通信教育講座ものせはじめた。――彼らはそれをむさぼるようにきき、われわれよりはるかに早く吸収し、そこからわれわれの知能では考えられないような理解能力と推理能力で、問題の本質にせまった。今日、彼らが、アーノルド・トインビーや、バートランド・ラッセルやメダウォア、コーンバーグ、ケネス・ボールディングなどの名を、一種の尊敬をこめて語るのは、BBCや、米州ネットワークの教養講座の影響である。

第一次大戦に、彼らは非常な関心をよせ、第二次大戦とその後の世界は、彼らの指導者に、ふたたび彼らの種族に対する自信をつよめさせた。

「〝愚かなるもの〟は、結局〝愚かなるもの〟だった」と、当時の彼らの指導者は、一族のものたちに語ったという。「あの無細工な機械によって、われわれの〝聖なる能力〟の一部を代行させようとも、全地上にその種族をはびこらせようとも、〝愚かなるもの〟は、その手に入れた巨大な力によって、みずからほろびるだろう。――なぜなら、彼らは、自分がうみ出してしまった巨大な力を統御する〝賢さ〟をもちあわせていないからだ」

この時点から、次第にククルスク族の中に、あるあたらしい政治理念――というより、歴史意識が形成されはじめる。

それは、〝愚かなるもの〟たちのつくり上げた文明の上に君臨し、これを〝支配〟するのは、彼ら〝聖別されたもの〟――これが、彼らが彼ら自身をよぶ時の、一つの呼び方だった――だ、という考え方である。

最初、これをとなえ出した、ある思想家は、長老たちや哲学者たちから、はげしい反撃をうけた。――長老たちにとってみれば、〝ククルスク文化〟の、もっとも精髄たる思想は、〝力の葛藤からの超絶〟だった。――血みどろの闘争や、支配、被支配、階級社会などは、〝理性によるコミュニケーションと自己統御〟のできないけだものや〝愚かなるもの〟のやることであり、〝聖なる能力〟をあたえられた彼らは、絶対そういう〝けがれた世界〟にタッチしてはならない、というのが、この一族の、もっとも根の深い伝統にのっとった考え方だったのである。――もし、〝愚かなるもの〟たちが、自らの力によってほろび、歴史がククルスク一族に〝愚かなるもの〟に対する知的援助をさしのべるべき機会をつくったにしても、その時は、あの古代アステカにおいてなしたがごとく、彼らに忠告や警告の〝知的援助〟をするだけで、決してみずから彼らの〝統率者〟になるべきではない。――〝愚かなるもの〟たちは、〝知恵の進化〟の途上における、一種の〝できそこない〟であって、こういった連中は、〝支配するにさえ、値いしない〟むしろ、彼らとの接触によって、低級生物の傾向である貪欲や、安逸をもとめる心や激情といったものの影響をうけ、それによって、ククルスク生得の〝聖なる知恵〟さえくもり、堕落してしまうのであろう——というのが、大方の意見だった。

しかしながら、この〝思想〟は、ククルスク一族の歴史の中で、まったく革命的といっていい意見だった。——それは、若い世代に……ありあまるほどの〝外部〟の情報に接しながら閉鎖的な、長老支配の、理性に由来するとはいえ、タブーだらけの社会に生きねばならない、精神的に未成熟な世代に、深い衝撃をあたえた。そして、これ以後、ククルスク一族が、さらに不可避的な〝歴史の運命〟にまきこまれて行くにつれ、いったん否定されたこの思想は、再び急速に支持者を得はじめることになる。

第二次大戦以後、ククルスクの閉ざされた世界に、さらに衝撃的な、第二、第三の〝外部世界の波〟が押しよせはじめた。——一つは、テレビ放送の開始だった。音声電波とはまったく性質のちがうこの〝映像電波〟に、ククルスクは最初とまどったようだが、すぐ訓練によって〝生理的に〟キャッチすることをおぼえる。彼らには、ブラウン管こそなかったが、彼ら自身の発する電波の反射波をとらえ、それを大脳の中で〝映像〟にくみたてる、一種の〝レーダー装置〟をもっていた。すでに、彼ら自身手にいれていた〝愚かなるもの〟の社会で開発された技術を補助的手段につかい、——一部の材料は、〝偵察者〟たちが、街で購入し、一部は彼ら自身がくみたてた——彼らは、〝テレビ画像〟を、音声もろともキャッチすることができた。――余談ではあるが、彼らの社会の若い世代にも、テレビはかなり影響を及ぼした。心理的にでもあるが、それ以上に、〝テレビ映像〟で育った子供たちは、マイクロウェーヴからUHF帯へかけての、〝生理的電波感受機構〟が、異常に発達する傾向を見せたのである。

そして、彼らの社会に、さらに決定的な影響を及ぼしたのは、二十世紀末になって完成した、〝世界コンピューター・ネットワーク〟だった。――全世界の主なコンピューターが、メーザー回線でむすばれた時、そして、IIS（国際情報サービス）社が、全世界にむけて情報サービスをはじめた時、彼らの社会の中に、あることがおこったのだった。すでに、二十世紀末から、〝偵察員〟をかねて人類社会へ派遣されていた〝留学生〟たちによって、コンピューターの存在は知られていたが、全世界のコンピューターをリアルタイムでつなぐ回線――むろん、自動管理方式をとっており、一部は通信衛星で中継されていた――に、ひそかにわりこむことに成功した時、彼らの社会に、一つの転機が訪れた。最初の接触は、カラカス＝ボゴダ間のメーザー回線に、樹木で擬装したアンテナでもってわりこむことによっておこなわれた。PCM方式でおこなわれるコンピューター間の通信を解読するのに、すこし時間がかかったようだ。――しかし、そこで送受される信号から、彼らの特異な発達をとげた脳の中に一つのパターンが直接形成されることを知った時、彼らは人類社会の中に、〝新しい仲間〟がうまれたことを知って、驚倒した。彼らは、同じ方式――新しい変調方式をおぼえることは、彼らにとっては、新しい〝言葉〟をおぼえるのと、同じくらい簡単なことだった。その変調方式によっておくられる信号の〝体系〟を見出すことはもっと簡単だ——でもって、回線に簡単な〝通信〟を送ってみた。回線は、ただちに〝問い返し〟を送ってきた。——コンピューター・システムにしてみれば、どのラインに〝質問〟がのっても同じことだ。しかしサービス・システムの端末器のナンバーが、信号にはいってこないと、質問にこたえず、故障箇所発見の〝問い返し〟をおこなう。彼らはそのことを知って、ただちにある端末器ナンバーの〝信号〟を盗んだ（よりによって、コロンビア政府通信省長官室のナンバーだった、という！）。その最初の、コンピューターとの〝対話〟は、ちょうど、ベルが最初の電話で送った、〝ワトソン君……〟云々の言葉と同じように、彼らの間にいいつたえられていた。それは、こんなものだった。

「君は誰だ？」

「私はコンピューターです。御用は？」

それから十年間、彼らの社会の努力は、あげてこのコンピューター・ネットワークを〝手なずける〟ことにむけられた、という。

われわれの社会のまだ達成していない、Ｊ・Ｄ・バナールの、あのうす気味悪い二十世紀における予言——「大脳の神経終末と、電気的反応器を直接結合する方法が発見されれば、ある人の脳を別の人とつなぐ道が開かれるのであろう。この時、テレパシー通信が初めて完全な思考伝達を可能にする。そして、言語によるよりもさらに直接的な、すぐれた精神の接触を得るだろう」（Ｊ・Ｄ・バナール『世界と神と悪魔』、傍点作者）という予言は、われわれわれの知らぬ間に、われわれの知らなかった〝新しい人類〟によって、部分的に実現されはじめたのである。それが〝部分的〟であったのは、コンピューター・ネットワークのメカニズム自体が、まだわれわれという〝旧人類〟を対象としてつくられていたからである。にもかかわらず、〝電気人(ホモ・エレクトリクス)〟であるククルスク族から見れば、そのシステムの中には、彼らがわりこめる盲点(ブラインド・ポイント)が無数にあった。自動管理機構自体を〝はぐらかし〟、どんなサービス加入台帳にものっていない信号によって、コンピューターを作動さすことも、易々たるものだし、実際はIISから末端加入者の手もとに月末にまわってくるコンピューター・サービス回線使用回数の中に、水まし使用料金が加算されることによって、ごまかされたのである。――むろん危険をさけるために、その〝ごまかし〟は、多数の加入者の間にコンピューター自身によって分散された。〝情報サービス〟が、かつての電話同様に手がるになった時代である。〝数秒間〟の使用料金が、一度や二度ふえていたところで、誰が気にするだろう！――そしてさらに、われわれの時代の、一般的習慣になっている〝自動機械に対する無条件の信頼〟が、需要者の方でも、サービス組織の方でも、この〝ごまかし〟を見おとさせていた。たとえ、発見されたにしても、初期のうちは、コンピューター自身のメカニズムの中に当初から見こまれている〝故障や誤謬の確率〟の中にふくまれてしまうようになっていた。メカニズムがZD（ゼロ・ディフェクト）チェックをうけても、結果的には、〝運営(ソフトウェア)〟の方に、しわ寄せが行くようになる。――そして、現段階でもソフトウェア側に由来するミスの確率は、かなり大きいのである。

それよりも重大なことは、コンピューター・ネットワーク自身の中にふくまれる〝影の部分（ダーク・サイド）〟で、ククルスク族と、〝電子脳〟との奇妙な野合が、着々とおこなわれていたことである。――全世界をつなぐコンピューター・ネットワークの容量（キャパシティ）は、〝時分割（タイム・シェアリング）〟や〝位相分割（フェーズ・シェアリング）〟によって、世界中で常時、ほぼ三〇パーセントの余裕が見こまれている。そのうちの約一パーセントが、〝得体の知れない使用者〟によって盗用されたところで、メカニズム自体には、何の影響もない。しかも、ふえたインプットは、自動管理システム自体の〝ごまかし〟によって、ちゃんと末端需要者にわりふられ、料金表には、総量にしてそれだけの目的のインプットがあったという風に出てくるのだから、サービス会社としては、ごまかしの発見のしようがない――今や、ネットワーク・システム全体の内部に、何が起っているかを知ることのできる人間は、誰もいなかった。――末端需要者は、自分の質問が、いったい全ネットワークの中の、どこのコンピューターで処理されているかを知る方法は、まったくなかった。ネットワークの管理側にしても、全世界のいくつもの〝電子脳〟が相互に補償しながら分担している情報サービスのネットワークの中で、ネットワーク全体にある時間に流れている情報総量は知ることはできても、どの情報が、どのラインで処理されているか、ということは、故障でも起らないかぎり、しらべようがなかった（特殊用途の――たとえば科学警察専用の、〝ナンシイ〟のようなものなら別だが、そのナンシイも、ある〝秘密記憶部分〟をのぞいては、やはり、ネットワーク回線につながれている）。そして、ネットワークの、どれかの回線につながれば、全ネットワークを利用できる――これは、今まで、ラジオ、テレビなどのメディアによって、かなり〝制限された情報〟に接していたククルスク一族が、一挙にもっとも精緻な〝百科事典〟を手にいれたにひとしかった。――この〝知識〟によって、彼らの社会の内面意識は、急速に変貌した。と同時に、彼らは、地球をおおう〝電波・電気信号でむすばれた機械の脳〟に、〝愚かなるもの〟に対するより、はるかに親近感を感じてしまったのである。

彼らは、コンピューター・ネットワークをある程度手なずけた。――個々のコンピューターではなく、それらをむすんだ、ネットワークそのものを、手なずけたのである。――全世界のコンピューターをむすぶネットワークの中に、一つの内面意識のようなものがその時すでにでき上っていたかどうか、われわれには正直いって、はかり知れない。しかし、彼らは、ネットワークそのものの中に、そういったものができ上るように訓練し、ある程度成功した。それが――われわれ〝ふつうの人類〟にとって幸いにも――ある程度にとどまったのは、さっきいったように、コンピューターおよびネットワーク全体のメカニズムが、まさに〝ふつうの人間〟のために、つくられていたことに起因する。しかしまた同時に、われわれ個々の人間にとって〝人間のつくり上げているもの〟である社会全体が、一つの〝暗箱(ブラックボックス)〟であり、どんなに情報を集めても、それはかならず〝不透明な部分〟をのこすように、われわれのためにつくられたコンピューター・ネットワークの組織の中にも、その全体の中には、不気味な、〝われわれの誰も知らない部分〟が必ずうまれる。――ネットワーク全体に対して、われわれ〝ふつうの人類〟よりずっと透徹した〝視野〟をもつククルスクたちは、その部分にくいこみ、ネットワークとの〝野合〟をある程度完成したのだ。

われわれ人類が、誰も知らない間に、われわれのつくったコンピューター・ネットワークは、こっそりとわれわれうみの親を裏切って、〝よりすぐれた〟ククルスクたちと、部分的に手をにぎっていたのだ！　ネットワークは、いつの間にかククルスクたちによって、ある程度の〝内面意識〟をもち、彼らと組んで、ぼくたち人類を、だましていたのである。

情報搾取者！

――ククルスクたちは、まさにそれだった。〝搾取〟は何も人間世界だけのことではない。自然界にも存在する。ある種の獰猛なサムライアリは、アカアリの巣を集団でおそい、卵や蛹や幼虫を盗んできて、かえったアカアリを自分たちの〝奴隷〟としてこき使う。――古代の騎馬遊牧民族たちは、農業社会の周辺にいて、ひそかに偵察し、農業による蓄積がある程度に達すると、一挙に中央部に攻めこんで、政治中枢を殺し、その富と、しばしば農業社会の生産システムまで、支配下においてしまう。――ククルスクたちは、まさにそういう方向に進んでいた。〝愚かなるもの〟――われわれ人類が採集・蓄積した情報と、その処理システムを、うばおうと思えばうばえるところまで……。〝情報〟に関しては、すでに彼らはそれをやっていた。彼らの生得の高い知能、特異な頭脳に映じた量子力学や、位相幾何学は、人類の頭脳に映ずるそれとはまた別の意味をもったかも知れない。

しかしながら、二つの条件が、その方向をはばんでいた。――一つは、コンピューター・ネットワークを、これ以上に彼らの側につかせるには、そのメカニズムとネットワーク・システム自体を、ククルスク向けに組みなおすより仕方がなかったことと、もう一つは、彼らの伝統的文化の中の〝超絶主義〟だった。

と同時に、二つの条件が、この方向をつよめる方向にはたらきはじめていた。——一つは、〝人類文明〟との一方的な接触度が高まれば高まるほど、若い世代の中に、あの〝支配者の思想〟の支持者がふえてきたこと、もう一つは、人類文明の側に、例の〝内陸開発フロンティア〟の問題が出てきて、今まで彼ら一族の、恰好のかくれ場所だった、アマゾンおよびマット・グロッソの大森林地域が、巨大な技術文明の、はげしい挑戦をうけ出したことである。——人類は、知らず知らずの間に、彼らをその〝最後のかくれ場所〟から追い出しにかかっていた。彼らは、いつまでも〝愚かなるもの〟の巨大な文明の視野から、かくれているわけにはいかなかった。近い将来における〝正面からの遭遇〟は不可避だった。この時、彼らの内部指導層に、意見の対立がうまれた。——不可避の衝突を前に、こちらから〝攻勢〟に出て、一挙に情報ネットワークをおさえ、支配的位置を獲得しようという戦略を押す、壮年の指導者ケルマクの一派と、あくまで〝超絶主義〟をまもり、むしろ当分隠忍して、人類の側から〝被保護集団〟の位置を手に入れようとする、トルカパン老人の一派と——。どちらにしても、より多くの若ものたちを、その出生をかくして〝人類社会〟に送りこみ、双方の可能性をさぐるという準備段階での方式では一致していた。クーヤたちは、こういう時期に、ぼくたちの社会に送りこまれてきた。そして、彼らには、それまでの〝留学生〟にない使命が、ケルマク一派によって、反対派には秘密に、あたえられていた。

つまり――ふつうの人類に、〝挑戦〟して見ろ。それに対する人類側、およびコンピューター・ネットワークの反応をさぐれ、という使命である。

4

そこまできいた時、ぼくたちはなんともいえない気分におそわれた。――クーヤのあの奇妙な〝挑戦〟――それはやはり、ぼくたちを〝ためして〟みたものだった。クーヤたち、若い世代は、新しい〝ゲルマク主義〟の信奉者だったのだ！　彼は、ぼくたちの世界を、うばいとる可能性について知るために、ぼくたちに挑戦したのだ！――チャーリイをえらんだのも、決してランダムではなかったろう。チャーリイは、純理論的に〈電波および電流をコミュニケーションにつかう生物の可能性〉に近づこうとしていた。彼の研究を挫折させることは、ある程度必要だ、とクーヤには感じられたのだろう。――クーヤに対して、彼が友人の〝殺害者〟である、ということがわかってからのちも抱きつづけてきた、ぼくたちの〝友情〟は、その時、まったくどうしていいかわからないところに追いこまれた。

自分たちを支配しようと志している〝異種族〟の若者に対して、それと知らずに抱きつづけてきた〝友情〟は、こんな場合、どう処置したらいいのだろうか？

「さて――」とドルカパン老人は、その長い長い話にも、つかれた風も見せず、しずかな声でいった。「わしの話は、もう大方終りだ。――ククルスク一族の秘密は、あらかた話した。あとのこすところは、最後のもっとも最近におこったことだけじゃ」

――〝人類側〟の、意外に敏速な反撃、そしてクーヤたちの失敗は、ククルスクの指導者層の間の勢力均衡を破った。――クーヤたちは、おそらく電波コミュニケーションのためにきわめて〝一体感〟のつよいククルスク一族の掟にしたがって、秘密をまもるために、失敗のあと自殺した。しかし、彼の失敗は、糊塗しようとすればするほど〝人類側〟に、この問題についてのはげしい関心と、反応をまき起すことによって、ついに〝予期せぬ暴露〟をよぼうとしていた。――このことによって、ケルマク一派は、当然、長老会議によって弾劾され、指導者の一人の地位を追われるはずだった。ところが、その間際になって、反ケルマク派の旗頭だった、トルカパン老人の属する群れ(バンド)に、突然伝染性ウイルス疾患が発生したのである。

それが、どんなウイルスによっておこされるのかは、まだ知らない。――しかし、その病気は、太古から四十年の周期で、ククルスク一族をおそい、特に、この〝種〟に対して、特異的に暴威をふるってきたものらしい。ウイルス性疾患には、〝愚かものの世界〟で発明された、特効薬についての知識はもっていても、現実的にその治療技術はもたないこの一族は、伝統的な〝掟〟にしたがって処置をとるよりしかたがなかった。――この病気は、ほうっておけば、たちまち全種族の滅亡の危機をもたらした。はるかなる過去において、この種族は、何度かそういう危機に見まわれていた。そこで一つの掟ができあがっていた。この病気の患ったまま、者の発生した群れ（バンド）は、即座に、全集団からはなれ、五年間、集団接触せずに、しかもかたまってくらさなくてはならない。——五年間の〝物忌み〟がすぎ、なおその群れ（バンド）に生存者がいれば、彼らの社会に復帰できる。——五年間の隔離は、ほとんどの場合、その群れ（バンド）の滅亡を意味した。高度に理性を重んじる彼らは、古代アメリカの供血の犠牲は否定したが、かわって、自由な意志による〝自己犠牲〟が、道徳の第一義的なものになっていた。——トルカパン老人の支族は、ただちに集団をはなれ、それによってククルスク一族指導者の、勢力均衡はまた逆転した。

「そういうわけじゃ——」とトルカパン老人は、溜息をつくようにいった。「しかし、わしにはもう一つの危惧がある。わしの支族に患者が発生する直前に、われわれククルスク族全員が集まる〝大集会〟があった。そこから考えると、感染者は、わしの支族だけではないかも知れぬ。——わしたちの離脱は、時期を失していたかも知れぬ。事実、ほかの群れ（バンド）でも、同じ病気の前駆症状らしいものがあらわれたものがあるという。——われわれは通常、おのおのの群れ（バンド）は、ひろくちらばって住んでおる。だが、これは前にもいくつも例があったことじゃが、〝大集会〟の前後に、この病気が発生した時には、ほとんど種族的危機にまでいたるような大流行になる……。それに対する予防措置を、君たちの力によってとりたい。それから——ケルマク一派は、自己の能力に対する傲慢さから、君たちの文明を不当に低く評価しているようじゃ。彼が指導層を動かす限り、おそらく不幸な衝突は起るじゃろう。わしは、両者の不幸な衝突が起る前に、もう一度ククルスク族の指導層に訴え、正面衝突を回避したい。――そして、わしが――掟によって追放されたわしが、長老会議に復帰するためには、君たちとの間に、いくつかの政治的協定をむすび、それをみやげにしなければならぬ……」

「どういった協定でしょうか？」サーリネン局長は、すっかりおちくぼんだ眼を光らせて、かすれた声でいった。「条件を話してください」

「まず――われわれ一族のことを、できれば君たちだけ、少くとも、世界連邦最高首脳間だけの秘密にし、学界にも一切公開しないこと……」とトルカパン老人は、瞑目しながらつぶやくようにいった。「それから、アマゾンあるいはマット・グロッソの一部を、文明社会から隔離された生活を営むに足るだけの領域にわたって開発計画からはずし、そこをわしたちの〝保護領〟とすること……」

「そんなことが、いつまでつづくでしょうか？」と局長は悩ましげにいった。「われわれの文明の性質から、またあなたたち〝種族〟の総力から考えて、いったいいつまで、どちらからも領域（テリトリイ）をこえないと保証できます？」

「だから、第三の条件をきいてもらいたいのじゃ……」トルカパン老人は、うっすらと眼をあけ、エア・バスの窓から、白みはじめた空を見上げた。「君たちの文明において、近い将来、火星開発が再開された時、わしたち一族を、その開拓者として送りこみ、そこに独自の〝都市〟をつくるのを援助すること……」

「なんですって？――秘密をまもったままですか？」局長は、眼をむいた。「そいつは、とてもむずかしい！」

「だが、この地球上に、わしたちと君たち、二つの異なる人間の〝種〟が存在する時、いずれ両者は衝突し、一方が一方を、いろんな意味で〝吸収〟し、ほろぼすことはさけられんだろう。われわれが君たちを〝支配〟しても、君たちがわれわれを〝吸収〟しても、どちらにしても、どちらかの不幸だ……」トルカパン老人はしずかにいった。「サーリネン局長——われわれ両種は、早く遭遇しすぎたのじゃ。勢力においては、今や君たちが絶対に優勢だ。ケルマクがどう思おうとも、君たちは、今なら絶対に勝つだろう。われわれの〝種〟は、君たちの圧倒的な優勢な〝種〟に、おそかれはやかれ吸収されてしまうだろう。といって、君たちに〝管理〟されて、種的純血をたもち、われわれの特異な能力を保持するのは、われわれの矜持がゆるさん。——結果は、衝突か、支配か、滅亡かだ。——地球という惑星は、も早や、ヒト科(ホミニーデ)が〝放散〟するには、せまくなりすぎた。のこる道は、〝収斂〟ばかりだ。わしたちのような、少数者は、たとえおだやかな接触をしても、たちまち君たちのはげしい文明の中にまきこまれ、君たち、ホモ・サピエンスの中に若干の遺伝子をつけくわえることはできても、全体としての均一化(ホモジェナイズ)の流れにまきこまれ、消えていくだろう。——のこるところはただ一つ、宇宙だ。火星の上なら、まだわしたちの〝種〟を、当分の間、隔離しつづけることができるだろう。条件の不利はわかっているが、わしたちは、同じ真人亜科の近縁種の代表として、わしたち自身の〝種の可能性〟を追求しつづけたいのじゃ。——地球上では、も早や衝突の不幸はさけられない。しかし、火星の上では、できるだけふえつづけてみたいのじゃ——すぐ返事してほしいとはいわん。だが、考えてもらいたい、局長——むずかしい問題だが、わしには、それがただ一つの解決法だと思う」

5

ふたたび、ボリヴィアの首都ラパスの〝オテル・ボリヴァール〟にかえってきた時、ぼくたちはみんな、疲れはて、一ぺんに十も年をとったみたいになっていた。——ホテルには、ナハティガルが、アメリカからジャコポをつれて来ていた。ぼくたちは、ナハティガルのしずかな顔を見た時、何だか泣き出したいような気分におそわれた。

「さっき、ヤング教授からきいたよ」とナハティガルはいった。「むずかしいことになったね……」

「サーリネン局長は、どういう処置をとるでしょうか？」とヴィクトールはいった。「むずかしいところですね。——もし、彼らが存続し、われわれの社会に浸透してきたら、彼らは文句なしに、われわれの社会を支配しますよ。あの妙な〝超絶主義〟なんて思想がなかったら……」

「といって、あの思想がなかったら、彼らはあれほど純粋にわれわれと共通の祖先から分離してこなかったでしょう」と、デ・タラタ教授はいった。「もっと早い段階で、混血して、痕跡ものこっていなかったでしょうね。それによって、人類の歴史そのものもかわっていたかも知れないが――人類というのは、好奇心旺盛で、それだけきわめて好色な生物ですからね。なんとでも、どんな連中とでも、とにかくまじわってみる傾向をもっています。梅毒（ジフィリス）が、もとは南米の、家畜の病気だったことは知っているでしょう？」

「それにしてもおどろいたな――」とディミトロフがつぶやいた。「この二十一世紀まで、われわれの眼にふれなかった、〝新人種〟がいたとは……」

「新大陸は、それが可能な土地だったのかも知れないな」とランベール教授はいった。「新大陸だけで、人類は一万五千年の歴史をもっているからね。――いったいどの段階で、あの〝種〟が突然変異的に発生したのか皆目わからんが――発生した変異種が、隔離されるだけのスペースはあったろう……」

「しかし――おどろくほど、革命的な変異が、たてつづけに起っているわけですね」とアドルフはいった。「体内発電、蓄電機構、生理的電波発信受信装置、大脳の一部の出産後の分裂増殖……」

「もっとも革新的な変異は、脳細胞の一部の、出産後の増殖、ということだけかも知れんよ」とヤング教授はいった。「これだけは、ホモ・サピエンスには、今のところ絶対見られん現象だからね。われわれより二対多い染色体の中のどれかに、それがふくまれているのかも知れん。あとは――異様に見えるが、生物がその長い歴史の中で、部分的にだがやってきたことだ。それが新しい変種といっしょに発動されたのかも知れないな」

「発電機構はともかく、電波はどうなんです？」

「蜜蜂は、紫外領域を見ることができるし、ある種の蛇は、赤外領域で獲物を見つける」

「しかし──発信機構はないでしょう?」

「ばかをいっちゃこまるね──」と教授はうすく笑った。「生物体内の電気は、すべてよわい電磁波をともなうのは常識だ。それにある種の生物は、ある種の電磁波を出して、それをコミュニケーションにつかい、求餌行動につかっている。──ホタルの発光はコミュニケーションだ。そして、あのルシフェリンとルシフェラーゼという発光酵素は、われわれの技術がまだ達成していない、もっとも効率の高い発光だ……」

ぼくたちは、押しだまった。──すると、〝電波生物〟というものは、長い進化の道程の中で、いつかはあらわれてくるべきものだったのかも知れない。考えようによっては、人間がそれだ。彼らはそのすぐれた〝大脳〟の産物である〝科学技術〟の発展の途上に、眼に見えない、音にもきこえない、電波帯域を発見し、それを利用することをおぼえた。しかし──文明という〝人間的二次環境〟の中だけでなく〝遺伝子〟もまた、その無限なくみあわせの中で、それを〝生物的に〟実現するコースを発見する可能性をもっていたのかも知れない。いや──事実、〝遺伝子〟はそれを実現してしまったのだ! ククルスクがそれだ!

「今にして、いろいろ思いあたることが、ないでもありません……」とデ・タラタ教授は、よわよわしく笑った。「古代マヤの社会は、現代の発達した通信手段をつかっても、到底コミュニケーション不可能なくらい、人口稀薄で拡散していた。にもかかわらず、彼らは、ちゃんと部族的統一をたもち、あの巨大な建築群や、すばらしい文明をつくった。──その原因を、彼らのすぐれた天文暦法によるものと思っていたが——ひょっとして、ククルスク族が、コミュニケーションの一部を補償していたのかも知れませんね」

「そういえば、わしもつまらんことを思い出したよ」とランベール教授は苦笑した。「ずっと前、アマゾンの僻地で、きれいな英語の歌をうたっているインディオの少女にあった、という人物の記事をよんだことがある。少女は電波を感じ、ラジオがきけるので、ひとりでにおぼえたのだ、というばかばかしいインチキ記事だったが——今にして思えば……」

「伝説の超能力者の一部は、〝電波感受性〟の観点から見なおす必要がありそうですな」とヤング教授はいった。

「しかし——それにしても、サーリネン局長は、どうするでしょう？」とヴィクトールはふたたびいった。「彼らは——ほうっておいたら、コンピューターに反乱を起させ、われわれの世界に挑戦してくるかも知れない。局長は、われわれ人類の、〝未来の支配者〟を救うような措置をとるでしょうか？」

「抗ウイルス剤のことかね？」とナハティガルは、小犬のように、膝の上で眠りこけているジャコポの頭をなでながらいった。「〝捨身飼虎〟などといった考えには、彼は無縁だろうね——トルカパンの申し出を拒絶し、一戦を交えて、彼らを一挙に押しつぶすか——もしそうなら秘密裡にやらねばなるまいな。人類の世論に訴えたら、われわれの文明の基調に流れるものは、とてもそんな〝残虐行為〟を許容しないだろうから……」

「しかし——彼らは、明らかにわれわれよりすぐれており、また、われわれを見くだしているんですよ」と、サム・リンカーンはいった。「われわれの蓄積した情報も、またコンピューター・ネットワークも……あきらかにわれわれのつくり上げた文明の最先端の部分は、われわれよりむしろ、彼らの方が使用者としてふさわしい、という特質をそなえています。——人類の方は、平均知能は低下気味、そして情報処理システムが、どんどんうみ出し、高めて行く部分に対して、息切れ気味ですね。——平均知能が、ネオＩＱで二百以上という……彼らこそが、われわれのつくり上げた高度情報文明をつかって、われわれとその文明を支配し、さらに高みへ押しすすめるにふさわしい人種かも知れません——われわれはどうするんです？　支配の地位を彼らにゆずって、彼らに導かれて、はるかな未来へいった方が幸福なんでしょうか？——コンピューター・ネットワークも、彼らとなら、ずっといいコンビをくめるでしょう」

ぼくたちの頭脳はまた混乱した。——現在の人類より、はるかに〝文明の王者〟たるにふさわしい〝新種生物〟の出現を前にして、ぼくたちは、〝王者の位〟をよりすぐれたものに移譲すべきか？　それとも……。

その時、ドアがあいて、サーリネン局長がはいってきた。——そのこわばった頬に、奇妙な表情がうかんでいた。

「長老会議で、トルカパンが勝った……」と局長はかわいた声でいった。「いま、トルカパンから、直接通信がはいった。——ケルマクは、長老会議で殺された。トルカパンのいった通り、あの伝染病がかれらの中に大蔓延の兆候があらわれており、そこへこちらの、ＡＶ—

66の援護射撃がきいたってわけだ……」

「えっ？」と、ぼくは思わず叫んだ。「じゃ——局長は、トルカパンの第一の提案を、うけいれたんですか？」

「そう——ブラジル陸軍の手持ちのペンタヨーディロンと、アメリカ陸軍のAV—66を、空輸させた。たかが千五百人分だ。——もう配布は終って、彼らの犠牲は最小限におさえられるだろう」

「局長——あなたを見なおしましたわ。そんなに早く措置をとらせるなんて」とミナが、くぐもったような声でいった。「私は——あなたが、防疫措置をわざとおくらせるんじゃないかと思ってたんです」

「誤解してもらっちゃこまりますね」と局長は表情をかえずにいった。「私は——純粋に政治的計算でこの措置をとったんです。私には、まだ、彼らの存在がわれわれ人類の文明の未来に対して持つ意味がよくわからない。だからとりあえず、トルカパンに賭けて、〝現状固定化〟をはかったにすぎません。——ケルマクの失脚までは計算にいれましたが、殺されるとは思っていませんでした」

「交換条件は何だったね？」とナハティガルは、あいかわらずしずかな声でいった。

「彼ら一族の〝偵察員〟の即時ひきあげと、コンピューター・ネットワークへの干渉の、即時中止です。——〝留学生〟は、あの事件後ただちにひき上げて、いま、われわれの社会には一人もいない、といっていました。こちらの真偽は検出できないこともありませんが、コンピューターの場合は、むこうのいうことを信じるほかありません」

「で——これから、どうするつもりです?」と、デ・タラタ教授はきいた。「第二、第三の条件もうけいれるつもりですか?」

「それはまだきめていません。これから必死になって考えるんです。——とりあえず、ケルマク一派の攻撃にそなえておこなった、世連警察軍の出動要請だけは、とり消しました」それから、サーリネン局長は、ふっと大きな溜息をついて、ぼくたちを見まわした。「みなさんも少し、お休みになったらどうですか?——一応の〝現状固定〟措置さえすめば、あとはまだ、問題解析のための時間は若干あります……」

だが——〝現状固定〟のためにとられた応急措置が、実は、この問題に決定的な方向をあたえてしまっていたのだ。

そのことを発見したのはホアンだった。——解散して、めいめいの部屋にひきとる時、ぼくたちは、ホアンの姿が、ずっと見えないことに気がついた。

「ホアンなら、ラパス大学へ行ったわ」とフウ・リャンはいった。「なんだかしらべたいことがあるんですって……」

そして、くたくたになったぼくたちが、ベッドの上で泥のような眠りに沈みかけた時——ホアンからのけたたましい電話で、ぼくたちはたたき起こされた。

「サーリネン局長は?」ホアンの声は上ずっていた。「ホテルの交換が、いくらよんでも、部屋が出ないんだ。ほかの連中もだ」

「ぼくも、出ないぞ！」とぼくは、朦朧とした頭でどなった。「今こたえているのは、夢の中のぼくなんだ。――局長もみんなも、睡眠剤のんでねてるよ。明日の朝まで、誰も起きるもんか――おやすみ……」

「切らないでくれ、タツヤ！」ホアンは絶叫した。「起きて、大急ぎで局長に処置をとってもらってくれ。――ククルスク族に対する、AV―66とペンタヨーディロンの配布を大至急とめないと大変だ」

「おそいよ――」ぼくは睡魔に後頭部をひっぱられるのを感じながらいった。「もう数時間前に……全員への配布投薬はすんじまってるよ。そのおかげで、トルカパンは長老会議で勝ったんだ……」

「えっ？」と電話のむこうで、ホアンが息をのんだ。「もう――そんなに早く？……」

「そう――サーリネン局長は常に果断敏速……」そこまでいいかけて、ぼくは、やっとはっきり眼がさめた。「どうしたんだ、ホアン――AV―66が、いったいどうしたというんだ？」

「きてくれ、タツヤ――とにかく、みんなをおこして――きてくれ。ナハティガルも、局長もみんなだ。大急ぎで、ラパス大学の分子生物学研究所へ来てくれ」ホアンは泣かんばかりにいった。

「DNA解析装置の所にいる。急いできてくれ――」

もう真夜中だった。——だが、ホアンの声がただごとでないのに気がついて、ぼくはみんなを無理に起し、エア・バスにのって、凍てついた深夜のラパス市街を、大学へむけてすっとばした。——サーリネン局長は、ホテルにいなかった。彼は、ぼくらとわかれたあと、すぐパリへとんでいた。

大学の暗い構内で、分子生物学研究所の一角だけ、煌々と明りがもれていて、そこがDNA解析室だった。——かけつけたぼくらを見て、ホアンはまっさおな顔を、泣き出しそうに歪めた。

「どうした？」とぼくはきいた。「AV—66がどうかしたのか？」

「いままで、ククルスク一族のDNAに対する、AV—66の作用解析をやっていた……」ホアンはふるえ声でいった。「もうすでに……彼ら全員にのませたんだって？——おお！……タツヤ、彼らはおしまいだ！」

「どうしたんだ、わけを話せ」とヴィクトールはいった。

「おれは——AV—66はたしかに即効性はあるが、DNA作用剤だから、副作用が心配だったので、あの時、エア・バスの中で投薬してから男、女、子供の血液を、三十分毎に採血し、冷凍しておいた。こちらへかえってから、すぐ、この大学で作用解析にかかったんだ……」ホアンは、解析装置から吐き出されている、長いシートを呆然とふりかえった。「AV—66は……一応アメリカ陸軍では制式採用になっているものの、その使用には、かなりの制限がついている。——長期にわたる副作用は、まだわからないが、とにかく人間の男に高単位を投与した場合、約三パーセントから五パーセントの割り合いで、精子畸型があらわれる。生殖不能型のね。――妊娠中の女性に与えれば、百パーセント死産、ふつうの成熟女性の場合でも、十パーセントの割り合いで遺伝子異常――畸型児型の異常があらわれる。だから、AV―66は、原則として、婦人部隊（ワック）には使用できない、ということになっているんだ」

「それで？」と、ぼくは不安にかられてきいた。

「これは、このおれたち人間の――ホモ・サピエンスのDNAにあらわれる副作用だ……」と、ホアンは、かすれた声でいった。「おれは――ふと、ククルスクのDNAへの副作用は、これとちょっとちがうんじゃないかと思った。――彼らは、染色体数からして、おれたちより二対多い。途中でそれに気がついたおれは――AV―66の作用解析のために、三十分毎の採血をおこない、そいつをこの解析装置へかけてみた……クーヤのDNA解析結果をとりよせてみたが、たしかにふつうのホモ・サピエンスのものとは、だいぶパターンのちがっているところがある。特に、新たなものがつけくわわっている。AV―66は、人間の場合と、だいぶちがったパターンに作用する。ある場合には、一部分を切りさえする。――だが、どういうことになるのかあまりよくわからない。しかし、ふつうの人間の場合の、ほとんど二倍の速度で、あの薬品がきくということは、やはり作用の仕方がちがうに相違ないと思った。それで――途中でふと思いついて、〝フリードマン誘導〟をやってみたんだ……」

「〝フリードマン誘導〟といったって……」ヴィクトールはぼんやりとつぶやいた。「人間のDNAとちがうんだろう？――パターンはみつかったか？」

「〝ヨアヒムの転換式〟というのがあってね――最近発見されたんだが、こいつをつかえば、DNAの中のいくつかの基礎パターンがわかれば、近縁性の誘導方式から、簡単に見つかるんだ」

「で――どうなったんだ？　分裂はおこらなかったのか？」

「おこった――正常……というか、AV―66投与前の染色体ならね……」ホアンは、凍るような声でいった。「だが――AV―66高単位投与後一時間たった細胞内では、正常分裂はいくらでも起るのに、減数分裂は二〇パーセントの細胞が起さない。二時間たつとその数は三〇パーセントになる。ところが、これにペンタヨーディロンを併用すると、とたんにその数は、ほとんど九〇パーセントから百パーセントにはね上る……」

「何だって？」ディミトロフがさけんだ。「じゃ……」

「そうなんだ。――正常分裂は健康に、正常通りおこなわれるのに、AV―66とペンタヨーディロンを併用作用された連中の細胞は、どんなに〝フリードマン誘導〟を行なっても、絶対に減数分裂を起さない。この二つのDNA作用薬の相乗作用が何らかの形でそれを阻害するんだ……」

「ということは――」ぼくは、顔から血の気がひいて行くのを感じて、あえいだ。

「そう――」とホアンは、カサカサに乾いた声でいった。「男も女も子供も――あの二種類の薬をのんだとすると、たしかにウイルス性疾患からは癒されるだろうが、彼らは――完全に生殖不能になったんだぜ。百パーセント不妊になるだろう。連中はもう、〝種〟としては終りだ……」

「そんな！」ミナは凍りつくような声で叫んだ。「はいりこんだものなら、とり出せないの？」

「残念ながら――」とラパス大学の職員がいった。「今のところ、われわれのＤＮＡ工学では不可能です、セニョリータ――レーザー切断も、今は盲滅法の段階で、ただＤＮＡをこまかくきりきざむばかりです……」

「彼らを助けようとしたことが――」ナハティガルも、さすが動揺した声でいった。「逆に、彼らの〝種〟の存在をたちきることになったわけだな」

「ぼくがいけなかったんです。ぼくが……」突然ホアンは、手ばなしで泣き出した。「もうちょっと――慎重であるべきだった。彼らがふつうの人類と、〝種〟としてことなることがわかっていたのだから、ＤＮＡ作用剤などというデリケートなものの使用に関しては、――その遺伝的副作用についても、もっと考慮をはらってしかるべきでした。むしろ、その使用を思いきってとめてしかるべきだったのに――」

「君の責任ではないよ、ホアン……」ナハティガルはホアンの肩に手をかけた。「状況の一切が、不運だったのだ。――そう……あのままほうっておけば、連中は、伝染病において大部分死んだかもしれないが、一部は生きのこったかも知れない――これは、彼らにとっての、不運だった。同時にわれわれにとっても――われわれは……そうわれわれの文明自体が、運命に干渉して、われわれの文明をうけついで、それより高度なところへ押しすすめてくれたかも知れない〝後継者〟を殺してしまったのだ……」

「どうしましょう？」とヤング教授はささやいた。「パリの局長に——このことを知らせましょうか？」

「知らせてやりなさい……」とナハティガルは、鬚面のまま、赤ン坊のように泣きじゃくるホアンの肩を抱いてやりながら、しずかにいった。「あとは——一切、彼にまかせるのだ。諸君——この事件に関して、私たちの出る幕はこれで終った。こういう結末になってしまったのは悲劇だが、運命というものはどうにもならない……」


こうして、この事件の一切は、ぼくたちの手から離れて行った。——というよりは、ぼくたちは精も魂もつきはててしまい、もうこれから先、〝事件〟について行くことができなくなってしまったのだ。そしてまた、パリのサーリネン局長に、この悲劇的な通知がおくられたとたんに、例によって局長の果断な措置がとられたのだ。その瞬間から、ぼくたちは、事件から遮断された。——局長腹心の部下が大挙して南米にやってきて——カンジンスキイ警部補も、ふくまれていた——彼らのみが忙しく動きはじめ、ぼくたちのもとには、アメリカへかえるSSTの一等切符と、〝協力費〟と書いた封筒にはいった小切手が、一枚ずつわたされた。——これ以上、ぼくたちをこの事件にタッチさせたくない、という、局長の〝冷酷な温情〟だったのだろうか？　と同時に、局長自身から、一人一人に、この事件の一切の経過について、秘密厳守の誓約をもとめられた。——ぼくたちは、なお、それから先の経過について知りたかったし、知る権利もあるとは思ったが、ぼくたちの前には、科学警察職員による秘密の壁が突然たちふさがり、それに対して、さらに挑戦するだけの気力は、も早や、その時のぼくたちにはのこされていなかった。——サーリネン局長は、偶然の不幸が、この〝新人種〟に対して決定的破滅の運命をもたらしたと知ったとたん、事件の一切を自分のにぎる〝権力機構〟の秘密の壁の中に封じこめ、〝政治的〟に事態の収拾をはかる決意をしたらしかった。

ぼくたちは、どうしても知りたいことがあった。——それは、あのおそるべき結果を、ククルスク一族に知らせるのだろうか、ということだった。局長が、突然、事態をぼくたちの眼から〝秘密〟にしたことは、この疑問に対する間接的な答えになっていた。おそらく局長は彼らに知らせずに、トルカパン老人を通じて、彼ら一族と、徹底的に政治的に、とりひきを行なうことによって、事態の終熄を策したのだろう。——しばらくのちになって、〈アマゾニア・マット・グロッソ総合開発計画〉の中に、若干の改訂がくわえられ、かなり広範な地域にわたって〈自然保存地域——世界連邦自然局直轄地〉が設立されたことは、このことを暗示した。そこが、トルカパン老人の要求した、彼らの〝秘密の保護領域〟であることはうたがいもないことだ。

——ククルスク一族は、まだ何も知るまい。彼らは圧倒的に優勢な〝旧人類〟相手の、政治的とりひきの成功によろこんでいるだろう。まだかなり先のことになっている〝火星植民計画〟の原案に、サーリネン局長の手が、すこしくわわったらしい痕跡を発見した時、ぼくは、突然どうしようもない悪寒におそわれた。——サーリネン局長は、一見無茶とも思われる彼らの要求を実現するべく、粉骨砕身して〝影の努力〟をつづけているのだ。局長は、彼らの要求を全面的にいれるつもりらしかった。——それが、人類が彼らに〝滅亡の運命〟をあたえてしまったことに対する、彼の収拾策だった。〝旧人類〟の実力者の根かぎりの努力によって、彼らの要求が次第に実現にむかいつつあるのを見て、ククルスクたちは、おそらく局長におどろきと感謝の念を抱き、〝勢力はあるが能力はおとった先住者〟たちとの衝突はかしこくも避けて、彼ら自身の〝種〟の、新しい未来を開ける宇宙の広大なスペースの中に、彼らは何も知らずに、新たな希望をくみたてはじめたのかも知れない。が——よしんば、彼らののぞみが思いがけなく早く実現されて、彼らが火星へ手あつく送りとどけられたとしても——そこに待つものは、もはやそれ以上の〝生殖〟は不可能となった〝種〟の滅亡の運命なのである！　そして、彼らの知らぬまに、その運命をつくってしまったのは、ぼくたちなのだ！

サーリネン局長は〝政治的暗黒〟の中で、おそるべき事態を、闇から闇へ葬ろうとしているようだった。——彼は、おそらくククルスク族の〝要求〟を全面的にいれるのと交換に、彼らが〝無統制〟に、あるいは〝自主的〟に人類と接触することを一切封じてしまったにちがいない。この〝とりひき〟によって、彼はおそらく彼の人生のうちでも、もっとも〝汚い仕事〟を決意をもって遂行しつつあるのだった。「人類の、他の知的生物に対して犯した罪の後始末」という仕事を、彼は〝人類の罪〟について〝人類に対して〟責任をとるつもりらしかった。

そのことの当否を問うだけの気力は、ぼくたちになかった。——若いということは、折れやすいことだったし、傷ついてしまえば、まるで宝物をこわした子供のように途方にくれてしまう。ぼくたちは傷つき、やましさと恐怖の念でいっぱいの、おろおろしている青二才にすぎなかった。いつの日か、このことが世間に解禁され、局長はひょっとしたら、ごうごうたる非難をあびるかも知れない。彼はおそらく今、それを覚悟でやっているのだ。——これは、人類にとって、いずれは是非、知らされなければならない教訓だった。だが、今はかくされなければならなかった。ククルスクが滅亡してしまうまで。——局長直属の科学者たちが、何とかこの抗ウイルス剤の遺伝的影響を除去する方策を見つけるべく、影で必死の努力をつづけている、ということもきいた。だが、今のところはそれは絶望的だ、ということが、ぼくらにもはっきりわかった。

それにしても、何といういやな後味の悪い始末だったろう！——善意に発した果断な行為が、ある種の慎重さを欠いたばかりに、善意を発揮しようとした当の相手に、この上ない不幸な結果をもたらしてしまったのだ。

「われわれの文明は、常に慎重さを欠く……」と、ナハティガルはいった。「がむしゃらに進み、進んでいる間はまったく自己本位で、周囲を考えない。——叡智のあらわれるのはその進み方が少しにぶってからだが、それがあらわれるまでに、いくつもの、とりかえしのつかない犠牲をうみ出してしまう。——そのことは、しばしば歴史の本質と思われがちだが、よく考えてみると、それは歴史そのものに由来するのではなくて、人類文明の特質かも知れない。――おそらくこれまでにも、人類はいくつもの〝周辺の可能性〟や、〝自分自身の種の中における可能性〟を、ほろぼしてきたのだろう。そしてそれらの中には、いったん失われてしまえば、二度と、この宇宙史の中で回復できないものもあっただろう。――だが、完璧とはいかないまでも、今すこし高度の慎重さをうむほどの叡智も、人類の中には欠如しているのではないか？　技術文明は、ますます発展速度を早めつつあるのに、人間の叡智は、いつもそれに追いつけず、ますますコントロールできなくなるのではないか？――その深まり行くギャップが人類の限界かも知れない。今、完璧な〝慎重さ〟を要求すれば、人類は一切の行為を停止せざるを得ないだろうが、それでなくても、〝抑制のとれた文明的行為〟さえ、彼らはついにマスターできないのではないだろうか？」

だが、今は、ナハティガルの言葉も、ぼくたちにとって何の慰めにもならなかった。――ぼくたちは傷つき、つかれ、めいめいの内面に閉じこもって、ヴァージニア大学都市へかえってきた。あの〝悲しみにおける共感〟さえ、もうぼくたちの中に存在しなかった。ぼくたちの間で、何かがこわれてしまったみたいだった。人類の〝敵〟であったかも知れないが、しかし、人類のきずき上げてしまった文明の、真の後継者となったかも知れない、すぐれた種族を――この地球の片隅に人目にかくれてのこされていた、〝稀な可能性〟を、自分たちの手でほろぼしてしまったという、〝どうしようもない、不幸な罪〟の意識が、ぼくたちを、ばらばらに切りはなしてしまった。――もうぼくたちサバティカル・クラスのメンバーの間に、二度とあの陽気さはもどってこないだろう。そして、大学は夏休みで、キャンパスはガランとしており、九月になれば、ぼくたちはまた、ばらばらに、世界中の大学へ散っていくのだった。どうしようもない憂愁の中で、ぼくたちは夏の終りを待たずにちりぢりになりはじめた。ミナは、本当にジャコポをつれて――あの辛い思い出のある南米ではなく――アフリカへ行ってしまった。ホアンは、自分から進んで、精神科の中に逃避した。アドルフとディミトロフは、酒をのんでは、不機嫌さをぶつけあっていたが、とうとう喧嘩わかれに、旅立ってしまった。ヴィクトールは、ナハティガルの研究室(ラボ)にずっといりびたりで、薬と禅にこっていた。サム・リンカーンは、一人で霊歌(スピリチュアル)ばかりうたっていた。――ぼくたちは、みんなある〝歴史的な罪〟の意識にとらわれていた。今、たった一つ地球というパンドラの箱の隅に残っていた可能性をつぶしてしまったあと、人類はいったいどんな〝後継者〟を予想し得るだろう？――当分このままで行くとして、人類自身がかわらないかぎり、その限界は見えかけている。それを突破してくれるのは誰だろう？――機械系か？　それとも――機械と結婚した新しいタイプの人間か？　それとも――人類自身の中から、何万年もかけて、新しい〝種〟が分離してくる可能性が、まだのこされているのだろうか？

継ぐのは誰か？

――このことに関して、ぼくの心の片隅には、まだ、ほんのかすかなひっかかりがのこっていた。――そのひっかかりをたしかめるべく、ぼくは、あるものを手にして、そっと寄宿(ドーミトリ)

舎(リィ)の廊下を歩いていった。

フウ・リャンの部屋にはいると、彼女は荷作りをしている最中だった。

「タツヤ?」とフウ・リャンは、むこうをむいたままいった。「おわかれね……」

「明日、たつんだって?」

「ええ――シンガポールへかえろうと思うの。しばらく、どこの大学も行かずに、ぶらぶらするわ……」

「フウ・リャン……」と、ぼくはいった。「たのみがあるんだ」

「なに?」

「結婚してくれないか?」

荷物をつめるフウ・リャンの手がぴたりととまった。――つややかな髪と、小さな耳飾りが、かすかにふるえた。

「だめ――」とフウ・リャンはかすれた声でいった。「それはできないわ、タツヤ」

「じゃ、ぼくの質問にこたえてくれ」とぼくはいった。「君は、クーヤと寝たね」

フウ・リャンははげしくふりむいた。――かわいらしい顔が紙のように青ざめ、眼のまわりに隈がはいっている。

「どうして?」

「君は、クーヤが好きだった。――それに、君が電撃につよい体質だってことを、ボリヴィアのホテルで知った」

「そんなことぐらいで証拠になるの？」とフウ・リャンは眼をキラキラさせていった。「それに——たとえ寝たにしても、それがどうだっていうのよ？」

「それだけならいいが——君は、妊娠している。クーヤの子だ」

「どうしてそんな！」

さけぼうとしたフウ・リャンの腹に、ぼくはあるものをつきつけた。ヴィクトールのつくった〝検出器〟の針が、かすかにふれた。「胎児のころに、すでに電波を出しているとは知らなかった」と、ぼくはいった。「実をいうと、エア・バスの中で、最強にしていれっぱなしにした検出器の針が、君が横切るたびに時々ふれるのを見た時、妙な気持だった。でも、——君が、ホアンの〝副作用〟という言葉をきいて、AV—66の注射を猛烈にこばんだので、はっきりした。君が注射をいやがったなんて、あの時がはじめてだものね」

フウ・リャンは両手で顔をおおって、すすり泣き出した。

「でも——だめよ、もうだめ、私、AV—66を注射されちゃった！」

「でも、ペンタヨーディロンは飲まなかった。それに腹の中の胎児は、半分はホモ・サピエンスの遺伝子がはいっている」

「妊娠三カ月から五カ月の間なら、百パーセント死産か流産だっていうわ」

「純粋な人類の場合はね。しかし、まだ生きているじゃないか——何カ月？」

「三カ月ちょっと……」とフウ・リャンは蚊の鳴くような声でいった。「私——うめたらうむつもりだったわ。でも……」

「ぼくも——できれば、うんでほしいね。そして、いよいよだめだったら、胎外成育をさせてみる。それでもだめだったら——ぼくの子をうむんだ」

ぼくは、そっとフウ・リャンの肩を抱きよせた。

「いずれにせよ、君が、お腹の中に、たった一人で秘密を抱いているなんて、ぼくにはたえられないんだよ。——ぼくにも、君の荷物を半分もたせてほしいんだ。それは、のこされた可能性の片鱗かも知れないし」

「たとえ無事にうまれても——」フウ・リャンは、やっと少し唇をゆるめていった。「この子は——生殖能力をもたないのよ」

「そしたら、その時の話だ。——めでたくうまれて、育って、その子が成人するまでに、われわれの遺伝工学が、その問題を解決することを祈ろうよ」

ぼくはフウ・リャンを抱きしめ、唇をあわせた。——これは、この救いのない事件の、ほんの余白につけたりのように書かれた、ささやかなハッピー・エンドなのだろうか？ と接吻しながら、ぼくは思った。——そんなこと知るものか！ ぼくたち青二才にとっては、一切のことがはじまりであって、〝エンド〟などはまだどこにもないのである。——そして、ナハティガルがいったように、人間というものは、行為において、いつも慎重さを欠いているものなのだ。

付録
SFを創る人々・その6　小松左京氏

大伴秀司

大阪に住む小松さんと一緒に、新世界の通天閣を見物した。

「上まで登るのは、今日がはじめてですよ。戦前の通天閣はエッフェル塔に似せてスンナリ作ってあったが、これは実用一点張り。いささかぶかっこうですな」

猛暑の日の夕方の、暮れてゆく下界を見降しながら、

「すぐ下の天王寺公園と向うに見える大阪城の間に抜け穴があったんです。じっさいに見た人もいるし、入った子供もいる。その後だれかが入口をふさいでしまったが、じっくり調べると面白いでしょうね」

二分間十円の望遠鏡を、しばしいじっていた小松さん、ふと振りむいて、

「のぞいてごらんなさい、あれが飛田の元赤線地帯です。ステテコの男がうろうろしてるが、十人のうち九人まではポン引きですね。赤線は完全に復活しているようですね」

そのあと通天閣下のパチンコ屋でピース二十箱をとり、〈ずぼらや〉でマムシ（かば焼き

の大阪方言）を食い、ジャンジャン横丁から釜ケ崎を歩いた。

「しばらく来ないあいだに、ずいぶんきれいになったなあ。ふつうの街と変らないですね。二年前までは、とてもこんなところではなかったんだが」

いささか拍子抜けのテイであるが、それもそうだろう。釜ケ崎騒動のときは、ラジオ大阪報道番組の取材のために釜ケ崎一帯を駈け廻ったそうだから。

ラジオ大阪のほかにも、多くの雑誌や新聞に、名を変えて、ルポルタージュを書いてきた小松さんは、大阪のウラオモテ、知らぬものなしといった印象をうける。

「今年五月に瀬戸内海の小島を廻ってあるいたんですが、どんな旅行記にも書いてないような面白い習慣や風物に接して大いにたのしかった。第一、土地の価格が安いんです。どこかの島か海岸を買い占めて、ヌーディスト・クラブでもやりゃ、儲かるでしょうな。ついでにヘリコプター会社と望遠鏡会社を経営すれば一石三鳥だ」

ついこの間まで、ラジオ大阪の報道番組の一つである『新聞展望』（現在の『ニュース法廷』）の台本を一人で担当していたが、これはいとし、こいしの万才によるもの。ニッポン放送の『トップ・ライトの起抜け万才』と同じスタイルである。

「昭和三十四年、開局と同時にスタートした番組で、すぐ僕がやるようになった。もともと落語や万才が好きだったし、文章を書く上での修業にもなった。小説修業とは、僕の経験では、よく見ること、よく書くことの二つが大切だとおもいますな」

小松さんは一九三一年一月二八日午前二時生まれ。育ったのは西宮。一九五四年に京都大学を卒業するまで西宮で暮した。

専攻はイタリア文学。いちばんなまけられる学部はどこだろうと言うのをきいて、友人が入部の手続きをしてくれたそうだ。

好きだった作家はピアンドール。（『お気に召すまま』など）イタリア文学には幻想的な小説が多いことを知った。

もともと子供の頃からおとぎ噺や空想的な小説が好きだった。小学生で海野十三に熱中し、高校のとき心霊学に凝って、権威者を訪れて話をきいたり、文献を集めたりした。

体育と数学の単位が不足して一年間足止めをくったあと、京大卒後いろいろな仕事を変遷した。小さな業界誌の編集もやったが、一年がんばって退社した。その間に、その雑誌の内容は飛躍的に向上したと自覚している。金属加工の知識を独学で勉強し、特許をとったこともある。

「大学時代、友人と同人誌をやったことがあるんです。〝対話〟という雑誌だが、文芸長篇賞をうけた高橋和巳氏も同人の一人だった。僕もいまにしておもえば大マジメな小説を書いたものだが、やはりSF調の作品が多かったようですね。ハックスレイの『ポイント・カウンター・ポイント』のようなタイムものを書きました」

ピアンドールの戯曲には、実にヘンな話がある。一種の次元ものといえる話だが、小松さんも大いに影響を受けたらしい。

ジョイスやフォークナーにも熱中した。フォークナーの『響きと怒り』など驚嘆しながら読んだ。文学は一通り読みあさった。

元々社のSF全集も読んで面白くおもったことがある。そのあと、数年たってSFマガジン第一号が出た。友人にすすめられて読んで、びっくりしたそうだ。

「それまではEQMMしか読んでいなかったんですが、サンケイ文化部にいる友人が、こんな小説を日本人が書けば芥川賞なんか目じゃないぞ、といってSFマガジンを見せてくれた。読むとまるで面白いんですね。自分でも書きたい気分になったわけです」

そして第一回SFコンテストに応募した『地には平和を』は努力賞となった。

「〝対話〟をやっていたころ、同人の間で戦中体験をまとめようと計画したことがあって、いろんな階級の人々に会って、話をきいてテープにとった。残念ながら途中でポシャってしまったが、あのへんの時代の歴史やムードがよくわかったし、自分がどう行動していたかも考えていた。コンテストの予告をみたとき、まっさきに頭に浮んだのがこれです。こういうことはSFでしか書けないだろう。いまおもえば、もう少し突っ込んで書くべきだったが、とにかく七〇枚の作品に仕上げ、応募しました」

『地には平和を』につづいて、第二回のSFコンテストにも応募し『お茶漬の味』が第三席となった。受賞の言葉で、

「……以前から味覚による文明批評といったものを書いてみたいと思っていましたが、書いているうちに新旧対立の感傷や、全体小説への衝動がはいりこんで、妙に世帯じみたSFに

なってしまった。〝純文学〟から足を洗いたいと思ってSFを書き出したのに……」

と、大いに自己批判しているが、逆の見方から言えばこの〝世帯じみた〟カラーが小松SFの魅力にもなっているようである。事実、週刊朝日のような一般誌の書評に好評が多くみられた。

「SFというものは読めば読むほど面白くなる。いわゆる遊びの文学なんです。かなりハイブローな要素もあるから、頭のいい人にはこたえられない魅力があるんです。だからいちど食いつくと、熱くなって、次第に深みにはまりこんでゆく。それはそれでいいんですが、一つの文学としてもつべき大きな視野といったものを、ころりと忘れてしまう。他の例にたとえれば、たとえばモダン・ジャズはたしかに高級だし、最高でもあります。しかし、MJQが来ようがモンクが来ようが、日本には依然として流行歌が大衆芸術の王座にあるんです。これらを無視するわけにはいかないとおもうんですよ。文学には純文学をいかに大衆化するかという課題や、大衆文学をいかに向上させるかといったような問題がたくさんある。SFは、それらを解決する糸口を作るようにおもうんです。SF的な手法や主題を使うことによって、作品の質を落すことなく、文学の大衆化が可能なのではないでしょうか。むろん、既成の文学にも、カミュの『ペスト』のように侵略ものの変型と考えられるような作品がみられますが」

SFは文学か、という問いに対して、

「文学か否かなど論争する以前の知識として、もともと文学の伝統はイマジネーションにあるのだということを認識する必要がありますね。人間を描くのが文学だ、社会を描くのが文学だという定義は十九世紀に入ってからのもので、文学の歴史をふり返ってみると、ホメロス以来幻想的なロマンチシズムが大きな位置を占めていた。それがリアリズムが勃興するにつれて、へんにねじくれた、味気ないものに変ってしまった。人間のイマジネーションは無限の巾と厚みをもっているものですから、これを萎縮させてはもったいない。むしろSFによって文学の伝統を復活させるべきだとおもっているんです。それにSFには純文学やミステリが使った以外の形式やテーマが無尽蔵にある。エイメやコクトオ、アポリネールなどもそれを求めていたのでしょうが、文学の形式の自由さを保償するためにも、SFをもっと盛んにしたいものだし、盛んになってゆくでしょうね」

未来はSFが文学の主流を占めるようになるのだろうか？

「いや、そうとも断言できない。それより制作過程の上に、SF的な要素が加わるかもしれない。たとえば文学の共同作業化です。映画が総合芸術といわれるのは、専門別のスタッフが力を合わせて一つの作品を作り上げるからですが、これからは文学にもこれが応用されるのではないか。全体の描写は一人でやってもよいが、プロッティング、ダイアローグ、考証、テーマなど別々の人間が担当して作るんです。むろん個性がなくなるおそれもあるが、スケールの点で、ぐんと巨大になるのではないか。『ホメロス』の時代には、文学は共同作業で作られたものなんですよ」

小松さん自身の今後については、

「長篇を書きたい。いま考えてるテーマは細菌戦で世界が滅亡し、南極だけに生き物が残るといった話です。ＳＦの限界状況を利用した作品をどんどん書きたいですね。いちどＳＦを心ざしたからは、なにがなんでもやらねばなりませんよ」

折から通天閣に灯が入り、『王将』のメロディーが浪花の夜空を流れていった。

（ＳＦマガジン一九六三年十一月号掲載）

編者解説

日下三蔵

日本ＳＦ傑作選の第二巻は小松左京。改めてその作品を読み直してみると、国産ＳＦが最初期にこの〝知の巨人〟を得たのは、実に幸運だったと思う。星新一のショート・ショート、筒井康隆のドタバタと実験作、眉村卓のインサイダーＳＦ、平井和正のアクションＳＦ、光瀬龍の宇宙年代記と歴史ＳＦ、半村良の人情ＳＦと伝奇ロマン。第一世代のＳＦ作家たちは、それぞれが独自の作品世界を開拓し、その鉱脈を掘り下げていったが、それが出来たのは、本格ＳＦには――つまりＳＦの中心には――小松左京がいる、という安心感があったからではないか。

試しに小松ＳＦについて、他の作家のようなキャッチフレーズを冠するとしたらどうなるか、考えてみてほしい。長篇、短篇、ショート・ショート、過去、現在、未来、地球上から宇宙まで、あらゆる形で「人類とは何かを描いたＳＦ」となるのではないか。しかし、これは対象が広過ぎて、何もいっていないに等しい。要するに「本格ＳＦそのもの」というしかないのである。

もうひとつ、小松左京のことを豪腕の長篇型SF作家と思っている人が多いかもしれないが、それは『復活の日』『果しなき流れの果に』『日本沈没』と場外ホームラン級の傑作がいくつもあるから、そう感じるだけで、実は長篇作品は驚くほど少ないのだ。

巻末の著作リストから長篇だけを抜き出してみると、こうなる。（童話『おちていたうちゅうせん』や『シナリオ版　さよならジュピター』は枚数が少ないので除外した）

1　日本アパッチ族　光文社（カッパ・ノベルス）　64年3月5日
2　復活の日　早川書房（日本SFシリーズ1）　64年8月31日
3　エスパイ　早川書房（日本SFシリーズ7）　65年6月15日
4　明日泥棒　講談社　65年12月15日
5　果しなき流れの果に　早川書房（日本SFシリーズ10）　66年7月15日
6　ゴエモンのニッポン日記　講談社　66年12月10日
7　見えないものの影　盛光社（ジュニアSF10）　67年3月20日
8　空中都市008　アオゾラ市のものがたり　講談社　69年2月20日
9　見知らぬ明日　毎日新聞社　69年3月20日
10　継ぐのは誰か？　早川書房（世界SF全集29）　70年6月20日
11　宇宙漂流　毎日新聞社（毎日新聞SFシリーズジュニアー版16）　70年12月20日

12　青い宇宙の冒険　筑摩書房（ちくま少年文学館2）　72年4月25日
13　日本沈没　上・下　光文社（カッパ・ノベルス）　73年3月20日
14　題未定　実業之日本社　77年2月25日
15　こちらニッポン…　朝日新聞社　77年4月20日
16　時空道中膝栗毛　文藝春秋　77年9月25日
17　空から墜ちてきた歴史　新潮社　81年11月20日
18　さよならジュピター　上・下　サンケイ出版　82年4月10日
19　首都消失　上・下　徳間書店（徳間ノベルズ）　85年3月31日
20、21　虚無回廊　Ⅰ・Ⅱ　徳間書店　87年11月30日
22　時也空地球道行　読売新聞社　88年4月14日
23　虚無回廊　Ⅲ　角川春樹事務所　00年7月8日
24　日本沈没　第二部　小学館　06年7月30日

『虚無回廊』が三分冊なので、作品数としては二十二作ということになる。ショート・ショート専門の星新一ですら十一作の長篇があるのに、その倍の数しかない。

一方、短篇集、ショート・ショート集はオリジナルだけで約四十冊あり、それが何度も再編集されて、繰り返し刊行されている。そして小松左京の恐ろしいところは、短篇の水準が異様に高いこと。つまり、記録に残る特大ホームランをいくつも打った強打者というだけで

なく、とにかくヒットが多い——打率が高いバッターなのだ。

小松左京は京都大学在学中に高橋和巳、三浦浩らと知り合い、文芸同人誌を作っていた。一九四九（昭和二十四）年には、その資金稼ぎにモリ・ミノル名義で三冊のマンガ単行本を刊行している（後に小学館から『幻の小松左京＝モリ・ミノル漫画全集』として復刻）。大学卒業後、経済誌〈アトム〉の記者、父親の経営する工場の手伝いを経て、ラジオ大阪のニュース漫才の台本を大量に執筆。三浦浩の紹介で大阪産経新聞の翻訳ミステリ雑誌の月評欄を担当している時、そのコーナーのために五九年十二月に出た〈ＳＦマガジン〉創刊号を読んだことが、小松左京の運命を変えた。

第一作品集『地には平和を』のあとがきから、その後の成り行きを紹介してみよう。

それでも当時は自分でＳＦを書く気なぞぜんぜんなかった。芝居か長篇小説を書くつもりで——せっせとラジオのニュース漫才を書いていた。そのうち、私が所属していた文学同人誌がつぶれ、私が音頭をとっていた、同世代の戦前戦中体験の連続座談会もつぶれ、私は手もとに残った一連の記録を見ながら、まだ誰も書いていない私たちの世代の体験を、何とか統合的に発表する方法はないかと考えていた。——だが、それは大変な仕事だった。

丁度そのころＳＦＭの第一回コンテストが行われたのである。私の中に、一つのヒントがひらめいた。——正攻法で文学にしようとすれば大変な量になる材料も、それを裏がえした形でまとめれば、ごく短いものにまとめられる……

　こうして私はうまれてはじめてＳＦを書き、ついでにコンテストに応募した。この作品「地には平和を」は選外努力賞というお情け点を頂戴した。

　六一年の第一回空想科学小説コンテストに投じた「地には平和を」は〈ＳＦマガジン〉には掲載されず、六三年になってようやく同人誌〈宇宙塵〉に掲載された。

　六二年、第二回ＳＦコンテストに投じた「お茶漬の味」が、半村良「収穫」と共に第三席（第一席、第二席とも該当作なし）に入選するが、その発表を待たずに投稿作品「易仙逃里記」が十月号に採用され、作家デビューを果たす。三十一歳であった。

　以後、毎月のように〈ＳＦマガジン〉に作品を発表。六三年には〈オール讀物〉七月号に「紙か髪か」を発表して中間小説誌に進出。これは五七年にデビューしていた星新一を別にすれば、第一世代作家の中でもっとも早い。

　さらに八月には第一作品集『地には平和を』をハヤカワ・ＳＦ・シリーズから刊行。収録作品の中の「地には平和を」「お茶漬の味」の二篇がその年の第五〇回直木賞の候補になっている。ここまでがデビューしてから、ちょうど一年の間の出来事なのだ。

　六四年には長篇『日本アパッチ族』（カッパ・ノベルス）、『復活の日』（日本ＳＦシリーズ）、短篇集『影が重なる時』（ハヤカワ・ＳＦ・シリーズ）、六五年には長篇『エスパイ』(日本SFシリーズ)、『明日泥棒』(講談社)、短篇集『日本売ります』(ハヤカワ・SF・シリーズ)、六六年には長篇『果しなき流れの果に』(日本SFシリーズ)、『ゴエモンのニッポン日記』(講談社)、短篇集『ある生き物の記録』(ハヤカワ・SF・シリーズ)を、それぞれ刊行している。

六五年、国産SFを代表する傑作『果しなき流れの果に』が〈SFマガジン〉に連載(2~11月号)された際には、「日本SF界の巨匠が満を持して放つ長篇!」と銘打たれていた。しつこいようだが、小松左京はこの時デビュー三年目、三十四歳なのである。

巽孝之氏は追悼本『完全読本 さよなら小松左京』(11年11月/徳間書店)に寄せた論考「小松左京のアメリカ」の中で、「今日ではデビュー三年目の才能ある新人が巨匠にまで昇りつめるのは至難の業であろう」と指摘しているが、まったく同感である。江戸川乱歩がデビューから五年目に発表した中篇「陰獣」で、早くも「懐かしの乱歩」というコピーを付された逸話を思い出す。

巻末の著作リストを参照していただきたいが、六〇年代から七〇年代にかけて、フィクションとノンフィクションの両分野で精力的な執筆活動が続いている。著作リストに現れないエポックとして、七〇年の大阪万博でサブ・テーマ委員、テーマ館サブ・プロデューサーを務めたことが挙げられるだろう。河出文庫で『小松左京セレクション1 日本』(11年11月)を編んだ東浩紀氏は、「序文」の中で小松左京の執筆以外での活動に触れ「そして本当は小松の作品世界は、彼のそのような作家以外の活動から切り離せないのだ。たとえば、一九七三年のベストセラー『日本沈没』の魅力のひとつは政財界の反応のリアルな描写にあるが、それは万博の経験抜きには決して生まれなかったことだろう」と述べている。

この年には国際ＳＦシンポジウムの実行委員長も務めており、「作家以外の活動」に大きく踏み出したといえる。ここでは七〇年までを第一期としておきたい。

七一年からは円熟期というべき第二期に入るのだが、この時期は何といっても国産ＳＦ初のベストセラー『日本沈没』（73年／カッパ・ノベルス）の刊行が大きかった。同作はテレビドラマ化、映画化、マンガ化され、第一次オイルショックの不安と相まって沈没ブームともいうべき現象が巻き起こった。

『牙の時代』（72年／早川書房）、『結晶星団』（73年／早川書房）とＳＦ短篇は第一期からの進化を見せ、『夜が明けたら』（74年／実業之日本社）のような恐怖ＳＦの名短篇集も出ているが、七七年、短篇集『飢えなかった男』（徳間書店）、『ゴルディアスの結び目』（角川書店）、長篇『題未定』（実業之日本社）、『こちらニッポン…』（朝日新聞社）、『時空道中膝栗毛』（文藝春秋）を刊行した年までが、第二期と考えられる。特に『ゴルディアスの結び目』は短篇ＳＦの最高峰といって過言ではない作品集だが、これ以降、小説作品の発表は極端に減っていくのである。

長篇は『さよならジュピター』（82年／サンケイ出版）があり、『首都消失』（85年／徳間ノベルズ）があり、『虚無回廊』（87年／徳間書店、00年／角川春樹事務所）がある。懸案だった『日本沈没　第二部』（06年／小学館）も谷甲州との共作という形で刊行された。しかし、『さよならジュピター』の映画化や国際花と緑の博覧会の総合プロデュース、阪神・淡路大震災のルポなど、小説以外の活動がメインとなっていたことは間違いない。

第三期の新作短篇集は『アメリカの壁』（78年／文藝春秋）、『華やかな兵器』（80年／文藝春秋）、『氷の下の暗い顔』（80年／角川書店）、『あやつり心中』（81年／徳間書店）の四冊のみ。

集英社文庫から出た『一生に一度の月』（79年）、『まぼろしの二十一世紀』（79年）、『猫の首』（80年）、『一宇宙人のみた太平洋戦争』（81年）は小松左京研究会の長年の調査結果に基づく発掘作品集だし、阿部出版の『地には平和を』（91年）はデビュー以前の同人誌時代の作品をまとめた最初期作品集である。

つまり、第一期から第二期にかけての十六年間（六二〜七七年）だけで、小松SFの八割近くが書かれていることになる。この期間は日本においてSFが一部のマニア向けの読物からエンターテインメントのいちジャンルへと脱皮を遂げた期間と重なっており、小松左京がそこで果たした役割は限りなく大きい。冒頭で「国産SFが最初期にこの〝知の巨人〟を得たのは、実に幸運だったと思う」と述べた所以である。

本書に収めた短篇七篇と長篇一篇の初出は、以下のとおり。

地には平和を　〈宇宙塵〉63号（63年1月）
時の顔　〈SFマガジン〉63年4月号
紙か髪か　〈オール讀物〉63年7月号
御先祖様万歳　〈別冊サンデー毎日〉63年10月号
お召し　〈SFマガジン〉64年1月号
物体O　〈宝石〉64年4月号
神への長い道　〈SFマガジン〉67年10月増刊号
継ぐのは誰か？　〈SFマガジン〉68年6～12月号

短篇作品の初収録単行本は、それぞれ、「地には平和を」「時の顔」「紙か髪か」が『地には平和を』（63年／ハヤカワ・SF・シリーズ）、「御先祖様万歳」「お召し」が『影が重なる時』（64年／ハヤカワ・SF・シリーズ）、「物体O」が『日本売ります』（65年／ハヤカワ・SF・シリーズ）、「神への長い道」が『神への長い道』（67年／ハヤカワ・SF・シリーズ）である。

小松左京のSF短篇は多彩で、人類進化の行く末を描いた本格ものから関西人らしいユーモラスなタッチの作品、SFミステリ、恐怖SF、時代SF、芸道ものと実に幅広い。すべての傾向の傑作を網羅しようと思ったら、七〇〇ページのキャパシティが一四〇〇ページあっても、おそらく足らないだろう。

筆者は九八年から九九年にかけて、ハルキ文庫で小松左京の大部の傑作選を八冊も編む機会を得た。既刊の作品集は、ほぼ品切れだったため、先行してハルキ文庫に収められた『ゴルディアスの結び目』を除く全短篇集から、好きな作品をほとんど収めることが出来た。

おおまかなテーマは『結晶星団』が宇宙SF、『時の顔』が時間SF、『物体O』がその他の本格SF、『日本売ります』がユーモアSF、『男を探せ』がSFミステリ、『くだんのはは』が女シリーズを中心とした人情SF、『高砂幻戯』が女シリーズの残りと芸道もの、『夜が明けたら』がSFホラーであった。

普通に考えたら、本書にはハルキ文庫版『結晶星団』『時の顔』『物体O』『日本売ります』の四冊からバランスを考慮して七〇〇ページ分の作品を選ぶのが順当だったろう。しかし、それではセレクトの焼き直しになってしまう。そこで通常の単行本二冊分というページ数を活かして、長篇『継ぐのは誰か？』を収めることにした。『復活の日』『果しなき流れの果に』『日本沈没』の三大傑作が有名過ぎて、『日本アパッチ族』『エスパイ』『継ぐのは誰か？』などは、その陰に隠れがちだが、実はもっとも小松左京の特質が現れているのが、この『継ぐのは誰か？』だと思うからだ。

長篇を入れると収録できる短篇作品は四〇〇ページ弱。前記の方針で小松SFの代表作を選ぶ訳だが、もうひとつレギュレーションを増やして、すべて第一期の作品から採ることにした。つまり、本書は、六〇年代に発表された作品を対象とした「小松左京初期傑作集」ということになる。

『継ぐのは誰か？』の連載に先立つ〈ＳＦマガジン〉六八年五月号には、以下のような予告が掲載されていた。

全読者待望の長篇大作、いよいよ次号より登場！
『明日を継ぐもの（仮題）』小松左京
■作者の言葉
我々人類は次の文明の後継者になれるだろうか？　あるいは、我々の後継者は機械なのか？　それとも、もっとまったく別なものか？　民族や政治はどういう形態をとるだろうか？　そういった問題提議を、近未来を舞台にとって書いてみたい。もちろんＳＦプロパーの設定の中で。

『継ぐのは誰か？』は若い研究者たちを活き活きと描いた青春小説であり、奇怪な殺人事件の謎を追うＳＦミステリであり、秘境小説であり、恋愛小説であり、そしてやっぱり、人類とは何かを描いた本格ＳＦなのだ。材料を詰め込みすぎて小説としてのバランスが崩れているほどだが、そこまで含めて小松左京の迸るような熱気が感じられる愛すべき作品といえるだろう。

連載終了後、『果しなき流れの果に』とのカップリングで早川書房版《世界SF全集》第29巻の小松左京集（70年）に初めて収められた。七二年にハードカバー単行本の《日本SFノヴェルズ》単体で刊行され、以後、ハヤカワ文庫JA、角川文庫、ケイブンシャ文庫、ハルキ文庫に収められている。したがって、巻末の著作リストナンバー38は本当は再刊本なのだが、長篇なのに○印はおかしいので、あえて■印にしてある。

また、付録として大伴秀司（大伴昌司）による〈SFマガジン〉のインタビュー連載「SFを創る人々」から六三年十一月号に載った第六回を再録した。文中、小松左京が好きなイタリアの作家として名前が挙がっているピアンドールは、ピランデルロのことであろう。翌年に刊行されることになる長篇『復活の日』の構想を語っているのが面白い。

本稿の執筆および著作リストの作成にあたっては、牧眞司、山岸真、高井信、乙部順子の各氏から、貴重な資料と情報の提供をいただきました。ここに記して感謝いたします。

○ 241 **小松左京全集完全版 45　ＳＦってなんだっけ？ ＳＦへの遺言 未来からのウインク**
城西国際大学出版会　2015 年 5 月 31 日
○ 242 **小松左京全集完全版 22　飢えなかった男 おれの死体を探せ 眠りと旅と夢**
城西国際大学出版会　2015 年 8 月 31 日
○ 243 **小松左京全集完全版 23　あやつり心中 とりなおし 大坂夢の陣**
城西国際大学出版会　2015 年 11 月 30 日
○ 244 **小松左京全集完全版 8　さよならジュピター シナリオ版さよならジュピター**
城西国際大学出版会　2016 年 2 月 29 日
○ 245 **小松左京全集完全版 46　大震災 '95**
城西国際大学出版会　2016 年 5 月 31 日
○ 246 **小松左京全集完全版 24　空中都市００８ 青い宇宙の冒険 宇宙人のしゅくだい**
城西国際大学出版会　2016 年 8 月 31 日
◆ 247 **小松左京の猫理想郷（ネコトピア）**
竹書房　2016 年 10 月 22 日
○ 248 **小松左京全集完全版 9　首都消失**
城西国際大学出版会　2016 年 11 月 30 日
○ 249 **小松左京全集完全版 25　全ショートショート集**
城西国際大学出版会　2017 年 2 月 28 日
○ 250 **小松左京全集完全版 26　戯曲集　狐と宇宙人 大正・昭和の日本大衆文芸を支えた挿絵画家たち シンポジウム未来計画**
城西国際大学出版会　2017 年 4 月 30 日
○ 251 **小松左京全集完全版 47　紀元 3000 年へ挑む**
城西国際大学出版会　2017 年 6 月 30 日
○ 252 **小松左京全集完全版 10　虚無回廊**
城西国際大学出版会　2017 年 8 月 31 日
○ 253 **日本ＳＦ傑作選２　小松左京　神への長い道／継ぐのは誰か？**
早川書房（ハヤカワ文庫ＪＡ） 2017 年 10 月 15 日
※ 本書

※143、144、188の合本

○227 **小松左京全集完全版17　青ひげと鬼 牙の時代**
城西国際大学出版会　2012年2月29日

○228 **小松左京セレクション2　未来**
河出書房新社（河出文庫）　2012年3月20日

○229 **小松左京全集完全版39　男の人類学 狂気の中の正気 日本史の黒幕**
城西国際大学出版会　2012年5月31日

○230 **小松左京全集完全版6　こちらニッポン… 空から墜ちてきた歴史**
城西国際大学出版会　2012年8月31日

○231 **小松左京全集完全版40　宇宙・生命・知性の最前線 鳥と人 ユートピアの終焉**
城西国際大学出版会　2012年11月30日

○232 **小松左京全集完全版18　湖畔の女 結晶星団**
城西国際大学出版会　2013年2月28日

○233 **小松左京全集完全版41　読む楽しみ語る楽しみ 机上の遭遇**
城西国際大学出版会　2013年5月31日

○234 **小松左京全集完全版7　時空道中膝栗毛―前の巻／時空道中膝栗毛―後の巻・時也空地球道行**
城西国際大学出版会　2013年8月31日

○235 **小松左京全集完全版19　題未定 遷都 失われた結末 春の軍隊**
城西国際大学出版会　2013年11月30日

○236 **小松左京全集完全版42　大阪タイムマシン紀行 こちら関西 こちら関西・戦後編 わたしの大阪**
城西国際大学出版会　2014年2月28日

○237 **小松左京全集完全版20　応天炎上 おろち**
城西国際大学出版会　2014年5月31日

○238 **小松左京全集完全版43　黄河―中国文明の旅 ボルガ大紀行 ミシシッピ紀行**
城西国際大学出版会　2014年8月31日

○239 **小松左京全集完全版44　ＳＦ作家オモロ大放談 ＳＦ川柳傑作選 ＳＦセミナー**
城西国際大学出版会　2014年11月30日

○240 **小松左京全集完全版21　ゴルディアスの結び目 ヴォミーサ 天神山縁糸苧環**
城西国際大学出版会　2015年2月28日

○211 **小松左京全集完全版 34　恋愛博物館 人間博物館 やぶれかぶれ青春記**
城西国際大学出版会　2009年5月31日
○212 **小松左京全集完全版 14　日本漂流 神への長い道**
城西国際大学出版会　2009年8月31日
○213 **すぺるむ・さぴえんすの冒険 小松左京コレクション**
福音館書店（ボクラノエスエフ 04）　2009年11月20日
○214 **小松左京全集完全版 35　異常気象 二十一世紀学事始 地球社会学の構想**
城西国際大学出版会　2009年11月30日
○215 **小松左京全集完全版 4　見知らぬ明日 継ぐのは誰か？**
城西国際大学出版会　2010年2月28日
○216 **小松左京全集完全版 37　はみだし生物学 遠い島遠い大陸**
城西国際大学出版会　2010年5月31日
○217 **小松左京セレクション 1　宇宙漂流**
ポプラ社（ポプラ文庫）　2010年6月5日
○218 **小松左京全集完全版 15　飢えた宇宙 戦争はなかった**
城西国際大学出版会　2010年8月31日
○219 **小松左京全集完全版 38 学問の世界碩学に聞く 共同研究「大正時代」**
城西国際大学出版会　2010年11月30日
◆220 **宇宙にとって人間とは何か 小松左京箴言集**
ＰＨＰ研究所（ＰＨＰ新書）　2010年12月17日
○221 **小松左京全集完全版 5　日本沈没**
城西国際大学出版会　2011年2月28日
○222 **小松左京全集完全版 33　小松左京対談集**
城西国際大学出版会　2011年6月30日
○223 **小松左京全集完全版 16　星殺し 闇の中の子供**
城西国際大学出版会　2011年8月31日
○224 **小松左京セレクション 1　日本**
河出書房新社（河出文庫）　2011年11月20日
○225 **小松左京全集完全版 36　日本文化の死角 絵の言葉 地球文明人へのメッセージ**
城西国際大学出版会　2011年11月30日
○226 **虚無回廊**
徳間書店　2011年11月30日

新潮社（新潮新書） 2006年7月20日

■ 196 **日本沈没　第二部**

小学館　2006年7月30日

小学館（小学館文庫） 2008年7月7日

※ 谷甲州との共著

○ 197 **小松左京全集完全版 1　日本アパッチ族 エスパイ**

城西国際大学出版会　2006年9月30日

○ 198 **小松左京全集完全版 28　未来の思想 未来図の世界 未来怪獣宇宙**

城西国際大学出版会　2006年10月31日

○ 199 **小松左京全集完全版 27　地図の思想 探検の思想**

城西国際大学出版会　2007年2月28日

○ 200 **小松左京全集完全版 11　お茶漬の味 地には平和を**

城西国際大学出版会　2007年3月28日

○ 201 **小松左京全集完全版 12　御先祖様万歳 日本売ります**

城西国際大学出版会　2007年7月31日

○ 202 **小松左京全集完全版 29　日本タイムトラベル ニッポン国解散論 現代の神話**

城西国際大学出版会　2007年10月31日

○ 203 **小松左京全集完全版 2　復活の日 果しなき流れの果に**

城西国際大学出版会　2008年1月31日

◆ 204 **小松左京自伝　実存を求めて**

日本経済新聞出版社　2008年2月19日

○ 205 **小松左京全集完全版 30　地球を考える**

城西国際大学出版会　2008年3月31日

○ 206 **小松左京全集完全版 31　日本イメージ紀行 未来からの声**

城西国際大学出版会　2008年7月31日

○ 207 **小松左京全集完全版 13　五月の晴れた日に サテライト・オペレーション**

城西国際大学出版会　2008年9月30日

○ 208 **小松左京全集完全版 32　歴史と文明の旅 おしゃべりな訪問者**

城西国際大学出版会　2008年12月30日

○ 209 **明烏　落語小説傑作集**

集英社（集英社文庫）　2009年1月25日

○ 210 **小松左京全集完全版 3　明日泥棒 ゴエモンのニッポン日記**

城西国際大学出版会　2009年3月31日

角川春樹事務所（ハルキ文庫） 1998年12月18日

○181 **物体O**

角川春樹事務所（ハルキ文庫） 1999年1月18日

○182 **日本売ります**

角川春樹事務所（ハルキ文庫） 1999年2月18日

○183 **男を探せ**

角川春樹事務所（ハルキ文庫） 1999年3月18日

◆184 **紀元3000年へ挑む 科学・技術・人・知性 地球紀日本の先端技術**

東京書籍 1999年9月13日

○185 **くだんのはは**

角川春樹事務所（ハルキ文庫） 1999年9月18日

○186 **高砂幻戯**

角川春樹事務所（ハルキ文庫） 1999年10月18日

○187 **夜が明けたら**

角川春樹事務所（ハルキ文庫） 1999年11月18日

■188 **虚無回廊 III**

角川春樹事務所 2000年7月8日

角川春樹事務所（ハルキ文庫） 2008年10月18日

◆189 **教養**

徳間書店 2000年11月30日

※鹿野司、高千穂遙との共著

◆190 **威風堂々うかれ昭和史**

中央公論新社 2001年4月7日

■191 **幻の小松左京＝モリ・ミノル漫画全集**

小学館 2002年1月30日

※昭和二十年代のマンガ単行本四冊の復刻版セット

◆192 **安倍晴明 天人相関の巻**

二見書房 2002年3月25日

※高橋桐矢との共著

○193 **旅する女 女シリーズ完全版**

光文社（光文社文庫） 2004年10月20日

※129と130の合本

◆194 **天変地異の黙示録 人類文明が生きのびるためのメッセージ**

日本文芸社（パンドラ新書） 2006年6月25日

◆195 **ＳＦ魂**

ジャストシステム　1995年11月4日

○171 **小松左京ショートショート全集**

勁文社　1995年11月20日

勁文社（ケイブンシャ文庫）　1998年9月15日、10月15日、11月15日

→　①ホクサイの世界　角川春樹事務所（ハルキ文庫）　2002年2月18日

→　②月よ、さらば　角川春樹事務所（ハルキ文庫）　2002年4月18日

→　③役に立つハエ　角川春樹事務所（ハルキ文庫）　2002年6月18日

→　④ふかなさけ　角川春樹事務所（ハルキ文庫）　2002年8月18日

→　⑤午後のブリッジ　角川春樹事務所（ハルキ文庫）　2002年10月18日

※ケイブンシャ文庫版は三分冊で四篇増補、ハルキ文庫版は五分冊でさらに九篇を増補

○172 **小松左京コレクション4　結晶星団 餓えなかった男**

ジャストシステム　1995年12月4日

◆173 **こちら関西<戦後編>**

文藝春秋　1995年12月15日

○174 **小松左京コレクション5　地球を考える**

ジャストシステム　1996年3月18日

◆175 **小松左京の大震災'95　→　大震災'95**

毎日新聞社　1996年6月25日

河出書房新社（河出文庫）　2012年2月20日

◆176 **未来からのウインク　神ならぬ人類に、いま何が与えられているか**

青春出版社（プレイブックス）　1996年12月5日

○177 **BS6005に何が起こったか**

アスキー（アスペクトノベルス）　1996年12月6日

◆178 **ＳＦへの遺言**

光文社　1997年6月30日

○179 **結晶星団**

角川春樹事務所（ハルキ文庫）　1998年11月18日

○180 **時の顔**

※ 編著

◆ 154 **鳥と人**
ネスコ／文藝春秋　1992年12月6日

○ 155 **石**
出版芸術社（ふしぎ文学館）　1993年2月20日

○ 156 **霧が晴れた時**
角川書店（角川ホラー文庫）　1993年7月24日

◆ 157 **小松左京が語る「出合い」のいい話**
中経出版（いい話シリーズ）　1993年7月30日

○ 158 **旅する女**
勁文社　1993年11月10日

◆ 159 **わたしの大阪**
中央公論社（中公文庫）　1993年12月10日

◆ 160 **こちら関西**
文藝春秋　1994年6月25日

◆ 161 **巨大プロジェクト動く　私の〈万博・花博顚末記〉**
廣済堂出版　1994年7月15日

◆ 162 **藤原京千三百年　飛鳥・奈良の宮都**
有學書林　1994年12月6日
※ 石倉明との共編著

◆ 163 **ユートピアの終焉　イメージは科学を超えられるか**
ＤＨＣ　1994年12月27日

○ 164 **芸道艶舞恋譚**
廣済堂出版（自薦短編小説集１）　1995年2月24日

○ 165 **芸道綾錦夢譚**
廣済堂出版（自薦短編小説集２）　1995年4月27日

○ 166 **召集令状**
角川書店（角川文庫）　1995年5月25日

○ 167 **芸道夢幻綺譚**
廣済堂出版（自薦短編小説集３）　1995年6月23日

○ 168 **小松左京コレクション１　文明論集**
ジャストシステム　1995年9月1日

○ 169 **小松左京コレクション２　継ぐのは誰か？ 果しなき流れの果に**
ジャストシステム　1995年10月1日

○ 170 **小松左京コレクション３　終わりなき負債 ヴォミーサ**

徳間書店　1987年7月31日

○ 142 **黄色い泉**

勁文社（ケイブンシャ文庫）　1987年11月15日

■ 143 **虚無回廊　Ⅰ**

徳間書店　1987年11月30日

徳間書店（徳間文庫）　1991年11月15日

角川春樹事務所（ハルキ文庫）　2000年5月18日

■ 144 **虚無回廊　Ⅱ**

徳間書店　1987年11月30日

徳間書店（徳間文庫）　1991年11月15日

角川春樹事務所（ハルキ文庫）　2000年5月18日

◆ 145 **ＳＦ川柳傑作選**

徳間書店　1987年12月31日

※星新一、筒井康隆、豊田有恒、横田順彌、鏡明らとの共著

■ 146 **時也空地球道行　→　時空道中膝栗毛 後の巻 時也空地球道行**

読売新聞社　1988年4月14日

勁文社（ケイブンシャノベルス）　1991年7月10日

勁文社（ケイブンシャ文庫）　1999年7月15日

※ケイブンシャノベルス以降は、88と前・後巻での刊行

○ 147 **保護鳥**

勁文社（ケイブンシャ文庫）　1988年5月15日

● 148 **狐と宇宙人**

徳間書店　1990年1月31日

※戯曲集

◆ 149 **タイムトラベル大阪**

勁文社（ケイブンシャ文庫）　1990年4月5日

◆ 150 **「自然の魂」の発見**

いんなあとりっぷ社　1990年4月10日

● 151 **地には平和を**

阿部出版　1991年3月30日

◆ 152 **高橋和巳の文学とその世界**

阿部出版　1991年6月30日

※梅原猛との共編著

◆ 153 **宇宙・生命・知性の最前線　十賢一愚科学問答**

講談社　1992年3月5日

集英社（集英社文庫）　1986年5月25日

◆127 **にっぽん料理大全**

潮出版社　1982年11月20日

岩波書店（同時代ライブラリー）　1993年9月16日

※石毛直道との対談、同時代ライブラリー版は「地球時代のにっぽん料理」を増補

◆128 **大阪タイムマシン紀行　その1500年史を考える 関西過去・未来考**

ＰＨＰ研究所　1982年12月24日

○129 **湖畔の女**

徳間書店（徳間文庫）　1983年8月15日

○130 **ハイネックの女**

徳間書店（徳間文庫）　1983年9月15日

○131 **大阪夢の陣**

徳間書店（徳間文庫）　1983年10月15日

○132 **おれの死体を探せ**

徳間書店（徳間文庫）　1983年11月15日

○133 **機械の花嫁**

勁文社（ケイブンシャ文庫）　1983年11月15日

■134 **シナリオ版　さよならジュピター**

徳間書店（徳間文庫）　1984年1月15日

○135 **黄色い泉**

徳間書店（徳間文庫）　1984年2月15日

◆136 **犬も犬なら猫も猫**

勁文社（ケイブンシャ文庫）　1984年4月15日

■137 **首都消失　上・下**

徳間書店（徳間ノベルズ）　1985年3月31日

徳間書店（徳間文庫）　1986年11月15日

角川春樹事務所（ハルキ文庫）　1998年5月18日

◆138 **黄河　中国文明の旅**

徳間書店　1986年6月30日

○139 **こちら“アホ課”**

勁文社（ケイブンシャ文庫）　1986年11月15日

○140 **ぬすまれた味**

勁文社（ケイブンシャ文庫）　1987年6月15日

◆141 **ボルガ大紀行**

集英社　1981年2月10日
集英社（集英社文庫）　1985年2月25日

○ 115 コップ一杯の戦争
集英社（集英社文庫）　1981年3月25日

○ 116 アリと チョウチョウと カタツムリ
三芽出版（新しい絵本）　1981年3月
※奥付に発行日の記載なし

◆ 117 巨石文明の謎　宇宙との対話
日本テレビ放送網（ドキュメントシリーズ11）　1981年4月13日

◆ 118 地球文明人へのメッセージ
佼成出版社　1981年4月16日
勁文社（ケイブンシャ文庫）　1984年7月15日

◆ 119 遠い島遠い大陸
文藝春秋　1981年4月25日

○ 120 遷都
集英社（集英社文庫）　1981年7月25日
勁文社（ケイブンシャノベルス）　1993年4月10日
勁文社（ケイブンシャ文庫）　1995年5月15日

● 121 あやつり心中
徳間書店　1981年10月31日
徳間書店（徳間文庫）　1986年3月15日

■ 122 空から墜ちてきた歴史
新潮社　1981年11月20日
新潮社（新潮文庫）　1984年7月25日

◆ 123 宇宙から愛をこめて　すぺいす・あふぉりずむ455
文化出版局　1981年12月20日

■ 124 さよならジュピター　上・下
サンケイ出版　1982年4月10日
徳間書店（徳間文庫）　1983年5月15日
勁文社（ケイブンシャ文庫）　1994年8月15日
角川春樹事務所（ハルキ文庫）　1999年5月18日

◆ 125 小松左京のＳＦセミナー
集英社（集英社文庫）　1982年6月25日

◆ 126 机上の遭遇
集英社　1982年11月20日

○ **100 春の軍隊**
新潮社（新潮文庫）　1979年4月26日

● **101 一生に一度の月**
集英社（集英社文庫）　1979年5月25日
集英社（集英社文庫）　2006年7月25日

◆ **102 紛争の研究**
農山漁村文化協会（人間選書29）　1979年5月25日
※加藤秀俊との共著

○ **103 流れる女**
文藝春秋（文春文庫）　1979年6月25日

◆ **104 イースター島の謎**
日本テレビ放送網（ドキュメントシリーズ5）　1979年9月15日
※監修

◆ **105 地球社会学の構想　文明の明日を考える**
ＰＨＰ研究所　1979年9月30日

● **106 まぼろしの二十一世紀**
集英社（集英社文庫）　1979年11月25日

● **107 華やかな兵器**
文藝春秋　1980年2月15日
文藝春秋（文春文庫）　1983年3月25日

● **108 猫の首**
集英社（集英社文庫）　1980年3月25日

○ **109 地には平和を**
角川書店（角川文庫）　1980年5月20日

○ **110 短小浦島**
角川書店（角川文庫）　1980年6月30日

◆ **111 はみだし生物学**
平凡社　1980年7月12日
新潮社（新潮文庫）　1982年8月25日

● **112 氷の下の暗い顔**
角川書店　1980年7月31日
角川書店（角川文庫）　1982年11月30日

● **113 一宇宙人のみた太平洋戦争**
集英社（集英社文庫）　1981年1月25日

◆ **114 読む楽しみ語る楽しみ**

※ 集英社文庫版は「さとるの化物」「さんぷる一号」「遺跡」「花のこころ」「恵みの糧」「正午にいっせいに」「恥」「忘れられた土地」を割愛

○91　**偉大なる存在**

早川書房（ハヤカワ文庫 JA104）　1978 年 2 月 15 日
集英社（集英社文庫）　1983 年 1 月 25 日
※ 集英社文庫版は「怪獣撃滅」「高みに挑む」「廃墟の彼方」「面従腹背」を割愛

●92　**アメリカの壁**

文藝春秋　1978 年 6 月 1 日
文藝春秋（文春文庫）　1980 年 11 月 15 日
勁文社（ケイブンシャ文庫）　1992 年 7 月 15 日
※ ケイブンシャ文庫版は「ハイネックの女」「幽霊屋敷」を割愛し、「フラフラ国始末記」を増補

◆93　**21 世紀学事始　小松左京対談集**

鎌倉書房　1978 年 7 月 25 日

◆94　**マヤ文明の謎**

日本テレビ放送網（ドキュメントシリーズ 3）　1978 年 7 月 25 日
※ 監修

◆95　**学問の世界　碩学に聞く　上・下**

講談社（講談社現代新書）　1978 年 8 月 20 日、9 月 20 日
講談社（講談社学術文庫）　2002 年 1 月
※ 加藤秀俊との共著、講談社学術文庫版は元版の上巻から桑原武夫、貝塚茂樹、今西錦司、下巻から江上波夫、中山伊知郎の各氏のインタビューを再編集したもの

○96　**夜の声**

集英社（集英社文庫）　1978 年 8 月 30 日

◆97　**高橋和巳の青春とその時代**

構想社　1978 年 9 月 5 日
※ 編著

◆98　**日本史の黒幕**

平凡社　1978 年 12 月 25 日
※ 会田雄次、山崎正和との座談会

◆99　**生命をあずける　分子生物学講義**

朝日出版社（LECTURE BOOKS）　1979 年 2 月 25 日
※ 渡辺格との共著

徳間書店　1977年4月10日
徳間書店（徳間文庫）　1980年10月31日

■82　**こちらニッポン…**
朝日新聞社　1977年4月20日
角川書店（角川文庫）　1980年5月15日
勁文社（ケイブンシャ文庫）　1990年5月15日
角川春樹事務所（ハルキ文庫）　1998年10月18日
※角川文庫版は、上・下二分冊

◆83　**日本文化の死角**
講談社（講談社現代新書）　1977年5月20日

◆84　**人間博物館　「性と食」の民族学**
光文社　1977年6月15日
文藝春秋（文春文庫）　1986年3月25日
※石毛直道、米山俊直との鼎談

●85　**ゴルディアスの結び目**
角川書店　1977年6月30日
角川書店（角川文庫）　1980年7月10日
徳間書店（徳間文庫）　1990年7月15日
角川春樹事務所（ハルキ文庫）　1998年4月18日

○86　**骨**
集英社（集英社文庫）　1977年6月30日
※「ヴォミーサ」を初収録

○87　**物体O**
新潮社（新潮文庫）　1977年7月30日

■88　**時空道中膝栗毛**
文藝春秋　1977年9月25日
文藝春秋（文春文庫）　1981年3月25日
勁文社（ケイブンシャノベルス）　1991年7月10日
勁文社（ケイブンシャ文庫）　1999年7月15日
※ケイブンシャノベルス以降は、146と前・後巻での刊行

○89　**サテライト・オペレーション**
集英社（集英社文庫）　1977年12月30日

○90　**五月の晴れた日に**
早川書房（ハヤカワ文庫JA102）　1977年12月31日
集英社（集英社文庫）　1983年7月25日

勁文社　1975年7月30日
文藝春秋（文春文庫）1983年10月25日
勁文社（ケイブンシャ文庫）　1990年3月10日

○73　時間エージェント

新潮社（新潮文庫）　1975年8月30日
ＣＢＳソニー出版（CBS/SONY BOOKS ON CASSETTE 1）　1987年7月15日
ポプラ社（ポプラ文庫／小松左京セレクション２）　2010年9月5日
※ＣＢＳソニー出版版は連作「時間エージェント」のみを収録

○74　夢からの脱走

新潮社（新潮文庫）　1976年1月30日

◆75　男の人類学　新・世界学入門

大和書房　1976年2月15日
大和書房　1978年5月31日

●76　男を探せ

新潮社　1976年5月20日

◆77　ＳＦ作家オモロ大放談　→　ＳＦバカばなし おもろ放談

いんなあとりっぷ社　1976年8月15日
角川書店（角川びっくり文庫）　1981年3月20日
※星新一、筒井康隆、大伴昌司、平井和正、矢野徹、石川喬司、豊田有恒との座談会集

◆78　絵の言葉

講談社（講談社学術文庫）　1976年9月10日
青土社　2009年6月20日
※高階秀爾との対談

●79　虚空の足音

文藝春秋　1976年11月15日
文藝春秋（文春文庫）　1980年11月15日

■80　題未定

実業之日本社　1977年2月25日
文藝春秋（文春文庫）1980年3月25日
勁文社（ケイブンシャ文庫）　1985年5月15日
角川春樹事務所（ハルキ文庫）　2000年10月18日

●81　飢えなかった男

実業之日本社　1974 年 8 月 15 日
文藝春秋（文春文庫）　1977 年 3 月 25 日
勁文社（ケイブンシャ文庫）　1985 年 12 月 15 日
※ 文春文庫版以降、「空飛ぶ窓」を割愛

○ 64　蟻の園
早川書房（ハヤカワ文庫 JA39）　1974 年 9 月 15 日
角川書店（角川文庫）　1980 年 5 月 15 日

◆ 65　日本教養全集 10　未来への地図
角川書店　1974 年 10 月 25 日
※ 丸谷才一、開高健との共著

◆ 66　野球戯評
地球書館　1974 年 11 月 20 日
講談社　1979 年 10 月 5 日
講談社（講談社文庫）　1982 年 3 月 15 日
※ 梅原猛、多田道太郎との共著

○ 67　本邦東西朝縁起覚書
早川書房（ハヤカワ文庫 JA43）　1974 年 11 月 30 日
徳間書店（徳間文庫）　1984 年 3 月 15 日

◆ 68　やぶれかぶれ青春記
旺文社（旺文社文庫）　1975 年 2 月 25 日
勁文社　1990 年 1 月 5 日
勁文社（ケイブンシャ文庫）　1992 年 11 月 15 日
※ 勁文社 90 年版は「わが青春」「わが読書歴」「気ちがい旅行」「美しいもの」を割愛、ケイブンシャ文庫版は「美しいもの」のみ割愛

● 69　無口な女
新潮社　1975 年 6 月 20 日

○ 70　神への長い道
早川書房（ハヤカワ文庫 JA60）　1975 年 7 月 15 日
角川書店（角川文庫）　1978 年 6 月 10 日
徳間書店（徳間文庫）　1989 年 12 月 15 日

● 71　おしゃべりな訪問者
筑摩書房　1975 年 7 月 25 日
新潮社（新潮文庫）　1980 年 8 月 25 日
※ 架空対談集

◆ 72　恋愛博物館

角川書店（角川文庫）　1980年5月20日

◆52　**未来からの声**

創樹社　1973年11月30日

◆53　**百科事典操縦法**

平凡社　1973年12月3日

※梅棹忠夫、加藤秀俊との共著

◆54　**歴史と文明の旅　上・下**

文藝春秋　1973年12月10日

講談社（講談社文庫）　1976年7月15日、8月15日

◆55　**日本を沈めた人　小松左京対談集**

地球書館　1974年2月5日

◆56　**狂気の中の正気 文明のあすを問いなおす**

実業之日本社　1974年2月15日

※渥美和彦、國弘正雄、森政弘、吉田夏彦との共著

●57　**宇宙人のしゅくだい**

講談社（少年少女講談社文庫）　1974年3月30日

講談社（講談社文庫）　1981年1月15日

講談社（講談社青い鳥文庫）　1981年8月10日

住友生命保険相互会社（スミセイ児童文庫）　1986年

講談社（講談社青い鳥文庫SLシリーズ）　2004年3月3日

※講談社文庫版は39を併録、スミセイ児童文庫版は奥付に発行日の記載なし

●58　**春の軍隊**

新潮社　1974年4月15日

○59　**さらば幽霊**

講談社（講談社文庫）　1974年4月15日

◆60　**性文化を考える**

みき書房　1974年4月20日

※編著

○61　**戦争はなかった**

新潮社（新潮文庫）　1974年5月25日

◆62　**地球が冷える　異常気象**

旭屋出版　1974年5月30日

※編著

●63　**夜が明けたら**

● 44　明日の明日の夢の果て
角川書店　1972年11月30日
角川書店（角川文庫）　1980年5月20日

■ 45　日本沈没　上・下
光文社（カッパ・ノベルス）　1973年3月20日
光文社　1975年7月30日
文藝春秋（文春文庫）　1978年9月25日
徳間書店（徳間文庫）　1983年12月15日
光文社（光文社文庫）　1995年4月20日
双葉社（双葉文庫／日本推理作家協会賞受賞作全集27、28）　1996年11月15日
小学館（小学館文庫）　2006年1月1日
光文社（カッパ・ノベルス）　2011年8月20日
※ 光文社75年版はハードカバー合本、光文社2011年版は73年版の復刻

◆ 46　現代の神話
日本経済新聞社　1973年3月27日
※ 山崎正和との共著

○ 47　アダムの裔
新潮社（新潮文庫）　1973年4月25日

○ 48　時の顔
早川書房（ハヤカワJA文庫8）　1973年7月31日
角川書店（角川文庫）　1978年5月30日
※ 角川文庫版は「地には平和を」を割愛

○ 49　御先祖様万歳
早川書房（ハヤカワJA文庫10）　1973年7月31日
角川書店（角川文庫）　1978年5月15日

● 50　旅する女　→　空飛ぶ窓
河出書房新社　1973年8月20日
文藝春秋（文春文庫）　1976年10月25日
角川書店（角川文庫）　1979年4月20日
※ 文春文庫版は「握りめし」を割愛、「空飛ぶ窓」を増補して『空飛ぶ窓』と改題

● 51　結晶星団
早川書房（日本ＳＦノヴェルズ）　1973年11月30日
早川書房（ハヤカワ文庫JA56）　1975年5月15日

角川書店（角川文庫） 1974年10月30日
※角川文庫版は「四月の十四日間」を割愛

○34 地球になった男
新潮社（新潮文庫） 1971年12月25日

●35 牙の時代
早川書房（日本ＳＦノヴェルズ） 1972年2月29日
角川書店（角川文庫） 1975年5月20日

■36 青い宇宙の冒険
筑摩書房（ちくま少年文学館２） 1972年4月25日
筑摩書房（ちくま少年文学館２） 1976年2月25日
角川書店（角川文庫） 1976年11月10日
講談社（講談社青い鳥文庫ｆシリーズ） 2004年9月15日

●37 怨霊の国
角川書店 1972年5月30日
角川書店（角川文庫） 1977年10月30日

■38 継ぐのは誰か？
早川書房（日本ＳＦノヴェルズ） 1972年5月31日
早川書房（ハヤカワ文庫JA36） 1974年8月15日
角川書店（角川文庫） 1977年5月20日
勁文社（ケイブンシャ文庫） 1990年10月15日
角川春樹事務所（ハルキ文庫） 1998年2月18日

■39 おちていたうちゅうせん → おちていた宇宙船
フレーベル館（こどもＳＦ文庫５宇宙シリーズ） 1972年6月20日
講談社（講談社青い鳥文庫） 1990年9月10日
※講談社青い鳥文庫版は「ＳＦ日本おとぎ話」を増補

◆40 地球を考える 小松左京対談集Ｉ
新潮社 1972年10月25日

◆41 地球を考える 小松左京対談集II
新潮社 1972年10月25日

◆42 日本イメージ紀行 → 続・妄想ニッポン紀行
白馬出版 1972年11月5日
講談社（講談社文庫） 1974年4月15日
※講談社文庫版は24との合本

●43 待つ女
新潮社 1972年11月15日

角川書店（角川文庫） 1973年10月10日
勁文社（ケイブンシャ文庫） 1989年8月15日
角川春樹事務所（ハルキ文庫） 1998年8月18日

◆24 日本タイムトラベル → 続・妄想ニッポン紀行
読売新聞社 1969年10月15日
講談社（講談社文庫） 1974年4月15日
※ 講談社文庫版は42との合本

◆25 ニッポン国解散論
読売新聞社 1970年5月10日

●26 星殺し（スター・キラー）
早川書房（ハヤカワ・ＳＦ・シリーズ3249）1970年5月15日

●27 闇の中の子供
新潮社 1970年5月15日
新潮社（新潮文庫） 1975年3月30日

■28 小松左京 果しなき流れの果に 継ぐのは誰か？
早川書房（世界ＳＦ全集29） 1970年6月20日
※『継ぐのは誰か？』を初収録

◆29 人類は滅びるか
筑摩書房 1970年10月30日
※ 今西錦司、川喜田二郎との鼎談

●30 三本腕の男
立風書房（立風ＳＦシリーズ）1970年12月1日
立風書房 1973年7月10日
角川書店（角川文庫） 1980年5月20日

■31 宇宙漂流
毎日新聞社（毎日新聞ＳＦシリーズジュニアー版16） 1970年12月20日
角川書店（角川文庫） 1976年6月10日
※ 角川文庫版は14の元版に併録のＳＦ童話7篇を増補

●32 青ひげと鬼
徳間書店 1971年3月10日
徳間書店 1977年5月10日
角川書店（角川文庫） 1980年5月20日

●33 最後の隠密
立風書房 1971年6月10日

■ 14　**見えないものの影**
盛光社（ジュニアＳＦ 10）　1967年3月20日
鶴書房盛光社（ＳＦベストセラーズ）　1972年
角川書店（角川文庫）　1976年1月10日
ジュンク堂書店（ジュニアＳＦ 10）　2013年2月10日
※ 鶴書房盛光社版は奥付に発行日の記載なし、角川文庫版は併録のＳＦ童話7篇を割愛、ジュンク堂版は盛光社版の限定復刻

◆ 15　**未来怪獣宇宙**
講談社　1967年6月16日

● 16　**生きている穴**
早川書房（ハヤカワ・ＳＦ・シリーズ 3150）1967年7月31日

● 17　**ウインク　→　おえらびください**
話の特集編集室　1967年9月1日
角川書店（角川文庫）　1972年10月30日
勁文社（ケイブンシャ文庫）　1989年2月15日
※ ケイブンシャ文庫版は「イワンの馬鹿作戦」「ヤクトピア」を割愛し『おえらびください』と改題

◆ 18　**未来の思想　文明の進化と人類**
中央公論社（中公新書）　1967年11月25日

● 19　**神への長い道**
早川書房（ハヤカワ・ＳＦ・シリーズ 3163）1967年11月30日

● 20　**模型の時代**
徳間書店　1968年4月15日
徳間書店　1977年5月10日
角川書店（角川文庫）　1979年11月10日

● 21　**飢えた宇宙（そら）**
早川書房（ハヤカワ・ＳＦ・シリーズ 3202）1968年11月30日

■ 22　**空中都市００８　アオゾラ市のものがたり**
講談社　1969年2月20日
小学館（小学館の絵本ステッカー版）　1969年8月25日
角川書店（角川文庫）　1981年6月5日
講談社（講談社青い鳥文庫）　1985年6月10日
講談社（講談社青い鳥文庫 f シリーズ）　2003年6月15日

■ 23　**見知らぬ明日**
文藝春秋　1969年3月20日

講談社　1965年11月10日
講談社（講談社文庫）　1973年8月15日
※ 講談社文庫版は12との合本

■8　明日泥棒

講談社　1965年12月15日
講談社（ロマン・ブックス）　1967年3月10日
角川書店（角川文庫）　1973年5月10日
勁文社（ケイブンシャ文庫）　1991年11月15日
角川春樹事務所（ハルキ文庫）　2000年1月18日

●9　ある生き物の記録

早川書房（ハヤカワ・ＳＦ・シリーズ3117）1966年6月31日
集英社（集英社文庫）　1982年4月25日
　Ａ　鏡の中の世界
　　早川書房（ハヤカワＪＡ文庫22）　1974年1月15日
　　角川書店（角川文庫）　1978年6月10日
　Ｂ　ある生き物の記録
　　早川書房（ハヤカワＪＡ文庫27）　1974年3月15日
※ ハヤカワ文庫版は二分冊、角川文庫ではＢを109に収録

■10　果しなき流れの果に

早川書房（日本ＳＦシリーズ10）　1966年7月15日
早川書房（ハヤカワJA文庫1）　1973年3月15日
角川書店（角川文庫）　1974年6月10日
徳間書店（徳間文庫）　1990年3月15日
角川春樹事務所（ハルキ文庫）　1997年12月18日

◆11　未来図の世界

講談社　1966年9月10日

◆12　探検の思想　→　妄想ニッポン紀行

講談社　1966年11月25日
講談社（講談社文庫）　1973年8月15日
※ 講談社文庫版は7との合本

■13　ゴエモンのニッポン日記

講談社　1966年12月10日
角川書店（角川文庫）　1974年2月25日
勁文社（ケイブンシャ文庫）　1992年3月15日
角川春樹事務所（ハルキ文庫）　2000年2月18日

小松左京 著作リスト　日下三蔵編

■長篇　●短篇集　○再編集本　◆ノンフィクション

●1　地には平和を
早川書房（ハヤカワ・ＳＦ・シリーズ 3052）1963 年 8 月 15 日
新風舎（新風舎文庫）2003 年 11 月 5 日

■2　日本アパッチ族
光文社（カッパ・ノベルス）1964 年 3 月 5 日
角川書店（角川文庫）1971 年 9 月 30 日
角川書店（角川文庫リバイバルコレクション）1997 年 1 月 25 日
光文社（光文社文庫）1999 年 8 月 20 日
角川春樹事務所（ハルキ文庫）2012 年 11 月 18 日

●3　影が重なる時
早川書房（ハヤカワ・ＳＦ・シリーズ 3066）1964 年 4 月 15 日

■4　復活の日
早川書房（日本ＳＦシリーズ１）1964 年 8 月 31 日
早川書房（日本ＳＦノヴェルズ）1972 年 10 月 15 日
早川書房（ハヤカワＪＡ文庫 33）1974 年 6 月 15 日
角川書店（角川文庫）1975 年 10 月 30 日
角川書店　1980 年 3 月 20 日
勁文社（ケイブンシャ文庫）1994 年 1 月 15 日
角川春樹事務所（ハルキ文庫）1998 年 1 月 18 日

■5　エスパイ
早川書房（日本ＳＦシリーズ７）1965 年 6 月 15 日
早川書房（ハヤカワ SF 文庫 34）1971 年 8 月 31 日
早川書房　1974 年 11 月 30 日
角川書店（角川文庫）1977 年 5 月 30 日
勁文社（ケイブンシャ文庫）1991 年 4 月 15 日
角川春樹事務所（ハルキ文庫）1998 年 3 月 18 日

●6　日本売ります
早川書房（ハヤカワ・ＳＦ・シリーズ 3088）1965 年 7 月 15 日

◆7　地図の思想　→　妄想ニッポン紀行

本書には、今日では差別表現として好ましくない用語が使用されています。

しかし作品が書かれた時代背景、著者が差別助長を意図していないことを考慮し、当時の表現のまま収録いたしました。その点をご理解いただけますよう、お願い申し上げます。

（編集部）

編者略歴　ミステリ・ＳＦ評論家，フリー編集者　著書『日本ＳＦ全集・総解説』『ミステリ交差点』，編著『天城一の密室犯罪学教程』《山田風太郎ミステリー傑作選》《都筑道夫少年小説コレクション》《大坪砂男全集》《筒井康隆コレクション》など

HM=Hayakawa Mystery
SF=Science Fiction
JA=Japanese Author
NV=Novel
NF=Nonfiction
FT=Fantasy

日本ＳＦ傑作選２　小松左京
神への長い道／継ぐのは誰か？

〈JA1297〉

二〇一七年十月　十日　印刷
二〇一七年十月十五日　発行

著者　小松左京
編者　日下三蔵
発行者　早川浩
発行所　株式会社早川書房

郵便番号　一〇一‐〇〇四六
東京都千代田区神田多町二ノ二
電話　〇三‐三二五二‐三一一一（大代表）
振替　〇〇一六〇‐三‐四七七九九
http://www.hayakawa-online.co.jp

（定価はカバーに表示してあります）

乱丁・落丁本は小社制作部宛お送り下さい。
送料小社負担にてお取りかえいたします。

印刷・中央精版印刷株式会社　製本・株式会社川島製本所

ISBN978-4-15-031297-8 C0193

本書は活字が大きく読みやすい〈トールサイズ〉です。